El héroe traidor

ANTONIO TORREMOCHA SILVA

El héroe traidor

La traición y la gloria:
Pedro del Roncal y su legado

ℒ

ALMUZARA

© Antonio Torremocha Silva, 2024
© Editorial Almuzara, S. L., 2024

Primera edición: septiembre de 2024

Editorial Almuzara • Colección Novela Histórica
Editora: Rosa García Perea
Maquetación: Miguel Andréu

www.editorialalmuzara.com
pedidos@almuzaralibros.com - info@almuzaralibros.com

Editorial Almuzara
Parque Logístico de Córdoba. Ctra. Palma del Río, km 4
C/8, Nave L2, nº 3. 14005 - Córdoba

Imprime: Liberdúplex
ISBN: 978-84-10520-61-5
Depósito: CO-1263-2024
Hecho e impreso en España - *Made and printed in Spain*

«Gonzalo Fernández de Córdoba recuperó el reino de Nápoles valiéndose de la ciencia militar del insigne ingeniero Pedro Navarro, que se apoderó del Castel dell'Ovo, tomado por el humilde hijo del Roncal aplicando por primera vez la pólvora a las minas, que había ensayado antes, con notabilísimo éxito, contra la Torre de San Vicente y contra la ciudadela de Nápoles, consiguiendo las más asombrosas victorias debidas a su inteligencia y valor, lo mismo que en la conquista de Orán y en la rendición del fuerte de Genivolo...»

Honorato de Saleta y Cruxent,
Glorias cívico-militares del Cuerpo
de Ingenieros del Ejército,
Madrid, 1890, pág. 13.

«El rey (Fernando el Católico) estuvo muy inclinado a dar a Pedro Navarro el mando del ejército de la Liga, pero le dañó el poco esplendor de su nacimiento, porque aunque le parecía que los españoles le obedecerían si él los mandaba, como lo habían hecho en África, dudaba mucho de que le obedecieran los cabos principales de la Santa Sede y de Venecia».

María del Carmen Sanz Álvarez,
Pedro Navarro, conde de Oliveto:
marino, artillero y estratega,
Revista de Historia Militar, n. 7, Año II,
Madrid, 1984, pág. 85.

Indice

Mapa de Italia

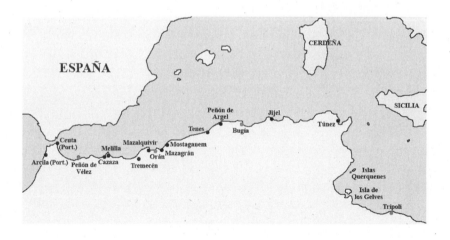

Mapa del norte de África

ENCUADRE HISTÓRICO

Con el matrimonio de Isabel, heredera al trono de Castilla, y Fernando, heredero de la Corona de Aragón, se logró la unión dinástica de ambos reinos peninsulares, escenificada con la boda celebrada en secreto en Valladolid el 19 de octubre de 1469 entre la hermana del rey Enrique IV y el hijo de Juan II de Aragón.

A la muerte de Enrique IV, en 1474, fue proclamada Isabel reina de Castilla, aunque un sector de la nobleza no reconoció su derecho al trono castellano, dando su apoyo a la princesa Juana, apodada «la Beltraneja», hija del rey difunto y de su esposa doña Juana de Portugal, lo que iba a provocar una nueva guerra civil en Castilla, en la que intervinieron las dos facciones nobiliarias enfrentadas por el asunto de la sucesión, con la participación de Portugal —que defendía los derechos alegados por Juana— y de manera marginal Francia.

El 1 de marzo de 1476 el príncipe don Fernando de Aragón venció al ejército castellano-portugués en la batalla de Toro, dando fin a las aspiraciones de la princesa Juana y de sus seguidores de verla coronada reina de Castilla.

En 1479 Fernando, que ya era rey de Sicilia, fue proclamado soberano de Aragón tras la muerte de su padre, Juan II.

Con esta unión dinástica entre Castilla y Aragón se daba un importante paso en pro de la unidad peninsular, a falta de la conquista del reino de Granada, que acontecería en 1492, de la anexión de Navarra en 1512 y de la fracasada unión con Portugal.

El nuevo Estado surgido del enlace entre los soberanos de Castilla y Aragón se vería sometido a profundas reformas de índole política, legislativa, económica y administrativa, que lo situarían en condiciones de poder competir ventajosamente por el dominio de Europa con el Imperio alemán, Inglaterra y Francia, reino este último que, con sus pretensiones de expansión en la península italiana, aspiraba también a convertirse en la potencia hegemónica de Europa.

El fortalecimiento del poder real con la supresión de privilegios de la nobleza, la incorporación a la Corona de los maestrazgos de las influyentes órdenes militares, la centralización y modernización de la administración, el control de los concejos de las ciudades, la creación de un potente ejército profesional y la mejora de la justicia, entre otras decisivas reformas, transformarían una sociedad atrasada, todavía caracterizada por las formas de vida medievales y la preponderante posición de la nobleza, en uno de los Estados más prósperos, influyentes y poderosos de Europa, con unos monarcas fuertemente imbuidos por el espíritu humanista llegado de Italia, que serían paradigma y ejemplo del ideal del «Príncipe» expresado por Maquiavelo.

A lo largo de cuarenta años, el fecundo reinado de los Reyes Católicos hizo de España la potencia dominante en Europa, vencedora de Francia en Italia, conquistadora de los estratégicos enclaves portuarios del norte de África a los musulmanes y germen de lo que sería la poderosa y universal Monarquía hispánica, establecida por su bisnieto Felipe II con la apertura de Castilla hacia el Atlántico, las Indias y el Pacífico.

Sin embargo, será la brillante política exterior de Isabel y Fernando, protagonizada por excelentes diplomáticos y sobresalientes generales, y sus éxitos militares en Italia y el norte de África, logrados por personajes tan relevantes como el Gran Capitán, el cardenal Cisneros o el mismo Pedro Navarro, lo que nos interesa destacar de este excepcional período de la historia de España, pues es en ese capítulo en el que se desenvuelve la azarosa vida y las increíbles hazañas del protagonista de esta novela.

«Que no cese la conquista del norte de África».

Estas palabras, contenidas en el testamento de la reina Isabel la Católica, redactado en Medina del Campo el 12 de octubre del año 1504, expresan con contundente simplicidad y fuerza el firme deseo de la reina de Castilla de que, a su muerte, se prosiguiera el secular proceso de Reconquista de las tierras ocupadas por el islam en la península ibérica —completado el 2 de enero de 1492 con la toma de Granada— con la conquista y cristianización del norte de África.

Para la reina de Castilla, la vocación evangelizadora de la Corona y su legítima expansión territorial no habrían concluido hasta haberse logrado la anexión de todas las tierras pertenecientes al decadente reino de Fez. La legitimidad del proyecto de anexión del Magreb occidental se apoyaba en supuestos derechos históricos aducidos por Castilla como heredera de la Hispania romana y de la monarquía visigoda. El territorio ocupado por el emirato de Fez había pertenecido en el pasado a poderes políticos establecidos en la Península y, por tanto, a Estados cristianos desde que la Mauritania tingitana —también llamada Hispania transfretana— dependió de la diócesis hispana en los siglos finales del Imperio romano. Posteriormente, en el siglo VII y principios del VIII, estuvo bajo la soberanía del reino visigodo con capital en Toledo, de cuyos reyes se sentían herederos los monarcas españoles.

Para Castilla era una obligación impuesta por la historia recuperar aquellos amplios territorios del otro lado del mar para la cristiandad, territorios que una vez fueron, según consideraciones jurídicas que se barajaron en su época, parte integral de España. Y en ese proyecto expansivo, la reina Isabel quería implicar a su esposo, el rey Fernando el Católico, y a sus sucesores en el trono castellano, con la mención, en su testamento, de la necesidad de proseguir la lucha contra el islam conquistando las tierras situadas al otro lado del Estrecho.

Sin embargo, el proyecto de la expansión africana de la Corona de Castilla, solo esbozado en los años finales del siglo XV, se iba a encontrar con variados y poderosos inconvenientes para ser llevado a cabo.

Es necesario señalar que la unión de Castilla y de Aragón no consistió en la creación de un nuevo reino surgido de la desaparición de los anteriores para dar lugar a un Estado con instituciones, leyes, aparato administrativo, estructuras económicas y política interior y exterior unificadas, sino que se trataba solo de una unión dinástica en la que los dos reinos continuaban conservando sus propias señas de identidad, sus antiguas leyes, las instituciones políticas, su peculiar administración y sus tradicionales proyectos en política exterior: Castilla, como se ha dicho, con una orientación prioritariamente dirigida hacia el norte de África y, desde el descubrimiento de América, hacia las Indias; Aragón, con un proyecto canalizado hacia el espacio mediterráneo, con su núcleo fundamental en Italia, vocación marítima y mediterránea aragonesa que se remontaba, al menos, a las primeras décadas del siglo XIII.

Se puede decir que la incipiente Monarquía hispánica surgida de la unión de Castilla y Aragón (con las posteriores anexiones de Granada y, en 1512, de Navarra) se enfrentaba a importantes retos y obstáculos en política exterior, puesto que ambas Coronas representaban dos tradiciones geopolíticas y diplomáticas muy diferentes, aunque no forzosamente contrapuestas, como se ha referido: Castilla dirigida hacia el Magreb occidental, con el objetivo de anexionarse el emirato de Fez, extender el cristianismo por esa región y controlar el comercio del oro subsahariano que accedía a las ciudades del litoral a través del imperio meriní; Aragón con la intención de asegurar sus dominios mediterráneos (Baleares, Cerdeña y Sicilia), estableciendo en la costa norteafricana presidios o enclaves militares desde los que poder perseguir y erradicar la piratería y el corso berberisco que amenazaban sus posesiones.

Isabel y Fernando habían pactado en Segovia en 1475 establecer entre ellos y sobre los dos reinos que encabezaban unas relaciones de igualdad en sus políticas que, en ocasiones —sobre todo en asuntos internacionales—, hubieron de soportar frecuentes tensiones y algunas discrepancias que se decantaron siempre del lado de Aragón, como se verá en algunos capítulos de la novela.

La reconstrucción y ocupación del castillo de Santa Cruz de la Mar Pequeña, en marzo de 1496, en la costa de África occidental, frente a las islas Canarias; la conquista de Melilla por el duque de Medina Sidonia en septiembre de 1497 y la toma de Mazalquivir, en el litoral occidental del golfo de Orán —convertido desde 1492 en un peligroso nido de piratas— en 1505, fueron los movimientos preliminares de la expansión española por el litoral norteafricano, en la que tan destacado protagonismo iba a tener el capitán Pedro Navarro.

Sin embargo, cuando estalló el conflicto con Francia, que ambicionaba apoderarse de Nápoles alegando ciertos derechos históricos en 1494 y, muy especialmente, a partir del año 1501, cuando el rey galo Luis XII invadió Italia y Gonzalo Fernández de Córdoba debió ponerse al frente de un gran ejército y desembarcar en la costa de Calabria, las prioridades de Aragón no serían ya la conquista del África noroccidental —que sí lo eran para Castilla—, sino la defensa de Sicilia y la probable ocupación del reino de Nápoles.

Aunque los recursos humanos y financieros de España eran abundantes, después de la unión de las dos Coronas y de las profundas reformas económico-financieras, administrativas y militares acometidas por los reyes, la apertura de dos frentes de guerra simultáneamente obligaba a dar prioridad a uno de ellos, y Fernando el Católico no dudó en inclinarse por Italia, donde se dirimían los intereses de Aragón.

A pesar de que la invasión francesa de Nápoles obligó a centrar la atención del rey don Fernando en tierras italianas, a enviar numerosas tropas españolas a la península itálica y a mantener la Armada en aguas del Mediterráneo central, no por ello se abandonaron las operaciones navales y terrestres destinadas a conquistar determinados enclaves costeros norteafricanos, vitales para despejar de corsarios los entornos de las Baleares y de Sicilia y mantener alejados de aguas cristianas a los turcos.

No obstante, la conquista y ocupación de Mazalquivir (1505), del peñón de Vélez de la Gomera (1508), de Orán (1509), de Bugía y de Trípoli (1510), llevadas a cabo con la participación destacada, en cuatro de ellas, del capitán Pedro Navarro mandando las fuerzas de desembarco y del cardenal Cisneros —en la toma de Orán— como general en jefe, no significó la penetración en el continente, como deseaba el arzobispo de Toledo, en cumplimiento de la bula de la santa cruzada otorgada por el papa a la expedición y del testamento de la Reina Católica.

Cuando en 1511 el rey don Fernando, como regente, decidió emprender una campaña para conquistar Túnez y después Egipto, los representantes de las principales ciudades de Castilla no dudaron en manifestar su oposición a acometer una empresa tan arriesgada como alejada de los intereses castellanos, lo que hizo desistir al rey regente. Sin embargo, el dominio de España sobre el litoral norteafricano estaba ya consolidado.

No obstante, la presencia española en el litoral magrebí se ciñó exclusivamente a la ocupación de una serie de estratégicos enclaves costeros, denominados presidios, que fueron reforzados con la construcción de fortificaciones. Algunos de ellos permanecieron en poder de España hasta el siglo XVIII. Otros continúan bajo soberanía española en la actualidad (Melilla, las islas Chafarinas y el peñón de Vélez de la Gomera).

En los dos grandes conflictos bélicos que se desarrollaron durante el largo reinado de los Reyes Católicos —al margen de las guerras de Granada— y que continuaron activos con el rey don Fernando y el cardenal Cisneros como regentes, que fueron las tres guerras de Italia y la conquista y el control del litoral africano, participó de una manera muy destacada Pedro Navarro, el protagonista de este apasionante relato, bien como comandante de la flota, bien mandando con solvencia las tropas de desembarco en Vélez, Orán, Bugía y Trípoli, o bien al frente de la infantería y la artillería en Nápoles bajo las órdenes de Gonzalo Fernández de Córdoba.

Pedro Navarro, labriego, corsario y salteador, palafrenero de un cardenal, almirante de la escuadra española, capitán de infantería y artillería a las órdenes de Gonzalo Fernández de Córdoba, capitán general de infantería del Rey Católico, ingeniero militar, conde de Oliveto y, quizás por despecho, almirante de Francia desde 1516, vivió en ese apasionante período de nuestra historia que fueron los reinados de los Reyes Católicos, la reina Juana I y el rey Carlos I, cuando los ejércitos españoles se enseñoreaban de media Europa.

Navarro vivió a caballo entre los siglos XV y XVI, en el seno de una sociedad que agonizaba —la medieval— y otra que surgía con una fuerza inusitada —la conocida por la historiografía como Edad Moderna—, un mundo en el que el ideal del humanismo había encumbrado la figura del hombre y el axioma «El hombre es el centro del universo» vendría a trastocar y cambiar hasta en sus más profundas raíces los viejos esquemas presididos por la superstición, la absoluta dependencia de la divinidad y la debilidad del poder monárquico, para conducir al hombre por nuevos y nunca transitados derroteros y proporcionarle una nueva visión del mundo que posibilitaría los sorprendentes descubrimientos geográficos y científicos de los siglos XVI y XVII.

Al mismo tiempo, hacían su aparición novedosas maneras de hacer la guerra, con la utilización de armas más eficaces y destructivas (arcabuces, bombardas, minas) que vendrían a sustituir las tradicionales lanzas, las espadas, los arcos y las ballestas, a convertir en inútiles las defensas personales de los soldados y a obligar a los recintos defensivos a adaptarse al uso de la artillería, achaflanando los paramentos, rehundiéndolos en amplios y profundos fosos, rebajando su altura y construyendo baluartes para ubicar las piezas artilleras.

Pero la extraordinaria carrera militar de Pedro Bereterra, Pedro Navarro, Pedro el Cántabro o Roncal el Salteador, un humilde pero sagaz y entusiasta aldeano nacido en un apartado valle pirenaico, no puede desligarse de las destrezas adquiridas como marino y artillero en su juventud, de su ingenio y de su sorprendente capacidad para adaptarse a una cerrada sociedad estamental en la que no pertenecer a la nobleza era un lastre difícilmente superable para quien, viniendo de lo más bajo, aspiraba al ascenso y al reconocimiento social.

Apoyado en su personalidad inquieta y aventurera, su innata inteligencia y su astucia —demostrada en numerosas ocasiones y que le valió el aprecio y la admiración de encumbrados personajes como el Gran Capitán, el cardenal Cisneros, Fernando el Católico o el mismo rey Francisco I de Francia—, supo vencer los mayores obstáculos, superar hábilmente las maquinaciones urdidas contra él por sus enemigos y competidores y conseguir, antes de caer en desgracia, una fama y una gloria que solo están al alcance de los grandes hombres.

Desde el valle de Roncal hasta los campos de Francia, pasando por las costas de África y las fortificadas y populosas ciudades de Italia, este destacado militar, inventor del minado de fortalezas con pólvora, temido por los franceses, turcos y gomeres y admirado y aclamado por españoles y napolitanos, recompensado con un condado en remuneración por los servicios prestados a la Corona, acabó sus días vilipendiado y acusado de doble traición a España, repudiado por aquellos que una vez lo habían ensalzado y vitoreado como libertador y, sin embargo, admirado y querido en los tristes días de su reclusión y muerte por los que habían compartido con él el ejercicio de las armas en los campos de Italia o las costas de África, finalizando de esa manera la fascinante existencia de uno de los más sobresalientes soldados que ha dado España.

I

DESDE LA VILLA DE GARDE
A PORTUGALETE

El joven se apoyó en el pretil del viejo puente de piedra que, a corta distancia de la iglesia de Santa María la Real —cuya torre-cimborrio, de elegante factura, se elevaba desafiante por encima de las casas señoriales—, atravesaba el río Aragón, a esas alturas del verano de caudal abundante y tumultuoso gracias al deshielo de las nieves acumuladas en las sierras circundantes durante el invierno que pasó.

Acababa de iniciarse el mes de julio del año 1476.

Amarrado a una de las argollas de hierro que pendían del gastado paramento de sillares del puente se hallaba el asno que le había servido para transportar las dos arrobas de lana que su padre le encomendó y que había entregado la víspera a un comerciante de la villa de Sangüesa. Esta población, cabecera de la merindad, estaba situada en el transitado camino del santo apóstol Santiago a su paso por las tierras navarras. A ella acudían mercaderes de Castilla y Aragón, y a veces de Francia e Italia, para adquirir los productos de la tierra —madera, lana, queso de excelente calidad y zaleas de cuero de oveja— a cambio de telas, cuchillos, tintes, sal, trigo, pimienta, clavo y otras mercancías que no se producían en aquellas apartadas y abruptas comarcas del reino de Navarra.

Pedro Bereterra, que ese era su nombre, acababa de cumplir dieciséis años y había acudido, como se ha dicho, a la capital de la merindad desde su villa de Garde, donde residía, por encargo de su padre, don Pedro del Roncal, un rústico hidalgo venido a menos, para hacer entrega de la lana esquilada a las ovejas lachas propiedad de su progenitor, que el muchacho pastoreaba cada día en las laderas del monte Calveira. Media milla sierra arriba de la ermita de Nuestra Señora de Zuberoa —a cuyos pies también poseía don Pedro del Roncal un pedazo de tierra de cultivo para la siembra de cereales y una fanega de monte roturado dedicada a viñas—, se encontraban los pastizales de la comunidad donde cada familia podía tener su rebaño de ovejas, principal medio de subsistencia en aquellos agrestes lugares.

El joven, sentado indolentemente en el rocoso pretil, viendo correr bajo sus pies el caudal de limpias y ruidosas aguas del Aragón, recapacitaba sobre su situación y el sombrío futuro que le deparaba la pertenencia a aquella tierra dura y casi despoblada, situada en un perdido valle de montaña de inviernos largos y rigurosos. Una tierra hostil que no podía ofrecer —a quien no tuviera hacienda ni apellido respetable— otra cosa que ser un pobre y resignado labriego toda su vida. Por eso, él, que, aunque nacido en el seno de una familia humilde y de escasa hidalguía y al que el Todopoderoso había dotado, en justa compensación, con una fuerza física, una inteligencia natural y una sagacidad poco común —según decía el cura que le enseñó las primeras letras—, aspiraba a alcanzar un mejor estado y lograr, si no la riqueza, tan esquiva para los simples y desheredados, sí al menos una vida libre de penalidades y miserias, a las que tan acostumbrados estaban los moradores de aquellos valles pirenaicos.

Estando en estas cavilaciones vio aparecer por un recodo que hacía el camino que se dirigía a Sangüesa a dos hombres montados en sendos caballos que jalaban de un par de mulas cargadas con pesados fardos. Cuando estuvieron a diez pasos del muchacho, uno de ellos exclamó en la lengua de Castilla:

—Seas bien hallado, joven. No es nuestro deseo importunarte, pero nos gustaría descansar a tu lado aposentándonos en este pretil y, de paso, hacerte algunas preguntas, que somos forasteros y poco conocemos de estos lugares.

El joven, que con dificultad entendía el castellano, pues desde niño solo había oído hablar en vizcaíno roncalés en su casa, respondió con amabilidad:

—No me importunáis, señores forasteros, que el puente lo hizo nuestro señor rey para que lo usaran todos los cristianos y no he de alegar derecho de propiedad por ser de esta merindad. Pero escasa os ha de ser mi ayuda, puesto que no soy vecino de Sangüesa, aunque acudo con frecuencia a esta ciudad.

Los dos caballeros desmontaron y, después de dejar a los sudorosos corceles y las mulas ramoneando en la tupida vegetación que bordeaba el río, tomaron asiento junto al pastor gardacho[1].

—Somos comerciantes de la ciudad de Génova. Mi nombre es Ugolino Picardi. Este es mi hermano Jácome y nuestro otro hermano, Giuliano, nos espera con una carraca en el puerto de Portugalete, donde hemos de reunirnos con él en el plazo de veinte días.

—Venimos de rematar cierto negocio en Tafalla, y dentro de tres o cuatro días partiremos para Pamplona, aunque antes hemos de visitar a un comerciante de nombre Antón Velasco en esta ciudad —explicó Jácome, mientras que su hermano descendía hasta la orilla del río para llenar su pellejo de agua—. ¿Tendrías la amabilidad de acompañarnos hasta una fonda que posea cuadra para las bestias y pueda proporcionarnos buen hospedaje?

—Sé dónde hay una fonda con esas características, señores genoveses —terció Pedro—. El destino, o Nuestra Señora de Zuberoa, han querido que ese Antón Velasco sea la misma persona a la que mi padre le vende la lana de nuestras ovejas. Junto a su casa, en la calle de los Francos, detrás de la iglesia de Santiago el Mayor, hallareis una buena posada. Yo mismo os acompañaré.

Y en acabando de decir estas palabras, los tres iniciaron la marcha cruzando el puente y dirigiéndose a la casa de Antón Velasco. Antes de despedirse de los mercaderes, el roncalés les emplazó en aquel mismo lugar para encontrarse de nuevo con ellos pasados cuatro días, antes de que emprendieran el viaje que los iba a llevar a Pamplona y, después, a Portugalete, donde habrían de encontrarse con su hermano.

Pedro Bereterra, que como se ha dicho era de notable inteligencia, decidido y raudo en la toma de decisiones, mientras platicaba con los

---

1 Gentilicio popular aplicado a los habitantes de la villa de Garde.

dos hermanos genoveses camino de la posada, había ido tramando un plan que —pensaba— le permitiría cumplir su deseo de abandonar para siempre aquella tierra ingrata, que solo penalidades y miserias le ofrecía, y vivir la aventura lejos de las montañas y del mísero pueblo en el que había nacido.

Cuando, transcurrido el plazo de cuatro días, el intrépido hijo de Pedro del Roncal se presentó en la puerta de la fonda donde se hospedaban los dos genoveses con un petate de tela al hombro conteniendo sus escasas pertenencias y estos oyeron de boca del joven gardacho cuáles eran sus intenciones, no podían dar crédito a lo que estaban oyendo.

—Os pido, amables comerciantes —comenzó diciendo Pedro— que me permitáis acompañaros en vuestro viaje como criado o acemilero, pues he tomado la firme resolución de dejar estos pagos para siempre y empezar una nueva vida en cualquier otro lugar que, seguro estoy, me dará más satisfacciones y me ofrecerá mejor futuro que la perdida puebla donde nací. Me he despedido de mi buen padre y de mi hermana María, aunque a ellos les he prometido que volvería algún día, cuando haya logrado reunir suficiente dinero para poder sacarlos de la vida miserable que llevan.

—¿Quieres venir a Génova con nosotros? —le interrogó Ugolino.

—Quiero alejarme de estas tierras, amigos míos —respondió el roncalés sin titubear—. Si me aceptáis como compañero de viaje y mozo de mulas, iré con vosotros, al menos hasta la costa de Vizcaya, donde decís que os espera vuestro hermano. Luego, Dios sabrá indicarme el camino a seguir.

Los dos genoveses, que eran forasteros y, por lo tanto, malos conocedores de aquellos solitarios caminos, mostraron su satisfacción ante la decisión tomada por el joven navarro y, sin más preámbulos, lo aceptaron como compañero con la única condición de que les sirviera de mozo de mulas hasta que arribaran a Portugalete. A media mañana, enjaezados los caballos, cargadas las acémilas y preparado convenientemente el asno que Pedro había traído para que le sirviera de montura, los tres viajeros emprendieron el camino que los iba a llevar hasta la ciudad de Pamplona.

Haciendo jornadas de veinte kilómetros de media recorrieron el camino entre Sangüesa y Pamplona en dos jornadas largas. Atravesaron amplios campos de cultivo ganados en el pasado al frondoso bosque de hayas y robles que ocupaba todavía las empinadas laderas de las sierras cercanas. Durante la primera etapa del viaje siguieron el curso del río Irati para acceder, al atardecer del tercer día, a la ciudad de Pamplona, que los naturales llaman Iruña, donde permanecieron dos jornadas hospedados en una mala fonda situada junto al convento de Santo Domingo, entre este y la orilla del río Arga, mientras que remataban un negocio con uno de los comerciantes locales.

Pedro Bereterra se ocupaba de mantener bien atados los fardos sobre los lomos de las acémilas, hacerlas retornar al camino cuando alguna se desviaba y ayudar a descargar y, luego, cargar las mercancías en los lugares de arribada. Mientras marchaban por los estrechos senderos que se abrían, a veces entre la densa arboleda y otras en medio de roquedales que, formando angosturas, anunciaban el arranque de las montañas, el roncalés cerraba la marcha montado en el asno que fuera de su padre; pero cuando la senda se hacía difícil o casi se perdía consumida por la exuberante vegetación, encabezaba la comitiva para ir señalando el itinerario a seguir, más por intuición de montañero que por conocer aquellos caminos por los que nunca había transitado.

En aquel viaje, realizado en diecinueve jornadas, atravesaron ríos caudalosos y montañas redondeadas cubiertas de hayas y robles en sus laderas y abetos y pinos en las cimas. Dejaron atrás las tierras del reino de Navarra para entrar en Castilla por la villa de Tolosa, donde hicieron alto durante dos días para descansar y visitar a un genovés que residía en la población. Después cruzaron los términos de Andoáin, Zarauz —en la costa de Guipúzcoa—, Eibar y Durango, para entrar en Portugalete la tarde del día 21 de julio del año 1476.

Se dirigieron al puerto, que estaba situado en el seno de una ría estrecha, larga y sinuosa, buena para el abrigo de toda clase de embarcaciones, tanto de pesca como de comercio, y de unas naos muy fuertes y altas de borda que usan los naturales para la caza de ballenas en aguas cercanas a su litoral o en los mares de Bretaña e Irlanda. Portugalete es y ha sido en los años que siguieron a la guerra que arrasó Castilla, cuando don Enrique de Trastámara disputó el trono a su hermanastro don Pedro, villa rica y bien poblada, favorecida por la nueva dinastía, sobre todo desde que el rey don Juan II le dio una carta puebla concediéndole libertades y franquicias. Con ella pudo incrementar el comercio marítimo, sacando por mar hierro, madera para la construcción naval, lana y pescado salado y metiendo, en carracas y naves castellanas, portuguesas, bretonas y de Génova, mercancías diversas de Portugal, telas flamencas, trigo, vino y sal de Italia y artículos de lujo procedentes de Oriente.

—¡Ese es el barco de mi hermano! —gritó Ugolino señalando, cuando hubieron atravesado una estrecha callejuela que daba a la ribera del mar, una carraca grande de tres palos que se hallaba atracada junto al pretil del muelle.

Se acercaron a la embarcación y, cuando se hallaban a un tiro de piedra de ella, Jácome corrió, adelantándose a sus dos compañeros, para ascender hasta la cubierta por encima de un portalón de madera que la comunicaba con tierra. El alboroto producido por el inquieto genovés debió de alarmar a los marineros de la carraca, pues, en un santiamén, varios de ellos surgieron de la bodega a través de una de las escotillas, al tiempo que se abría la puerta del castillo de popa y aparecía en el umbral un hombre de unos cuarenta años de edad, de tez curtida por el viento ábrego y la salinidad del mar y una barba negra y bien recortada cubriéndole la parte inferior de la cara. La abundante cabellera la tenía recogida sobre la nuca en una especie de coleta atada con un gran lazo rojo. No podía negar ser hermano de Ugolino por el sorprendente parecido que ambos presentaban. Al poco estaban los tres viajeros en la cubierta de la carraca genovesa delante de aquel fornido italiano que parecía ser el patrón del barco.

—Es mi hermano gemelo Giuliano —exclamó Ugolino, señalando al hombre de la coleta antes de fundirse ambos en un prolongado abrazo.

—Os esperaba desde hace una semana —dijo Giuliano, mientras indicaba a los recién llegados la portezuela que daba a su cámara para que accedieran con él a su interior.

Ugolino tomó la palabra.

—He de reconocer que nos hemos retrasado varios días, pero has de achacarlo al mal tiempo que nos sorprendió al salir de Zaragoza a primeros de junio y que nos obligó a permanecer una semana en una villa llamada Tudela.

—¿Y quién es este joven que os acompaña? —preguntó Giuliano señalando al roncalés que, hasta ese momento, se había mantenido al margen de los efusivos saludos protagonizados por los tres hermanos.

—Su nombre es Pedro Bereterra y se unió a nosotros en Sangüesa. Dice que quiere conocer mundo y, si es posible, encontrar un mejor lugar para vivir que el apartado y húmedo valle donde nació y se crio.

—Sé bienvenido a este barco, muchacho —dijo Giuliano—. Si es conocer mundo lo que deseas, con avaricia lo lograrás embarcándote en nuestra carraca. Dentro de un par de días zarpamos rumbo a Bristol, donde hemos de desembarcar una carga de lana castellana y, después, navegaremos hasta Lisboa, Sevilla y Génova.

El joven gardacho inclinó la cabeza en señal de respeto. Luego dijo:

—He de agradecer a la generosidad de vuestros hermanos el que me hayan permitido acompañarlos hasta este puerto. Cierto es que deseo abandonar la tierra de mis mayores y buscar una nueva vida lejos del lugar donde nací, pero no sé si es el comercio marítimo la labor que anhelo y espero ejercer. Aunque antes de que zarpéis con la carraca habré tomado la decisión de embarcar con vosotros o de permanecer en este puerto donde, no me cabe duda, hallaré mejores oportunidades de aprender un oficio y ganar dinero que en un apartado y mísero pueblo de montaña.

—Si decides enrolarte en nuestro barco y formar parte de su tripulación, querido amigo, te recibiremos con los brazos abiertos, que siempre se necesitan jóvenes grumetes en un navío —expuso con vehemencia Ugolino Picardi—; pero si es quedarte en esta tierra y seguir otro camino distinto al noble oficio de marear, también te daremos nuestra bendición, pues los designios de Dios son inescrutables y a ellos hemos de plegarnos. Él te iluminará en la decisión que hayas de tomar, aunque nadie sabe si ha elegido el buen camino hasta que lo ha transitado. Tienes dos días para pensarlo, muchacho. De esta manera quedó el asunto zanjado a la espera de que el joven Pedro Bereterra reflexionara sobre la postura que iba a tomar antes de que la embarcación de los hermanos Picardi zarpara con rumbo al puerto de Bristol, que sería transcurridos dos días. Aquella noche los tres hermanos, acompañados del contramaestre de la carraca y de un pusilánime y tímido roncalés, se dirigieron a la taberna de más fama del puerto de Portugalete que abría sus puertas cerca del muelle, en un viejo caserón con paredes de mampuestos y techo de lajas de pizarra, y que señalaba su posición durante la noche mediante la luz de dos grandes fanales —de los que utilizan las galeras de combate colocados en su popa—, colgados en su fachada a ambos lados de la puerta principal del establecimiento.

En aquel tumultuoso bodegón se reunía cada atardecer toda una caterva de personajes relacionados con las faenas de la mar: marinos de todas las edades, pilotos sin trabajo, pescadores, sogueros, tejedores de redes, cazadores de ballenas, carpinteros de ribera, calafates de las cercanas atarazanas y, los más respetados de todos: corsarios al servicio de la Corona o de algún ambicioso armador que actuaban sin temor a las leyes del reino en el golfo de Vizcaya, los mares de Galicia y Portugal y que, incluso, llegaban a las costas de Granada e Italia.

Después de dos horas de plática con algunos parroquianos, a los que Ugolino atrajo a su mesa y partida invitándolos a unas jarras de buen vino del río Oja, uno de ellos, un hombre de unos cuarenta años de edad, alto de cuerpo, recio de brazos —a causa de la dureza de su oficio, como luego se verá— y con la tez renegrida por efecto del inclemente sol y del salitre de la mar, se presentó diciendo que se llamaba Fermín Orozco y que, con los cuatro avezados pescadores que le acompañaban, formaba parte de la tripulación de una carraca de tres palos que se dedicaba a la caza de ballenas en el golfo de Vizcaya y, cuando escaseaban, en los mares de Irlanda.

—No hay oficio más emocionante, amigos italianos —proclamó el rudo ballenero, que dijo ejercer de arponero de la embarcación, después de beber un prolongado trago del violáceo vino que contenía su jarra de loza—. Cuando el vigía lanza la voz de alarma y en medio del mar agitado vemos surgir el chorro de vapor y agua que señala el lugar donde emerge el monstruo y oímos la frase de: «¡Por allá resopla!», comienza el pandemónium en la carraca. Todo el mundo emite desaforados gritos y se afana en realizar el cometido que a cada cual le corresponde con la mayor diligencia. Se arroja al mar el batel con sus remos y, una vez en el agua, nos afanamos en remar y en localizar la ballena antes de que se sumerja. Desde la proa del batel mi misión consiste en hincar uno o más arpones en el resbaladizo lomo del gran pez hasta lograr que se desangre y quede flotando y sin vida sobre la superficie del mar. Entonces se acerca la carraca y comienzan los hábiles sajadores a rajar al animal con sus hachas y cuchillos para sacarle la carne y todo el aceite que guarda entre su piel y sus vísceras. Luego, lo que queda del animal se deja a la deriva para que sea pasto de los tiburones y los alcatraces.

—No me cabe duda de que ha de ser emocionante y muy peligroso ese trabajo —adujo Pedro Bereterra—, pues un animal tan salvaje y poderoso no se dejará cazar sin oponer una fuerte resistencia.

—Así es, joven —respondió Fermín Orozco—. Con frecuencia la ballena, dando de coletazos y emitiendo bufidos que hielan la sangre de los marineros novatos, se lanza contra el batel haciéndolo zozobrar y, de paso, ahogando o dejando malherido a algunos de sus ocupantes. Pero, si la suerte nos es propicia, logramos una presa muy valiosa. ¿Sabes cuántos miles de candiles, almenaras y lámparas de iglesias y cuántas decenas de faros se iluminan cada noche gracias al aceite que sacamos de las ballenas?

—No dudo que es mucha gente la que se beneficia de esta arriesgada industria —dijo Jácome—; pero estimo, señor arponero, que, como en todos los trabajos, la ganancia obtenida será mayor cuanto más expuesta al peligro sea su ejecución. Si abastecéis, como decís, a tantas iglesias, hogares y faros del señorío de Vizcaya con el aceite sacado de esos grandes animales, será porque, aun siendo una labor muy arriesgada, obtenéis un gran beneficio con su caza.

—No podemos quejarnos —reconoció otro de los marineros cazadores—. Pero, es cierto que, a cambio de un puñado de ducados, el mar se cobra cada temporada su tributo de esforzados hombres. Muchos de nuestros compañeros yacen para siempre en el fondo del mar.

En torno a la mesa de los genoveses se había ido congregando una cuadrilla de diez o doce hombres, zafios pescadores, curtidos cazadores de ballenas —como se ha referido—, calafates y, también, algunos viejos marineros licenciados de la Armada que aún sentían la irresistible atracción del mar, aunque ellos no pudieran ya navegar. A media noche, cuando más abarrotada estaba la taberna y mayor era el griterío y más intensas las disputas de los ebrios parroquianos, sucedió un hecho que tendría una enorme repercusión en la decisión que habría de tomar el labriego del valle de Roncal convertido en aventurero y trotamundos. Súbitamente se abrió de par en par la puerta del bodegón y cuatro hombres desaliñados, de cabellera y barba descuidadas, con una espada cada uno sujeta al tahalí de cuero que les cruzaba el pecho, hicieron triunfal entrada en la cantina. El primero de ellos, que presentaba una mejor figura, una cabeza gruesa de enriscada cabellera e iba cubierto con un sombrero de ala ancha adornado con una enorme pluma blanca, era sin duda el jefe del grupo. Todos los clientes enmudecieron sorprendidos e intimidados por la inesperada irrupción de los recién llegados.

—¡Antón! ¡Antón de Garay! —gritó uno de los parroquianos, que parecía un viejo militar por el ajado uniforme que aún portaba.

Superada la sorpresa, todos se lanzaron sin mesura a abrazar y saludar a los hombres armados que acababan de entrar en olor de multitudes en el bodegón, abandonando las partidas de cartas en las que se hallaban enzarzados u olvidando los temas de conversación que estaban manteniendo con sus contertulios.

Tanta sorpresa y admiración estaban plenamente justificadas. Antón de Garay era el corsario más famoso y audaz de toda la costa vizcaína. Capitaneaba uno de los barcos de don Íñigo de Artieta, rico armador nacido en la villa de Lequeitio en el seno de una poderosa familia de mercaderes que, entendiendo que el corso producía más beneficios que el comercio ordinario, se trocó de mercader y constructor de navíos en propietario de una flota de barcos corsarios. Desde hacía quince años recorría su capitán, Antón de Garay, las aguas del golfo de Vizcaya, el Canal de la Mancha y las costas de Galicia y Portugal asaltando embarcaciones. Aunque él se decía corsario cristianísimo y fiel cumplidor de las leyes de Castilla y León y de los tratados firmados por sus reyes con otras naciones, lo cierto era que todo el mundo sabía que, en ocasiones, hacía singladuras y acciones propias de un pirata, pues, cuando no encontraba nave enemiga que atacar y a la que decomisar sus mercancías, asaltaba sin ningún remordimiento ni pudor a barcos de naciones neutrales e, incluso, amigas. Cuando esto sucedía, nadie podía reclamar ante la justicia, porque bien se encargaban los «corsarios» de no dejar testigos incómodos enrolando en la flota de Artieta a los marinos apresados —so pena de ser pasados por la quilla— o degollando a los tripulantes reacios antes de hundir la embarcación capturada.

El rico armador hacía la vista gorda diciendo que sus capitanes eran honrados mercaderes que ni por asomo se atreverían a contravenir las leyes y los sagrados mandamientos de la santa madre Iglesia. De aquella cruenta y anticristiana manera de obrar de algunos capitanes nadie se hacía eco, ni lo comentaba en público por miedo o por complicidad, porque los corsarios vizcaínos mantenían bien engrasadas a las autoridades locales y a los párrocos de las iglesias con sus cuantiosas donaciones, al tiempo que proporcionaban con sus violentas, pero lucrativas acciones a Lequeitio, Portugalete, Guetaria, Zarauz, Ondárroa y otras villas del mar Cantábrico fabulosos beneficios.

—Tened la amabilidad de acompañarnos, señor Antón de Garay —manifestó Fermín Orozco expulsando de la mesa donde se hallaba con los italianos y con Pedro Bereterra a cuatro de los parroquianos para dejar sitio a los corsarios.

—Acabamos de arribar a puerto después de cuatro semanas largas navegando por aguas de Portugal —dijo el capitán de los corsarios al tiempo que se sentaba a la mesa con sus compañeros y reclamaba a voz en grito unas jarras de vino al tabernero—. La singladura ha sido muy dura, pues hemos tenido que hacer frente a una tormenta que a punto ha estado de echarnos a pique. Pero Nuestra Señora de Begoña nos ha protegido bien y ha permitido que recalemos sin daño en Portugalete. Aquí descasaremos unos días antes de proseguir viaje hasta Lequeitio, donde nos espera nuestro armador, don Íñigo de Artieta. En ese puerto descargaremos las presas que, hace unos veinte días, tomamos a una urca portuguesa que procedía

31

del puerto de Amberes con carga de paños de Flandes y procederemos al reparto de la parte del botín que nos corresponde. Pero dejémonos de historias y bebamos de este vino que tanto hemos echado de menos en el ancho mar.

Desde que se inició, en 1475, la guerra entre los seguidores de la reina Isabel I de Castilla y los de la princesa Juana, conocida como «la Beltraneja», apoyados por el rey de Portugal, los barcos de ese reino se habían convertido en presas fáciles para los corsarios que tenían sus puertos bases en Galicia, Cantabria y Vizcaya. Al tiempo que los ejércitos de ambos reinos de enfrentaban en cruentas batallas campales, las Armadas de las dos naciones, y la flota de corsarios, hacían su labor de desgaste y de asaltos indiscriminados a los barcos de guerra y de comercio contrarios. No cabe duda de que la guerra era la situación que más satisfacía a los corsarios. Con ella tenían ocasión de poder enriquecerse atacando a indefensas naos, urcas, cárabos y carracas sin temor a represalias ni a contravenir las leyes del reino ni de Dios.

—Solo en este año que pasó hemos asaltado más embarcaciones portuguesas y capturado más botín que en los diez anteriores —aseguró muy ufano Antón de Garay una vez que hubo ingerido media jarra de vino de un único trago—. ¡Bendita guerra, amigos míos! Es para dar gracias a Dios por haber echado al mundo a esa tal Juana que llaman «la Beltraneja». Porque sin ella Castilla no habría entrado en guerra con Portugal y nuestras naos y carracas corsarias estarían ahora en dique seco, inactivas o surtas en algún fondeadero esperando la oportunidad de poder asaltar navíos enemigos de Castilla. ¡Bendita guerra, amigos míos!

La mayoría de los presentes, aunque discrepaban en su fuero interno de la intransigente postura mantenida por el corsario, nada dijeron en su contra, bien porque entendían que era aquella la manera ordinaria de obrar y de ganarse la vida la aguerrida gente de la mar, bien porque sabían que la guerra ha sido siempre y será motivo de desgracias para muchos, pero también una oportunidad de adquirir fama y riquezas para otros.

Pedro Bereterra que, con el relato desgranado con tanto apasionamiento por Antón de Garay describiendo las bondades de su oficio, había sentido una insólita atracción por las hazañas y la vida aventurera que podría ofrecerle la actividad corsaria, preguntó sin poder ocultar su admiración por aquellos bravos hombres:

—En el valle de Roncal, señor de Garay, no se tienen noticias de vuestras proezas, las cuales son dignas de admiración y respeto. Sin embargo, ¿es cierto que se gana más navegando en un barco corsario que estando toda una vida en el interior de una mina o enrolado en la Armada de Castilla?

—No lo pongas en duda, muchacho. No hay en el mundo un oficio más respetable y mejor remunerado, aunque peligroso. Has de saber que si la suerte acompaña a los intrépidos corsarios y aparece en medio del mar una confiada carraca con la bodega repleta de especias de Oriente, telas de lujo, vajillas de plata o esclavos, te haces rico en un santiamén. Pero, si te sorprende un navío de guerra enemigo, estás aviado. O mueres peleando a bordo de tu barco o con el gaznate apretado por una gruesa soga.

A Pedro Bereterra se le iluminó el rostro pensando, no en el peligro cierto de morir, sino en la posibilidad de hacerse con un buen y rico botín. Aunque con el paso de los años el intrépido gardacho moderaría sus ansias de obtener riquezas y las trocaría por el noble deseo de ganar fama y honores, en sus años mozos, todavía estigmatizado por las penurias y escaseces sufridas en el valle de Roncal, el legítimo afán de enriquecerse se le presentaba como el principal objetivo a alcanzar.

—No obstante, pienso que será condición necesaria para embarcarse en vuestras naos ser ducho en el arte de navegar o, al menos, venir de familia de marineros —añadió el roncalés, entendiendo que su escaso conocimiento de la navegación le incapacitaba para enrolarse como corsario con aquella gente. Posibilidad que, no se sabría decir si por su vehemente deseo de vivir la aventura o por efecto de la ingesta inmoderada del vino del río Oja, se había instalado en la calenturienta mente del hijo de Pedro del Roncal desde que comenzó a oír la narración del capitán corsario.

—Nada más lejos de la realidad, amigo mío —respondió con seguridad y desfachatez Antón de Garay—. No se exige otra cosa que audacia para exponerse sin temor a los peligros, inteligencia para enfrentarse y ganarle la partida al enemigo y capacidad de sacrificio para aceptar el sufrimiento o la muerte si el Creador así lo tuviera concertado. El oficio de marear, muchacho, se aprende pronto si se es hábil y se pone interés. El diario trajinar en las vergas y masteleros izando las velas o jalando de los cabos, recogiendo el ancla o metiendo la pólvora en la recámara de alcuza, es una buena escuela en la que todos nosotros hemos estado matriculados, viniendo algunos de la Armada de Castilla o de los barcos que se dedican a la pesca o el comercio; pero también lo han hecho otros, llegados por afición de las tierras interiores sin haber pisado jamás la cubierta de un navío e ignorando en todo las sutiles acechanzas y arteras maniobras de la mar.

Con la contundente respuesta del avezado capitán corsario, el joven navarro quedó pensativo y confuso, porque aquellas sentidas y experimentadas palabras no habían logrado sino incrementar su firme deseo de lanzarse a la aventura y de probar suerte como marinero; y si era ejerciendo de corsario y salteador, mejor, porque estaba seguro de que, respondiendo a la llamada del mar, pronto alcanzaría la fama y la riqueza que todo hombre anhela y ambiciona desde su juventud.

—No habrá que esperar, amigo Bereterra, que zarpe nuestra carraca rumbo a Bristol para que decidas qué camino has de seguir —dijo, a modo de sentencia, Ugolino Picardi—. Entiendo que el relato de este corsario al que acabas de conocer te ha trastornado y señalado el camino que con tanto afán estabas buscando. Alcemos estas jarras de vino —proclamó— y bebamos por el bienestar y el éxito de nuestro intrépido y joven roncalés. Que si es ejerciendo el viejo oficio de corsario como esperas hallar la felicidad, no seremos nosotros, unos humildes comerciantes de la lejana Génova, quienes te apartemos de ella.

Y todos levantaron las jarras de loza y brindaron por el joven Pedro Bereterra que, sin encomendarse a Dios ni al diablo, había decidido aquella noche de embriaguez enrolarse en un barco corsario y emprender la incierta aventura de la navegación asaltando embarcaciones de comercio por los mares de Vizcaya.

Cuando, con las primeras luces del alba, abandonaron la taberna para dirigirse a la carraca de los genoveses y dormir la melopea en la toldilla de la embarcación, Pedro Bereterra, el labriego gardacho que abandonara una mañana de julio las montañas navarras para nunca más volver, había tomado una firme decisión con la esperanza de lograr el ascenso social y la prosperidad que jamás podría alcanzar en su pueblo natal, pero que, sin él saberlo, habría de moldear y encauzar su existencia a partir de ese día.

II
CON LOS CORSARIOS DE VIZCAYA

Santa María Magdalena era el nombre de la nao que se hallaba fondeada en la ría de Portugalete, capitaneada por el famoso corsario vasco Antón de Garay, en la que se había enrolado como grumete y aprendiz de mareante el joven Pedro Bereterra. Había sido construida en los arsenales del armador don Íñigo de Artieta en la villa de Lequeitio en el año 1474, cuando los reyes doña Isabel I y don Fernando V mandaron armar una flota de navíos en las costas de Vizcaya para hacer la guerra al vecino reino de Portugal.

Cuando el roncalés subió a bordo de la nao por primera vez, fue recibido por un tal Martín Pérez, un marino viejo al que todos llamaban *Aita*[2] y que tenía a su cargo a los grumetes y muchachos de la tripulación con el cometido de enseñarles el oficio y mandarles ejecutar las faenas que les estaban encomendadas, como limpiar y baldear la cubierta, ordenar los cabos, raspar el salitre de los hierros y bronces, ayudar al cocinero, tener siempre a punto el batel o embarcación auxiliar y rezar el preceptivo padrenuestro y el avemaría cada media hora al tiempo que decían en voz alta en qué momento del día se hallaban.

En estos quehaceres estaban ocupados los grumetes durante dos años aproximadamente —si eran habilidosos, daban muestras de

---

2   «Padre» en euskera.

inteligencia y aprovechamiento y habían adquirido en ese tiempo los conocimientos necesarios—. Entonces el contramaestre presentaba al capitán la petición para que el aprendiz, que había estado bajo su tutela durante veinticuatro meses, pudiera ser considerado un marinero más.

El gobierno de la Santa María Magdalena estaba a cargo del capitán, Antón de Garay, y del contramaestre, Miguel Eguizábal, segunda autoridad de la embarcación. Este era el responsable de transmitir las órdenes del capitán a la hora de gobernar el navío, izar o arriar las velas, ponerlo en la mejor posición para aprovechar la fuerza del viento y ejecutar las maniobras de aproximación a los puertos, atraque y desatraque. El tercer puesto en el mando lo ocupaba el maestre de fragata, un renegado francés que respondía al nombre de Lucien y que se encargaba de administrar los víveres y controlar las herramientas, los petates, cabos y otros aparejos. Luego estaba el piloto, Juan de Zumaia, que tenía su lugar de descanso en el castillo de popa, cerca de la caña del timón y del compás y junto a las hamacas de los dos timoneles. El resto de la tripulación estaba constituido por veinte marineros —ocho de ellos hombres de armas—, tres grumetes y cuatro muchachos. Además había un carpintero, un barbero para curar las dolencias, cauterizar o coser las heridas y amputar los miembros si llegaba el caso; un artillero experimentado que había estado preso de los turcos, de nombre Juan Lazaga. Este viejo soldado, al que le faltaba el ojo derecho, decían que vaciado por un viratón de ballesta, tenía a su cargo las dos lombardas y los dos falconetes que iban a bordo; las lombardas a proa, sobre las amuras de babor y estribor, y los falconetes colocados en sendas horquillas fijadas en el pretil del castillo de popa. Otro oficio, que solo se daba en las embarcaciones corsarias, era el de cabo de presa, cuya misión consistía en gobernar el barco capturado y conducirlo a puerto para ser vendido.

La nao que mandaba Antón de Garay era una embarcación muy marinera de casco redondo, borda alta y amplia bodega —para poder guardar las presas capturadas— que se comunicaba con la cubierta principal por medio de una escotilla de carga rectangular y de medianas dimensiones. Tenía dos castillos, uno a proa y otro a popa, y tres palos, el mayor y el trinquete arbolando velas cuadras y el de mesana preparado para portar una vela latina. Además, para ganar velocidad cuando el viento era favorable, disponía de un mastelero en el palo mayor en el que se podía largar la gavia. También disponía de un largo bauprés capaz de ceñir una vela cebadera. Este velamen era izado o arriado por los marineros siguiendo las órdenes del contramaestre.

Solo el capitán disponía de una cámara independiente situada en el castillo de popa. En este habitáculo se localizaba un camastro o jergón para el descanso, una mesa fijada al suelo de madera —para impedir sus desplazamientos con mala mar— y estanterías con los portulanos, las cartas de marear y los instrumentos de navegación. El resto de la tripulación dormía en la cubierta, sobre esteras —algunos en hamacas—, a la intemperie durante los meses de primavera y verano y bajo un toldo de tela gruesa embreado para hacerlo impermeable a la lluvia en los meses de invierno.

Al amanecer comenzaban las faenas del día, que consistían en achicar el agua depositada en la sentina, limpiar y baldear la cubierta, repasar las velas para comprobar que en el transcurso de la noche las drizas no se hubieran destensado, subir a las vergas y supervisar los amarres, reorientar las velas y atender a las órdenes del contramaestre.

La vigilancia y el mantenimiento del orden correspondían a los marineros que se hallaban de guardia. La jornada se dividía en seis turnos de guardia de cuatro horas cada uno. Los turnos de la noche debían vigilar la mar para ver si aparecía una luz en medio de la oscuridad que revelara la presencia de algún navío y observar el fanal de popa para que no le faltara el aceite y se apagara.

Ese era el diario trajinar que habían de realizar los marineros y el grumete Pedro Bereterra a bordo de la nao Santa María Magdalena. Y, aunque el roncalés esperaba superar con lucimiento esa primera etapa de su vida marinera, había quienes pensaban, no sin razón, que aquel rudo aldeano criado en las agrestes montañas de Navarra abandonaría el oficio de mareante sin haber alcanzado el grado de marinero. Entre quienes dudaban de la posibilidad de ver convertido en un avezado marino al joven se hallaban sus amigos genoveses, Ugolino y Jácome, que, como se podrá constatar más adelante, quedaron muy sorprendidos cuando, transcurridos dos años, pudieron comprobar que el rústico labriego, que ellos conocieron pastoreando ovejas lachas en el valle de Roncal, se había transformado en un diestro marinero, conocedor de las destrezas y los ardides propios de la actividad corsaria, de las habilidades del arte de la navegación y devoto admirador de la artillería naval.

Pero ese será un asunto que se tratará en profundidad en otro capítulo.

Al día siguiente de que partiera la carraca italiana rumbo a Bristol, abandonó el puerto de Portugalete la nao corsaria para dirigirse a Lequeitio, donde desembarcaron las presas capturadas al barco portugués y recibieron la visita del armador, don Íñigo de Artieta, un hombre grueso como tonel de almadraba que caminaba apoyado en un lujoso bastón con pomo y puntero de plata, pues adolecía del mal de la gota. El capitán de Garay reunió a la tripulación en la cubierta de la embarcación para que don Íñigo le pudiera hablar. Este se congratuló del éxito obtenido con la expedición, que le había reportado cuantiosas ganancias. Luego ordenó al capitán que hiciera el reparto de las cantidades que correspondían a cada marinero según el oficio que desempeñaba y su categoría, conminándoles a seguir surcando la mar para aprovechar los buenos tiempos que les proporcionaba la guerra con Portugal. Aquella noche hubo fiesta en uno de los bodegones del puerto, se despachó vino y aguardiente en abundancia y, el que quiso, compartió cama con las barraganas que habían acudido al olor de los reales de plata que habían recibido aquella misma mañana, como sueldo, los esforzados marineros de la Santa María Magdalena.

Transcurridos tres días, después de un merecido descanso y una vez que se hubieron evaporado los perniciosos vapores del aguardiente y con la bodega bien surtida de galletas, cecina, sardinas saladas, bacalao, queso, ajos, cebollas, garbanzo, tocino, aceite, vino y agua, la nao se hizo a la mar tomando el rumbo de la costa de Galicia y Portugal.

A Pedro Bereterra le entregó *Aita* un petate que contenía dos camisetas de lana, dos blusas, un par de calzas, un capuz o cogulla —para los días de lluvia, le dijo—, una capa corta y un bonete para el frío, además de unos zapatos de cuero blando ajustados con una hebilla, un plato y una cuchara de madera y un cuchillo. Estas pertenencias, junto con la estera para dormir, quedaban depositadas en el lugar que el contramaestre había dispuesto para él, que se hallaba debajo de la escalera que comunicaba la cubierta principal con el castillo de proa, no lejos del fogón donde el cocinero trajinaba para elaborar la comida que se les repartía a medio día. «Un buen aposento —le aseguró *Aita*— porque está a cubierto de la lluvia y abrigado de los malos vientos».

Como era pleno verano y el buen tiempo permitía una navegación tranquila y sin sobresaltos, pues el mar permanecía apacible y la nao se balanceaba y cabeceaba con mucha suavidad, el novicio marinero realizaba los trabajos que le encomendaba el viejo Martín Pérez, que era como el padre y el experimentado maestro de los muchachos y los grumetes, sin los agobios y el malestar que con tanta frecuencia aquejan a los que se embarcan por primera vez, como era su caso. Cuando la faena le permitía un momento de descanso, el roncalés se apoyaba en la borda y miraba con estupefacción aquel inmenso mar cuyos límites no se columbraban por el norte. Solo se divisaba una delgada línea azulada que señalaba las tierras que iban dejando atrás por el sur, dado que la nao hacía navegación de cabotaje, sin perder nunca de vista el litoral. Al menos esa sería la manera de bogar hasta llegar al cabo de Finisterre —le aseguró un marino veterano—, pues llegados a ese punto, habrían de internarse en el océano para poder sorprender a las embarcaciones portuguesas que, desde los puertos de Lisboa u Oporto, comerciaban con Inglaterra, Irlanda o Flandes.

Pero no habían alcanzado aún el cabo de Peñas, después de tres días de navegación, cuando el tiempo cambió bruscamente. El cielo se cubrió de densas y amenazadoras nubes, el viento del noroeste comenzó a soplar con gran fuerza haciendo que el mar, hasta ese momento apacible, se encabritara, levantándose enormes olas que hicieron cabecear y balancearse la embarcación desmesuradamente.

Pedro Bereterra se dejó caer en la cubierta, no por temor a los elementos, que era un sentimiento que el intrépido navarro no experimentaba, sino porque los incontenibles deseos de vomitar, los espasmos que sacudían su cuerpo y la sensación de decaimiento que lo embargaba le obligaban a tenderse sobre el suelo de tablazones y asirse a cualquier objeto que estuviera fijado a la estructura del barco, si no quería ser arrojado sobre el pretil con riesgo de caer al mar. Asido al extremo de unos obenques, la faz como la cera y arrojando por la boca la pitanza ingerida ese mediodía, creía que había llegado su última hora, encomendándose devotamente a la Santísima Trinidad.

—No te aflijas, muchacho —le dijo *Aita*, que se había acercado al doliente para asistirlo en tan doloroso trance—. Es este un mal que aqueja a todo novicio en el oficio de navegar cuando el «traganarru»[3] se abate con todas sus fuerzas sobre una embarcación. Aunque creas que el mundo se te viene encima y que la muerte no ha de ser sino un dulce bálsamo que acude para acabar con tus sufrimientos, no desesperes, porque no vas a morir. Después de dos o tres días de padecimientos, tu cuerpo se acostumbrará al balanceo del barco, tus tripas se fortalecerán y nunca más volverás a sentirte tan mal. Pero si quieres aliviar tus sufrimientos, toma un buen trago de aguardiente y tu dolorido estómago te lo agradecerá.

Los marineros, cumpliendo las órdenes del contramaestre, habían arriado todo el velamen, dejando solamente la gavia en el mastelero y la cebadera, que también se hubo que recoger al paso de media hora, pues las huracanadas rachas de viento amenazaban con arrancarlas de las vergas y arrojarlas al mar.

—¡A los palos! ¡A los palos, marineros! —gritaba el contramaestre al observar cómo las vergas crujían y se retorcían comenzando a romper los cabos que las unían a los mástiles.

—¡Arriad esas vergas y atadlas a las barandas de babor y estribor o las perderemos! —se desgañitaba Miguel Eguizábal desde el puente de popa.

Siete u ocho marineros treparon por los resbaladizos e inseguros obenques exponiendo sus vidas para poder acceder hasta las vergas. Una vez en aquel peligroso lugar, zarandeados por el temporal y casi asfixiados por la lluvia que les azotaba el rostro y el torso

---

3   Genio de las tormentas marinas según la tradición de los pescadores y cazadores de ballenas vascos.

semidesnudo, lograron desatar las vergas mientras que otros marineros, desde cubierta, las hacían descender hasta las barandas, a las que fueron fijadas mediante gruesos cabos no sin dificultad, pues el embravecido mar no les daba tregua alguna.

—¡Orza! ¡Orza, timonel! —ordenaba con desesperación el capitán para que el marinero moviera la caña del timón y la embarcación virara y se pusiera de cara al viento, para evitar que las olas atemporaladas golpearan el casco de costado y lo hicieran zozobrar.

—¡No puedo mover la caña, capitán! —vociferó el timonel al comprobar que, a pesar del esfuerzo que realizaba y la ayuda que le prestaba otro marinero, no lograba enderezar el rumbo del navío.

Tal era la fuerza del mar y del viento sobre el casco, que el timón, crujiendo y temblando como si hubiera sido atacado por una repentina y frenética fiebre, amenazaba con romperse, lo que hubiera representado el final para la sufrida embarcación y su atribulada tripulación.

Grandes olas barrían la cubierta llevándose todo aquello que no estuviera bien atado a la estructura del barco: cabos sueltos, achicadores, bicheros, ollas, etc. El mar parecía tragarse el navío absorbido por torbellinos de agua. Ora se hundía en un abismo insondable, ora ascendía de las profundidades y se encaramaba en la cresta espumosa de una colosal ola para volver de nuevo al fondo en medio de un estruendo descomunal.

Una de las enormes masas de agua que cruzó la cubierta de babor a estribor arrancó las tablas que cubrían la escotilla de carga y el mar penetró por ella inundando la bodega y la sentina. Dos marineros descendieron raudos por el hueco dejado para ayudar a los compañeros que se afanaban, manipulando la bomba de achique, con la finalidad de desalojar el agua que ocupaba buena parte de la sentina. La Santa María Magdalena se balanceaba y cabeceaba sin moderación, se escoraba a uno u otro lado y crujía con tanto estrépito que a los muchachos y grumetes menos experimentados les parecía que estaban a las puertas de la muerte, aunque no al roncalés que, acostumbrado como estaba a las penalidades y estrecheces de la vida de labriego, no daba muestras de inquietud ni temor, a más de los vómitos que lo mantenían desmadejado y sin fuerzas.

Al atardecer del segundo día de tempestad, el viento amainó. Se abrieron amplios claros entre las masas de negras nubes y las descomunales olas se aplacaron, pasando de galerna a mar arbolada.

—¡Izad las velas! —exclamó el contramaestre.

Y los marineros iniciaron una frenética actividad sobre la cubierta y la arboladura: jalaron de las drizas, ascendieron por las escalas y los obenques hasta las vergas que habían sido izadas previamente, orientaron la latina para ceñir la embarcación al viento y despejaron la cubierta de los cabos y otros objetos depositados por el temporal.

Cuando la luna hizo su aparición, como una rodela suspendida en medio del negro firmamento, iluminando con su luz plateada el paisaje marino, la temida tempestad y la posibilidad de haber sido tragados por las aguas del océano no eran más que un mal recuerdo. La vida a bordo de la nao pronto recuperó su tono acostumbrado. El carpintero golpeaba con una maza los clavos de hierro para fijar las tablas de la escotilla arrancadas por las olas, el cocinero se aplicaba en recomponer el fogón y el capitán se dedicaba a otear el cielo estrellado a través del astrolabio para conocer el lugar del océano adonde los había enviado la tormenta.

El grumete Pedro Bereterra no entregó su alma en aquella ocasión, como le había asegurado *Aita*, sino que, transcurridas las dos jornadas de galerna, dejó de padecer mareos y decaimiento y el estómago se le apaciguó, permitiéndole ingerir algunas comidas suaves, como sopa de harina de trigo o vino aderezado con miel. Al cuarto día realizaba sin esfuerzo los trabajos de limpieza de la cubierta e, incluso, se atrevía a trepar por las escalas sin que el movimiento de la nave le produjera ningún malestar.

—No me equivoqué, *Aita* —le dijo una tarde, mientras los grumetes recibían una lección de Martín Pérez sobre los nombres que recibían los distintos tipos de velas y la necesidad de izar o arriar unas u otras según la fuerza y la dirección del viento—, cuando decidí enrolarme en vuestra nao. Aunque me crié en las montañas y jamás había visto el mar, algo me dice que mi vida dependerá, en adelante, del olor a brea, del sonido cadencioso de las olas al batir sobre el casco y de las imperativas voces del contramaestre.

—Es la tuya, joven Bereterra, una buena postura ante la vida — le respondió el viejo marino—, porque no es mejor marinero el que lleva el oficio en la sangre pero no disfruta ejercitándolo, sino aquel que, sin haber nacido en el litoral ni saber nada de la mar, lo sigue por propia voluntad y por afición.

Y así, alternando días de plácida mar con otros de navegación agitada o vientos contrarios que obligaban a cambiar el rumbo o a dejar izada solo la vela latina, cuando no a hacer escala en alguno de los puertos que hay en la costa de Asturias y Galicia, fueron transcurriendo las jornadas hasta que, pasados tres días de haber sorteado la tormenta cerca del cabo de Peñas, dejaron atrás la punta de Finisterre y la nao se internó en el oscuro y peligroso océano con la intención de interceptar alguna de las carracas o carabelas portuguesas que hacían comercio entre los puertos de Lisboa u Oporto —de donde sacaban arroz, trigo, vino, maderas africanas, tintes y miel— y los puertos de Flandes o Inglaterra, en los que cargaban telas de Brabante, planchas de cobre o latón y otras mercancías que eran muy solicitadas en las ciudades lusitanas.

Un mes estuvo la Santa María Magdalena surcando aquellos mares solitarios y amenazadores, sin que apareciera un navío que pudiera ser considerado presa de un barco corsario, pues, aunque se toparon en dos ocasiones con embarcaciones de comercio, una de ellas una urca bretona, y otra una vieja coca inglesa que navegaba con rumbo a La Coruña o Pontevedra, no estaban incluidas en el permiso y patente que el rey don Fernando había concedido a los corsarios vascos y, por lo tanto, hubiera sido un acto de piratería, castigado severamente por las naciones cristianas, haberlas asaltado y haberles decomisado su carga. No obstante, no era nada extraordinario —como ya se ha referido— que una nao vizcaína tomara por asalto una embarcación con enseña de nación amiga y la hundiera después de haber robado toda la mercancía que portaba.

El roncalés pronto hizo amistad con el artillero Juan Lazaga, el «Tuerto». Este curtido militar que, como se ha dicho, estuvo en la guerra contra los turcos, en la que aprendió a usar un género de pólvora que imprimía mayor potencia a los disparos, lo reclamaba para que, viendo la afición que mostraba aquel grumete por la artillería, estuviera a su lado cuando hacía algún alarde disparando las lombardas y, sobre todo, cuando preparaba el disparo de alguna de las dos culebrinas o falconetes, piezas de artillería menos pesadas que las lombardas pero más certeras.

—Esta clase de pólvora —le decía Lazaga, al tiempo que metía el cartucho del polvo negro en la recámara de alcuza del falconete y, a continuación, ordenaba a su ayudante que colocara el taco para prensarlo antes de introducir por la boca del cañón la bala de hierro que iba a ser disparada— la elaboran los artilleros turcos aumentando la proporción de carbón y de salitre. Si con la pólvora ordinaria el proyectil alcanza las ochocientas varas, con esta llega a las mil con la suficiente fuerza como para atravesar el casco de un navío.

Y en acabando, dirigía el tiro hacia un punto impreciso del mar moviendo la rabera del arma y, luego, aplicaba la mecha encendida al oído de la alcuza en el que, previamente, había depositado una porción de pólvora rápida. El estruendo del disparo provocaba un estremecimiento del castillo y, al poco, se veía caer la bala en el agua a una distancia de ochocientas o novecientas varas.

—La artillería es un arma temible frente a la que ninguna fortaleza construida según el arte antiguo tiene defensa —añadió el artillero—. Es capaz de arruinar murallas, destrozar la caballería pesada más aguerrida y acabar en un santiamén con la vida de decenas de piqueros o arcabuceros. Sin embargo, en la guerra naval su empleo ha de limitarse a las grandes batallas, Pedro Bereterra, no siendo de gran ayuda en la actividad corsaria, porque un solo y certero disparo por debajo de la línea de flotación hunde sin remedio el navío que se persigue. Y, ¿de qué nos sirve un barco que no podemos capturar ni aprovechar la mercancía que transporta en sus bodegas porque se ha ido a pique? No, muchacho. Este falconete es bueno para intimidar, pero nunca se ha de usar para rendir una carraca contraria.

Llegado el mes de septiembre del año 1477, la nao del capitán Antón de Garay arribó al puerto de La Coruña, donde permaneció una semana para dar descanso a la marinería, reponer víveres, llenar de agua potable los toneles y hacer pesquisa, entre los pescadores de aquel puerto, sobre los barcos portugueses que doblaban el cabo de Finisterre con rumbo al mar del Norte y la costa de Inglaterra.

Por la delación del patrón de una zabra de pesca que frecuentaba las aguas de Irlanda para capturar bacalao, supo el capitán de Garay que varias carracas y carabelas portuguesas se hallaban en el puerto de Galway, en Irlanda, en el que habían desembarcado vinos, trigo y sal. Que creía que antes de que llegara la época invernal retornarían a Portugal con las bodegas repletas de mercancías. Entonces sería buena ocasión para perseguirlas, asaltarlas y decomisar lo que transportaran.

Zarparon los corsarios del puerto de La Coruña al amanecer del día 8 de septiembre, festividad del nacimiento de la Santísima Virgen, y se dirigieron a las aguas que frecuentaban los navíos portugueses que retornaban de las costas de Inglaterra e Irlanda. Navegaron cuatro jornadas hasta que, llegados a cierto punto, el capitán ordenó al timonel virar al nordeste, rumbo que siguieron durante cuarenta y ocho horas. Transcurrido ese tiempo, el contramaestre mandó arriar las velas y ponerse de proa al oleaje para que la embarcación quedara al pairo, a la espera de divisar alguna presa. Una brisa que soplaba desde el suroeste empujaba suavemente la nao en la dirección deseada por su capitán, surcando un mar azul colmado de pequeñas olas espumosas. Pasó aquella jornada y también la siguiente. A mediodía del 19 de septiembre, mientras el maestre de fragata organizaba el reparto de la pitanza que el cocinero había preparado a lo largo de la mañana, consistente en potaje de lentejas, mojama de atún y galletas, regada con aguardiente, y los marineros que no se hallaban de guardia se encontraban sentados en cubierta, de espaldas a la borda devorando el almuerzo, el vigía lanzó el grito de alarma:

—¡Barco a proa, por la amura de estribor!

—¿Enseña? —demandó el capitán.

—Aún no se divisa —respondió el vigía.

Los marineros abandonaron sus escudillas y cucharas de madera y se volcaron sobre la borda de estribor. Como a tres kilómetros se vislumbraba la figura de un navío de alto bordo, dos palos y un solo castillo a popa arbolando velas latinas que navegaba de ceñida, pues la dirección del viento no le era favorable.

—¡Izad las velas! —ordenó el capitán de Garay—. ¡Timonel, rumbo nordeste! ¡Al encuentro de la presa!

La Santa María Magdalena viró con un movimiento brusco y, empujada por el viento que le daba de popa, surcó velozmente el mar con la intención de interceptar la embarcación que, con sus grandes velas triangulares henchidas, se dirigía a un punto del océano donde, irremediablemente, se habría de topar con la nao vizcaína.

—¡Es una carabela! —vociferó el contramaestre, que se había encaramado a uno de los obenques para mejor observar el barco que se acercaba por la amura de estribor.

—Una carabela portuguesa —añadió *Aita*—. Se ve ondear la enseña con las armas de la Casa de Avís en la popa.

—¡A toda vela! —bramó Antón de Garay, entendiendo que aquella embarcación de comercio lusitana era una apetecible y segura presa.

Los marineros, los arcabuceros y los artilleros ocuparon diligentemente sus puestos de combate, a la espera de que la carabela se encontrara al alcance de las armas españolas.

El capitán del navío portugués, cuando comprobó que era el pendón de Castilla el que ondeaba en el palo mayor de la nao y que, por lo tanto, se trataba de un barco enemigo cuyo rumbo indicaba que estaba dispuesto a atacarlos, viró en redondo con la facilidad que solo las velas latinas permiten e inició la huida, favorecido por el viento que recibía de popa. Todo hombre de la mar sabía que las velas triangulares o latinas son las mejores para navegar de ceñida. Sin embargo, las superan con creces las velas cuadras cuando el viento les es favorable.

Con buena mar y mejor viento, no fue larga la persecución. Dos horas más tarde la Santa María Magdalena había alcanzado a la carabela, que avanzaba con evidente lentitud debido —manifestó, con buen criterio, el capitán vizcaíno— a la excesiva carga que portaba en su bodega. La nao se situó a babor de su presa, a unas trescientas varas de su costado izquierdo, distancia idónea para intimidar a su capitán con algunos disparos de artillería y obligarle a rendirse.

—Haced un disparo de advertencia —ordenó el capitán al artillero Juan Lazaga, que se hallaba junto a uno de los falconetes acompañado de su ayudante y de Pedro Bereterra. El roncalés había acudido al lugar a petición del «Tuerto», que sabía de la afición de aquel grumete por la artillería.

Lazaga, entendiendo que a él correspondía lanzar el disparo de aviso, hizo girar el arma sobre su horquilla, mandó al marinero que pusiera el cartucho de pólvora en la recámara y a Pedro Bereterra que metiera el taco y la bala por la boca del falconete y los empujara con el atacador. A continuación, perforó el cartucho introduciendo el punzón por el oído del arma y, tras depositar una porción de pólvora rápida en la abertura y apuntar hacia un blanco imaginario situado unas cien varas por delante de la proa de la carabela, acercó la mecha al oído de la recámara. El estruendo fue formidable. El castillo tembló y, al poco, una columnita de agua se elevó por delante del navío portugués, a unas ciento cincuenta varas de su proa, pues el tiro había salido alto a causa del cabeceo de la nao.

El capitán vizcaíno esperó una respuesta de la carabela, pero como parecía que los portugueses no se habían dado por enterados de la advertencia, la Santa María Magdalena viró y se fue acercando paulatinamente a la embarcación lusitana hasta que se situó a unas doscientas varas de su aleta de babor. Desde la nave vizcaína se podía ver a los marineros portugueses deambulando por la cubierta y al capitán apoyado en el parapeto del puente, pero ninguna maniobra que evidenciara la voluntad de rendición de los mercaderes lusos.

—¡Arcabuceros, lanzad una andanada de aviso sobre el puente! —ordenó Antón de Garay a los hombres que, con los arcabuces apoyados en sus respectivas horquillas, solo esperaban oír la imperativa voz del capitán para disparar sus armas.

Una descarga cerrada y, al instante, uno de los hombres que se hallaban en el puente, el que parecía ser el contramaestre, cayó como fulminado. Los portugueses, entendiendo que no lograrían escapar de la nao perseguidora, más marinera y dotada de la artillería de la que ellos carecían, optaron por capitular. Cuando los marineros y arcabuceros de la Santa María Magdalena vieron arriar las velas de la carabela, un grito de alegría se escapó de sus gargantas.

Media hora más tarde, ambas embarcaciones estaban al pairo, abarloadas y firmemente unidas por una decena de garfios. El capitán portugués, cuyo nombre era Gomes de Guimaraes, presentó sus respetos al capitán Antón de Garay y aceptó capitular, aunque rogó a los españoles que les dejaran seguir su rumbo una vez que hubieran trasladado las mercancías que transportaban en la bodega a la nao vizcaína. El capitán de Garay dio por buena la presa y renunció a llevarse el barco apresado —aunque con el manifiesto malestar de una parte de su tripulación— hasta un puerto de Castilla donde podría ser vendido. Toda la tarde estuvieron los marineros del navío corsario acarreando las mercadurías que transportaba la carabela desde su bodega a la de la Santa María Magdalena. Antes de abandonar la presa, Antón de Garay ordenó al barbero que ayudara al cirujano portugués a sacarle la bala del hombro al contramaestre.

Anochecía cuando el barco de Gomes de Guimaraes izaba las velas y continuaba su accidentada singladura con destino a algún puerto de Portugal. El armador, cuando recibiera la noticia del asalto corsario, se mostraría apesadumbrado por la incautación de la mercancía, pero sin duda que satisfecho por no haber perdido también el navío.

La nao de don Íñigo de Artieta puso rumbo a La Coruña, donde su capitán pensaba que hallaría mejores precios que en los puertos de Vizcaya o Guipúzcoa para vender las doscientas varas de brocados, las ciento cincuenta de paños de Brujas, los diez arcones con bisagras, tijeras y cuchillos y los cien barriles de bacalao salado tomados a la carabela portuguesa. Con el reparto del botín, el grumete Pedro Bereterra ganó su primer salario como corsario.

A mediados del mes de octubre la Santa María Magdalena atracaba en el puerto de Lequeitio para dar descanso a la tripulación, carenar y esperar la llegada de la primavera. Entonces estaría en condiciones de hacerse de nuevo a la mar para emprender, otra vez, las acciones corsarias contra el enemigo portugués —si aún perduraba la disputa por el trono castellano—, o contra otras embarcaciones de comercio de musulmanes o de cristianos enemigos de los serenísimos reyes doña Isabel y don Fernando.

III
MARINO Y ARTILLERO

En los meses en que la nao de don Íñigo de Artieta estuvo inactiva en el arsenal de Lequeitio, sometida a las necesarias reparaciones que seguían a una temporada de navegación y que, en el caso de la Santa María Magdalena, consistieron en la sustitución de la tablazón de la escotilla de carga, la sutura de la vela gavia —desgarrada en el transcurso de la pasada tormenta— y el calafateado de todo el casco, Pedro Bereterra se hospedó en una posada cercana al muelle, donde recalaban los pescadores, cazadores de ballenas y corsarios que carecían de hogar en la población.

Aunque era feliz con su trabajo de marinero y había percibido, en su primera participación en una acción de corso, suficiente dinero para poder subsistir sin apuros económicos más de un año, en su fuero interno sabía que aquel apartado puerto de Vizcaya no iba a ser su destino definitivo. Si había escapado del valle de Roncal huyendo de la humilde vida de labriego, era para hallar el bienestar que aquella tierra inhóspita le negaba y, también, para conocer el mundo que existía más allá de las montañas donde había nacido y crecido. Cierto era que el oficio de marinero le había seducido desde que oyó a Antón de Garay, en el bodegón de Portugalete, exaltar las bondades del corso, y que en el tiempo que venía ejerciendo la labor de grumete en la Santa María Magdalena había aprendido a amar aquella vida tan rica en aventuras y tan diferente a la tediosa existencia que soportaba en su pueblo natal cuidando ovejas. Sin embargo, a pesar de las buenas amistades que el diario trajinar en el reducido ámbito de una nao le había proporcionado, al excelente trato recibido de los oficiales de la embarcación corsaria y de haber hallado, en el conocimiento de la artillería —gracias a las enseñanzas de Juan Lazaga, el «Tuerto»— un nuevo aliciente en su corta existencia de marinero, aspiraba a encontrar un empleo, si no mejor remunerado que el de corsario, sí al menos de mayor relevancia, que lo pusiera en relación con gente de la hidalguía o la milicia, que eran, en aquel siglo, las únicas puertas posibles para acceder al reconocimiento social, la opulencia y la fama. Pero, como pensaba muy cuerdamente que ninguna mejora se alcanza de la noche a la mañana y que, para un rústico campesino que a duras penas había logrado aprender a leer y escribir, era de necesidad instruirse y ejercitarse bien en un oficio antes de aventurarse a emprender otro nuevo, debería convertirse en un diestro marinero o en un experimentado artillero naval como paso previo a abandonar la vida de corsario, alejarse de la costa vizcaína y probar fortuna en otro lugar.

A primeros del mes de mayo del año 1478, reparada la nao, bien abastecida de víveres, recibida la orden de partida del armador y elegido el lugar donde debían acechar a las embarcaciones de comercio de Portugal, que de nuevo era el mar de Finisterre, zarpó la Santa María Magdalena del puerto de Lequeitio con el ánimo de los corsarios renovado y dispuestos a no dejar escapar ninguna de las presas que el destino tuviera a bien poner en su derrota. Tomando el puerto de La Coruña como base y lugar de descanso, permaneció el navío corsario un mes, hasta el 9 de junio, en alta mar, retornando a la costa de Galicia sin haber logrado ninguna presa, pues el único barco con que se toparon era una carabela portuguesa que, para sorpresa de Antón de Garay, enarbolaba en el palo mayor el pendón de Castilla. Obligada a ponerse al pairo, resultó ser un navío de comercio, pero artillado, que, aunque portugués, defendía la causa de la reina Isabel. Ese era el motivo de que flameara en lo más alto del mástil la bandera con los castillos y los leones.

En el mes de junio la nao puso rumbo sursuroeste para navegar por las aguas cercanas a Oporto, puerto de comercio al que arribaban las embarcaciones procedentes de Lisboa y el Algarve y también las que surcaban el océano desde los mares de Irlanda, Inglaterra y Flandes. En aquellos lugares estuvieron navegando con buena mar veinte días hasta que, una noche, los marineros que estaban de guardia divisaron en medio de la oscuridad una luz vacilante. Avisado el capitán, este dio la orden de seguir el rumbo de la luminaria, que era suroeste, y al amanecer se hallaban como a seis kilómetros de una embarcación de tres palos y velas cuadras.

—Es una carabela —exclamó el contramaestre.

—Y por la derrota que sigue, debe de ser portuguesa —añadió Antón de Garay.

Se trataba en efecto de una carabela lusitana que hacía la singladura desde algún puerto del mar del Norte o de Inglaterra. En esta ocasión no fue necesario emplear la artillería, pues el capitán de la carabela, entendiendo que de nada le valdría oponer resistencia a un navío corsario que, sabía, iría bien pertrechado de lombardas, culebrinas y arcabuceros, arrió las velas y quedó al pairo en señal de capitulación. Al poco, la Santa María Magdalena se situó a babor de la presa, aproximándose hasta quedar abarloada a ella y uncida a su borda por medio de cuatro maromas que habían arrojado unos marineros. Antón de Garay ordenó que el cabo de presa embarcara en la carabela y se hiciera cargo de su gobierno, mientras que el capitán portugués era conducido a su presencia.

Pero la nao de don Íñigo de Artieta no logró apoderarse del esperado botín, para enojo de su capitán y disgusto de la tripulación que, después de varias semanas de navegación, se quedaba sin el ansiado trofeo. En resumen, se ha de referir que el capitán de la carabela declaró que procedían del puerto de Brujas, en donde habían descargado cien barriles de atún en salmuera, ochenta sacos de sal del Algarve y veinte toneles de vino, pero que no pudieron sacar nada de aquella próspera ciudad para el viaje de retorno porque la duquesa de Borgoña, no queriendo perjudicar sus relaciones con los castellanos, había prohibido todo comercio con Portugal.

Para paliar, en parte, el fracaso de la frustrada acción corsaria, Antón de Garay ordenó que el cabo de presa se hiciera cargo del barco capturado y que lo gobernara hasta que arribaran al puerto de La Coruña, donde sería vendido. Luego comunicó al contramaestre, para que lo divulgara entre la inquieta marinería, que los dineros obtenidos serían distribuidos, según la costumbre, entre la tripulación de la nao, una vez separada la vigésima para el armador. Una semana después de haber atracado en el puerto gallego, la tripulación lusitana fue repatriada al reino de Portugal en una carraca inglesa.

Pasó el verano, que fue muy largo y caluroso, algo extraordinario en aquellas latitudes norteñas, y la Santa María Magdalena anduvo, a veces surcando las aguas en alta mar, otras costeando cerca del litoral portugués, pero con tan mala suerte que no pudieron sus vigías avistar ninguna presa. A finales de septiembre, el capitán Antón de Garay decidió poner proa a Lequeitio y dar por finalizada la temporada de caza, con la única captura de la carabela interceptada en el mes de junio.

En las tabernas de aquel puerto se comentaba que pronto acabaría su buena fortuna, pues algunos mercaderes que llegaban de Burgos y de Valladolid aseguraban que la reina Isabel y los nobles que la apoyaban habían llegado a un acuerdo con los aristócratas castellanos que seguían la causa de la Beltraneja; que en tierra, Castilla estaba ganado la guerra y que el rey Alfonso V de Portugal había huido a Francia. No transcurrirían muchas jornadas —decían, mientras trasegaban el vino del río Oja de las jarras de loza a sus resecas gargantas corsarios y pescadores— sin que los portugueses, que estaban sufriendo el acoso de los corsarios andaluces desde los puertos de Palos y de Sanlúcar y veían en peligro la llegada del oro y los esclavos del golfo de Guinea, solicitaran un acuerdo de paz y reconocieran a Isabel I como reina legítima de Castilla en detrimento de la desdichada princesa Juana.

Casi dos años habían transcurrido desde que Pedro Bereterra se enroló como grumete en la nao de Antón de Garay.

En ese tiempo, el roncalés, que en septiembre de 1478 había cumplido dieciocho años, se curtió en el duro oficio de mareante: aprendió con las sabias explicaciones de Martín Pérez, *Aita*, todos los vocablos marineros y las maniobras que son propias y exclusivas del arte de navegar, las artimañas que había que utilizar para capear los temporales orientando adecuadamente las velas y arriando o izando las que convenía en cada momento, cómo conocer la velocidad del navío empleando correctamente la corredera y la ampolleta, cuáles eran y cómo funcionaban los principales instrumentos que el capitán y el piloto usaban para saber la posición del barco en medio del mar y toda una serie de ardides, artificios y tradiciones sin cuyo conocimiento nadie puede considerarse un buen marino.

Sin embargo, de todos los conocimientos que el gardacho adquirió en su etapa como aprendiz de corsario norteño, ninguno satisfizo más al joven navarro ni tuvo mayor incidencia en su vida futura que su pupilaje con el experimentado artillero Juan Lazaga. Este viejo soldado —que aseguraba haber luchado en el adarve de las murallas de Constantinopla cuando el sultán Mehmed asaltó la ciudad y entró en ella después de haber derribado su triple recinto defensivo con las lombardas más grandes y destructoras utilizadas hasta ese día— mostró, desde que el muchacho embarcó en la nao y se interesó por el uso de las piezas de artillería, una especial inclinación hacia aquel recio y aplicado joven de tierra adentro que parecía haber nacido para las cosas de la mar y la milicia. Viendo su afición por el uso de la pólvora y su empeño por conocer sus efectos y los componentes que, según la proporción utilizada, podía enlentecer su combustión o acelerarla o hacerla más explosiva o menos, lo tomó pronto como ayudante —aunque no fuera más que un inexperto grumete— y se esforzó por transmitirle sus conocimientos en el empleo de aquellas novedosas y destructivas armas y en la preparación de los cartuchos de pólvora que habían de impulsar las balas de hierro o piedra colocadas en la caña de los falconetes, las lombardas y los morteros.

Por una misteriosa circunstancia o sorprendente capacidad de adivinación, el «Tuerto» parecía haber vaticinado cuál iba a ser, en los tiempos venideros, uno de los oficios en los que se emplearía y destacaría por sus habilidades e invenciones el intrépido roncalés.

—Llegarás a ser un buen marinero, muchacho —le dijo una tarde que se hallaba ocupado en la limpieza del ánima de uno de los falconetes que había sido disparado en un alarde realizado durante la mañana—, pero te aseguro que llegarás más alto como soldado y artillero si un día decides alistarte en alguno de los ejércitos que, para adaptarse a los nuevos tiempos, están abandonando las ballestas y los arcos y flechas para sustituirlos por arcabuces, morteros y lombardas.

Entregado al diario trajinar en la nao, recibiendo las instructivas lecciones de *Aita* y de Juan Lazaga e interesándose por los más diversos pormenores del arte de la navegación y de la artillería, Pedro Bereterra recorrió el largo camino que debe hacer todo grumete para poder acceder a la condición de marinero en poco menos de dos años. No dejaba de sorprender al capitán y al contramaestre la habilidad que mostraba el joven navarro para aprender y repetir sin errores las diferentes y complicadas labores y maniobras que se han de acometer a bordo de un barco y su capacidad de invención cuando surgía un problema que, a primera vista, parecía irresoluble para marineros veteranos y muy curtidos en la desigual lucha con los elementos.

Cuando todos creían que la temporada de navegación y de acciones corsarias había llegado a su fin aquel año y se hallaba la tripulación de la Santa María Magdalena convencida de que invernarían en el puerto de Lequeitio, llegó un mensaje de la Corte por el que se comunicaba a su armador, don Íñigo de Artieta, que los reyes habían firmado y sellado una pragmática reclamando la presencia de diez naos y carracas de las que se dedicaban al corso en los puertos de Vizcaya para que se dirigieran al litoral de Cádiz. Allí habrían de unirse a la flota que se estaba preparando en el puerto de Sanlúcar bajo el mando de don Carlos de Valera, con la misión de navegar hasta las islas de Canarias y surcar sus aguas para atacar las embarcaciones portuguesas que, desde los territorios de Guinea, proveían de oro y esclavos las ciudades de su reino. De esta manera pensaban los reyes de Castilla y Aragón que obligarían al terco rey lusitano a poner fin a una guerra que ya duraba tres años.

Cuando la noticia de la inminente partida hacia Andalucía de la Santa María Magdalena llegó a oídos de los tripulantes de la nao vizcaína anclada en el puerto, no pudieron reprimir las exclamaciones de alegría. Lo uno, porque la condición natural del marino no era estar varado y ocioso, sino trajinando en la cubierta de un barco y surcando los mares; lo otro, porque los navíos portugueses que regresaban del golfo de Guinea eran la presa más codiciada para un

corsario castellano. «Una carabela de Guinea —se decía en los bodegones y mancebías de los puertos del norte— vale por cuatro o cinco
venidas del mar inglés».

No era cosa extraordinaria que los marineros de una nao corsaria
se hicieran ricos después de que la fortuna pusiera en su derrota una
nao o una carabela portuguesa con carga de oro, esclavos y maderas
preciosas.

Pedro Bereterra se unió a aquella expresión de general jolgorio.

—Prepara tu zurrón, joven navarro —le dijo un viejo marinero al
tiempo que le ofrecía una jarra de aguardiente—, que de esta lo vas a
poder colmar de monedas de oro.

Pero, aunque el roncalés también ambicionaba la riqueza y la
fama como cualquier hombre nacido de madre, entendía que aventurarse en las lejanas e ignotas aguas de las islas de Canarias ence-
rraba más peligro que corsear por las costas de Galicia. Pero como
estaba muy complacido con su nuevo empleo de marinero, le debía
agradecimiento a los oficiales y al armador de la nao que habían confiado en él y no era de buen cristiano despreciar un botín de monedas de oro, se plegó al entusiasmo y a la celebración general y bailó y
bebió con sus compañeros hasta perder la conciencia por efecto del
aguardiente. Sin embargo, un acontecimiento inesperado vendría a
torcer los entusiastas proyectos del gardacho y de los demás corsarios, y a dirigir sus pasos hacia un nuevo y desconocido destino.

Fue el caso que, cuando la Santa María Magdalena arribó unos
días después al puerto de Portugalete, en el que iba a abastecerse de
sardinas saladas y bacalao, columbró Pedro Bereterra, entre la bruma
del atardecer, amarrada a uno de los muelles, el casco redondo y la
potente arboladura de la carraca de los hermanos Picardi.

Como habían fondeado en medio de la ría, a la espera de que quedara libre un tramo del muelle de carga y descarga, tuvo que aguar-
dar a que un batel lo llevara a tierra para poder dirigirse a la embarcación de sus amigos genoveses. Pero cuando accedió por la pasarela
a la cubierta donde montaban guardia varios marineros y otros se
ocupaban de meter en la bodega fardos de mercancías, supo que
los hermanos Picardi no se hallaban a bordo. Se encontraban en el
mesón del «Águila» —le aseguró uno de los marineros—, situado

en la plazuela donde estaba emplazada la sede de la Hermandad de Mareantes de la ciudad. Hacia ese lugar encaminó sus pasos Pedro Bereterra con el corazón henchido de emoción, pues estaba deseoso de abrazar a sus amigos italianos y relatarles las vicisitudes vividas en los últimos dos años como grumete y, luego, como marinero de una nao corsaria. Y que, gracias a la decisión que tomó de enrolarse en la Santa María Magdalena, poseía peculio suficiente para poder subsistir sin agobios económicos más de un año.

Después de cruzar los muelles sorteando las banastas de relucientes anchoas que unos pescadores descargaban de una zabra, y llegando a una plaza alargada en la que se hallaba la Hermandad de Mareantes, pudo localizar el mesón de referencia: un local de dos plantas de mampostería de piedra vista reforzada con retorcidos troncos de madera que mostraba sobre la puerta un cartelón destartalado con un águila de alas desplegadas pintadas de mala manera.

Empujó la puerta, que estaba entornada, y accedió a un salón amplio mal iluminado, cuya atmósfera desprendía un fuerte olor a aguardiente y a pescado frito, donde se divisaba una docena de toscas y ajadas mesas rodeadas de asientos sin respaldo y, en el fondo, un mostrador alargado donde trajinaban varias muchachas preparando las comidas y bebidas solicitadas por los parroquianos que en número cercano a veinte ocupaban las banquetas. En una de las mesas situada en un rincón, debajo de la única ventana que poseía el bodegón, localizó el roncalés a los tres hermanos Picardi degustando la comida que, en gruesos platos de madera, acababa de servirles una de las muchachas.

—¡Pedro Bereterra! —exclamó Ugolino Picardi al ver acercarse al de Garde, alzándose del taburete donde estaba aposentado y abriendo desmesuradamente los brazos con la intención de rodear el curtido torso del recién llegado.

—¡Amigos míos! —profirió el joven gardacho, al tiempo que se fundía en un abrazo con Ugolino y, a continuación, saludaba efusivamente a Jácome y Giuliano.

—¡Dios sea loado, muchacho! —prorrumpió Jácome mirando de arriba abajo a Pedro Bereterra—. ¡Cuánto has cambiado! Tus brazos se han robustecido y tu tez se ha tornado oscura como la de un esclavo de Guinea —y lanzó una sonora carcajada.

—Del mucho jalar de los cabos y baldear la cubierta —respondió el roncalés con una sonrisa en los labios—. Y lo cetrino de mi piel lo debo al inclemente sol y a la salinidad de estas aguas.

—Pero siéntate con nosotros y acepta una jarra de vino —intervino Ugolino, dando fin a las salutaciones y señalándole uno de los asientos que estaban desocupados—, que estamos deseosos de conocer cómo te ha tratado la vida en estos años y si fue acertada la decisión de hacerte marinero.

El corsario novicio se sentó junto a Ugolino y, tomando la jarra de vino que este le ofrecía, se la llevó a los labios y bebió con fruición.

—En la Santa María Magdalena he ejercido el empleo de grumete —comenzó diciendo, después de haber trasegado un largo sorbo— y no me puedo quejar, porque he tenido buenos compañeros y maestros en el arte de marear, aprendiendo las labores de la marinería y también el uso de la pólvora para disparar falconetes y arcabuces. Pero en esta nueva campaña de navegación no soy ya grumete sino marinero, pues dicen los oficiales que sé cuanto hay que saber para ejercer el oficio.

—Nos alegramos de tu ascenso y mejoría como marino, Pedro Bereterra —adujo Jácome—, pero no has respondido a la pregunta de mi hermano. ¿Fue acertada la elección que tomaste cuando decidiste dejarnos y enrolarte en la nao del capitán Antón de Garay?

El gardacho se acomodó sobre el asiento de madera y, apoyando uno de sus codos sobre la mesa y manteniendo la jarra de vino en la mano derecha, proclamó muy ufano:

—Desde que vi por primera vez el mar, esa inmensa extensión de agua, y probé a navegar en él, comprendí que ya nada me podría apartar del olor a brea y el sonido del viento al golpear las velas. Mas, cuando descubrí la artillería naval y los efectos de la pólvora, supe que en el océano o en la milicia era donde se encontraba mi verdadera vocación. De lo que debéis deducir que no me he arrepentido de haber embarcado con los corsarios de Lequeitio.

—Y, además de ser feliz con tu trabajo —añadió el genovés—, ¿has recibido la justa remuneración que esperabas?

—Escasas han sido las presas esta temporada, aun estando Castilla en guerra con Portugal —replicó el roncalés—; pero nada me falta a bordo, tengo el afecto de los marineros, atesoro dinero para vivir con holgura durante al menos un año y estoy embarcado en estos días en una empresa que, a no dudar, me dará oro en abundancia.

Los genoveses pusieron cara de asombro.

—¿Oro en abundancia? —exclamó Giuliano, dejando la jarra de vino que se iba a llevar a los labios sobre la mesa—. ¿Con la Santa María Magdalena?

—Con la Santa María Magdalena —recalcó el de Garde.

—No transportan oro en sus bodegas los barcos que surcan los mares del norte, amigo mío —aseguró Ugolino, mientras trinchaba un abadejo asado que le había traído en una bandeja de latón una de las sirvientas.

—No corsearemos los mares de Galicia, Francia o Inglaterra —replicó Pedro Bereterra—, sino las costas de África. Los reyes han emitido una pragmática ordenando reunir una armada de barcos en Sanlúcar del Guadalquivir para hacer el corso en las aguas de Berbería y Canarias. Deberemos burlar a la flota de guerra portuguesa y capturar las naos y carabelas que traen oro y esclavos desde el golfo de Guinea hasta Lisboa. El rey don Fernando piensa, no sin razón, que cortándole el flujo de oro, el rey de Portugal se verá obligado a claudicar. Nuestra nao ha sido requerida para participar en ese negocio tan ganancioso. Antes de que corran veinte días hemos de estar en la desembocadura del río Guadalquivir. En ese fondeadero nos habremos de unir a una treintena de embarcaciones corsarias de Palos, Cádiz y otros puertos de Galicia, Asturias y Vizcaya.

Los genoveses se cruzaron miradas de complicidad y, al mismo tiempo, de preocupación. Al cabo de unos segundos Ugolino dijo, acercándose al roncalés para evitar que sus palabras fueran percibidas por los marineros que libaban vino o aguardiente en las proximidades:

—No te parecerá tan jubilosa y lucrativa la empresa que dices, Pedro Bereterra, cuando oigas lo que tenemos que revelarte.

El rostro del navarro expresó confusión y perplejidad.

—Decidme, pues el olor del oro no me ha de nublar la inteligencia.

—Has de saber que en la escala que hicimos, hace unos quince días, en el puerto de Lisboa para concertar cierto negocio con uno de los comerciantes más ricos e influyentes de la ciudad, nos expresó su preocupación por la seguridad de sus embarcaciones que han de arribar desde el golfo de Guinea con dos centenares de esclavos negros. Nos dijo que su rey había ordenado que todos los barcos de guerra y las carracas, naos y carabelas artilladas se reunieran en Ceuta para navegar por aguas de Canarias y dar protección a los navíos de comercio portugueses. De manera que conocen la intención de los reyes de Castilla y Aragón de enviar una armada para hacer el corso por aquellos mares.

—Como ves, no va a ser tan jubilosa la empresa de Berbería como pensabas, joven amigo —terció Giuliano.

—También nos aseguró el comerciante —añadió Ugolino Picardi— que el rey don Alfonso ha viajado hasta Francia y que, por mediación del soberano de ese reino, ha solicitado un encuentro con los serenísimos señores don Fernando y doña Isabel para poner fin a la guerra que los enfrenta desde hace años. Piensa nuestro mercader lisboeta y confidente que antes de dos meses se ha de firmar la paz y, entonces, se acabó el corso y el ansiado botín en oro y esclavos. Eso, si no dejas la vida en aquellos mares cuando la poderosa flota del rey de Portugal os presente batalla.

—No había reparado en ello —reconoció Pedro Bereterra—. Cierto es que el afán que mueve a todo corsario es lograr un botín que lo saque de pobre. Si las leyes del reino, acabada la guerra, prohíben el corso, las naos vizcaínas que se dedican a ese lucrativo negocio deberán volver a ejercer el comercio ordinario o la pesca. En cuanto a lo que decís de que nos espera en aguas de Canarias la flota lusitana, es algo con lo que, pienso, no cuentan los armadores y capitanes de nuestros barcos que, aunque tripulados por gente aguerrida y muy marinera, están mal artillados y con pocos hombres de armas, no pudiendo competir en igualdad de condiciones con la Armada de guerra del reino de Portugal.

El roncalés permaneció unos instantes en silencio, pensativo y sopesando las reveladoras noticias que le habían proporcionado los mercaderes genoveses que, dada su condición de naturales de un país neutral, podían recalar en puertos portugueses y conversar con personas influyentes sin despertar sospechas.

—Es probable, Pedro Bereterra —sentenció Jácome—, que la flota castellana no llegue a zarpar de Sanlúcar y que toda la tramoya organizada y toda la ilusión que ha despertado entre los corsarios tan ambiciosa empresa quede en nada. Por otra parte, no es para estar apesadumbrado si eso acontece, muchacho, porque, aunque no llenes tu zurrón de oro, al menos estarás seguro de haber salvado la vida.

—¿Qué me aconsejáis? Acabo de ingresar en la Hermandad de Mareantes. No es de razón que abandone a quienes con tanto aprecio y buenas maneras me han tratado.

Ugolino que, como en otras ocasiones, tomaba la palabra en nombre de los tres hermanos, asió por el hombro al navarro y, con tono paternal, le dijo:

—Amigo Bereterra: desde que te conocimos en Sangüesa percibimos en ti unas elevadas virtudes. Eras hábil e ingenioso, al mismo tiempo que humilde y perseverante. También apreciamos tus evidentes ansias por aprender y tu valentía al querer lanzarte a la aventura siendo un joven aldeano sin experiencia en las cosas de la vida. No nos ha extrañado que el capitán de la nao corsaria haya reconocido tus cualidades y te haya ascendido al empleo de marinero. Hace dos años, cuando decidiste dejarnos y enrolarte en su barco, nos ocasionaste una comprensible decepción, pues teníamos la esperanza de que continuaras a nuestro servicio a bordo de la carraca y nos acompañaras a Italia. Pero, percatándonos del resultado de tu decisión, nos congratulamos de tu buena elección y de que hayas encontrado, en el oficio de la mar, un trabajo reconfortante y gananciosos. Mas no puedo dejar de reconocer que la amistad y el amor que te profesamos nos obliga a decirte que el corso en aguas de Vizcaya pronto dejará de ser un negocio rentable, y no te vemos como marino mercante a sueldo de un cicatero armador navegando por estas aguas hasta el día en que la Parca te llame a su presencia. Y menos como pescador, que serán los empleos a los que, sin la patente de corso, no tendrás más remedio que dedicarte. Y llegado a este punto, labriego trocado en marino, queremos reiterarte nuestro sincero ofrecimiento de que te embarques en nuestra carraca y nos sirvas hasta que arribemos a Italia, una tierra llena de oportunidades para un joven inquieto e inteligente. Entonces será ocasión de que consideres si es seguir a nuestro servicio lo que te conviene, o desembarcar en Génova y recorrer las grandes y ricas ciudades de aquella península como Florencia, Nápoles o Roma, en las que un muchacho decidido y amante de la milicia tendría numerosas oportunidades de ascender en la escala social y, quién sabe, llegar a ser rico y famoso. Nobles muy influyentes, ejércitos poderosos y grandes escuadras de guerra hay en sus puertos donde un hábil mozo puede encontrar prometedor oficio. Ese es el consejo que te damos los hermanos Picardi. Recapacita y analiza lo que te acabo de decir y, luego, elige el camino a seguir antes de que zarpemos de este puerto dentro de tres días. No obstante, has de saber que, sea una u otra la senda elegida, continuarás gozando de nuestra amistad, nuestro fraternal aprecio y nuestro respeto.

El largo y sentido discurso del bueno de Ugolino, reafirmado con los ademanes de asentimiento de sus hermanos, produjo una fuerte impresión en Pedro Bereterra que, obnubilado por el desaforado entusiasmo de sus compañeros corsarios e ignorando las revelaciones de Ugolino, no había valorado en su justa medida la vida que le esperaba en Lequeitio cuando el oficio de corsario no fuera más que un recuerdo. Reclamó a una sirvienta una nueva jarra de vino y, tras unos momentos de vacilación y después de beber un largo trago, dijo emocionado:

—Agradezco tus afectuosas y elocuentes palabras, Ugolino, que expresan la estima que, desde que nos conocimos en Sangüesa, me habéis dispensado. Sé que solo deseáis mi bienestar y que el sentido discurso que me has dirigido no tiene otro fin que abrirme los ojos, conociendo, como conocéis, lo que se urde en la Corte portuguesa y el peligro cierto que corren los barcos de Castilla si se aventuran a surcar las aguas de Berbería y Canarias. No ignoro que hasta ahora solo he vivido la parte gozosa de la vida de corsario, pero que, tarde o temprano, tendría que sufrir sus reveses y aflicciones. En la nao Santa María Magdalena encontré gente generosa que se ha esforzado en enseñarme sus viejos saberes y los artificios y destrezas que son propios de la navegación; pero reconozco que, si ahora es de gran beneficio para los marineros de Vizcaya el corso, cuando acabe la guerra con Portugal podemos quedar ociosos y abocados a hacer vida de mercaderes o de zafios pescadores.

Los hermanos Picardi asistían, sumidos en un respetuoso silencio, a la exposición de Pedro Bereterra, conscientes de que su joven amigo se debatía entre la querencia al oficio de la mar y el reconocimiento que debía a sus compañeros nautas y a los oficiales de la nave corsaria y la verdad que acababa de conocer a través de las reveladoras palabras de Ugolino.

—Quiero agradeceros, amigos míos, los desvelos y la preocupación que mostráis por mí —dijo el roncalés a modo de conclusión—; pero no es esta una decisión que pueda tomarse con precipitación, bebiendo vino y conversando en esta oscura cantina. Habréis de esperar a que, con la meditación y la plática con mis amables maestros *Aita* y el «Tuerto», tome la resolución que sea más conveniente para mi porvenir: o bien acompañar a mis amigos corsarios a Sanlúcar, o bien embarcar en vuestra carraca para viajar hasta Italia, una tierra que, según me aseguráis, es próspera, generosa y hospitalaria.

Así quedó concertado a la espera de que, antes de la partida de los hermanos Picardi, Pedro Bereterra, aquel rústico muchacho criado en el valle de Roncal, convertido a sus dieciocho años en un mozo fornido, de cabello crespo y negro como la noche, ojos grandes, mirada inquisitiva, labios gruesos y nariz poderosa, resolviera si sería la existencia vinculada al mar y a los puertos de Vizcaya, o la vida aventurera e incierta en la lejana y populosa Italia, lo que le tenía reservado el destino.

IV
PALAFRENERO DEL CARDENAL
JUAN DE ARAGÓN

Dice un viejo refrán que la codicia rompe el saco. Pedro Bereterra, que, siendo aún muy joven, había abandonado los aislados y míseros valles pirenaicos con el propósito de hallar un lugar en el que la existencia fuera más plácida y el futuro más prometedor, ciertamente codiciaba la riqueza y la fama. Pero, como de la nada y en tan poco tiempo había alcanzado un grado de bienestar que pocos logran tan prematuramente, pensaba que era para dar gracias a Dios por haberlo conducido al oficio de marinero. Y, aunque esa profesión no lo convertía de la noche a la mañana en un rico hacendado o en un potentado armador de barcos, sí le ofrecía posibilidades de mejorar su situación económica ejerciendo el loable oficio de corsario.

Mas como el roncalés, aunque rústico, no era lerdo, conociendo el refrán mencionado en el encabezamiento de este capítulo y que todas las cosas de este mundo tienen un principio y un fin, consideró que, a más de los peligros propios del corso (morir en el transcurso de un asalto o ahorcado por un rey agraviado), en aquella ocasión —como le había revelado Ugolino— acechaba en las aguas de Berbería la poderosa flota de Portugal y la probabilidad de acabar sus días ahogado en el mar o abatido por un disparo de arcabuz. No era, por tanto, mala postura aceptar el ofrecimiento de sus amigos genoveses y embarcar con ellos en su carraca para arribar a su tierra —que aseguraban era de promisión—, dando por concluida su etapa como

marinero y corsario. No sería la perniciosa atracción del metal ama-
rillo, que a tantos desdichados ha llevado a la perdición, la causa de
que desoyera los consejos de los mercaderes italianos y se lanzara,
con sus compañeros de la Santa María Magdalena, en persecución
de unas esquivas carabelas cargadas de oro y esclavos en las ignotas
aguas de la costa africana.

No obstante, como tampoco quería abandonar a sus compañeros
de bogada como un vulgar desertor, desapareciendo de sus vidas sin
agradecerles sus afectos y sus sabios consejos y sin explicarles cuáles
eran los motivos por los que había decidido cambiar de vida y lanzarse a una nueva, aunque incierta, aventura en una tierra tan lejana
como era Italia, se dirigió a la mañana siguiente a la nao donde había
sido convocada la tripulación para acometer los postreros preparativos antes de zarpar en dirección al litoral de Andalucía.

Y no fueron el contramaestre, Miguel Eguizábal, ni el capitán,
Antón de Garay, los primeros en recibir las explicaciones del joven
gardacho, sino Martín Pérez *Aita* y Juan Lazaga el «Tuerto», dos
veteranos marineros que habían sido como un padre y un hermano
para el navarro, y que tanto le habían enseñado en los años que había
estado embarcado en el navío de los corsarios de Lequeitio.

El artillero, que había aprendido a dominar el arte de preparar y
utilizar con acierto la pólvora de los turcos y que le había instruido en
el uso de esa nueva arma que era la artillería que, según le aseguraba,
estaba destinada a sustituir arcos, flechas, ballestas, hachas, azagayas y espadas usadas de ordinario en los campos de batalla desde que
aparecieron la lombarda, el mortero y el arcabuz, lo abrazó con emoción después de que el roncalés le expusiera su propósito de abandonar la actividad corsaria y marchar a Italia, al mismo tiempo que le
decía con lágrimas en los ojos:

—Que Nuestra Señora de la Antigua te ampare, Pedro Bereterra,
y que el Divino Salvador, su Hijo, te acompañe en tu nueva andanza.
Has sido un buen aprendiz de marinero y un compañero amable,
diligente y generoso, siempre dispuesto a ayudar al prójimo, virtud
que, siendo muy apreciada en tierra, en el mar es motivo de admiración y del mayor encomio. No te olvidaremos.

El navarro se cuidó mucho de revelar al «Tuerto» y al capitán Antón de Garay el contenido de la conversación mantenida con los hermanos Picardi y la confidencia que Ugolino le había hecho de que la flota portuguesa se hallaba prevenida. Aunque no le faltaron ganas de revelar todo lo que sabía a sus compañeros para que estuvieran avisados, la prudencia y la lealtad le impedían poner en peligro a sus amigos genoveses que, perteneciendo a una nación proclive a cambiar con harta frecuencia de bando, podrían haber sido acusados de espías y ahorcados.

—No dudo que en Italia, donde hay ejércitos que utilizan la artillería mejor y más eficazmente que en ninguna otra parte del orbe —continuó diciendo el «Tuerto»—, te serán muy útiles los conocimientos que te he inculcado sobre la pólvora y su uso militar. Recuerda, muchacho, que el poder destructor de este polvo negro es tan grande que ni los barcos mejor construidos, ni los ejércitos más numerosos, ni las murallas más altas y robustas resisten su embate.

El encuentro con *Aita* fue el más conmovedor. El viejo marinero, que había adoptado al navarro como a un hijo, lloró en tanto que lo abrazaba y le decía con frases entrecortadas que había sido un buen grumete y un eficiente marinero aun siendo de tierra adentro y no haber visto nunca el mar hasta que arribó, hacía dos años, a Portugalete. Le auguró que llegaría muy alto si, algún día, se decidía a volver a ejercer el oficio de marinero, porque cualidades de buen marino no le faltaban.

—Has de saber —concluyó diciendo— que todos los grandes marinos que hoy gobiernan los navíos de los reyes, nuestros señores, se bregaron en el corso, que es la escuela de la marinería de Castilla, de Aragón o de cualquiera otra nación que quiera dominar los mares.

La conversación con el contramaestre y con el capitán de Garay fue menos emotiva, aunque tan amable y sincera como las mantenidas con los dos marineros con los que tanto había intimado el roncalés. En resumen, se ha de decir que los corsarios vizcaínos, cuya fama de crueles y despiadados se había extendido por todos los mares conocidos, se mostraron en aquella ocasión cordiales y comprensivos con la decisión de aquel marinero que había compartido con ellos, durante dos años, singladuras y holganzas en los bodegones de Lequeitio, Portugalete y Zumaia.

Antes de despedirse, el capitán de la nao le deseó larga vida y sus mejores augurios, pues —le aseguró— si obraba en otro cualquier oficio que emprendiera con la misma diligencia y el buen ánimo que había mostrado a bordo de la Santa María Magdalena, lograría el merecido reconocimiento y recibiría parabienes y la justa remuneración por su trabajo. También le dijo que le aconsejaba que se empleara en la milicia o se enrolara en la flota real, en las que, por sus cualidades, sería bien recibido y tendría oportunidad de convertirse en un hombre respetado y famoso.

El día de la partida de la carraca de los hermanos Picardi, con las primeras luces del alba, Pedro Bereterra, con el petate de corsario al hombro y las monedas que aún le quedaban de la parte del botín recibido en el zurrón, subió a bordo de la embarcación que sería en las semanas siguientes su hogar, hasta poner pie en Génova. Aunque agradecía la generosidad mostrada por los hermanos Picardi, había decidido que, una vez en suelo italiano, marcharía a cualquiera de las grandes ciudades de aquella tierra desconocida para buscar acomodo en alguna de ellas y lograr un buen empleo que le permitiera vivir sin estrecheces.

Los comerciantes genoveses, que se hallaban en cubierta ordenando a los marineros las maniobras previas a zarpar, lo recibieron con exclamaciones de júbilo, abrazándolo y congratulándose por la decisión que había tomado.

—No tenía ninguna duda, amigo Bereterra, de que te hallarías a bordo cuando la carraca enfilara la boca de la ría para salir a mar abierto —manifestó Ugolino, tomando el petate que portaba el roncalés y depositándolo sobre la cubierta.

—Aquí estoy, dispuesto a ejercer de marinero en vuestro barco —proclamó el navarro sin poder ocultar un tono de tristeza en la voz— a cambio de que me llevéis a esa ciudad donde decís que habéis nacido.

—En el plazo de un mes, si el tiempo nos es favorable y no surge ningún contratiempo, atracaremos en uno de los muelles de Génova —señaló Jácome—. Entonces será ocasión de que elijas el camino que habrás de seguir. Ahora toma posesión del rincón que ha preparado Giuliano para tu hospedaje y deja que te presentemos al contramaestre, que no por ser nuestro huésped te vas a librar de jalar de las drizas y lanzar la corredera.

Y los cuatro rieron complacidos por las palabras del italiano y porque iban a emprender juntos un largo viaje que los llevaría a la lejana tierra de Italia.

Giuliano lo condujo a un rincón de la carraca situado debajo del castillo de proa, donde Pedro Bereterra depositó la estera enrollada que portaba para dormir y el petate, colgándolo de uno de los baos. A continuación, Ugolino le presentó al piloto, un pisano barbudo y malencarado de nombre Piero Manzotti, y al contramaestre, un tal Federico Girardi, el cual le asignó el trabajo de lanzar la corredera y mirar la ampolleta tres veces al día —al amanecer, al mediodía y al anochecer— para que, con la ayuda de un grumete, midiera la velocidad de la embarcación en nudos y la anotara en un cuaderno. Al final de cada jornada debía calcular la distancia recorrida por la embarcación en millas.

Al mediodía del 25 de septiembre del año 1478, soplando una suave brisa del nordeste y con buena mar, zarpó la embarcación de comercio del puerto de Portugalete poniendo rumbo al oeste, ciñéndose al viento para mejor aprovechar su fuerza con las velas latinas de la mesana y la contramesana.

La carraca de los genoveses, que tenía por nombre «San Antonio de Padua», era un navío recio, de alto bordo, casco redondo con amplia bodega, una eslora de cuarenta y dos varas y una manga de catorce. Aunque su pesada estructura y su calado la convertían en un navío lento y de difícil maniobra en los puertos poco profundos, compensaba con creces estas carencias con su estabilidad cuando navegaba con mar arbolada y la gran superficie vélica que presentaba al viento cuando soplaba de popa. Disponía de un alcázar grande con dos puentes y un castillo a proa alto y dotado de dos lombardas. La arboladura estaba compuesta de tres palos: el trinquete y el mayor —con velas cuadras y masteleros con sendas velas gavias— y el de mesana con vela latina. Algunas carracas, entre las que se contaba la de los hermanos Picardi, contaban con un cuarto palo en la popa, llamado de contramesana, que también arbolaba una vela latina. En el centro de la cubierta principal se abría una gran escotilla de carga y otra más reducida cerca de la proa, junto al fogón. El casco estaba reforzado, exteriormente, con cintones y bulárcamas para fortalecer la obra muerta y mejor capear los temporales y el roce con los muelles. En lo alto del palo mayor se localizaba una cofa grande donde se situaba el vigía cuando el barco surcaba los mares.

El navío navegó, empujado por el viento nordeste y sin alejarse de la costa, hasta que alcanzó el cabo de Peñas. A partir de ese accidente litoral el mar se encrespó y el viento roló al sureste, obligando a la carraca a navegar más lejos de tierra, arriar las velas cuadras y depender solo de las velas latinas. Cuatro días después de haber abandonado Portugalete penetraron, sin haber sufrido ningún percance digno de mención, a excepción de la pérdida de la corredera por un error del grumete, en la ría de La Coruña, donde los propietarios de la embarcación tenían que rematar determinado negocio.

Un día permanecieron en aquel puerto. Al amanecer del siguiente zarparon poniendo rumbo sur, aunque en esta ocasión tuvieron que hacer la singladura alejados del litoral para evitar las aguas de Portugal por causa de la guerra, pues temían los Picardi la reacción de los lusitanos si averiguaban que procedían de un puerto castellano y que portaban mercancías de ese reino. Ugolino le explicó al navarro que Génova era un estado comercial que procuraba estar a bien con todos los pueblos del orbe. Por ese motivo —le aseguró— una carraca genovesa puede hacer escala sin temor a ser retenida o ver decomisado su cargamento en cualquier puerto de Flandes, Inglaterra, Castilla, Aragón, Portugal o Berbería.

Al sexto día de navegación, cuando se hallaba, según dictaminó el piloto después de hacer las oportunas mediciones con el astrolabio, a la altura de Sagres, y el timonel hubo cambiado el rumbo para dirigir la nave hacia el este, fueron sorprendidos por una tormenta que obligó a arriar todo el velamen y navegar durante una jornada completa solo con la cebadera.

Cuando amainó el temporal se hallaban cerca de la bahía de Cádiz, primer puerto de escala desde que dejaron La Coruña. En Cádiz, ciudad en la que había establecido un consulado de los genoveses, cargó la «San Antonio de Padua» ciento cincuenta toneles de atún en salmuera, dos quintales de mojama de ese preciado pez y veinte barricas de vino, todo ello destinado —como dijo Jácome— a los insaciables estómagos de las tropas de Génova asentadas en las afueras de la ciudad. Pedro Bereterra supo, con estas declaraciones de su amigo italiano y por otras confidencias de sus hermanos, que los Picardi tenían en exclusiva el abastecimiento del ejército genovés con su pequeña flota formada por tres carracas y dos naos.

Al día siguiente, al alba, abandonó el navío de comercio el puerto gaditano para dirigirse al estrecho de Gibraltar. Al atardecer divisaron la famosa angostura, disputada por cristianos y musulmanes durante más de cincuenta años, que separa Europa de África. Pero cuando se disponían a atravesarlo surcando sus aguas siempre traicioneras e imprevisibles, el cielo se encapotó y el viento cambió de súbito de dirección, soplando con inusitada fuerza desde el este e impidiendo avanzar al navío, que se vio obligado a buscar refugio en el puerto de Tánger. Cuando, tres días más tarde, el violento temporal de levante hubo cesado y comenzó a soplar una suave brisa de poniente, la embarcación genovesa pudo continuar su singladura atravesando el estrecho, que en la antigüedad separaba el mar de los romanos del tenebroso océano, arribando a la ciudad de Almería el 17 de octubre al caer la tarde. En ese puerto, que aún pertenecía al decadente reino musulmán de Granada, embarcaron higos secos y uvas pasas, desembarcando bacalao salado, que traían en la bodega desde Irlanda, y brocados de Brabante.

El resto del viaje lo hicieron sin que el navío sufriera ninguna adversidad climática ni la tripulación tuviera un mal encuentro con piratas —fueran estos musulmanes o cristianos—, que en ocasiones navegaban por las aguas cercanas a Mallorca o la isla de Alborán para abordar y robar naves de cualquier clase o nación. El 27 de octubre del año 1478, antes del amanecer, vieron los marineros brillar en el horizonte la luz parpadeante que emitía el faro que señalaba el puerto de Génova.

Se trataba de una luminaria situada en lo más alto de una torre, que los genoveses llamaban la «Linterna», erigida sobre un promontorio rocoso que dominaba la bahía. Pasadas cuatro horas, a media mañana, hizo su entrada en la rada de Génova la carraca «San Antonio de Padua» que atracó en uno de los cuatro muelles de mampostería habilitados para el amarre de los grandes barcos de comercio.

La Serenísima República de Génova, localizada en el seno de un golfo que forma el mar de Liguria, se extendía por un amplio territorio situado en la región noroeste de la península italiana. Durante siglos había dominado el mar en competencia con la vecina Pisa, con la que mantuvo varias guerras por el control de las islas de Córcega y Cerdeña. En los tiempos en que Pedro Bereterra arribó a Italia, Génova era uno de los grandes focos del comercio mediterráneo. Sus naos, cocas y carracas, defendidas por una poderosa flota de guerra constituida por galeras, galeotas, galeazas, naves y leños, surcaban las aguas de todos los mares conocidos comerciando con las naciones cristianas y también con las musulmanas, pues las grandes y ricas familias que dominaban la ciudad —los Doria, Fiechi, Spinola y Grimaldi— habían logrado establecer una acertada e inteligente política de amistad y neutralidad con todos los reinos, imperios y sultanatos de Europa y de África, lo que no impedía que fueran acusados por el Santo Padre el papa y los reyes cristianos de Francia y Aragón de desleales y perversos por la frecuencia con que incumplían los pactos y por la facilidad con que cambiaban de bando, a veces aliándose con los emiratos musulmanes.

La ciudad, vista desde la cubierta de la carraca de los hermanos Picardi, se asemejaba a un inmenso anfiteatro que se asentaba sobre las laderas de las colinas que circundaban el cerrado puerto al que se accedía a través de un brazo de mar, flanqueado por dos escarpadas lenguas de tierra en cuyas cimas se habían erigido dos recintos defensivos. Uno de ellos rematado por el citado faro que iluminaba el cielo durante la noche para guiar a los navíos que se dirigían a la ciudad.

Ugolino, mientras el contramaestre ordenaba a los marineros ejecutar las postreras maniobras con el fin de asegurar los cabos que unían el navío a tierra y colocar la pasarela de madera entre la cubierta y el muelle, rogó a Pedro Bereterra que subiera al puente y contemplara en su compañía el puerto y la ciudad que se divisaba, como a un tiro de ballesta, por encima de los almacenes y las lonjas.

—Este es el gran puerto de Génova —manifestó el genovés—. En esta hermosa ciudad hemos nacido y en ella tenemos nuestro hogar. Aquí, amigo Pedro, se reúne la flota comercial más poderosa de cuantas surcan los mares de levante y de poniente.

El navarro observaba con asombro aquella rica ciudad portuaria, sus majestuosos edificios de piedra, sus esbeltas torres y el gentío que pululaba por los entornos de los muelles, las lonjas y los almacenes que abrían sus puertas frente a la rada. Pero, de todo lo que le rodeaba, lo que había dejado sin habla al joven roncalés era contemplar el medio centenar de carracas, naos, cocas, galeras y bateles que se hallaban atracados junto a los muelles o surtos en medio de la dársena.

—Nunca había visto tantos barcos juntos —reconoció con estupor el de Garde, pues en su breve experiencia de marino solo había conocido los modestos puertos de La Coruña, Lequeitio, Zumaia, Portugalete y, fugazmente, los de Cádiz, Tánger y Almería.

—Ciertamente son muy numerosos y variados los navíos que poseemos, amigo Pedro —añadió el primogénito de los Picardi sin poder ocultar un gesto de suficiencia y justificado orgullo—, mas, si todos los barcos de Génova que surcan los mares comerciando se reunieran en el puerto al mismo tiempo, no dudes que la mayor parte de ellos quedaría fondeada fuera de la dársena por falta de espacio.

Ugolino esbozó una sonrisa al ver la cara de asombro del navarro y, a continuación, prosiguió con sus explicaciones aprovechando la excelente vista que disfrutaban desde el puente de la embarcación.

—Aquella torre que ves surgir por encima de los tejados —dijo, señalando hacia el centro de la ciudad— es el campanario de la catedral de San Lorenzo y, detrás, se columbra la torre mirador del palacio de la familia Doria, que con los nobles linajes de los Grimaldi y los Fiechi se reparten el poder en el gobierno de la República.

Una vez concluidas las labores de atraque, Jácome y Giuliano permanecieron a bordo de la carraca para vigilar a los mozos de cuerda y a los marineros cuando procedieran a descargar las mercancías y transportarlas a los almacenes que los Picardi poseían cerca de los muelles. Ugolino se dirigió a la mansión familiar, que estaba situada cerca de la plaza de San Mateo, en compañía de Pedro Bereterra.

Mientras caminaban por las abigarradas calles del barrio del puerto y, después, por la zona donde se alzaban las mansiones de los ricos mercaderes y la baja nobleza dedicada al comercio, el genovés le dijo a su fascinado acompañante:

—Sé que te ha sorprendido la magnificencia de esta ciudad y de su puerto y que, tras viajar hasta Génova siguiendo nuestro consejo, has podido cumplir tus deseos de pisar el suelo de Italia. Pero no creas que todas las ciudades son como este emporio del comercio. Las hay prestigiosas por sus ejércitos, ricas por sus tierras de cultivo y sus minas, admiradas por la relevancia y alta alcurnia de la nobleza que las gobiernan y esplendorosas por sus numerosos monumentos y los sabios y artistas que le dan lustre. Pero, entre todas, sobresale sin ningún género de dudas Roma, que es el corazón de la cristiandad y la sede del más poderoso entre los poderosos: el sumo pontífice de la santa Iglesia católica, al que todos temen y se pliegan, sean ricos o pobres, grandes o pequeños, nobles o plebeyos. Sin embargo, no te dejes cegar por el esplendor de Italia: tras la máscara de grandeza encontrarás la podredumbre de las guerras que, frecuentemente, mantienen las repúblicas entre ellas y la miseria de los barrios pobres, donde la gente vive de las limosnas de los pudientes y de la comida que le dan, una vez al día, en los atrios de las iglesias y en los conventos.

—No puedo negar que Génova es de admirar, tanto por los edificios que se columbran por todas partes, como por el poderío de su puerto y de su flota comercial, Ugolino —reconoció el roncalés—. Pero si, como dices, en esta tierra hay tan gran número y tan poderosas ciudades y tan belicosas, bueno será que elija una para vivir y ganarme el diario sustento. Pero, a la hora de hacer la elección, pienso que ha de ser aquella que destaque entre las demás por el poder de su ejército, el número de sus navíos o la riqueza de su gente.

—Sin embargo —continuó diciendo el mayor de los Picardi—, por el momento será mejor que permanezcas en Génova y aprendas a conocer y utilizar la lengua de la Toscana y a familiarizarte con nuestras costumbres y nuestras viejas tradiciones. Puedes hospedarte en nuestra casa, donde nada te ha de faltar, hasta que decidas qué hacer y a qué lugar dirigir tus pasos.

Y, mientras conversaban de estos y otros asuntos, se fueron aproximando a la plaza de San Mateo, a cuya espalda se hallaba la mansión de la familia Picardi.

Pedro Bereterra se acomodó con enorme facilidad a la ajetreada vida en aquella concurrida ciudad portuaria. Sobre todo le atraía el bullicio del puerto al que acudía cada mañana para contemplar la arribada de las carracas procedentes de lejanos puertos de Oriente o de Occidente, con su carga de mercancías exóticas, y las grandes galeras de guerra que atracaban en los muelles dedicados en exclusiva a la Armada genovesa.

No podía imaginar entonces el ilusionado roncalés las desgracias sin cuento que sufriría, transcurridos los años, en aquella misma ciudad.

Siguiendo el consejo de Ugolino Picardi, procuraba entablar conversación, aunque no sin dificultad, con algunos marineros, mercaderes o pescadores que frecuentaban los bodegones del puerto en el dialecto de la región, que era el que se estaba extendiendo por toda Italia.

Ciertamente se encontraba a gusto en Génova gozando de la hospitalidad de los amables hermanos Picardi. Pero no era su intención permanecer indefinidamente en aquella ciudad como huésped de aquellos generosos comerciantes, porque el hospedaje en casa ajena —pensaba no sin razón— ha de ser breve so pena de empalagar. Por ese motivo rogó a Ugolino, transcurridas varias semanas de su llegada a Génova, que le proporcionara manera de conseguir un empleo, pero que no deseaba dedicarse a la mercaduría, sino a servir a algún caballero de alcurnia relacionado con la milicia o con la Marina, oficios en los que, estaba seguro, podría alcanzar reconocimiento y notoriedad, pues, como había demostrado a bordo de la Santa María Magdalena, habilidades y conocimientos no le faltaban.

A principios del mes de diciembre Ugolino solicitó su presencia en la lonja que regentaba con sus hermanos, en un edificio que poseían junto al almacén donde guardaban las mercancías antes de exportarlas a otros puertos o venderlas a los mercaderes de Florencia, Pisa, Turín o Roma. Estos acudían cada mes a Génova para abastecerse de los productos traídos por las embarcaciones de comercio de regiones tan distantes como las costas de Irlanda e Inglaterra, Flandes, Portugal o Castilla, e incluso de puertos musulmanes del norte de África o de Oriente, en los que la República tenía abiertos consulados o con cuyos emires o gobernadores había suscrito acuerdos comerciales.

El navarro acudió puntual a la cita en la lonja.

En una oficina situada a la entrada del local, donde se redactaban y firmaban los contratos de compraventa y se abonaban las cantidades acordadas por la adquisición de mercancías, generalmente en letras de cambio emitidas por la banca de los Médici, pocas veces en florines contantes y sonantes, lo esperaban el mayor de los Picardi y otro personaje grueso, de cara redonda y sonrosada como una hogaza de pan, vestido con un elegante jubón, camisa blanca con gorguera almidonada y ribeteada con encaje dorado, medias ajustadas, abrigo de lana parda con anchas solapas de piel de marta o de zorro y cubierta la cabeza con un bonete de fieltro decorado con perlas. A todas luces se trataba de un rico personaje que, sin pertenecer a la nobleza, se había encumbrado —pensó el roncalés— con el negocio de la mercaduría.

—Este es el joven del que te he hablado, Ludovico —dijo, a modo de presentación, Ugolino.

El mercader esbozó una leve sonrisa al tiempo que examinaba a Pedro Bereterra como si estuvieran en la consulta de un meticuloso galeno.

—Pedro, este caballero es Ludovico Ricci, antiguo cliente y amigo de mi familia desde hace más de veinte años. Es abastecedor de las principales casas nobiliarias napolitanas, entre ellas la de su eminencia el cardenal Juan de Aragón.

El roncalés inclinó la cabeza para mostrar su respeto a quien lo examinaba con tanto interés.

—¿Cuál es tu nombre, muchacho? —le demandó el mercader en la lengua de Castilla.

—Pedro Bereterra —respondió el de Garde.

—Bere..., ¿qué?

—Bereterra, señor —repuso el navarro entre confuso y ofendido, pues no le parecía tan enrevesado su apellido—. En la lengua del valle de Roncal significaba clérigo.

Ludovico permaneció unos instantes pensativo observando al joven protegido de los Picardi. Luego dijo:

—A fe que es difícil de pronunciar para un italiano. ¿Es cierto que procedes del reino de Navarra?

—Así es, señor. Nací en las montañas que lo separan de Francia.

—Entonces, en Italia no te has de llamar Bere... Bere...

—...terra —aseveró el roncalés.

—Sino Pedro Navarro, que es nombre más contundente, fácil de pronunciar para la gente que habla el dialecto toscano y que señala con notoria claridad cuál fue el lugar de tu nacimiento.

—Si así lo creéis, señor, nada tengo que objetar —manifestó el de Navarra resignándose a cambiar de nombre, lo que, a decir verdad, era algo que no le incomodaba en absoluto, sobre todo cuando auguraba que de aquella entrevista podía derivarse el inicio de una nueva y prometedora etapa de su vida.

—Pues que quede así concertado, amigos míos —dijo a modo de sentencia Ugolino, entendiendo que el joven roncalés había superado la prueba de la presentación al observar la amplia sonrisa que se dibujaba en el redondo rostro del rico mercader napolitano.

—Y ahora pasemos al asunto por el que te he hecho venir, que no es otro que el señor Ludovico Ricci te pudiera conocer —señaló el genovés, dando por finalizada la cuestión del cambio de nombre.

—Ugolino me ha referido que buscas un empleo —continuó diciendo el de Nápoles—. Es probable que yo pueda proporcionártelo, muchacho, aunque creo que es un trabajo que no se ajusta a tus deseos e inquietudes, pues no está vinculado a la actividad militar ni a la marina de guerra.

—Diga, señor mercader, cuál es su ofrecimiento, que ya veré si se ajusta o no a mis deseos y expectativas —adujo el rebautizado Pedro Navarro.

—Es el caso que, por mi cercanía y privanza con su eminencia el cardenal Juan de Aragón, a quien sirvo desde que siendo niño fue beneficiado con el título de arzobispo de Tarento por el papa Sixto IV, he sabido que, en el transcurso de la pasada epidemia de peste, falleció su palafrenero y no encuentra un joven con las cualidades necesarias para ocupar ese puesto de confianza. Viniendo tú, según me ha informado maese Ugolino, de una agreste región donde forzosamente se ha de trasladar la gente a lomos de acémilas y de yeguas, quizás tengas los conocimientos que se han de exigir a un buen cuidador de caballos.

A Pedro Navarro se le iluminó el rostro. No es que el oficio de palafrenero estuviera entre los empleos que ansiaba ejercer. Era evidente que no estaba relacionado con la vida militar ni con la gobernación de una galera o una nao, que eran oficios que, en verdad, le atraían, pero intuía que ser palafrenero de un cardenal no era mala cosa. Estaba seguro de que, en compañía de un príncipe de la Iglesia, conocería a personajes relevantes e influyentes que, en el futuro, le podrían abrir las puertas de otros empleos más prestigiosos y mejor remunerados.

—Sepa el señor mercader que en mi pueblo de Garde tuve que cuidar los caballos, las mulas y los asnos que mi padre empleaba para realizar las labores agrícolas y para desplazarse de una a otra villa de nuestra merindad. He cuidado a esas bestias, algunas nobles y sumisas, otras tercas y desvergonzadas, desde que no alcanzaba los cuatro palmos: las he sacado a trotar en la era, a galopar por los caminos de la sierra, a darles el heno en su momento justo y en la cantidad apropiada, a cepillarles las crines para aliviarlas de las picaduras de los insectos, a cortarles y cuidarles las colas, quitarles los molestos pelos de las orejas y educarlas para que ajustaran el paso sin estridencias ni malos hábitos. Como ve, no es el de palafrenero un oficio que desconozca.

Ludovico Ricci quedó sorprendido por el conocimiento que el roncalés mostraba de las faenas que debía ejecutar un buen palafrenero, además de portar con acierto y elegancia el freno del caballo de su señor. Ugolino Picardi no estaba menos sorprendido al observar la rapidez mental y la habilidad con que había resuelto el asunto su protegido y encomendado.

—Veo que eres ducho en las cosas del agro y que, además, tienes soltura y capacidad de improvisación —dijo el napolitano, dando a entender que, al margen de las destrezas que tuviera el joven gardacho en el oficio de palafrenero, mostraba una sangre fría y una inusual inteligencia—. Sin duda, amigo mío, esas cualidades de las que haces gala te serán de gran ayuda a la hora de tratar con el exclusivo séquito y la exigente servidumbre de su eminencia el cardenal. Vendrás conmigo a Nápoles, muchacho —añadió—, pero has de saber que el oficio que te propongo, y que tendrá que ratificar su eminencia, te obligará a viajar por las diferentes posesiones que tiene el cardenal en diversas ciudades de Italia, y es probable que también tengas que acompañarle en sus desplazamientos hasta el reino de Hungría.

Al labriego corsario, devenido en caballerizo, no solo le pareció aceptable la oferta del mercader napolitano, sino que para sus adentros pensó que el destino había vuelto a serle propicio posibilitándole ejercer un empleo que le permitiría viajar y conocer aquella tierra que, como le había asegurado Ugolino, era generosa y hospitalaria.

—No he de rechazar, señor Ricci, el empleo que me ofrecéis —declaró sin poder ocultar la satisfacción que sentía—, porque, aunque no se ajusta a mis expectativas, que eran enrolarme en algún ejército o flota de guerra, entiendo que es de agradecer y dar gracias al Creador porque, para un joven aldeano, servir a un cardenal de la Iglesia católica es regalo que no se puede rechazar.

Y así fue como Pedro Bereterra, rebautizado en Génova como Pedro Navarro, que había abandonado un buen día su pueblo natal para buscar una existencia menos onerosa que la que le ofrecía el inhóspito valle de Roncal, acabó, después de su breve tránsito por la actividad corsaria, al servicio de uno de los príncipes de la Iglesia, hijo de rey —como luego se verá— y personaje rico e influyente, dotado de un poder que, sin duda, sería un buen aval cuando emprendiera otros proyectos que albergaba en su inquieto corazón.

El 25 de diciembre, festividad de la Natividad de Cristo Salvador, después de una emotiva escena de despedida compartida con los hermanos Picardi, cruzaron Ludovico Ricci y Pedro Navarro —montado el rico mercader en un elegante caballo alazán y el gardacho en una acémila que le había proporcionado el napolitano— la muralla de Génova y salieron a campo abierto por la puerta Superana para tomar el camino que, atravesando las tierras de la Señoría de Florencia, se dirigía hacia el sur. Ricci iba acompañado de cuatro sirvientes y de dos caballeros que viajaban con él hasta la ciudad de Roma. Las abundantes mercancías que había adquirido a los Picardi navegaban a bordo de una carraca con rumbo al puerto de Nápoles, donde los agentes del mercader se encargarían de ponerlas a buen recaudo.

Caminaban por una calzada de tierra apisonada que serpenteaba, ora entre colinas redondeadas, que una vez debieron de estar cubiertas de bosques —aunque hacía tiempo que habían sido talados y aparecían revestidas de retorcidas cepas y de huertas descuidadas—, ora entre extensos campos de cultivo que iban a morir a orillas del mar.

El cielo se había encapotado amenazando con descargar una lluvia que, en esa época del año y en esa región de Italia, solía ser violenta y pertinaz. Hacia oriente se columbraban las cimas de la cordillera que atravesaba la península de noroeste a sureste, con algunos picos blancos por la nieve acumulada. De vez en cuando atravesaban un arroyo famélico o un río de más caudal recrecido por las abundantes precipitaciones caídas en las montañas. Los viajeros los vadeaban, no sin dificultad, cuando no existía un puente de piedra o de madera que lo atravesara.

Cinco jornadas de marcha tardaron en arribar a la ciudad de Lucca, situada a orillas del río Serchio, donde descansaron un día y dos noches, no tanto por el cansancio acumulado a causa del viento y de la lluvia, como porque el temporal y las escorrentías hacían intransitables y peligrosos los caminos. Cuando reemprendieron la marcha, las precipitaciones habían cesado por completo y el cielo se mostraba libre de nubes y de un azul violento.

Al día siguiente, 1 de enero del año 1479, al atardecer, divisaron las murallas de la ciudad de Pisa iluminadas por los últimos rayos del sol poniente. Pernoctaron en una hospedería que abría sus puertas junto al arsenal republicano para continuar el viaje con las primeras luces del amanecer.

Salieron de la ciudad atravesando el río Arno por el puente antiguo y tomaron la senda que se dirigía a Livorno siguiendo la costa. Aquel tramo del camino en nada se parecía al que unía Génova con Pisa, que habían recorrido en las jornadas previas. Estaba formado por grandes losas de piedra bien asentadas y enrasadas. Disponía de desaguaderos en los bordes para evitar el encharcamiento de la calzada en días de lluvia y cruzaba los arroyos por medio de puentes de piedra de dos o más ojos.

Ludovico le dijo a Pedro Bereterra, o Pedro Navarro, que Cosme de Médici, conocido como el «Viejo», cabeza de la dinastía que gobernaba la pujante República de Florencia, había construido caminos, amurallado ciudades y erigido grandes edificios públicos durante su mandato al frente del gobierno de la ciudad. A él se debía que pudieran transitar con comodidad por caminos compactos y sin molestas y peligrosas hendiduras cuando cruzaban la Toscana. Sin embargo, el napolitano opinaba que aquellos tramos que presentaban grandes lajas de piedra bien acopladas eran restos de la antigua vía Aurelia construida por los romanos para unir Pisa con Livorno.

Ricci le habló de la magnificencia de Florencia, de sus monumentos y de los numerosos pintores y escultores que residían en la ciudad pensionados por los Médici. Él, y los caballeros que iban en la comitiva, aseguraban que Florencia era el ombligo del mundo y la sede del saber y del arte, no teniendo parangón en toda Italia. Ni Nápoles, embellecida por Alfonso el Magnánimo, ni la Roma de los papas se le podían comparar.

Alentado por las apasionadas descripciones de sus compañeros de viaje, Pedro Navarro les prometió que algún día visitaría tan floreciente ciudad. Sin embargo, no sería en aquella ocasión, pues la capital de la Toscana quedaba fuera de la ruta que seguían el mercader y los demás viajeros.

Al caer la noche entraban en la ciudad portuaria de Livorno.

Descansaron en ella dos días, para reponer fuerzas —dijo Ludovico Ricci— y preparar los cuerpos para la pesada y larga marcha que les esperaba, durante nueve o diez días, hasta llegar a los alrededores de Roma. Estas etapas del viaje las hicieron sin que aconteciera nada extraordinario: el tiempo atmosférico parecía darles un respiro, aunque era pleno invierno, y el sendero discurría por sitios llanos, con casas de campo y huertos cada cierto trecho y algunos monasterios y posadas cada diecinueve o veinte kilómetros.

El 10 de enero, a eso del mediodía, se hallaban a unos once kilómetros al oeste de la capital de la cristiandad. Ludovico les dijo que no entrarían en la ciudad de los papas: primero porque los meses de invierno los pasaba su eminencia en el palacio que poseía en Nápoles, y segundo porque de un tiempo a esa parte los patricios romanos, como era su costumbre, habían protagonizado rebeliones y provocado riñas callejeras entre los partidarios de unos y de otros, lo que aconsejaba continuar la marcha y no exponerse, sin motivo, a un encuentro desagradable. Pasaron la noche en una posada con un gran patio central que, como los caravasares orientales, ofrecía a los viajeros buena comida, bebida, baño caliente y cama, al mismo tiempo que unos criados se encargaban de los caballos y las acémilas.

Al amanecer, los caballeros que los acompañaban tomaron el camino que se dirigía al este y que los llevaría a la ciudad de Roma. Ricci, el navarro y los sirvientes del mercader continuaron el viaje en dirección sur con la esperanza de poder ver, transcurridos siete u ocho días, la cerrada bahía de Nápoles y el amenazador monte Vesubio.

Sin mayores contratiempos la comitiva atravesó las enormes extensiones de feracísimas tierras de cultivo situadas al norte de la ciudad y entró en Nápoles el día 17 de enero al caer la tarde.

A la mañana siguiente, Ludovico Ricci, acompañado de Pedro Navarro, se presentó en la puerta principal del palacio del cardenal Juan de Aragón, erigido en la ladera de la colina cuya cumbre estaba ocupada por el inexpugnable castillo de Santo Elmo, no lejos de la cartuja de San Martín. Mientras esperaban en el vestíbulo de la sala de audiencias, Ludovico, viendo la admiración que despertaban en el roncalés las columnas de mármol rosa bellamente labradas, las altas bóvedas vaídas y las esculturas que adornaban las galerías del palacio, se apresuró a decirle:

—Veo que te produce admiración observar la magnificencia y belleza de esta arquitectura, muchacho, pero más te sorprenderás al comprobar la extrema juventud de su eminencia. No creo que te supere en edad, si es que no es más joven que tú. Sin embargo, no es extraordinario encontrar en Italia cardenales de diez años o arzobispos que aún se hallan en la primera infancia. Aunque ha habido intentos de prohibir esas perniciosas prácticas, hasta ahora no ha sido posible erradicarlas.

Al cabo de un buen rato, la puerta de la sala se abrió y un sacerdote anciano les comunicó que su eminencia los recibiría.

El cardenal Juan de Aragón era el cuarto hijo del rey Fernando I de Nápoles y de su esposa Isabel de Claromonte. Gozaba de numerosos títulos y beneficios eclesiásticos: era comendador perpetuo de las abadías de la Santísima Trinidad, Montevergine y Montecassino, así como de los monasterios de Monte Aragón —en Huesca— y San Benito de Salerno. Había sido nombrado, también siendo niño, arzobispo de Tarento, Patti y Cosenza.

Era aquel príncipe de la Iglesia un poderoso personaje en cuyo círculo más íntimo, por mediación de la diosa Fortuna y los buenos oficios de Ugolino Picardi, entraría pronto a formar parte el rústico labriego del valle de Roncal.

Cuando Pedro Navarro alzó la mirada para contemplar el rostro de su eminencia, lo que vio fue a un joven que no debía superar los dieciocho años, que se hallaba aposentado sobre un elegante sillón de madera de caoba con los brazos forrados de terciopelo rojo y alto respaldo rematado con el escudo de armas de la Casa de Aragón. En el fondo de la sala crepitaba el fuego de una enorme chimenea alimentada con los troncos proporcionados por un jovenzuelo que, con el badil en la mano, no se apartaba de las ardientes brasas.

Era robusto de cuerpo, algo entrado en carnes; la cabeza, donde crecía una cabellera negra y ensortijada bien recortada en la frente y en torno al cuello, la llevaba descubierta. Su nariz era prominente y sus ojos pequeños pero de aguda mirada. Los ademanes comedidos y algo afectados, propios de quien ha recibido una esmerada educación palaciega. Vestía una sotana negra con botonadura roja y faja del mismo color. En su mano izquierda portaba una birreta también roja. Cuando hubieron abandonado el palacio —después de la entrevista— Ricci le dijo que la vestidura color púrpura y el sombrero cardenalicio solo los utilizaba en el transcurso de las ceremonias religiosas y en los actos protocolarios.

Cuando Pedro Navarro estuvo a dos pasos del prelado, inclinó la cabeza y, siguiendo el consejo del mercader, tomó su mano derecha y besó devotamente el anillo de oro con un rubí engastado que lucía en su dedo anular.

—Eminencia serenísima —comenzó diciendo Ludovico Ricci—, acabo de retornar de Génova, donde he concertado la compra de trigo para los silos de vuestro palacio y las piezas de brocados de Brabante que me encargasteis. No he querido dejar de daros la noticia y por ese motivo me he apresurado en venir a saludaros.

El cardenal asintió con la cabeza y, sin dejar de mirar al joven gardacho, señaló:

—Y yo te agradezco tanta diligencia, mercader. Espero que el viaje haya sido placentero y que las mercancías hayan llegado a Nápoles sin novedad. Pero —añadió—, ¿quién es este muchacho que te acompaña?

—Esa es la segunda razón por la que he precipitado mi visita, eminencia.

—¿Pues a qué esperas? Habla, Ludovico —ordenó el cardenal, al tiempo que hacía una señal imperativa con la mano para que el sirviente que atendía la chimenea abandonara la sala.

—Su nombre es Pedro Navarro. En nuestra última entrevista, antes de partir para Génova, os lamentabais desconsoladamente por causa de la epidemia de peste que os había dejado sin palafrenero y porque no encontrabais en vuestra servidumbre un criado que supiera del oficio —manifestó el mercader—. Pues bien, mi socio, Ugolino Picardi, a quien tengo en gran consideración, me ha encomendado a este joven, que es de la montaña de Navarra, como su nombre indica, donde fue labriego hasta que embarcó en una nave genovesa y viajó a Italia. He podido constatar, eminencia, que es ducho en el arte de cuidar caballos y que, a poco que se le adiestre, podrá ejercer de palafrenero mejor que uno de vuestros criados de las caballerizas.

Juan de Aragón entornó los ojos y pareció respirar aliviado.

—El Señor sea loado, micer Ludovico —exclamó—, que casa en la que no hay ley, imperio es del desorden. Desde que falta mi buen palafrenero, Dios lo tenga en su santa gloria, mis caballos ni comen ni quieren salir a campear, y mi palafrén está tan escuálido que temo por su vida. Si, como dices, este muchacho puede ejercer el oficio de palafrenero, que comience sin tardanza su labor, que gobierne con mano dura las caballerizas y que ponga a trabajar a esos criados zafios y remolones.

Ludovico expresó su satisfacción con una leve sonrisa.

El roncalés permaneció en silencio, aunque en su fuero interno supo que aquella mañana empezaba una nueva y decisiva etapa de su vida. Si para satisfacer a su señor, el cardenal, debía convertirse en palafrenero, mozo de espada o escudero —pensó—, palafrenero sería, que más embarazoso había sido pasar de rústico pastor a bravo corsario que trocarse de mulero pirenaico en cuidador de caballos de un noble príncipe de la Iglesia italiano.

Y despidiéndose con mucha ceremonia del poderoso cardenal de la Iglesia católica, arzobispo de Tarento, Patti y Cosenza y vástago segundón del rey Fernando I, abandonaron muy satisfechos el mercader y su pupilo el palacio ubicado en la colina de Vomero, a cuyos pies de extendía, majestuosa, la ciudad de Nápoles.

A la mañana siguiente, Pedro Bereterra o de Roncal, rebautizado en Italia como Pedro Navarro, se incorporó a la servidumbre del cardenal Juan de Aragón en su palacio napolitano para hacerse cargo de sus caballos y del manso palafrén que este usaba para sus desplazamientos por la ciudad y también para los prolongados viajes que emprendía en los meses de bonanza por Italia, en el transcurso de los cuales visitaba sus numerosas posesiones, encomiendas y patronazgos.

V
VIAJANDO CON EL CARDENAL

El palacio del cardenal Juan de Aragón era un edificio de noble construcción erigido en torno a un patio rodeado de una galería cubierta, sostenida por una serie de arcos de medio punto que descansaban sobre esbeltas columnas de mármol rosa. Las cuatro crujías que constituían esta parte de la mansión nobiliaria se completaban con una estructura de dos plantas situada en su parte trasera, que habilitaba un segundo patio de forma rectangular con acceso independiente, construido con materiales más pobres. A este espacio a cielo abierto abrían sus puertas los aposentos de la servidumbre, las cuadras, las salas abovedadas donde se guardaban las dos lujosas carrozas del cardenal y los almacenes.

El mayordomo de palacio dispuso una habitación cerca de las caballerizas como aposento de Pedro Navarro, le presentó a los mozos de cuadra y criados que tenían a su cargo el cuidado de los caballos y le informó de las labores que había que ejecutar cada día y el modo en que debía realizarlas según el gusto y las preferencias del cardenal. A pesar de su juventud y del desconocimiento que tenía de su nuevo trabajo —desconocimiento que él procuraba ocultar con cautela para no despertar la desconfianza del mayordomo—, supo adaptarse al nuevo empleo sin grandes dificultades. No en vano había pasado toda su infancia y parte de su juventud arreando asnos y mulas y atendiendo a su alimentación y cuidado en el valle de Roncal.

Pero como el Creador o la madre Naturaleza le habían dotado de una notable inteligencia, especial habilidad para el aprendizaje y, sobre todo, de una sorprendente capacidad de improvisación, pudo sortear los obstáculos que se le presentaban sin graves contratiempos. Lo que supuso un mayor esfuerzo fue manejar a los indóciles mozos de cuadra, algunos de ellos curtidos servidores de su eminencia que, aunque torpes e indolentes, se mostraban recelosos de aquel extranjero recién llegado que a duras penas hablaba su lengua y al que veían como un peligro que amenazaba sus viejas costumbres de criados perezosos. Sin embargo, el roncalés, cuya experiencia a bordo del navío corsario le había enseñado a moverse con soltura entre gente avezada y patibularia, supo ganarse en pocas semanas el afecto y la consideración de aquellos haraganes malacostumbrados que no aspiraban a otra cosa que a que les dejaran vivir en paz sin excesivas obligaciones.

El nuevo palafrenero debía visitar, al menos dos veces al día, las caballerizas para comprobar que los mozos de cuadra las mantenían en estado de revista: el heno seco y libre del pernicioso moho depositado en los pesebres, los abrevaderos —ubicados en un extremo del patio— con agua abundante y limpia, los animales aseados y tranquilos en sus establos. A media mañana en invierno y a primera hora en verano, los caballos eran sacados a campear en la gran explanada que había detrás del palacio y, durante las horas de la tarde, había que cepillarlos y peinarles las crines. Todas estas labores las ejecutaban los mozos de cuadra, pero siempre bajo la vigilancia y supervisión del palafrenero.

Pedro Navarro se encargaba personalmente del cuidado del palafrén de su eminencia, un hermoso caballo tordo en extremo manso que montaba el cardenal Juan de Aragón cuando hacía su entrada en alguna ciudad o castillo, recorría sus extensas posesiones o participaba en alguna ceremonia civil o religiosa.

Como refirió el prelado en relación con su caballo cuando Ludovico le presentó a Pedro Navarro, este pudo comprobar que era cierto que aquel animal, al que tanto afecto deparaba el cardenal, estaba muy afectado por la ausencia de su antiguo palafrenero.

Había adelgazado, en opinión de los criados, y no disfrutaba como antes cuando lo sacaban a trotar al campo.

El roncalés se ocupó personalmente del cuidado de aquel magnífico ejemplar de la raza equina que él, como lacayo que era de su dueño, debía llevar de las riendas cuando este lo montara. Lo acariciaba con ternura y le hablaba con frases amables al mismo tiempo que lo sacaba a pasear al patio, le daba con su propia mano el heno o lo cepillaba con suavidad. No había transcurrido una semana y ya el deprimido palafrén, que tenía por nombre Calabrés, había recuperado las ganas de comer y de trotar llevado de la rienda por el nuevo palafrenero. El cardenal, que temía por la vida de su querido corcel, aseguró que aquella rápida recuperación era cosa milagrosa que, sin duda, se debía a las buenas mañas y alguna secreta cualidad de su nuevo caballerizo.

Los primeros seis meses de aquel año de 1479 transcurrieron sin que nada turbase la tranquilidad que reinaba en el palacio y en la monótona vida de sus habitantes. Su eminencia permanecía la mayor parte del tiempo en sus aposentos, recibiendo algunas tardes la visita de importantes personajes de la corte napolitana o de los abades de los monasterios de los que era patrono y que acudían para rendirle cuentas o solicitar su consejo sobre nombramientos de cargos.

Una vez a la semana abandonaba su residencia palaciega para reunirse con su padre, el rey, en el palacio real o para comer con sus hermanos. Cuando salía de su mansión, Pedro Navarro preparaba el palafrén con meticulosidad de relojero, lo cepillaba, le peinaba las crines y le fijaba la silla de montar con flecos de cuero sobre la gualdrapa de seda blanca ornamentada con el escudo de la Casa de Aragón. Luego acompañaba al prelado por las calles de Nápoles conduciendo la mansa montura cogida de las riendas. El palafrenero vestía, para la ocasión, una camisa blanca, un jubón negro con las mangas rojas y unas calzas también rojas. Con gran pompa, seguido de cuatro jinetes armados, que constituían la escolta del cardenal, recorrían las calles de la ciudad en medio de la expectación y el temor reverencial de los napolitanos.

El empleo de palafrenero, aunque era de inferior categoría que el de mayordomo o mozo de espada, gozaba de una particularidad que no tenían los otros dos citados, que era posibilitar una mayor cercanía y privanza entre el caballerizo y el noble personaje al que servía cuando abandonaban el palacio para visitar Nápoles o viajaban a algunos de los monasterios de los que era patrono el hijo de Fernando I. En el transcurso de los desplazamientos a caballo por la ciudad, el cardenal conversaba con su palafrenero, le hacía algunas indicaciones sobre el manejo y el trato que debía dar a Calabrés, le señalaba la mejor ruta a seguir y, en ocasiones, llegaba a intimar con su lacayo demandando su opinión sobre tal o cual asunto concerniente al modo de gobernar a la servidumbre.

Con la llegada del verano el cardenal decidió visitar las abadías de Montecassino, la Santísima Trinidad y San Benito de Salerno, de las que era comendador perpetuo por privilegio otorgado por el Santo Padre el papa. Como tal, disfrutaba de todos los beneficios económicos y rentas de las citadas abadías, que eran muy elevadas. Aunque estaban dirigidas en su ausencia por los clérigos residentes, la jefatura nominal y efectiva la ostentaba el comendador. Ese era el motivo por el que cada verano visitaba sus abadías, de las que obtenía buena parte de sus cuantiosos ingresos.

En el camino que les conducía a Salerno para entrevistarse con el abad de San Benito y con el de la abadía de la Santísima Trinidad de Cava de Tirreno, durante la acampada que hicieron en un cenobio que hallaron en mitad del camino, el cardenal, llamando a su presencia a su palafrenero, le hizo la siguiente sorprendente confidencia:

—Pedro, hace poco más de medio año que estás a mi servicio. Cuando te acepté como palafrenero pensé que sería breve tu estancia en palacio. Conozco bien a mi servidumbre y sé de su desapego y animadversión hacia los forasteros. Pero he de reconocer que has sabido, con sutileza y buenas maneras, ganarte el afecto de mi mayordomo y de la mayor parte de los criados. No creas que me engañaste en lo de ser versado en el oficio de palafrenero, pues no era necesario ser un lince para percibir tus escasos conocimientos en ese quehacer. Pero, como percibí que eran en ti más evidentes tus cualidades que tus defectos, pensé que, siendo como eras joven y sin malicia, podrías convertirte, con el paso de los meses, en un buen criado, aunque luego he sabido que tus aspiraciones son otras y que esperas poder alistarte algún día en la milicia o como marinero en alguna nao o galera de guerra.

El roncalés sintió una profunda desazón, porque al saber que su ardid había sido descubierto, temía que el prelado, su señor, en justicia lo despojara de un empleo que, por falsario, no le correspondía. Pero el cardenal Juan de Aragón, que lo había aceptado como palafrenero aun sabiendo que era escaso su conocimiento del oficio, no le deseaba ningún mal, sino que lo trató con indulgencia, diciéndole:

—No creas que te guardo rencor por tu artificio, Pedro Navarro. La destreza que has demostrado en estos meses y tu buen hacer con mis caballos, mayormente con mi querido Calabrés, que parece haber recuperado la alegría y la fuerza de sus remos gracias a tus cuidados, han sido las pruebas que confirman que no me equivoqué al admitirte como caballerizo.

—Su eminencia es muy generoso perdonando el ardid que concebí para que me aceptarais como palafrenero —adujo con humildad el navarro—. He procurado ejercer con honradez y dedicación el oficio y aprender de algunos viejos criados, aunque holgazanes, que os sirven desde hace muchos años en las caballerizas. Pero razón tenéis cuando decís que además del oficio de palafrenero, que ahora desempeño, deseo un mejor empleo integrándome en el ejército o en alguna flota de guerra, labores para las que he sido especialmente dotado por la naturaleza.

Y de esta manera quedó el asunto zanjado: el cardenal dejando bien sentado que no era lerdo ni olvidadizo, aunque sí generoso; el palafrenero reconociendo que Dios —y el bueno de Ludovico Ricci— habían guiado, sin duda, sus pasos para ponerlo al servicio del más bondadoso y justo prelado de la santa madre Iglesia.

Al atardecer del día siguiente accedieron al monasterio benedictino de Salerno, donde estuvieron hospedados tres días, en tanto que su eminencia se reunía con la comunidad e inspeccionaba las cuentas de la abadía del año anterior. De Salerno viajaron hasta el cercano monasterio de la Santísima Trinidad, del que también era comendador perpetuo Juan de Aragón, en el que permanecieron otros tres días antes de retornar a Nápoles.

Arribaron al palacio cardenalicio en la colina de Vomero la tarde del día 3 de julio de 1479.

Ejerciendo con habilidad y rectitud el oficio por el que el magnánimo príncipe de la Iglesia lo había tomado a su servicio, ganándose cada día el respeto y el aprecio de su señor, de los criados de la casa y del mayordomo, que era el encargado de gobernar a la numerosa servidumbre, fueron transcurriendo los días y, al cabo, las semanas y los meses. Pedro Navarro se acomodó sin dificultad a aquella nueva vida, tan diferente a la de corsario o labriego, pero no menos rica en acontecimientos y novedades, pues la cercanía a su señor y el estar a su lado en todos sus desplazamientos le permitían conocer a altos personajes de la corte napolitana, de la milicia o del gobierno de la Iglesia, conocimiento que ningún otro empleo le hubiera podido proporcionar.

Al año de estar en el oficio de palafrenero en el palacio del cardenal, ya hablaba con bastante corrección la lengua de Italia con las variantes propias del reino de Nápoles. Había entablado amistad con algunos oficiales del ejército, con condotieros que estaban al servicio del rey de Nápoles o del papado y con patrones de las galeras napolitanas y españolas. Abrigaba la esperanza de que, en el futuro, aquellas amistades le fueran de alguna utilidad si acometía la aventura de abandonar el empleo que le había otorgado el bueno del cardenal y pretendía alcanzar otro más acorde con sus conocimientos y sus legítimas aspiraciones de ascenso social.

A finales del año 1480 su eminencia recibió un despacho con una decretal del papa Sixto IV por la que le nombraba legado apostólico de la Santa Sede ante los reyes de Bohemia, Polonia y Hungría. La elección de Juan de Aragón para que desempeñara tan relevante cargo cerca de aquellos poderosos soberanos europeos no era baladí. En el año 1476 su hermana, Beatriz de Aragón y Claromonte, cuando contaba diecinueve años de edad, contrajo matrimonio con el rey Matías Corvino de Hungría. A partir de la fecha de ese enlace, las relaciones entre los reinos de Hungría y Nápoles —y, por lo tanto, con el cardenal Juan de Aragón, vástago del soberano reinante— se habían estrechado hasta el punto de que se firmaran acuerdos políticos, culturales y comerciales entre ambos reinos, y la Iglesia húngara no tomara ninguna decisión importante sin consultar antes al influyente prelado napolitano.

El prestigio y la preeminencia que gozaba el cardenal en la corte húngara habían sido el principal motivo que había movido al papa a nombrarlo legado pontificio en aquellos reinos. La misión que el franciscano Sixto IV le encargaba encarecidamente a su eminencia era lograr que aquellos tres soberanos, defensores de la fe católica, se implicaran decididamente en la lucha contra los turcos otomanos que amenazaban la integridad de toda la cristiandad, siendo los territorios más expuestos, por ser frontera con el Imperio de la Sublime Puerta y haber sufrido ya las primeras embestidas turcas, el extenso reino de Hungría.

Al inicio de la primavera del año siguiente, una numerosa comitiva se reunió en el patio del palacio preparada para emprender el largo viaje que los habría de llevar hasta la capital de Hungría y, después, a Praga y Cracovia. El cortejo estaba formado por veinticinco hombres a caballo, que eran la escolta armada del cardenal, dos legistas eclesiásticos que habían de asesorar al prelado, diez criados, cuatro mozos de cuadra, encargados de las acémilas que transportaban la impedimenta, las vituallas y los regalos para los soberanos que iban a visitar. Pedro Navarro iba como cuidador del palafrén del cardenal y portador de las riendas del animal cuando el prestigioso eclesiástico, que durante los desplazamientos viajaba en el interior de un palanquín o en una de sus carrozas, decidía montar a Calabrés. Eso sucedía cuando el cardenal le ordenaba preparar al rocín porque iba a entrar en alguna fortaleza o ciudad en la que sería recibido por el gobernador o por la máxima autoridad eclesiástica del lugar.

El 2 de mayo del año 1481 abandonaba Nápoles la comitiva con la legación papal. El primer destino era la ciudad de Roma, en la que Juan de Aragón debía ser recibido en audiencia por el Santo Padre. Ocho jornadas estuvieron en el camino, entrando en la ciudad cabecera de la cristiandad y capital política de uno de los Estados más extensos y temidos de Italia el día 10 del citado mes.

Roma se hallaba en pleno proceso de reconstrucción y mejora urbanística. Desde que el papa Eugenio IV estableció de manera definitiva la sede pontificia en el castillo de Sant'Angelo y la basílica de San Pedro, él mismo y los papas que le siguieron en el solio pontificio se ocuparon de reconstruir y embellecer una ciudad que era, hasta mediados de siglo, una urbe decadente y en ruinas que en nada recordaba el esplendor que tuvo en el pasado.

En las décadas previas a la llegada de Pedro Navarro a la ciudad, acompañando al cardenal Juan de Aragón, se habían restaurado las viejas basílicas romanas; se reconstruyó el imponente Panteón erigido por Agripa para dedicarlo al culto cristiano; se urbanizaron calles y plazas para hacerlas atractivas a los numerosos peregrinos que, con motivo de la celebración del Año Santo, acudían a miles para orar en las siete iglesias basilicales; se reparó y amplió el famoso acueducto de *Acqua Vergine*, construido por los antiguos emperadores romanos para abastecer del preciado líquido a la urbe, y se erigieron numerosas fuentes públicas. Una de las obras más celebradas, llevada a cabo durante el pontificado de Nicolás V, fue la reedificación de las viejas murallas, pues se decía en los ámbitos eclesiásticos que un Estado que aspiraba a dominar el mundo cristiano debía contar con el ejército más numeroso y las mejores fortificaciones.

La comitiva cardenalicia entró en la ciudad por la puerta de Ostia al caer la tarde. Juan de Aragón marchaba al frente del cortejo cabalgando sobre Calabrés, que era llevado de la rienda por Pedro Navarro. En la zona intramuros, al pie del monte Aventino, lo esperaba el comité de recepción encabezado por el cardenal Giovanni della Rovere, sobrino del papa y prefecto de la ciudad de Roma. Atravesaron la urbe hasta desembocar en una explanada, en la que emergían restos de edificios antiguos, fragmentos de anchos muros, grandes sillares semienterrados y columnas decapitadas, que resultó ser el llamado Campo de Marte, donde en el pasado existieron templos paganos, arcos de triunfo y edificios dedicados a juegos y competiciones, y que el discurrir de los siglos y la incuria de los hombres habían convertido en un solar deshabitado y triste.

En la parte occidental de este descampado asentaron los napolitanos sus tiendas de campaña bien alineadas, formando cuadro en torno a un improvisado establo en el que encerraron los caballos y las acémilas.

Su eminencia el cardenal, montado en su palafrén y acompañado por el cardenal della Rovere, se desplazó hasta el cercano palacio papal, que se hallaba al otro lado del río Tíber, en lo que fue el antiguo panteón del emperador Adriano, donde se hospedaría mientras se entrevistaba con el Santo Padre. Pedro Navarro marchaba por delante del prelado asiendo la rienda de Calabrés. Atravesaron el puente de cinco ojos que unía el Campo de Marte con la pétrea fortaleza y, al llegar a la puerta de ingreso, custodiada por la guardia personal del papa, dejó de realizar su cometido y retornó, a lomos de una mula, al campamento en unión del oficial y los dos guardias armados que formaban parte de la escolta de Juan de Aragón.

—¿Es esta la residencia del Santo Padre? —preguntó el roncalés al oficial, que tenía por nombre Marco Gilardino, señalando los altos y almenados muros del castillo que antes había sido la fastuosa tumba de un emperador.

Gilardino, que era romano, aunque desde muy joven formaba parte de la escolta personal del rey Fernando I y, luego, de su hijo Juan, respondió:

—Cuando el papa Martín V estableció su residencia en la basílica de San Pedro en 1443, contrariando a los que le pedían que se estableciera en la iglesia de San Juan de Letrán, la curia pensó que el antiguo panteón, denominado desde el pontificado de Gregorio VI castillo de San Miguel Arcángel, sería, por sus fuertes murallas y su excelente ubicación junto al Tíber, el mejor y más seguro lugar que había en Roma. Nicolás III, hace unos veinte años, rodeó el viejo panteón con una muralla circular almenada y la fortificó con cuatro bastiones en los cuatro puntos cardinales que fueron consagrados a los cuatro evangelistas. Pero es una sede provisional, maese Pedro, pues carece de la magnificencia y dignidad que han de tener el palacio del pontífice de la Iglesia católica. Se habla de construir un nuevo palacio y una gran basílica para sustituir a la vieja iglesia de San Pedro donde, según la tradición, se halla enterrado el cuerpo del apóstol.

Gilardino pronunció estas últimas palabras señalando la iglesia con su esbelto campanario rematado por un chapitel que se divisaba como a medio kilómetro del palacio papal.

—He de reconocer que me ha decepcionado Roma —dijo el palafrenero—. Creí que aún conservaba su antigua gloria, pero veo que es más evidente la decrepitud de sus ruinas que la belleza de lo reconstruido.

—Habrá que dar tiempo al tiempo —sentenció el oficial cuando ya habían cruzado el viejo puente y divisaban, tras los desmochados murallones de un enorme edificio, el campamento de los napolitanos.

Tres días permanecieron en Roma.

Al amanecer del cuarto, el cardenal Juan de Aragón ordenó desmontar las tiendas de campaña, cargar las acémilas y los carros que portaban las viandas y emprender la marcha en dirección a las posesiones de los Médici. Pero antes de penetrar en territorio florentino se detuvieron dos días en la ciudad de Orvieto —que pertenecía a los Estados Pontificios—. Tres días después pasaron por Cortona, que estaba bajo la autoridad de Florencia y, transcurrida una semana, avistaron el río Arno, los muros de la capital de la Toscana y la inmensa cúpula erigida por Brunelleschi en la catedral emergiendo por encima de los tejados de la ciudad.

Pedro Navarro sufrió una nueva decepción porque, por circunstancias que él ignoraba y que tenían que ver con las tensas relaciones existentes entre Lorenzo de Médici y el rey Fernando I de Nápoles, el cardenal ordenó seguir la marcha en dirección a Bolonia —que estaba, también, bajo la autoridad del papa— sin entrar en la urbe más famosa de Italia, que tanto interés tenía el roncalés por conocer.

Veinticinco jornadas después de haber abandonado Nápoles, y tras permanecer dos días de descanso en Ferrara, ducado con el que la Casa de Aragón mantenía antiguos vínculos de amistad, llegaron a la ciudad de Venecia, cuya vista produjo en el palafrenero del cardenal una gran impresión, no solo por la novedad que representaba para el rústico labriego navarro la red de canales, la majestuosidad de sus plazas y puentes y la riqueza de sus edificios, sino por los numerosos barcos de comercio y de guerra que vio atracados en su puerto.

A modo de resumen, se ha de referir que el prolongado viaje de la legación papal continuó sin grandes contratiempos por los territorios del reino de Hungría y que entraron en su capital, Buda, antes del anochecer del primer día de julio del año 1481. Una semana permanecieron en la capital húngara los soldados, criados y religiosos que acompañaban al cardenal en aquella importante misión diplomática. Acampados en las afueras de la ciudad, en una explanada que había a orillas del río Danubio, esperaron a que el legado de Sixto IV cumpliera con la misión que le había encargado el pontífice. Su eminencia se hospedó en el palacio real, donde fue acogido con grandes muestras de alegría por su hermana Beatriz y su cuñado el rey Matías Corvino.

Nada trascendió de las conversaciones mantenidas entre el legado del papa y el rey de Hungría sobre la petición de que los magiares participaran más activamente en la guerra contra los otomanos, aunque Matías Corvino le pidió a Juan de Aragón que comunicara al Santo Padre su disposición para emprender la lucha contra los turcos infieles, pero que estos, después de anexionar Bosnia a su imperio, habían dejado de representar una amenaza para su reino. Y que más temor le producían las provocaciones del rey de Polonia que una hipotética amenaza otomana.

Similar respuesta obtuvo el cardenal del rey de Polonia y gran duque de Lituania, Casimiro IV, un mes después, de lo que se colige que cada soberano suele mirar únicamente por sus propios intereses, ignorando el daño que los enemigos puedan causar a sus vecinos, hasta que los ejércitos invasores se hallan a las puertas de sus ciudades dispuestos para el degüello, y entonces se acuerdan de la solidaridad que debe imperar entre las monarquías cristianas.

A primeros de septiembre se hallaba la legación papal de nuevo en Roma.

En el Campo de Marte permaneció una semana, mientras el cardenal se entrevistaba con el pontífice, a quien debía comunicar el contenido de las decepcionantes conversaciones mantenidas con los reyes de Hungría y Polonia-Lituania.

Habían empezado las primeras lluvias otoñales cuando Juan de Aragón y, con él, su guardia personal, sus criados y su palafrenero, accedían, cansados pero satisfechos por haber cumplido la voluntad del Santo Padre el papa, al palacio cardenalicio erigido en la colina napolitana de Vomero.

No se ocultaba a su eminencia que uno de los motivos que habían movido al papa a enviarle en aquella extraña y dilatada peregrinación por los reinos cristianos situados en la frontera con el Imperio turco, era reforzar el poder y la autoridad que empezaba a ejercer sobre las monarquías cristianas, una vez superada la profunda crisis y el desprestigio de la Iglesia causados por el sometimiento a los reyes de Francia y la expansión del conciliarismo. Era necesario extender su influencia a otros reinos fuera de Italia para que las repúblicas y los señoríos peninsulares reconocieran la supremacía de Roma y la necesidad de plegarse a los designios políticos del vicario de Cristo en la tierra, aceptando su preeminencia en lo temporal como cabeza de la Iglesia y de un poderoso Estado terrenal.

Los años 1482 y 1483 fueron de calma en el reino de Nápoles.

Un conato epidémico aparecido en Bari en el verano de la primera de las fechas citadas fue pronto sofocado, evitando su expansión al resto del territorio. Pedro Navarro, aceptado como uno más por la exclusiva servidumbre del cardenal, continuó ejerciendo su oficio con el beneplácito del mayordomo y de su eminencia. El prelado había llegado a apreciarlo por su inquebrantable lealtad y por el buen hacer de aquel joven venido de las montañas pirenaicas que supo transformar sus rudos modales de labriego en las amables maneras de un palafrenero cardenalicio. Había logrado reunir una cierta cantidad de florines que le permitieron llevar un desahogado modo de vida, aunque, según pasaban los meses y los años, en lo más íntimo de su corazón comenzaba a anidar un creciente desasosiego, que le impulsaba a buscar otro empleo más gratificante y más acorde con sus aspiraciones.

Sin embargo, pronto iban a acontecer unos extraños y terribles sucesos que provocarían la muerte violenta del cardenal Juan de Aragón y que precipitarían el abandono del oficio de palafrenero de Pedro Navarro y su alejamiento de Nápoles. Pero, al mismo tiempo, sería el comienzo de una nueva y fecunda etapa de su vida en Italia, preámbulo de una sorprendente e imparable carrera militar.

Mientras la vida transcurría sin grandes sobresaltos en Nápoles, en Hungría, Juan Beckensloer, arzobispo titular de la prestigiosa e influyente sede de Estrigonia, cabecera de la Iglesia católica en aquel reino y apoyo incondicional —hasta entonces— de la dinastía reinante, dio muestras de rebeldía y desobediencia al monarca, de quien, de alguna manera, dependía su cargo por los acuerdos que Matías Corvino mantenía con la Santa Sede. La animadversión entre el arzobispo y el soberano húngaro se fue enconando hasta el punto de que Beckensloer, temiendo por su vida, huyó al vecino Sacro Imperio llevándose consigo gran parte del tesoro de la archidiócesis.

Matías Corvino le instó a que renunciara a su título, a lo que el díscolo prelado se negó. Finalmente, el rey no tuvo más remedio que destituirlo, nombrando en su lugar a su cuñado, el cardenal Juan de Aragón, con lo que, pensaba, volvería a recuperar el control de la rica y extensa sede de Estrigonia y de los enormes ingresos que producía. La situación se prolongó a lo largo de varios años, puesto que el papa no emitía la decretal privando al arzobispo rebelde de su título, decisión que no tomó hasta mediados del año 1483.

A principios del año siguiente, el cardenal napolitano recibió el nombramiento oficial como arzobispo de Estrigonia y la recomendación del papa de que partiera cuanto antes para Hungría y tomara posesión de la disputada archidiócesis. A finales del mes de enero partió su eminencia, acompañado de imponente cortejo y de su buen palafrenero, no totalmente convencido de que era esa la decisión que más le convenía, pero obediente al Santo Padre y decidido a servir a su cuñado en la gobernación de aquella parte de su reino.

No fue muy prolongada la permanencia del cardenal napolitano en su sede de Estrigonia, donde Pedro Navarro vivió su mejor etapa en el oficio de palafrenero, pues en Hungría pudo entablar amistades con la oficialidad del experimentado ejército magiar, conocer las más modernas técnicas de combate y aprender a manejar la espada como un caballero y no con la zafiedad con que la utilizan los burdos corsarios, sus compañeros de andanza en los mares de Vizcaya y Galicia.

No había transcurrido un año de su toma de posesión, cuando Juan de Aragón tuvo que regresar a Roma y abandonar la recién ocupada sede de Estrigonia. Nadie supo los motivos de tan precipitado retorno, pero, entre la servidumbre del palacio y la guardia del cardenal, se decía que estaba amenazado de muerte y que el nuevo papa, Inocencio VIII, le había ordenado volver a Nápoles a petición de Matías Corvino.

Lo cierto era que el que había sido legado papal en las cortes de Hungría y Polonia permaneció en su palacio napolitano sin hacer vida pública desde el mes de febrero de 1485, aseguraban algunos que aquejado de una grave enfermedad del espíritu. Pero los que, como Pedro Navarro, se hallaban cerca de su eminencia, sabían que no sufría ningún mal del alma, aunque era cierto que adolecía de un empeoramiento de su carácter y de su tradicional afabilidad, habiendo dejado de frecuentar las caballerizas, conversar con la servidumbre y recorrer las calles de Nápoles montando a Calabrés, conducido por su fiel palafrenero.

Faltaban pocos días para que finalizara el verano cuando su presencia fue requerida en Roma por el papa.

Juan de Aragón se desplazó a la urbe, corazón de la cristiandad, acompañado solo de cuatro jinetes de su selecta guardia personal, quedando los criados, el mayordomo y su palafrenero en el palacio napolitano. Pero, antes de emprender el que sería su último viaje, reclamó la presencia de Pedro Navarro en sus estancias privadas. El roncalés acudió solícito a la llamada de su señor, que lo recibió sentado en el mismo sillón, con las armas de la Casa de Aragón, que el prelado había ocupado cuatro años antes, cuando Pedro accedió al palacio cardenalicio acompañado de Ludovico Ricci.

—Mi buen Pedro Navarro: he de reconocer que, aunque desconfiaba de tu capacidad para ejercer el oficio de palafrenero —comenzó diciendo—, lo has sabido desempeñar con honestidad y absoluta lealtad a mi persona. Has conducido a Calabrés por caminos inhóspitos y desconocidos para ti, me has acompañado a la lejana Polonia sin emitir la menor queja, siempre obediente y jovial. Nunca mi mayordomo me ha transmitido queja alguna u opinión desabrida surgida de tu boca. Por eso, buen caballerizo, y porque sé que ansías enrolarte en una embarcación de guerra o alistarte como soldado, quiero, antes de partir para Roma, ofrecerte un presente que colmará plenamente tus deseos hasta ahora insatisfechos.

Pedro Navarro guardó un respetuoso silencio. Percibía, en las emotivas palabras de su señor, la tristeza de las despedidas.

—He recibido una justa remuneración ejerciendo el noble oficio de palafrenero, mi señor —respondió al fin—. Nada necesito sino continuar al servicio de su eminencia cuando retorne de este viaje a Roma.

El cardenal esbozó una sonrisa afectuosa.

—Quizás no vuelva a pisar este palacio —dijo, sin poder ocultar la aflicción que lo embargaba—. Pero no puedo desobedecer al Santo Padre. Acepta esta carta de recomendación —añadió, al tiempo que entregaba al navarro una misiva doblada y atada con una cinta de seda precintada con lacre rojo—. Si algo me sucediera, dirígete a Florencia y pregunta por el condotiero Pedro Montano, al que va dirigida esta carta. Lo hallarás junto al río Arno, extramuros de la puerta de San Frediano, donde está acampado con sus tropas mercenarias formadas por alemanes y florentinos. Es hombre de mi entera confianza; no en vano estuvo al servicio de mi hermano Alfonso, duque de Calabria, en la batalla de Otranto, guerreando contra los otomanos.

Pedro Navarro tomó la carta que le ofrecía su señor el cardenal Juan de Aragón. Se inclinó para besarle el anillo que portaba en su mano derecha, símbolo de su sagrada dignidad, y solicitó su venia para poder abandonar la sala.

—Vete y que el Todopoderoso te acompañe siempre, mi buen palafrenero.

Y de esa manera se despidieron el afable prelado y su leal caballerizo.

En el castillo del Santo Arcángel San Miguel, residencia palatina del papa de la Iglesia católica, estuvo recluido el cardenal Juan de Aragón hasta el 17 de octubre de 1485, fecha en la que falleció en extrañas circunstancias. El cardenal Giuliano della Rovere, que fue el encargado de hacer pública la noticia del óbito, aseguró que habían sido unas fiebres perniciosas producidas por la peste lo que acabó con su vida. Sin embargo, entre la servidumbre y la guardia personal del desdichado prelado napolitano se comentaba que había sido envenenado. Juan de Aragón abandonó este mundo, por causas naturales o por la perfidia y la maldad de sus enemigos, a la temprana edad de veintitrés años. Se celebraron fastuosos funerales en

Roma y Nápoles y el cardenal fue enterrado en una suntuosa sepultura en la basílica romana de San Lorenzo en Lucina.

El 23 de octubre del año 1485, cabalgando sobre un viejo caballo de la caballeriza del difunto cardenal, con la escasa impedimenta que portaba a lomos de una mula que adquirió antes de partir y armado únicamente con la espada que le había regalado un oficial del rey de Hungría cuando estuvo en Buda como palafrenero de su señor, inició Pedro Navarro el viaje que lo conduciría a la ciudad de Florencia, a la que tantos deseos tenía de conocer, para ponerse a las órdenes del condotiero Pedro Montano.

VI

SOLDADO DEL EJÉRCITO
DE FLORENCIA

La ciudad que Pedro Navarro encontró cuando, en los postreros días del mes de noviembre del año 1485, entró en Florencia por la puerta de Roma, era muy diferente del Nápoles que había dejado atrás.

Como capital de la Toscana y sede del gobierno de la Señoría, superaba con creces a las demás urbes italianas, incluida la misma sede pontificia. En ella había renacido el sorprendente y sublime arte que fue gloria y espejo de Italia en la antigüedad; allí habían surgido, bajo el mecenazgo de la noble y poderosa familia de los Médici, literatos, escultores, arquitectos, pintores y orfebres que serían la admiración y la envidia de todas las naciones.

Era aquella una rica y populosa urbe, atravesada por el río Arno, en cuyas calles y plazas se podían contemplar y admirar las soberbias esculturas y los relieves de Donatello y Ghiberti y la sorprendente arquitectura de Brunelleschi; en los jardines de cuyos palacios se exponían con orgullo las estatuas romanas, las columnas y los marmóreos capiteles sacados del subsuelo y adquiridos por sus poderosos propietarios para gozo de la vista y ejemplo de artistas; en cuyas bibliotecas se custodiaban las obras de los más famosos filósofos y científicos griegos traídas desde Bizancio por los monjes y sabios huidos del dominio turco. Era la culta ciudad donde se había fundado la prestigiosa Academia de Florencia o de los Húmedos, creada por un entusiasta grupo de jóvenes literatos y patrocinada por Cosme de Médici.

En fin, esa era la esplendorosa y fascinante urbe que recibió, cuando apenas había cumplido los veinticinco años, al labriego, corsario y circunstancial palafrenero por la generosidad del desaparecido cardenal Juan de Aragón, que llegó a la capital de la Toscana con el propósito de presentarse ante uno de los más afamados capitanes de las tropas florentinas: Pedro Montano.

Pedro Navarro entró en Florencia al atardecer de un día otoñal que amenazaba lluvia. A los guardias que vigilaban la puerta de Roma les demandó información sobre una posada que tuviera establo para las monturas, y uno de los soldados, que vestía uniforme de guerra con coraza, yelmo liso con visera y calzas de color dorado, le dijo que cerca de la basílica del Santo Espíritu hallaría lo que buscaba.

El roncalés cabalgó hasta la plaza donde se alzaba la inacabada basílica y que antes fuera convento de los frailes agustinos. En una calle que desembocaba en la citada plaza encontró la posada con patio central y establos donde se pudo hospedar y, al mismo tiempo, dar descanso a los agotados animales. Luego se dirigió a la puerta de San Frediano, extramuros de la cual, le dijo el mesonero, acampaban las tropas del famoso condotiero don Pedro Montano.

El capitán Montano se hallaba al frente de una sección del ejército florentino constituida por tropas reclutadas en la Toscana y por una compañía de mercenarios suizos y alemanes que servían al mejor postor sin tener en cuenta fidelidades ni orígenes patrios. En unas ocasiones luchaban al lado de los genoveses, en otras de los florentinos o napolitanos y en otras bajo la bandera del ejército pontificio o de Francia. Las tiendas de campaña del campamento se extendían a lo largo de una milla siguiendo la orilla izquierda del río Arno. En el cuerpo de guardia que custodiaba una de las entradas del improvisado cuartel Pedro Navarro presentó la carta con el sello del cardenal Juan de Aragón y pidió ver al capitán Montano.

Los soldados le dijeron que si quería entrevistarse con su capitán debía dirigirse a su residencia, una lujosa mansión situada en la parte alta de la ciudad, en la conocida como cuesta de San Jorge. Hacia aquel lugar se encaminó el roncalés con la esperanza de poder entregar la misiva de su eminencia al militar florentino. Este lo recibió en su despacho, situado en la parte alta de su casa-palacio erigida en lo más elevado de una de las colinas sobre la que se había formado el barrio meridional de Florencia. Esta parte de la ciudad se hallaba ubicada entre el río y la muralla sur, abarcando desde la puerta de San Nicolás hasta la de Roma.

—Excelente recomendación —manifestó el militar después de romper el lacre y leer el contenido de la carta—. El cardenal no escatima elogios hacia tu persona. Refiere que fuiste un inmejorable palafrenero y un lacayo leal. Que lo acompañaste en sus viajes por tierras de Italia, Hungría y Polonia, siempre solícito y perseverante. Pero que, a pesar de tu dedicación a la labor de caballerizo, en tu corazón anidaba el secreto deseo de buscar otro empleo relacionado con la milicia o la marina. El cardenal —Dios lo tenga en su santa gloria— creía que en el ejército florentino podrías hallar el futuro que como simple palafrenero te estaba vedado. Me pide, por medio de esta póstuma y cariñosa misiva, que te acoja como soldado y te dé oficio en la infantería o en la artillería que están bajo mi mando.

Pedro Navarro no pudo contener la emoción que le producían aquellas palabras, que revelaban el afecto que el difunto cardenal le había profesado en vida y que había sublimado con aquel póstumo acto de amistad y cariño hacia su persona otorgado después de su muerte.

—He sido leal a su eminencia y he cumplido sus mandatos como buen criado y servicial palafrenero hasta el día de su fallecimiento —reconoció el roncalés—. Pero cierto es, don Pedro, que desde que abandoné la costa de Vizcaya, donde ejercí de marinero y aprendí a manejar la pólvora y a asaltar navíos, no he dejado ni un solo día de añorar aquellas ocupaciones que me permitieron confraternizar con gente aguerrida a la vez que abnegada y generosa. Por ese motivo deseo alistarme en algún ejército donde sé que más temprano que tarde se reconocerá mi valor y mis destrezas, pues soy habilidoso con la espada y conozco el uso de la pólvora utilizada en la artillería naval.

Pedro Montano, hombre de recia apariencia, de cuerpo voluminoso y ademanes pausados, lo que contrastaba con su fama de condotiero inflexible y despiadado, se alzó del sillón en el que estaba aposentado y se dirigió al amplio ventanal que se abría hacia la parte de la ciudad situada al otro lado del río Arno.

—Acércate, Pedro Navarro —exclamó, al tiempo que, con un movimiento de su mano derecha, invitaba al recomendado del cardenal fallecido a que se aproximara a la ventana, desde la que se divisaba la mayor parte de Florencia.

Desde aquella privilegiada atalaya, en la cima de la cuesta de San Jorge, se podía columbrar, al otro lado del río, una extensa panorámica de la ciudad con sus inmuebles rematados con tejados de tejas rojizas y los enhiestos campanarios de las iglesias horadando un cielo cubierto, a retazos, de amenazadoras nubes negras. La rica urbe estaba rodeada por una poderosa y bien torreada muralla con cinco puertas principales que se abrían hacia el sur, este y oeste. Entre las edificaciones sobresalía la esbelta torre del Palacio del Gobierno —una proeza de estabilidad y equilibrio— y, más lejos, el Campanile y la imponente cúpula de la catedral de Santa María de la Flor, que erigiera el gran arquitecto Brunelleschi en contra de la opinión de muchos, que afirmaban que era una obra imposible, que, como la torre de Babel, desafiaba las leyes de la arquitectura y de la sagrada mesura, y que se derrumbaría, con toda seguridad, antes de haberse concluido.

—¿Ves esta hermosa y tumultuosa ciudad? —manifestó el militar, señalando el abigarrado conjunto de casas de dos o tres plantas, iglesias, torres, plazas y palacios que componían el paisaje urbano de Florencia—. Sus enriquecidas y vanidosas familias de industriosos laneros, fabricantes de armas, banqueros, cambistas y soberbios hacendados dueños de las mejores tierras de la Toscana son nada sin nosotros, los hombres de armas. Nos odian y nos desprecian y, sin embargo, nos necesitan como el niño de pecho necesita la presencia de su madre; saben que somos imprescindibles si quieren mantener el orden, ostentar el poder e imponerlo a sus súbditos y a las otras ciudades vecinas. Esa es nuestra fuerza. Por eso reclutan hombres aguerridos en lugares lejanos que les aseguren la lealtad de la tropa y por eso nos pagan bien y nos miman, aunque nos desprecien.

Pedro Navarro asistía a aquella larga perorata del envanecido militar con estupefacción, aunque complacido porque el condotiero le hiciera aquellas revelaciones sin pertenecer aún a la milicia. Pedro Montano, después de unos momentos de vacilación, continuó con su discurso:

—Te hago estas confidencias por respeto al ilustre cardenal a cuya familia serví y que bien me remuneró los servicios prestados; porque su recomendación es como un mandato de obligado cumplimiento para mí y porque quiero que antes de alistarte sepas lo que representan los ejércitos en estas tierras de Italia, en las que la vida militar es la mejor manera de ascender en la sociedad y hacerse rico —si la suerte te acompaña y no pereces de un disparo de arcabuz— sin que se tenga en cuenta tu origen ni los títulos de nobleza de tus antepasados. Vas a formar parte, Pedro Navarro, de una compañía de infantería que ha peleado en cien batallas, a veces al lado de los güelfos, a veces de los gibelinos, y que siempre ha salido vencedora. Tendrás por compañeros a veteranos soldados alemanes, italianos y suizos y percibirás un salario mensual de treinta sueldos. Espero que estés satisfecho y que, con tu alistamiento en el ejército florentino, hayas colmado tus deseos y se hayan cumplido tus aspiraciones.

El roncalés no sabía cómo expresar su agradecimiento al condotiero que lo había recibido con los brazos abiertos sin saber nada de su vida anterior, aunque intuyó que el excelente trato que le había dispensado el capitán florentino estaba relacionado con el contenido de la carta de recomendación redactada y firmada por el cardenal Juan de Aragón antes de morir.

—Agradezco la confianza que depositáis en mí, don Pedro —proclamó el navarro—. Os aseguro que no os arrepentiréis de haberme aceptado como soldado de infantería en la compañía que mandáis. Sabré responder generosamente obedeciendo a los mandos con humildad en tiempos de paz y peleando con bravura e inteligencia, si fuera menester, en medio de las batallas.

—Preséntate al oficial de guardia y entrégale esta nota —le ordenó el condotiero, al tiempo que le daba una esquela que había estado redactando mientras conversaban.

El gardacho abandonó la mansión del condotiero y se dirigió a la posada para comunicar al posadero que ya no se hospedaría en su casa y solicitarle encarecidamente que buscara comprador para la mula, que no para el caballo, puesto que no le iba a ser de utilidad en su nuevo empleo. A continuación, anduvo el trayecto que lo separaba del campamento militar y, una vez ante el cuerpo de guardia, se presentó al oficial que lo mandaba para hacerle entrega de la misiva del capitán Montano.

El oficial lo envió al destacamento de infantería, cuyas tiendas de campaña estaban asentadas en el extremo occidental del extenso acantonamiento. Allí fue recibido por un rudo suboficial, que lo ubicó en una de las tiendas con otros cinco soldados, le entregó un petate con el uniforme y la ropa interior, además de una coraza, yelmo con visera y cubrenuca, espada corta, daga, rodela y una capa de lana con cogulla para los días invernales.

Así fue como, al declinar el mes de noviembre del año 1485, Pedro Navarro, que acababa de superar el cuarto de siglo de vida y que mostraba una recia constitución (brazos musculosos, torso ancho, cabeza poblada de una espesa cabellera de color azabachado, y el rostro adornado con amplia barba y bigote, ojos oscuros y nariz grande), se incorporó al ejército de los Médici, constituido por varios escuadrones de caballería ligera, una decena de compañías de piqueros y alabarderos suizos, otras cinco formadas con ballesteros y espadachines italianos y algunos españoles a sueldo y un destacamento de arcabuceros apoyados por una unidad de artillería con lombardas y morteros.

El aposento era estrecho e incómodo. Los seis ocupantes se distribuían tres a cada lado de la tienda de gruesa lona embreada para que el agua de la lluvia no la atravesara. En el centro quedaba un corto pasillo donde se colocaban los petates y las armas. El lecho era un jergón apoyado sobre una endeble estructura de madera que lo aislaba del suelo húmedo. A la derecha de Pedro Navarro reposaba un joven florentino de nombre Giuseppe Bardi, que decía pertenecer a una noble familia, aunque su padre lo había desheredado por libertino y mal hijo; a la izquierda descansaba un soldado veterano, oriundo de Livorno, que decía llamarse Enrico Pisano. Le aseguró al navarro, cuando supo que había nacido en España, que en su juventud estuvo con el maestre de Calatrava, don Pedro Girón, en la toma de Archidona. En prueba de verdad le mostró una daga morisca con incrustaciones de cristal de roca que —decía— le tocó en suerte cuando se hizo el reparto del botín.

—El maestre era un hombre osado, aunque temeroso de Dios —profirió, gesticulando con ambas manos, sentado sobre su propio petate—. No temía a la muerte. Era el primero en atacar la muralla de la ciudad bajo una lluvia de viratones enemigos. Sin embargo, no fue su bravura lo que rindió Archidona, sino las cinco lombardas que llevaba consigo y que destrozaron con sus disparos una de las puertas de la fortaleza.

Y, mientras relataba entusiasmado la hazaña en la que participó contra los moros del reino de Granada, acariciaba con delectación la daga morisca, que para el viejo soldado debía de tener un gran valor sentimental.

—Nunca he estado en la frontera de los moros, soldado —manifestó el roncalés—, y no conozco esa ciudad que dices haber tomado con el tal maestre de Calatrava. Yo nací en la montaña de Navarra, en un apartado y áspero lugar que llaman el valle de Roncal. De allí pasé a la costa de Vizcaya, donde me enrolé en un barco corsario y, pasados dos años, en una carraca de mercaderes genoveses, a los que aprecio y respeto, que me trajo a esta tierra de Italia.

—Entonces te llamaremos Pedro de Roncal y así harás honor a tu lugar de nacimiento —terció el de Livorno.

El gardacho sonrió. Al cabo de unos segundos de duda, exclamó con resignación:

—Llamadme como mejor os convenga. Cuando me bautizaron, el cura me puso por nombre Pedro Bereterra, que en vizcaíno roncalés significa Pedro el Clérigo; cuando desembarqué en Génova me llamaron Pedro Navarro, en recuerdo del reino del que procedo, y ahora queréis que responda al sonoro nombre de Pedro de Roncal en honor y recuerdo del perdido valle donde nací. Pues sea de esa manera si eso os place.

Enrico Pisano, que presentaba una barba descuidada y una cicatriz en la mejilla derecha —el roncalés pensó que sin duda diría que producto de una saetada recibida en la toma de Archidona—, sacó un tonelillo de vino de Siena de su petate y, mientras se lo ofrecía al navarro para que lo degustara, preguntó con extrañeza:

—¿Es cierto que tienes buenos amigos en Génova?

—Unos mercaderes generosos y muy devotos cristianos a los que debo agradecer el encontrarme ahora en Italia.

—Mal asunto, compañero —musitó el soldado veterano moviendo la cabeza de uno a otro lado.

—No alcanzo a comprender por qué ha de ser un mal asunto tener amigos en Génova o en cualquiera de las ciudades de Italia — exclamó el recién rebautizado Pedro de Roncal.

—Veo que aún eres novicio en las cosas de esta complicada tierra y que desconoces los lazos de amistad o de odio que unen o separan a los ambiciosos señores que gobiernan sus ciudades. Florencia, Siena, Pisa, Ferrara, Génova o Nápoles, amigo mío, pueden pasar de la noche a la mañana de estar unidas por estrechas y fuertes alianzas a ser enemigas irreconciliables y desangrarse en crueles guerras. Y más ahora que el papa Inocencio VIII siembra la discordia entre ellas con la aviesa intención de enfrentarlas y poder extender, de esa manera, su dominio sobre toda Italia.

—¿Y qué tiene que ver la política seguida por Florencia, Génova o Roma con mis amigos genoveses? —demandó el navarro.

—Nada y todo —manifestó Enrico Pisano—. Aunque parezca que vivimos en paz empeñados solo en hacer alardes con las espadas en el campo de entrenamiento y emprender tediosas marchas militares por las montañas vecinas, Génova y Florencia están enfrentadas desde hace un año en una guerra soterrada por el domino de la ciudad de Sarzana. Guerra que, a no mucho tardar, se hará evidente y diáfana y entonces tendremos que combatir contra el ejército de esa república. Y existe la posibilidad, Pedro de Roncal, que cuando peleemos con las tropas genovesas puedas atravesar con tu espada y a tu pesar el corazón de uno de tus queridos amigos.

—Es probable que así suceda —reconoció el navarro, que había tenido su bautismo de fuego asaltando navíos en el golfo de Vizcaya—. Mas he aprendido que en todas las guerras muere gente y que los que defienden una bandera a cambio de una soldada tienen la obligación de combatir con lealtad y dar la vida, si fuera necesario, por ella, sean los enemigos napolitanos, genoveses o papistas.

Y acababa de decir estas palabras cuando resonó en el campamento el toque de trompeta que convocaba a las diversas compañías para que formaran en la explanada que había delante del pabellón, donde tenía su Estado Mayor Nicolás Orsini, conde de Pitigliano y comandante supremo de las tropas florentinas.

La revelación que el veterano soldado había hecho a su novato compañero de armas respondía a una realidad que todo el mundo conocía en Florencia, aunque los mercaderes, prestamistas, industriales y ricos hacendados de la ciudad procuraban ocultarla por temor a perjudicar sus florecientes negocios. Génova y Florencia tenían cuentas pendientes por cuestiones territoriales desde hacía siglos y, de vez en cuando, surgía algún contencioso que encendía la mecha de la discordia y la guerra.

Cuando Pedro Navarro o Pedro de Roncal se alistó como mercenario en el ejército florentino, las hostilidades ya se habían iniciado a consecuencia de la disputa de ambas repúblicas por la posesión de la ciudad de Sarzana, estratégicamente situada entre la capital de la Toscana y la Serenísima República de Génova. Un genovés, Agustín Fulgosio, perteneciente a una de las familias más influyentes de la república marítima, había vendido a los florentinos la ciudad sin el consentimiento de la Comuna y los genoveses exigían a Florencia la devolución de la disputada población si querían impedir una nueva guerra. A principios del año 1486, para evitar el innecesario derramamiento de sangre, o —como aseguraban algunos— para imponer la autoridad del papado a las repúblicas vecinas, Inocencio VIII hizo de mediador entre ambos contendientes. Siguiendo las directrices del pontífice, florentinos y genoveses llegaron a un acuerdo que consistía en que los de la Toscana habrían de entregar Sarzana y el cercano castillo de Sarzanello a cambio de la fortaleza de Pietra Santa, que los genoveses habían tomado por la fuerza de las armas.

Florencia cumplió la primera parte del trato y abandonó Sarzana para que el ejército genovés tomara posesión de la ciudad. Pero no emplearon la misma diligencia cuando hubieron de ceder el inexpugnable castillo de Sarzanello. Esta actitud fue interpretada por el general genovés, Juan Luis Fiesco, como una declaración de guerra, y en el mes de marzo ordenó a sus tropas que pusieran cerco a la fortaleza que los florentinos se negaban a abandonar.

Una semana antes de que Fiesco, al frente de su ejército, llegara a las inmediaciones del castillo, el condotiero Pedro Montano y tres compañías de infantería compuestas por rodeleros, ballesteros y arcabuceros, en una de las cuales militaba Pedro Navarro, fueron enviadas a Sarzanello para que reforzaran la guarnición que defendía el bastión.

Sarzana era una ciudad fuertemente amurallada, pero que presentaba una debilidad: se hallaba situada en sitio llano a orillas del río Magra y carecía de doble muralla y foso defensivo, lo que la convertía en un reducto difícil de mantener si los asaltantes disponían de numerosa tropa —como era el caso— y de eficaces aparatos de aproximación y asedio. Esa fue una de las causas —en opinión de Enrico Pisano— de que los florentinos hubieran optado por abandonar Sarzana, antes de que los genoveses la atacaran y concentraran todas sus fuerzas en el cercano castillo de Sarzanello, erigido sobre una abrupta peña a tan solo media milla de distancia al nordeste de la ciudad.

En la tarde del 3 de marzo, cuando el roncalés, portando sus armas defensivas y la espada que le regalara el oficial húngaro, atravesó el puente de piedra que salvaba el ancho foso de la fortaleza y entró en ella por una puerta desenfilada y medio secreta con el resto de su compañía, no podía ocultar su admiración al estar accediendo a un reducto de portentosos e inatacables elementos defensivos que, aunque él lo ignoraba, jamás había sido tomado por asalto directo ni por hambre desde que, en 1322, fuera construido por el mercader, reconvertido en soldado, Castruccio Castracani. Aquel joven aventurero llegó a ser príncipe de Lucca y de la región Lunigiana. Lo construyó, decía la gente, para que fuera el escudo protector y la salvaguarda de Sarzana.

Ciertamente no había contemplado en Italia, ni en su tierra navarra, ni en la costa vizcaína, un castillo más inaccesible y dotado de tan altas y poderosas murallas, torres y foso como aquel que les había encomendado defender del ataque de los genoveses el conde de Pitigliano. Al margen de ubicarse en una cota elevada que impedía el acercamiento de máquinas de asalto y escalas, el ancho y profundo foso que lo rodeaba imposibilitaba cualquier intento de derribar sus muros mediante la excavación de minas. Presentaba una planta en forma de rombo, estando dividido en dos partes independientes unidas por un puente. Al noroeste se hallaba la zona residencial con la torre del homenaje, en cuya terraza ondeaba la bandera blanca de la República con la flor de lis, los cuarteles, los almacenes y el aljibe, toda ella rodeada de una altísima muralla con pronunciado alambor que estaba reforzada por tres torres de planta circular. Al sureste se veía un bastión triangular que servía de defensa al conjunto y a la oculta puerta de ingreso. Todo el recinto estaba rematado por un recio parapeto asentado sobre un matacán continuo.

Aquel era el inexpugnable castillo que los hombres de Pedro Montano debían defender del asedio del ejército genovés cuando su general diera la orden de cercarlo y atacarlo, que sería unos días después de la llegada del condotiero Montano con los refuerzos.

Durante un mes largo estuvieron las tropas del general Fiesco rodeando Sarzanello sin atreverse a asaltarlo, lo que hubiera sido una acción suicida por muy aguerrida y numerosa que fueran las fuerzas atacantes. A la compañía de Pedro Navarro se le asignó la defensa de la torre noroeste del recinto. Los cien soldados que la formaban se distribuyeron en cinco secciones de veinte hombres cada una que, armados de espada, daga, rodela y coraza, se turnaban las veinticuatro horas del día en guardias de cuatro o cinco horas cada una.

Como transcurrieran los días y el ejército genovés seguía desplegado en torno a Sarzanello, pero no se atrevía a atacarlo, y los defensores estaban seguros de poder resistir el cerco, pues contaban con víveres suficientes y agua para varios meses de asedio, el conde de Pitigliano tomó la decisión de acudir con el resto del ejército para descercar la fortaleza.

Las tropas toscanas marcharon en dirección a Sarzanello y Sarzana para buscar el combate cuerpo a cuerpo con el enemigo. El general Juan Luis Fiesco, creyendo que la intención de Orsini era liberar a los cercados y, al mismo tiempo, atacar y tomar la ciudad, ordenó que se concentraran todas las fuerzas genovesas en los entornos de Sarzana para hacer frente al ejército de los Médici. El encuentro tuvo lugar en la llanura, cerca del río Magra, a algo más de una milla de Sarzanello. Cuando más recia y enconada era la batalla, Pedro Montano ordenó que se abrieran las puertas del castillo, salió con su gente a campo abierto y atacó por la espalda a las tropas de Fiesco que, cogidas por sorpresa entre dos fuegos, no tuvieron otra opción que admitir la derrota y emprender la retirada para buscar la salvación tras las murallas de Sarzana.

Al caer la noche, la batalla había concluido con la victoria inapelable de los florentinos. Murieron ciento ochenta genoveses por noventa y cinco florentinos y dos centenares de heridos por ambas partes. El conde de Pitigliano tomó trescientos cuarenta prisioneros, entre ellos al general genovés Juan Luis Fiesco, que fue capturado por Pedro Montano.

En el transcurso de los combates, el roncalés, portando coraza, yelmo, rodela y espada, peleó junto a Enrico Pisano y Giuseppe Bardi en la primera línea de un escuadrón que tenía un frente de diez combatientes por diez de fondo, como era costumbre en los ejércitos de la época, detrás de los piqueros y alabarderos suizos que se encargaban, con sus largas lanzas, de desbaratar la primera línea de la infantería enemiga.

Para sorpresa de Enrico y del capitán Montano, aquel soldado bisoño, que procedía de un oficio tan poco belicoso como era el de palafrenero, se batió con gran valentía, manejando la espada con la destreza de un *espatario* carolingio. Logró, con el viejo Enrico, abrir brecha en la zona que les tocó en suerte y abatir a varios enemigos sin que ambos sufrieran el más pequeño rasguño. No fue lo que aconteció al joven Giuseppe que, atacado por varios genoveses, recibió una profunda herida de alabarda en el muslo izquierdo que le obligó a retirarse prematuramente del campo de batalla y ser conducido al hospital de campaña que se había instalado a los pies de la peña de Sarzanello.

Esta manera de combatir, sin miedo y usando con habilidad e inteligencia la espada, no caracterizó a Pedro de Roncal únicamente en la batalla de Sarzana, sino que fue, a partir de ese día, la seña de identidad de aquel mercenario que se había incorporado al ejército de los Médici desde la lejana Navarra y que supo adaptarse, con sorprendente facilidad, a los modos de guerrear de los ejércitos italianos. Su destreza y audacia no pasaron desapercibidas para el condotiero que lo había contratado por recomendación de difunto cardenal Juan de Aragón, pues antes de que hubiera transcurrido un año de su alistamiento, ya le había doblado el sueldo.

Al día siguiente de la batalla, mientras el ejército florentino se desplegaba en torno a Sarzana para poner cerco a la ciudad tras cuyas murallas se habían amparado las derrotadas tropas genovesas la jornada anterior, Pedro Navarro y Enrico Pisano se desplazaron hasta el hospital donde se hallaba recluido Giuseppe para interesarse por la herida que había recibido en la pierna. Lo encontraron muy desmejorado por la sangre perdida, aunque con la moral alta y agradecido por la visita de sus compañeros de armas.

—No os alarméis, amigos míos, por el aparatoso vendaje que el cirujano me ha colocado en torno a la pierna —dijo el doliente señalando las tiras de lino que rodeaban su hinchado muslo—. Me ha asegurado, después de haberme cosido la brecha, que no pasarán muchos días sin que pueda incorporarme a mi compañía.

—No nos inquietamos por tu herida, que bien pudimos comprobar que no era de gravedad, sino por tu estancia en este hospital del diablo —respondió el de Livorno—. Ya conoces el rumor que circula entre la tropa y que tanta aprensión provoca en los que han de ingresar en un hospital de campaña: no morirás a causa de la simple herida, pero sí de las atenciones y de las curas de los matasanos.

Y los tres rieron la ocurrencia del viejo Enrico Pisano.

—Toma este pellejo con vino de Sarzana que hallamos en el castillo —manifestó Pedro Navarro, acercándole el odre de piel de cabra que le traían como regalo—. Bebe con fruición de él, muchacho, que seguro que te ha de sanar antes y mejor que las pócimas que te hace ingerir el cirujano.

No mentía Enrico cuando dijo que la herida recibida por Giuseppe no era de gravedad. Pero lo cierto fue que, afectado por una infección acompañada de fiebres, vómitos y delirios, el desdichado Giuseppe Bardi entregó su alma a la semana de haber ingresado en aquel hospital del diablo, como lo había denominado el de Livorno. Era cosa sabida en la milicia que si te llevaban a un hospital para curarte una leve herida o un inocente forúnculo, podías salir infectado de lepra, fiebres tercianas o de cualquier otra enfermedad infecciosa que no padecías y que, de no mediar la intervención milagrosa de algún santo, podía enviarte sin remisión a la tumba. De ahí que todo soldado herido suplicara la intercesión de la Santísima Virgen María o de cualquiera de los bienaventurados del santoral cristiano antes de ingresar en un hospital.

El asedio a Sarzana por las tropas florentinas fue breve, porque los desmoralizados genoveses que la defendían, sin esperanza de que pudiera acudir desde Génova un ejército de socorro, con su general Fiesco preso del conde de Pitigliano y con escasas vituallas y pocas armas, estaban condenados a tener que rendirse más temprano que tarde. El 22 de junio de 1488 el gobernador de la ciudad mandó izar la bandera de capitulación en la torre del homenaje de la ciudadela y abrir las puertas de Sarzana para que los florentinos entraran sin estorbo alguno y tomaran posesión de tan disputada y estratégica población.

Sin embargo, una semana antes de que la ciudad se rindiera, Pedro Navarro, que con su compañía de rodeleros se hallaba posicionado en primera línea del cerco a la espera de que se diera la orden de ataque, fue testigo de una acción de combate nueva para él, pero que por estar protagonizada por la pólvora, sustancia que aprendió a manejar y a considerar como un arma poderosa y resolutiva en la nao Santa María Magdalena, le hizo pensar que podría ser utilizada en los asaltos a fortalezas con garantías de éxito, aunque el resultado final de la acción acometida contra la muralla de Sarzana hubiera sido a todas luces decepcionante.

Fue el caso que los zapadores del ejército sitiador comenzaron a excavar una mina por debajo de la muralla oriental de la ciudad, entibarla con troncos de árboles por debajo de sus cimientos, como venía haciéndose en los asedios a fortalezas desde época inmemorial y, a continuación, prenderles fuego y provocar el hundimiento de una parte del recinto defensivo. No obstante, en esta ocasión, los zapadores, asesorados por los artilleros florentinos, añadieron a la entiba con pies de madera varios barriles de pólvora negra, a los que añadieron una mecha lenta que fue encendida cuando estuvo acabada la mina. La explosión fue atronadora. Pero, fuera por la poca pericia de los zapadores o porque la mina, con la precipitación al excavarla, no había alcanzado los cimientos de la muralla, lo cierto fue que el talud existente por delante del muro cedió, pero la muralla continuó intacta. Mas lo sucedido fue suficiente para que el roncalés apreciara aún más el poder destructivo de la pólvora y sus posibilidades futuras para ser empleada en la toma de las fortalezas que se resistían a los ejércitos sitiadores.

En el mes de noviembre de 1488 el ejército florentino, y con él las compañías mercenarias que estaban bajo el mando del condotiero Pedro Montano, fue enviado a la ciudad costera de Livorno, situada a veinticinco kilómetros de Pisa, para que se estableciera allí lejos de la capital, a la espera de recibir nuevas órdenes. Se decía que Lorenzo el Magnífico había tenido noticias confidenciales de sus espías que aseguraban que la comuna de Pisa estaba preparando un gran levantamiento popular con la malévola intención de acabar con la vida de los florentinos asentados en la ciudad y lograr la ansiada independencia de Florencia.

Pero los meses fueron transcurriendo sin que los pisanos dieran muestras de rebeldía y los temores de Lorenzo de Médici se confirmaran. Pedro Navarro y sus compañeros mercenarios se ocupaban de hacer las guardias reglamentarias en el campamento y de realizar los alardes acostumbrados en el campo de instrucción, dedicando los días libres a pasear por la orilla del mar, perfeccionar su conocimiento de la lengua de Dante, visitar los bodegones de Livorno o acudir a los lupanares que, en torno a los campamentos militares, acostumbran a establecerse para que la tropa pudiera embriagarse a bajo precio con mal vino y peor aguardiente y la soldadesca necesitada del calor de una mujer se acostara con las barraganas italianas, españolas o alemanas que, como moscas a un panal de miel, acudían allí donde había congregación de soldados, marineros o gente patibularia.

El roncalés se aficionó a la coyunda con una joven napolitana, de nombre Lucía, que le aseguró —con inusitada desfachatez y falta de vergüenza— haber sido virgen hasta el día en que yació con él. Aunque Pedro Navarro, que había cumplido ya los veintisiete años y era experimentado en las cosas de la vida (no en vano había sido corsario, caballerizo y soldado a sueldo y bebido aguardiente y jugado a naipes en los peores burdeles y tabernas de Vizcaya), le seguía el juego porque así parecía que la muchacha era más zalamera y se sentía menos ramera de lo que era en realidad. Pero lo cierto es que el roncalés abandonó pronto aquella pecaminosa afición de juventud y dejó de frecuentar las cantinas y los lupanares para asistir, con devoción, a la santa misa que cada día oficiaba el capellán de la compañía, cumpliendo con rigor de eremita los mandatos de la ley de Dios y de la santa madre Iglesia, sana costumbre que mantuvo durante el resto de su vida.

Se ha de decir que en el tiempo que el navarro estuvo en el empleo de palafrenero con el cardenal en Nápoles mantuvo una estrecha relación con la hija de uno de los sirvientes del prelado que se llamaba Albina, pero fuera porque el padre de la joven se opusiera a dicha relación (aunque ella estaba que sorbía los vientos por el caballerizo), fuera porque este tenía en mente otros proyectos más ambiciosos que fundar una familia en aquella ciudad y encadenarse al oficio de palafrenero y a una ruidosa prole para siempre jamás, al paso de varios meses aquel amor de juventud se fue enfriando y acabó definitivamente cuando Pedro de Roncal marchó a Florencia para alistarse en las filas del condotiero Pedro Montano.

En el campamento de Livorno estuvieron las tropas acantonadas y ociosas casi un año, hasta la primavera de 1489. Los soldados inquietos y abúlicos por la falta de actividad guerrera, que es la razón de ser de las tropas mercenarias, y los oficiales buscando nuevos señores que les ofrecieran un mejor contrato por sus servicios de armas. Algunos mercenarios pensaron en abandonar la Toscana para alistarse en el ejército que estaba organizando el papa en sus Estados y otros en marchar a la pujante Venecia para enrolarse en sus galeras como infantería de marina, empleo con el que podrían obtener sueldos elevados y abundante botín, atacando a los corsarios de otros puertos que navegaban por el mar Adriático perjudicando el comercio de la Serenísima República de San Marcos.

Pedro Navarro entendió que, después de tres años y medio al servicio de los Médici, era llegada la hora de emprender una nueva aventura que le abriese las puertas de la oficialidad, pues con el condotiero Pedro Montano, de quien no tenía ninguna queja por el trato recibido ni por la soldada, puesto que se la había doblado con generosidad sin que él se lo solicitase, no pasaría de ser un discreto cabo de infantería, siempre expuesto a acabar sus días de un arcabuzazo o pidiendo por amor de Dios unos reales en la puerta de algún convento, cojo, ciego o manco, dada su no pertenencia a familia noble y su carencia de título de hidalguía respetable en la tierra de la que procedía.

Por ese motivo se resistió a seguir los pasos de otros compañeros mercenarios, como Enrico Pisano, que un buen día rompió sus vínculos con el capitán Montano y se fue a Venecia, decía que para trocar su vida de soldado de los Médici mal pagado a reputado corsario de San Marcos y hacerse rico persiguiendo naos mercantiles turcas o cristianas. El roncalés esperaba un golpe de la Fortuna que, como cuando Ugolino Picardi le presentó al influyente mercader Ludovico Ricci o el cardenal Juan de Aragón lo recomendó al condotiero Pedro Montano, lograra ganarse la confianza de algún prócer de Italia y ejercer un oficio en el que no se tuviera en cuenta el origen humilde de sus labriegos predecesores.

Ese golpe de suerte no tardaría en llegar.

Habiendo ejercido los peligrosos oficios de corsario y soldado de fortuna, hombre de confianza de un cardenal de la Iglesia católica y siempre dispuesto a acometer cualquier empresa en la que la osadía y el valor —de los que había dado suficientes muestras a lo largo de su corta vida de militar— fueran ingredientes fundamentales, esperaba por fin conseguir el empleo que lo catapultara a la fama y el bienestar que con tanto afán y constancia había estado persiguiendo desde que abandonó el perdido valle de Roncal.

Todo sucedió un día en que paseaba sin rumbo por el puerto de Livorno.

Iba Pedro de Roncal sumido en sus pensamientos, elucubrando sobre el futuro que le esperaba formando parte de las huestes mercenarias del condotiero italiano, cuando vislumbró, fondeada como a un tiro de flecha de la orilla, una nao de la que se separaba bogando un batel con tres o cuatro hombres a bordo que, remando con pericia, se acercaban a la playa. Pudo ver que en la popa de la embarcación ondeaba la enseña del rey de Nápoles con la cruz patada amarilla y las barras de Aragón, lo que le animó a entablar conversación con aquellos hombres que procedían de la ciudad en la que había pasado buena parte de sus años italianos.

—Caballeros, permitid que os salude un soldado que, aunque porta el uniforme militar de los florentinos, estuvo varios años en Nápoles al servicio de su eminencia el cardenal Juan de Aragón, a quien el Altísimo tenga en su santa gloria —dijo, cuando el bote quedó varado en la arena de la playa y sus ocupantes saltaron a tierra.

—De malas personas y gran descortesía sería no aceptar vuestro saludo, soldado —respondió el que parecía jefe del grupo, un hombre de unos cuarenta años que se cubría la cabeza con un sombrero de ala ancha adornado con una elegante pluma blanca, que al roncalés le recordó a los bravos capitanes de los barcos corsarios que navegan por los mares de Vizcaya—. Y con más razón —añadió— si, como decís, habéis estado al servicio de tan noble y recordado cardenal como fue don Juan de Aragón.

Los recién llegados que, no le cabía ya duda al navarro, eran miembros de una tripulación corsaria, se encaminaron a las casas que se alineaban no lejos de la playa acompañados de Pedro Navarro.

—¿Es cierto que estuvisteis al servicio del cardenal? —preguntó otro de los marineros, que parecía ser el contramaestre o un oficial del navío.

—Fui palafrenero de su eminencia y cuidador de las caballerizas de su palacio napolitano hasta el día de su trágico final en Roma. El ver fondeada la nao con la bandera del reino de Nápoles ondeando en su popa es lo que me ha impulsado a entablar conversación con vuestras mercedes —argumentó el joven, con la intención de conducir la charla al asunto que le interesaba—. Permitidme que os invite a una jarra de vino en uno de los bodegones del puerto de Livorno.

—Ociosos estaremos hasta mañana al alba, cuando se hará de nuevo a la mar la Santa María Assunta. Toda la jornada estarán los marineros cargando vituallas en su bodega y reparando la gavia que un mal viento desgarró —respondió el que parecía capitán—. No, no desaprovecharemos la oportunidad de platicar con un paisano y, de paso, alegrar nuestras secas gargantas con un trago de vino italiano.

Y así fue como el navarro trabó amistad con los marineros de uno de los barcos corsarios que navegaba, bajo pabellón napolitano, por los mares Tirreno, Jónico y Adriático y que, cada cierto tiempo, arribaba a Livorno para abastecerse de viandas, hacer algunas reparaciones y cargar mercancías diversas.

—Mi nombre es Ruggiero Napolitano, capitán de la nao, y estos son mi contramaestre, Marco Copano, y el marinero Hugo de Padua —dijo a modo de presentación el capitán mientras se dirigían a la ciudad.

—Yo soy Pedro Navarro, aunque en esta tierra me conocen como Pedro de Roncal por mi lugar de nacimiento, que está en el reino de Navarra.

Al rato habían llegado a una hilera de casas de pescadores, que se distinguían por las redes que colgaban de sus fachadas, al final de las cuales se abría el portalón de una desvencijada cantina. Sin hacer ascos a la mugre que se percibía desde el exterior, entraron en ella y se sentaron en torno a una de las mesas que había no lejos de la puerta de entrada.

—La nao Santa María Assunta forma parte de la flota del marqués de Cotrón, don Antonio Centelles, que tiene patente de corso del rey de Nápoles —manifestó el capitán corsario mientras alzaba una de las jarras que un sirviente había depositado sobre la mesa—. Nuestra misión consiste en limpiar de piratas otomanos los mares del sur de Italia.

—¡Y zamparnos alguna urca veneciana que retorne de comerciar con el Gran Turco, si llegara el caso! —exclamó Hugo de Padua lanzando una carcajada que fue al punto imitada por los otros dos marineros.

—Pero antes de continuar con tan amena conversación —terció Ruggiero—, bueno será que brindemos por este feliz encuentro, por el alma del difunto cardenal y por nuestro señor rey, Fernando I, su padre.

Y todos alzaron las jarras de vino y trasegaron un largo trago hasta sus gargantas.

Pedro Navarro dio gracias a Dios por haberle dado ocasión de entablar conocimiento de aquellos avezados marineros que ejercían la lucrativa profesión que él había desempeñado en el pasado y por la que sentía una innegable inclinación, pues tenía la firme convicción de que era llegada la hora de abandonar el oficio de soldado de fortuna y comenzar otro vinculado con el mar y con una labor en la que él había destacado por su pericia y que, seguro estaba, le iba a proporcionar el bienestar y la riqueza que hasta ahora le habían sido esquivos.

A modo de resumen, se puede decir que el navarro expuso a los corsarios de don Antonio Centelles, con gran entusiasmo y vehemencia, el deseo que tenía de dejar la vida de mercenario y enrolarse como marinero, oficio que no le era ajeno. Que podría embarcar con ellos en su nao para que probasen sus aptitudes y su buen hacer y que, llegados a Crotona, si lo creían oportuno, lo podían presentar al marqués para que este lo contratara como marinero en alguna de sus naos corsarias si ellos le daban buenas referencias suyas.

El capitán Napolitano le dijo que había tenido mucha fortuna, pues una semana antes de arribar a Livorno, un marinero había sufrido un accidente al resbalar y caer sobre la cubierta desde la verga del palo mayor, y que el barbero había tenido que entablillarle la pierna derecha, con lo que quedó lisiado y no apto para el servicio. Como necesitaban un sustituto para el viaje de retorno a Crotona, le parecía oportuna su propuesta de enrolarse en la nao y navegar con ellos hasta la costa calabresa.

Así fue como, el 4 de julio del año 1489, embarcaba Pedro de Roncal en la nao corsaria Santa María Assunta en el puerto de Livorno, no sin antes haberse desplazado a su campamento para despedirse del condotiero Pedro Montano y de sus compañeros de milicia y haber entregado las armas —a excepción de la espada magiar que era de su propiedad—, para hacer la singladura, junto a sus nuevos camaradas corsarios, hasta el sur de Italia. Allí esperaba ponerse a las órdenes del marqués de Cotrón y emprender una nueva etapa de su agitada vida defendiendo las costas de Nápoles de los piratas otomanos —como le había relatado el capitán Ruggiero—, atacando puertos musulmanes en Levante y el norte de África o asaltando, sin reparo ni vergüenza, embarcaciones cristianas de naciones neutrales, pero que comerciaran con puertos turcos, cuando las presas escasearan.

VII
CORSARIO CON EL
MARQUÉS DE COTRÓN

Antonio Centelles era un noble valenciano que, como otros tantos españoles de la época, entre ellos el propio Pedro Navarro y el pirata Menaldo Guerra —del que más adelante se tratará—, marcharon a Italia para lanzarse a la aventura y procurar incrementar su escasa fortuna en las ciudades-Estado que componían el variado mosaico de entidades políticas en que estaba dividida la península italiana, algunas de ellas antiguas repúblicas como Venecia, Lucca o Pisa, otras en vías de convertirse en ducados como Florencia, Milán y Génova y, las menos, constituidas en reinos independientes, como Nápoles, siempre ambicionado por las grandes monarquías europeas en expansión, como Francia y España. De todas ellas habría que destacar, por su creciente poder a lo largo del siglo XV, su insaciable ambición y su inmensa influencia sobre las demás, a Roma, capital de la cristiandad y de los extensos Territorios pontificios.

El tal Antonio Centelles no hubiera pasado a las páginas de la historia si no se hubiera unido en matrimonio con Leonor, marquesa de Cotrón y dueña de una parte del territorio de Calabria, con lo que el avispado valenciano se vio convertido, de la noche a la mañana, en marqués de Cotrón, copropietario del marquesado y patrono de una flotilla de naos con patente de corso, expedida por el rey Fernando I de Nápoles. Estas embarcaciones tenían su base en el puerto de Crotona, desde donde lanzaban lucrativas expediciones punitivas contra las costas otomanas y los barcos de países neutrales que no respetaban la norma decretada por el Santo Padre el papa de no comerciar con los infieles enemigos de Dios y de la santa madre Iglesia.

A este influyente y rico personaje, que alternaba su ajetreada existencia entre el reino de Valencia, donde poseía tierras y empresas de comercio marítimo, y el reino de Nápoles, en cuya ciudad de Crotona tenía el tronco de su marquesado, pertenecía la nao Santa María Assunta en la que se había enrolado Pedro de Roncal después de convencer a su capitán, Ruggiero Napolitano, de ser un diestro marinero y de haber ejercido el oficio de corsario en la universidad primera de los salteadores marítimos que se hallaba en la costa de Vizcaya.

Dieciséis días tardaron en hacer la singladura entre Livorno y Crotona, con escalas en Civitavecchia, el puerto de Nápoles —donde estuvieron atracados dos días mientras se daba descanso a la tripulación y el capitán Napolitano hacía entrega de unas piezas de tela que traía para el rey don Fernando— y Mesina, antes de arribar al puerto de Crotona en el que residían, en un suntuoso palacio-fortaleza situado sobre una colina a la vista del mar, los marqueses de Cotrón, y se hallaba fondeada la parte de la flota que no estaba de corso en aguas del mar Jónico.

Es necesario decir que el viaje estuvo exento de tormentas, navegando la nao con un tiempo excelente, un mar en calma y empujada por un viento constante del noroeste que permitía tener izado todo el velamen. Los corsarios que, como hacían el viaje de retorno, no tenían intención de tomar ninguna presa y menos en el mar Tirreno, que se hallaba lejos de las aguas en las que efectuaban sus correrías y apresamientos, mantuvieron un rumbo regular, solo alterado por la entrada en los puertos de escala. Sin embargo, las labores ordinarias que el contramaestre, Marco Copano, le encargaba al roncalés, este las realizaba con presteza, minuciosidad y la precisión de un mosaísta, pues no ignoraba que de la destreza y escrupulosidad con que las ejecutara dependía su futuro como corsario al servicio del señor de Crotona.

Una vez que la nao estuvo fondeada en la rada y hubieron desembarcado los oficiales y los marineros, excepto los que quedaban de guardia en el barco, el capitán del navío, acompañado de Pedro Navarro, se dirigió a la fortaleza de los marqueses, que se divisaba sobre una colina como a un tiro de flecha del lugar donde hubo varado la chalupa.

—El señor marqués debe esperar nuestra visita —dijo Ruggiero cuando iniciaban el ascenso por el camino empedrado que conducía hasta la puerta del palacio—. Desde la torre del homenaje don Antonio vigila el horizonte de la mar y sabe, con cuatro o cinco horas de antelación, cuándo arribará uno de sus bajeles y de cuál se trata.

—Deduzco por sus palabras que el señor marqués es un hombre muy vinculado con el mar —señaló el roncalés.

—Toda su vida la ha dedicado al comercio marítimo. En Valencia posee campos de pan sembrar, viñedos y una flota de carracas con las que comercia con Italia, Flandes e Inglaterra, y en Calabria siete naos corsarias que, con licencia del rey, le producen tres veces más ducados que los ganados con la mercaduría ordinaria. Ya llegamos —añadió, al tiempo que saludaba con familiaridad a los dos guardias armados que custodiaban la puerta del castillo—. Los señores marqueses residen en este palacio los meses de primavera y verano, cuando las naos están corseando. El otoño y el invierno, períodos en que la mala mar aconseja no sacar los navíos del puerto, los pasan los señores de Cotrón en sus posesiones valencianas.

Cruzaron el patio de armas de la fortaleza y accedieron a un segundo patio, más reducido, que comunicaba con un edificio de piedra, en una de cuyas esquinas se alzaba la torre del homenaje y, debajo, lo que parecía la zona noble y residencial del palacio. En aquel lugar, rodeando tres de las cuatro fachadas del patio, se localizaba un recoleto claustro cubierto con bóvedas apuntadas.

Le dijo el capitán Napolitano que esperase en el claustro hasta que él hubiera conversado con don Antonio Centelles y le hubiera comunicado la novedad que representaba su presencia en Crotona.

No había pasado un cuarto de hora cuando el capitán de la Santa María Assunta apareció por el vano de la puerta, flanqueada con jambas compuestas por elegantes columnillas de mármol veteado, y se dirigió sonriente a Pedro Navarro.

—Los señores marqueses nos esperan —fue la lacónica frase que pronunció el corsario napolitano antes de que ambos penetraran en las estancias privadas de los marqueses de Cotrón, en su palacio situado no lejos del río Esaro, a esas alturas del verano un arroyuelo famélico.

Don Antonio y doña Leonor los recibieron en una terraza situada en la primera planta del edificio orientada al norte, desde la que se veían la extensa vega del Esaro y los esteros rectangulares de unas salinas que ocupaban parte de la llanura litoral.

El marqués era un hombre de unos cincuenta años, de escasas carnes y piel renegrida, probablemente —pensó el navarro— por el mucho andar al aire libre o por alguna inconfesable herencia morisca; la marquesa parecía algo mayor que su marido, tenía el rostro redondeado y el pelo cano a retazos recogido con elegancia en un par de rodetes. Mostraba la distinción propia de la nobleza española, no en vano había sido, en su juventud, dama de honor de la princesa Isabel de Castilla, antes de que esta se casara con el infante don Fernando de Aragón y ocupara el trono.

Meses más tarde, cuando navegaba en una de las naos del marqués, Pedro supo por boca de un marinero lenguaraz que doña Leonor tuvo antes otro marido que se llamaba don Luis Cornell, que murió hacía unos treinta y cinco años. Que al matrimonio con don Antonio Centelles aportó dos hijos, más el hijo, nombrado Enrique, que tuvo con su segundo esposo.

—Sé bienvenido a Crotona, señor don Pedro —dijo el noble valenciano mientras señalaba con galantería un banco de piedra corrido para que lo ocuparan el navarro y su valedor, el corsario Ruggiero—. Me ha referido el capitán de mi nao que estando en el puerto de Livorno os unisteis a su tripulación y que queríais verme para pedirme que os admitiera como marinero en mi flota.

—Dice verdad vuestro capitán, señor marqués. Cuando lo conocí yo era soldado de fortuna al servicio de los Médici, pero antes había recorrido los mares de Vizcaya como corsario en una nao del armador don Íñigo de Artieta. Soy diestro en el oficio, como os habrá informado el señor Napolitano, y no deseo otra cosa que enrolarme de nuevo, porque me atrae el mar a pesar de sus peligros.

Don Antonio Centelles lanzó una mirada a su esposa al tiempo que esbozaba una sonrisa de complicidad.

—Cierto es que el capitán de la nao me ha transmitido un informe, aunque breve, muy favorable sobre vuestra persona y las inmejorables aptitudes marineras que habéis mostrado en el viaje desde Livorno. También sé de vuestra inclinación por la artillería y el uso de la pólvora. ¿Qué os parece, micer Napolitano —dijo, dirigiéndose al capitán corsario—, si embarcamos a don Pedro Navarro en la Santa María de Guadalupe, que acabo de adquirir a un mercader y armador vizcaíno, para que se haga cargo de las medias culebrinas y las dos lombardas que monta en su cubierta como oficial artillero?

—Creo que sería una decisión acertada —respondió Ruggiero—, en caso de que don Pedro de Roncal esté de acuerdo. Uno de nuestros artilleros adolece de una enfermedad que se manifiesta con la emisión de esputos sanguinolentos, como vos sabéis, que se ha agravado en los últimos meses. No creo que pueda ya embarcar en nuestros navíos.

Pedro Navarro no cabía en sí de alegría. De nuevo la diosa Fortuna o el Altísimo le habían puesto en el camino a un cristiano noble y generoso que, no contento con aceptarlo como marinero en su flota, lo recompensaba ascendiéndolo al cargo de oficial artillero de una de sus naos corsarias sin apenas saber nada de él. Se alzó del banco en el que estaba aposentado y se inclinó, emocionado y con lágrimas en los ojos, ante aquel noble caballero que tan espléndidamente le había obsequiado otorgándole un relevante empleo.

—No puedo sino expresaros mi más sentido agradecimiento, señor marqués —reconoció con voz temblorosa—. Espero poder corresponder a la confianza que depositáis en mí ejerciendo con lealtad y competencia la labor que me encomendáis.

Y así quedó concertada, en el transcurso de aquel breve pero fructífero encuentro en el castillo-palacio de los marqueses de Cotrón en el litoral de Calabria, una relación profesional que, con el paso de los años y la leal y sincera dedicación del navarro al servicio de sus nuevos señores, se transformaría de una estrecha amistad y en un afecto que trascendería los estrechos límites existentes entre un noble señor y su humilde vasallo.

Con el paso de los años, el osado roncalés, con sus extraordinarias hazañas, se convertiría en uno de los corsarios más famosos y temidos de cuantos surcaban las aguas de los mares Adriático, Jónico y Egeo. Declarado gran enemigo de la Serenísima República de Venecia por el Senado de aquella ciudad —como luego se verá— y conocido con el sobrenombre de «Roncal el Salteador», su fama traspasaría las fronteras de Italia llegando a Castilla, Aragón, Francia y, como no podía ser de otra manera, a la capital del sultanato otomano y a los puertos norteafricanos a los que con tanta saña asaltó y saqueó.

La Santa María de Guadalupe era una nao construida con madera de roble vizcaíno, de gran porte, muy marinera y bien dotada para las largas singladuras, con una eslora de sesenta y seis codos y una manga de veinticuatro. Tenía una capacidad de carga superior a ciento veinte toneles, lo que no le restaba maniobrabilidad ni seguridad frente a los temporales. El palo mayor arbolaba una gran vela cuadra rematada por la gavia y la cofa. El trinquete sostenía otra vela, también cuadra, pero de menor superficie, y el de mesana una vela latina para facilitar la navegación con vientos contrarios. Disponía de dos castillos, uno a proa y otro a popa, este con doble puente, e iba armada con tres lombardas a proa y dos medias culebrinas en el castillo de popa.

Su tripulación estaba constituida por noventa hombres; de ellos, cuarenta de armas, rodeleros y arcabuceros. A Pedro Navarro, cuando vio el navío surto en la pequeña rada de Crotona, le pareció estar contemplando una réplica de la Santa María Magdalena, aunque la embarcación corsaria de don Antonio Centelles era más recia, más voluminosa e iba pintada toda de negro —casco, arboladura y velamen— para pasar desapercibida en medio de la noche —pensó el navarro— y en los momentos previos al amanecer, cuando acostumbraba a asaltar por sorpresa los indefensos puertos norteafricanos o los bajeles del Gran Turco.

El recién nombrado oficial de artillería tenía a su cargo a dos marineros como ayudantes, un calabrés que llamaban Petruccio y un catalán de nombre Albert Caralc, además de un grumete y un muchacho cuyas labores consistían en mantener limpias las piezas después de haber sido usadas, ordenar sobre la cubierta y cuidar los trebejos de artillero y acarrear las balas de hierro y la pólvora desde la santabárbara cuando se lo mandase el oficial. Estos marineros subalternos debían obedecer las órdenes del roncalés que, a su vez, cumplía las recibidas del contramaestre y este las del capitán.

La nao en la que ejercía el oficio de artillero Pedro Navarro estaba capitaneada por un avezado corsario valenciano, que procedía de la ciudad de Denia, hombre de total confianza del armador, que, antes de estar al servicio del marqués, había sido cómitre de una galeota aragonesa, con base en Santa Pola, que pirateaba en las costas de Cazaza y Alhoceima. Respondía al nombre de Miquel Estellés. Era rudo de trato, pero valiente sin caer en la temeridad, como pudo comprobar Pedro de Roncal en el transcurso de las primeras correrías por aguas del mar Jónico. Se mostraba afable y justo con sus marineros, a los que se prohibía azotar, colgar de la verga y menos aún pasar por la quilla. Tenía fama de ser un buen cristiano, cumplidor con las oraciones del día y las fiestas de guardar, aunque su oficio fuera asaltar, robar y, si llegaba el caso, tomar cautivos y matar.

El contramaestre, que se llamaba Luis Peraza, era natural de Castilla y servía a los marqueses de Cotrón desde hacía veinte años. Como el capitán de la nao, era de trato amable, pero severo e inflexible con el cumplimiento de las normas y las órdenes, pues aseguraba que un navío corsario sin mando ni disciplina era una fácil presa para los pérfidos otomanos.

Zarparon del puerto de Crotona el día 10 de agosto de 1489 con el mandato del marqués de dirigirse a las costas jónicas de Cefalonia y Patras y al estrecho de Zante, donde esperaban toparse con navíos mercantes turcos o de naciones cristianas que, desoyendo los mandatos del Santo Padre el papa, comerciaban sin pudor con los enemigos seguidores de Mahoma. En esta ocasión les acompañaba una fusta ligera armada con tres bocas de fuego y veinte arcabuceros que, el verano anterior, habían capturado a los turcos y ahora navegaba bajo la bandera del marqués de Cotrón y del rey de Nápoles.

En cuatro jornadas de navegación, empujados por una suave brisa que soplaba del noroeste, divisaron las costas de Cefalonia y el estrecho que la separa de la isla de Zante, que es la puerta de entrada al golfo de

Patras, donde acostumbraban a arribar numerosos barcos para desembarcar mercancías en el puerto de esa ciudad o buscar refugio en sus abrigadas aguas. Permanecieron al pairo el resto del día hasta que el sol se ocultó y con la caída de la noche se pusieron a la vela y penetraron en el referido golfo a la búsqueda de alguna presa.

Esa era una manera de corsear que desconocía Pedro Navarro, puesto que los corsarios de Vizcaya, con los que él había aprendido las argucias empleadas para asaltar a los navíos mercantes, ni pintaban de negro sus barcos para no ser vistos, ni atacaban silenciosamente a su presa con las primeras luces del alba para sorprender a los confiados marineros desarmados que dormían en sus esteras.

Durante casi toda la noche estuvo la nao navegando con la ayuda solamente de una de las velas, acercándose a la línea de costa que se adivinaba a uno y otro lado del golfo por algunos fuegos que los naturales del país tenían encendidos en sus caseríos. El contramaestre hacía varias horas que había ordenado que se apagaran los fanales de popa y que el cocinero sofocara las brasas del fogón para que la Santa María de Guadalupe bogara a oscuras. La fusta navegaba cerca de la nao con órdenes muy precisas de cómo actuar en caso de iniciarse un ataque.

Faltaban aún dos horas para el amanecer cuando uno de los marineros de los que se habían situado en el bauprés y los obenques para otear el mar dio la voz de alarma.

—¡Por la amura de estribor...! ¡Luces de posición de un navío!

—Parece una embarcación de baja borda —susurró otro.

Todas las miradas se dirigieron hacia el lugar que señalaba el marinero vigía. En medio de la oscuridad de la noche, en la boca de una cerrada bahía que formaba el litoral en ese sitio y que se podía columbrar iluminada por la tenue luz que emitía una estrecha luna en cuarto menguante, se vislumbraban tres luces que indicaban, sin posibilidad de error, la presencia de una embarcación que parecía estar fondeada y ajena al peligro que la amenazaba.

—Los hombres de armas, arcabuceros y rodeleros, estad preparados —ordenó el capitán Estellés.

Todos guardaron silencio con los nervios en tensión, esperando poder conocer la naturaleza de la embarcación que tenían como a un cuarto de milla de distancia por la amura de estribor. Si se trataba de una urca o una carraca —que no parecía ser ese el caso— el asalto se presentaba muy favorable, sobre todo si, como pensaban, la tripulación se hallaba dormida, excepto los marinos de guardia; pero si era una galera o una gran galeaza turca, sería necesario abortar el ataque, pues, aunque cogieran por sorpresa a la adormilada marinería, su número y la preparación militar de los hombres de armas otomanos podían poner en peligro el asalto y en trance de perderse la nao de don Antonio Centelles.

Pedro Navarro, antes de que anocheciera, por indicación del contramaestre, había mandado al grumete y al muchacho que sacaran de la santabárbara varias cargas de pólvora y cinco balas de hierro para las culebrinas, que serían las bocas de fuego que entrarían en acción si así lo ordenaba el capitán.

Un cuarto de hora más tarde la nao calabresa se hallaba a un tiro de flecha de la embarcación otomana, que resultó ser una galeota de un solo palo y quince o dieciséis remos por banda.

—Es una galeota turca —le anunció Petruccio a Pedro Navarro.

—Su tripulación no supera los treinta marineros y quince o veinte hombres de armas, si es que una parte de ellos no ha saltado a tierra para pasar la noche —añadió Albert Caralc, al tiempo que colocaba una carga de pólvora en la recámara de la pieza y Petruccio metía por la boca del arma el taco y la bala para que el grumete los empujara con el atacador.

—Hay que estar preparados —anunció el roncalés—. Solo si los otomanos se aperciben de nuestro ataque y se aprestan a la defensa antes de que los abordemos habremos de hacer fuego. En caso contrario, serán nuestros arcabuceros y los rodeleros los que, entrando en la embarcación musulmana, harán todo el trabajo.

El capitán Miquel Estellés, después de haber sopesado las posibilidades que tenían de salir airosos del ataque a la galeota, dio la orden de preparar el abordaje y que los arcabuceros, posicionados en la cubierta y en las escalas de la embarcación, y los rodeleros que abordaban el navío contrario, resolvieran el combate sin tener que emplear la artillería, que podía poner en alerta a otros barcos otomanos que estuvieran fondeados en la bahía.

—Nuestro capitán procura no utilizar la artillería si no es estrictamente necesario, señor Navarro —dijo Petruccio—. Un disparo por debajo de la línea de flotación de la galeota podría provocar su rápido anegamiento y su irremediable hundimiento, arrastrando hasta el fondo del mar a los desdichados cautivos cristianos que están encadenados a los bancos.

Como la tripulación de la galeota fue cogida por sorpresa entre la nao de Miquel Estellés y la fusta, estando desarmada y todavía sin saber a ciencia cierta lo que estaba sucediendo, fue reducida sin que opusieran mucha resistencia. Una descarga de arcabucería y el abordaje posterior de los rodeleros fue suficiente para que los pocos soldados que no habían perecido con los disparos o las estocadas de los corsarios arrojaran sus armas y se rindieran.

En el asalto a la galeota había habido diez muertos por parte musulmana, por tres heridos de diversa consideración entre los corsarios; se tomaron veinticinco cautivos y se liberaron sesenta remeros cristianos que iban uncidos a los bancos de la embarcación turca como galeotes.

No había aún asomado el sol por encima de las montañas de oriente, cuando la nao Santa María de Guadalupe, remolcando la derrotada galeota turca, abandonaba el golfo de Patras.

Una vez alejados del lugar del apresamiento y acomodados los cautivos cristianos en la toldilla de popa y los turcos en la cubierta principal, atados con cuerdas, tres marineros saltaron a la galeota empuñando grandes hachas, con las que abrieron una vía de agua en el casco de la embarcación que provocó su hundimiento. Cuando el navío hubo desaparecido en las negras aguas del mar Jónico, continuaron la navegación, dejaron a babor la isla de Cefalonia y se alejaron de ella para evitar ser descubiertos por los pescadores que habitaban en sus aldeas costeras. Dos horas más tarde surcaban mar abierto y ponían rumbo al litoral italiano.

Antes de tomar la dirección del puerto de Crotona, el capitán dio orden de dirigirse a Mesina, puerto siciliano al que arribaron pasados tres días. En el mercado de esclavos de aquella ciudad sacaron a la venta a los cautivos turcos, excepto dos jovenzuelos que pensaba regalar Miquel Estellés a la marquesa de Cotrón. También desembarcaron a los galeotes cristianos, la mayor parte de ellos españoles y algunos italianos, para que, desde Mesina, buscaran la manera de retornar a su tierra. El 25 de agosto, al mediodía, arribaba la Santa María de Guadalupe al puerto de Crotona.

Otras dos expediciones emprendieron aquel verano la nao de Miquel Estellés y la fusta bastarda por aguas del litoral griego, aunque en estas ocasiones no se toparon con ninguna embarcación musulmana, teniendo que contentarse con desembarcar, en la primera de las incursiones, en la costa de Morea, donde entraron a sangre y fuego en un pequeño pueblo de pescadores, mataron a varios de ellos y tomaron a diez cautivos.

A mediados de septiembre pelearon con un destacamento otomano que defendía una villa marítima rodeada de una mala muralla de tapial, situada en la isla de Santa Maura, en la que Estellés sabía que se almacenaban, en ocasiones, importantes cantidades de canela, pimienta y clavo a la espera de ser embarcadas en navíos venecianos. Asaltaron la villa amurallada que estaba defendida por un centenar de turcos sin artillería. Como con la arcabucería no iba a ser posible tomar la fortificación, Pedro Navarro propuso que se bajasen a tierra dos de las lombardas que estaban montadas en la fusta bastarda para posicionarlas en la playa y batir con sus disparos la muralla y la única puerta que tenía el recinto, pues los tiros hechos desde el mar eran muy imprecisos y hacían escaso daño. Miquel Estellés le dijo al roncalés que nunca habían utilizado las lombardas montadas en tierra para rendir las posiciones enemigas, pero que aquella podría ser una buena ocasión.

La operación de traslado de las pesadas lombardas desde la embarcación a la playa fue muy dificultosa, pero tres horas más tarde las dos piezas estaban colocadas sobre sus respectivas cureñas a unas doscientas varas de la muralla y fijadas al terreno con gruesas cuñas de madera para evitar el desplazamiento del arma a causa del retroceso cuando fueran disparadas. Pedro Navarro ordenó a los artilleros que apuntasen al tramo de la muralla en el que se localizaba la puerta de la villa, y sobre ese lugar concentraron el fuego de las dos piezas de artillería. Media hora más tarde un trozo de muro se desplomó, arrastró en su caída el portón de madera y dejó expedito el paso a los corsarios.

Cuando los defensores vieron caer el muro y que los asaltantes se acercaban lanzando amenazadores gritos, se apresuraron a solicitar la rendición. El capitán Estellés, dando muestras de generosidad, aceptó la petición del alcaide de la endeble fortaleza, que consistía en que le entregaría las diez sacas y los cuatro toneles con las especias que se guardaban en los almacenes de la población con la condición de que no tomaran cautivos ni saquearan las casas de los lugareños. Antes del anochecer zarpaban la nao y la fusta de la isla de Santa Maura con las bodegas repletas de valiosa canela, pimienta y clavo traídos por los otomanos desde las lejanas islas de las Especias para venderlas a los venecianos.

Al finalizar el mes de septiembre, la nao corsaria del capitán Miquel Estellés fue sacada a tierra para ser reparada en las atarazanas de Crotona, remendar las sufridas velas y calafatear las juntas del casco, muy deterioradas después de varias incursiones por los mares del Gran Turco. A Pedro de Roncal estas partidas y las acciones que se llevaron a cabo en ellas le sirvieron para familiarizarse con aquella otra manera de corsear de la gente del mar Mediterráneo, tan diferente a la que ejercían los corsarios norteños. Aunque no tuvo que emplear sus habilidades de espadachín en ninguna de las acciones, el eficaz empleo de las lombardas en la toma de la villa de la isla de Santa Maura por él recomendado, en la que se capturó una enorme cantidad de especias que tan alto precio adquirían en los mercados italianos, le valieron la admiración de sus compañeros, la efusiva felicitación de los marqueses de Cotrón —que reconocieron con satisfacción que habían hecho un buen negocio enrolando al navarro en una de sus naos corsarias como oficial de artillería—, la ampliación de su particular peculio con el producto del botín y el inicio de su justificada fama como habilidoso artillero y adelantado en el empleo de la pólvora como medio para rendir fortalezas.

Como la Santa María de Guadalupe y los otros navíos corsarios del marqués de Cotrón no saldrían a corsear hasta pasada la temporada invernal, que en aquellos mares se prolongaba hasta el mes de abril, Pedro Navarro, con los ducados que tenía ahorrados de su etapa como mercenario y lo obtenido por medio de las incursiones marítimas al servicio de los marqueses, compró una casa grande y soleada en las cercanías de la ciudad, en la ribera del Esaro, con un pedazo de tierra de labor en la que crecían árboles frutales y algunas viñas, y un pozo de agua potable.

En esa vivienda se hospedaba cuando no estaba embarcado o viajaba a Reggio o a Nápoles, donde conservaba algunas amistades, como el mercader Ludovico Ricci. En las semanas que navegaba en la Santa María de Guadalupe, una pareja de ancianos vigilaba y cuidaba de la vivienda a cambio de poder sembrar hortalizas en el huerto y recolectar las frutas que producía el arbolado que rodeaba la casa.

Las tediosas tardes de invierno las pasaba en el salón de su mansión, donde se reunía con los corsarios que, como él, esperaban impacientes que llegara el final de los meses de mal tiempo para hacerse de nuevo a la mar y ejercer la profesión que todos ellos habían elegido por vocación y porque, no en vano, era la más lucrativa, aunque hubieran de exponer sus vidas en el desempeño de la misma. El roncalés, haciendo gala de su extraordinaria inteligencia natural, sorprendente capacidad de aprendizaje y predisposición a ganarse el aprecio de los demás con su generosidad, se movía en aquel ambiente como pez en el agua. Con estas cualidades y su carácter humilde y nada pretensioso —se relacionaba con gente de cualquier estado y condición, fueran míseros pescadores, rudos marineros o encopetados y ricos mercaderes— fue ganándose el afecto y la consideración de sus compañeros de singladura, de los soldados que servían a los marqueses y de los comerciantes de Crotona, con los que mantenía relaciones mercantiles y en cuyos negocios solía invertir parte de las ganancias obtenidas con el oficio de corsario.

Sin embargo, estas cualidades no lograban ocultar su insatisfecho deseo de ascender en la escala social y su enorme querencia a que se reconocieran sus éxitos, lo que no impedía que mostrara un gran respeto y una especial inclinación por los desfavorecidos y los pobres con los que se sentía hermanado, no en vano había nacido y crecido en el seno de una familia de humildes labriegos.

En ocasiones se congregaban en torno a una gran mesa que tenía Pedro de Roncal en la sala principal de su hogar los capitanes y contramaestres de los navíos en los que había estado enrolado y con los que mantenía una estrecha relación de amistad. Miquel Estellés,

Luis Peraza, Ruggiero Napolitano, Marco Copano, pero también los marineros que tenía bajo su mando, como el artillero Albert Caralc y Petruccio, que se daban cita en la casa del navarro para jugar naipes, conversar animadamente de los asuntos que atañían a su apartada existencia en Crotona y degustar el queso de la Padania —elaborado por los monjes cistercienses en el valle del Po— acompañado del excelente vino calabrés.

Aquella vida, acomodada y pacífica en otoño e invierno, y belicosa, y a veces sangrienta, en los meses de primavera y verano, protagonizó Pedro Navarro durante los dos años siguientes con total satisfacción del marqués de Cotrón y del rey de Nápoles; el primero porque veía crecer su patrimonio económico y su prestigio con las incursiones de sus naos; el segundo porque, con la actividad corsaria de la flota de Crotona, los piratas y mercaderes otomanos y la flota mercantil de Venecia —que no hacía ascos a comerciar con los turcos enemigos de la cristiandad— se mantenían alejados de las aguas napolitanas y libres las embarcaciones de su reino y de Aragón de ser atacadas por los corsarios del Gran Turco.

En el verano del año 1490, las naos Santa María de Guadalupe y Santa María Assunta, acompañadas de dos fustas y una galeota aportadas por el rey de Nápoles, fueron enviadas al norte de África con el cometido de vigilar el litoral entre la isla de los Gelves —que el sultán otomano quería ocupar para establecer en ella la base de una flotilla de galeras— y la ciudad de Trípoli, base de los bajeles musulmanes que, con el buen tiempo, devastaban la costa de Sicilia y el golfo de Tarento.

Estuvieron dos meses navegando por aquellas aguas. A principios de julio desembarcaron en la isla citada, que formaba una abrigada bahía con el cercano continente. Su gobernador, un anciano jeque que se declaró neutral, amigo de los cristianos y contrario a los turcos que ya dominaban Trípoli, juró mantener su independencia y no dar cobijo a las galeras del sultán. Miquel Estellés y Ruggiero Napolitano, aunque sabían que muy poco podía hacer aquel viejo musulmán cuando la poderosa flota turca se decidiera a ocupar su isla, optaron por dejar en paz a sus habitantes. Permanecieron quince días fondeados en la bahía para dar protección a los lugareños y, luego, continuaron navegando con rumbo a la ciudad de Trípoli.

A media jornada de navegación de este estratégico enclave se encontraron con dos galeras y una gran galeaza turcas que, al ver a la flotilla cristiana dirigirse hacia su puerto base, se aprestaron para el combate. Aunque los capitanes de las naos napolitanas, entendiendo que nada ganarían enfrentándose con tan poderosas embarcaciones de guerra, sino que podían acabar derrotados, cautivos o muertos y sus navíos en el fondo del mar, pusieron proa a alta mar aprovechando el viento favorable y la mayor superficie bélica de las naos.

Cuando se hallaban a unas cincuenta millas náuticas de la isla de Malta, que pertenecía a la Corona de Aragón, se toparon con una galera que enarbolaba la enseña roja con el cuarto creciente de la Sublime Puerta que parecía proceder de occidente y que navegaba con gran dificultad: el palo de mesana destrozado y la vela latina que arbolaba el palo mayor desgarrada. Sin pensarlo dos veces, los capitanes de las naos cristianas dieron la orden de preparar el ataque. Pedro Navarro mandó cargar las dos lombardas y otro tanto hicieron los artilleros de la Santa María Assunta y de las fustas que armaban tres cañones de pequeño calibre cada una.

La persecución fue breve. Media hora más tarde la galera musulmana se hallaba a menos de un cuarto de milla de sus perseguidores. Miquel Estellés dio la orden de disparar las lombardas, lo que hizo Pedro Navarro sin dilación, aunque las dos balas se perdieron en el mar a unas cincuenta brazas del casco de la embarcación turca. El oficial artillero, entendiendo que el error había sido propiciado por el violento cabeceo de la nao, esperó un momento de calma para ordenar a los artilleros la complicada tarea de volver a cargar los dos cañones, mientras que la Santa María de Guadalupe se iba acercando a la galera otomana. Un cuarto de hora transcurrió hasta que pudo dar la orden de prender las mechas y que se disparara una segunda andanada. En esta ocasión, las balas dieron en el blanco y destrozaron varias tablas del casco, en la parte de popa, justo debajo de la línea de flotación. Al mismo tiempo, los artilleros de la Santa María Assunta habían logrado abatir con sus tiros el palo mayor del navío, con lo que la galera quedó al pairo y amenazando con hundirse, anegada por la vía de agua producida por los tiros del navarro.

En resumen, se ha de decir que la galera turca se fue rápidamente a pique sin que los marineros de las naos cristianas pudieran hacer nada por salvar a los desdichados galeotes cristianos que, encadenados a la estructura del barco y lanzando desgarradores gritos, se fueron al fondo del mar con él. Los hombres de la flotilla napolitana lograron salvar de las aguas a veinticinco musulmanes del centenar largo que constituía la tripulación de la embarcación hundida. Por el cómitre de la galera supo el capitán Estellés que habían formado parte de una numerosa flota mandada por el famoso comandante de la marina turca Kemal Reis, que venían de la costa del reino de Granada, en la que habían embarcado una partida de musulmanes españoles que querían establecerse en el Imperio turco, y que un temporal los había dispersado a la altura de Mallorca y, a ellos, casi hundido el barco, hasta que fueron descubiertos por los bajeles de Crotona, atacados y hundida la galera.

Lo que restó de verano, las costas de Sicilia y Nápoles gozaron de una inusual calma y las naos del marqués de Cotrón no volvieron a zarpar para navegar por aguas otomanas, aunque los espías que el marqués tenía en Venecia le enviaron noticias confidenciales de que carracas y galeazas venecianas habían arribado a puertos turcos en el mes de agosto llevando trigo, espejos de lujo de sus exclusivas fábricas y caballos y sacando, a cambio, porcelanas chinas, sedas y especias. Don Antonio Centelles juró y perjuró que en el año siguiente sus naos se dedicarían a perseguir ese comercio ilícito y que solo navegarían las aguas cercanas a Bríndisi para interceptar y capturar las embarcaciones mercantes de la Serenísima República de San Marcos.

Y así fue como actuaron las embarcaciones del marqués en el verano del año siguiente.

Tres naos, entre ellas la Santa María de Guadalupe, y cuatro fustas quedaron fondeadas durante los meses de julio y agosto en el puerto de Bríndisi, frente a las costas de Valona, ciudad que se hallaba en poder de los otomanos desde el año 1417. Vigilando aquellas aguas del Adriático por donde, obligatoriamente, tenían que pasar las embarcaciones de comercio venecianas en sus singladuras desde puertos turcos, permanecieron varias semanas fondeadas hasta que, a principios del mes de agosto, fue divisada por una galeota del marqués, una flotilla de dos carracas y una urca con banderas de la Serenísima que navegaba en dirección a Venecia desde puertos griegos.

Las naos y fustas de Crotona abandonaron el refugio de Bríndisi y pusieron proa a la costa de Valona con la intención de interceptar a las embarcaciones venecianas, lo que lograron algunas horas más tarde. Los venecianos, al percibir que las embarcaciones napolitanas se dirigían a su encuentro para cortarles el paso, cambiaron el rumbo y se dirigieron al cercano puerto de Valona. Pero las carracas, excesivamente cargadas como iban, no pudieron impedir que, aunque estaban a la vista del puerto otomano, fueran asaltadas por los barcos del marqués de Cotrón. La refriega fue breve, porque los navíos de la República de San Marcos no estaban preparados para repeler el ataque de barcos corsarios tan bien armados y con tan aguerrida tripulación.

Antes de que dos galeras turcas, que se hallaban en el puerto de Valona, tuvieran ocasión de acudir en ayuda de los venecianos, las dos carracas y la urca, gobernadas por pilotos corsarios y escoltadas por la flotilla del marqués, habían puesto rumbo a Crotona.

Fue aquella la acción más destacada de todas en las que hubo participado Pedro Navarro y con la que obtuvo un mayor beneficio económico una vez repartido el cuantioso botín capturado. Después de descargar en el puerto de Crotona las valiosas mercancías que portaban los barcos mercantes apresados, que reportaron al marqués de Cotrón más de veinte mil ducados, los venecianos pudieron hacerse a la mar y retornar a Venecia, sin más daño que la pérdida de lo que transportaban en las bodegas de sus navíos.

El Senado de la Serenísima República elevó una enérgica protesta ante el rey de Nápoles, acusando a las naos de Crotona de piratería. Los diplomáticos venecianos residentes en la corte papal exigieron a Inocencio VIII que intercediera ante el monarca napolitano y el marqués de Cotrón para que le fuera restituido a Venecia el valor de las mercancías decomisadas, en su opinión, ilegalmente. Pero como la flotilla veneciana había sido sorprendida en flagrante delito —de acuerdo con los decretos emitidos por papas anteriores— al comerciar con los enemigos de la cristiandad, ninguna de estas protestas y estos requerimientos llegaron a buen puerto, aunque el Senado de Venecia prometió que tomaría justa venganza.

VIII
RONCAL EL SALTEADOR

El otoño del año 1491 se adelantó de manera desacostumbrada, comenzando los temporales marítimos y las lluvias torrenciales en el mes de septiembre. Estaba cercana la festividad del nacimiento del Salvador Jesucristo, cuando se reunieron en la mansión de Pedro Navarro sus amigos los oficiales de la flotilla del marqués para jugar a naipes y conversar sobre lo que, según algunos viajeros que llegaban de Castilla, estaba aconteciendo en España.

Cuando todos se hubieron acomodado en sus respectivas sillas, Miquel Estellés depositó, junto a las jarras de vino que un criado turco —que tenía el navarro desde hacía algo más de un año— había dejado sobre la mesa, un paquete atado con una cinta roja.

—Ábrelo, Pedro Navarro —dijo el capitán de la Santa María de Guadalupe.

—¿Es para mí? —preguntó sorprendido el roncalés.

—Se trata de un regalo para el maestro artillero de mi nao —replicó el valenciano.

—Pues no os haré esperar —repuso el oficial mientras desataba la cinta y dejaba a la vista tres libros bien encuadernados, dos de ellos algo ajados y el tercero con cubierta nueva de piel de becerro.

—Sé de tu interés por el arte de elaborar la pólvora, por sus propiedades explosivas y su empleo en la artillería —manifestó Miquel Estellés—. Son libros que un mercader judío de Barcelona me ha conseguido en aquella ciudad. Uno describe el *Modo de hacer bombar-*

das y culebrinas y todas las demás cosas necesarias para lanzar pellas de hierro, del catalán Bartolomé Palau; el otro es del moro Alfarax Darhin y trata sobre la *Manera de mezclar el carbón, el azufre y el salitre para lograr la mejor pólvora para artillería*, y el tercero es un viejo códice en latín que, asegura su autor, tomó de escritos árabes que, a su vez, lo copiaron de maestros chinos, en el que se describe el origen de la pólvora y sus diversos usos.

—Te estoy muy agradecido, amigo Miquel, por estos libros que, sin duda, me serán de gran utilidad —reconoció el navarro con infantil emoción—. Sin embargo, aunque con alguna dificultad podré leer los dos primeros, no así el tercero, que está, según dices, escrito en latín, lengua que desconozco.

El capitán de la Santa María de Guadalupe sonrió.

—No ha de ser un obstáculo el estar redactado en la lengua de los antiguos. Mañana nos desplazaremos a la iglesia-catedral de Santa María, donde sirve a Dios un sacerdote que sabe leer la lengua latina. Estoy seguro de que él, hombre amable y generoso, te traducirá los pasajes de mayor interés contenidos en este códice.

Y mientras que Pedro Navarro tomaba los libros y los colocaba en una alacena que había sobre el muro cercano, después de haberlos hojeado con curiosidad, los compañeros del roncalés comenzaron a beber y a charlar animadamente. Al cabo de un rato, Ruggiero Napolitano atrajo la atención del grupo cuando dijo:

—Hace unos días arribó a Crotona una nave procedente de Sevilla. Un mercader castellano que viajaba en ella, con el que tengo ciertos negocios, me hizo algunas confidencias sobre la guerra que los reyes doña Isabel y don Fernando mantienen con el rey moro de Granada.

—Habla, Ruggiero —le solicitó el capitán de la Santa María de Guadalupe—, que estamos deseosos de saber qué está sucediendo en España.

—Alvar Méndez, que así se llama el mercader, me ha referido que el sultán de Granada ha firmado las capitulaciones que le exigía la reina Isabel y que está dispuesto a entregar la ciudad cuando haya aplacado a las levantiscas familias granadinas que le son contrarias.

Dice que se comenta en los círculos cortesanos que antes de que se inicie el próximo año de 1492, España estará libre de infieles.

—En verdad es una gran noticia, Ruggiero —señaló Luis Peraza—. Quizás con la pérdida de sus dominios españoles, los musulmanes se avengan a reconocer la supremacía de la verdadera religión y el poder de la cristiandad.

—Es probable, amigos míos, que los musulmanes norteafricanos, tan apegados a los moros de Granada, se duelan de la pérdida de esa ciudad, pero lo que sí podemos asegurar es que la Sublime Puerta, que está en la otra orilla del mar, no va a abandonar su tradicional belicosidad ni a cambiar sus intenciones de extender el islam a costa de los reinos cristianos.

El resto de la tarde estuvieron los marineros del marqués bebiendo, comiendo y conversando sobre asuntos del corso que tanto les competían, la virulenta reacción de los venecianos a sus recientes apresamientos y lo acontecido en las repúblicas italianas, sometidas a las tensiones producidas por las poderosas familias que aspiraban a controlar sus gobiernos. Y en el papado, que no cesaba de intrigar y malmeter para extender su poder y sus dominios.

A mediados del mes de enero de 1492 llegó la noticia a Crotona de la entrega de la ciudad de Granada y de la entrada triunfal de los reyes doña Isabel y don Fernando en la capital del último de los reinos musulmanes de España. El feliz acontecimiento se celebró con grandes fastos en toda la cristiandad: en Roma se organizaron fiestas populares, desfiles y un multitudinario tedeum en la basílica de San Pedro; en Florencia, Ferrara, Milán y Nápoles se celebraron multitudinarios actos religiosos y desfiles por las calles principales. En Crotona, el gobernador convocó a los fieles en la iglesia-catedral, en la que el arzobispo de la ciudad celebró una misa de acción de gracias por la victoria de las armas cristianas.

Aquel verano, las naos de don Antonio Centelles se hicieron a la mar con la orden de navegar por aguas de Trípoli y el mandato expreso del rey de Nápoles de establecer un puesto de observación permanente en la isla de los Gelves y de prestar ayuda al soberano de la misma con el fin de evitar que la isla cayera bajo el dominio de los turcos. Las acciones emprendidas durante el mes de julio consistieron en situar una nao y una fusta en la rada de la isla de los Gelves y patrullar los entornos de Trípoli para que sus embarcaciones corsarias no pudieran alcanzar las costas del reino napolitano.

Sin embargo, a mediados del mes de agosto iba a acontecer un terrible suceso que tendría una gran trascendencia en la vida de corsario del oficial de artillería Pedro Navarro. Estando la Santa María de Guadalupe corriendo la costa cercana a Trípoli fue sorprendida por una galera turca que, impulsada por un viento favorable y los remos de los más de ciento cincuenta galeotes que llevaba a bordo, surgió de improviso entre la niebla matutina dirigiéndose al encuentro de los sorprendidos napolitanos. En poco más de media hora, y aunque la nao de Miquel Estellés intentó una maniobra de evasión que le permitiera escapar del acoso de la galera musulmana, nada pudo hacer para impedir que los turcos la alcanzaran, se pusieran casi abarloados a estribor de la nao y, desde esa posición, sus arcabuceros hicieran fuego sin que los corsarios de Crotona tuvieran tiempo de repeler el ataque.

Cayeron muertos o heridos por los disparos varios infantes que estaban apostados en la borda del castillo de proa para hacer uso de sus armas de fuego desde ese lugar. Una segunda andanada barrió el puente, hirió en el pecho al contramaestre Luis Peraza y mató en el acto al capitán Miquel Estellés de un tiro en la sien. El desconcierto que provocó la muerte del capitán y la herida del contramaestre fue general. Los marineros se afanaban por enderezar el rumbo de la nao jalando de las drizas siguiendo las órdenes del piloto, y los arcabuceros intentaban descargar sus armas contra la embarcación, que se hallaba a quince brazas del casco de la Santa María de Guadalupe, mientras que los rodeleros y lanceros turcos lanzaban cuerdas con garfios para aferrarse a la embarcación napolitana y poder abordarla.

Todo parecía estar perdido cuando, en medio de la confusión, se oyó la voz recia de Pedro Navarro que, desenvainando su espada magiar, había abandonado su puesto junto a las lombardas y se hallaba posicionado en el puente, no lejos del contramaestre, que agonizaba, y del cuerpo inerte del desdichado Miquel Estellés.

—¡Arcabuceros, dejad las armas y tomad las hachas! —ordenó a voz en grito—. ¡Cortad los cabos que lanzan los turcos con sus garfios!

Varios arcabuceros obedecieron la orden del oficial que, por motivos excepcionales, había asumido el mando de la embarcación, y se lanzaron, hacha en mano, a golpear las sogas que mantenían aferrada la nao a la galera enemiga. Antes de que los hombres de armas otomanos pudieran abordar la embarcación del marqués de Cotrón, la Santa María de Guadalupe quedó liberada de las maromas que la unían a la galera enemiga. Entonces el oficial artillero mandó al timonel que virara a babor y a los marineros, que se hallaban desconcertados en la cubierta principal, que agarraran las drizas y orientaran las velas para favorecer el cambio de rumbo de la nao.

Pasados unos minutos el navío se había alejado unas cien brazas de la galera otomana, conjurando el peligro de abordaje. Pedro Navarro aprovechó esos momentos de calma para ordenar a los artilleros que cargaran la media culebrina de estribor y que apuntaran al palo mayor de la galera enemiga. Al poco sonó una detonación y el palo de la galera se quebró y cayó con gran estrépito sobre la cubierta arrastrando la vela, lo que provocó una enorme confusión en la tripulación turca.

Habiendo perdido la vela principal, inutilizados los remos de babor, quebrados al intentar el abordaje de la nao, Pedro Navarro, entendiendo que con la maniobra acometida habían logrado salvar la apurada situación del barco, ordenó al timonel poner rumbo a alta mar. Unos minutos más tarde la tripulación de la Santa María de Guadalupe lanzaba gritos de alegría al ver alejarse por la popa a la maltrecha galera otomana. Transcurridas dos jornadas de navegación avistaron la isla de Malta y, tres días más tarde, arribaban al puerto de Crotona. El navío se había salvado, aunque hubo que lamentar la muerte del capitán Estellés, de un marinero y de tres hombres de armas, además de los cinco heridos por balas de arcabuz, siendo Luis Peraza el que sufrió lesiones más graves.

La hazaña del bravo roncalés se extendió por toda la ciudad y suscitó comentarios de admiración y agradecimiento, pues a él se atribuía la salvación de los tripulantes de la nao y de la propia embarcación. En los corros que se formaban en los mercados, en el atrio de la iglesia-catedral y entre los soldados y servidores de los marqueses de Cotrón se celebraba la valentía y la templanza de ánimo del navarro. Los miembros de la tripulación daban gracias al Altísimo y aseguraban que debían la vida al intrépido oficial de artillería que había asumido el mando de la nao en momentos tan desesperados, cuando ya creían que nada les podría salvar, y que si no hubiera sido por su rápida y enérgica intervención, no les cabía la menor duda de que habrían acabado muertos o cautivos de los otomanos y la nave hundida.

Dos días después de haber fondeado la nao en la rada de Crotona, Pedro Navarro fue reclamado por los marqueses de Cotrón para que se presentara en el palacio donde residían en los meses de primavera y verano. Sin dilación se puso en camino el roncalés ascendiendo la empedrada cuesta que conducía al castillo de los marqueses. Don Antonio Centelles lo recibió en la misma estancia en la que se lo presentó el capitán Ruggiero Napolitano tres años antes. Cuando hubo atravesado la puerta de la habitación, el marqués se alzó del sillón con respaldo de cuero repujado en el que estaba aposentado, se acercó al roncalés y lo abrazó con emoción.

—Pedro Navarro, mi buen artillero —dijo, acabando el abrazo y rogándole que lo acompañara hasta un banco que había debajo de un gran ventanal que daba al puerto y al mar Jónico—. Siéntate a mi lado, que quiero expresarte mi afecto y mi agradecimiento. Lamento que doña Leonor no pueda compartir conmigo este momento, pero una inoportuna aunque leve enfermedad le ha impedido viajar a Crotona desde Valencia. El capitán Ruggiero Napolitano me ha relatado con todo detalle el comportamiento que tuviste en la Santa María de Guadalupe cuando una galera otomana os atacó en aguas de Trípoli. Dice que de no haber sido por tu valiente y decidida intervención, asumiendo el mando de la nao cuando murió el capitán Estellés y fue herido de gravedad mi contramaestre, la embarcación habría quedado sin gobierno y expuesta al asalto y abordaje de los turcos.

—No hice sino cumplir con mi deber, señor marqués —exclamó el roncalés con humildad—. Aunque no hubiera sido posible salvar la nao sin el ejemplar proceder de mis compañeros los marinos y los hombres de armas. Ellos salvaron, con su presteza en el cumplimiento de las órdenes, la Santa María de Guadalupe.

—No es lo que se narra de boca en boca entre los tripulantes de mis naos y los vecinos de Crotona —apostilló don Antonio Centelles, tomando amigablemente del brazo a su artillero—. Aseguran con admiración los marineros de la nao que actuaste en aquella ocasión como un verdadero capitán sin serlo, lo que los salvó de una muerte cierta o del infame cautiverio.

El navarro se mostraba tranquilo, aunque algo azorado; mas no podía negar que le alagaban las palabras laudatorias que sobre su persona acababa de pronunciar el señor de Crotona.

—He lamentado que no estuviera con nosotros mi buena esposa doña Leonor, que te aprecia y admira por la lealtad y dedicación con que nos sirves —añadió el marqués—. Sin embargo, no quiero que la importante decisión que hoy voy a tomar carezca de un testigo de excepción, mi querido Pedro de Roncal.

Y diciendo esto, dio unas fuertes palmadas y al instante apareció, por una de las puertas que comunicaba con las dependencias privadas de los marqueses, uno de sus sirvientes.

—Mercurino —le ordenó—, di a mi hijo que acuda a mi presencia.

No pasaron cinco minutos sin que un apuesto jovenzuelo, cuya edad no debía de superar los trece años, hiciera su entrada en la estancia saliendo por la misma puerta por la que había desaparecido el lacayo. De pelo rubio y encrespado y porte elegante, como vástago educado en los selectos círculos nobiliarios italianos, se inclinó respetuosamente ante su padre y, luego, miró con curiosidad al roncalés.

—Este es Pedro Navarro, del que te he hablado recientemente con motivo de la hazaña que ha protagonizado en aguas africanas. Mi hijo Enrique Centelles, el que ha de heredar mis títulos y mi hacienda —dijo a modo de presentación.

—Es un honor conocerle, señor Navarro —intervino el joven Centelles—. Mi padre le tiene una gran estima.

—Estima que yo procuro compensar con mi más absoluta lealtad, don Enrique.

—He reclamado tu presencia, amigo navarro —terció el marqués—, porque quiero expresarte mi agradecimiento por tu valerosa e inteligente acción. Considero que tengo una deuda de gratitud con quien me ha devuelto una nao que tenía por perdida y le ha salvado la vida a un centenar de mis marineros. Para recompensar tu valor y remunerarte como tan fiel vasallo se merece, he pensado que, a partir de hoy, asumas la capitanía de la Santa María de Guadalupe.

Pedro Navarro recibió la noticia de su inesperado ascenso con estupefacción. Aunque esperaba obtener alguna recompensa por la acción que había protagonizado, que revelaba su capacidad de mando, su templanza ante el enemigo y su conocimiento del arte de navegar, no creía que pudiera ser premiado con tan relevante cargo: ser nombrado capitán de una de las naos corsarias del marqués de Cotrón. Pero, como era la voluntad del dueño y señor de la flotilla de naos y fustas fondeadas en el puerto de Crotona con licencia y patente del rey de Nápoles, no podía sino asumir la responsabilidad de mandar la Santa María de Guadalupe con lealtad a su señor y con la esperanza de ganar buenas presas, bien a los enemigos de la cristiandad, bien a los malos cristianos que, desoyendo los decretos papales, osaran comerciar con la Sublime Puerta.

Y de este modo Pedro Navarro, corsario curtido en los mares de Vizcaya y de Italia, avezado artillero, sin título alguno de hidalguía, pero poseedor de una gran inteligencia, una enorme tenacidad y un innato don de gentes, alcanzó el mando de una nave corsaria que, a no mucho tardar, haría de su nombre uno de los más respetados por los napolitanos y temidos por los otomanos y por los desleales venecianos que, despreciando los mandatos de la santa madre Iglesia, andaban en perversa connivencia con los enemigos de la cristiandad, con los que habían firmado importantes tratados comerciales.

Al día siguiente tomó posesión Pedro de Roncal de la capitanía de la Santa María de Guadalupe delante de la tripulación reunida en la cubierta principal de la embarcación, a la que arengó y prometió que, como la sacó del atolladero en el que se hallaba en la costa de Trípoli, de la misma manera la conduciría, navegando por los mares de África y del Imperio otomano, hasta lograr las presas en oro, plata, seda y especias con que todo corsario sueña.

Después pasó a alojarse en la camareta destinada al capitán de la nao, que se hallaba situada en el castillo de popa.

Nombró contramaestre a Albert Caralc mientras Luis Peraza se restablecía de la herida recibida en el ataque de la galera otomana, y ascendió a oficial artillero a Petruccio. El resto de los cargos y empleos los dejó como estaban antes de su nombramiento, pues, con buen criterio, pensó que si hasta ese día habían sido marineros laboriosos y de intachable conducta, no tenían por qué dejar de serlo estando bajo su gobierno y porque solo actitudes de rebeldía y desafecto se granjeaba el capitán que, sin justificación alguna, premiaba por amistad o simpatía a algunos marineros en perjuicio y detrimento de otros.

Pedro Navarro trasladó a su camareta los libros que le regalara el desdichado Miquel Estellés y otros sobre el arte de navegar, la interpretación de los portulanos y el manejo de los instrumentos de marear que le había proporcionado el marqués de Cotrón. Cuando navegaba por aguas tranquilas y sin presencia de embarcaciones a las que perseguir y apresar, se pasaba largas horas encerrado en su cámara estudiando aquellos códices o comentando sus contenidos con el piloto o el contramaestre.

No dejaba de observar y aprenderse los mapas en los que aparecían dibujadas las costas de los mares Jónico y Adriático y el litoral de África, con los puertos, radas, cabos e islas que había en ellos. «Un buen capitán —decía a sus subordinados— ha de aprender cuanto pueda del cielo, del mar y de los marineros que tiene bajo su mando, pero con más razón ha de saber interpretar sin error lo que dicen los libros sobre los astrolabios, la corredera, los portulanos o el manejo de la artillería».

El 1 de septiembre del año 1492 partió la nao Santa María de Guadalupe del puerto de Crotona en la primera expedición que acometía como capitán de un barco corsario Pedro Navarro. Aferrado fuertemente a la balaustrada del puente de mando, observando las labores de sus marineros dirigidas por el nuevo contramaestre, viendo las velas henchidas por el viento impulsar la nave y recibiendo en la cara la reconfortante brisa marina, el labriego convertido en capitán de un barco calabrés miraba el futuro con el justificado orgullo de quien, estando destinado a no representar nada en la vida, había llegado a dirigir y mandar una nave de guerra en aguas de Italia. En aquellos momentos de euforia no deseaba otra cosa que poder decirles a sus amigos genoveses, que con tanto afecto y generosidad lo trataron, que era ya capitán en una nao de la flota del marqués de Cotrón y que estaba en la senda de alcanzar la fama que por su origen humilde le había estado vedada.

Durante las dos primeras semanas de ese mes, se contentó con navegar por aguas del golfo de Tarento para cercenar cualquier intento de los navíos enemigos de desembarcar en la costa de Calabria y asaltar y robar a las indefensas aldeas de pescadores. Como no encontraron corsarios musulmanes puso proa a la costa de Morea, con la fortuna de que a dos jornadas de navegación se toparon con una coca grande que parecía retornar del litoral africano y en cuya popa ondeaba la enseña roja de la República de Venecia. La nao de Crotona se puso a popa del pesado navío de la Serenísima haciendo ostensibles señales para que arriara las velas y permitiera una inspección que el capitán de la coca pensó que sería rutinaria y que, una vez que los napolitanos hubieran comprobado que se trataba de una embarcación de comercio desarmada, le dejarían continuar su singladura. Como la mar estaba en calma y el viento era escaso, Pedro Navarro mandó botar la lancha auxiliar y él, acompañado de seis hombres de armas, se trasladó a la coca. El capitán veneciano confesó que procedían del puerto de Trípoli, que transportaban una carga de lana comprada a los musulmanes gomeres de aquella región y que comerciaban legalmente al estar amparados por los acuerdos firmados por el Sultán y el Senado de Venecia. El capitán Navarro le contestó que para el rey de Nápoles, que soportaba cada verano el acoso de los piratas turcos, esos acuerdos eran papel mojado y que, por tanto, procedería a decomisar la carga, aunque ningún mal recibiría el navío ni su tripulación.

Y de esa manera, procediendo más como salteador que como corsario, logró el intrépido roncalés su primera presa, que consistió en una carga de lana norteafricana, producto muy apreciado en los mercados italianos por su gran calidad. Como con la mercancía decomisada a la indefensa coca había colmado la bodega de la nao, el capitán de la Santa María de Guadalupe dio por finalizada la expedición ordenando poner rumbo a Crotona, puerto al que arribó el día 22 de septiembre. Don Antonio Centelles felicitó efusivamente a su capitán por la presa conseguida sin haber tenido que hacer uso de la fuerza, manera de actuar —dijo muy ufano— que ennoblece y realza la figura de un capitán corsario.

El Senado veneciano reclamó al rey de Nápoles una indemnización por los perjuicios causados con la incautación ilegal —en su opinión— de la carga que transportaba la coca, aunque, como en casos anteriores, el asunto quedó pronto en el olvido, sobre todo cuando otras eran las preocupaciones del rey Fernando I, al que le estaban llegando alarmantes noticias desde Francia sobre las intenciones del rey galo, Carlos VIII, de reclamarle el trono napolitano alegando ciertos derechos históricos.

El otoño y el invierno siguientes los pasó Pedro de Roncal —como era conocido por la gente de Crotona y de Nápoles— en su casa a orillas del Esaro. El dinero obtenido con la venta de la parte que le correspondió de la lana lo invirtió en el negocio de las salinas que había en el litoral norte de la ciudad y que, un año con otro, producía buenos beneficios, pues era una mercancía muy solicitada por las factorías de salazón de Italia. Como era ya considerado por la sociedad de Crotona un hombre respetable y económicamente influyente, se le permitió alternar con la gente pudiente y de cierta nobleza —que hasta esa fecha le había vuelto la espalda— y con los mercaderes e industriales de la ciudad, que veían en el roncalés un buen partido para sus hijas casaderas. Sin embargo, Pedro Navarro, que vivía obsesivamente dedicado a la profesión de corsario y a la actividad marinera, no reparaba en la atracción que, a pesar de su aspecto rudo y sus toscas maneras, estaba despertando en algunas mujeres. La mirada del roncalés estaba puesta en alcanzar más altas cotas de bienestar y fama y no deseaba encadenarse a la obligación de tener que mantener a una mujer y a unos hijos. No obstante, todo el mundo sabía que frecuentaba la casa del roncalés una joven que había conocido en la lonja de la sal, aunque nunca trascendiera la existencia de ningún tipo de compromiso o promesa matrimonial entre la muchacha y el navarro.

La campaña de navegación del verano del año 1493 fue la que más beneficios rindió al audaz capitán Pedro de Roncal y, como no podía ser de otra manera, a su protector y propietario de la nao, el marqués de Cotrón. En junio apresó una carraca genovesa que procedía de la costa de Anatolia con alumbre, especias, perlas del golfo Pérsico y seda en bruto con destino a Venecia. Toda la carga pasó a la bodega de la Santa María de Guadalupe a pesar de las protestas del capitán genovés, que alegaba estar amparado por los tratados existentes entre el reino de Nápoles y la República de Génova.

En julio, fue una galeota veneciana la que acabó asaltada y apresada por ofrecer resistencia a la nao de Pedro Navarro. Esta embarcación, de poco calado y escasa bodega, solo transportaba diez ricos tapices de Persia que había adquirido el dogo de Venecia a un comerciante de Constantinopla y que pasaron a decorar los salones del palacio de los marqueses de Cotrón.

Estas arriesgadas acciones, más propias de un marinero sin patria y sin rey que de un corsario respaldado por una patente otorgada por un monarca cristiano, las fue ejecutando sin temor a ser desautorizado ni sufrir represalias Pedro de Roncal durante los años 1492 y 1493 con la anuencia del marqués, provocando la indignación y los deseos de venganza del Senado de Venecia, cuyos mercaderes sufrían con mayor encono las acometidas, los asaltos y las rapiñas del roncalés. Hasta tal extremo llegó su fama de inmisericorde y terrible corsario —pirata impío le llamaban los mercaderes y senadores de la Serenísima— que en Venecia se le conocía con los apelativos de Pedro, el pirata cántabro, y el más hiriente de Pedro el Salteador.

A mediados del mes de abril del año 1494 se celebró una tumultuosa reunión del Senado de la República de Venecia.

El asunto que tratar era acordar el modo de acabar con las lesivas incursiones del «impío pirata de Crotona» —en palabras del presidente de la cámara, Ambrogio Contarini—, Pedro el Salteador, que mantenía atemorizados a los honrados mercaderes y armadores de la ciudad, que no se atrevían a navegar por aguas cercanas a la costa turca y napolitana. Había que acabar con él, aunque hubiera que enviar a aquel puerto a toda la flota de guerra veneciana —manifestó.

Después de un intenso debate en el transcurso del cual llegó a proponerse atacar la ciudad de Crotona con una poderosa escuadra y coger desprevenida en su puerto la flotilla del marqués antes de que se hiciera a la mar en el mes de junio, se aprobó, como una solución menos agresiva, que no representara una declaración de guerra al rey de Nápoles, la propuesta de un destacado senador, que era también miembro del Consejo de los Diez, consistente en conocer por medio de espías dónde se hallaba la nao de Pedro el Salteador, enviar una flotilla con numerosos hombres de armas en su busca y sorprenderle en algún puerto o en alta mar, tomarlo preso y llevarlo a Venecia encadenado o acabar con su vida si oponía resistencia.

Los espías venecianos que residían en Crotona comunicaron al Senado que el navío de Pedro Navarro se encontraría, a mediados del mes de junio, fondeado en el puerto de Ísola, a unos quince kilómetros al sur de la ciudad, donde había un pequeño castillo que defendía la bahía que servía de refugio a los navíos del marqués. Se decidió que zarpara una gran nao bien artillada y con numerosa tropa de infantería, ballesteros y arcabuceros, acompañada de dos galeotas. La flotilla iría mandada por el famoso capitán Andrés Loredano, al que el dogo le dio una orden expeditiva antes de partir:

—¡Capitán Loredano —le dijo—, espero que retorne a Venecia con Pedro el Salteador cargado de cadenas o con su cabeza colgada del palo mayor de vuestra nao!

Loredano zarpó de Venecia el 6 de junio al amanecer, llegó a los entornos de Crotona el día 15 y tuvo a la vista el fondeadero de Ísola antes del alba del día siguiente.

Los marineros que hacían guardia en la Santa María de Guadalupe dieron la voz de alarma cuando las primeras luces les permitieron divisar en el horizonte los navíos venecianos. Como la nao del navarro se hallaba desapercibida, fondeada en el seno de la rada, sin ayuda del resto de la flota del marqués, que permanecía en Crotona, con escasos hombres de armas —que, aunque muy aguerridos y acostumbrados a batirse en alta mar, no podían resistir el ataque de una gran nao de guerra como la que se aproximaba escoltada por dos galeotas—, su capitán barajó la posibilidad de huir y alejarse de los venecianos perdiéndose en alta mar. Pero era una operación imposible de llevar a cabo dada la cercanía del enemigo y la incapacidad para, en tan poco tiempo, hacer las maniobras de evasión necesarias.

—Deben superarnos en al menos cien hombres, capitán —anunció Albert Caralc—, y en el número de piezas de artillería. Si nos enfrentamos a ellos embarcados, no tendremos ninguna posibilidad de vencerlos.

—Tienes razón, contramaestre —reconoció el roncalés, mientras observaba con preocupación cómo los tres navíos de la Serenísima se acercaban al recodo abrigado de la bahía donde su nao estaba fondeada—. Izad las velas —ordenó— y que la Santa María de Guadalupe se dirija a tierra para que la tripulación pueda desembarcar y ampararse tras los muros de la fortaleza.

Así lo hicieron los marineros siguiendo los mandatos del contramaestre.

Un cuarto de hora más tarde la nao se hallaba embarrancada en la arena de la playa y la tripulación, en perfecto orden, portando sus armas y enarbolando las enseñas del rey de Nápoles y del marqués de Cotrón, recorría sin apresuramiento, siguiendo a Pedro Navarro, la distancia que separaba la orilla del mar de la puerta del castillo de Ísola.

La escasa guarnición de la fortaleza, que estaba mandada por un teniente, se puso a las órdenes del capitán de la Santa María de Guadalupe, el cual no tardó en disponer la defensa del enclave, distribuir los arcabuceros y ballesteros en la parte más débil del recinto —por donde podía esperarse el ataque de los venecianos— y probar si las tres lombardas, que se hallaban apostadas en las terrazas de las torres abaluartadas, se encontraban en disposición de poder ser disparadas.

Sin embargo, una vez que Pedro Navarro hubo comprobado el deficiente estado en que se encontraban las murallas y la única puerta que tenía el enclave, así como la existencia de varios tramos aportillados que sin dificultad podrían ser franqueados por los asaltantes, pensó que sería más razonable hacer frente a los venecianos en campo abierto, donde sus hombres se batirían más desembarazadamente por conocer mejor el terreno que el enemigo. Sacó las tropas a la playa al mismo tiempo que enviaba a un jinete con una petición de socorro al marqués de Cotrón.

El roncalés dispuso a los hombres en tres cuadros de cuarenta y dos soldados cada uno. A la izquierda los ballesteros, a la derecha los arcabuceros y en el centro los rodeleros y piqueros. Los venecianos desembarcados eran algo menos de trescientos hombres que se acercaron —lanzando amenazadores gritos y enarbolando sus alféreces las enseñas rojas con el león alado de la República Veneciana— a las líneas calabresas, apoyados por la artillería que disparaba desde la nao.

A pesar de ser inferiores en número, pues no superaban los ciento veinte hombres entre los desembarcados de la Santa María de Guadalupe y los treinta soldados de la guarnición de Ísola, se defendieron con bravura poniendo, en algunos momentos, en apuros a los atacantes.

Pedro Navarro, enarbolando su espada magiar, peleaba por delante de los rodeleros lanzando grandes voces para arengar a sus hombres e infundirles ánimo. Durante más de una hora se sostuvo el enconado combate desde la playa hasta el pie de la muralla del castillo. Al cabo de ese tiempo, muertos muchos de los soldados calabreses, herido en un brazo el propio Navarro y envalentonados los soldados de Andrés Loredano, el roncalés dio la orden de retirada. El grueso de la tropa que había sobrevivido a la lucha halló refugio tras los muros del castillo y doce ballesteros, que habían quedado rezagados, se ampararon, perseguidos por los venecianos, en una torre de vigilancia costera erigida en la cumbre de un altozano cerca de la playa. Media hora más tarde la calma volvió a imperar en los entornos de Ísola.

Pedro Navarro ordenó la defensa de la endeble fortaleza distribuyendo los hombres que estaban ilesos en los tramos más débiles de la muralla, en los terrados de las cuatro torres redondas y mandando colocar troncos de madera y tablazones sacados del patio de armas en los adarves desprovistos de antepechos. Estas prevenciones las pudo tomar el capitán del marqués de Cotrón porque los venecianos estaban atareados atacando la torre donde se habían refugiado los ballesteros y desvalijando la nao de los corsarios de Crotona.

Antes del anochecer pudieron comprobar con horror los valientes corsarios encastillados en Ísola cómo las tropas del capitán Loredano asaltaban y tomaban la torre, sacaban a los desdichados ballesteros a campo abierto y, sin mostrar ninguna piedad, los decapitaban ante los ojos atónitos de los hombres de Pedro Navarro.

La noche transcurrió sin que los de Venecia se atrevieran a atacar el castillo. El silencio era total, solo roto por los lacerantes gemidos de los moribundos que aún continuaban en el campo de batalla y los gritos de amenaza que lanzaban los atacantes desde el improvisado campamento que habían establecido en la playa. Pasada la media noche, los soldados de Pedro Navarro que vigilaban desde el adarve de la muralla pudieron ver con gran dolor y tristeza cómo las llamas consumían la Santa María de Guadalupe, incendiada por los venecianos.

Antes del amanecer llegó un tropel de cincuenta jinetes que enviaba el marqués desde Crotona en ayuda de los sitiados y que, aprovechando la confusión que había provocado su inesperada llegada, lograron entrar en el castillo de Ísola.

A lo largo de nueve días estuvieron los venecianos cercando la fortaleza, lanzando sobre ella esporádicos disparos de lombardas desde su nao anclada en la bahía, pero sin atreverse a acometerla y tomarla por asalto, lo que, en opinión de Pedro Navarro, no hubiera sido una empresa muy dificultosa, dada la debilidad de algunos tramos de la muralla. Al décimo día, Andrés Loredano ordenó a sus tropas que reembarcaran y dejaran en paz a los sufridos hombres de Pedro Navarro, contentándose con el expolio e incendio de la Santa María de Guadalupe y la parcial victoria en el campo de batalla.

Aquel mismo día abandonaron Ísola los asediados marchando a pie hasta Crotona, apesadumbrados por haber perdido la nao y a treinta y cinco valientes compañeros de armas, pero gozosos por haber logrado salvar la vida e impedido que el capitán veneciano, con una tropa muy superior en número, se hubiera apoderado del castillo de Ísola y de la cabeza de su capitán.

El marqués de Cotrón le dio a su bravo capitán otra nao para que continuara navegando como corsario por los mares de Nápoles, Sicilia, África y el Imperio otomano, ganando fama, incrementando el temor que inspiraba en sus enemigos y aumentando su peculio personal.

No obstante, en el verano de aquel año una inesperada calamidad se abatió sobre las tierras de Italia, conmocionando la vida de sus ciudades y llegando, como un vendaval imparable, al reino de Nápoles y a la segura región de Calabria, donde tenía su residencia, al servicio del marqués de Cotrón, el valiente y temido capitán Pedro Navarro, Pedro de Roncal para los napolitanos y Roncal el Salteador para turcos y venecianos.

IX
AL SERVICIO DEL GRAN CAPITÁN

En los primeros días de agosto del año 1494, el rey de Francia, Carlos VIII, llamado despectivamente por sus enemigos «el Cabezudo» por la desproporcionada testa que ostentaba, invadió Italia con un ejército formado por treinta y ocho mil soldados, entre ellos una unidad de la poderosa caballería pesada gala, una sección de los famosos piqueros suizos y la artillería más moderna de Europa en su época. El monarca francés alegaba tener derecho al trono de Nápoles tras morir sin descendencia Carlos V de Maine, con lo que el título que este poseía de rey de Nápoles, como heredero de Carlos de Anjou, pasaba a la corona francesa.

El rey Fernando I de Nápoles había fallecido en enero de 1494, heredando la corona napolitana su hijo Alfonso II que, en un principio, no creyó que su trono, apoyado en la fuerza que le daba pertenecer a la influyente Casa de Aragón, estuviera en peligro al tener el rey invasor que cruzar toda Italia, vencer la resistencia de milaneses, florentinos y del papa español Alejandro VI —que él creía defensor de la Casa de Aragón—, antes de amenazar las fronteras de su reino. Pero el pusilánime soberano se equivocaba: Milán se plegó a las exigencias de Carlos VIII, Florencia se vio obligada a capitular, debilitados los Médici por las revueltas que habían provocado en la ciudad las incendiarias prédicas de Savonarola, y el papa Alejandro, incapaz de oponer un ejército capaz a las tropas francesas, se vio cercado en el castillo de Sant'Angelo, teniendo que rendir la ciudad y permitir el paso del ejército francés por su territorio.

El 8 de enero de 1495, rotas las negociaciones con el rey Fernando el Católico, Carlos VIII, partiendo desde Roma, inició la marcha para conquistar el reino de Nápoles.

Derrotado el ejército napolitano por los franceses, Alfonso II acudió al rey don Fernando para solicitar su ayuda como cabeza de la Casa de Aragón y rey de Sicilia, territorio que, sin duda, también ambicionaba el rey de Francia. Sin embargo, este puso tan duras condiciones para acudir a Nápoles con un ejército, que Alfonso II desistió de la ayuda que podía prestarle su pariente.

Decepcionado y temeroso de verse despojado del trono, abdicó en la persona de su hijo, Fernando II, el cual no tuvo más remedio que aceptar las condiciones impuestas por Fernando el Católico a su padre, que eran que el monarca napolitano correría con los gastos originados por la guerra y que cedería al rey de España cinco importantes fortalezas en Calabria: Reggio, Crotona, Squillace, Tropea y Amatea.

Ante la amenaza de invasión de la capital, el rey Fernando II se vio obligado a abandonar Nápoles y refugiarse en el vecino reino de Sicilia. El 20 de febrero de 1495 las tropas francesas hicieron su entrada en la capital del reino napolitano. El ambicioso proyecto de Carlos VIII se había consumado.

Sin embargo, la rápida y contundente invasión francesa iba a provocar la reacción de las repúblicas italianas y del papa, que temían perder su independencia bajo el yugo del poder militar de Francia. En el mes de marzo, por iniciativa del duque de Milán, se constituyó la llamada «Liga de Venecia», una poderosa alianza militar formada por Venecia, el Sacro Imperio, Milán, España y el papado para hacer frente a los franceses.

Comenzaba una larga contienda que finalizaría, tres años más tarde, con la salida de las tropas francesas de Italia, el final de la llamada Primera Guerra de Nápoles, el reforzamiento del poder del papa Borgia y la hegemonía militar lograda por España merced a los triunfos de Gonzalo Fernández de Córdoba, el Gran Capitán, general en jefe del ejército expedicionario español en Italia y vencedor de la potente Armada de Carlos VIII.

Pero, ¿cómo repercutió la conmoción que provocó en toda Italia la invasión francesa en la vida del capitán Pedro Navarro?

En el mes de abril del año 1495 los Reyes Católicos habían enviado un ejército de soldados veteranos de la guerra de Granada a Italia, comandado por el prestigioso militar Gonzalo Fernández de Córdoba, para batallar contra los franceses al lado de las fuerzas venecianas, napolitanas y del papado. Este ejército, constituido por dos mil infantes y trescientos jinetes ligeros —ostensiblemente más débil que el de Carlos VIII—, desembarcó en Mesina el 24 de mayo, cruzó a continuación el estrecho y pasó a Calabria para establecerse en la fortaleza de Reggio, una de las seis que habían recibido los españoles del rey de Nápoles.

Aunque los primeros enfrentamientos con los franceses acabaron en derrota o en tablas, el noble capitán andaluz pronto se convenció de que era necesario acometer una profunda reforma de aquellas fuerzas cuyo mando los reyes le habían confiado, preparadas para hacer la guerra a los musulmanes granadinos, pero no para batallar con el renovado y disciplinado ejército de Francia.

Después de los primeros reveses, decidió dar mayor protagonismo a la infantería organizándola en coronelías y, estas, en compañías mandadas por un capitán; redujo el número de la caballería ligera; sustituyó a los obsoletos ballesteros por arcabuceros y espingarderos, creó unidades de caballería pesada y amplió su número y diversificó el tipo de las piezas de artillería —lombardas, morteros, culebrinas y basiliscos— para usarlas en el asalto a fortalezas.

Desde Reggio, el que muy pronto sería conocido como el Gran Capitán por su ingenio militar y su capacidad de someter al enemigo con fuerzas inferiores y con más escaso armamento, tomó algunos enclaves que estaban en manos francesas para consolidar las posiciones españolas en el sur de la península. Luego, a mediados de junio, se desplazó hasta Crotona, que también le pertenecía, para entrevistarse con el marqués de Cotrón y exponerle la situación militar imperante y la necesidad de que se pusiera a sus órdenes, que eran las del rey Fernando II de Nápoles. Cuando Gonzalo Fernández de

Córdoba y su fiel lugarteniente, Diego García de Paredes, vestidos con la reluciente coraza y los yelmos en ristre, entraron en la estancia donde los esperaba don Antonio Centelles y sus capitanes corsarios, Pedro Navarro y Ruggiero Napolitano, las miradas del roncalés y del noble andaluz se cruzaron por primera vez. El capitán general de las tropas españolas conocía las hazañas llevadas a cabo por el corsario navarro y su legendaria osadía, que lo había hecho famoso en toda Italia y en España, y también la reputación de pirata que le precedía; el corsario del marqués de Cotrón admiraba a aquel bravo general que tantos y tan relevantes triunfos había alcanzado en la pasada guerra de Granada, aunque ninguno de los dos podía entonces imaginar los fuertes lazos que, en el futuro, los unirían.

—Señor marqués —comenzó diciendo Gonzalo Fernández de Córdoba permaneciendo de pie, con expresión severa, delante de don Antonio Centelles, que se hallaba sentado en su sillón escoltado por sus dos capitanes—: como vos bien sabéis, el rey de Nápoles, en justa remuneración por la ayuda prestada por mi señor don Fernando en la guerra contra Francia, le ha cedido las principales fortalezas de Calabria, entre ellas la de Crotona, a las que yo regento en su nombre.

—Sé que ya no estoy bajo la soberanía de don Fernando II, sino del rey de Aragón y Sicilia y soberano consorte de Castilla —reconoció el noble valenciano—. Y a su real autoridad y a la vuestra, como capitán general, me someto, señor Gonzalo Fernández. En presencia de dos de mis capitanes os he recibido para que ellos sean testigos de mi sincera declaración de lealtad al rey de Aragón y mi firme deseo de que Nápoles se vea libre del invasor francés y retorne el marquesado de Crotona a la soberanía de don Fernando II, legítimo soberano de Bari, Otranto, Basilicata y Calabria.

El Gran Capitán no se inmutó ni mudó el tono severo de su discurso. No se escapaba al astuto roncalés que, a pesar de la actitud sumisa del marqués, el militar español le estaba sutilmente advirtiendo que no osara abandonar la obediencia al rey napolitano y a don Fernando el Católico y se pasara a las filas de Francia, como ya habían hecho algunos nobles de la región.

—Sois el marqués de Crotona, señor don Antonio Centelles —continuó diciendo Gonzalo Fernández—, pero, mientras Nápoles se halle sometida a las privaciones y veleidades de esta guerra, sois súbdito de los reyes de España. Podréis seguir ejerciendo vuestra lucrativa actividad marítima, pero siempre que sean vuestras presas barcos franceses u otomanos. En lo que decís de retornar Crotona a la soberanía del rey de Nápoles, eso es algo que solo el tiempo y la persona del rey don Fernando el Católico, mi señor, tendrán que decidir.

Y, sin más, se dio por finalizada la entrevista, quedando don Antonio Centelles muy afectado por el tono imperativo de las palabras pronunciadas por el capitán general del ejército español y el convencimiento de que ya no gozaba de la libertad y la autonomía de las que disfrutaba cuando se hallaba bajo la soberanía del monarca napolitano, sometido ahora a la voluntad del poderoso rey de España.

La guerra siguió durante los años 1495 y 1496 con sucesivos reveses de las tropas francesas, acosadas por España, el papado, Venecia y los napolitanos que, cuando tenían oportunidad, se rebelaban contra los invasores galos causándoles numerosas bajas. El 7 de septiembre del último de los años citados murió el rey Fernando II de Nápoles. Como fallecía sin dejar descendencia, Fernando el Católico, alegando los derechos que le asistían, solicitó al papa Alejandro VI que lo reconociera como rey de los napolitanos, aunque el Sumo Pontífice —quizás por temor a otorgar un excesivo poder al soberano de Aragón y rey consorte de Castilla— optó por apoyar a Federico, tío del monarca difunto, como rey de Nápoles. Este suceso, que podría haber representado nada más que un cambio de titularidad de la corona napolitana, vino a desestabilizar la situación política y militar italiana que, a esas alturas del verano de 1496, parecía estar decantada a favor de los españoles. Federico I, rompiendo la tradicional alianza del reino de Nápoles con la Casa de Aragón, se inclinó a favor de Francia. Esta mudanza en la política napolitana tuvo una perniciosa consecuencia para Pedro de Roncal y sus compañeros: el marqués de Cotrón, siguiendo la postura de Federico I, se pasó a las filas de Carlos VIII, decisión que le traería graves consecuencias a él y al marquesado que ostentaba.

No se sabe qué opción personal tomó Pedro Navarro, aunque si se considera que no era súbdito de Castilla ni de Aragón, puesto que Navarra era todavía un reino independiente, y que había recibido tantos y tan generosos beneficios de don Antonio Centelles, no siendo el menor de ellos el haberle nombrado capitán de una nao corsaria, es de razón pensar que siguiera a este en su deriva hacia posiciones francesas.

Después de las decisivas victorias del Gran Capitán en Atella y Ostia —esta última lograda sobre el pirata navarro afrancesado Menando Guerra, que dominaba la fortaleza y el estratégico puerto de Roma— y las rendiciones de los generales franceses Montpensier y D'Aubigny, todo el reino de Nápoles quedó en poder de las armas españolas. Gonzalo Fernández de Córdoba, principal protagonista de las victorias hispanas, fue nombrado virrey de Calabria. Derrotados definitivamente los franceses en marzo de 1497, el Gran Capitán se retiró a descansar a la capital napolitana, donde el rey Federico, reconciliado con los españoles, le otorgó los ducados de Terranova y Monte Sant'Angelo.

A pesar de que este monarca solicitó encarecidamente al rey Fernando el Católico que se le restituyeran las fortalezas ocupadas por los españoles en Calabria, este se negó, quedando Crotona bajo la gobernación del todopoderoso capitán general Gonzalo Fernández de Córdoba.

En el verano de 1498 retornó el Gran Capitán a España para ser recibido por los reyes en Zaragoza, donde la gente lo aclamó como el gran héroe libertador de Nápoles. En el palacio de la Aljafería el rey don Fernando le dijo, alzando la voz para que todos oyeran lo que quería decir a su bravo capitán: «Duque, tanto os debemos que jamás os podremos pagar por la gran honra y el honor que a nosotros y a nuestros reinos habéis dado». Aunque, como podrá comprobar el lector si decide continuar con esta apasionante historia, esas elogiosas palabras, al paso de ocho años, se las llevaría el insobornable viento, como las hojas muertas de los álamos al llegar el otoño.

Don Antonio Centelles, traidor a su rey y desposeído de su marquesado, con sus capitanes corsarios —entre ellos Pedro Navarro— continuó asaltando navíos en los mares del Gran Turco y del litoral africano, no despreciando, cuando se presentaba la ocasión, apoderarse de barcos portugueses, venecianos o españoles. Habiendo perdido la patente de corso que otorgaba el rey de Nápoles, actuaba más como pirata que como corsario amparado por las leyes de un monarca. Desprovisto de su puerto base de Crotona, sin palacio ni tierras ni salinas, el marqués y su hijo Enrique —que rondaba los dieciocho años de edad— embarcaban, como uno más de sus capitanes, en una de las naos que aún poseían, navegando al albur en busca de barcos a los que apresar.

En el mes de julio del año 1499, la nao que capitaneaba don Antonio Centelles tuvo la mala fortuna de toparse con una galera turca en aguas de Cefalonia que iba mandada por el gran almirante de la Armada otomana Kemal Reis. Desbaratada la nao cristiana y capturada por los turcos, fueron apresados los marineros que no resultaron muertos en la refriega, incluyendo al antiguo e infeliz marqués y a su joven vástago, que acabaron encarcelados en una prisión de Constantinopla a la espera de que fuera pagado el elevado rescate exigido a cambio de su liberación.

Tres años estuvieron presos los dos nobles venidos a menos en las mazmorras del Sultán. Aunque doña Leonor, esposa y madre de los desdichados cautivos, viajó hasta Roma para solicitar al papa la cantidad en ducados que exigían los turcos por el rescate de don Antonio y su hijo, y el marqués de Mantua intercedió ante los Reyes Católicos con el mismo fin, nada consiguieron. Sin duda las veleidades del marqués, que se pasó a las filas de los franceses en contra de los intereses de la Liga, fue el principal obstáculo para que Alejandro VI y los reyes Isabel y Fernando le dieran la ayuda que pedía la atribulada Leonor Centelles.

Se sabe que, como pasaban los años y nadie acudía a Constantinopla con el montante del rescate, en 1502 Kemal Reis mandó decapitar al infortunado marqués convertido para su desgracia en pirata. Meses más tarde moría en prisión, de tristeza y de los malos tratos recibidos, su hijo. De esta manera acababa la dinastía del marqués de Cotrón y la vida del protector de Pedro Navarro. Este, desde el apresamiento del marqués, con el beneplácito de la afligida doña Leonor Centelles, continuó capitaneando una nao y corriendo los mares hasta el mes de agosto del año 1499, cuando el navío que mandaba divisó una nao portuguesa cerca de la costa de Cerdeña, que procedía de algún puerto norteafricano y que navegaba con destino a Córcega o el sur de Francia, y decidió asaltarla.

Sin dudarlo, Pedro de Roncal ordenó a su tripulación que se pusiera tras la estela de la embarcación y que se aprestara a abordarla, con tan mala fortuna que, avisados los lusitanos de las intenciones de los corsarios, se defendieron bravamente utilizando los falconetes que montaban a popa e intensa y certera arcabucería. Varios hombres de armas, que estaban encaramados en los obenques, cayeron heridos de bala y uno de los disparos lanzados por los arcabuceros casi acabó con la vida del navarro, que perdió en el lance una de las nalgas arrancada por un proyectil. Viendo que no podrían tomar la nao portuguesa, heridos de gravedad varios tripulantes y el mismo capitán en trance de perder la vida por la hemorragia que sufría, mandó abandonar la persecución y poner rumbo a la costa italiana, arribando, pasados tres días, al puerto de Civitavecchia. En un hospital regentado por los hermanos franciscanos, pasó el roncalés los siguientes tres meses debatiéndose entre la vida y la muerte.

Pero la fuerte constitución del navarro, su tenaz voluntad y sus deseos de superación pudieron más que la enfermedad y, aunque con una enorme cicatriz que lo acompañaría hasta el día de su muerte, salió bien de aquel difícil trance.

A mediados del mes de noviembre del año 1499, debilitado aún por los meses de convalecencia, cumplidos los treinta y nueve años de edad, habiendo perdido su casa y los ducados invertidos en las salinas de Crotona y convencido de que su vida de corsario al servicio del extinto marquesado de Cotrón —título que el rey don Fernando el Católico había ofrecido al señor de Larius, favorito de Luis XII de Francia— había llegado a su fin, abandonó Pedro Navarro el hospital de los franciscanos de Civitavecchia, se reunió con los tripulantes de su nao, que seguía atracada junto al pretil de uno de los muelles de la ciudad, y les habló con el corazón. Les dijo que, aunque no tenían puerto en el que recalar, ni armador que sufragara sus reparaciones y gastos, ni patente de corso otorgada por un rey, que si estaban de acuerdo con él, seguirían navegando y asaltando poblados y bajeles en la costa de Berbería, que era empresa menos arriesgada que atacar a turcos, españoles, portugueses o venecianos. Todos expresaron su conformidad con la propuesta de su capitán y decidieron hacerse a la mar cuando él lo creyera oportuno.

En los primeros días de enero del año 1500 bogaba la nao de Pedro de Roncal por aguas de Sicilia con el propósito de hacer invernada en algún apartado puerto de pescadores del sur de la isla o una abrigada bahía para emprender las incursiones por el litoral africano cuando llegara el buen tiempo. Fondearon en el estuario de un río que desembocaba al oeste del cabo Passero, a cubierto de los vientos de poniente y del norte, y allí permanecieron hasta el mes de abril sin saber lo que estaba sucediendo en el resto de Italia.

Llegada la primavera izaron vela y se disponían a abandonar el litoral de Sicilia cuando el cielo se cubrió con un torbellino de amenazadoras nubes negras y se desató un violento temporal del sudeste con intensa lluvia y rachas huracanadas. A pesar de haber arriado todo el velamen y puesto la proa hacia las olas arboladas, no pudieron los tripulantes de la nao impedir que la embarcación, sin gobierno, fuera arrojada contra la enriscada costa y encallara en unos arrecifes varias leguas al norte de la ciudad de Catania.

Pedro Navarro, entendiendo que la nao estaba perdida, ordenó a sus hombres que lanzaran al agua el batel auxiliar y que salvaran sus vidas. Unas horas más tarde, la mayor parte de los marineros se hallaban a salvo, tendidos sobre la superficie de una pedregosa playa, no lejos de un poblachón de pescadores que, al ver la nao embarrancada y a los desdichados tripulantes saltar a tierra, acudieron solícitos a auxiliarlos y, de paso, a expoliar los restos de la desbaratada embarcación.

Allí acabó la aventura pirática de Pedro Navarro y de sus leales compañeros.

Una semana después deambulaba el roncalés por las calles de Mesina cercanas al puerto. En una taberna a la que acudían marineros y soldados licenciados supo por unos parroquianos que los franceses, en alianza perversa con los florentinos, venecianos y con el papa Alejandro VI, habían penetrado en Italia por Génova y amenazaban con invadir de nuevo el reino de Nápoles; que el sagaz rey de España había logrado engatusar a Luis XII por medio de su favorito, el señor de Larius, asegurándole que quería llegar a un acuerdo secreto con él y repartirse entre ambos el reino de Nápoles, aunque —en opinión de la gente de Mesina y Palermo— en realidad solo buscaba ganar tiempo para poder reunir un poderoso ejército, enviarlo a Sicilia y, desde allí, a Calabria, con la clara intención de apoderarse del reino napolitano, incapaz como era el pusilánime y débil rey Federico I de defenderlo de las garras del león galo.

Lo cierto era que lo que trascendió fue que el rey de Aragón enviaba a Sicilia una escuadra con numerosas tropas de tierra, caballería y artillería para ayudar a los venecianos, cuyas posesiones del Adriático estaban siendo atacadas por los turcos. El 22 de junio fondeó en el abrigado puerto de Mesina la flota que había sido reunida en el puerto de Málaga y que iba mandada por Gonzalo Fernández de Córdoba.

Una vez desembarcadas las tropas, el famoso capitán general y sus allegados, Diego García de Paredes, Diego Hurtado de Mendoza —hijo del Gran Cardenal de España—, y los capitanes Zamudio, Villalba, Pizarro y Luis de Herrera, más el comendador Mendoza, fueron a residir al castillo de Matagrifones, que se alzaba sobre una colina desde la que se podía divisar el puerto y la flota española fondeada en la rada.

Pedro Navarro, que había estado alojado en una hospedería situada cerca de las atarazanas en los meses previos a la llegada a Mesina del Gran Capitán, se dirigió a Matagrifones cuando tuvo noticias de que el general de las fuerzas hispanas se hallaba hospedado en aquella vieja fortaleza. A los soldados de guardia que custodiaban la puerta del castillo les dijo que el capitán Pedro Navarro, también conocido como Pedro de Roncal y Pedro el Cántabro, deseaba entrevistarse con su señoría el capitán general de las tropas expedicionarias. No pasó mucho rato sin que el oficial de guardia saliera a comunicarle que don Gonzalo Fernández de Córdoba lo recibiría en la sala del Consejo.

El capitán corsario, sin señor al que servir ni nao ni propiedades —que le habían sido confiscadas con las del marqués de Cotrón—, albergaba la idea de dirigirse al famosísimo Gonzalo Fernández de Córdoba, conocido en toda Italia —desde que venciera al ejército francés y al pirata Menando Guerra— con el apodo de Gran

Capitán, en quien el inteligente y perspicaz roncalés veía, cuando tan negros nubarrones amenazaban su agitada existencia, como el militar que estaba destinado a enseñorearse del reino de Nápoles y, probablemente, de toda Italia, y con el que él quería compartir triunfos y honores si tenía a bien aceptarlo como uno más de sus capitanes.

El Gran Capitán, vestido con indumentaria militar y acompañado de su inseparable lugarteniente Diego García de Paredes y de Diego Hurtado de Mendoza, lo recibió en la sala del Consejo, una amplia estancia del castillo con un enorme ventanal formado por un arco de medio punto que daba a la ensenada y al puerto de Mesina. Pedro Navarro se presentó con las vestiduras ajadas por las desgracias que le habían acontecido, pero sin perder la compostura y la expresión altiva —no exenta de cierta humildad— que siempre le había acompañado. Gonzalo Fernández de Córdoba clavó su mirada inquisitiva en la figura enflaquecida del navarro, intentando reconocer al fornido capitán que acompañaba al marqués de Cotrón cuando se entrevistó con el noble valenciano en su palacio hacía cuatro años.

—Os veo muy desmejorado, capitán Navarro —dijo, al tiempo que le indicaba que tomara asiento en una silla sin respaldo que había en el centro de la sala y él y los dos militares que lo acompañaban hacían otro tanto en sus respectivos asientos.

—Debéis perdonar mi desaliñada apariencia —replicó el roncalés—. Mi estancia en el hospital, convaleciente de una grave herida, y las desdichas del naufragio de la nao en la que navegaba cerca de Catania me han impedido presentarme ante vos con la debida compostura. Mas en nada disminuye la notoriedad de las hazañas que, como corsario, he realizado en estos mares la indigencia en la que ahora me veis.

—Mucha razón tenéis, señor Navarro —señaló el general español—, que antes de que entrarais por esa puerta conocía yo de vuestras andanzas, aunque no todas sean para enorgullecerse, pues si daño habéis hecho como corsario a los impíos turcos, tanto o más daño habéis causado a las naciones amigas con vuestros reprobables actos de piratería.

Pedro Navarro guardó silencio. No deseaba que aquella conversación, mantenida con quien esperaba que lo alistara como soldado en su ejército, discurriera por tan resbaladizos y comprometedores derroteros. Pero el Gran Capitán estaba decidido a ahondar en esa oscura parcela de la vida del navarro.

—En el viaje con la escuadra desde el puerto de Málaga, y una vez dejada atrás la isla de Mallorca, nos topamos con una nao que resultó ser del desalmado pirata Betimares —continuó diciendo el capitán general—. La asaltamos y tomamos preso a su capitán y a toda la tripulación. ¿Qué le sucedió al tal Betimares y a su contramaestre, señor García de Paredes? —inquirió, dirigiéndose a su lugarteniente.

—Los dos fueron ahorcados y colgados de una verga de la nave capitana.

—Justo castigo a quienes tanto mal han causado, ¿no os parece, capitán Navarro? —demandó Gonzalo Fernández de Córdoba sin poder ocultar un cierto tono de amenaza.

El roncalés sintió una extraña desazón, aunque pronto se repuso y respondió con una serenidad y un aplomo que sorprendió a los tres militares, que esperaban que el navarro se descompusiera y expresara su sincero arrepentimiento por el mal causado como pirata. Nada de eso ocurrió, sino que se mostró como si su vida hubiera sido un dechado de virtudes y de buenas acciones y la piratería un acto censurable del que se consideraba ajeno.

—Si la ley castiga la piratería con la horca —reconoció sin inmutarse—, obrasteis con justicia. Nada se ha de objetar a vuestra acción.

—¿Luego estáis de acuerdo en que es de justicia enviar a la horca a los piratas que infectan nuestros mares? —preguntó el Gran Capitán, impresionado por la serenidad que mostraba el capitán corsario.

—La horca, señor capitán general, ha de ser el correctivo que reciba quien, despreciando las leyes de Dios y de los hombres, se dedica a hacer el mal —respondió Pedro Navarro.

Los tres militares que, a modo de modesto e improvisado tribunal examinador, se sentaban frente al que se decía corsario, pero que había actuado más como pirata en los últimos años que como defensor de la legalidad, parecían estar satisfechos con el curso del interrogatorio que estaban realizando a aquel marinero del que tenían las mejores referencias por su valentía y arrojo cuando combatía al enemigo; aunque sin olvidar que durante un período de su tumultuosa vida había obrado como un vulgar salteador. Pero, ¿qué se necesitaba en la guerra en la que iban a estar pronto empeñados? —pensaba el astuto y pragmático capitán general—. ¿Un soldado pusilánime y bondadoso al que repele la sangre y el olor de la pólvora, o un pirata sin miedo a la muerte reconvertido en leal servidor de España?

—No creas, capitán Navarro —manifestó Gonzalo Fernández de Córdoba—, que es costumbre de los españoles ahorcar a todos los piratas que se cruzan en su camino. No habían transcurrido tres jornadas del ajusticiamiento del tal Betimares y su contramaestre cuando, a cincuenta leguas de la costa de Cerdeña, la galera de Martín de Santpedro avistó una nao que no portaba enseña de nación amiga ni enemiga, de lo que colegimos que se trataba de otro navío pirata. Era la embarcación de un corsario vizcaíno, a veces taimado salteador, llamado Arteche, que solicitó el amparo de nuestras galeras entregándose con toda su tripulación y poniéndose a disposición de este capitán general.

—¿Fueron ahorcados los piratas vizcaínos? —preguntó Pedro Navarro.

—No fueron ahorcados ni sufrieron el castigo que merecían sus malas acciones —respondió Diego Hurtado de Mendoza—. Nuestro general, haciendo gala de la generosidad que le caracteriza, perdonó al pirata y lo nombró capitán de infantería, y a los marineros que habían sido sus secuaces los hizo alabarderos para que, en adelante, cuidaran de su persona.

—Pues si tan generosamente obró su señoría con el tal Arteche, siendo como era un redomado pirata —manifestó el roncalés dirigiéndose al Gran Capitán—, se me ha de conceder la gracia de recibir un trato similar y que pueda yo alistarme en el ejército de su alteza real don Fernando II de Aragón.

—Puedo hacer lo que solicitas, Pedro Navarro, no en vano soy capitán general de los ejércitos españoles. Pero has de saber que el pirata vizcaíno dio muestras de sincero arrepentimiento y juró servir con lealtad a nuestro señor el rey de Aragón y de Sicilia —terció Gonzalo Fernández de Córdoba—. No puedo menos que exigiros que pronunciéis similar demostración de fidelidad a quien deseáis servir con las armas.

El navarro, al oír estas palabras de boca del Gran Capitán, entendió que si se había perdonado a un pirata capturado en alta mar navegando, no se sabría decir con qué intenciones, con más razón se perdonaría a un corsario sin barco con el que corsear y que deambulaba por el puerto de Mesina a la búsqueda de un nuevo empleo.

—Si estoy ante vos es porque ya no me atrae la vida de corsario —declaró con voz mesurada—, en la que he recibido más reveses que satisfacciones, perdiendo cuanto tenía a causa de las veleidades de don Antonio Centelles. Solo deseo poder alistarme en el ejército de España al que, sin duda, esperan días de gloria. Y no quisiera yo, que he sido palafrenero de un cardenal, capitán del ejército florentino y temido corsario del marqués de Cotrón, quedar al margen de las hazañas que los bravos soldados españoles van a protagonizar en Italia luchando contra los franceses y en los mares del Gran Turco.

Los tres militares, que escuchaban atentamente el breve, pero sentido discurso de Pedro Navarro, se miraron expectantes aunque nada dijeron, interpretando el sagaz roncalés que su elocución, solo sincera en parte, había sido bien acogida por sus interrogadores.

—Y como veo tan claro como la luz del sol que nos alumbra que se necesita hacer un juramento de fidelidad, aunque no sea yo súbdito del rey de Aragón —añadió el roncalés—, postrado ante la cruz de Cristo que preside esta sala del Consejo —y al decir esto se arrodilló frente al crucifijo que colgaba de la pared principal del salón— y de tan ilustres capitanes de España, juro que seré leal a los reyes de Castilla y Aragón, que pondré todo mi empeño y mis conocimientos al servicio de su señoría y, si fuera necesario, que entregaré generosamente mi sangre y mi vida defendiendo la causa del rey don Fernando el Católico.

—Que Dios nuestro Señor sea testigo de lo que, sin coacción, juráis y que Él os ayude a cumplir vuestro juramento —sentenció el capitán general—. Podéis consideraros miembro del ejército expedicionario de España, aunque por el momento, y como necesitamos hombres sabedores de las cosas del mar, estaréis al mando de las cuatro barcas vizcaínas que tenemos fondeadas en el puerto de Mesina con tripulación de navarros y vascos. Pero habéis de saber que mandar a los soldados de España requiere altura de miras, fortaleza de ánimo, prudencia en la toma de decisiones, afabilidad con los subordinados, magnanimidad y clemencia con los vencidos, paciencia y humildad. ¿Estáis en condiciones de ejercer las obligaciones de la milicia y de obrar de acuerdo con las citadas virtudes?

—Ha sido esa, señor capitán general, mi manera de proceder cuando estuve al servicio del cardenal don Juan de Aragón, del capitán Montano y del marqués de Cotrón, y no dudéis de que será de esa manera como me conduciré en adelante ejerciendo de soldado al servicio de los reyes de España.

A pesar de la aparente resistencia del Gran Capitán a alistar en sus filas a Pedro Navarro aduciendo el ejemplar ahorcamiento del pirata Betimares, lo cierto era que todo había sido una farsa preparada por los tres altos mandos del ejército con el propósito de conocer las verdaderas intenciones del famoso corsario navarro y exigirle una prueba de lealtad, puesto que el astuto capitán general de las fuerzas españolas en Italia sabía que no podía desdeñar la experiencia y el talento que, en sus etapas de soldado y corsario, había mostrado el hombre que tenía ante sí y que eran cualidades de sobra conocidas y apreciadas por el Estado Mayor del ejército de España.

Además de nombrar a Pedro Navarro capitán de las barcas vizcaínas, Gonzalo Fernández de Córdoba también admitió en su escuadra a los marineros de la nao naufragada en aguas de Catania, la mayor parte de ellos vizcaínos, compañeros de aventuras del roncalés, que aún andaban por las calles de Mesina, de bodegón en bodegón, buscando una carraca o una nao en las que enrolarse. Lograba el hábil militar, de una tacada, liberar las aguas y los puertos de Italia de incómodos marineros y, de paso, reforzar las tropas que estaban bajo su mando, alistando a soldados de reconocida valía, duros y acostumbrados al combate, aunque fueran díscolos y tuvieran un oscuro pasado.

Así fue como, en el mes de junio del año 1500, a los cuarenta años de edad, Pedro Navarro se alistó como marino en el ejército que mandaba el Gran Capitán en Italia, abandonando la vida aventurera e insegura de corsario y pirata, un empleo que —como más adelante se podrá comprobar— supo alternar hábilmente con el de capitán de infantería, arcabucero, artillero y experto minador de las inexpugnables fortalezas enemigas, arte que compartiría con micer Antonello de la Trava en el asedio al castillo de San Jorge en Cefalonia.

Aquel verano del año 1500 iniciaba el que había sido en el pasado humilde labriego en el apartado valle de Roncal, inquieto trotamundos y soldado de fortuna de reconocida solvencia —tanto en el mar como en tierra—, la etapa decisiva de su agitada existencia, aquella que lo elevaría en pocos años a lo más alto de la escala social, pero que, al mismo tiempo, sería la causa de los celos, las intrigas y la envidia —pernicioso mal tan arraigado en España— de los poderosos de la Corte, de su caída en desgracia y de su trágica muerte.

X
LA CONQUISTA DE CEFALONIA

Estaba llegando a su final el verano, que había sido muy caluroso y seco ese año, cuando el Gran Capitán recibió en su castillo de Matagrifones la visita del embajador de Venecia, Francisco Florido, el cual le rogó, en nombre del dogo Agostino Barbarigo, que le ayudase a recobrar la isla de Cefalonia, situada en la costa oriental del mar Jónico y que, hasta unos años antes, había sido una posesión de la Serenísima República de San Marcos, cuyo puerto servía de escala a los navíos venecianos, pero que los turcos se la habían arrebatado por la fuerza, dañando gravemente el comercio marítimo de la República.

Según las informaciones que poseía el embajador, el lugar estaba defendido por seiscientos o setecientos jenízaros encastillados en la inexpugnable fortaleza de San Jorge, mandados por un experimentado militar albanés a sueldo de Constantinopla llamado Gisdar. También le dijo que podría contar con la escuadra de Venecia y algunos navíos con tropas que se comprometía enviar el rey de Francia, además del dinero que aportaba el papa Alejandro VI para sufragar parte de los gastos generados por tan relevante y necesaria empresa militar.

Los reyes doña Isabel y don Fernando dieron su conformidad a la expedición y nombraron al Gran Capitán comandante supremo de las fuerzas terrestres y marítimas que iban a participar en la misma, y comunicando al dogo que el español, encumbrado por sus éxitos obtenidos en la pasada guerra de Nápoles, sería el encargado de dirigir las operaciones.

El 27 de septiembre zarpó la escuadra española de Mesina. Estaba formada por treinta y cinco naves de carga, siete bergantines armados, ocho galeras, cuatro fustas y cuatro barcas vizcaínas al mando de Pedro Navarro, transportando cinco mil doscientos hombres de armas, mil caballos y treinta piezas de artillería: veinte lombardas grandes y diez morteros. La flota veneciana, que se uniría a los españoles en la isla de Zante, estaba constituida por cincuenta y tres naves, dieciocho galeazas y veinticinco galeras, que llevaban a bordo dos mil infantes y veinticinco cañones de bronce conocidos como basiliscos. Los franceses aportaron tres carracas con ochocientos hombres de a pie.

Como durante la primera parte del trayecto la escuadra sufrió el azote de un violento temporal de agua y viento, decidió el Gran Capitán navegar hasta la isla de Corfú, situada al norte de Cefalonia, a la que llegaron los navíos el 2 de octubre. Permanecieron fondeados en una amplia bahía situada al este de la isla hasta que la tempestad hubo amainado, poniendo entonces rumbo a la isla de Zante, ubicada al sur de Cefalonia, el 23 del citado mes. Arribaron a la costa norte de dicha isla el día 27 de octubre y, junto a ella, en una extensa rada a cubierto de los vientos, fondearon a la espera de que se les unieran la escuadra veneciana y las tres carracas enviadas por el rey de Francia, lo que aconteció no antes de haber transcurrido un mes.

Primero llegaron las embarcaciones francesas con los ochocientos hombres de armas capitaneados por el vizconde de Rohan y, unos días más tarde, la poderosa flota de guerra veneciana mandada por el general Benedicto Pesaro. Con la llegada de la escuadra de la República de San Marcos —por aquellos días la más grande y temida de cuantas navegaban por los mares Mediterráneo, Jónico y Adriático— hubo un conato de enfrentamiento con los marineros españoles, al entrar los venecianos en la rada sin disparar las salvas de saludo a la nave capitana de Gonzalo Fernández de Córdoba, como exigía la tradición marinera. Por fortuna, el altercado no llegó a mayores por la apaciguadora intervención del Gran Capitán y la colaboración del general Pesaro, que dio orden de que la flota de Venecia saliera de nuevo a alta mar y entrara en la rada haciendo los disparos de cortesía reglamentarios.

El 4 de noviembre se puso en marcha la gran flota cristiana, bordeando por el sur la isla de Zante. Al día siguiente entraban en el abrigado puerto de Cefalonia, en el fondo del cual se hallaba enclavado, sobre una cumbre casi imposible rodeada de precipicios, el castillo de San Jorge. Durante tres días estuvieron desembarcando hombres, caballos, vituallas y piezas de artillería. El día 8, a mediodía, comenzaron las labores de asedio. Una parte de las escuadras coaligadas se desplazó a distintos puntos del litoral de la isla para fondear, abrigarse ante posibles temporales y vigilar el mar, pues se temía que el Sultán pudiera enviar una flota de galeras con el propósito de descercar la fortaleza.

El litoral de Cefalonia era recortado y poco acogedor para las embarcaciones, a excepción de algunos fondeaderos situados al este y al norte y del excelente puerto natural, orientado hacia el sur, en cuyo entorno se localizaba la zona habitada de la isla y la mencionada fortaleza de San Jorge. El interior del territorio insular era abrupto, rocoso e inhóspito, con algunos bosques de pinos en las partes más altas y manchones de viñas y olivos en las depresiones donde la tierra acumulada por las escorrentías permitía, gracias al excelente clima, estos cultivos, que los naturales alternaban con la cría de ovejas y cabras.

Los campamentos se establecieron sobre la playa y en varias colinas que rodeaban el castillo, aunque lo inaccesible del mismo dificultaba la aproximación de las líneas de asedio y la colocación de las piezas de artillería. Presentaba altos y recios muros, bien almenados y reforzados con gruesas torres de flanqueo, continuación de los abruptos farallones que rodeaban el rocoso cerro sobre el que estaba construido. Por la parte del mar, un acantilado casi vertical impedía cualquier intento de acercamiento. Un camino estrecho y empinado, que serpenteaba entre grandes peñascos, era el único acceso posible hasta la puerta de ingreso a la fortaleza.

Los artilleros analizaron los entornos de la fortificación para localizar los lugares más idóneos en los que situar las lombardas, los basiliscos venecianos y, sobre todo, los morteros que, con sus tiros curvos, debían servir para batir el interior del castillo. Gonzalo Fernández de Córdoba ordenó a los zapadores que aterrazaran con azadones y palas una pequeña colina que se localizaba frente a la puerta y el tramo más accesible del recinto. Una vez allanado el lugar, se colocaron en él tres morteros y dos basiliscos. Detrás se habilitó un espacio para las tiendas de campaña del Gran Capitán, de Benedicto Pesaro y del vizconde de Rohan.

El general español, después de haberlo acordado con los comandantes veneciano y francés, creyó que lo más oportuno era ofrecer una negociación al capitán Gisdar con el doble propósito de tantear las posibilidades de una pronta capitulación y conocer, de paso, el estado de ánimo de los defensores, su número y su capacidad de resistencia. Enarbolando la bandera de tregua se dirigieron al castillo para parlamentar Gómez de Solís, por parte española, y el capitán Pucio por la veneciana.

Los jenízaros abrieron la puerta del castillo a los parlamentarios cristianos, que penetraron en la fortaleza a caballo, siendo escoltados hasta el patio de armas, donde los esperaba el capitán Gisdar, por una docena de soldados otomanos armados con escudos y alabardas. Gisdar, un albanés de fuerte complexión, negra barba recortada, bigote espeso y tocado con un reluciente yelmo adornado con un penacho de plumas blancas, se hallaba rodeado de sus oficiales.

Gómez de Solís le transmitió el mensaje que le había confiado Gonzalo Fernández de Córdoba que, en esencia, consistía en proponerle que entregara la fortaleza a los ejércitos coaligados, con lo que evitaría muchas penalidades a sus hombres, pues se enfrentaban a un gran general español que había vencido a los moros de Granada y a los franceses en Nápoles y, además, que contaba con la inestimable ayuda de la poderosa escuadra veneciana y de los infantes enviados por el rey de Francia.

El albanés escuchó con atención lo que le dijo el representante español a través del intérprete griego sin mover un solo músculo de su barbuda cara. Luego respondió con altanería:

—Decid al general español que os envía que conozco su fama de valiente y sagaz militar y que sé de la tenacidad y obstinación de sus soldados, que no ceden ante nada ni ante nadie. Pero decidle también que Gisdar y los setecientos bravos jenízaros que defienden este enclave juraron ante el Sultán no entregar nunca San Jorge. Que, si el misericordioso Alá tiene a bien que no alcancemos la victoria, con resignación lo aceptaremos haciendo generosa entrega de nuestras vidas, sabiendo que con el martirio alcanzaremos seguro el paraíso que nos tiene prometido el Profeta. Y decidle, también, que si perecemos en la batalla, no saldrán indemnes vuestros hombres, porque por cada jenízaro que muera en la pelea, tres o cuatro cristianos habrán perecido degollados por sus dagas o atravesados por sus lanzas.

Con esta firme respuesta y habiendo tomado buena cuenta de la numerosa y potente artillería que tenían los turcos apostada en los adarves de la muralla y las terrazas de las torres, y de la decidida postura de Gisdar de ofrecer su vida y las de sus soldados antes que rendir el castillo, retornaron Gómez de Solís y el capitán Pucio al campamento de los españoles.

Aquel mismo día comenzó el asedio al castillo de San Jorge de Cefalonia.

El Gran Capitán mandó excavar una trinchera a unas ciento cincuenta varas de la muralla, aunque la labor se vio entorpecida por la naturaleza pétrea del terreno y los disparos de los arcabuceros otomanos, que no cesaban de descargar sus armas sobre los zapadores. Para evitar muertes innecesarias, los soldados trabajaron durante la noche hasta que la trinchera alcanzó suficiente altura como para protegerlos de las balas enemigas. En aquella trinchera se posicionaron los seiscientos rodeleros y un centenar de arcabuceros mandados por los capitanes Villalba y Pizarro. A la derecha de la batería que se había instalado en el montículo delante de las tiendas de campaña del general español y de los jefes de las tropas venecianas y francesas, se colocaron, preparados para asaltar el enclave, los capitanes Diego de Mendoza y Pedro de Paz con doscientos infantes pesados, doscientos jinetes y mil quinientos infantes ligeros. Otros mil quinientos hombres se situaron rodeando la fortaleza hasta el acantilado para impedir que nadie pudiera salir ni entrar en ella.

A lo largo de una semana las lombardas españolas, los morteros lanzadores de bolaños de piedra y los potentes basiliscos venecianos, capaces de atravesar con sus balas de hierro fundido muros de un codo de espesor, batieron sin cesar el castillo de San Jorge, preparando el momento en que la infantería intentara el asalto del mismo.

El castigo infligido a los defensores fue enorme, pues cayeron sobre ellos más de mil disparos de lombardas y basiliscos y doscientas piedras lanzadas por los morteros. Sin embargo, los jenízaros no daban señales de debilidad ni de estar cerca de la capitulación.

Y este fue el escenario en el que hizo su aparición Pedro Navarro, gran conocedor del arma de artillería, no solo por su experiencia a bordo de las naos corsarias en el mar Cantábrico y en Italia, sino por los conocimientos adquiridos por medio de los libros que le regalara el capitán Miquel Estellés. Su labor como capitán de las barcas vizcaínas había concluido con la operación de desembarco de los hombres y los caballos que iban embarcados en ellas y de los pertrechos que transportaban en sus bodegas.

Observando el gran despliegue de las numerosas tropas asaltantes, el continuo e infructuoso bombardeo de la fortaleza y cómo pasaban los días sin que los jefes de los ejércitos aliados se atrevieran a ordenar el asalto por temor a perder muchos hombres sin lograr la conquista del enclave, se dirigió Pedro Navarro al campamento de los venecianos, donde se hospedaba el oficial artillero Antonello de la Trava. Era noche cerrada y el frío y el viento, acompañados de una fina pero persistente lluvia, mantenían a todos los soldados que no estaban de guardia encerrados en sus tiendas de campaña. Antonello lo recibió como a un viejo camarada, aunque no conocía personalmente al roncalés, ofreciéndole una jarra de aguardiente a la luz de un candil.

—He oído hablar de vos, micer Antonello —comenzó diciendo el navarro—, y de la pericia con la que manejáis los basiliscos que tanto daño ocasionan al recinto de los turcos, aunque no logren abrir una brecha por la que puedan entrar nuestros hombres y tomar tan correosa fortaleza.

—Razón tenéis, señor...

—Navarro —se apresuró a decir el de Garde—. Pedro Navarro, aunque quizás me conozcáis como Pedro de Roncal o Roncal el Salteador, epíteto que me endilgaron los venecianos por ciertas acciones que cometí siendo corsario.

Micer Antonello de la Trava sonrió con malicia.

—Cierto es que os conozco por esos nombres. Sé que fuisteis enemigo de la Serenísima República de San Marcos, que os persiguió con saña por mar y tierra, aunque, por lo que veo, sin mucha fortuna. Pero los tiempos cambian, señor Navarro, y ahora estáis al servicio de España y aliado de Venecia en su lucha por recuperar la isla de Cefalonia, que en justicia le pertenece. Y hechas estas disquisiciones, decidme: ¿a qué se debe vuestra visita?

El roncalés se aposentó en una silla plegable de las usadas en campaña que, delante de un ajado petate de lona que hacía el oficio de improvisada mesa, le ofrecía el artillero.

—Cuando participé en la toma de Sarzana como soldado de fortuna a las órdenes del capitán Pedro Montano, asistí a un intento de volar la muralla de la ciudad excavando una mina y acumulando en su interior barriles de pólvora, pero no fue necesario emplear aquel recurso porque los de Sarzana se rindieron. He pensado que, aun siendo el castillo de San Jorge más robusto que la muralla de aquella ciudad ligur y estar construido sobre una peña casi impenetrable, se podría minar un tramo de su muralla, el que da a tierra, volarlo y abrir una brecha por la que podrían entrar nuestros hombres y conquistar la fortaleza sin grandes pérdidas.

—No creáis que es un recurso desdeñable, capitán Navarro —manifestó Antonello—. Batir la muralla de una fortaleza con los basiliscos ha sido suficiente en otros casos, pero no en este. El obligado alejamiento de las piezas de artillería por lo abrupto del terreno y el extraordinario espesor del muro restan eficacia a los disparos.

—Conozco una combinación de los componentes de la pólvora que la hace diferente a la que utilizamos para impulsar las balas de lombardas o basiliscos —repuso el roncalés—. La torna más explosiva. Un quintal es suficiente para volar un cerro, cuanto más un tramo de muralla.

El artillero veneciano se mesó la barba sin decir palabra. Al cabo de un rato exclamó:

—Si lográramos avanzar con una mina hasta los cimientos del muro meridional, que es el más accesible, es probable que pudiéramos demoler un tramo lo suficientemente amplio como para que la infantería penetrara, por la brecha abierta, hasta el patio de armas del castillo. Pero hasta el día de hoy nadie ha usado ese artificio para rendir una fortaleza tan recia, y desconozco si los florentinos lo han utilizado alguna vez, como decís.

—Podría ser esta la primera vez, micer Antonello —aseguró el navarro—. Si empleamos sesenta zapadores, distribuidos en cuadrillas de cinco hombres, relevándose cada dos horas en la galería, excavaríamos una mina de trescientos codos en treinta jornadas trabajando día y noche; lo suficiente para acceder hasta los cimientos de esa parte de la muralla. Trajinando en silencio, sin producir ruido con los picos y las azadas, evitaremos que los otomanos nos localicen y puedan interceptar nuestra galería excavando una contramina. Si logramos derribar un tramo del muro, el castillo de San Jorge será de la cristiandad.

—De los venecianos, amigo mío, de los venecianos, que lo teníamos hasta que nos lo quitaron los turcos —repuso Antonello de la Trava.

Entusiasmados por haber dado con el modo de someter a los defensores de tan irreductible fortaleza, ambos soldados se fueron a dormir, no sin haber acordado antes que, a la mañana siguiente, se presentarían ante el Gran Capitán para proponerle el novedoso proyecto del minado del castillo de San Jorge que, en su opinión, bastaría para rendir a los jenízaros evitando innecesarias bajas cristianas.

Gonzalo Fernández de Córdoba, en un primer momento, dudó de la eficacia de lo que le proponían el artillero italiano, al servicio de Venecia, y su subordinado navarro, pero una vez que hubo escuchado con todo detenimiento el contenido de la propuesta, creyó que podría encontrarse ante la solución al grave problema que representaba rendir un castillo tan reciamente construido y tan inaccesible con los medios tradicionales de asedio. Por otra parte —debió de pensar, y no le faltaban razones para ello—, mantener alimentada a una fuerza de más de siete mil nombres y su moral incólume no iba a ser fácil si se prolongaba en exceso el asedio y, sobre todo, si los temporales invernales impedían la llegada de las embarcaciones con víveres y municiones desde Sicilia.

—Pedro Navarro y micer Antonello de la Trava —dijo el general español después de meditar sobre el asunto durante unos minutos—:

tenéis mi autorización para acometer el proyecto del minado de este castillo que más parece peña inexpugnable. Podéis contar con los sesenta zapadores que necesitáis para excavar la mina y el quintal de pólvora que, de acuerdo con vuestros cálculos, servirá para demoler un tramo de la muralla. Elegid la zona más favorable para la excavación y comenzad el trabajo.

Todo el día estuvieron los dos soldados ocupados en hacer la selección de los sesenta zapadores entre los más fornidos, voluntariosos, más parcos en palabras y menos dados a lanzar improperios, pues el silencio y el sigilo eran virtudes necesarias para participar en tan minuciosa y secreta labor. El navarro se hizo cargo —por expreso deseo del Gran Capitán— de la organización de las cuadrillas y del gobierno de los hombres, mientras que micer Antonello se dedicaba a la intendencia: elección de los picos, las mazas, azadas, palas, los capachos para sacar la tierra y las piedras, abastecimiento de agua potable mediante odres, alimentación de los zapadores —que al estar realizando un trabajo en extremo duro y continuo recibían doble rancho—, colocación de candiles en la galería y aprovisionamiento del aceite para mantenerlos encendidos las veinticuatro horas del día.

Para dar comienzo a la excavación de la mina se eligió un promontorio rocoso situado a unos doscientos cincuenta codos de la muralla, una zona desenfilada que quedaba oculta a los ojos de los defensores del enclave. Esperaron la caída de la noche para iniciar la excavación. La tierra y las piedras sacadas del interior de la galería eran transportadas por los zapadores en capachos de esparto hasta una vaguada, fuera del alcance de las miradas de los jenízaros, donde se arrojaban y esparcían. Antonello y Navarro calculaban que se avanzaría entre ocho y diez codos por día, dependiendo de la naturaleza del terreno y las condiciones climáticas.

Al atardecer del último día del mes de noviembre habían logrado excavar ciento veinte codos de galería de tres codos de anchura por cuatro de altura.

—Calculo que estaremos a unos ciento setenta codos de nuestro objetivo, micer Antonello —le dijo Pedro Navarro al artillero, enca-

ramados ambos a una altura desde la que podían observar la bocamina y, más lejos, el tramo de muro que esperaban demoler.

—Lo que significa que nos queda por excavar algo más de la mitad
de la mina —agregó el italiano.

—Si logramos mantener esta cadencia de trabajo, es probable que
a mediados de diciembre nos topemos con los cimientos de la muralla o con el firme rocoso que le sirve de base.

—Si no nos descubren antes —señaló el de la Trava.

El temor de los sitiadores, cuando decidían excavar una mina, era
que los sitiados, al acercarse la galería a su recinto defensivo, oyeran
los golpes producidos por los zapadores o sus conversaciones y per-
foraran el terreno, desde el interior de la fortaleza, abriendo una contramina para meter por ella arcabuceros y matar a los desprevenidos
y desarmados zapadores.

Por fortuna para los españoles y venecianos —aunque micer
Antonello lo achacaba a la milagrosa intervención de san Jorge—,
parecía que los jenízaros no se apercibían de la labor desarrollada
por los zapadores del Gran Capitán. El ulular del viento al chocar
con las empinadas paredes de la montaña y el tronar de los morteros,
lombardas y basiliscos que se turnaban disparando contra la fortaleza día y noche impedían que los golpes de las azadas en el duro
subsuelo llegaran a oídos de los defensores.

Lo que desconocían Gonzalo Fernández de Córdoba y Benedicto
Pesaro era que el astuto Gisdar había tramado un taimado artificio que podría dar al traste con las esperanzas de los españoles y
venecianos de asaltar la fortaleza por la brecha que abriera la mina
de Navarro y de la Trava. Y no solo hacer fracasar el minado de la
muralla sino, incluso, obligar a las escuadras cristianas a levantar el
cerco y poner rumbo a sus bases, derrotadas por aquellos jenízaros.
Consistía el ardid del albanés en excavar una mina en dirección a la
meseta sobre la que se hallaban asentadas las tiendas de campaña de
los tres generales cristianos, meter en ella varios quintales de pólvora, volar toda la colina y matar a los comandantes de los ejércitos
que tanto daño le estaban causando.

En los primeros días de diciembre, Pedro Navarro, que se hallaba
conversando con una de las cuadrillas que acababa de ser relevada

en la bocamina, fue informado por uno de los zapadores de que, durante la noche pasada, había oído golpes repetidos en el subsuelo, aunque no podía precisar en qué dirección. Alertado por la noticia, el roncalés, al que le parecía extraño que los sitiados no hubieran intentado excavar una contramina para inutilizar la suya, esperó la llegada de la noche, cuando la cadencia de disparos se aminoraba y los soldados que no estaban de guardia dormían, para hacer las pesquisas oportunas. Sigilosamente se acercó a la muralla y atendió a los ruidos que procedían del subsuelo. Así fue como descubrió que los otomanos estaban excavando una galería paralela a la suya que él conjeturó que se dirigía a la meseta donde se alzaban las tiendas de campaña de los generales cristianos. Avisados el Gran Capitán y los generales veneciano y francés, se ordenó a Pedro Navarro que excavara una contramina en dirección a la de los turcos, labor que llevó a cabo el roncalés con los zapadores que estaban bajo su mando y que dejaron por unos días de horadar el terreno de la mina española que se dirigía directamente hacia la muralla.

Transcurrieron tres jornadas. La contramina avanzó en dirección a la zona de la que procedía el ruido cadencioso de los picos o las azadas turcas hasta que, al amanecer del cuarto día de iniciados los trabajos, se encontraban a menos de un codo de la galería otomana. Entonces, Pedro Navarro mandó que se acumulara en aquel lugar alguna pólvora y varios barriles de azufre. Cuando todo estuvo preparado, ordenó prender la mecha y que los zapadores españoles abandonaran la galería. La explosión comunicó la contramina con la galería donde trabajaban los zapadores turcos, arrojando una nube de vapores ardientes y venenosos producidos por la combustión del azufre que asfixió a los desdichados jenízaros que se hallaban al otro lado. Luego penetró en la contramina un destacamento de infantería que, con sus espadas y puñales, acabaron con las vidas de los que aún no habían perecido. Por último, se hizo volar la mina turca, quedando conjurado el peligro inminente que se cernía sobre los generales de las fuerzas sitiadoras.

El 17 de diciembre Pedro Navarro y micer Antonello de la Trava comunicaron al Gran Capitán que la cabeza de la mina que excavaban en dirección a la muralla del castillo de San Jorge se encontraba a escasos dos codos de la base del muro que se proyectaba demoler. El general español les autorizó a que pusieran en práctica la parte final de la arriesgada acción. Los zapadores fueron sustituidos por una docena de artilleros que, aprovechando la oscuridad de la noche, transportaron hasta la cabecera de la galería, en barriles, un quintal y medio de la pólvora que el roncalés había elaborado mezclando los tres componentes: azufre, salitre y carbón de acuerdo a una proporción que él aseguraba que multiplicaba los efectos destructores del explosivo.

En las horas previas al encendido de la mecha, Gonzalo Fernández de Córdoba ordenó que se situaran en posición de asalto siete compañías de infantería, mandadas por los capitanes Pizarro, Diego García de Paredes, Sancho Velasco, Cristóbal Zamudio, Villalba y Luis de Herrera, poniéndose él mismo, blandiendo la espada en su mano derecha y defendiéndose el torso con una rodela, al frente de sus hombres. Al mismo tiempo mandó que todas las bocas de artillería, tanto las lombardas españolas como los basiliscos venecianos, abrieran fuego y batieran sin descanso la fortaleza.

Eran las nueve de la mañana del día 18 de diciembre del año 1500 cuando, en el fondo de la mina, fue encendida la mecha lenta por el propio Pedro Navarro, que quiso supervisar la operación hasta en los más mínimos detalles. Unos minutos más tarde el promontorio rocoso sobre el que se alzaba el castillo de San Jorge tembló como si un terremoto descomunal hubiera sacudido toda la isla. El farallón sobre el que se había construido la muralla saltó por los aires en medio de fuertes llamaradas y de una densa nube de humo y polvo. Al desmoronarse su base pétrea, el tramo de muralla que se asentaba sobre ella se desplomó como si se tratara del frágil y gigantesco decorado de una farsa. Sin embargo, cuando la humareda se hubo disipado, los cristianos quedaron sobrecogidos con lo que veían. El plan de Pedro Navarro y de micer Antonello había funcionado a la perfección y un trozo de muralla de unos noventa codos de anchura se había derrumbado, dejando expedito el paso a los asaltantes. Pero con lo que no contaban los entusiasmados sitiadores era que los jenízaros —que no eran lerdos— habían averiguado las intenciones de los españoles y, conocedores de los terribles efectos que tenía la excavación de una mina sobre un lienzo de muralla, habían construido un muro provisional o empalizada sobre una base de sillares detrás del tramo demolido. Este obstáculo inesperado obligaba a los asaltantes a tener que escalar el nuevo recinto, aunque careciera de la altura y fortaleza del que habían logrado arruinar, si querían penetrar en el patio de armas y rendir a los esforzados jenízaros de Gisdar.

—¡Santiago y cierra España! —gritó el Gran Capitán encaramado sobre un peñasco para que mejor lo oyeran sus hombres.

Y al instante se elevó un formidable griterío salido de las anhelantes gargantas de los españoles que, con sus espadas en la mano derecha y cubriéndose la cabeza y los hombros con sus rodelas para detener la lluvia de flechas y de piedras que ya empezaban a lanzar los jenízaros, avanzaban raudos hasta alcanzar el pie de la muralla. Unos soldados que portaban largas y toscas escaleras las colocaron sobre la empalizada, no sin recibir una nube de flechas y numerosas piedras, mientras que otros, que llevaban cuerdas con garfios de hierro en sus extremos, las lanzaban sobre el improvisado antepecho para poder trepar hasta el adarve. Las lombardas y los basiliscos habían dejado de disparar para no herir accidentalmente a los asaltantes. Solo continuaban realizando esporádicos disparos los morteros que, con sus tiros curvos, batían el interior del castillo sin exponer la vida de los soldados que se hallaban peleando en la empalizada. El combate era encarnizado, dando los españoles que lograban ganar el adarve mandobles con sus largas espadas y lanzando los jenízaros los certeros viratones de sus ballestas y las balas de sus arcabuces, lo que provocó numerosos heridos entre las fuerzas de asalto.

Los turcos habían ideado un ardid que comenzó a causar muchas bajas entre los españoles. Consistía esta artimaña en un garfio de hierro atado a una soga, que los españoles llamaron «lobo», que lanzaban desde lo alto de la empalizada y que enganchaba a los soldados por sus corazas para elevarlos y dejarlos caer cuando estaban al nivel del adarve, causando la muerte o quebrando algún miembro de los infelices que eran atrapados por estos artilugios. El bravo capitán Diego García de Paredes, que arengaba a sus hombres al pie de la muralla, conocido desde aquel día como el «Sansón Extremeño», fue enganchado por uno de estos garfios e izado hasta el adarve, pero antes de que sus captores lo dejaran caer sobre el roquedal, logró asirse a la empalizada y saltar al interior del adarve. Espada en mano se batió con cuatro jenízaros y mató a dos de ellos, aunque tuvo que entregarse al rompérsele el arma. El capitán Sancho Velasco, cuando se hallaba a mitad de la ascensión, cayó derribado por un viratón de ballesta que le atravesó la garganta y murió desangrado casi en el acto. El griterío y el olor a pólvora, al humo de los incendios y a sangre impregnaban la atmósfera. Algunos asaltantes, enardecidos por el combate, insultaban a los sitiados o a su profeta Mahoma para darse ánimos; otros, muy malheridos, que se hallaban a las puertas de la muerte, pedían auxilio y lanzaban lamentos desgarradores que helaban la sangre en las venas. Esta algarabía y confusión se incrementaba con los juramentos y los insultos lanzados en turco, árabe, persa o albanés.

Toda la mañana se estuvo peleando, unos con el firme propósito de tomar la empalizada, los otros —que sabían que luchaban por sus vidas— para evitar que los asaltantes lograran penetrar en el castillo. A mediodía el Gran Capitán, viendo que no podría tomar la fortaleza en esa ocasión por la tenaz resistencia de los jenízaros, y observando apesadumbrado los numerosos heridos y los muertos que sembraban la ladera que conducía hasta el pie del muro, a los que, por caridad cristiana y compañerismo, había que auxiliar y retirar del campo de batalla, dio la orden de que cesara por el momento el combate.

Al amanecer del día siguiente los sitiadores volvieron a acometer la fortaleza, aunque, durante la noche, los turcos habían reforzado la empalizada haciendo más difícil a los cristianos tomar la muralla y penetrar en el patio de armas.

Tres días más estuvieron los españoles empeñados en abatir la empalizada y entrar por la brecha abierta en el muro por Pedro Navarro y Antonello de la Trava, pero no lograron otra cosa que agotar sus fuerzas y añadir unas decenas más de heridos o muertos a las bajas producidas durante aquella porfiada campaña.

El día 22 fueron los dos mil venecianos los que tomaron el relevo y asaltaron con mucho ímpetu el castillo bajo un intenso fuego de arcabucería y disparos de ballestas. Toda la jornada estuvieron al pie de la fortaleza intentando vanamente tomar la muralla; pero cayó la noche sobre Cefalonia y no tuvieron otra opción que retirarse decepcionados y dejando que los españoles acabaran el trabajo que ellos habían sido incapaces de realizar.

Para agravar la situación, los temporales de invierno que azotaban el mar Jónico habían impedido la llegada de las carracas y urcas con armas y víveres procedentes de los puertos de Sicilia y Calabria. Como se había terminado la harina, la cebada y la carne de carnero y de cabra, tuvieron que recurrir los sitiadores a comer la carne de los asnos, pero esta también se acabó. No era raro ver a los depauperados soldados por los campos recolectando tubérculos, bulbos e hierbas con que poder aliviar el hambre, aunque con frecuencia era peor el remedio que la enfermedad, pues la ingesta de estas plantas desconocidas les provocaba vómitos y fiebres intermitentes.

Fue una casualidad o un milagro —según los más devotos— que el día 23 de diciembre una carraca veneciana se hundiera cerca de la costa y que la marea arrastrara hasta la playa el cargamento de almendras e higos de Alejandría que transportaba en su bodega. Por fin, al día siguiente arribaron al puerto de la isla cinco carracas aragonesas con alimentos y armas para los sitiadores.

El día 23 por la noche se reunió en la tienda del Gran Capitán un consejo de guerra con la presencia de los generales veneciano y francés y la asistencia de los capitanes supervivientes del ejército español. En este cónclave secreto se acordó llevar a cabo el asalto definitivo de la fortaleza el día 24, al alba. En esta ocasión participarían todos los hombres disponibles, tanto españoles como venecianos y franceses. En el ataque tendrían un especial protagonismo las compañías de infantería española, seguidas de los dos mil venecianos y los ochocientos franceses, que concentrarían el asalto por la parte debilitada de la muralla, que era donde se hallaba la brecha y el muro provisional levantado por los otomanos. Una hora después del primer ataque, cuando todos los jenízaros de Gisdar estuvieran ocupados en defender la parte de la muralla que estaba siendo asaltada, sería el momento de que las siete compañías de reserva españolas —en una de las cuales estaba encuadrado Pedro Navarro por propia voluntad— se lanzaran sobre el flanco de la muralla ubicado en la parte opuesta, más abrupta y por ello con menos hombres, obligando a los defensores a dividir sus ya mermadas fuerzas.

Aquella noche la artillería estuvo batiendo sin descanso el castillo, que iba a ser atacado por la infantería al amanecer. Tan intenso y continuo fue el fuego de los basiliscos, morteros y lombardas, que dos de estas estallaron por hallarse la caña de la pieza casi al rojo vivo y mataron a los valientes artilleros que las servían.

Amaneció un día gris y ventoso. Densas nubes cruzaban el cielo y algunos relámpagos iluminaban el cielo al mismo tiempo que las primeras compañías iniciaban el ascenso utilizando las escalas colocadas por los que iban en vanguardia. Uno de los primeros en subir fue el alférez Luis de Osuna que, enarbolando el pendón de los Reyes Católicos, logró alcanzar el adarve, no sin antes haber recibido dos heridas de flecha que él se arrancó con furia. Otros de los que le siguieron fueron el capitán de infantería Martín Gómez, que también acabó con varias heridas de espada, y Juan de Piñeiro, comendador de Trebejo. Los arcabuceros turcos, bien posicionados en el terrado de una torre cercana, disparaban a placer sobre los españoles, que haciendo gala de coraje y pundonor continuaban su ascenso sin preocuparse de las balas que silbaban a su alrededor ni de los compañeros que, heridos, caían sobre los roquedos.

El Gran Capitán ordenó que trajeran hasta el pie de la muralla una gran escala con cabida para cinco hombres que había sido construida el día anterior. Por ella pudieron subir unos sesenta soldados que, peleando denodadamente, lograron hacer retroceder a los jenízaros que defendían la empalizada. Viendo que la brecha estaba siendo tomada por los españoles y venecianos, los jenízaros se concentraron en el patio de armas para detener a los tenaces cristianos que recorrían ya la explanada. Este fue el momento esperado por las compañías de reserva para atacar el castillo por el flanco opuesto. Sin gran oposición pudieron colocar las escalas y por ellas accedieron al adarve los cerca de mil hombres que habían estado en la reserva para la ocasión.

Al darse cuenta Gisdar y sus jenízaros de que estaban siendo superados por las fuerzas cristianas y de que nada podían hacer para evitar la derrota, se replegaron y buscaron refugio en el alcázar con la única esperanza de recibir una muerte digna matando al mayor número posible de asaltantes. Diego García de Paredes, que había permanecido encerrado en una improvisada celda en las cuadras del castillo, oyendo el griterío y el ruido de la pelea que se acercaba, arrancó la puerta de su prisión y salió al patio de armas dispuesto a estrangular al primer turco que se le pusiera en el camino. Se topó con el cuerpo de un soldado muerto, al que le tomó la espada y la rodela, y se unió a los compañeros que peleaban con los otomanos delante de la puerta del alcázar.

Pedro Navarro, con coraza y yelmo cónico, blandiendo su espada magiar y usando una rodela de cuero, se batía junto al valeroso capitán extremeño y, entre ambos, atacaron a varios jenízaros que intentaban acceder al alcázar y que nada pudieron hacer para evitar que les atravesaran el pecho con las espadas. Gisdar, cumpliendo la palabra que diera al Gran Capitán cuando este le envió los parlamentarios para exigirle su rendición, murió luchando al lado de sus jenízaros atravesado por las picas de los españoles y abatido, finalmente, por varios disparos de arcabuz.

Al atardecer de aquel día 24 de diciembre del año 1500, víspera de la Natividad del Salvador Jesucristo, todo había acabado. El castillo de San Jorge era de la cristiandad. Los españoles, venecianos y franceses sufrieron trescientas treinta bajas: ciento veinte muertos y doscientos diez heridos. Los setecientos jenízaros que defendían el enclave de Cefalonia, con su valiente capitán Gisdar, perecieron todos, gozando desde aquel día —según sus creencias— de los placeres y dones del paraíso prometido por Mahoma.

Un alférez español subió a la torre más alta de la fortaleza e izó las banderas de los reyes de España, de la República de San Marcos y una tercera con una gran cruz dorada sobre fondo blanco para mostrar a los cuatro vientos que Cefalonia era de nuevo de la cristiana Venecia.

A la mañana siguiente se celebró una solemne ceremonia religiosa que acabó con una misa de acción de gracias en la plaza de armas del castillo. Al finalizar, el Gran Capitán, como general en jefe del ejército expedicionario y principal protagonista de la conquista de Cefalonía, hizo entrega, en nombre de los Reyes Católicos, de la isla y del castillo que tantas penalidades había costado ganar al dogo de Venecia, en la persona del general Benedicto Pesaro.

El 17 de enero del año 1501, tras permanecer casi tres semanas en la isla retenidos por los malos y fuertes vientos y la tempestuosa lluvia, la flota vencedora de los otomanos de Cefalonia se hizo a la mar. Los venecianos pusieron proa a la Serenísima República, los franceses a sus territorios del norte de Nápoles y el Gran Capitán se dirigió con el grueso de la escuadra al puerto de Siracusa y, desde allí, a Mesina, donde pasó a residir en el castillo-palacio de Matagrifones.

XI
MANFREDONIA Y CANOSA

En el mes de abril de 1498 había muerto, a causa de un desgraciado accidente, el rey de Francia Carlos VIII, que tan mal parado había salido de su aventura italiana el año anterior. Le sucedió en el trono su primo Luis XII, duque de Milán y de Bretaña, de treinta y seis años de edad. Este monarca, con renovada energía y aduciendo la pretendida legitimidad de pertenecerle la Corona napolitana, que ya invocara el soberano fallecido, ambicionaba apoderarse del reino de Nápoles, cuyo débil soberano, Federico I, contaba con la ayuda del rey de Aragón y de Sicilia, Fernando el Católico. Al menos eso creía él, pues ignoraba los acuerdos secretos a los que habían llegado el rey español y el monarca francés para repartirse, entre ambos, el disputado territorio napolitano, acuerdos que no se harían públicos hasta el mes de junio de 1501, aunque se habían firmado en el contexto del llamado Tratado de Granada, rubricado por los dos reyes el 10 de octubre del año anterior.

Entre las estipulaciones recogidas en el referido tratado, el soberano francés renunciaba a sus pretensiones sobre el Rosellón y la Cerdaña y el aragonés al condado de Montpellier. El reino de Nápoles se dividiría en dos: la parte septentrional, con las provincias de Tierra de Labor —incluyendo Nápoles y Gaeta— y los Abruzos, serían para Francia, y la meridional, con las provincias de Apulia y Calabria, para España.

Desconociendo tan lesivo acuerdo para su integridad como monarca, el pusilánime rey Federico I solicitó ingenuamente la ayuda de su pariente Fernando el Católico, apremiándole para que ambos hicieran frente a la amenaza francesa. Pero el rey de España, en cumplimiento de lo estipulado en el Tratado de Granada, envió, en el mes de marzo del año 1501, un poderoso ejército a Sicilia, al frente del cual marchaba de nuevo el Gran Capitán, que desembarcó en Calabria al finalizar julio no para defender al acosado soberano napolitano, sino para adueñarse de las provincias que le habían correspondido en el reparto, mientras que el rey francés hacía otro tanto con las suyas. En octubre del año citado, el rey Federico I —«desdichado cachorrillo metido entre dos leones hambrientos», llegó a decir de él cierto cronista— fue depuesto y conducido a Francia, no sin antes haber intentado concertar, despechado y presa de la desesperación, una alianza con los turcos para que estos desembarcaran en Nápoles y le ayudaran a recuperar su trono.

Al Gran Capitán, una vez que hubo desembarcado con el ejército en territorio peninsular, se unieron, para participar en la campaña militar que se avecinaba, numerosos caballeros napolitanos y condotieros de otras regiones de Italia que detestaban estar bajo el dominio de Francia —o esperaban recibir de los españoles una mejor y más sustanciosa soldada—, entre ellos los renombrados Próspero y Fabricio Colonna.

Sin embargo, el acuerdo entre franceses y españoles no estuvo exento de fricciones y malentendidos, sobre todo en lo referente a la posesión de las provincias centrales de Basilicata, Capitanata y Principado, cuyo dominio no había quedado claro en Granada. Las tropas de D'Aubigny, establecidas en las regiones controladas por Francia, protagonizaron algunos desencuentros, que acabaron en escaramuzas con muertos y heridos con las del general español, lo que anunciaba un ineludible conflicto armado de similares características al que había enfrentado a ambos reinos en los años precedentes.

Una vez retornado el ejército de Cefalonia, Pedro Navarro quedó en Mesina incorporado a las vencedoras tropas de Gonzalo Fernández de Córdoba, aunque todavía sin saber a ciencia cierta cuál sería su cometido ni el destino que el Gran Capitán le tenía reservado. Una mañana, mientras conversaba con algunos marineros vizcaínos en el campamento establecido en las afueras de la ciudad, recibió a un cabo de infantería que decía traerle un mensaje urgente de parte del capitán general de las tropas españolas, el cual le instaba a que se presentara en su residencia de Matagrifones. Sin dilación, el navarro acompañó al cabo hasta el castillo-palacio, donde, en la misma sala donde se había entrevistado con el famoso general español unos meses antes, este lo estaba esperando.

Como era su costumbre, Gonzalo Fernández de Córdoba recibía a sus subordinados vestido a la usanza militar, la cara exquisitamente afeitada y la abundante cabellera ondulada bien peinada y recogida sobre el cogote y los hombros. En el pecho lucía una medalla de oro que Pedro Navarro no logró averiguar si era una condecoración militar o civil o la advocación de alguna Virgen a la que tanta devoción mostraba el piadoso general español. La cabeza la llevaba descubierta, pero sobre la mesa cercana —presidida por un gran crucifijo de plata— había depositado un gorro de terciopelo negro adornado con algunas perlas blancas.

—Pedro Navarro, mi bravo soldado cántabro —le dijo a modo de saludo el Gran Capitán, quizás para recordarle su origen hispano o el apelativo con el que era conocido como pirata en Italia—, te comportaste con gran valentía en el asalto al castillo de Cefalonia, como yo mismo pude comprobar. Mi lugarteniente, Diego García de Paredes, me aseguró que entre ambos derribasteis a media docena de jenízaros en el patio de armas de la disputada fortaleza.

—No hice, señor, sino cumplir con mi obligación de soldado y con la palabra que os di cuando tuvisteis a bien recibirme en este mismo lugar —manifestó con humildad el navarro.

—Sin embargo, he de reconocer que no todos mis subordinados estaban convencidos en aquella ocasión de que seríais un buen y leal soldado —agregó el general español—. Es probable que vuestro dudoso pasado de corsario obrara en vuestra contra. Mas he de admitir que estaban equivocados y que yo acerté cuando os alisté como marino y patrón de las barcas vizcaínas.

—Y yo os estoy muy agradecido por haberme dado la oportunidad de servir a los reyes de España cuando tan ajado y desamparado me hallaba. Pero, señor, no es la labor de marinero la que en verdad me atrae y satisface. Lo que deseo es volver a ejercer el noble oficio de soldado de infantería o bien que me aceptéis como maestro artillero.

—Ese es, precisamente, el motivo por el que os he mandado llamar —señaló el vencedor de Cefalonia, conduciendo al roncalés hasta el ventanal desde el que se podía contemplar la flota anclada en el puerto y, más lejos, el campamento de las tropas españolas—. Cierto es que no lograsteis el éxito que esperábamos al minar, de una manera tan original y novedosa, el castillo de los otomanos, pero el que no pudiéramos entrar en la fortaleza a través de la brecha abierta por la mina no es achacable al mal trabajo realizado por los zapadores, que fue acertado, sino a la astucia de los turcos, que fueron capaces de construir un segundo recinto en tan pocas semanas. Los innegables méritos que habéis contraído como maestro artillero en el manejo de la pólvora y el pundonor que pusisteis en el asalto de la muralla bien merecen una justa recompensa, Pedro Navarro.

El de Garde concentraba la mirada en las numerosas embarcaciones que se hallaban fondeadas en la rada de Mesina y el extenso campamento de las fuerzas españolas y pensó que, a falta de una hidalguía que avalase sus aspiraciones militares, con sus conocimientos, experiencia y su demostrada capacidad de mando podría incrementar, a poco que se lo propusiese, el prestigio que se había ganado en la toma de Cefalonia. Con sus negros ojos saltones clavados en el campamento y la escuadra más numerosa que viera jamás la gente del sur de Italia, el navarro, seguro de sus cualidades militares y convencido del aprecio que le tenía el general español, esperó con expectación lo que tenía que decirle el Gran Capitán como colofón a las afectuosas palabras pronunciadas en referencia a su persona.

—Pedro Navarro —dijo a modo de conclusión el general en jefe del ejército expedicionario español—: por los méritos contraídos en la porfiada conquista de Cefalonia, tus relevantes virtudes militares y tu ingenio en el empleo de la pólvora en la demolición de fortalezas, he tenido a bien nombrarte capitán de infantería —y al decir estas palabras le hizo entrega de un documento con su firma, en el que aparecía el empleo y el rango de la capitanía con sus competencias y obligaciones—, aunque serán los coroneles a cuyo mando estés en cada ocasión los que te den oficio de infante, artillero o arcabucero, según las necesidades de la coronelía y las misiones que hubieren de cumplir.

Y de esta manera entró Pedro Navarro por la puerta grande en el ejército español como capitán de infantería a cargo de un destacamento de entre doscientos cincuenta y cuatrocientos hombres, algunos de ellos honorables hidalgos venidos a menos y empobrecidos; pero otros esforzados y rudos campesinos; redomados aventureros vizcaínos, cántabros o gallegos; andaluces fornidos acostumbrados a pelear por la soldada, incluso zafios delincuentes tomados por la fuerza en los puertos de España o en las prisiones del reino, pero todos ellos valientes y orgullosos de estar bajo las órdenes del famoso general, de excelsas virtudes y siempre vencedor de sus enemigos, Gonzalo Fernández de Córdoba.

*   *   *

Manfredonia, una estratégica fortaleza situada en la costa italiana del Adriático, en el golfo de su mismo nombre, se hallaba en poder del duque de Calabria, Hernando de Aragón, hijo del depuesto rey Federico I. El Gran Capitán, recelando de que el duque pudiera entregar la ciudad a los franceses, ordenó al capitán Pedro de Paz su conquista a mediados del mes de febrero de 1502.

Como temía el general español, Hernando de Aragón había enviado un correo al virrey francés de Nápoles, Luis de Armagnac, solicitando su ayuda y prometiéndole que pondría el enclave bajo su autoridad si lograba que el ejército español se retirara. Pedro de Paz, en la creencia de que no podría tomar la fortaleza si le llegaban al duque las tropas francesas solicitadas, remitió una carta al Gran Capitán pidiéndole que le enviara urgente ayuda en hombres, caballos y piezas de artillería.

Gonzalo Fernández de Córdoba, que se hallaba en Barletta, le mandó a Diego de Mendoza con cien hombres de armas, a Diego de Vera —insigne artillero— con diez piezas, entre lombardas grandes y falconetes, y al famoso Sansón Extremeño, Diego García de Paredes, a Pedro Pizarro y a Pedro Navarro con dos mil infantes.

El día primero de marzo se asentaron las piezas de artillería frente a las murallas de la ciudad. Tres días estuvieron los cañones españoles disparando sin cesar sobre la fortaleza, que estaba situada en una llanura cerca del mar y presentaba una planta rectangular con cuatro grandes torres redondas, una en cada esquina. No fue necesario emplear la infantería ni asaltar las murallas. Las descargas de artillería fueron tan certeras y causaron tanto daño a los defensores, que el día 4, al amanecer, el gobernador de la plaza, para evitar muertes innecesarias —alegó en su descargo—, se rindió a Pedro de Paz.

El Gran Capitán ordenó que se tomara el enclave en nombre del rey don Fernando el Católico y que quedara como alcaide del castillo, con una guarnición de cuatrocientos hombres, el capitán Pedro Navarro.

Fue este el primer cometido de importancia que desempeñó el roncalés en las filas del ejército español, aunque, a partir de ese día, asumiría otras responsabilidades no menos relevantes.

El 19 de julio de 1502, cuando las tropas francesas ocuparon Atripalda y los españoles tomaron Troia, cada una de estas fortalezas situadas en territorio contrario según lo estipulado en el Tratado de Granada, se produjeron los primeros enfrentamientos directos de cierta consideración entre ambos ejércitos. En estos prolegómenos de la guerra, los galos disponían de una aplastante superioridad numérica en hombres, contando, además, con la poderosa caballería pesada que había sido probada con éxito en la anterior primera guerra de Italia, unos años antes, y con la mejor artillería de Europa.

En los meses previos, el Gran Capitán había reforzado las guarniciones de Barletta —en el litoral entre Manfredonia y Bari— y de otras fortalezas situadas en su entorno, como Ceriñola, Canosa de Puglia y Andria, aunque era consciente de que con las escasas fuerzas disponibles —unos seiscientos de a caballo, entre hombres de armas y jinetes ligeros, tres mil ochocientos peones y alguna artillería— no podía enfrentarse en batalla campal al potente ejército del virrey francés de Nápoles y del general Bérault Stuart d'Aubigny, y ni siquiera mantener en su poder los citados enclaves.

Conjeturando, no sin razón, que peligraban las posesiones españolas en Nápoles, envió una galera a Sicilia y de allí a Cartagena y Barcelona pidiendo el urgente envío de refuerzos. Pero, mientras arribaban los socorros solicitados, dio orden de que las tropas se acantonaran en las fortalezas que dominaban, que resistieran con entereza los previsibles asaltos de los franceses y que, en ningún caso y por ninguna circunstancia, salieran a campo abierto para guerrear con los soldados de Luis XII.

Entendiendo que Canosa de Puglia era una de las fortalezas que convenía conservar, como parte del cinturón defensivo de Barletta, y que Manfredonia se hallaba a buen recaudo y suficientemente guarnicionada, encomendó a Pedro Navarro —de quien tenía muy buena opinión como soldado, según dejó por escrito— mantener la fortaleza de Canosa para España con sus quinientos hombres, auxiliado por los capitanes Coello y Peralta.

El Gran Capitán, con el grueso del ejército y los belicosos Fabricio y Próspero Colonna, se estableció en Barletta, que era puerto de mar y disponía de un buen fondeadero por donde esperaba que le entraran los esperados refuerzos llegados desde España y los víveres embarcados en Sicilia. La escuadra del almirante Juan de Lazcano, que navegaba por aguas del Adriático, aseguraba el domino del mar. Antes de que comenzaran los primeros combates con las tropas francesas, Gonzalo Fernández de Córdoba, para pelear más desembarazadamente y evitar sufrimientos a la población civil, había llegado a un acuerdo con los venecianos que tenían la ciudad neutral de Trani para que dieran cobijo en ella a toda la gente de los alrededores de Barletta que lo solicitara.

En los primeros días de agosto del año 1502, las tropas del virrey de Nápoles, Luis de Armagnac, duque de Nemours, y de Bérault Stuart d'Aubigny, constituidas por cinco mil infantes —entre ellos quinientos alemanes y ochocientos piqueros suizos— y numerosa artillería pesada, pusieron sitio a Canosa, guarnicionada, como se ha dicho, con quinientos soldados españoles mandados por el roncalés.

Canosa era una pequeña población situada en medio de una amplia llanura cubierta de campos de cultivo, recorrida de suroeste a nordeste por el río Ofanto. Estaba defendida por una muralla de antigua construcción, mal conservada y erigida en torno a una extensa colina. Carecía de antemuro y estaba reforzada con unas endebles torres de flanqueo de planta cuadrada, lo que la convertía en un reducto escasamente preparado para resistir los embates de la artillería y la infantería francesa. A pesar de las deficiencias defensivas del enclave, Pedro Navarro ordenó que se distribuyeran los quinientos hombres en el adarve de la muralla y las torres, posicionándose ciento cincuenta arcabuceros en la parte más débil bajo su mando directo, los soldados de Coello en el flanco nordeste y los de Peralta en los que miraban al oeste y al sur.

El 15 de agosto, el duque de Nemours había concluido las labores de cerco ubicando las fuerzas sitiadoras en los entornos de la ciudad, separadas de ella media milla; la mitad a cargo de D'Aubigny al sur y la otra mitad, dirigida por él mismo, cerca del río Ofanto al norte, emplazando las pesadas piezas de artillería en algunas alturas desde las que podían causar enormes daños a los defensores. Los generales franceses, advirtiendo la debilidad de la fortificación que iban a asediar y la abrumadora superioridad de sus fuerzas, decidieron batirla día y noche con los disparos de las lombardas y los morteros, convencidos de que, al cabo de dos o tres jornadas de bombardeo, Pedro Navarro no tendría otra opción que claudicar sin que ellos tuvieran que emplear la infantería en un ataque directo a las murallas.

La potente artillería gala batió el enclave sin interrupción durante dos días y dos noches, concentrando la mayor parte de los disparos en el flanco que defendía el capitán Coello, causando numerosas bajas y abriendo una grieta en el muro que, al tercer día, se había convertido en una enorme brecha por la que amenazaban entrar los sitiadores. Pedro Navarro, advirtiendo que por aquella parte de la muralla, diezmados los bravos soldados de Coello, pondrían acceder casi sin oposición los hombres del duque y de D'Aubigny, reforzó el derruido tramo con parte de sus hombres.

Tres largas horas estuvo la infantería francesa intentando asaltar la fortaleza por ese flanco sin que los españoles dieran señales de debilidad. Se peleaba con denuedo cuerpo a cuerpo en la brecha y en el adarve cercano donde los sitiadores habían colocado escalas. Al cabo de ese tiempo, los rodeleros y arcabuceros de Pedro Navarro habían logrado rechazar a los asaltantes, después de causarles unas cincuenta bajas, y los españoles haber sufrido solo veinte entre muertos y heridos.

El resto del día imperó la calma en Canosa. Los hombres de Pedro Navarro se dedicaron a recoger y enterrar a sus muertos y reforzar la brecha con piedras y maderas sacadas de los edificios civiles; los franceses, preparando una mejor estrategia con la que someter a los sitiados y expresando su admiración ante el pundonor y la valentía de aquel puñado de soldados españoles que se enfrentaban a más de cinco mil de sus avezados guerreros.

Sin embargo, aquella noche acontecería un suceso que daría un renovado impulso a los sitiadores e incrementaría su debilitada moral. Sin que los centinelas se apercibieran de ello, salió de Canosa un italiano que, por temor a morir en el transcurso de uno de los asaltos, o por ser parcial del rey Luis XII, huyó de la ciudad sitiada y le reveló al duque de Nemours que el flanco defendido por Navarro era el más débil y que si concentraban el fuego de la artillería por ese lado, el muro no resistiría, se hundiría sin remedio y permitiría la entrada de las tropas que estaban bajo su mando frente a Canosa.

Siguiendo las indicaciones del delator, el duque mandó que se moviese toda la artillería y que se emplazara frente al flanco de la muralla que estaba defendido por Pedro Navarro y sus hombres. Un día y una noche estuvieron los cañones disparando sin cesar sobre la muralla, hasta que al amanecer del siguiente, que era el quinto de asedio, viendo los franceses que la mayor parte del muro estaba arruinada, decidieron acometer el asalto de la fortaleza con el grueso de su infantería por ese lado. Como la vez anterior, se encontraron con la férrea resistencia de los españoles que, en esta ocasión, utilizaron cargas de arcabuceros —divididos en tres tandas o secciones para hacer más efectivos los disparos—, piedras y aceite hirviendo que arrojaban sobre los asaltantes y les causaban terribles quemaduras. Una hora y media después de iniciado el combate sobre los tramos derruidos de muralla, los franceses, sorprendidos por la fuerza y la inquebrantable voluntad de los españoles, tuvieron que retirarse, dejando sobre los escombros del muro y las torres abatidas ciento cincuenta muertos.

La noticia del valeroso comportamiento de Pedro Navarro y de sus soldados —la mayor parte de ellos vizcaínos— llegó a Barletta, donde se hallaba acampado el Gran Capitán con el grueso del ejército, provocando la admiración de la tropa y los merecidos elogios del general español. Algunos capitanes, buenos compañeros del navarro, conmovidos por los actos de heroísmo protagonizados por los sitiados, se dirigieron a Gonzalo Fernández de Córdoba para pedirle que no dejara desasistidos a tan valientes y nobles soldados y que enviara tropas de infantería y caballería para auxiliarles.

El prudente general, que no deseaba un enfrentamiento en campo abierto con el ejército francés, que superaba al español en una proporción de cuatro a uno, aunque dolido por el sufrimiento que estaban soportando sus buenos soldados, tampoco los quería dejar abandonados a su suerte. Procedió a convocar un consejo de guerra con la asistencia de sus lugartenientes y de los principales capitanes de su ejército. Estos fueron de la misma opinión que su general, que era no exponer al grueso del ejército a una segura derrota presentando batalla campal a las tropas del duque de Nemours. El intrépido Diego García de Paredes propuso, en cambio, que el ejército se pusiera en marcha sin tardanza y se combatiera al duque de Nemours y a D'Aubigny en los campos de Canosa, pues —aseguró— no iban a doblegar unos cuantos galos a la gloriosa infantería hispana. El Gran Capitán, tras oír a Diego García de Paredes, y como solución de compromiso, decidió que saliera un destacamento de caballería ligera para acosar a los franceses en los entornos de la ciudad y se aliviara, de esa manera, la presión ejercida por la infantería del duque.

Sin embargo, no fue necesario tomar ninguna de estas resoluciones. Transcurrida una semana del comienzo del asedio, muerta la mitad de la guarnición, derribada gran parte de las murallas, sin artillería, municiones ni vituallas y agotados o heridos muchos de los defensores que aún seguían en pie, Pedro Navarro envió un mensajero al campo francés con una carta para el duque de Nemours en la que le solicitaba una tregua y que se iniciaran conversaciones para acordar las condiciones de rendición de la fortaleza sin que los soldados de España sufrieran merma de su honra.

Los franceses, que habían sufrido innumerables bajas y deseaban, como los sitiados, el final de aquel breve pero intenso asedio, aceptaron la propuesta del roncalés y sus condiciones para la rendición. El 24 de agosto, al amanecer, se firmaron las capitulaciones y, ese mismo día, los soldados españoles —unos doscientos cincuenta—

pudieron salir de Canosa. Refieren algunos cronistas que la entrega de la ciudad se hizo después de catorce asaltos y sufrir los sitiadores más de mil bajas. Otros cronistas aseguran que Navarro se vio obligado a rendir la plaza porque el capitán Peralta se hallaba tan agobiado en sus posiciones que había intentado llegar a un acuerdo con los franceses por su cuenta, lo que precipitó la decisión del de Garde. No obstante, parece que la verdad de todo lo acontecido en esos postreros días del asedio fue que Pedro Navarro había recibido órdenes secretas del Gran Capitán para que, una vez demostrados el valor y la capacidad de sacrificio de sus soldados, cesara en la imposible defensa de Canosa y entablara conversaciones con el duque para la entrega de la plaza, siempre que los españoles pudieran salir con honor de la arruinada ciudad.

El acuerdo de capitulación consistía en que los franceses dejaran partir a los soldados supervivientes con todas sus armas, con las banderas desplegadas, tañendo los atambores y pífanos y gritando: «¡España! ¡España!». También aceptó el duque de Nemours que abandonara Canosa toda la gente que se quisiera marchar llevándose sus haciendas y que los que optasen por quedarse, que no sufrirían ningún daño.

De la manera que se había acordado salieron los doscientos cincuenta supervivientes en formación, con sus capitanes Navarro, Coello y Peralta al frente, con los pendones al viento, sonando la música marcial de pífanos y tambores y dando vivas a España. Cuando los franceses vieron, sorprendidos, que tan pocos hombres les habían presentado tan recia resistencia, pensaron que solo había salido una parte de la guarnición y que el resto se hallaba oculto en el interior de Canosa para prepararles una emboscada. D'Aubigny, al frente de un destacamento de caballería, se aproximó a los españoles y, poniéndose a la altura de Pedro Navarro, le inquirió:

—¿Nos engañáis, señor don Pedro Navarro? ¿Dónde están los demás soldados de la guarnición?

A lo que el roncalés, con sorna no exenta de orgullo, respondió:

—Nada temáis, general, de los españoles que quedan dentro, que están, por desgracia, todos enterrados.

Los supervivientes de Canosa se dirigieron a Barletta, en cuyas cercanías estaba acampado el Gran Capitán con el ejército. Este le salió al encuentro a una milla del campamento, se bajó del caballo y se acercó a su valiente capitán para abrazarlo con emoción y darle un beso en la mejilla, al tiempo que lanzaba al aire la siguiente pregunta: «¿Qué galardón debo otorgar a quien tan valerosamente ha peleado por España que esté a la altura de vuestros merecimientos?». Y así, en animada y afectuosa conversación, retornaron a Barletta, donde Pedro Navarro y sus heroicos soldados fueron recibidos con vítores y palabras de alabanza.

Hasta ese día el navarro no tuvo montura ni escudero, circunstancia que palió el Gran Capitán regalándole un hermoso corcel de raza andaluza y poniendo a su servicio a un joven escudero vizcaíno.

Después de la gesta de Cefalonia, aquella fue la proeza más grande realizada, hasta entonces, por el roncalés. Su fama creció como el agua de un arroyo alimentado por las torrenciales lluvias de invierno y su prestigio como soldado audaz, perseverante y astuto fue reconocido tanto por los coroneles y capitanes del ejército español, como por los generales de Francia, que veían en él a un enemigo temible, capaz de enfrentarse con posibilidades de éxito a fuerzas cinco veces más numerosas que las suyas, sacando ventajas aun de las derrotas, como había acontecido en el caso de Canosa.

Sin haber tenido tiempo de descansar y recuperarse de las penalidades y escaseces del pasado y enconado asedio, Pedro Navarro fue enviado por el Gran Capitán con ochenta hombres a Tarento, ciudad situada en la costa, en el golfo de su nombre y al sur de Bari, que se hallaba gobernada por el inexperto sobrino de Gonzalo Fernández de Córdoba, don Luis de Herrera, que solo contaba para defender la ciudad con cien jinetes ligeros y algunos peones.

Entre la soldadesca se comentaba que con mucho tino e inteligencia había obrado el general español enviando a Pedro Navarro a Tarento, porque, de no haber tomado esa decisión, no cabía ninguna duda de que aquel importante puerto hubiera pasado inexorablemente a poder de Francia.

XII
LA GRAN VICTORIA DE CERIÑOLA

Pedro Navarro, olvidada ya su negra etapa de corsario, devenido por las circunstancias en pirata, y de soldado de fortuna al servicio del mejor postor, encumbrado en la fama desde su valiosa participación en la conquista de Cefalonia y su heroica defensa de Canosa, cuyo prestigio como marinero, capitán de infantería, artillero e ingeniero había trascendido las fronteras de España e Italia, acabó alistado por el Gran Capitán en el renovado ejército que el preclaro general español organizaba en Sicilia y que estaba llamado a convertirse, con el paso de unos pocos años, en el más poderoso y temido de Europa, vencedor de franceses, suizos, holandeses, gomeres y turcos.

Hasta la anterior guerra de Granada era un ejército numeroso y fiero, pero no permanente y encorsetado por las viejas y nobiliarias tradiciones medievales que le restaban eficacia y cohesión. Sometido a profundas reformas de la mano de Gonzalo Fernández de Córdoba, que se hicieron evidentes en la campaña italiana de 1494 a 1498 pero, sobre todo, en la de 1501 a 1504, su fama de invencible fue creciendo, ganándose la admiración y el respeto de sus aliados y, también, de sus enemigos.

Para la formación de ese nuevo ejército, el rey don Fernando el Católico decretó que se tomara de todos los territorios de los reinos de España uno de cada doce hombres disponibles, entre las edades de veinte y cuarenta años, con el propósito de hacer del lento, heterogéneo y poco eficaz ejército medieval, dependiente en gran medida de los nobles —no siempre leales al monarca— y de sus mesnadas o de las levas obligatorias de delincuentes, tahúres de ciudades y borrachos de bodegones, unas tropas de carácter permanente, bien organizadas, instruidas, disciplinadas, mejor pagadas y leales a la Corona.

Estando en Italia, el Gran Capitán, como una más de sus reformas, rebajó la edad de reclutamiento a los diecisiete años, prefiriendo a los campesinos y hombres procedentes del medio rural —que, aunque rudos y poco instruidos, eran fuertes, musculosos, leales, sinceros, obedientes y temerosos de Dios— a los indisciplinados aventureros, gandules y gente pendenciera de las ciudades, aunque no despreciaba a los hidalgos segundones que, a falta de un futuro despejado en el seno de sus nobles familias, recalaban en la milicia.

Aunque el soldado español tenía fama de pendenciero y falto de escrúpulos en la guerra, lo cierto era que Gonzalo Fernández de Córdoba logró transformarlos en audaces miembros de una recia falange donde imperaba el compañerismo, la disciplina y el orgullo de pertenecer a unas tropas invencibles. Aunque duros y bravos en el combate, eran magnánimos y de costumbres frugales, peleando tanto por la soldada como por honor y ganar fama.

Como admirador de la falange macedónica y de la legión romana, el Gran Capitán organizó su ejército siguiendo el modelo de las legiones, otorgando un especial protagonismo a las unidades de infantería, que él dividió en capitanías o compañías, constituidas por unos doscientos cincuenta hombres al mando de un capitán. Estas unidades estaban divididas, a su vez, en destacamentos menores, formados por cien o ciento veinticinco hombres, al frente de los cuales figuraba un cabo de batalla, y en escuadras, con diez o doce hombres cada una, al mando de un cabo de escuadra. Dos o tres compañías constituían una bandera y seis formaban una coronelía, al mando de un coronel, con un número aproximado de entre mil quinientos y mil seiscientos soldados. En cada compañía existía un teniente que sustituía, en caso de necesidad, al capitán, y un alférez, encargado de portar la bandera, un tambor y un pífano.

Esta novedosa estructura militar proporcionaba una gran movilidad a las tropas, cohesión entre las diferentes unidades, que podían auxiliarse mutuamente con enorme facilidad y capacidad de atacar por sorpresa, de día o de noche, preparar emboscadas —«guerra guerreada», se decía por entonces— y realizar rápidos repliegues. Al mismo tiempo, su formación cerrada en el campo de batalla en cuadro o escuadrón con la delantera de piqueros hacía de las tropas bastiones móviles casi impenetrables por la caballería pesada enemiga.

La composición de una compañía en los tiempos en que Pedro Navarro las mandaba era la siguiente: una sección estaba constituida por cien coseletes —con armadura o sin ella—, provistos de largas picas, que se situaban al frente del escuadrón clavadas en el suelo con un ángulo de cuarenta y cinco grados, cuya misión era frenar a la caballería pesada enemiga; una segunda la formaban cien rodeleros que iban protegidos con rodelas, corazas o medias armaduras y cascos de acero sin cimera y estaban armados con una espada liviana. Su misión consistía en introducirse entre los piqueros contrarios para descomponer su formación. La tercera sección estaba constituida por cincuenta hombres armados con ballestas, hasta que el Gran Capitán sustituyó esta arma por arcabuces.

El equipo del arcabucero estaba formado por el pesado arcabuz —que llegaba a superar las treinta libras—[4], una horquilla que se apoyaba en el suelo y servía de sostén al arma en el momento del disparo y un frasco para la pólvora negra en grano y otro para la pólvora fina, aunque pronto se cambiaron por unos recipientes individuales que contenían la cantidad justa de pólvora para efectuar cada disparo. Iban colgados en una correa que portaba el arcabucero en bandolera y que llamaban, en el argot militar, los «doce apóstoles». Además llevaban al cinto una bolsa con las balas de plomo que ellos mismos fundían y elaboraban y un rollo de mecha de combustión lenta, de poco más de un metro y medio, que usaban para aplicar el fuego en el oído del arcabuz y producir el encendido de la pólvora y la violenta expulsión de la bala. El cabo de escuadra portaba también una baqueta de madera para desatascar el ánima de las armas que, con harta frecuencia, se obstruía.

---

4   1 kilogramo: 2,204 libras. 30 libras: unos 14 kilos.

Aunque la infantería era la base del ejército del Gran Capitán, quedando relegada a un segundo plano la caballería, sobre todo la pesada —que había sido un arma fundamental y temible en las guerras medievales—, Gonzalo Fernández de Córdoba también le dio un uso destacado en las batallas en las que participó, pero disminuyendo notablemente el número de hombres que formaban la caballería pesada y aumentando la caballería ligera. Estos caballeros ligeros cabalgaban y luchaban al modo hispano-musulmán, «a la jineta», sin armadura o con una simple coraza, con el arzón alto, los estribos anchos para realizar los giros con más facilidad y con las piernas recogidas. Como en la infantería, se agrupaban en compañías mandadas por un capitán, aunque con un número más reducido de efectivos. Algunos usaban medias armaduras, cascos sin celada, adargas de cuero como los moros y espadas grandes y pesadas, algunas denominadas montantes o mandobles, que había que manejar con las dos manos. Fue paradigmático, en los combates en los que participó el navarro, el montante de Diego García de Paredes que, con su excepcional fortaleza física, lo manejaba como si fuera las aspas de un molino, haciendo cundir el pánico en las filas enemigas.

Por último, habría que hacer mención a la artillería, arma novedosa y despreciada por algunos sacerdotes y poetas —uno de los pontífices de la Iglesia católica la había denominado «invento abominable» y «arma del Diablo»—, que era el tercer elemento del ejército del Gran Capitán en Italia y que tan excelentes resultados obtuvo en las batallas en las que se empleó bajo la experta dirección de Pedro Navarro o Diego de Vera.

Las tropas españolas utilizaron lombardas de varios tamaños y pesos. Constaban de dos partes: la caña y la recámara, que eran separadas para poder introducir la carga de pólvora en la segunda de estas piezas. Lanzaban balas de hierro de diámetros diferentes, según el calibre del ánima, con tiros tensos. Estas lombardas eran transportadas en carros, junto con los barriles de pólvora y los demás útiles necesarios para instalar y poner en funcionamiento el arma. En batalla, algunas se colocaban sobre un armazón o afuste de madera asentado sobre el terreno apuntalado con estacas, para evitar el violento retroceso de la pieza al ser disparada; y otras, las menos pesadas, se armaban sobre unas cureñas con ruedas, aunque en tiempos de Pedro Navarro aún no se había extendido esta invención entre los ejércitos en conflicto. No obstante, a pesar del temor que sus disparos causaban en el enemigo y de los destrozos que las balas provocaban en las fortificaciones, su efectividad era muy limitada. Acertar sobre un blanco determinado, aunque estuviera fijo, era más producto del azar que de la buena puntería de los artilleros.

Otra pieza de artillería usada por los españoles en Italia era el mortero —también dividido en caña y recámara—, consistente en un cañón rechoncho de ancha boca que lanzaba, en tiro curvo, bolaños de piedra sobre las murallas de las fortalezas asediadas o el interior de las mismas. Piezas como los búzanos, cerbatanas, falconetes, pasavolantes, ribadoquines, culebrinas o medias culebrinas, la mayor parte de ellas de calibres pequeños y muy poco efectivas, también fueron utilizadas por las tropas españolas, aunque su rendimiento y eficacia dejaban mucho que desear.

Esta era la estructura del renovado ejército español en el que se había alistado el roncalés y en el que, por su buen hacer, intuición, perseverancia y capacidad de invención y mando, se había hecho famoso a los pocos meses de haber sido reclutado por el Gran Capitán, trocándose de temido corsario en audaz soldado querido y respetado por sus compañeros, sus jefes y sus subordinados. No en vano era rumor entre los soldados de infantería del ejército expedicionario que formar parte de la compañía del navarro, aunque fuera en el peligroso escuadrón de piqueros, era como un seguro de vida.

A principios del año 1503 las cosas comenzaron a cambiar para las escasas y exhaustas fuerzas españolas en Italia.

En el mes de noviembre del año anterior, el Gran Capitán había recibido una carta firmada por el rey don Fernando el Católico que lo llenó de satisfacción, en la que le anunciaba la partida, desde el puerto de Cartagena, de una flota con doscientos hombres de armas, doscientos jinetes e igual número de peones a las órdenes de Manuel Benavides y que, detrás, saldría una segunda expedición con dos mil peones reclutados en Asturias y Galicia mandados por Fernando de Andrade. Una tercera y última escuadra saldría, también de Cartagena, con cuatrocientos cincuenta hombres de armas, quinientos jinetes, dos mil trescientos peones y alguna artillería. Estos refuerzos estuvieron arribando a Sicilia y, desde Mesina, a Calabria entre los meses de febrero y abril de 1503.

Al mismo tiempo, llegaron a Barletta dos mil lansquenetes alemanes que enviaba, a cambio de una abultada cantidad de dinero, el emperador Maximiliano, al mando de un tal Hans von Ravennstein. También arribaron, con la llegada del buen tiempo, a los puertos que estaban bajo el dominio español en la costa del Adriático varias carracas venecianas y otras embarcaciones de Sicilia con harina, cebada, bizcochos, legumbres, higos secos, almendras, cecina, pescado salado, frutas, aceite y vino, que acabaron con las perniciosas hambrunas y las penurias sufridas por las fuerzas expedicionarias en el invierno que había pasado.

Con la llegada de los refuerzos en hombres y de los víveres, el Gran Capitán, desde principios del mes de abril, se hallaba en condiciones, por fin, de hacer frente al ejército del duque de Nemours y de Bérault Stuart d'Aubigny en campo abierto y abandonar la actitud defensiva que, con la incomprensión de los más osados e imprudentes de sus capitanes y aliados, había mantenido durante el último año.

Los generales franceses, acostumbrados al combate con la participación decisiva de su soberbia caballería pesada —hasta esa fecha verdaderamente invencible—, se iban a enfrentar ahora en batalla campal a un ejército en el que la principal fuerza de choque estaba constituida por una numerosa y heterogénea infantería formada por vizcaínos, gallegos, asturianos, extremeños, andaluces, aragoneses e italianos, hombres, la mayor parte de ellos, villanos, rudos campesinos o gente aventurera; y por una caballería ligera que peleaba de una manera para ellos desconocida con sus tácticas de ataques y repliegues[5], y una extraordinaria movilidad que los desconcertaba y los ponía en evidencia, imposibilitando el lucimiento de su célebre y temida caballería pesada.

A mediados del mes de abril del año 1503, Gonzalo Fernández de Córdoba creyó llegado el momento de abandonar Barletta y buscar

---

5   Táctica aprendida de los ejércitos musulmanes andalusíes, que sus oponentes castellanos denominaban de «torna-fuye».

el enfrentamiento en campo abierto con el ejército francés. Esta decisión la tomó de acuerdo con sus lugartenientes y sus principales capitanes, no solo porque contaba con los dos mil lansquenetes alemanes que se le habían unido en las últimas semanas, sino, sobre todo, por el hecho de que las tropas de refuerzo llegadas desde España en el mes de marzo estaban mandadas por Fernando de Andrade —una vez fallecido su comandante, Luis de Portocarrero— y no quería el general español que se le escapara la gloria de haber sido él el vencedor del poderoso ejército de Luis XII y el libertador de Nápoles.

El día 21, Andrade con sus hombres se enfrentó en las cercanías de Seminara a las fuerzas de D'Aubigny, que fueron derrotadas, teniendo que huir el general francés y buscar refugio en el castillo de Angitola, donde acabó por rendirse un mes más tarde con una decena de sus capitanes.

Al amanecer del día 28 de abril, jueves, dio la orden Gonzalo Fernández de Córdoba de levantar el campamento y preparar las compañías que se hallaban de guarnición en Barletta, dejando un remanente de hombres y los marineros de la escuadra, que se encontraba fondeada en la bahía para la defensa de la ciudad y su puerto. Los soldados acampados, la artillería en sus carros con los bagajes y las vituallas, y la gente armada que salió de la ciudad, con las banderas al viento y los tambores y pífanos tocando música marcial, en perfecta formación y en un número aproximado de siete mil quinientos hombres, iniciaron la marcha en dirección a los campos de Ceriñola, donde esperaba el general español encontrarse con el ejército del duque de Nemours.

Pasaron la noche en el lugar conocido como Cannas, a orillas del río Ofanto, situado a diez kilómetros de Barletta, donde en la antigüedad tuvo lugar una famosa batalla en la que el general cartaginés Aníbal venció al ejército romano mandado por los cónsules Lucio Emilio Paulo y Terencio Varrón. El sitio de acampada fue elegido por el capitán Nuño de Ocampo, que se había adelantado al ejército con un grupo de jinetes para buscar un buen lugar para pernoctar.

Aquella noche, convencidos los españoles de que en el día siguiente combatirían con los galos, convocó el Gran Capitán un consejo de guerra al que asistieron, entre otros destacados personajes, los italianos Fabricio y Próspero Colonna, el duque de Termoli y el condotiero capuano Héctor Fieramosca, y los españoles Diego López de Mendoza, Luis de Herrera, Gonzalo Pizarro, Diego García de Paredes, Pedro de Paz y Pedro Navarro. García de Paredes, que tenía espías en todo el territorio, dijo al empezar el cónclave:

—Señores, sabemos que los franceses han salido al amanecer de Canosa. Mañana, a mediodía, estarán en las cercanías de Ceriñola.

—Ese será el lugar en el que presentaremos batalla —añadió Gonzalo Fernández de Córdoba que, después de haber analizado con Próspero Colonna y Diego de Mendoza los mapas de la zona que estaban desplegados sobre una mesa de campaña, opinó que serían las laderas septentrionales del río Ofanto, situadas entre la corriente de agua y la posesión francesa de Ceriñola, el mejor sitio para situar su ejército—. Si el duque acepta entablar la batalla en ese lugar —añadió—, contaremos con una clara ventaja sobre el terreno.

La noche, fresca y breve como todas las de finales de abril en aquellas latitudes, la pasaron los soldados descansando bajo sus mantas de lana en torno a las reconfortantes hogueras que habían encendido en cada escuadra; algunos durmiendo, otros conversando en voz baja sobre lo que les depararía el porvenir al día siguiente y, los más piadosos, rezando para encomendar su alma a Dios en caso de que perecieran en el transcurso de los combates, o rogando a las vírgenes o los santos de los que eran devotos que los amparara en el momento de la pelea.

Antes de que aparecieran por el horizonte las primeras luces de aquel venturoso día —para los españoles— 29 de abril de 1502, festividad de Santa Catalina, los capitanes ordenaron que abandonaran los improvisados lechos, se desmontaran las tiendas de campaña de los capitanes y se pusiera en disposición de marchar el tren de artillería con las acémilas y los carros con los bagajes. Después de tomar una frugal comida, formaron, según las órdenes dadas la víspera por el Gran Capitán, situándose en la vanguardia las compañías de Diego García de Paredes y Pedro Navarro, e iniciaron la marcha. Caminaron durante siete horas hasta recorrer la distancia de dieciocho kilómetros que los separaba de la villa de Ceriñola. Como el sol del mediodía caía con fuerza sobre las cabezas y los cuerpos de los soldados cubiertos con las corazas de acero, algunos comenzaron a desfallecer, sobre todo los alemanes que, acostumbrados a las bajas temperaturas y a los cielos encapotados de su tierra, sufrían más que los españoles e italianos. Algunos lansquenetes caían desmayados y quedaban sobre el terreno, puesto que la columna no podía detenerse a auxiliarlos. Temiendo el Gran Capitán perder a la mitad de los tudescos, mandó llamar a un tal Medina, cuyo verdadero nombre era Pedro Gómez, pero que apodaban de esa manera por ser natural de Medina del Campo, y le rogó que distribuyera entre los alemanes el vino y los bizcochos que portaba en sus carros. De esa manea recuperaron los desfallecidos lansquenetes el resuello y pudieron llegar a Ceriñola sin más bajas.

Al caer la tarde habían recorrido la distancia que los separaba de Ceriñola sin mayores contratiempos, cruzando espesos cañaverales y terrenos pantanosos y, más tarde, lomas pedregosas cubiertas de viñedos separados por linderos de piedras y salpicados por algunos viejos olivos; y se hallaban todos sentados sobre la tierra reseca en las laderas que había entre la vega del río y la cumbre donde se alzaba la villa, defendida por un destacamento de gascones.

Ese era el lugar elegido por el Gran Capitán para recibir a las tropas de Nemours.

El general español dio órdenes para que se fortificara el campo y se plantara la artillería en las alturas desde las que más daño pudiera hacer a las tropas francesas. El encargado de llevar a cabo los trabajos de fortificación fue Pedro Navarro que, circunstancialmente, asumía las tareas de ingeniería del ejército español. Las obras de defensa consistieron en la apertura de un foso en la ladera, por delante de las tropas, y la colocación de una estacada de troncos en la escarpa del mismo, construida con la tierra sacada de la trinchera. En primera línea, defendida por el foso, se situó la vanguardia, compuesta por dos compañías de doscientos cincuenta arcabuceros cada una; a continuación, y en el centro de la formación, la infantería española, formada por dos mil hombres, al mando de Pedro Navarro, con la misión de atacar a la vanguardia enemiga y, también, de amparar las trece piezas de artillería emplazadas sobre un altozano detrás de sus hombres. En su flanco izquierdo, en el lado de Barletta, se situó la infantería alemana con sus dos mil lansquenetes, al mando de Hans von Ravennstein, con las picas clavadas en el suelo a la espera de recibir la acometida de la caballería pesada enemiga, y el resto de la infantería hispana mandada por el capitán Diego García de Paredes. En las alas formaban, a un lado, los cuatrocientos jinetes de la caballería pesada española al mando de Diego de Mendoza y, al otro, la caballería auxiliar italiana mandada por Próspero Colonna. En la ladera, al final del ala izquierda, se hallaba la caballería ligera española, con Pedro de Paz como comandante, y la caballería ligera italiana mandada por Fabricio Colonna, ambas de reserva para ser utilizadas por el general español en los lugares donde pudieran flaquear las líneas hispanas, tudescas o itálicas.

Los franceses situaron su campamento cerca del río Ofanto, a ambos lados del camino que ascendía hasta Ceriñola. Al pie de la ladera, frente a las compañías de arcabuceros y la caballería auxiliar italiana, el duque de Nemours colocó a sus escuadrones de la siguiente manera: en la vanguardia dispuso la famosa caballería pesada francesa, constituida por doscientas cincuenta lanzas al mando de Luis d'Arc; en el centro, los siete mil piqueros de la infantería suiza y gascona mandados por el coronel Chandieu y, detrás, en la retaguardia, la caballería auxiliar italiana con cuatrocientos caballos ligeros, comandada por Ivo d'Allegre. En el vado, mal situada por encontrarse a una cota más baja que las fuerzas de Gonzalo Fernández de Córdoba, se hallaba la artillería gala, compuesta de veintiséis piezas.

Avanzada la tarde, una hora antes de que se acometieran los dos bandos, ambas artillerías empezaron a lanzar sus bolas de hierro contra las filas enemigas. Como se ha referido, aunque con menos bocas de fuego, la artillería española causaba mayores estragos por encontrarse en una posición más elevada que la francesa, dominando todo el campo contrario. Sin embargo, un desgraciado accidente acaecido a poco de iniciarse los combates cuerpo a cuerpo contribuyó a mermar la capacidad ofensiva de los españoles y a incrementar la moral de los franceses. Una de las lombardas que se hallaban bajo la custodia de Pedro Navarro, al ser disparada, encendió por un descuido del artillero un reguero de pólvora que un soldado, en el fragor del combate, había dejado en el suelo terrizo tras haber retirado uno de los barriles de los carros donde se guardaban. El fuego se propagó rápidamente hasta alcanzar el almacén de pólvora, que estalló con una enorme llamarada y provocó la confusión de los españoles. La explosión dejó varios heridos, dos mulas destripadas y sin pólvora a los artilleros para cargar las lombardas que, hasta aquel momento, tanto daño estaban ocasionando en los compactos escuadrones enemigos.

Pero un hecho que podía haber decantado la victoria del lado francés lo convirtió el Gran Capitán en un acicate para sus hombres y en un motivo para arengarlos y aumentar su moral, exclamando:

—¡No os aflijáis, soldados, que ahora que el día se acaba y se aproxima la noche se han encendido esas luminarias para que veamos mejor a nuestros enemigos! ¡Ahora doy por cierta nuestra victoria!

Hay que decir que, en el campo galo, la noche anterior se había convocado también un consejo de guerra por el duque de Nemours, general en jefe de las tropas francesas, y sus aliados suizos e italianos con la participación de Coligny, Francisco d'Urfée, Chatellart, Luis d'Arc e Ivo d'Allegre. El duque propuso que se retrasara el ataque hasta el día siguiente, aduciendo que lo avanzado de la tarde dejaba pocas horas de luz para el combate y, sobre todo, porque los hombres estaban agotados después de tan larga marcha desde Canosa. Pero sus generales, que ansiaban el encuentro con los españoles, entre ellos el impetuoso Ivo d'Allegre, que acusó a Nemours de cobardía por querer posponer la batalla, le animaron a plantear la lucha aquella misma tarde.

Temeroso de que llegara a oídos del rey de Francia su prudente actitud y de que se le pudiera acusar de amilanarse ante su contrincante español, el joven e inexperto virrey, aun a sabiendas de que iba a pelear en inferioridad de condiciones, aunque confiando plenamente en la potencia de su caballería pesada, aceptó el consejo de sus generales de atacar aquella misma tarde a los españoles.

No es este lugar para narrar las numerosas y sorprendentes hazañas que se vivieron en aquella gloriosa jornada para las armas hispanas. Solo se ha de hacer hincapié en el valiente comportamiento de Pedro Navarro que, una vez inutilizada la artillería y liberado de la responsabilidad de custodiarla, se puso al frente de sus rodeleros blandiendo la espada magiar, saltó por encima de la trinchera y se metió en medio de los piqueros suizos de Nemours deshaciendo sus escuadrones y causándoles numerosas bajas. Hubo un cronista que, admirado por la valerosa actitud del navarro, escribió: «Condujo con maestría y pundonor a sus mil quinientos soldados contra el flanco izquierdo de los helvéticos, asestando golpes certeros, entrando entre sus compactas filas como serpientes, sorteando picas y alabardas, protegidos por sus rodelas, corazas y cascos de acero y poseídos por un ansia desmesurada de hacer daño a sus enemigos». Otro cronista refiere que los capitanes Navarro y García de Paredes, con sus espadas y cubiertos con sus rodelas, dieron tanto honor a sus personas y con tanto valor pelearon que, a poco de entrar en combate, rompieron la vanguardia francesa y mataron a más de treinta suizos.

Al comprobar los piqueros helvéticos y la caballería francesa que con su empuje no podían desbaratar a los bravos infantes españoles y alemanes, al mismo tiempo que los arcabuceros, apoyando sus arcabuces en la escarpa de la trinchera, no cesaban de disparar sus armas contra ellos, comenzaron a recular y, algunos, a emprender la huida en dirección al río Ofanto. Entonces, Pedro Navarro dio la orden a sus rodeleros de que comenzaran la persecución de los vencidos por la parte derecha del campo, hiriendo y matando a suizos y franceses que corrían despavoridos delante de aquellos soldados que maldecían y gritaban enardecidos: «¡Por España y Santiago! ¡Muerte a los franceses!».

En la parte que daba a Barletta, la famosa caballería pesada, al frente de la cual cabalgaba el valiente duque de Nemours, que no quería que se le volviera a acusar de cobardía, nada había podido hacer; lo uno, porque el abrupto terreno plagado de lindes de piedras y viñas estorbaba sus movimientos; lo otro, porque las dos compañías de arcabuceros españoles, situados en tres líneas detrás del foso, para mejor aprovechar la cadencia de disparos, destrozaban a los jinetes y sus monturas acribillados por las balas de plomo.

Entrada la noche, los escuadrones de reserva que se hallaban bajo el mando de Ivo d'Allegre, que con tanto ímpetu y serias amenazas obligó a Nemours a plantar cara al ejército español aquella misma tarde, viendo aproximarse el desastre, emprendió una vergonzosa huida y dejó desasistido al resto de los galos y suizos que aún peleaban confiando en una imposible victoria.

El general Chandieu fue muerto y despojado de su coraza y ricas vestiduras por los soldados que lo abatieron. Gaspar de Coligny y otros destacados capitanes franceses fueron hechos prisioneros por el Gran Capitán. El cuerpo del virrey, el duque de Nemours, no se encontraba a pesar de que hubo arcabuceros que aseguraron haberle abatido con sus disparos. A medianoche se presentó un soldado que portaba la coraza dorada y repujada del duque y que condujo al Gran Capitán y al general Coligny hasta una vaguada en la que, tendido sobre la hierba, hallaron el cuerpo sin vida del infortunado virrey, desnudo y con tres heridas de balas de arcabuz en el cuerpo que le habían causado la muerte.

A la mañana siguiente entraron los españoles en el castillo de Ceriñola, que había sido desalojado durante la noche por su guarnición gascona. El cuerpo de Nemours, colocado en el interior de un ataúd cubierto con un manto de terciopelo negro y escoltado por los cien hombres de armas de Tristán de Acuña, fue llevado a Barletta donde, después de oficiarse un solemne funeral y recibido los honores castrenses de rigor, fue inhumado en la iglesia del convento de San Francisco.

Aquella aciaga jornada para los franceses acabó con la muerte de tres mil quinientos hombres entre galos, suizos e italianos seguidores del virrey de Luis XII, por cien fallecidos españoles, alemanes e italianos afectos a la causa del rey don Fernando el Católico. Se hicieron quinientos prisioneros, entre ellos varios generales y muchos capitanes del ejército del duque de Nemours. Todas las banderas de las compañías galas y suizas pasaron a poder del Gran Capitán, así como la artillería de los vencidos.

La soldadesca comentaba en el campo de los vencedores que tan sonada victoria había sido posible gracias a la inteligente disposición del ejército ordenada por el general español, a la novedosa utilización de las compañías de arcabuceros colocados en la primera línea de combate, al empuje de la infantería que, por primera vez en una batalla campal, se había mostrado muy superior a la caballería enemiga, y a la valentía de los capitanes Pedro Navarro y Diego García de Paredes y sus rodeleros, los cuales, haciendo dejación de sus vidas, se habían lanzado contra los temibles cuadros suizos, hasta ese día nunca vencidos, desbaratándolos.

El 14 de mayo del año 1503 entró el Gran Capitán, al frente de sus victoriosas tropas, en la capital del reino, la ciudad de Nápoles, siendo recibido con enorme entusiasmo por la población, que se había echado a la calle para vitorear y aclamar al gran general español que la había librado de los usurpadores franceses, anexionando de nuevo aquellos disputados territorios a la Casa de Aragón.

Pero aún quedaban en poder del ejército de Luis XII las dos fortalezas principales de la capital napolitana: Castel Nuovo y Castel dell'Ovo, que tendrían que ser expugnadas por el Gran Capitán para poder establecer el dominio absoluto de España sobre la principal ciudad del reino. En la pugna por conquistar tan relevantes y fortísimos castillos urbanos tendría un destacado protagonismo el capitán Pedro Navarro, lo que incrementaría el respeto y la estima que le tenía Gonzalo Fernández de Córdoba y haría que su fama se extendiera como una mancha de aceite sobre la superficie de un apacible lago por todos los reinos de Europa.

XIII
CASTEL NUOVO, CASTEL DELL'OVO, GAETA Y GARELLANO

Gonzalo Fernández de Córdoba, una vez que se hubo instalado en el palacio que había sido residencia del difunto príncipe de Salerno, mandó llamar a Pedro Navarro. Este acudió con presteza sabiendo que el general español andaba desasosegado ante el temor a que los franceses se recuperaran de los reveses sufridos, que su flota pudiera desembarcar hombres de refresco en la costa de Calabria y, sobre todo, que las guarniciones de los castillos que aún dominaban en la ciudad pudieran recibir ayuda en armas y vituallas desde el mar y se reforzara la posesión y defensa de tan estratégicas fortalezas.

—Capitán Navarro —dijo, cuando el roncalés estuvo en su presencia—, te estoy muy reconocido por la decisiva acción que, con el valeroso Diego García de Paredes, realizaste en Ceriñola cuando, al frente de vuestros rodeleros, acometisteis a las formaciones de piqueros suizos y los desbaratasteis.

El capitán de infantería, aunque era consciente de la relevancia que tuvo su acción y la de su compañero, García de Paredes, en el resultado final de la batalla, respondió con la humildad, la sumisión y el decoro que, en la milicia, se han de exigir a un buen subordinado:

—Señor, en el ardor de la pelea, a veces se toman arriesgadas decisiones que si acaban bien merecen toda clase de elogios, pero que si fracasan solo reciben reproches y dolorosas imputaciones, aunque el motivo hubiera sido loable.

El Gran Capitán sonrió con malicia, reconociendo la fina ironía que encerraban las palabras de su subordinado.

—Cierto es que muy delgada es la línea que separa el éxito del fracaso —reconoció el general español—, y que lo que fue una actitud heroica y merecedora de los mayores elogios, pudo terminar en desastre militar. Pero, como en este caso, tu osadía y la del bravo García de Paredes acabaron en un sonado triunfo, vuestras acciones son merecedoras de reconocimiento y alabanza. Pero no es divagar sobre el acierto o desacierto de tu acometida en Ceriñola lo que me ha hecho reclamar tu presencia, sino encomendarte una ardua empresa que, estoy seguro, con tus conocimientos y tu experiencia en la toma del castillo de Cefalonia podrás emprender y hacer llegar a buen fin.

—Deseoso estoy de volver a pelear con los enemigos de mi general y de España —exclamó con entusiasmo el navarro.

El Gran Capitán le indicó que se acercara al amplio ventanal desde el que se podía contemplar el puerto de Nápoles y, no lejos del mar, las fortalezas de Castel Nuovo y del Ovo, la primera de ellas majestuosa y amenazadora con sus altas torres redondas defendiendo el muelle de la ciudad, la segunda erigida sobre una pequeña península en medio de la rada.

—Quiero encomendarte la conquista de esos dos castillos costeros que, como sabes, siguen en poder de los franceses. Hasta que no estén ocupados por nuestras tropas, el peligro de perder esta ciudad no se habrá disipado. Has de entrar en esas dos fortalezas, capitán Navarro, haciendo uso de la infantería, de la artillería o de cualquier otro artificio que nos conduzca a la victoria antes de que les pueda entrar por mar ayuda en armas y alimentos.

—Hoy mismo me pondré al trabajo —respondió con entusiasmo el capitán de infantería, columbrando en la distancia los centinelas galos que recorrían el paso de ronda del Castel Nuovo y calculando las dificultades que le iban a presentar aquellas dos poderosas fortificaciones cuando intentaran tomarlas por asalto.

Luego, Gonzalo Fernández de Córdoba le autorizó a abandonar la sala, no sin antes haber recibido el navarro un afectuoso abrazo del general español. Emocionado por la confianza que volvía a depositar en él el que ya era famoso héroe de Italia, salió del palacio y se dirigió al campamento donde lo esperaba Diego de Vera, a quien el Gran Capitán había puesto al mando de la artillería española y de los cañones franceses que se habían capturado en la jornada de Ceriñola.

Cuando accedió al cuartel y Diego de Vera le preguntó el motivo por el que le había convocado el capitán general, el roncalés, sin mostrar el menor signo de preocupación o inquietud, le dijo que debían conquistar los dos castillos napolitanos que aún estaban en poder de los franceses y, a continuación, añadió:

—No pasarán cuarenta días, amigo Diego, sin que esta ciudad de Nápoles se vea libre de la presencia francesa.

El Castel Nuovo era una formidable y altísima fortaleza situada al borde del mar para defensa del puerto de Nápoles y para servir de amparo a las galeras y carracas atracadas en el cercano muelle. Había sido erigido como residencia real para la Casa de Aragón por el arquitecto catalán Guillermo Sagrera sobre los restos de una anterior fortificación edificada por los duques de Anjou. Contaba con una falsabraga de poca altura con alambor muy pronunciado y con cinco enormes torres de planta redonda: dos en el frente marítimo y tres en el flanco que miraba a tierra, defendidas estas últimas por una ciudadela a modo de revellín que oponía una dificultad añadida a los que intentaran aproximarse al puente levadizo que, salvando el foso, daba acceso a la única puerta broncínea y retranqueada que tenía la fortificación.

Dicha puerta se abría, entre dos torres, en la ampulosa fachada de mármol blanco edificada en el arte nuevo con columnas y capiteles clásicos, esculturas y un enorme vano, al estilo de los arcos de triunfo erigidos en la antigua Roma, por el rey Fernando I a mediados del siglo XV. Aquella sorprendente obra la había mandado erigir para conmemorar la triunfal entrada en la capital del reino de su padre, el rey Alfonso V el Magnánimo.

Como se ha referido, un gran revellín con muros de mucha menor altura que las murallas del castillo defendía el flanco más débil, que era el de tierra, y una torre exenta erigida sobre un peñasco junto a la playa, a escasa distancia del antemuro que rodeaba todo el conjunto, conocida como torre de San Vicente, amparaba el foso y la parte marítima de la fortificación.

Al oeste del Castel Nuovo, como a media milla, sobre un promontorio rocoso que se localizaba en medio del mar unido a la costa por una delgada lengua de tierra, se hallaba el conocido como Castel dell'Ovo, una fortificación erigida por los romanos, remodelada por los normandos y ampliada por angevinos y aragoneses que se puede considerar la primera defensa que tuvo el puerto napolitano. A diferencia del Castel Nuovo, este no disponía de grandes torres de flanqueo, sino que todo él estaba constituido por una estructura maciza de gran altura, continuación de los farallones rocosos sobre los que se asentaba la fortaleza. Aunque de dimensiones más reducidas que su hermano, no dejaba de presentar serias dificultades a aquellos que intentaran su conquista, por encontrarse rodeado de agua y con los cimientos asentados sobre la roca caliza que formaba el promontorio.

Esos eran los dos obstáculos con los que se encontró el Gran Capitán para poder completar su dominio sobre la capital del reino napolitano y los inexpugnables objetivos militares cuya conquista el general español había encomendado a Pedro Navarro, no tanto por su pericia como capitán de infantería, como por sus demostrados conocimientos de artillero y experto manipulador de la pólvora para el minado de fortalezas.

Cuando los franceses, asumiendo la extrema debilidad de su ejército después de las victorias españolas de Seminara y Ceriñola, abandonaron la capital napolitana, dejaron una guarnición de quinientos hombres en el Castel Nuovo, al mando de su alcaide Guérin de Tallerant, y de doscientos en el Castel dell'Ovo, con la esperanza de que resistieran el ataque de los españoles hasta que pudieran ser socorridos por la escuadra de Pregent le Bidouix.

Con una veintena de cañones, bien situados en las terrazas de las torres y en la citada atalaya de San Vicente, batían, a intervalos, los diferentes barrios de la ciudad con el propósito de desmoralizar a los españoles y causarles algún daño, aunque el Gran Capitán había dado orden de evacuar las zonas de la ciudad más expuestas y proclives a ser alcanzadas por las incandescentes bolas de hierro.

Lo primero que hizo el roncalés, de acuerdo con Diego de Vera, fue situar la artillería en la explanada, frente al revellín y la fachada principal del antiguo palacio de la Casa de Aragón. En total, cuarenta bocas de fuego entre lombardas, morteros y culebrinas de las que se utilizaron en Ceriñola hasta el accidente de la pólvora y las que se tomaron a los franceses en ese día.

Las colocó entre los desmantelados sembrados y detrás de algunos cercados de piedra que les servían de parapetos y que defendían a las piezas y a sus servidores de los tiros enemigos. Fueron cuatro días de bombardeo incesante, de noche y de día, sobre las murallas del castillo y el revellín, pero Pedro Navarro pudo constatar que, con la artillería, era muy escaso el daño que se hacía a los sitiados y que sería necesario emplear otros recursos si se quería rendir a los defensores de Castel Nuovo.

Un asalto directo estaba descartado sin que antes se hubiera abierto alguna brecha en el revellín que defendía la puerta. El ataque por la parte del mar solo conduciría a sufrir enormes pérdidas en hombres, sobre todo si no se lograba acallar los disparos que hacían los franceses desde la torre de San Vicente.

Y ese fue el primer objetivo del capitán navarro.

Durante dos días la torre estuvo sometida a los disparos de las lombardas y las culebrinas, logrando los artilleros de Diego de Vera desmocharla, destrozar los antepechos, abrir una grieta en uno de sus flancos y matar a varios de los arcabuceros que se apostaban tras las almenas. Cuando Pedro Navarro creyó que los defensores se hallaban agotados y faltos de moral de combate, puso en marcha la segunda parte de su plan: lanzó al agua una barca que previamente había mandado cubrir con gruesas tablas para librar a sus ocupantes de los disparos de los franceses y subió en ella acompañado de veinte peones de los que habían estado con él en Cefalonia y Ceriñola, hombres aguerridos y de su total confianza.

En otra barca entró el capitán Martín Gómez con otros veinte hombres y, cuando hubo anochecido, pusieron proa al acantilado que servía de base a la torre de San Vicente. Era noche cerrada cuando las dos barcas, acallado el sonido de los remos por el oleaje que rompía contra los arrecifes, atracaron junto a una roca que había al pie del torreón y los hombres saltaron a tierra. Una vez desembarcados, ascendieron sin ser vistos por el roquedal hasta alcanzar la base de la fortificación. Mientras que Martín Gómez y los suyos atacaban a los defensores de la torre por la parte de tierra bajo el fuego de los soldados apostados en su adarve y los arcabuzazos que, en medio de la oscuridad, les llegaban desde el cercano castillo, Pedro Navarro, con los suyos, comenzó a excavar, con los picos y las azadas que habían llevado consigo, una trinchera para guarecerse de los disparos que venían desde ambas fortificaciones.

Cuando los defensores de la torre oyeron los golpes de los picos, creyeron que el roncalés estaba excavando una mina con el propósito de volar y demoler la atalaya. Alarmados por la posibilidad de morir aplastados, solicitaron la rendición con la condición de que se respetaran sus vidas. Pedro Navarro, sorprendido por el inesperado desenlace logrado con su artimaña, aceptó, entraron los españoles en el enclave y los tomaron a todos presos. Amanecía el día 28 de mayo.

Sin embargo, con la conquista de esta atalaya no se había logrado rendir el poderoso bastión de Castel Nuovo, cuyos defensores continuaban aferrados a la esperanza de ser socorridos por mar, pues dos carracas, llegadas desde el puerto de Gaeta, se hallaban fondeadas en la bahía con el propósito de acercarse y avituallar a los sitiados, aunque, hasta el momento, habían sido disuadidas por las barcas y galeras de Gonzalo Fernández de Córdoba, que estaban surtas en el puerto.

Pedro Navarro creyó que debía utilizar el mismo procedimiento que había usado en Cefalonia: excavar una mina hasta los cimientos del castillo y volar un tramo de la muralla. No obstante, como experto artillero e ingeniero de la pólvora que era, sabía que el foso, el alambor y las duras rocas sobre las que se asentaba Castel Nuovo impedían el acercamiento de una galería subterránea hasta el pie del muro. Por eso, con Diego de Vera, pensó que si no podían acceder hasta la base del castillo, sí podrían demoler un trozo del revellín o ciudadela que antecedía a la fortaleza, tomarlo y, desde su interior, atacar con la artillería la puerta de bronce que se hallaba al otro lado del puente levadizo.

Mientras la artillería de Diego de Vera no cesaba de batir la fortificación, un destacamento de zapadores, dirigidos por el propio Navarro, se puso al trabajo cavando en la dura roca y sacando las piedras y la tierra al exterior mediante espuertas. Al cabo de un mes lograron llegar a la base del muro que rodeaba el revellín y depositar los barriles de pólvora en el fondo de la mina.

El día 12 de junio, víspera de San Antonio de Padua, dio la orden el roncalés de que se prendieran las mechas al mismo tiempo que una fuerza formada por setecientos hombres, entre rodeleros y arcabuceros, esperaba en la explanada para asaltar la ciudadela. A eso de mediodía estallaron los veinte barriles de pólvora. La explosión fue tremenda. Todo Nápoles tembló y, cuando se hubo disipado la densa humareda, pudieron los españoles contemplar cómo se había arruinado un tramo de la muralla del revellín.

Sin que aún se hubiera evaporado por completo el humo de la deflagración, los infantes, mandados por Pedro Navarro y Nuño de Ocampo, y con la valiente participación del Gran Capitán, que no quería quedar al margen de aquella gesta, al grito de «¡Santiago y España!», entraron en tromba en la ciudadela sin temor a los disparos y las lanzadas que les arrojaban desde el adarve de la muralla los sitiados. Los defensores del revellín que no habían perecido con la explosión y posterior ruina de la muralla buscaban desesperados acceder a la fortaleza por el puente levadizo y la puerta que habían abierto los de dentro por orden de su alcaide. Pero, cuando los franceses vieron que los soldados españoles se hallaban al borde del foso matando a sus compañeros y amenazaban con ocupar el puente, quisieron volver a izarlo. No obstante, un joven rodelero se encaramó en él y con su espada cortó las cuerdas que lo unían con el interior del castillo, impidiendo que fuera levantado. Mas no pudo evitar que los sitiados cerraran las dos hojas de la puerta y la atrancaran con un pesado alamud. Entonces, Pedro Navarro ordenó que las culebrinas que habían sido requisadas en Ceriñola a los galos dispararan contra la puerta. Una de las bolas de hierro quedó empotrada en la madera del portón, pero otra lo atravesó y abrió un gran agujero por donde cabía un hombre. Un peón, llamado Alonso el Corso, logró entrar por él y, una vez dentro, pelear con los franceses.

Aunque cayó muerto, alcanzado por varias lanzadas, dio tiempo a que otros bravos rodeleros penetraran por el hueco y accedieran al patio de armas del castillo. Desde el adarve de la muralla los franceses arrojaban piedras, sacos de pólvora con las mechas encendidas que estallaban antes de llegar al suelo y nutridas descargas de arcabuz que mataron a muchos españoles. Pero, al cabo de una hora de lucha, los sitiados fueron acorralados en la zona noble del alcázar. Viéndose vencidos y sin posibilidad de recibir ayuda exterior, el alcaide, Guérin de Tallerant, capituló.

Lo que aconteció a continuación fue que se desató la furia y la venganza de los hispanos. Como hordas sedientas de botín entraron en todas las dependencias del castillo robando y tomando cuanto de valor encontraron. Rompieron las puertas de las celdas y dejaron libres a medio centenar de prisioneros, la mayoría hombres escuálidos y con luengas barbas. Derribaron algunos tabiques tras los cuales hallaron las riquezas en telas, joyas y dinero que los franceses y sus aliados italianos habían ocultado cuando tuvieron que abandonar la ciudad y buscar refugio en el castillo. Aquella noche, Gonzalo Fernández de Córdoba durmió en la lujosa dependencia que había sido dormitorio del rey Federico de Aragón. En la torre más alta del Castel Nuovo ondeaba ya el pendón de los Reyes Católicos.

El Gran Capitán dejó como gobernador del castillo al capitán Nuño de Ocampo que, con Pedro Navarro, se había distinguido en la toma de la fortaleza. Guarnicionó el enclave con una de las compañías de vizcaínos y encargó a Pedro Navarro el mando de varias compañías de rodeleros y arcabuceros —unos mil hombres— y de la artillería para que acometieran la conquista del otro castillo que aún permanecía en poder de los franceses: el Castel dell'Ovo, en tanto que el general español partía para Gaeta —última ciudad de importancia que aún poseían los galos en el reino de Nápoles— con un destacamento de caballería.

Como se ha referido, esta fortaleza, de menor tamaño que el Castel Nuovo, estaba edificada sobre un islote rocoso que distaba unos doscientos metros de la orilla y que se hallaba unido al continente por un camino empedrado, construido sobre la escollera, que terminaba en un puente levadizo que aislaba la fortificación. Sus —

aproximadamente— doscientos defensores confiaban en que, por su favorable situación, pudieran resistir el asalto de los españoles, dando tiempo a las galeras de Francia a romper el cerco durante la noche y socorrerlos.

Pedro Navarro ordenó que la artillería, situada sobre un altozano que dominaba el castillo, lo castigara sin descanso para obligar a sus defensores a rendirse. Pero, viendo que era escaso el daño que le hacían los disparos de las lombardas y culebrinas y que una casamata que había en el camino de acceso, cerca de la fortificación, era un obstáculo en caso de tener que asaltarla, mandó que se concentrara el fuego sobre ella.

Tan certeros fueron los disparos, que en pocas horas quedó desmochada, aunque sus ocupantes seguían apostados tras los arruinados sillares disparando sus arcabuces. Entonces el roncalés, con cincuenta rodeleros, la asaltó con tanto ímpetu que en menos de una hora la había tomado, obligando a sus defensores a buscar refugio en el interior del castillo.

Como un ataque directo tenía pocas probabilidades de salir bien parado y habría ocasionado muchos muertos y heridos, pensó el navarro emplear el mismo recurso que había usado para rendir Castel Nuovo, que no era otro que abrir una o dos minas en la roca que le servía de base. Encargando a Diego de Vera que no cesara de batir con la artillería el reducto, él, con cuarenta infantes, veinte zapadores y la ayuda de Martín Gómez, se aproximó al castillo por donde el muro parecía más débil y comenzó a excavar dos minas.

Los defensores, al oír los golpes de los picos, comprendieron las intenciones del roncalés y arreciaron el lanzamiento de piedras y los arcabuzazos desde el adarve. Pero, viendo que con esas prevenciones no lograban que cesaran los zapadores en su trabajo, salieron treinta de ellos por una poterna y atacaron a los rodeleros que los defendían. Dirigidos por Navarro y Martín Gómez, los rodeleros se batieron con valentía, logrando que los franceses tuvieran que retirarse y retornar vencidos al castillo.

Nueve días estuvieron los zapadores en la labor de excavación, llegando a los cimientos de la fortaleza sin mayores contratiempos. Metieron en la galería quince barriles de pólvora y, a continuación, tapiaron las dos minas con rocas trabadas con argamasa para concentrar la fuerza de la explosión en la base del muro. La explosión fue tan violenta como la acontecida cuando destruyeron el revellín del Castel Nuovo. Una vez que se hubo disipado la humareda y las masas de polvo en suspensión, pudieron contemplar los españoles, que en perfecto orden se aprestaban a atacar la fortaleza, cómo había volado por los aires gran parte de la roca que sustentaba el flanco norte del Castel dell'Ovo.

El derrumbamiento de la base rocosa de la fortaleza arrastró consigo un tramo de más de cincuenta metros de la muralla, que cayó con estrépito y mató a los numerosos enemigos que se hallaban apostados en su adarve. Por aquella enorme brecha comenzaron a entrar las compañías de Pedro Navarro al grito de «¡España!» y «¡Santiago!», aunque no fue necesario pelear con los aterrados defensores, pues viendo que era inútil intentar hacer frente a tan gran número de atacantes, solicitaron rendirse a cambio de que se respetaran sus vidas, a lo que el navarro accedió para evitar muertes inútiles.

El 2 de julio del año 1503, veinte días después de que se hubiera rendido el Castel Nuovo y se cumplieran las proféticas palabras del navarro de que Nápoles estaría libre de franceses antes de pasados cuarenta días, entraron Pedro Navarro, Diego de Vera y Martín Gómez triunfantes en el Castel dell'Ovo ovacionados por los admirados napolitanos, que no daban crédito a que tan poderosas fortalezas —que la víspera parecían inexpugnables— hubieran sido tomadas en menos de dos meses. Pero lo que más sobrecogió a los soldados, tanto españoles como italianos y franceses, fue la eficacia destructiva de las minas ideadas por Pedro Navarro. Los capitanes galos decían asombrados: «Dios Todopoderoso ha dado a este hombre una habilidad y unos conocimientos que hacen de nuestras viejas fortalezas endebles castillos de arena».

Cuando la noticia de cómo habían caído en poder del Gran Capitán los dos castillos napolitanos y que el novedoso artificio ideado por el navarro había sido la causa principal de la debacle gala, en Italia, Aragón, Castilla y Francia los constructores de fortificaciones sabían que para hacer frente a aquella diabólica invención y a la destructora artillería pesada, sería necesario edificar castillos con muros más gruesos, ataludados y de poca altura para aminorar los efectos de los cañones, anchos fosos para que no pudieran llegar con facilidad los asaltantes al pie de las murallas y revellines y baluartes adelantados para impedir el acercamiento de minadores y zapadores.

Pero, mientras que esas ideas se plasmaban en el diseño de nuevas fortificaciones edificadas «a la moderna», aún gozaría Pedro Navarro del respeto y la consideración de los generales propios y extraños durante varias décadas.

Arrojados los últimos contingentes franceses de Nápoles, en los primeros días de julio Pedro Navarro y el maestro de artillería Diego de Vera partieron con las tropas, las lombardas, las culebrinas y los carros y acémilas con el bagaje en dirección a Gaeta —que se hallaba a unos noventa y cinco kilómetros de la capital— para unirse al grueso del ejército del Gran Capitán, que estaba en la tarea de tomar aquel puerto y de expulsar definitivamente a los galos de la tierra napolitana.

Un mes había transcurrido desde que Gonzalo Fernández de Córdoba tenía puesto sitio a Gaeta, cuando llegó al campamento hispano-italiano Pedro Navarro con su gente.

El 31 de mayo del año 1503, Gonzalo Fernández de Córdoba, con el grueso del ejército, aunque con poca artillería, había abandonado Nápoles, como se ha dicho, para dirigirse a Gaeta por el camino real que, por Aquino y Capua y cruzando el río Garellano, conducía al estratégico puerto que aún se hallaba en manos francesas.

Gaeta era una ciudad fortificada situada en la ladera y la cumbre de un abrupto monte que se elevaba en medio del mar, unido a tierra por un istmo estrecho por el que estaba obligado a pasar cualquier ejército que se dirigiera a asaltar las murallas de aquella urbe. Dos imponentes fortalezas, que se alzaban sobre el acantilado, reforzadas con torres de flanqueo de planta redonda, actuaban como inexpugnables defensas para impedir cualquier intento de tomar la ciudadela por las fuerzas atacantes, aunque fueran estas muy numerosas y aguerridas.

García de Paredes marchaba delante con el propósito de reforzar las tropas de Próspero Colonna, amenazadas por Ivo d'Allegre, que se hallaba en la fortaleza de San Germano, donde había dejado una guarnición de doscientos hombres al mando de Pedro el Desafortunado, hijo del duque de Milán, Lorenzo el Magnífico. Casi sin esfuerzo, Diego García de Paredes atacó este enclave y lo tomó, obligando a Pedro el Desafortunado a refugiarse en la abadía de Montecassino. El día 24 de junio llegó a las inmediaciones de San Germano el Gran Capitán, que no encontró allí a García de Paredes, pues había salido con sus hombres para ocupar Aquino y Roccasecca.

Poco aporta a las sobresalientes hazañas que protagonizó Pedro Navarro en esta guerra de Nápoles los hechos de armas —no siempre favorables a los españoles— que se sucedieron entre los meses de junio de 1503 y enero de 1504, al margen de los relatados con todo pormenor hasta ahora. Solo queda por referir que el ejército francés había sido reforzado con unos quince mil hombres a las órdenes del marqués de Saluzio, mientras que otros tantos marchaban desde Milán mandados por La Trémoille, al mismo tiempo que las aguas del mar Tirreno eran surcadas sin oposición alguna por las escuadras de Pregent le Bidouix y Pierre de Vellours; que el Gran Capitán tuvo que levantar el sitio de Gaeta y que los habitantes de varias poblaciones, entre ellas Roca Guillerma —creyendo que los franceses eran otra vez dueños de Nápoles—, se sublevaron.

En esta villa habían tomado preso al alcaide español Tristán de Acuña y a sus hombres, aunque el castillo continuaba en poder de varios soldados españoles, teniendo que acudir Pedro Navarro con su compañía de vizcaínos para recuperar la fortaleza, acción con la que obligaron a huir a los franceses e hicieron prisionero al general Ivo d'Allegre, aunque luego hubo que canjearlo por el desdichado Tristán de Acuña.

Como colofón hay que decir que los ejércitos se enfrentaron a orillas del río Garellano por tercera vez entre los días 27 de diciembre y 2 de enero de 1504, quedando totalmente derrotados los galos y muertos sus principales capitanes. Los supervivientes, con el marqués de Saluzio e Ivo d'Allegre a la cabeza, se refugiaron en Gaeta. Allí Pedro Navarro, que les seguía los pasos, se apoderó del monte Orlando —que domina la ciudad— y emplazó sobre esta eminencia del terreno toda la artillería disponible, batiendo sin cesar a los sitiados.

Al cabo de dos días, los franceses, no pudiendo resistir el fuego de las lombardas, culebrinas y falconetes españoles y con la ciudad anegada por las lluvias torrenciales que tuvieron que soportar, se rindieron, no sin antes haber sufrido medio centenar de muertos y más de ciento veinte heridos en la defensa de la plaza. Entregaron la ciudad de Gaeta al Gran Capitán y, al mediodía, en la torre más alta de la ciudad, un alférez sustituyó la bandera azul con las flores de lis amarillas de la Casa de Valois por la enseña de los Reyes Católicos.

En la segunda semana de enero del año 1504, Nápoles se veía libre de tropas francesas.

El rey Fernando el Católico era dueño y señor de Sicilia y de Nápoles, quedando el Gran Capitán encumbrado, por las más grandes victorias logradas hasta esa fecha contra Francia, como gobernador general del reino napolitano, que tanta sangre había costado anexionar. Aunque su alegría no iba a durar mucho: la envidia y los celos, como en tantas otras ocasiones ha sucedido a lo largo de la historia de España, se abatirían sin piedad sobre el más grande general que ha mandado nunca el ejército español.

XIV
CONDE DE OLIVETO Y
MANO DERECHA DEL REY
FERNANDO EL CATÓLICO

Vencidos los franceses, eliminados los últimos reductos de resistencia y pacificado definitivamente el reino napolitano, el 11 de febrero de 1504 se firmó en Lyon la paz entre el rey Luis XII de Francia y el rey Fernando el Católico de España, por la que los galos renunciaban a sus pretensiones de ocupar el trono de Nápoles y reconocían los derechos del rey de Aragón.

Gonzalo Fernández de Córdoba, capitán general del ejército en Italia, que actuaba como si del virrey de Nápoles se tratara, y hombre cristianísimo de reconocida generosidad y sed de justicia, no dejó sin premios ni gratificaciones a los bravos soldados españoles, italianos y alemanes que habían participado en la guerra. Tampoco a los civiles y a los clérigos —españoles y extranjeros— que de alguna manera habían colaborado en la victoria, no quedando al margen de las recompensas los frailes y las monjas que, con sus plegarias al Altísimo, habían contribuido activamente —según la creencia de los más piadosos— al triunfo de las armas españolas.

No se olvidó Gonzalo Fernández de Córdoba de retribuir espléndidamente a los espías que habían arriesgado sus vidas en las zonas controladas por el enemigo ni al obispo Cantalicio y al carmelita Mantuano, que lo habían ensalzado con sus encomiásticos versos.

Sobre todo, puso especial interés en gratificar a sus bravos coroneles y capitanes, sin cuyas valerosas actuaciones, con desprecio de
sus vidas, no hubiera sido posible someter a tan poderoso ejército
como era el de Francia. A todos ellos, según sus méritos, dio tierras,
dinero, regalías, mansiones, castellanías, alcaidías y gobernaciones,
otorgó ascensos y solicitó títulos de nobleza.

En tan generoso reparto tocó a Pedro Navarro, quien se había
distinguido en la larga campaña como capitán de infantería, artillería e ingeniero de la pólvora, la villa de Oliveto, en los Abruzos,
con su condado, lo que lo hacía —sin haber gozado de hidalguía ni
de la necesaria nobleza hasta entonces— conde de Oliveto. De ese
modo, en menos de cinco años, el roncalés pasó de corsario y denos-
tado pirata a capitán distinguido del ejército español, conquistador
de ciudades y conde con tierras y vasallos a su cargo, con lo que el
Gran Capitán y el rey de España demostraban el gran aprecio que le
tenían y el reconocimiento a sus méritos militares y a sus cualidades
personales.

No cabe duda de que fue su osadía, intrepidez, desprecio por la propia vida en medio de los combates y, sobre todo, su ingenio en la invención y aplicación de las minas explosivas —artificio que fue el primero
en poner en práctica con total éxito—, lo que le dio justa fama y merecimientos suficientes para ostentar, mediante privilegio otorgado por
el rey don Fernando el Católico —a petición de Gonzalo Fernández de
Córdoba—, el 1 de junio de 1505, el título de conde.

La ceremonia en la que el Gran Capitán otorgó títulos, cargos y
entregó las escrituras de propiedad de algunas mansiones y heredades a sus capitanes se celebró una mañana en el salón de barones del
Castel Nuovo.

Se había instalado una tribuna cubierta con una alfombra de color
carmesí con arabescos azules y amarillos al estilo oriental. Sobre ella
se había colocado una mesa bien torneada y, detrás, un sillón con
respaldo muy historiado en el que se aposentaba Gonzalo Fernández
de Córdoba. Delante de la tarima se hallaban los militares y civiles
que iban a ser investidos con los títulos y honores y a recibir las escrituras de las mansiones y tierras. Cuando le llegó el turno a Pedro
Navarro, que vestía elegante indumentaria militar con coraza, yelmo

emplumado debajo del brazo y la espada magiar en el lado izquierdo de la cadera colgando del tahalí, el Gran Capitán se alzó de su asiento y se acercó al navarro con ademán solemne.

—Pedro Navarro —proclamó, y su voz se expandió por la habitación devuelta por el eco producido por las curvas nervaduras de la bóveda gótica—: siempre fuiste leal a mi persona y defensor valeroso y eficaz de la causa del rey don Fernando; te batiste con bravura en Cefalonia, Ceriñola, Nápoles y Gaeta; obraste rectamente con los soldados que tuviste bajo tu mando, peleando con ellos en los sitios de mayor peligro; te entregaste con pundonor en defensa de tus camaradas los capitanes que luchaban a tu lado, exponiendo, llegado el caso, la vida por salvar la de ellos; desbarataste con tu habilidad e ingenio las recias murallas de castillos y torres; hiciste prisioneros a capitanes y a generales enemigos y obraste siempre con humildad y sin pedir nada a cambio al margen de la soldada estipulada. Por todo ello he decidido solicitar al rey que te conceda el título de conde de Oliveto, villa que está en los Abruzos, para ti y tus sucesores, para siempre jamás, con los vasallos, bienes, rentas y derechos que le son anexos en remuneración por los elevados servicios que has prestado a la Corona y a España.

A continuación se acercó a Pedro Navarro, lo abrazó y lo besó en ambas mejillas. El roncalés, emocionado, le devolvió el fraternal abrazo, inclinó la cabeza en señal de respeto y, luego, volvió al lugar que ocupaba junto a los demás militares españoles, condotieros italianos, abades de monasterios y otros personajes españoles, alemanes, calabreses y sicilianos que también fueron homenajeados en aquella ocasión.

Entre todos los coroneles y capitanes españoles que estuvieron bajo el mando del Gran Capitán —Diego de Mendoza, Villalba, Zamudio, Pizarro, Nuño de Ocampo, Hernando de Alarcón, Diego de Ayala, Diego García de Paredes y otros muchos—, la figura de Pedro Navarro destaca por sus sobresalientes hazañas militares, su activa presencia en los momentos culminantes de la guerra y su cercanía al general español, circunstancias que obligan a reconocer que el valiente soldado nacido en Garde era considerado por este su principal y más leal lugarteniente.

El privilegio de donación le fue otorgado meses después, estando el rey en Segovia, entre otros elogios y parabienes. El monarca aragonés llama al roncalés «magnífico y valeroso capitán, muy fiel y querido». También le dice que «en todas las ocasiones, lances y tiempos, así de guerra como de paz, y señaladamente en la recuperación del reino de Nápoles, has sobresalido entre todos los demás en el arte militar; que en todo momento te has mostrado muy audaz, tanto con tu ingenio como por tu persona, obrando siempre como un valeroso soldado y fuerte y fidelísimo jefe, no solo para alcanzar y merecer gloria inmortal, sino la gratitud de tu príncipe».

El Gran Capitán había llegado con estos triunfos al cénit de su brillante carrera militar, iniciada en la guerra de Granada, peleando contra los nazaríes al servicio de la reina Isabel I. Pero, como acontece con harta frecuencia a los grandes hombres que, más tarde o más temprano, tienen su día malo y su quiebra, así le sucedió al Gran Capitán, cuyo comedido, generoso y justo gobierno del virreinato —de hecho, que no de derecho, pues nunca fue nombrado virrey— no impidió que las malas lenguas, la envidia, los perniciosos celos o la ambición de algunos —que no creían haber sido remunerados como se merecían con el reparto del botín—, entre ellos personajes tan sobresalientes como Juan Bautista Pinedo, Nuño de Ocampo y el virrey de Sicilia, Juan de Lanuza, fueron quebrantando la confianza que en él tenía depositada el rey de España, provocando su caída en desgracia y su separación de los elevados cargos que desempeñaba en el reino de Nápoles.

Nadie ignoraba el hecho de que, de no haber sido por su sacrificio personal, su lealtad inquebrantable a la Corona y su preclara inteligencia, el rey don Fernando nunca hubiera podido añadir a sus posesiones ese reino de Italia. Pero los celos y los malos consejos debieron de obrar pérfidamente en el alma del Rey Católico.

No cabe duda de que en ese descrédito, injustamente sufrido por Gonzalo Fernández de Córdoba, tuvo mucho que ver la muerte de la reina Isabel la Católica el 26 de noviembre de 1504, su incondicional valedora y de quien tanto apoyo había recibido por la lealtad que el de Montilla siempre le dispensó.

En la Corte española se propagaban ciertos calumniosos rumores que daban por seguro que el Gran Capitán, muy querido por los napolitanos, no se opondría a una separación del reino de Nápoles de la Corona de Aragón, y que él mismo estaría dispuesto a ocupar el trono de los territorios de los que, hasta entonces, ejercía las funciones de capitán general y gobernador. Estos maliciosos e injustificados rumores alarmaron al rey don Fernando al que, por otra parte, llegaban desde Italia noticias sobre el desmedido amor de los napolitanos por la persona de Gonzalo Fernández de Córdoba, lo que, sin duda, exacerbó los celos y la desconfianza que ya corroían el corazón del rey aragonés.

Para poner remedio a una situación que el monarca creía que podía degenerar hasta convertirse en una abierta rebelión contra su persona, ordenó a su capitán general que hiciera salir del reino napolitano a todos los alemanes y a muchos de los españoles que habían participado en la anterior guerra para restarle el apoyo de sus incondicionales. También le mandó que, en un breve plazo de tiempo, regresara a España con los cuatro mil quinientos soldados que aún permanecían en Italia.

En el mes de junio de 1506, mal aconsejado por algunos, el rey pensó enviar a Nápoles a su hijo el arzobispo de Zaragoza, Alonso de Aragón, para que sustituyera en el cargo que ostentaba al Gran Capitán, y que este fuera conducido preso a España, acto abominable que no llegó a consumarse. Unos meses más tarde, en septiembre, el rey don Fernando decidió viajar a Italia para comprobar en persona cómo gobernaba Gonzalo Fernández de Córdoba en su nombre aquel reino y qué había de verdad en las graves acusaciones que algunos próceres de la Corte le imputaban de manirroto y proclive al nepotismo.

Después de pasar por las diferentes ciudades de Calabria, Basilicata, Otranto, Bari, Capitanata, Abruzos y Tierra de Labor, pudo conocer de primera mano y sorprenderse del respeto y el cariño que los napolitanos le tenían a su gobernador general, lo que no hizo sino acrecentar sus celos y su deseo de ver alejado de Italia a quien tanta sombra le hacía en el gobierno de aquel virreinato.

Estando en Nápoles los dos nobles personajes, el rey le ofreció al Gran Capitán el maestrazgo de Santiago —dignidad que llevaba aparejadas grandes riquezas y honores— si se decidía a retornar a España, a lo que Gonzalo Fernández de Córdoba rehusó, aunque una vez en tierras de Castilla, obligado por su soberano, aceptó el señorío de Loja, un nombramiento a todas luces muy inferior a los grandes méritos que había contraído en las campañas de Italia.

El viaje de retorno a España del rey Fernando el Católico y del Gran Capitán se realizó en el verano del año 1507, cuando fue nombrado primer virrey civil de Nápoles —puesto que Gonzalo Fernández de Córdoba solo había ostentado el cargo de capitán general de los ejércitos españoles en Italia— Juan de Aragón, conde de Ribagorza. Con el monarca aragonés y su antiguo capitán general viajaba Pedro Navarro, que iba al mando de una flotilla de galeras que escoltaba a los dos altos dignatarios hasta la ciudad de Valencia, a cuyo puerto arribaron a mediados del mes de julio.

Desde Valencia marchó el héroe de Italia a Burgos, donde fue recibido en olor de multitudes, con todo el pueblo ocupando calles y plazas, engalanados los balcones con banderolas y gallardetes con los colores de Castilla y Aragón, y lanzándoles a su paso pétalos de rosas. La gente aclamaba al vencedor de los franceses y conquistador de Nápoles gritando: «¡Viva el Gran Capitán! ¡Viva el rey don Fernando!». A su lado, montado en un soberbio caballo alazán, cabalgaba ufano y compartiendo el triunfo con su general el ya famoso capitán Pedro Navarro, conde de Oliveto[6].

Aunque algunos cronistas estiman que el comportamiento del roncalés fue tibio en relación con la defensa sin fisuras que debía haber hecho de quien lo había encumbrado en el ejército español, quien fue uno de los capitanes más prestigiosos de su época y quien le había otorgado por su mediación un condado por sus méritos, que no por su sangre, nada induce a pensar que el que ya era conde de

---

6   Triste y decepcionado, el Gran Capitán se retiró a la ciudad de Loja. En el año 1512 rompió toda relación de amistad con el monarca aragonés. A principios de 1515 se agravó la enfermedad que padecía de fiebres cuartanas y viajó a Granada, donde redactó su último testamento. Allí falleció el día 2 de diciembre del citado año. Fue enterrado en la iglesia del monasterio de los frailes jerónimos de Granada, aunque durante la guerra de la Independencia los franceses saquearon su tumba. Despreciable acto de tardía venganza de quienes fueron vencidos en repetidas ocasiones por la habilidad y preclara inteligencia del insigne militar español.

Oliveto no estuviera al lado del Gran Capitán en los difíciles momentos en que fue víctima de la maledicencia y de la insidia.

Avala esta opinión el que, después de haber sido cesado como gobernador y capitán general de Nápoles, continuara gozando el de Garde de la amistad y el aprecio de Gonzalo Fernández de Córdoba y que este, cuando el cardenal Cisneros buscaba a quien encomendar la campaña de África —de la que más adelante se dará cuenta pormenorizada—, fue el que le recomendó a Pedro Navarro.

No obstante, existe la sospecha de que algo de verdad pudo existir, puesto que el rey tuvo con Pedro Navarro mayor consideración que con otros militares españoles que habían destacado en la guerra de Nápoles y que fueron despojados de los títulos y cargos que les habían sido concedidos por el Gran Capitán, perjuicio que no alcanzó al conde de Oliveto. Estando el rey en Italia y habiendo Navarro perdido el pergamino con el título que este le otorgara en Segovia dos años antes del condado de Oliveto, mandó a su secretario, Miguel Pérez de Almazán, que le expidiera otro el 25 de mayo de 1507, concediéndole de nuevo el condado y quinientos ducados anuales de renta sobre los fuegos y sales de dicha heredad.

Desde que el Rey Católico estuvo viajando por Italia, consideró al famoso capitán navarro su mano derecha en asuntos militares, no solo por las victorias conseguidas, su habilidad en el minado de fortalezas y su saber hacer en diplomacia, convenciendo a los napolitanos para que abrazaran la causa del rey de España, sino, sobre todo, por los excelentes informes emitidos por el Gran Capitán y por algunos de los condotieros italianos que lucharon a su lado en Nápoles.

Contaba Pedro Navarro en ese momento culminante de su vida, cuando pisó de nuevo suelo español tras veintinueve años de ausencia, cuarenta y siete años de edad. Había salido de la costa de Vizcaya pobre, como labriego y aprendiz de corsario, y volvía rico y ennoblecido por el título de conde de Oliveto con castillo, heredades y vasallos sobre los que mandar y recaudar rentas.

Pero cuando Fernando el Católico regresó a Castilla, las aguas estaban revueltas en el reino: el 25 de septiembre de 1506, estando en Burgos, había fallecido el rey Felipe I, el Felipe el Hermoso de la tradición oral española. Considerando, con parte de la nobleza cortesana, que la reina Juana I no se hallaba en condiciones de regir los destinos de Castilla, el rey aragonés asumió el mandato de una segunda regencia. Como algunos poderosos señores eran partidarios de que reinase la infortunada Juana, conocida como «la Loca», se levantaron contra el rey regente enérgicas voces en su defensa y algunos grandes dignatarios del reino se alzaron en armas. Entre ellos don Pedro Manrique de Lara, duque de Nájera, que, a pesar de ser primo segundo del rey don Fernando, se había convertido en cabeza de la insurrección, y también don Juan Manuel, señor de Belmonte. A ambos magnates envió el rey que los combatiera el conde de Oliveto.

Primero se dirigió Pedro Navarro a Medina del Campo con la infantería y numerosas piezas de artillería para someter al de Belmonte. Amenazó con bombardear el castillo en el que se amparaba, lo que convenció a don Juan Manuel —conocedor de la eficacia como artillero de que hacía gala el de Garde— de que la mejor opción era rendirse, lo que hizo antes de que las bocas de fuego comenzaran a lanzar sus destructoras e incandescentes bolas de hierro sobre las murallas.

A continuación de dirigió el roncalés a La Rioja para combatir al duque de Nájera. En esa ocasión, a causa de la numerosa y bien pertrechada tropa que poseía el duque, las fuerzas del conde fueron reforzadas con las compañías reales. Don Pedro Manrique, para evitar una inútil guerra fratricida, se entregó sin luchar. Esta breve y exitosa campaña y el respeto con que el monarca se dirigía al conde de Oliveto demuestran hasta qué punto era considerado Pedro Navarro por el rey regente su mano derecha y, de hecho, el general en jefe de las tropas reales.

Del aprecio y la consideración como militar que le tenía el rey don Fernando al conde de Oliveto da cuenta la correspondencia cruzada entre el soberano de Aragón y regente de Castilla y el navarro entre el mes de julio de 1506 y junio de 1510. Estas misivas tratan de los preparativos de la Armada, que se estaba reuniendo en los puertos de Barcelona, Tarragona y Valencia, los navíos que debían aportar los puertos de la costa de Granada, la organización de las campañas norteafricanas y la petición de clemencia para un vizcaíno, patrón de una embarcación, que se había significado en la toma de Orán. En varias de ellas —dirigidas indistintamente al secretario del rey, Miguel Pérez de Almazán, a mosén Soler, capitán de galeras, a don Íñigo Manrique, alcaide de la alcazaba de Málaga, y al propio conde de Oliveto—, el monarca se refiere a Pedro Navarro como «nuestro capitán general de la infantería».

Sosegado el reino y habiendo retornado a la obediencia los señores levantiscos, el rey Fernando el Católico volvió sus ojos a otra de las preocupaciones que le quitaban el sueño desde que subió al trono: la presencia de los piratas berberiscos en las costas norteafricanas y los frecuentes y dañinos ataques que estos perpetraban contra los litorales de Andalucía, Valencia y Mallorca y sus alejadas posesiones de Sicilia y Nápoles. Por ese motivo, mandó llamar a su general, el conde de Oliveto, para que se pusiera en la labor de defender las costas de España de tan perjudicial y contumaz enemigo, y, de paso —si hubiera ocasión para ello—, que atacara y tomara los puertos del litoral africano en los que tenían sus guaridas los navíos de los corsarios y piratas que tanto daño estaban haciendo al comercio marítimo en el Mediterráneo. Debía poner especial interés en defender las desprotegidas poblaciones de la costa asaltadas por sorpresa durante la noche, cuyos atemorizados moradores pasaban, en unas cuantas horas, de estar en sus pacíficas faenas de pesca, en el Levante o el sur de Andalucía, a encontrarse encadenados a los remos de una galera berberisca en Tetuán o camino de Trípoli.

Pero esa será la extraordinaria y sorprendente aventura que acometerá Pedro Navarro, conde de Oliveto, al servicio de España, en el cénit de su vida y que se relatará en el siguiente capítulo.

XV
VÉLEZ DE LA GOMERA Y ARCILA

La posesión de Sicilia por los aragoneses desde los años finales del siglo XIII y la tradicional política norteafricana de los reyes de Castilla, que alegaban tener determinados derechos históricos sobre Marruecos, favorecieron de manera extraordinaria el diseño, por el rey Fernando el Católico, de un gran proyecto, encabezado por ambas Coronas —unidas dinásticamente, como se ha dicho en el capítulo introductorio, desde el año 1469—, destinado a ocupar plazas estratégicas en la costa de África y, si llegaba el caso, penetrar en las tierras del interior. Este proyecto, con precedentes en los siglos XIII y XIV, se reavivó a principios del siglo XVI, cuando el acoso de los corsarios y piratas berberiscos mantuvo en jaque a las poblaciones costeras de Andalucía, Valencia, Mallorca y Sicilia.

El interés por el litoral africano venía de lejos. No en vano Aragón ejercía una especie de protectorado sobre el reino de Túnez. Incluso, en algunos períodos, había contado con enclaves en la costa de África, como en la isla de los Gelves y en la isla de los Querquenes, aunque tuvieron que ser abandonados. Como precedente más cercano al inicio de las hostilidades, el 8 de septiembre de 1497 tropas españolas, desde Sicilia, ocuparon la isla de los Gelves, aunque iniciada la segunda guerra de Nápoles, en el año 1500, tuvo que ser evacuada. Unos días más tarde, el 17 de septiembre del mismo año, tropas mandadas por Pedro de Estopiñán, enviadas por don Juan

Alonso Pérez de Guzmán, III duque de Medina Sidonia, desembarcaron y tomaron Melilla para Castilla.

Superada la guerra contra el reino de Granada y acabado el segundo conflicto napolitano, Fernando el Católico tenía las manos libres y contaba con un importante remanente de barcos y de experimentados hombres de armas, deseosos de entrar de nuevo en combate y lograr el ansiado botín, para poder acometer la ambiciosa empresa que venía esbozando desde que subiera al trono de Aragón.

Sin embargo, la política africana de ambos reinos —Castilla y Aragón— no era totalmente coincidente en sus objetivos. Mientras que el reino castellano pretendía la conquista del sultanato de Fez, territorio que había pertenecido al reino visigodo y, antes, a la cristiana Roma, en competencia con Portugal —como estipulaba el testamento de la Reina Católica—, Aragón solo aspiraba a controlar los principales puertos norteafricanos para evitar ataques de corsarios y piratas a sus navíos y a sus costas. Sobre todo, deseaba dominar la zona oriental del litoral de África, desde Túnez hasta Egipto, espacio geográfico de escaso interés para Castilla.

No hay que olvidar, como un factor determinante de esa gran empresa militar, la influencia ejercida por el cardenal Cisneros, confesor de Isabel la Católica y, luego, regente del reino, imbuido por el espíritu no olvidado de cruzada. Francisco Jiménez de Cisneros entendía la empresa africana como un mandato divino dirigido a recuperar los territorios que una vez formaron parte de la cristiandad, a propagar la fe y a cristianizar a los infieles seguidores del profeta Mahoma.

La primera acción de envergadura contra los corsarios berberiscos, que culminó con la toma de uno de sus puertos que serviría de base para la conquista de otros enclaves musulmanes situados más al este, como Orán, fue la de Mazalquivir, fortaleza asentada en un cabo prominente a unos diez kilómetros de este puerto, llevada a cabo el 13 de septiembre de 1505 por el alcaide de los Donceles, Diego Fernández de Córdoba, primo del Gran Capitán.

En esta empresa no participó Pedro Navarro, porque aún se hallaba en Nápoles. Fue instigada por el cardenal Cisneros que, para vencer la resistencia que oponía el rey don Fernando a emprender aquella prematura campaña, se comprometió a pagar con las rentas de su arzobispado los ocho millones de maravedíes a que ascendía el coste de la misma.

No se ha de ser prolijo en relatar una empresa en la que no estuvo presente el conde de Oliveto y que, por lo tanto, nada aporta a su engrandecimiento, pues otras expediciones se acometerían en las que destacaría el roncalés como un gran almirante y general de la infantería. Solo decir que la escuadra, con siete mil hombres de armas, partió del puerto de Málaga el 20 de agosto, que hubo de retornar y volver a salir desde Almería el 9 de septiembre, llegando a la vista de Mazalquivir el día 11. Dos días después entraban los españoles en la fortaleza, dejando de guarnición a quinientos infantes y cien jinetes bien pertrechados y abastecidos con abundantes víveres.

El primer paso para la conquista del norte de África se acababa de dar.

Sin embargo, cuando, dos años más tarde, Diego Fernández de Córdoba —que no poseía las grandes dotes militares de su pariente— intentó tomar Tremecén, sufrió una severa derrota que dejó sobre el campo de batalla a más de tres mil muertos. Probablemente, esa debacle sería la causa por la que el Rey Católico decidió, a partir de entonces, encargar las campañas africanas a un militar con demostrada experiencia y dotes de mando que había obtenido resonantes triunfos en Italia, como era Pedro Navarro, conde de Oliveto.

Corría el mes de febrero del año 1508. El roncalés, que se hallaba en el puerto de Málaga reuniendo y pertrechando una gran escuadra con la que debía doblegar a los piratas berberiscos que, cada verano, asolaban las costas de Andalucía y de Levante, recibió una misiva del rey don Fernando, que se encontraba en Burgos. Ultimaba los preparativos para partir hacia Castilla cuando le llegaron noticias de que los corsarios norteafricanos —muy activos desde que muchos musulmanes granadinos exiliados se habían unido a sus partidas— habían adelantado aquel año sus perniciosas incursiones y atacaban y saqueaban, aunque aún no era llegada la primavera, los indefensos pueblos pesqueros de la costa de Granada y Málaga. Sin dilación marchó, acompañado de algunos de sus incondicionales, a Burgos, en cuyo castillo el rey lo esperaba.

Don Fernando, que en el mes siguiente cumpliría cincuenta y seis años, que hacía tres se había casado con la joven de dieciocho Germana de Foix —decía la gente que para que esta le diera un hijo que heredara la Corona de Aragón—, y que una semana antes había retornado de Córdoba después de someter al marqués de Priego, alzado contra su autoridad, lo recibió en el castillo-palacio burgalés de pie, acompañado de su secretario Miguel Pérez de Almazán. Se hallaba detrás de una mesa rectangular sobre la que había un gran mapa del mar Mediterráneo y de las costas norteafricanas desplegado e iluminado por una almenara con diez candiles, pues el cielo estaba encapotado y era escasa la luz que penetraba por los dos ventanales ajimezados que daban al patio de armas del palacio. Don Fernando había envejecido en exceso; quizás por la pesada carga que representaba su segunda regencia. Mostraba profundas ojeras, caídos mofletes y una incipiente papada —lo que no le restaba un ápice de autoridad—, una mirada serena y un hablar seguro.

—Pedro Navarro, capitán general de mi infantería —manifestó, sin poder ocultar una cierta inquietud—: he reclamado vuestra presencia porque han acontecido unos hechos luctuosos que nos obligan a adelantar la expedición que estabais preparando en Málaga para este verano.

—Mi rey y señor —respondió el conde de Oliveto, mientras que el soberano de Castilla y Aragón le indicaba con un ademán que se acercara al portulano—, sabéis que, aunque la flota está aún en ciernes, podemos contar con una escuadra de galeras y naos que estarían preparadas para hacer frente a cualquier eventualidad antes de quince días.

El rey se pellizcaba el labio inferior, como si dudara.

—Al parecer, una flota de ocho o nueve galeras y fustas mahometanas está atacando y saqueando los pueblos de la costa de Granada. Han matado y cautivado a muchos inocentes y robado iglesias y casas nobiliarias. Diez días han transcurrido desde que irrumpieron en aguas andaluzas. Es necesario que salgáis en su busca y le deis caza, buen conde.

—Partiré para Málaga cuando me otorguéis vuestra venia, señor. Nada más arribar a ese puerto saldré con la escuadra en su persecución.

—Siguiendo las santas y acertadas recomendaciones del cardenal Cisneros que, como sabéis, solo anhela la defensa de la fe católica y la expansión de la cristiandad, debéis perseguirlos hasta sus guaridas, que deben de estar en la costa del reino de Fez o en Orán. Pero no os contentéis solo con hundir o capturar algunas embarcaciones corsarias, liberar a los desdichados cristianos que llevan presos y recuperar el botín. Quemad sus puertos de refugio y, si fuera posible, tomad sus castillos para que no vuelvan a asolar nuestra tierra.

Pedro Navarro, que estaba agotado por el viaje de venida desde Málaga, comprendió en toda su extensión cuál era el mandato que le acababa de dar el apesadumbrado rey regente: la destrucción de la flota pirática y la conquista de sus puertos de acogida. Él sabría cumplir la orden con todo rigor.

—Alteza —dijo con el mayor respeto el roncalés—: desembarcar en tierra de moros y tomar sus castillos no debe ser tarea imposible para nuestros bravos hombres, pero, si es el litoral del reino de Fez donde se hallan sus guaridas, ¿no ofenderá su conquista a vuestro hermano el rey de Portugal? Es zona que a él corresponde por los tratados firmados.

—Cierto es que en Tordesillas renunciamos a los derechos que a Castilla le asistían sobre el sultanato de Fez, pero con la excepción de las tierras que rodean a Melilla, que es nuestra por el arrojo del capitán Pedro de Estopiñán. Si el rey Manuel I presenta una reclamación, alegaremos lo estipulado en el tratado en nuestro descargo, mi fiel Pedro Navarro. Además, no haremos sino cumplir lo que dejó por escrito en su lecho de muerte la difunta reina Isabel, mi esposa, Dios la tenga en su santa gloria: que no abandonáramos la conquista de África. Y ahora marchad presto, mi leal conde, y cumplid mi mandado.

A la mañana siguiente partió el conde de Oliveto con la escolta de leales vizcaínos que lo acompañaba y que habían estado con él en los más peligrosos combates de la pasada guerra de Nápoles.

Quince días, casi sin descansar, estuvo en el camino el conde de Oliveto y su gente. Cuando llegaron a Málaga, a principios del mes de marzo, y establecido en el castillo de Gibralfaro, arribó al puerto una fusta de las que tenía en el mar para vigilar los movimientos de los bajeles corsarios, con la noticia de que la flotilla de los piratas había abandonado hacía una semana la costa granadina y que debía de encontrarse ya a buen recaudo en sus refugios africanos. Pedro Navarro envió una carta al rey para comunicarle las novedades sobre el asunto de los corsarios, solicitándole instrucciones. Cuando el roncalés recibió la respuesta del rey regente estaba ya muy avanzado el mes de abril. Don Fernando le ordenaba que siguiera adobando y pertrechando la escuadra y que, cuando estuviera lista, que saliera a la mar y acometiera a los piratas allí donde se encontraran.

A principios del mes de julio el conde de Oliveto tenía preparada la flota, las bodegas de los navíos repletas de munición y vituallas y los hombres de armas embarcados. Entonces entró en el puerto de Málaga una galera que venía de Almería, cuyo arráez le aseguró que una potente flota musulmana, compuesta por varias galeras, dos naos y seis o siete fustas, estaba asolando los pueblos del oriente almeriense, matando, robando y tomando cautivos.

El conde dio la orden de partida aquel mismo día.

Salieron a la mar con buen viento del oeste diez galeras, cinco naos, tres bergantines bien artillados y cuatro fustas. En total, mil infantes, doscientos caballos y cien artilleros con cuarenta bocas de fuego. Don Fernando le había otorgado el mando de la flota y de los hombres de tierra, porque no quería que le sucediera lo que al alcaide de los Donceles. Confiaba en el conde, que había dado suficientes pruebas de pericia en el arte de navegar, de conocer las artimañas de los marineros musulmanes en sus correrías como corsario y de su capacidad de mando cuando estuvo al frente de la infantería en Italia.

Cuando hubieron llegado, al día siguiente, a las proximidades de la ciudad de Adra, envió una fusta para que le dieran información sobre la flota berberisca. El gobernador de la fortaleza le mandó decir que ellos no habían sufrido el ataque de los africanos, pero que sabía que otros pueblos situados más al oriente habían sido asaltados y robados durante la noche.

Continuó su marcha la flota cristiana hasta llegar a Almería, donde supo el roncalés que los corsarios habían abandonado la costa el día anterior y que se creía, por el rumbo que habían tomado, que se dirigían hacia la costa del reino de Fez. Pedro Navarro ordenó que la escuadra pusiera proa al sur, pues pensaba, no sin razón, que sería

algún puerto situado entre Ceuta y Melilla el destino de los mahometanos. Como las embarcaciones musulmanas navegaban con dificultad por ir sobrecargadas con el botín y los cautivos, antes de que
pudieran columbrar la costa de África, las más rezagadas habían
sido alcanzadas por las galeras más sutiles del conde de Oliveto.

—¡Lanzad una andanada de aviso! —ordenó al cómitre de la
galera capitana en la que iba embarcado, y los dos falconetes ubicados en la proa del veloz navío dispararon, yendo a impactar los proyectiles unos cincuenta metros por delante de las dos naos que iban
a la zaga de la flotilla corsaria.

Como la suave brisa no empujaba con suficiente brío a las naos
y los remeros de las galeras cristianas —todos ellos hombres de
leva, pues el roncalés no era partidario de embarcar galeotes en
sus navíos—, azuzados por los sotacómitres, bogaban con mucho
ímpetu, al cabo de un cuarto de hora se hallaban las embarcaciones
cristianas a babor y estribor de las lentas y pesadas naos berberiscas. Como hicieran caso omiso a los disparos de aviso, el conde de
Oliveto mandó que se procediera a su abordaje. El mar, con su superficie tersa, y el suave viento favorecían las maniobras de aproximación para que los soldados pudieran arrojar las sogas con los garfios,
aferrar a los barcos piratas y saltar a sus cubiertas.

Todo se solventó en menos de una hora de combate.

Los arcabuceros, encaramados en las escalas y apoyados en los
paveses del puente de popa, arrojaban sus descargas mortíferas sobre
los corsarios, mientras que los rodeleros españoles, en las cubiertas
de las naos mahometanas, desbarataban a los infantes y marinos
norteafricanos. Cuando acabó la refriega, más de veinte berberiscos yacían en las ensangrentadas cubiertas, otros tantos habían sido
arrojados al mar y los restantes pedían clemencia.

Se liberaron sesenta cautivos cristianos y se recuperó un inmenso
botín. Mientras las dos naos capturadas, gobernadas por marinos
españoles, ponían proa a Málaga, la flota de Pedro Navarro continuó
la persecución de los corsarios que habían osado acercarse a las costas españolas.

Pero como el litoral de África se hallaba a la vista, a unas cuatro
leguas de distancia, no pudieron impedir que los restantes navíos

berberiscos arribaran, antes de que anocheciera, a una pequeña bahía en cuyo extremo occidental emergía un abrupto peñón, separado de tierra por un estrecho brazo de mar y rematado por una endeble fortificación.

El conde de Oliveto ordenó que fondearan las embarcaciones en el seno de la bahía, a la espera de que amaneciera y se pudieran tomar las determinaciones que él, como comandante de la expedición, creyera más oportunas.

Con las primeras luces del alba pudieron ver con toda nitidez la costa que tenían delante. Se trataba de la aldea que llamaban los gomeres Badis y los españoles Vélez, perteneciente al sultanato de Fez. Estaba situada en una elevación del terreno junto a una playa de blanca arena que terminaba, en su parte oeste, en un peñón rocoso y aislado de paredes casi verticales. Los berberiscos lo habían fortificado edificando un recinto de tapial, que ellos llamaban *tabiya*, en su cumbre.

La población de Vélez se hallaba ubicada frente a la costa de Málaga, a tres jornadas de navegación. Pedro Navarro y Luis de Arriaga, su segundo en el mando, opinaban que el pueblo era pobrísimo, que carecía de artillería y que lo que parecía una fortaleza —que no debería estar defendida por más de cien hombres— no resistiría el embate de sus cañones más allá de media hora. También pudieron comprobar que, durante la noche, que había sido muy oscura, la flotilla corsaria había levado anclas y escapado de una trampa que hubiera sido mortal para los barcos mahometanos.

El conde de Oliveto, siguiendo las órdenes dadas por el rey regente, decidió que era buena ocasión para tomar aquella puebla miserable, apoderarse del peñón, fortificarlo, guarnicionarlo y establecer en aquella costa una base permanente para las galeras de España desde donde poder hostigar a los osados corsarios norteafricanos y, llegado el caso, emprender nuevas conquistas.

Mandó que fondeara un bergantín entre el peñón y la población para evitar que pudieran entrar socorros a los del peñón y que el bergantín se entoldara y cubriera con sacos de lana para librar a los infantes y marineros que iban en él de los disparos de los encastillados. Cuando el barco estuvo situado, con los falconetes y los arcabuceros apuntando hacia Vélez, ordenó que desembarcara la artillería en la playa, constituida por diez lombardas medianas y cuatro culebrinas. Solo fue necesario lanzar una andanada sobre la débil fortaleza.

El día 23 de julio del año 1508 los moradores del peñón de Vélez de la Gomera abrieron la puerta del recinto y salieron al exterior mostrando su disposición a acatar las órdenes del comandante español, al mismo tiempo que accedían a la playa el caíd y los principales personajes de la ciudad de Vélez para rendir pleitesía al rey de España. Muhammad al-Gumarí, un anciano musulmán casi ciego, dirigió estas sentidas palabras al conde de Oliveto:

—Señor: hasta ahora vivíamos sin temor a ningún enemigo en este apartado lugar, dando cobijo a la gente marinera de Orán y a sus navíos, no por propia voluntad e inclinación hacia ellos, sino para librarnos de sus amenazas y exacciones. Pero ya la rueda de la fortuna se ha tornado adversa y tan poderosos señores como sois vosotros habéis venido a quebrantar nuestra tranquilidad. Pero sabemos que no lo hacéis por maldad, sino por librar vuestras costas de asaltos y robos. Por eso no os odiamos ni abrigamos deseos de venganza, sino que esperamos de vuestra magnanimidad y benevolencia que nos perdonéis la vida, prometiendo solemnemente por nuestro respetado Profeta que renunciamos a seguir rindiendo pleitesía al sultán de Fez y que seremos, en adelante, leales súbditos del rey de España.

Pedro Navarro, que en el pasado había dado muestras de moderación al tratar con los adversarios y de habilidad diplomática para atraerlos, saludó respetuosamente al caíd y le dijo que no se inquietara, que si se sometía a la soberanía del rey don Fernando nada debían temer él ni su gente. Aunque, para seguridad de las tropas españolas, era necesario que ocuparan el peñón y destruyeran el pueblo para que no les pudieran ofender desde sus edificios con espingardas o culebrinas.

Cuando todos los habitantes de Vélez, con las pertenencias que pudieron llevar consigo, hubieron abandonado la población, el conde de Oliveto mandó trasladar cinco lombardas a la fortaleza y que se batiera desde ella el caserío hasta no dejar piedra sobre piedra. Muchos de los gomeres partieron aquel mismo día para ir a vivir en las alquerías de la montaña, pero otros permanecieron en las colinas cercanas, donde se establecieron en varias jaimas, pues pensaban que la guarnición que iba a encastillarse en el peñón necesitaría comerciar y abastecerse de alimentos.

En los días siguientes, los españoles construyeron una fuerte torre de cal y canto en lo más elevado de la peña, la rodearon de una muralla de mampostería y situaron en los lugares más prominentes las cinco lombardas que habían desembarcado de los navíos. Abrieron una puerta angosta en la muralla para poder entrar y salir del castillo, desenfilada y cubierta por los tiros de una torre cercana. Luego, Navarro dejó a treinta soldados de los más bravos de guarnición con vituallas y municiones para que pudieran defenderse hasta que llegaran refuerzos o las tropas de relevo. Por alcaide del enclave nombró a un valiente y experimentado soldado que había peleado con él en Nápoles llamado Juan de Villalobos, el cual una de las primeras y acertadas medidas que tomó fue excavar y construir un aljibe para recoger el agua de la lluvia y no tener que depender solo de los odres que le traían desde tierra firme los gomeres.

El día 4 de septiembre se hallaba el conde de Oliveto en Málaga, desde donde escribió una carta al rey regente relatándole con todo pormenor cómo había tomado la villa y el peñón de Vélez de la Gomera. La ocupación de aquel estratégico puerto, con su Peñón, provocó, como era de esperar, las enérgicas protestas del rey Manuel I de Portugal, que alegaba que Vélez se hallaba incluida dentro de la zona de influencia otorgada a su reino en Tordesillas, protestas que dieron lugar a unas largas conversaciones entre hispanos y lusos hasta que se llegó al acuerdo por el que el monarca lusitano reconocía la soberanía de España sobre el peñón a cambio de que Portugal tuviera en exclusiva el derecho de posesión de la costa atlántica del reino de Fez, excepto la fortaleza de Santa Cruz de Mar Pequeña, situada frente a las islas Canarias, que sería posesión española.

El 16 de septiembre recibió Pedro Navarro una misiva del rey don Fernando, que se hallaba en Córdoba, instándole a viajar hasta Cartagena y que esperase allí al cardenal Cisneros, que llegaría a aquella ciudad con el encargo de preparar una gran Armada con la que hacer de nuevo la guerra a los mahometanos establecidos en la costa de África. El monarca le decía, también, que procurara estar desocupado de otros menesteres para acometer los que el prelado de la Iglesia de Cristo le mandase. El día 30 de diciembre está firmada otra carta, esta de la reina doña Juana, dirigida a las ciudades del reino, especialmente a las que eran puertos de la mar, y a los capitanes y maestres de las naves, carabelas y fustas para que se pusieran al servicio del cardenal arzobispo de Toledo y se sumaran a la Armada que se estaba preparando en el puerto de Cartagena.

Pero, mientras se organizaba tan gran escuadra en aquel puerto, el conde de Oliveto iba a ser requerido por el rey don Fernando para otro relevante servicio.

Estando en las conversaciones con los portugueses sobre el asunto del peñón de Vélez, aconteció que, a mediados de octubre, el emir de Fez ordenó a sus tropas que atacaran la ciudad de Arcila, que era del rey de Portugal. Se presentó, ante esa ciudad, un ejército formado por más de cincuenta mil guerreros, ballesteros y espingarderos, y atacaron Arcila con tanto ímpetu que su alcaide, Vasco Coutiño, comunicó al monarca luso que de no recibir pronto socorro, la ciudad se perdería. Don Manuel solicitó la ayuda de su suegro, el rey Fernando el Católico, y este le envió al corregidor de Jerez con trescientos hombres de armas; mas, no siendo suficientes, no dudó en escribir a Pedro Navarro para que, con sus infantes y una flotilla de naves y galeras, acudiera a socorrer la asediada plaza norteafricana.

El 30 de octubre zarpó el conde de Oliveto del puerto de Gibraltar, en el que había estado dos días fondeado a la espera de que el temporal de poniente en el Estrecho cesara. Al atardecer del segundo día de navegación arribó con sus embarcaciones, arcabuceros, rodeleros y abundante artillería a la costa atlántica marroquí, situándose frente al campamento musulmán y a la vista de la ciudad cercada. Sin que los de Fez esperasen tan violenta reacción, dio orden de que todas las piezas, colocadas a babor de las embarcaciones para la ocasión, disparasen al unísono contra los sitiadores, lo que les causó muchos muertos y heridos y una enorme confusión. Acto seguido desembarcó toda la infantería en la playa y algunas lombardas y se dirigió hacia los desorganizados escuadrones de guerreros norteafricanos que, al ver gente tan belicosa y bien organizada, que avanzaba al compás de la música de los atambores y pífanos, gritando y enarbolando sus estandartes, se amedrentaron, levantaron el sitio y se retiraron en dirección a Alcazarquivir.

Los soldados de Pedro Navarro aprovecharon el desconcierto causado entre las filas enemigas y que había caído la noche sobre las tierras de Marruecos para acercarse a la ciudad sitiada y entrar en ella. Los lusitanos, eufóricos por la ayuda recibida, cuando estaban desesperados y en trance de entregar el enclave, lanzaron gritos de alegría y vivas a su rey y al rey don Fernando. El conde de Oliveto no solo les aportó hombres de refresco, sino también municiones, víveres y fuerza moral para seguir resistiendo el embate de los mahometanos.

Al comprobar que algunos tramos de la muralla estaban casi derruidos por la acción de la artillería musulmana y dos o tres torres desmochadas, Pedro Navarro mandó que se repararan y se pusieran de manera que de nuevo pudieran resistir el asalto de los cabileños. Sin embargo, rehechos estos, volvieron a rodear la ciudad por la parte de tierra, pues el flanco marítimo estaba bien protegido por las galeras y naves de Pedro Navarro y ellos carecían de flota, aunque se conformaron con cabalgar en su entorno sin intentar atacarla.

Transcurrida una semana del desembarco y entrada en Arcila, los mahometanos parecían haber abandonado la idea de tomar la ciudad. El 5 de noviembre, Pedro Navarro envió a Nuño Benavente —servidor del cardenal Cisneros— en una fusta con una carta para el rey don Fernando, en la que le pedía su autorización para poder regresar a España. También le decía que los norteafricanos habían cesado en sus agresiones, que ya no estaban en aquel mar la mayor parte de sus naves, a las que había ordenado regresar a Málaga para que no pasaran hambre sus tripulaciones ni peligraran sus galeras, porque era mar abierto y, con los malos tiempos, podría un temporal arrojarlas contra la costa y hundirlas.

El rey le dio permiso para que dejara Arcila y regresara a Málaga.

Estando en esa ciudad, el conde de Oliveto recibió una carta muy afectuosa del rey portugués en la que, entre otras cosas, le agradecía su decisiva ayuda en la defensa de la fortaleza de Arcila y le ofrecía, como recompensa por su extraordinaria labor, seis mil ducados de oro, a lo que el roncalés, dando una vez más muestra de humildad, desprendimiento e inteligencia —no en vano aún estaba fresco en su memoria lo acontecido al Gran Capitán—, respondió con las siguientes y comedidas palabras al monarca lusitano: «Lo que he hecho no se ha de atribuir a mi humilde persona, sino a la obediencia que debo a mi señor el rey don Fernando, de quien recibo justa soldada y de quien soy súbdito leal. Solo de él y de ningún otro espero premio y recompensa por mis trabajos y fatigas».

Y de este modo quedó admirado el rey de Portugal al recibir tan generosa y ajustada contestación. Hay quien asegura que dijo, al recibir la misiva de Pedro Navarro: «Súbditos como ese deseo para mí».

Entretanto, había llegado el crudo invierno con sus temporales y malos vientos en la mar, teniendo que postergarse la empresa del cardenal Cisneros por tierras de África hasta la primavera siguiente.

XVI
LA CONQUISTA DE ORÁN: NAVARRO CONTRA CISNEROS

Los puertos de Málaga y Cartagena hervían de frenética actividad. En la ciudad andaluza, las carretas y las reatas de mulas, cargadas con vituallas y armamento, no cesaban de llegar al muelle y trasvasar las mercancías que portaban a las barcas que debían llevarlas a las naves de carga.

En Cartagena la actividad se centraba en torno a los contingentes de tropa que se hallaban en la ciudad esperando embarcar en las galeras, las carabelas y naves que debían conducirlas a la costa africana y del armamento traído de Toledo, Murcia, Córdoba y otras partes del reino. En total se estaba congregando una fuerza cercana a los quince mil hombres entre lanceros, rodeleros, arcabuceros, artilleros, zapadores y jinetes. Casi un tercio de este poderoso ejército estaba constituido por jinetes ligeros, los mejores para luchar con los berberiscos por utilizar sus mismas tácticas de guerra.

Aunque el rey don Fernando no se hallaba del todo de acuerdo en dividir el mando de tan importante y decisiva empresa entre el cardenal Cisneros, que marchaba al frente de las tropas como capitán general de África, y el conde de Oliveto —en cuyos conocimientos militares el monarca confiaba plenamente— como capitán general de la expedición. Por cédula emitida el 20 de agosto de 1508 no tuvo más remedio que acceder a las pretensiones del poderoso arzobispo de Toledo, que deseaba dar un carácter de cruzada a aquella guerra, que para el rey de Aragón no tenía otra finalidad que librar el litoral de Andalucía, Levante, Mallorca y Sicilia de piratas y apoyar el comercio marítimo de sus Estados y de las restantes naciones cristianas. El exaltado arzobispo, para conseguir el mando supremo de la empresa militar, se había comprometido a sufragar todos los gastos de la campaña con las rentas de su rica archidiócesis toledana.

En el mes de febrero de 1509, el rey, Cisneros y Pedro Navarro mantuvieron una entrevista en Alcalá de Henares para acordar todos los pormenores de la expedición que se iba a emprender en la primavera. En aquella tensa reunión el primero en tomar la palabra fue don Fernando.

—Como os expresé en las cédulas que firmé el verano que pasó —comenzó diciendo—, es mi deseo que el mando del ejército en esta campaña esté conjuntamente en vos, cardenal, y en el conde de Oliveto.

Pedro Navarro nada dijo, pero su expresión adusta denotaba que una guerra mandada por un sacerdote no le parecía lo más acertado.

El arzobispo de Toledo era un hombre septuagenario que adolecía de algunos achaques propios de la edad. ¿No sería su presencia en el campo de batalla más un obstáculo que una ayuda? ¿No debería dejar en manos más experimentadas tan alta responsabilidad? —pensaba, y al pensarlo escudriñaba el rostro del rey para averiguar sus verdaderas intenciones—. Había llegado a sus oídos que el arzobispo de Toledo había propuesto a Fernando el Católico que diera el mando de la expedición terrestre al Gran Capitán, y solo cuando este hubo rehusado y le recomendó que acudiera a él, se decidió el terco prelado a llamarlo.

—Su alteza real ha tomado una sabia decisión al emprender esta guerra que es justa, necesaria y agradable a los ojos de Dios —apostilló Cisneros, juntando piadosamente sus manos—. El Santo Padre respalda con sus oraciones y con la bula de la santa cruzada tan loable empresa. No os defraudaremos, señor, y volveremos con los laureles del triunfo y con la cristiandad ampliada con nuevas tierras. Además, no hacemos sino cumplir el deseo de la reina Isabel —que en santa gloria esté— expresado en su testamento.

Llegado a este punto, Pedro Navarro decidió intervenir.

—Mi príncipe: no es mi propósito enmendar los planes de su alteza, pero, ¿no debería delimitarse y fijarse la autoridad de su eminencia y la mía antes de partir? El señor arzobispo ha de colaborar en la segura victoria intercediendo con sus plegarias ante el Altísimo y yo con mis escuadrones y mi conocimiento de la guerra —dijo el conde, sabedor de que aquella atípica situación acarrearía en el futuro malentendidos y fricciones y que, más temprano que tarde, acabaría provocando el choque entre su fuerte personalidad y las exaltadas decisiones de Cisneros.

El rey parecía no haber oído lo expuesto por su capitán general de la infantería, como a él le gustaba llamarlo. Cisneros sonrió, pues sabía que don Fernando no le iba a restar ni un ápice de su autoridad en aquella expedición habiendo pagado él todos los gastos de la misma. El conde supo, desde ese momento, que la batalla la tenía perdida, pero que el enfrentamiento con el cardenal no tardaría en producirse. Sin embargo, como no era lerdo, pensó que debía andarse con pies de plomo, pues el poder de Cisneros era inmenso.

—Su eminencia el cardenal tendrá el mando de la guerra de África y vos, Pedro Navarro, el de esta expedición —sentenció el monarca, dejando bien sentada cuál era su opinión y su mandato—. Y ahora decidme, señor conde, con qué navíos contamos en el puerto de Cartagena y cómo se hallan las labores de avituallamiento de la escuadra y la paga de los soldados.

—Todo discurre según lo planeado, alteza —respondió el roncalés—. Para los primeros días del mes de mayo estará la flota preparada para embarcar a los hombres de armas y los caballos y podremos zarpar rumbo a África.

—En cuanto a las pagas —terció Cisneros, puesto que era un tema que a él competía—, he dado orden de que se transporten las arcas con el dinero desde Toledo a Cartagena y que no se abonen las soldadas hasta que todos los hombres hayan embarcado en los navíos, para que no gasten el sueldo en bodegones y pecaminosos lupanares.

Don Fernando se pellizcó el labio inferior, como era su costumbre.

—Queda un asunto que aún no hemos tratado, señores —dijo.

Los dos capitanes generales, el que aducía tener el apoyo de la divinidad y el que contaba con la experiencia del corso y de la guerra de Italia, se miraron expectantes sin saber cuál sería el asunto que aún quedaba por dilucidar.

—Se trata del veneciano Jerónimo Vianello. Quiero que forme parte de la expedición como maestre de campo. Él conoce mejor que nadie las costas de África, sus puertos y los caídes que gobiernan cada ciudad. Será vuestro lugarteniente, señor conde. También quiero que embarquen —añadió— los capitanes Juan de Espinosa, Alonso de Granada-Venegas, Gonzalo de Ayora, Villalba y el conde de Altamira.

—Se hará como vos ordenáis, alteza real —dijo Cisneros, sin poder ocultar que esa imposición del rey no le agradaba—, pero si me permitís la licencia, añadiré a la nómina de nuestros capitanes a mi sobrino, García de Villarroel, gobernador de Cazorla, como comandante de la caballería.

—Sin duda será de gran ayuda, eminencia —reconoció el rey—. Y ahora marchad a Málaga y a Cartagena y mantenedme informado mediante cartas, mis fieles capitanes generales.

Y así acabó la entrevista de Alcalá de Henares en la que participaron dos de los personajes más poderosos del reino y el capitán general de la infantería —de joven, labriego, corsario y palafrenero— el conde de Oliveto, que ocupaba, en aquella expedición, un puesto secundario, pero que no pasarían muchos días sin que, por su capacidad de mando y conocimientos militares, fuera protagonista destacado de las campañas que acabarían con la conquista de los enclaves portuarios norteafricanos, refugio de los temidos piratas berberiscos.

Uno de los motivos de la animadversión que estaba surgiendo entre el rudo y avezado militar y el refinado, astuto y anciano príncipe de la Iglesia era que el cardenal primado de España, haciendo uso de sus prerrogativas, había sustituido en el mando de algunas compañías a capitanes de la confianza del conde de Oliveto, que habían peleado con él en Italia, por gente poco diestra en los enfrentamientos bélicos pero cercana a su familia, o a criados suyos que poco podían aportar a la lucha contra los musulmanes cuando esta se desencadenara.

La escuadra con los suministros fue conducida por Pedro Navarro desde Málaga a Cartagena, donde se unió al resto de la flota el día 25 de marzo.

Por fin, al despuntar el día 16 de mayo del año 1509 pudo levar anclas la armada que se hallaba fondeada en la rada del puerto, no sin que unas semanas antes los marineros y gentes de armas se hubieran amotinado exigiendo la soldada al grito de: «¡Paga, paga, que rico es el fraile!», y que Jerónimo Vianello hubiera restablecido el orden haciendo arrestar a varios de los cabecillas de la rebelión.

De esos desórdenes se culpó injustamente al conde de Oliveto; pues algunos propalaban falsas acusaciones con la intención de que se desbaratara la flota y el ejército para formar otro constituido por gente fiel a sus personas con el que atacar Argel y lograr cuantioso botín. Había capitanes que lo que deseaban era que asumiera el mando el veneciano Vianello —condotiero sin patria y sin ley— que, sin duda, estaría dispuesto a seguirlos en tan insensata aventura. Aquellas actitudes hostiles evidenciaban que había, en la Corte y en la milicia, quienes sembraban la discordia y el desorden pensando que el rey apartaría al navarro del mando del ejército y, así, ellos podrían ascender más fácilmente en la carrera militar.

Pero no eran aquellas infundadas acusaciones otra cosa que producto de la malicia y la envidia de ciertos capitanes y de algunos miembros de la nobleza, que veían con malos ojos que un personaje carente de hidalguía, surgido de lo más bajo, los mandara, aunque fuera capitán general de la infantería. Este asunto, que podría haberse subsanado con un golpe de autoridad, se enquistó, porque los soldados se consideraban ultrajados al considerar que una empresa de tanta relevancia fuera dirigida no por un famoso militar vencedor de los franceses en las guerras de Italia, sino por quien —aseguraban con desdén— se había criado en el claustro de un convento y caminaba embozado en su negra cogulla, no habiendo visto jamás de cerca a un enemigo ni vivido en un campamento militar.

Frases como la que sigue eran la comidilla de los hombres de armas cuando se sentaban en corro para tomar la pitanza: «¡Voto va!, seguir hombres de pro a quien se viste por la cabeza. ¿Cuándo se vio?».

Aquel día, que había amanecido plácido, despejado de nubes y soplando una suave brisa del oeste, se hicieron a la mar ochenta barcos de carga, entre naves y carabelas, treinta galeras grandes y veinte galeazas que transportaban un ejército formado por unos quince mil hombres, entre los cuales se encuadraban cuatro mil jinetes ligeros, doscientos zapadores con picos y azadas y trescientos artilleros al mando del veterano Diego de Vera.

En la galera capitana habían embarcado, aquella mañana, el cardenal Cisneros con cinco de los frailes de su orden, la cruz arzobispal y el pendón de la cruzada. También el conde de Oliveto, como jefe de la expedición, y, en las naos y carabelas, Jerónimo Vianello, García de Villarroel y el resto de los capitanes.

Los suministros embarcados consistían en quince mil quintales de bizcocho, dos mil fanegas de cebada para los caballos, mil seiscientas botas valencianas de agua para beber, mil doscientos quintales de cecina, quinientos de queso, seiscientos de pescado cecial, ochocientos barriles de sardinas saladas y anchoas, treinta botas de aceite, setenta de vinagre, trescientas fanegas de sal y quinientas botas de vino, además de higos secos y pasas de uva. Víveres suficientes para resistir sin sufrir escasez durante los siguientes dos meses, sin contar con las viandas que pudieran tomar en Orán y en otros puertos africanos.

El armamento que portaban los navíos era: cinco mil viratones de ballesta, doscientos barriles de pólvora, repuesto de hierro y de plomo para balas, espadas, picas, rodelas, coseletes y paveses, además de cuatro lombardas grandes, dos cañones pedreros, seis gerifaltes, cuatro culebrinas para desembarcar y sesenta acémilas para servicio de intendencia y acampada.

Navegaron con viento favorable toda la jornada y parte de la siguiente, hasta que a media tarde del 17 —festividad de la Ascensión de Cristo— divisaron la costa africana y, antes del anochecer, fondeaban en la ensenada de Mazalquivir —fortaleza que se encontraba bajo el mando del alcaide Diego Fernández de Córdoba—, que era posesión de España, como se ha dicho, situada en el extremo occidental del golfo de Orán, populosa y rica ciudad y primer destino de la expedición. Cuando se hizo de noche pudieron ver los numerosos fuegos encendidos en el interior de Orán por encima de las murallas de tapial que la circundaban.

Pasaron la noche, el cardenal y el conde, en vela, cuidando todos los asuntos que habían de tenerse en cuenta a la mañana siguiente cuando procedieran al desembarco de las tropas y acometieran a los berberiscos que, sin duda, estarían esperándolos en las cercanías de Orán.

Antes del amanecer, Cisneros convocó un breve consejo de guerra que se reunió en la galera capitana, decidiéndose que los escuadrones saltarían a la playa en plena noche para alcanzar, en medio de la oscuridad, las cumbres de las colinas situadas entre Mazalquivir y Orán. Jiménez de Cisneros ordenó que desembarcara la caballería para que fuera esta la principal fuerza de choque en la pelea que se avecinaba, decisión con la que no estaba de acuerdo Pedro Navarro, aunque la acató con humildad, pues —pensaba— lo abrupto del terreno, con numerosas hoces y resecos roquedales, obstaculizaría los movimientos de los caballos, considerando el roncalés que había que dar prioridad a la infantería y a la artillería.

Aunque expuso al arzobispo de Toledo su opinión contraria a desembarcar toda la caballería, el terco prelado, secundado por algunos de sus bisoños capitanes, hizo caso omiso a sus consejos y mandó que continuaran trasladando los caballos a tierra en los esquifes y barcazas.

Pedro Navarro, con la infantería dividida en cuatro cuerpos de dos mil quinientos hombres cada uno, se hallaba preparado para el combate en la playa y en un extenso llano que había a las afueras de Mazalquivir desde las seis de la mañana. A las ocho aún no habían acabado de desembarcar los escuadrones de caballería que, finalmente, serían los que participarían en aquella primera embestida de los españoles.

Hasta las doce del mediodía no estuvieron todos los caballos en tierra. Entonces, el conde decidió dar el almuerzo a sus hombres, que nada cataban desde la tarde anterior, decidiendo el cardenal dispensarle de no comer carne en aquella ocasión extraordinaria —pues era viernes—, por lo que se repartieron sardinas, cecina de vacuno, bizcocho y vino.

Hasta las seis de la tarde no se pudo poner en marcha el ejército. Pedro Navarro no logró convencer al cardenal para que aplazara los combates hasta el día siguiente, alegando que si los gomeres presentaban más resistencia de la esperada, les sorprendería la noche sin haber concluido la batalla. La infantería de Pedro Navarro iba en vanguardia; en el ala izquierda avanzaba la caballería ligera, desplegada en una zona llana, y en la retaguardia se ubicaba un destacamento de jinetes que solo intervendrían si flaqueaban algunas de las unidades.

La artillería se había colocado en unas elevaciones del terreno a la derecha de las tropas, resguardada por una compañía de arcabuceros. En la cumbre de varias colinas, como a una milla de distancia, se hallaban, alineados, los berberiscos en un número superior a los doce mil, la mitad de ellos a caballo y la otra mitad a pie. Detrás, a una legua, se veían los blancos muros de Orán y, por encima, los esbeltos alminares de sus mezquitas, en cuyo interior debían de estar orando los fieles musulmanes para que su dios les concediera la victoria.

Antes de iniciar la marcha, el cardenal Cisneros, subido en un improvisado estrado de madera, a manera de púlpito, para que sus palabras pudieran ser oídas al menos por las compañías que, con sus pendones al viento, se hallaban en la vanguardia, pronunció este breve y sentido discurso:

—Soldados de España, no estamos en esta tierra solo para satisfacer nuestras justas ambiciones, para obtener botín o para extender los dominios de la monarquía, sino para colaborar en la sagrada y cristiana misión de propagar la fe y para mejoría de la Iglesia de Cristo. No luchamos contra los infieles desasistidos y sin ánimo, sino jubilosos y sabedores de que la Divina Providencia nos respalda y da fuerza a nuestros brazos cuando alzamos las espadas sobre los enemigos de la cristiandad. No estamos en esta tierra, que una vez estuvo iluminada por la luz del Evangelio, para buscar beneficios materiales, sino para ampliar la obra de Dios. No peleamos solo para alcanzar los bienes de este mundo, sino los goces en el otro, pues aquellos que perezcan en el transcurso de los combates que sepan que les espera, por la bula de la santa cruzada concedida por el Santo Padre el papa, los deleites del paraíso que nuestro salvador Jesucristo nos prometió. Y no temáis cuando el enemigo se halle cerca, porque Dios, en su infinita misericordia, enviará sobre ellos una niebla tan espesa que les impedirá veros y, a su vez, vosotros seréis favorecidos por una diáfana y milagrosa luz que os iluminará mientras peleáis. Por eso yo os pido que, imbuidos por el santo celo y el amor a nuestro soberano, exclaméis conmigo: ¡África, África por Dios y por el rey de España!

A lo que todas las gargantas al unísono respondieron a la arenga del arzobispo de Toledo con esas mismas y emotivas palabras.

Cuando empezaron a caminar en dirección a los montes donde estaban apostados los mahometanos, Pedro Navarro, que marchaba a la cabeza de la infantería, observo cómo se ponían a su altura el cardenal Cisneros y los cinco frailes franciscanos que lo acompañaban. El prelado vestía la indumentaria arzobispal, con la capa pluvial y la mitra, e iba montado en una acémila bellamente engalanada con gualdrapa que presentaba en las ancas el escudo de armas del cardenal, ajedrezado de oro y gules y cubierto con el capelo cardenalicio. Uno de los frailes —que entonaban cánticos de alabanza al Creador— portaba la Santa Cruz, de plata sobredorada y gemas engastadas; otro, el pendón de la santa cruzada.

Aquel acto de profunda exaltación religiosa, pero discordante con la acción violenta en la que, si Dios no lo remediaba o los gomeres no se retiraban, iban a participar, fue lo que colmó la paciencia del conde de Oliveto. Detuvo su caballo con parsimonia y se acercó al grupo de sacerdotes que, ensimismados con sus cánticos y glorificaciones, no se percataron de que la infantería había detenido su marcha y que el capitán general de la expedición se hallaba frente a ellos dispuesto a sentar las bases de quién era el que, por sus conocimientos y capacidad militar, mandaba y dirigía aquella guerra de África.

—Eminencia —le espetó al cardenal con energía, colocando su caballo delante de la acémila del prelado—. No conviene al reino ni a vuestra sagrada persona que marchéis en cabeza del ejército. Desconocéis cómo pelean estos moros y sin saberlo ponéis vuestra vida en peligro.

Cisneros, que no esperaba una reacción tan expeditiva de quien, hasta ese momento, había aceptado sin aparente oposición sus decisiones, quedó confuso y solo acertó a responder:

—¿No han de marchar, señor conde, en el lugar de mayor peligro, delante de sus hombres, los buenos capitanes? Y con más razón en esta ocasión que peleamos contra los heréticos musulmanes por la expansión de la fe y necesitamos inexcusablemente la ayuda del Altísimo para lograr la victoria. ¿Y no soy yo y mis hermanos franciscanos los mejores intermediarios entre Dios y nuestro ejército?

Pedro Navarro procuraba no perder la compostura, aunque el arzobispo, con su terquedad, estaba acabando con su paciencia.

—Cierto es, señor cardenal, que sin vuestra inestimable ayuda como mediador entre Dios y los hombres, ninguna victoria es posible. Sobre todo, como bien decís, si tenemos que enfrentarnos a los incrédulos mahometanos —dijo con una retranca que el ofuscado arzobispo no alcanzó a comprender—. Pero, del mismo modo que eleváis vuestras preces al Todopoderoso desde este peligroso lugar, podéis pedir su milagrosa intercesión desde el oratorio de San Miguel, en Mazalquivir, donde estaréis más cerca de Él y no correréis ningún riesgo.

Cisneros no sabía qué contestar. El conde, envalentonado al ver que el fraile dudaba, continuó diciendo:

—No es bueno ni razonable, eminencia, que un ejército tenga dos generales, como no es bueno que en un reino haya dos reyes ni que la santa madre Iglesia tenga dos papas, como ya aconteció por desgracia en el pasado. Rece el primado de las Españas todo lo que crea necesario en el oratorio de San Miguel y déjeme a mí las cosas de la guerra, que no en balde me curtí en el mar luchando contra los turcos y en tierra peleando con los franceses. Marchad a Mazalquivir, que una compañía de rodeleros os escoltará hasta el pie de la muralla. Os aseguro que hoy no se dará un paso más si no es en nombre del rey y bajo mi autoridad, pues yo sé mandar soldados como vos sabéis apacentar los rebaños del Señor en vuestra diócesis, que ahora está sin pastor. Y de este modo, cada uno hará su oficio. Ved qué tal arzobispo haría yo y juzgad qué tal general sería vuestra eminencia.

El cardenal Cisneros, viéndose vencido por los sutiles argumentos expuestos por el conde de Oliveto y su firmeza y convicción al expresarlos, guardó silencio y, con el rostro contraído y de mala gana, arreó la acémila para que se dirigiera a la fortaleza de Mazalquivir, que quedaba como a medio kilómetro de distancia. Y de esta manera dejó Pedro Navarro zanjado el asunto de quién ostentaba el mando supremo de la expedición española en las costas de África.

Los berberiscos esperaban el ataque de los españoles sin moverse de las descarnadas cumbres donde se hallaban posicionados. Solo algunos grupos de jinetes bajaban las abruptas pendientes de vez en cuando para probar a pelear con las avanzadillas de Pedro Navarro. El conde de Oliveto, habiendo asumido el mando absoluto del ejército expedicionario, dio la orden de avanzar cabalgando al frente del primer escuadrón con la rodela en el brazo izquierdo, la cabeza cubierta con un yelmo emplumado y blandiendo la espada magiar con la mano derecha. Los escuadrones se pusieron en marcha, mientras que desde una colina cercana las lombardas y las culebrinas comenzaban a batir las desordenadas filas enemigas.

Como los oraneses ocupaban, en las alturas, una posición dominante, los jinetes —no sin dificultad por lo escabroso del terreno—, los rodeleros y los piqueros debían trepar por los canchos hasta alcanzar a las tropas berberiscas. A la media hora de haberse iniciado los combates, los musulmanes comenzaron a recular en dirección a la ciudad. La superioridad técnica de las tropas españolas, su perfecta formación, la falta de disciplina en el bando bereber y la carencia de unos mandos experimentados hacían de sus desarticulados escuadrones unas fuerzas incapaces de resistir a la eficaz y experta infantería, a la caballería y, sobre todo, a la temible artillería de España, aunque el número de guerreros enemigos fuera similar al de los atacantes. Entonces, Pedro Navarro dio la orden de que las piezas de artillería se trasladaran a un lugar más cercano a Orán para poder alcanzar con sus disparos a los que se hallaban en franca retirada. Los disparos de los cañones y las cerradas descargas de los arcabuceros que, apoyando con maestría los arcabuces en sus horquillas, repetían el fuego con una cadencia de tiro de siete minutos, provocaron gran mortandad entre los enemigos.

El conde de Oliveto, como tantas veces en Nápoles, peleaba en medio de las filas de los gomeres sin temer por su vida, dando estocadas y arremetiendo contra una heterogénea, aunque vociferante, infantería armada con hachas, arco y flechas, hondas y algunas espingardas. En esta labor lo acompañaban los intrépidos capitanes Juan de Espinosa, Gonzalo de Ayora y Villalba.

Los pocos mahometanos que aún resistían en la cumbre de dos colinas, no lejos de la puerta occidental de Orán, amedrentados por el fuego de las culebrinas y de los arcabuces y el ímpetu arrollador de piqueros y rodeleros, no tardaron en emprender la huida. Algunos se dirigieron a la puerta de la ciudad para buscar refugio tras sus murallas; otros a las montañas cercanas, en cuyas cumbres se divisaban extensas masas arbóreas; y, los menos, hacia las tropas cristianas, haciendo ostensibles ademanes de entregar las armas, aunque no consiguieron sino alimentar la degollina, pues en el fragor del combate ningún capitán se atrevía a ordenar a los soldados que respetaran las vidas de los que se rendían.

Mientras se producía la batalla campal en las colinas situadas al este de Orán, las galeras y carabelas españolas, que se habían acercado a su puerto, comenzaron a disparar sus lombardas contra las murallas con el propósito de abrir brechas por las que pudieran entrar las tropas de Pedro Navarro. Pero cuando los maestres de las naves y los capitanes de las galeras comprobaron que eran muy escasos los defensores, porque la mayor parte de los hombres en edad de combatir se hallaban con el ejército en la zona extramuros, ordenaron que desembarcaran los marineros y que asaltaran la muralla y entraran casi sin oposición en la ciudad, al mismo tiempo que los escuadrones del conde de Oliveto hacían lo propio penetrando a través de una brecha del muro y por una de las puertas que unos zapadores lograron abatir con un ariete.

Anochecía cuando los españoles, lanzando gritos de triunfo y alzando las ensangrentadas espadas al aire, recorrían las calles y plazas de Orán matando, robando y tomando cautivos. Pedro Navarro nada hizo para evitar la matanza, al considerar que la toma de botín y de cautivos era uno de los poderosos incentivos que movían a aquellos bravos soldados a enrolarse en el ejército y emprender misiones tan peligrosas. Toda la noche se estuvieron oyendo los alaridos de los heridos, los desgarradores gritos de las madres que eran separadas de sus vástagos y los llantos de los niños cautivados y encerrados en la alhóndiga.

Una vez que hubo amanecido, el conde de Oliveto, después de recorrer minuciosamente los alrededores de la ciudad instando a rendirse a los que vagaban por los campos diciéndoles que sus vidas sería respetadas, reunió a los soldados en la plaza mayor y sus aledaños, donde se alzaba la mezquita principal de Orán, y les ordenó que cesaran los excesos y robos que se habían cometido aquella noche. Luego se dirigió a los supervivientes oraneses y les habló mesuradamente con las siguientes palabras:

—He ordenado que se dé fin a las matanzas, robos y cautividades que habéis sufrido esta pasada noche. He decidido otorgaros el amán como vosotros llamáis al perdón ofrecido a los vencidos. Ningún daño debéis esperar a partir de ahora de los españoles, porque la batalla ha finalizado con nuestra victoria y porque sois ya súbditos del rey de España y estáis bajo su real protección.

A continuación mandó enterrar a los muertos —unos cinco mil por parte oranesa y cien por el lado español—, a los musulmanes según su rito, a los cristianos ordenando que se habilitara un terreno al otro lado de las murallas como cementerio que un fraile bendijo para que fuera tierra santa. También mandó que los heridos se trasladaran a unos almacenes que había en el puerto convertidos en hospital y, antes de que feneciera el día, procedió a situar hombres armados y centinelas en el adarve de la muralla y en los terrados de las torres, aunque fuera vana prevención porque los mahometanos, escarmentados, no osarían acercarse a Orán con actitudes belicosas durante muchos meses.

El domingo, 20 de septiembre, a eso de mediodía, entró en Orán el cardenal Cisneros, siendo vitoreado por las tropas formadas extramuros y algunas compañías, de las que estuvieron en la vanguardia y se distinguieron por su bravura, en la plaza principal de la población. Dicen los que asistieron al solemne acto que el conde de Oliveto, con el semblante sereno, le rindió los honores debidos a su cargo y a la relevante dignidad eclesiástica que ostentaba, ofreciéndole todo lo que en la ciudad se guardaba y cuanto habían tomado los soldados como botín, aunque el astuto arzobispo de Toledo se cuidó de reclamar a aquellos valientes hombres —muchos de ellos gente pendenciera sin ley ni moral y pronta a la insurrección— para sí y su diócesis nada de lo que habían requisado la noche de la victoria.

Luego Cisneros, que parecía haber olvidado la humillación a que le sometió el conde —aunque solo fuera en apariencia—, visitó, en compañía de este, a los trescientos famélicos cautivos cristianos que habían estado presos en las mazmorras de Orán. Al caer la tarde, con Pedro Navarro, los capitanes del ejército, los alféreces enarbolando las enseñas militares y las banderas con los símbolos de Castilla, León y Aragón, los frailes franciscanos y un escribano que levantó acta del acontecimiento, se dirigió a la mezquita principal de la ciudad, a la que consagró como iglesia.

Unos días más tarde, estando el conde de Oliveto atareado en las labores de reconstrucción de las murallas, en la selección de los hombres que habrían de permanecer en Orán como guarnición y en mejorar las relaciones con los imanes y con el caíd de la ciudad, y Cisneros dedicado a relatar a su secretario los avatares de la conquista —para que este redactara una crónica laudatoria de su persona e hiciera hincapié en la decisiva intervención del Todopoderoso en el triunfo de las fuerzas cristianas—, el arzobispo logró interceptar una carta que el rey don Fernando enviaba a Pedro Navarro en la que le encargaba que entretuviera en África al prelado por unos motivos que no se especificaban en la misiva. Esta carta hizo comprender a Cisneros que el monarca tenía toda su confianza depositada en el conde y que, dadas las circunstancias, perdido el crédito que, hasta ese día, había gozado cerca de don Fernando, nada le obligaba a permanecer en Orán; incluso —pensaba— debía temer por su seguridad personal.

A la mañana siguiente, después de hacer entrega del mando a Pedro Navarro, partió en una galera con rumbo a España alegando que iba a solicitar al rey refuerzos y pertrechos para la guarnición que habrían de dejar en Orán. Sin embargo, estando en Alcalá de Henares, el 12 de junio del año 1509, escribió una larga carta muy confidencial a su secretario, fray Francisco Ruiz, con una serie de acusaciones sobre el conde de Oliveto que se podrían resumir en que lo culpaba del motín de los soldados sufrido en Cartagena, de usurpación de autoridad y de humillarle delante de los hombres que estaban bajo su mando, para que este se las trasladara al rey y le solicitase la destitución de quien —en su opinión— había actuado alevosamente en contra de la voluntad y los mandatos de su soberano.

Pero no debieron de estar suficientemente fundadas dichas acusaciones o don Fernando entendía que su capitán general de la infantería había obrado con justicia y equidad en Orán asumiendo el mando del ejército, pues el monarca, en lugar de destituir y castigar al conde, le confió en solitario el caudillaje de nuevas expediciones en el norte de África.

La conquista de Orán, que no por la facilidad con que se logró dejó de tener enorme resonancia internacional, no sería más que el prólogo de otras victoriosas campañas que protagonizaría el famoso militar navarro en el extenso litoral que abarca desde Vélez de la Gomera a Trípoli, expansión facilitada por los acuerdos sobre el reparto de influencias en el Mediterráneo firmados con Portugal en Sintra el 18 de septiembre de 1509.

Y, aunque todo el mundo en España, Portugal, Italia y Francia achacaba los triunfos logrados a la superioridad de las tropas españolas y a su perfecta organización, como habían demostrado fehacientemente en la anterior guerra de Nápoles, nadie ignoraba que gran parte del éxito se debía a la inteligencia, las dotes de mando y los conocimientos militares del conde de Oliveto y a la sagacidad y visión de futuro del rey regente, don Fernando el Católico.

XVII
BUGÍA Y TRÍPOLI

El conde de Oliveto permaneció los tres meses de aquel verano en Orán, ocupado en la reparación de las murallas, construyendo un castillo en una altura que convenía dominar para la defensa de la ciudad, habilitando almacenes para las vituallas y acuartelamientos para los soldados que enviaba el rey de España. También se dedicó, con sus capitanes, a situar las piezas de artillería en los lugares desde donde mejor podían batirse las colinas cercanas, a organizar la guarnición según le había enseñado el Gran Capitán y a establecer los puestos de guardia, los centinelas, las escuchas y las rondas —pues el roncalés no dejaba nada al azar— para prevenir ataques por sorpresa de los berberiscos que se habían encastillado en las sierras y asentado en aduares.

Una vez que se hubieron apoderado los españoles de los principales puertos situados al oeste de Argel: Vélez, Melilla, Mazalquivir y Orán —desde los cuales los corsarios berberiscos habían asolado las costas de Andalucía y Levante en los años que precedieron a estas conquistas—, el rey don Fernando puso sus ojos en la región central del Mediterráneo, con varias ciudades costeras dominadas por reyezuelos musulmanes, algunas de ellas con independencia política, como Argel, que estaba bajo la dinastía de los sianidas, pero otras controladas por los otomanos, como Bugía, gobernada por el príncipe hafsí Muley Abderramán.

En esta ciudad residía un influyente santón local llamado Sidi Muhammad al-Tuwallí, que había extendido la especie de que las murallas de aquella población poseían poderes mágicos que las protegerían de los españoles. El sultán otomano Bayaceto II había logrado convertir Bugía en uno de los puertos base de la flota turca que navegaba por aguas de Sicilia, Nápoles y el mar de Alborán, llegando este soberano turco, incluso, a pensar en desembarcar en el litoral de Granada para ayudar a sus correligionarios mudéjares.

Cuando por fin, en enero de 1492, cayó Granada en poder de los reyes Isabel y Fernando, muchos granadinos buscaron refugio y se instalaron en Bugía, convirtiéndose en encarnizados enemigos de los españoles, aunque tampoco veían con agrado que la ciudad estuviera bajo la órbita de los otomanos.

Durante los meses de verano del año 1509 se había reunido, en varios puertos españoles, una gran flota constituida por doscientos treinta navíos procedentes de los puertos de Fuenterrabía, Pasajes, Portugalete, Rentería, Lequeitio —algunos eran naos de los antiguos compañeros corsarios del roncalés—, Bermeo, Bilbao, Castro Urdiales y Laredo. Habían embarcado veinte mil españoles y siete mil alemanes, entre ellos seis mil jinetes ligeros, además de setenta y dos piezas de artillería.

Una parte de esa flota formada por trece carabelas y naves y otros buques menores, bien armados y pertrechados, se hallaba bajo el mando de Pedro Navarro. En esta ocasión no se había contado con ninguna galera, no solo porque su función como embarcación destinada al transporte de hombres y municiones era muy limitada, sino porque la campaña que se proyectaba se pensaba desarrollar en otoño o invierno, meses muy malos para tener tan veloces, pero endebles, embarcaciones en el mar.

El 30 de noviembre de 1509 se hallaba el conde de Oliveto con sus navíos en el puerto de Ibiza, donde se reunió con la flota de Jerónimo Vianello, que había arribado a la isla por orden de Fernando el Católico. El rey regente había concentrado la escuadra en Ibiza para sembrar el desconcierto entre los reyezuelos musulmanes, que ignoraban cuál era el verdadero propósito y el objetivo de tan poderosa flota, que bien podía dirigirse al litoral de Fez, a las costas de Argel o a las de Túnez.

En aquella isla estuvieron, ultimando algunos asuntos militares y de abastecimiento, hasta que se hicieron a la vela el día 1 de enero de 1510. El navarro iba al frente de una parte de la flota, formada por veinte embarcaciones, entre carabelas y naves, con un ejército de cuatro mil hombres, un tercio jinetes ligeros, y veinte cañones bajo las órdenes del artillero Diego de Vera. Hasta ese día el objetivo de la campaña se había mantenido en secreto. Solo el rey, Vianello y Navarro sabían que Bugía era el puerto que debían asaltar y tomar en el transcurso de aquella expedición.

Bugía se encontraba situada en el seno de una abierta bahía, al este de Argel y al pie de una enriscada montaña en cuya cumbre se había erigido una fortaleza que dominaba la ciudad y le servía de defensa. Al oriente de la ensenada se alzaban elevados y descarnados picos que se cubrían de nieve en los meses de invierno. Aunque su puerto no estaba bien abrigado de los temporales, era lugar de comercio, de arribada de navíos mercantes de algunas naciones neutrales y, como se ha dicho, de embarcaciones procedentes del Imperio turco. Sus mandatarios se llevaban mal con los reyes de Tremecén por cuestiones de legitimidad dinástica que provenían de muchos años atrás. Como existían disensiones entre sus gobernantes, astutamente el conde de Oliveto se aprovecharía de ellas para dominar la ciudad e instaurar en su gobierno a un reyezuelo proclive a los intereses españoles, como luego se verá.

El día 5 de enero llegó Pedro Navarro con su armada a la bahía de Bugía. Como soplaba un fuerte viento terral no pudo acercarse a la costa, teniendo que fondear a media milla del puerto. Cuando amainó, al caer la tarde, el conde embarcó en un batel y recorrió el litoral en torno a la ciudad para ver de cerca las murallas y localizar los puntos débiles de las mismas. Al amanecer del día siguiente, festividad de los Reyes Magos, desembarcaron los españoles en la playa, como a un kilómetro de Bugía. Los caballos fueron transportados desde las naves en unas embarcaciones de fondo plano que llamaban tafurcas y las tropas y los pertrechos en fustas y bateles.

Los de Bugía, observando que las tropas españolas no superaban los cinco mil hombres y que ellos confiaban muy poco en sus desmochadas murallas —no fiándose de las prédicas milagrosas del santón al-Tuwallí—, sacaron fuera de la ciudad a una parte de los hombres capaces de pelear a pie o a caballo, unos diez mil, que apostaron en las alturas que había al sur de Bugía. Desde allí pensaban bajar al llano y combatir a los invasores para impedirles realizar las operaciones de desembarco que, no obstante, se llevaron a cabo sin grandes dificultades, con solo algunas escaramuzas libradas en los entornos de la playa.

Desplegó el conde las fuerzas en dos escuadrones con su respectiva artillería: uno de ellos lo envió a las alturas donde se habían establecido los musulmanes y el otro a la llanura litoral con la orden de atacar las murallas por la parte que se había comprobado que estaban más deterioradas. Mientras tanto, la artillería de ambos escuadrones, emplazada a una distancia que podía dañar a los defensores sin ser alcanzada por la decena de viejas culebrinas de los musulmanes, comenzó a disparar para desbaratar la formación enemiga e intimidar a los encastillados.

Los berberiscos que estaban en la sierra, al ver la perfecta formación de los escuadrones españoles que trepaban por las laderas como si caminaran por terreno llano, la eficacia de su artillería, que les causaba muchos muertos y heridos, y la fama que estos tenían desde que tomaron con muy pocas bajas Orán y la saquearon, desistieron de enfrentarse a los invasores y se replegaron buscando el amparo de las murallas de la ciudad.

Desalojados los mahometanos de aquellas alturas, fue el lugar ocupado por las tropas españolas que, con su artillería, podían batir con enorme facilidad los muros y las casas de Bugía. Uno de los escuadrones atacó el recinto por ese flanco con arcabuces y ballestas, y el otro asaltó la muralla por donde se hallaba la que llamaban ciudad vieja, que era por donde estaba casi arruinada.

No duró más de tres horas el asedio, porque mal defendida, con poca artillería y persuadido el emir Muley Abderramán de que, hicieran lo que hicieran, al final Pedro Navarro —cuyo prestigio de gran militar se había extendido por todo el litoral africano y al que temían como a la misma peste— entraría en Bugía y sometería a inevitable saqueo las casas de los ricos y los almacenes repletos de mercancía que había en el puerto, decidió escapar con todo lo que se pudo llevar consigo, abandonando a sus conciudadanos, para buscar seguro refugio en las montañas del interior.

El conde de Oliveto, que supo que el sobrino de Abderramán, Muley Abdalá, al que su tío había cegado y mantenía en prisión, había logrado escapar de la cárcel aprovechando el tumulto y el desorden generado por el ataque de los españoles, lo mandó buscar y le ofreció el trono de Bugía si rendía pleitesía al rey don Fernando el Católico y se convertía en su súbdito. Abdalá aceptó el ofrecimiento y, aquel mismo día, fue nombrado nuevo soberano de la ciudad. Sus odiados enemigos, los seguidores de su cobarde pariente, fueron tomados como esclavos y sus pertenencias confiscadas y repartidas entre los españoles que habían participado en la empresa como botín de guerra.

De esta manera quedó la ciudad y el puerto de Bugía en poder de Pedro Navarro y gobernada por un emir musulmán vasallo del rey de España. Muley Abdalá aceptó, meses después, recibir el bautismo y gobernó la ciudad con el nombre de don Hernando, infante de Bugía.

Es necesario decir que la inclinación y el aprecio hacia los españoles de Abdalá se transformaron en amor fraterno cuando los cirujanos que iban en la expedición del navarro consiguieron, mediante una intervención quirúrgica, devolverle algo del perdido sentido de la vista.

Una vez restablecido el orden en la ciudad, Pedro Navarro envió a España a García de Villarroel para que relatara al rey cómo se había logrado conquistar Bugía y le solicitara el envío de algunos capitanes, pues habían muerto o estaban gravemente heridos varios de los suyos en la refriega, entre ellos el noble don Rodrigo Moscoso y Osorio, segundo conde de Altamira, que agonizaba a consecuencia de las heridas recibidas. También le pedía dos mil hombres de armas para dejarlos como guarnición. Igualmente, le mandaba decir que, aunque sus órdenes eran que se expulsara a todos los musulmanes y se sustituyeran por cristianos, no había tenido más remedio que aceptar el vasallaje a su persona de un príncipe moro, que se había comprometido a pagarle tributo, con lo que —pensaba— la población del lugar estaría más inclinada a respetar y obedecer a los españoles y a cumplir sus leyes si tenían un virrey sacado de entre los suyos.

Pedro Navarro tenía el proyecto de continuar enseguida con la conquista de otras ciudades y puertos en aquella parte del litoral. Sin embargo, la presencia en las montañas de Muley Abderramán, que había soliviantado a varias tribus contra los españoles y su sobrino, y atacaba sorpresivamente a los destacamentos que se atrevían a salir de la ciudad para hacer pesquisas en los valles del interior, lo mantuvo varios meses en Bugía hasta lograr la pacificación del territorio, lo que no pudo conseguir de manera total.

El 13 de abril marchó al frente de un escuadrón de mil quinientos hombres, acompañado de Abdalá con un destacamento de los nativos que le habían jurado lealtad, y realizó un ataque nocturno contra las posiciones de Abderramán en la sierra, a unos veinte kilómetros de Bugía, donde este tenía su campamento.

Lo acontecido en aquellos días fue que, salido el contingente de españoles y berberiscos de la ciudad al anochecer, se internaron en la montaña guiados por dos soldados de Abdalá conocedores del terreno. Marchaba en cabeza Diego de Vera y el coronel Francisco Marqués con siete compañías cada uno; detrás iba el coronel Diego Pacheco con dieciocho, ocho bajo su mando y diez bajo el mando directo de Navarro, marchando en retaguardia Jerónimo Vianello con su gente.

En el segundo día de marcha, antes de que las luces del amanecer iluminaran las crestas de las montañas, dieron con el campamento o aduar de Abderramán, que se hallaba situado en un llano por cuyo centro discurría un río de abundante caudal por aquellas fechas. Los primeros en hacer fuego sobre las jaimas de los rebeldes fueron los hombres de Diego de Vera, lo que provocó la alarma de los acampados, que salieron precipitadamente, y todavía adormecidos, de sus tiendas, empuñando ballestas, alfanjes y espingardas. Este prematuro ataque permitió que Abderramán y algunos de sus incondicionales, viéndose perdidos, lograran escapar al galope en dirección a lo profundo de la sierra.

Pedro Navarro ordenó que todos los españoles y los musulmanes aliados se lanzaran sobre las tiendas de los seguidores de Abderramán, mataran a los que intentaban defenderse y tomaran prisioneros a los que deponían las armas, pues no quería acabar con la vida de aquellos hombres desarmados ni parecer un cruel capitán que mata sin razón, solo por venganza u odio, sino atraerlos a la concordia y al acuerdo para hacerlos súbditos leales del príncipe Abdalá.

Despuntaba el alba cuando dieron por terminada la lucha.

Trescientos de los seguidores del depuesto emir acabaron muertos y seiscientos fueron hechos prisioneros, entre ellos la mujer de Abderramán, su hija y varios de los altos dignatarios de su gobierno en el exilio. El botín conseguido fue inmenso, destacando la vajilla de oro del emir rebelde, que tomó para sí Diego Pacheco y que valió cinco mil ducados.

A las dos de la tarde, una vez que se hubieron saqueado e incendiado todas las tiendas de campaña, el conde de Oliveto dio la orden de retirada. Marcharon atentos y en perfecta formación, pues recelaban del huido Abderramán y de su gente. Delante iban los prisioneros y el botín vigilados por las compañías de Ávila, Pacheco y del propio Navarro y, en retaguardia, con los ojos puestos en los pasos de montaña y los barrancos, los soldados de Marqués y Vianello.

A las dos horas de iniciada la marcha, cuando caminaban por una anchurosa vega, apareció por detrás de unos roquedales Abderramán con unos trescientos hombres de a caballo y dos mil de a pie, los cuales, dando desgarradores gritos, amenazaban con lanzarse, ladera abajo, contra las tropas españolas y nativas. Los arcabuceros y ballesteros de Diego de Vera tomaron posiciones para repeler el ataque, pero fue entonces cuando el emir depuesto recurrió a una vieja estratagema que consistía en enviar a galope tendido una manada de camellos, unos cuatrocientos, contra las filas de Pedro Navarro con el propósito de desbaratarlas y aprovechar el desconcierto para atacar a los escuadrones del conde de Oliveto.

Sin embargo, las primeras descargas de los arcabuceros y los disparos de los ballesteros espantaron y aturdieron a los pobres animales, obligándoles a cambiar la dirección de la estampida hasta meterse en el cercano río, donde perdieron la velocidad y el ímpetu que traían. Al ver fracasada su artimaña y que las tropas contrarias estaban intactas y bien asentadas sobre el terreno, Abderramán decidió emprender la retirada en dirección a las altas y aún nevadas cumbres. En las horas que siguieron, los españoles se apoderaron de dos centenares de camellos que andaban perdidos por la vega y que se unieron al botín conseguido aquella noche. Un día después, antes de que el sol se ocultara tras las montañas, los expedicionarios, retrasada su marcha por el abundante botín y los camellos, entraban, casi sin bajas, en Bugía por la puerta del sur.

Pero, como se ha referido, no fue suficiente esta victoria para pacificar el territorio. La inestabilidad provocada por la existencia de dos facciones enfrentadas por el trono de Bugía mantuvo a la ciudad en estado de guerra y en peligro de perderse en varias ocasiones. Como último recurso, Pedro Navarro, acompañado del enviado personal del rey de España, Alonso de Rabaneda, encargado por el monarca de llevar a cabo las conversaciones, recurrió a la negociación y, haciendo una excelente labor diplomática, lograron reunir a ambos contendientes y llegar con ellos a un acuerdo deslindando las atribuciones de las tres administraciones: la de los españoles, controlando Bugía y sus alrededores, y las de Abdalá y Abderramán, que se quedaban y repartían las tierras del interior, permitiéndose que cobraran tributos a la gente que las habitaba.

Dos de los acuerdos que atañían a los españoles eran que podrían construir dos fortalezas en la ciudad y guarnicionarlas y que los emires debían proporcionarles, cada año, víveres equivalentes a tres mil seiscientas fanegas de trigo, mil cargas de cebada y otras tantas de leña, mil carneros, cincuenta vacas y otras tantas fanegas de habas. También figuraba entre los acuerdos que todos los musulmanes granadinos que residían en Bugía, de los que el roncalés no se fiaba por el odio y los deseos de revancha que anidaban en sus corazones, fueran expulsados de la ciudad.

Unos meses antes, a finales de enero, Pedro Navarro, con diez barcos y mil hombres, logró apoderarse del peñón que defendía el puerto de Argel.

El 31 de ese mes, el emir de la ciudad, Selim ben Tumí, conocedor de los estragos que los españoles cometían en las ciudades que no se sometían, solicitó una entrevista con el conde de Oliveto para rendirle pleitesía y reconocer la autoridad del rey de España. Casi al mismo tiempo se entregaron sin oponer resistencia, solo a cambio de que respetaran sus vidas y sus haciendas, los gobernadores de Tedeles, Mostaganem y Jijel.

El rey de Túnez, Muley Yahya, y el de Tremecén también se sometieron, con análogas condiciones, a la soberanía de don Fernando el Católico, aceptando el tunecino entregar como rehén a uno de sus hijos y conceder la inmediata libertad a todos los cautivos cristianos que se hallaban en sus mazmorras. Con estas capitulaciones, en pocos meses, una gran parte de la costa africana, que antes era un peligroso hervidero de piratas, se hallaba bajo el control y el dominio de las tropas españolas y la autoridad del rey don Fernando el Católico.

Y de esa favorable situación política y militar era el único responsable el capitán general de la infantería del rey de España: Pedro Navarro, conde de Oliveto.

*   *   *

En opinión de este excepcional militar, era ya tiempo —a finales del mes de mayo del año 1510— de acometer nuevas y más ambiciosas conquistas en África, llegando, con la ayuda del Todopoderoso —aseguraba—, al reino de Egipto y, por qué no, a los santos lugares donde Cristo vivió y murió.

En los días siguientes a la toma de Bugía, observando que era necesario dejar una nutrida guarnición en la ciudad a causa de los previsibles ataques de algunos contumaces incondicionales de Muley Abderramán o de los turcos, había enviado —como se ha referido— a García de Villarroel con una petición de ayuda al rey don Fernando en hombres, armamento y vituallas. El rey de España le contestó, por medio de una amable carta en la que también se congratulaba de sus éxitos, que organizara la defensa de la ciudad con la gente que tenía consigo a la espera de que llegara don García de Toledo, primogénito de la Casa de Alba, con siete mil soldados que habían de quedar de guarnición en Bugía para que él pudiera continuar las conquistas que habían acordado.

Sin embargo, una epidemia de peste surgida en el norte de África, teniendo los lugares de mayor incidencia en Argel y Bugía, hizo que la expedición de García de Toledo tuviera que retrasarse tres meses, hasta que se supo que la plaga había remitido. Falto de víveres y de armamento, Pedro Navarro decidió embarcar a sus hombres en las naves, dejando en Bugía a Diego de Vera con los soldados indispensables para su defensa, y el 7 de junio navegó hasta la isla de Faviñana, situada cerca de la costa occidental de Sicilia, que sabía que gozaba de buen clima, había pesca abundante, bosques espesos y caza variada, con lo que sus hombres podrían descansar y tener la pitanza asegurada.

Un mes estuvo Pedro Navarro y sus hombres en la isla hasta que, a principios del mes de julio, llegaron cinco carracas, tres naves y diez galeras desde Nápoles con Diego de Valencia que traían refuerzos, armamento, municiones y gran cantidad de víveres. Con todo ello, el conde de Oliveto pudo hacerse a la mar el 15 del citado mes con una potente armada constituida por ochenta embarcaciones, entre carabelas, naves, galeras y bateles, y un total de quince mil hombres de armas. Puso rumbo a Trípoli, que era el siguiente objetivo de la expedición militar que el rey le había ordenado llevar a cabo para la defensa de sus posesiones territoriales en Nápoles y Sicilia, el sometimiento de los piratas berberiscos y turcos y la expansión de la cristiandad.

El 24 de julio avistaba el conde de Oliveto la ciudad de Trípoli, una de las poblaciones costeras más ricas y mejor fortificadas de todo el litoral norteafricano.

Trípoli se encontraba asentada en una llanura, al este de Túnez y al sur de Sicilia. Su puerto estaba desabrigado, aunque había sido frecuentado desde la antigüedad por barcos de comercio de todas las naciones y lo seguía siendo por embarcaciones procedentes de Italia, Portugal y, sobre todo, del Imperio otomano. Estaba rodeada de una muralla de tapial bien edificada con numerosas torres y baluartes artillados y preparados para defenderse de los tiros contrarios. Toda la ciudad, por la parte de tierra, se hallaba protegida por un foso profundo inundado. Vianello, que había recorrido el litoral y el puerto de Trípoli con un batel para localizar los puntos flacos del recinto, calculó en más de catorce mil el número de sus defensores.

Avisados los gobernantes de la ciudad por unos mercaderes genoveses de que los españoles preparaban una gran armada para atacarlos, habían solicitado la ayuda del sultán Bayaceto II, que les envió dos galeras con doscientos hombres de armas para que colaboraran en su defensa.

El desembarco español se inició al amanecer del día 25 de julio, festividad del apóstol Santiago.

Los soldados, una vez desembarcados de los bateles y las barcas, se organizaron por compañías y escuadrones sometidos al bombardeo de la artillería de Trípoli apostada en los baluartes y los terrados de las torres. Para contrarrestar los tiros de las culebrinas enemigas, las galeras y naves españolas se acercaron a la muralla del flanco marítimo y comenzaron a disparar sus cañones, con tanto acierto que tuvieron los artilleros y espingarderos de la ciudad asediada que replegarse y buscar refugio en el interior de las torres.

A las nueve de la mañana se encontraba todo el ejército de Pedro Navarro desplegado en tierra y marchando contra la población dividido en dos secciones, cada una formada por cuatro escuadrones. En la vanguardia, con dos mil hombres, iban los coroneles Diego Pacheco y Juan de Arriaga y, detrás, Juan Salgado y Martín del Águila con otros dos mil. Para animar a sus soldados, que estaban siendo muy castigados por los espingarderos musulmanes, el conde de Oliveto les habló fraternalmente, prometiéndoles que se repartiría, entre los que primero entraran en la ciudad, cuantos esclavos se capturaran y todas las telas lujosas que los mercaderes tuvieran guardadas en sus almacenes, así como las alhajas de plata y oro y ropa cortada que se encontraran en las mansiones de los potentados.

Algunas de las compañías de infantería y destacamentos de marineros que habían desembarcado a un tiro de ballesta del castillo, que dominaba el puerto, se lanzaron al asalto de aquel bastión, aunque sin conseguir llegar al pie de la muralla a causa de la férrea resistencia de los defensores que, con los tiros de sus espingardas y ballestas, mataron a varios hombres de la avanzadilla que intentaban colocar una escala sobre el muro.

Entre las diez y media y las once de la mañana, por fin, un grupo de españoles consiguió escalar la muralla por la parte de la ciudad que miraba al sur, no lejos de la puerta que, después de la conquista, se llamó de la Victoria. Uno de los primeros en trepar fue el infanzón aragonés Juan Ramírez, que se mantuvo sobre el adarve, peleando con una decena de defensores, a pesar de estar herido de gravedad, hasta que un centenar de compañeros logró subir a lo alto de la muralla para ayudarle. Sin embargo, fueron muchos los valientes rodeleros de Pedro Navarro alcanzados por las balas de las espingardas y los viratones de las ballestas cuando se hallaban sobre los merlones del muro y que cayeron, muertos o malheridos, en el fondo del foso.

Transcurrida media hora, desalojados los asediados del adarve de la muralla y los terrados de las torres, los españoles, algunos de ellos heridos, pero todos con el rostro contraído por la furia y una fe ciega en la victoria, en número de doscientos, consiguieron saltar al interior de la ciudad al grito de «¡Santiago! ¡Santiago!», enarbolando sus espadas y dando estocadas a todo aquel que se les acercaba.

Cinco cristianos, con la coraza roja de sangre por las heridas recibidas, lograron llegar a la puerta, abatir a los turcos que la custodiaban y abrir, a continuación, los gruesos portones para permitir la entrada de los rodeleros y arcabuceros que, mandados por el propio conde de Oliveto, esperaban extramuros para penetrar en la ciudad.

Lo que aconteció a partir de ese momento fue la debacle para los desdichados musulmanes. Los soldados, lanzando gritos que helaban la sangre en las venas de los inocentes moradores de Trípoli, que se habían ocultado en el interior de sus casas creyendo, ingenuamente, que de esa manera escaparían de la matanza que se avecinaba, recorrían las calles y las plazas entrando en las mansiones después de abatir las puertas, matando a quienes oponían alguna resistencia y arrastrando sin piedad a las mujeres y los niños para hacerlos sus esclavos. No respetaban a viejos ni a muchachas ni a párvulos. Robaban los vestidos, las alhajas, las telas lujosas, los tapices que hallaban colgados de las paredes y, si no encontraban cosas de valor, destrozaban armarios, arcones y tabiques buscando los tesoros ocultos. Algunos, al no hallarlos, amenazaban con degollar a los pequeños si sus padres no les decían dónde escondían las monedas y las joyas.

Entraron en la mezquita mayor de la ciudad, en la que se habían refugiado numerosas familias de comerciantes, labradores y artesanos y algunos de los soldados que habían participado en la defensa de Trípoli. Como sucedió con las casas particulares, los españoles entraron en el lugar sagrado y pasaron a cuchillo a la mayoría de los que allí se refugiaban, sin tener en cuenta su edad ni sexo ni si eran soldados o simples mercaderes y agricultores.

Estos desafueros, tan contrarios a la ley de Dios y a la humana misericordia, eran inevitables, pues los soldados peleaban con denuedo pensando no tanto en el bienestar del reino y en la defensa de la fe como en vengar a sus compañeros muertos y en obtener un rico y abundante botín.

Mientras estos hechos desgraciados acontecían en torno a la mezquita principal de la ciudad, el jeque y su familia, acompañados de los personajes más destacados de Trípoli, se habían refugiado en la alcazaba, pensando que cuando los españoles llegaran para asediarlos se habría calmado su sed de sangre y sus ansias de botín. Pero temiendo acabar como tantos otros de sus conciudadanos, el jeque se apresuró a enviar un mensajero a Pedro Navarro, solicitando su perdón a cambio de rendir pleito-homenaje al rey don Fernando el Católico.

El conde de Oliveto accedió, pero le puso unas condiciones adicionales al musulmán antes de dejarle salir de la alcazaba con su familia y algunos de los dignatarios de su gobierno.

Sin embargo, un centenar de militares, algunos de ellos turcos, no se avinieron a rendirse, expresando su deseo de morir peleando en defensa de la alcazaba. Entonces el roncalés, dando una vez más muestras de sus habilidades diplomáticas, conferenció con los encastillados y logró que se entregaran sin combatir, evitando, de esa manera, nuevas e inútiles muertes por ambos bandos. Cuando todo se hubo calmado, los españoles se dirigieron a las cárceles de la ciudad, donde dieron la libertad a ciento ochenta cristianos italianos y algunos españoles y portugueses que estaban presos en ellas.

Al anochecer se hizo recuento de los muertos y heridos.

De los musulmanes fueron hallados cinco mil cuerpos, entre los que perecieron defendiendo las murallas y los que fueron degollados impune y cruelmente durante el prolongado saqueo al que se vio sometida la ciudad. Los españoles sufrieron doscientos muertos y trescientos cincuenta heridos de diversa consideración. El más relevante de los fallecidos en aquella gloriosa jornada fue el almirante de la Armada Cristóbal López de Arriarán, que murió de una saetada en el pecho al intentar asaltar la muralla. Fue el tributo que hubo que pagar por apoderarse de tan importante puerto desde el cual zarpaban las galeras de los corsarios que asolaban las costas de Sicilia y de Nápoles.

XVIII
LAS DERROTAS DE LOS GELVES
Y LOS QUERQUENES

La conquista de Trípoli por Pedro Navarro fue considerada la proeza más grande lograda por las tropas españolas en África, al tratarse de una ciudad con poderosas fortificaciones, considerada, hasta el día de su caída en poder del conde de Oliveto, un reducto inexpugnable. En Sicilia se acuñaron monedas con un yugo para perpetuar la memoria de tan relevante hazaña; en Roma se declararon días de fiesta y se celebraron solemnes ceremonias de acción de gracias. Fernando el Católico, que se hallaba en Monzón, donde estaban reunidas las Cortes, lleno de entusiasmo llegó a declarar que marcharía en persona para hacer la guerra a los infieles africanos, quizás impelido por los celos que habían despertado en él los grandes triunfos de su capitán general de la infantería. En fin, fue toda la cristiandad la que se congratuló del relevante éxito alcanzado por las armas españolas.

Pedro Navarro, que con la toma de Trípoli, la rendición de los reyes de Tremecén y Túnez y el vasallaje de los caídes de Mostaganem, Tenes y Jijel había llegado al cénit de su carrera militar, creyó, embriagado por los triunfos, que sus hombres —vizcaínos, gallegos, andaluces o sicilianos— eran prácticamente invencibles, que estaban tocados por la mano de Dios y que ningún proyecto que acometiera estaría amenazado por la sombra del fracaso; que con el ejército que había vencido a los franceses y a los turcos y sometido a los reyes de África podría llegar, si se lo propusiera, al mismo corazón del Imperio otomano.

Una vez asentado el poder español en Trípoli, puso sus ojos en la isla de los Gelves, situada al sur de la ciudad de Túnez, en la que, desde el año 1500, había plantado la base de sus galeras el temible corsario griego, al servicio de los otomanos, Aruj Barbarroja, y desde la cual asaltaba impunemente las poblaciones costeras de Sicilia y de Nápoles. Contrariamente a lo que había sido su manera prudente y reflexiva de proceder hasta entonces, pensaba lanzarse a la conquista de aquella posesión de los musulmanes, escasamente poblada y, en apariencia, fácil de tomar, convencido de que, como en campañas anteriores y con la ayuda del Todopoderoso, tenía asegurada la victoria.

Se disponía Pedro Navarro a abandonar Trípoli al frente de su escuadra y poner rumbo a la isla de los Gelves, cuando arribó a ese puerto la flota mandada por don García de Toledo con los siete mil hombres que enviaba el rey para guarnicionar la ciudad. Después de varios meses de espera en Málaga, se había hecho por fin a la mar a mediados del mes de agosto y había entrado en el puerto de Trípoli el 24 de ese mes.

El conde de Oliveto lo recibió con grandes muestras de alegría, pues pensaba que con su llegada iba a quedar bien defendida la ciudad y podría él contar con todos sus soldados para la campaña que esperaba emprender en los siguientes días. Pero con lo que no contaba el roncalés era con que el joven duque de Alba, animado por el natural celo y la osadía que muestran los novicios en las cosas de la guerra, expresó su ardiente deseo de acompañar a Pedro Navarro en su expedición y atacar conjuntamente con él la isla tunecina.

El capitán general no puso ninguna objeción —quizás porque se trataba de un miembro de una de las más prestigiosas casas nobiliarias de España y, además, sobrino del rey— y aceptó que ambos se dirigieran a la isla de los Gelves.

El 27 de agosto levaban anclas y, dos días más tarde, se hallaban a la vista de la isla. A bordo de las embarcaciones iban más de quince mil hombres de armas.

La isla de los Gelves era un pedazo de terreno llano, arenoso y árido, cubierto de dunas y poblado solo por matorrales esqueléticos y algunas palmeras. Estaba separada del continente por dos estrechos brazos de mar, uno de ellos con un puente de madera que convertía la isla en península artificial, aunque cuando Pedro Navarro y don García de Toledo desembarcaron en ella, los lugareños lo habían desmantelado para entorpecer las maniobras de invasión de los españoles y para mostrar su firme resolución de aislarse, resistir y no rendirse.

Su única fortificación era una vieja torre levantada a orillas del mar por los catalanes de Roger de Lauria cuando ocuparon el lugar en el año 1284. Las dimensiones de la isla eran veintiséis kilómetros de anchura por unos veintitrés de sur a norte. Estaba habitada por gente musulmana de una secta muy fanática, establecida en una pequeña aldea costera y en un conjunto de alquerías dispersas por todo el territorio, que habían sido abandonadas cuando vieron llegar los navíos del conde de Oliveto. Carecía de ríos, lagos y manantiales, extrayéndose el agua necesaria para la subsistencia de dos pozos salobres que existían en el centro del extenso arenal, donde también crecía un palmeral.

Una dificultad añadida a la hora de acometer el desembarco de las tropas era la existencia de bajíos, fondos arenosos que mudaban con los cambios de las corrientes, que impedían que las carabelas y los navíos más pesados se acercaran a tierra, teniéndose que trasladar los hombres, caballos y armas en barcas y bateles desde los lugares de fondeo, situados a una milla de distancia de la playa. Otra de las dificultades con que se iba a encontrar el ejército expedicionario era el insoportable calor que, en aquellas latitudes y por aquellas fechas, hacía, sobre todo en las horas centrales del día.

El desembarco se fue retrasando hasta que Pedro Navarro decidió que sería el día 30 de agosto el elegido para llevarlo a cabo en un punto de la costa cercano al destrozado puente de madera. El motivo de desembarcar en aquel lugar tan alejado del sitio donde se encontraba la fortificación era impedir que les llegara ayuda exterior a los musulmanes isleños desde el continente.

Se había acordado que el coronel Jerónimo Vianello marchara en la vanguardia al mando de varios escuadrones. Sin embargo, en la madrugada del día en que se iba a acometer el transbordo de hombres y animales desde las naves, carabelas y galeazas hasta las barcas y los bateles que debían conducirlos a tierra, don García de Toledo quiso hablar con el conde de Oliveto para exponerle un asunto de suma importancia, según manifestó.

Pedro Navarro lo recibió en el puente de mando de la galera capitana.

—Señor conde —comenzó diciendo en tono altanero el impetuoso joven—, no alcanzo a entender por qué se ha de retrasar el desembarco hasta la caída de la tarde. Los hombres están descansados y deseosos de batirse con los moros de la isla.

Pedro Navarro había dado la orden de que los soldados permanecieran en los barcos hasta que el inclemente sol del mediodía hubiera dejado de martirizar la árida superficie de la isla.

—Don García —adujo el roncalés—, aunque acaba de iniciarse la jornada y el sol aún no ha aparecido sobre el horizonte, cuando acabemos de desembarcar a nuestros hombres será mediodía y entonces se hallará en lo más alto. En ese caso, los musulmanes tendrán en el calor un excelente aliado. Por tal motivo he ordenado que comience el desembarco de la infantería y de la artillería cuando haya comenzado a declinar el día.

El primogénito de los Alba, desconocedor, por su juventud y escasa experiencia militar, de las tácticas de guerra que había que emplearse en las tierras de África, pero inflamado por el irrefrenable deseo de pelear contra los enemigos de la cruz, añadió:

—Conde: no he navegado desde España para contemplar impasible a los enemigos, sino para combatirlos y vencerlos. No se ha de esperar al atardecer, sino que ahora que el sol está bajo y cegado por la niebla del amanecer es buen momento para desembarcar las tropas y marchar contra los moros.

El capitán general recordaba las diferencias que tuvo con el cardenal Cisneros cuando lo de Orán y pensó que, de nuevo, un representante de la alta y engreída nobleza española se oponía a sus decisiones de experto militar. Pero en esta ocasión estaba convencido de que don García —sobrino del rey don Fernando— no se dejaría doblegar con tanta facilidad como lo hizo el anciano arzobispo de Toledo.

—Si así lo creéis, don García, el desembarco se hará en la mañana —admitió de mala gana el roncalés, a sabiendas de que no era una buena decisión.

Don García de Toledo esbozó una leve pero arrogante sonrisa. Sin embargo, aún no habían acabado las pretensiones del joven y presuntuoso aristócrata.

—Conde —dijo, apoyándose en la balaustrada del puente de mando—, permitidme que os exprese un deseo que me asalta desde que tuvisteis a bien aceptar mi colaboración cuando emprendimos esta campaña.

—Decidme, don García.

—Ahora que, por fin, vamos a combatir con los moros, no sería de honra para mi linaje pelear en la retaguardia ni en la reserva, lejos del peligro —manifestó—. Os ruego que me pongáis al frente de la delantera, donde podré ganar los honores y la fama que se han de exigir a un miembro de mi noble y antigua familia.

El conde de Oliveto renegó del momento en que aceptó a aquel impulsivo jovenzuelo y a sus tropas como compañeros en aquella campaña. Pero como nada podía hacer, que muy poderosa e influyente era la familia de los Alba, se guardó su orgullo y aceptó la arriesgada propuesta de don García de Toledo, nombrándolo comandante de la vanguardia del ejército expedicionario en sustitución de Vianello.

Y así fue como el roncalés tuvo que ceder, en contra de su opinión, a las peticiones —que más parecían exigencias— del altivo y fatuo don García de Toledo, quitando a Jerónimo Vianello el mando de la vanguardia, aceptando desembarcar al amanecer y no al caer la tarde y poniendo al frente de las tropas que iban a marchar en la delantera, y que tendrían la responsabilidad de pelear los primeros con los mahometanos, al inmaduro primogénito de los Alba.

Cuando el noble personaje hubo embarcado en el esquife que lo conduciría a su navío, Pedro Navarro, con el ánimo alterado y enfurecido consigo mismo por haber tenido que doblegarse ante las propuestas de aquel novicio en el arte de guerrear, entró en su cámara, se acomodó en la hamaca que tenía para su descanso y procuró conciliar el sueño hasta que el sol surgiera por el horizonte y comenzaran las operaciones de desembarco; aunque, por primera vez en su ajetreada vida de militar, le asaltaron funestas sensaciones que auguraban un desastroso final a la expedición de los Gelves.

Al alba de aquel día 30 de agosto, cuando comenzó a clarear, las compañías de piqueros y rodeleros con su armamento, los arcabuceros con el suyo, las piezas de artillería desmontadas y los jinetes con sus monturas comenzaron a ser transbordados desde los bergantines, naves y galeras a las barcas de fondo plano y a los bateles, los cuales, tras media hora de navegar sorteando los peligrosos bajíos, los iban depositando, no sin dificultad, en una larga playa de fina y dorada arena.

Desembarcar tan gran número de hombres, pertrechos, caballos y artillería fue una tarea pesada y lenta, pues los animales más fogosos se negaban a subir a las tafurcas y las piezas de artillería, al ser depositadas en ellas, mecidas violentamente por el ir y venir de las olas, amenazaban con desprenderse de los pescantes, caer sobre las embarcaciones y quebrarlas. Un accidente acontecido a media mañana fue el presagio de lo que estaba aún por suceder aquel aciago día: una de las culebrinas más pesadas rompió las sogas que la sostenían al pescante, cayó sobre la tafurca y aplastó a dos hombres, desfondando la embarcación y arrastrando a otros dos soldados, con coraza, grebas, casco y espada al cinto, hasta el fondo del mar, donde perecieron ahogados.

Estaba el sol muy alto cuando se dieron por terminadas las labores de desembarco. Los quince mil hombres, distribuidos en once escuadrones, se hallaban desplegados y en formación sobre la extensa llanura litoral, como a un cuarto de milla del desmantelado puente de madera, dispuestos a emprender la marcha en dirección a la parte norte de la isla, donde estaba lo poblado de la misma.

La artillería la constituían dos falconetes pequeños, tres culebrinas o sacres —la cuarta descansaba en el fondo del mar— y dos lombardas gruesas. Las piezas iban colocadas, para su transporte, en carretones de dos ruedas que, a falta de bestias de carga, eran arrastrados por los propios soldados. Detrás de los pesados carretones marchaba un destacamento de soldados, cada uno con un barril de pólvora a la espalda y otros con los sacos que contenían las balas de hierro para los cañones.

A las doce de la mañana, después de haber oído misa y confesado los frailes que acompañaban a las tropas a los que lo solicitaron, se puso en marcha el ejército. En la delantera, como se ha dicho, marchaba, al frente de un escuadrón de mil seiscientos hombres, rodeleros y piqueros, don García de Toledo montado en un hermoso caballo blanco, con el escudo de su casa grabado sobre la gualdrapa que cubría sus ancas, y acompañado del capitán general de la expedición, el conde de Oliveto. Los seguían el coronel Francisco Marqués con mil doscientos soldados y el coronel Juanes de Arriarán con otros dos mil, escogidos entre los que habían estado en la guerra de Nápoles y en las tomas de Orán, Bugía y Trípoli. En el centro de la formación marchaba el tren de artillería precedido por las compañías de zapadores, que se afanaban en despejar y alisar el terreno para facilitar el paso de los carretones con los cañones. Detrás, las coronelías de Pedro de Luján, Diego Pacheco, Valdivia y Nieto, y formando el cuerpo de retaguardia, las tropas del coronel Palomino.

No habían caminado dos kilómetros cuando el sofocante sol, que se hallaba en su cénit, comenzó a martirizar a los soldados que marchaban con sus armas al hombro, embutidos en sus relucientes corazas, cubiertas sus cabezas con los yelmos y morriones y jadeando como podencos. Al asfixiante calor se vino a unir la sed y el cansancio. Los cronistas que recogieron los testimonios de quienes estuvieron presentes en los Gelves en aquella triste jornada aseguran que el aire que respiraban ardía como si estuvieran metidos en una gigantesca fragua y la tierra abrasaba como el rescoldo dejado por una enorme hoguera. Tanta era la sed que padecían los sufridos hombres de Pedro Navarro que hubo quien ofrecía cuatro tripolines[7] por un sorbo de agua. Los sargentos tuvieron que emplear el látigo para que los soldados que tiraban de la artillería no abandonaran su trabajo y se dispersaran por los campos buscando alguna inexistente fuente o pozo de agua potable, lo que provocó que muchos de ellos cayeran exhaustos sobre la caliente arena y algunos fallecieran de sed y sofoco.

Salieron, al fin, del inhóspito arenal y entraron en un palmeral que, aunque no era muy frondoso, ofrecía alguna sombra a los agotados y sedientos expedicionarios. La vanguardia se topó, al cabo

---

7   Monedas de oro acuñadas en Trípoli.

de un cuarto de hora de caminar entre palmeras, con una alquería abandonada que había sido incendiada por los isleños. Tenía adosada una pequeña huerta, también arrasada, pero que evidenciaba la existencia cercana de agua para el riego. Los hombres, nublada la razón por la insoportable sed, se lanzaron desesperadamente a la búsqueda del manantial o del pozo que los naturales de la isla debían utilizar para regar sus raquíticos huertos, desperdigándose por el palmeral sin orden, no sin antes haber abandonado los morriones, las picas y los arcabuces para estar más desembarazados en el momento de alcanzar aquel ansiado pozo. Cuando una compañía de piqueros marchaba en formación o se asentaba en cuadro, con las picas apoyadas en el terreno en ángulo de cuarenta y cinco grados, era verdaderamente imbatible; pero cuando los soldados de dispersaban y perdían el orden de combate y cada uno luchaba por su cuenta, se convertían en una presa fácil para la caballería enemiga, aunque estuviera en inferioridad numérica. Si, para mayor desgracia, los piqueros habían abandonado las picas en tierra y se habían despojado de sus coseletes y morriones, la derrota estaba asegurada. Y eso era lo que estaba a punto de suceder a las tropas españolas en la isla de los Gelves.

Don García de Toledo se desgañitaba dando órdenes para impedir que los soldados se desmandaran, para que pusieran un poco de raciocinio en sus alocadas acciones y retornaran a la formación.

—¡Soldados de España! ¡Por Santiago, volved a vuestros puestos y tomad las armas, que os va la vida en ello! —clamaba el de Alba, aunque la tropa, muerta de sed y casi desfallecida, no tenía oídos más que para aquellos que aseguraban ver en lontananza cántaros, odres y calderos y sogas para sacar agua de algún pozo.

Lo que no podían imaginar aquellos desdichados, abrumados como estaban por el calor, la insoportable sed y el agotamiento, era que los útiles para sacar y transportar agua de los pozos habían sido dejados por los cabileños en aquel lugar con el propósito de atraerlos y provocar el desorden en las filas de los españoles.

—¡Allí! ¡Allí! —gritaban fuera de sí los que marchaban en la delantera—. ¡Un pozo! ¡Veo un pozo de agua dulce! Y señalaban una pequeña colina en cuya ladera parecía vislumbrarse el brocal de un pozo o el murete de una alberca.

Todos los que constituían la delantera, a excepción de los hombres del coronel Diego Pacheco, que continuaron en la formación, se hallaban en desbandada buscando el agua reconfortante que saciara sus resecas gargantas. Los artilleros y los conductores de los carros en los que iban montados los cañones abandonaron sus labores y se precipitaron detrás de los soldados que decían haber visto el pozo y, con él, la salvación, despreciando los latigazos que les daban los sargentos y desafiando las amenazas de los capitanes.

Pero el verdadero desastre estaba aún por llegar.

Detrás de un palmeral más espeso que el resto y de unas lomas que lo ocultaban, surgieron unos doscientos jinetes y varios miles de peones que, emitiendo aterradores alaridos, se lanzaron sobre los infelices que estaban a un tiro de piedra del deseado pozo. Los españoles, obsesionados con llegar al brocal y sacar el agua con que saciar su sed, no repararon en la amenazadora presencia de los enemigos que, con sus alfanjes en alto, comenzaban a descabezarlos como si se tratara de un juego de cañas, desarmados y sin aliento como estaban.

Don García y el conde de Oliveto, cuyo rostro estaba lívido, no por temor a los enemigos —que no lo tenía—, sino por considerarse responsable de aquella debacle al haber cedido a las exigencias del inexperto primogénito de los Alba, se esforzaban desde sus monturas dando órdenes para hacer volver a los hombres que corrían sin orden por el palmeral, para apartarlos del pozo donde los musulmanes habían concentrado su ataque y su matanza. Al fin, lograron reunir unos treinta hombres de a caballo que hicieron frente a la descansada y bien organizada caballería isleña. Para dar ejemplo de valentía y pundonor, don García descabalgó y, tomando una pica del suelo, arremetió contra los mahometanos peleando como un soldado más de a pie.

Otros coroneles y capitanes, siguiendo a don García y a Pedro Navarro —que también había puesto pie en tierra y peleaba con denuedo blandiendo su espada magiar—, descabalgaron para mejor luchar a espada con la aguerrida infantería enemiga. El conde de Oliveto, con lágrimas en los ojos al ver la desolación que imperaba entre sus hombres, los exhortaba para que abandonaran la desesperada búsqueda de agua y tomaran de nuevo las armas.

—¿Qué hacéis, mis bravos soldados? —les increpaba—. ¿Por qué obráis de esta manera? ¿Acaso habéis olvidado cómo os batisteis en Orán y en Trípoli, donde alcanzasteis tan sonadas victorias? ¡Volved, volved, hijos míos, y tomad de nuevo las armas, que son pocos estos moros a los que antes vencisteis cuando eran legión!

Pero de nada sirvieron las exhortaciones y advertencias del desolado capitán general, porque ya el daño estaba hecho y no quedaba otra salida a los expedicionarios que emprender la retirada lo más ordenadamente posible. Solo los escuadrones de Pedro de Luján, Valdivia y Nieto, que marchaban en retaguardia, habían logrado mantener la formación y acudían para ayudar a los de la delantera, aunque ya era demasiado tarde, pues la mayoría de los hombres yacían sin vida en medio del palmeral o se hallaban en desbandada perseguidos por la caballería de los musulmanes.

A duras penas logró Pedro Navarro reunir a los supervivientes y, escoltados por los escuadrones de los coroneles Valdivia y Pedro de Luján, iniciar el repliegue de las tropas en dirección a la costa. Unos caballeros cordobeses recogieron del arenal el cuerpo sin vida de don García de Toledo, que había muerto luchando valientemente —quizás para lavar el baldón de su fracaso—, acribillado a lanzadas cuando se batía con diez o doce isleños. Al caer la tarde, perseguidos por los jinetes musulmanes que mataban a los rezagados, lograron alcanzar la orilla del mar, en el lugar donde les esperaban las barcas, tafurcas y bateles para proceder al reembarco de los hombres y la artillería. Pero entonces fue la hecatombe, pues numerosos soldados, desfallecidos y con la razón casi perdida, muchos de ellos heridos, no esperaron para subir a las embarcaciones que estaban surtas como a treinta metros de la orilla, sino que se metieron en el mar para alcanzar a nado las galeras y las carabelas y perecieron ahogados al hundirse con el peso de sus corazas y las escasas fuerzas que les quedaban.

Al terminar el día, ya embarcadas las tropas que habían sobrevivido al desastre de los Gelves, se contaron los muertos, los heridos y los que faltaban porque habían sido hechos prisioneros. Los fallecidos fueron tres mil quinientos y los que quedaron presos de los mahometanos unos cuatrocientos. No se conocen las bajas de los musulmanes, pero no debieron de pasar del centenar. Entre los muertos más ilustres del bando español hay que incluir, además del primogénito de la Casa de Alba, los coroneles García Sarmiento, Velázquez y Loaysa y otros caballeros de noble linaje que iban con don García de Toledo, como Alonso de Andrades, Santángel y Melchor González, además de los capitanes Saavedra y Sotelo, entre otros muchos que no pudieron ser rescatados y cuyos cuerpos quedaron para siempre en los arenales de los Gelves.

Como suele suceder con los que cosechan una derrota, hubo quien acusó al conde de Oliveto de negligencia por no haberse impuesto a las exigencias del inexperto don García de Toledo y acceder a sus propuestas, que fueron, en opinión de muchos, las causas del desastre. Algunos aseguraron que era culpable por no haber previsto el transportar agua y víveres a la isla y haber elegido un punto de desembarco tan lejano al lugar de la confrontación con los musulmanes. Otros dijeron que Pedro Navarro se dejaba influir en exceso por las recomendaciones de Jerónimo Vianello al que, en detrimento del leal y sagaz artillero Diego de Vera, colocaba siempre en la delantera en los lugares de mayor honor y que era, este italiano, el que le daba malos consejos y condujo al conde a emprender prematuramente la campaña de los Gelves.

Hubo quien achacaba la derrota a la escasa nobleza del navarro que, por ese motivo, sufría la desafección de los encumbrados próceres de la nobleza española, que despreciaban a quien no había nacido en alta cuna como ellos. Pero nadie culpó a los verdaderos responsables de tan terrible matanza, que fueron el calor insoportable de África en el mes de agosto, lo árido e inhóspito del calcinado páramo de la isla de los Gelves y la imprudencia temeraria de don García de Toledo. En fin, que como Pedro Navarro era el capitán general nominal de la expedición, sobre él y no sobre el fallecido don García recayeron las graves acusaciones de ser, con sus erradas decisiones, el causante directo de la debacle y el responsable de la muerte de tantos españoles. Nadie reparó en las miles de vidas que, con sus acertadas decisiones en Cefalonia, Canosa, Orán y Trípoli, salvó de una muerte cierta, conduciendo a las tropas de don Fernando el Católico de triunfo en triunfo.

Lo cierto fue que el rey regente no acusó a su capitán general de la derrota de los Gelves, sino que le reiteró su apoyo y le escribió una afectuosa carta para darle ánimo y comunicarle que pronto le mandaría hombres de refresco y barcos para que emprendiera nuevas expediciones en la costa de África.

Aunque el rey don Fernando no había perdido la confianza en su capitán general de la infantería, Pedro Navarro se ganó aquel día un poderoso enemigo: el duque de Alba que, preso del dolor, lo hacía responsable de la muerte de su joven vástago. Desde que tuvo noticias del infortunado suceso, maquinó pérfidamente en las altas esferas del poder para perjudicar al roncalés y lograr que cayera en desgracia.

Pero, como las desdichas nunca vienen solas, sino enlazadas unas a otras como los eslabones de una cadena, cuando, el día 31 de agosto, se hizo la armada a la vela y se pusieron los remeros a bogar en los bancos de las galeras, sobrevino una terrible tempestad —extraordinario suceso acaecido a aquellas alturas del verano— que obligó al conde de Oliveto a ordenar que las embarcaciones volvieran a fondear junto a la isla de los Gelves para capear el temporal.

Allí permanecieron varios días sufriendo los hombres hambre y sed, pues confiados en una rápida victoria sobre los moradores de aquella perdida isla, no habían venido los barcos abastecidos con suficientes vituallas y barriles de agua potable, de lo que se extrajo que muchos no tuvieran qué comer y que los heridos, sedientos a causa de la pérdida de sangre, y los enfermos, carecieran de agua con que calmar su insaciable sed. Más de cien desdichados murieron por esa causa.

Por fin, el día 3 de septiembre pudieron izar las velas y navegar con destino a Trípoli. Sin embargo, al anochecer, otra violenta tormenta se abatió sobre la sufrida escuadra de Pedro Navarro y hundió cuatro naves con toda su gente. Después de haber padecido tan grandes penalidades, carencias y nuevas muertes en alta mar, llegaron al puerto de Trípoli al atardecer del día 19 de septiembre, muy lacerados los hombres y decepcionado y triste su capitán general por el resultado final de aquella desastrosa expedición al litoral africano.

En los días que siguieron a su arribada a aquel puerto, cuyas fortificaciones se hallaban en obras para hacer de aquel enclave un lugar inexpugnable, aunque doblegados y sin moral de combate estaban los berberiscos y nada parecía, por el momento, que hubiera que temer una agresión de su parte, el conde de Oliveto se dedicó a reparar las embarcaciones que habían sido dañadas por los temporales, desprendiéndose de tres mil soldados, entre ellos los que estaban heridos, famélicos o enfermos y los que habían mostrado escaso ardor combativo o habían abandonado la formación para buscar agua durante la aciaga jornada de los Gelves.

Con los navíos reparados y las fuerzas restantes —sesenta embarcaciones y ocho mil hombres— se hizo a la mar el día 4 de octubre del año 1510 con el propósito de restañar la profunda herida que le había producido la reciente derrota, la primera y, por ello, la más dolorosa de su vida de militar al servicio de florentinos, napolitanos y españoles. Deseaba ardientemente congraciarse con el rey don Fernando el Católico ofreciéndole una nueva victoria sobre los musulmanes, para demostrarle que el revés de los Gelves solo había sido un episodio pasajero sin trascendencia para el ambicioso proyecto del rey de España en tierras africanas.

Su objetivo sería, en esta ocasión, las islas Querquenes, situadas al norte de los Gelves, frente a la ciudad fortificada de Sfax, que los mahometanos decían Safaquis. Había dejado en Trípoli a Diego de Vera con tres mil hombres de guarnición, para que defendieran aquel estratégico puerto de mar de los naturales y de los turcos, y continuara con los trabajos de reforzamiento de las fortificaciones y el artillado de los nuevos baluartes que se hallaban en construcción.

Pero estaba escrito que aquel verano el capitán general del ejército expedicionario no alcanzaría la gloria que con tanto afán buscaba y tan esquiva le estaba siendo. No habían llegado aún a las aguas próximas a la isla de los Gelves —de infausto recuerdo para el roncalés—, cuando el viento, que le había sido favorable desde que partiera de Trípoli, se tornó contrario y empezó a soplar con tanta fuerza que al anochecer se había transformado en una violenta tempestad.

La galerna, cuyos efectos se incrementaron a causa de la oscuridad reinante y las poderosas corrientes de aquel mar traicionero, dispersó la escuadra. Algunos barcos se perdieron en medio del temporal y otros lograron arribar sin muchos destrozos a la isla de Malta cinco días después. Con las embarcaciones restantes, Pedro Navarro regresó al puerto de Trípoli para evaluar los daños y recomponer la flota, apesadumbrado e irritado con todo y con todos, porque no eran los elementos de la naturaleza los enemigos a los que había ido a combatir, sino a los escuadrones de tierra y a los navíos de los mahometanos, enemigos de Dios, del Rey Católico y de la santa madre Iglesia.

Y pensaba que si el Creador le obligaba a superar tan duras pruebas, era porque deseaba castigarle por algunos desafueros que, como soldado, había cometido en las guerras pasadas. En el consejo de guerra que convocó a poco de llegar a la ciudad se lamentó amargamente ante sus capitanes con estas sentidas palabras: «Si la veleidosa fortuna me sonrió hasta el día de los Gelves, amigos míos, parece que desde esa triste jornada se me ha tornado adversa y no hace sino poner obstáculos a mis decisiones. Es como si el Altísimo quisiera castigar mi soberbia y empecinamiento enviándome el viento tempestuoso y el mar embravecido contra los que no hay defensa ni escapatoria posibles».

Acosado por los temporales y las galernas, el conde de Oliveto pensó que lo más prudente sería esperar a que transcurriera el invierno antes de acometer la empresa de los Querquenes. Con ese propósito abandonó el puerto de Trípoli y condujo la escuadra hasta la isla de Lampedusa, situada a unas ochenta millas al nordeste de las islas Querquenes, fondeando en una de sus abrigadas calas a la espera de que lo más crudo de la estación invernal hubiera pasado.

Descansados y reconfortados los hombres y despejado el cielo de nubarrones, se hicieron de nuevo a la mar el 18 de febrero de 1511, dirigiéndose, de nuevo, a las islas Querquenes, que era el objetivo militar del conde de Oliveto, con la intención de desembarcar en ellas, presentar batalla a los naturales y apoderarse de aquel lugar, aunque su valor estratégico era muy escaso, pero cuya conquista el roncalés debía de pensar que era una cuestión de honor.

Ciertamente se trataba de unos islotes pobres de solemnidad y solo defendidos por una endeble fortificación de tapial, pero el navarro quería, con su conquista, demostrar al rey don Fernando que la derrota de los Gelves no había sido más que un episodio aislado, un mal tropiezo que en nada empañaba su brillante carrera militar. Por otra parte, deseaba demostrarse a sí mismo que el revés sufrido no iba a suponer el final de toda una serie ininterrumpida de victorias.

Lo que ignoraba el conde de Oliveto eran las razones últimas que movían al monarca aragonés a autorizarle el ataque y la toma de los Querquenes, que no eran otras que mantener activo a su capitán general y bien entrenadas y cerca de Italia a sus tropas, territorio donde esperaba que, en breve, se vería obligado a intervenir militarmente.

Dos días más tarde se hallaban fondeados los navíos en una rada desde la que se podía contemplar la orografía arenosa, de onduladas colinas cubiertas de matorrales y algunos olivos asilvestrados, de los Querquenes. En esta ocasión Pedro Navarro no quiso caer en los mismos errores cometidos el verano anterior, cuando sufrieron la derrota de los Gelves, y ordenó al veneciano Jerónimo Vianello que desembarcara en la isla mayor con un destacamento formado por cincuenta hombres, con el doble objetivo de comprobar la fuerza y preparación de sus posibles enemigos y localizar manantiales o pozos de agua potable en los que la armada pudiera proveerse de tan necesario líquido.

Antes de que el sol estuviera en su cénit estaban de regreso Vianello y sus exploradores anunciando que habían localizado tres pozos de agua dulce en una vaguada y que no habían encontrado a ningún lugareño en sus entornos, aunque sí se habían topado con varios rebaños de cabras que ramoneaban en unas colinas cercanas. Que pensaba —manifestó Vianello— que sí había moros en aquel lugar, pero que debían de estar en la costa norte de la isla, territorios a los que no habían podido acceder.

El conde de Oliveto, oída la narración del veneciano, le ordenó que desembarcara con un destacamento de cuatrocientos hombres, la mitad piqueros y la otra mitad arcabuceros, y varios capitanes, y que procediera a establecer una vigilancia en torno a los pozos para impedir que el enemigo pudiera tomarlos y envenenar sus aguas. Antes del anochecer se hallaban los soldados de Vianello en la hondonada donde se hallaban los tres pozos. Este mandó que se rodearan con una empalizada o albarrada y que se dispusiera una guardia tras ella formada por piqueros y arcabuceros alternados para que defendieran el lugar de un posible ataque musulmán.

Con la seguridad de que la noche transcurriría sin que hicieran su aparición los moradores de los Querquenes y, menos, que se atrevieran a atacar a los españoles, mejor armados que ellos, los hombres de Vianello descuidaron la vigilancia, y muchos de los centinelas se tendieron sobre la cálida arena para dormitar cuando la luna, que se hallaba en cuarto menguante, hizo su aparición sobre el horizonte de la mar. Una suave brisa, que soplaba desde el este, traía los aromas inconfundibles de la marisma producidos por la bajamar y solo el lejano y tranquilizador sonido de las olas, al deslizarse sobre la arena de la playa, llegaba a los oídos de los confiados soldados mandados por el veneciano.

Sin embargo, aquella calma era una sensación engañosa.

Pasada la medianoche, los españoles fueron sorprendidos por un enorme griterío y por un tropel de gente que, surgiendo de improviso de detrás de las dunas, saltaban por encima de la albarrada y caían sobre ellos. Iban armados con dagas, espadas cortas, mazas y hachas. Tan rápido fue el asalto y tan inesperado que los soldados de Vianello no pudieron o no supieron reaccionar a tiempo. Los piqueros, que solo eran eficaces cuando atacaban o se defendían formando cuadro, veían muy mermadas sus posibilidades estando situados al tresbolillo entre los arcabuceros, y estos, rodeados por la más absoluta oscuridad —pues la delgada luna se había ocultado detrás de un cúmulo de nubes—, no atinaban a disparar sobre aquellos demonios vestidos de negro que surgían como una exhalación en medio de la oscura noche.

—¡A las armas! ¡A las armas! —se desgañitaba Jerónimo Vianello cuando ya las gumías cercenaban las gargantas de los que estaban apostados en la albarrada y sus desgarradores gritos infundían un temor mortal en los hombres que se hallaban en torno a los pozos, iluminados por una decena de teas encendidas que, más que ayudar a los defensores, servían de guía a los asaltantes en medio de la penumbra.

La luna, por unos instantes, volvió a iluminar la terrible escena. Los musulmanes, cuyo número duplicaba al de los españoles, convencidos de su victoria, prorrumpían gritos guturales, entre los que sobresalía la conocida jaculatoria «¡*Alah u-ajbar!*», y golpeaban sin piedad los cuerpos de los desdichados soldados. La sangre corría por encima de la empalizada y los paveses y empapaba el arenal. El terraplén se hallaba cubierto de soldados sin vida y cuerpos de hombres desfallecidos y agonizantes. Algunos arcabuceros se habían rehecho de la sorpresa inicial y habían retornado a la formación disparando sobre los bultos que se les venían encima, pero con tan poca precisión que no fueron más de dos los alcanzados, mientras que los asaltantes clavaban las espadas y gumías en sus torsos despojados de los protectores coseletes y golpeaban con sus hachas sus cabezas desprovistas de yelmos, que se encontraban depositados junto a la empalizada para que no les molestaran mientras dormían.

Media hora duró el desigual combate. Al cabo de ese tiempo un destacamento de unos veinte hombres, mandados por el capitán Alcaraz, que llevaban consigo el cuerpo sin vida de Jerónimo Vianello, logró abandonar la vaguada de los pozos amparados por la oscuridad. Dejando en su retaguardia a varios valientes rodeleros para que los protegieran, emprendieron la retirada en dirección a la costa, donde esperaban los bateles que debían transportarlos hasta las embarcaciones, que se hallaban surtas a trescientos metros de la playa. Sin embargo, a poco de haber emprendido la huida, fueron sorprendidos por un enorme número de atacantes, surgidos de la oscuridad, que remataron sin piedad a los rodeleros y a los heridos que iban a la zaga y acabaron con la vida de otros muchos bravos españoles antes de que pudieran alcanzar el litoral.

Pedro Navarro, al comprobar que no había retornado a las embarcaciones ninguno de los que formaban el destacamento de Vianello y que habían cesado los gritos y los sonidos de la refriega, se temió lo peor. Al amanecer envió al coronel Diego Pacheco con un destacamento de quinientos hombres para que averiguara lo que había sucedido. Este regresó antes del mediodía con los cuerpos sin vida que pudieron recuperar, entre ellos el del coronel Jerónimo Vianello, que había sido descabezado, sin duda para clavar su testa en una pica y llevarla a Sfax en señal de victoria.

Los capitanes de la Armada y el propio comandante de la misma, el almirante Carranza, asaltados por un justificado y encomiable deseo de venganza, solicitaron al conde de Oliveto que les dejara desembarcar, buscar a los enemigos y matarlos a todos. Pero el capitán general, con buen criterio y haciendo gala de la serenidad e inteligencia que siempre lo había caracterizado, decidió que no volvería a la isla de los Querquenes, que daba por finalizada la empresa de su frustrada conquista y que regresarían a Trípoli o a algún puerto italiano, aunque antes debían abastecerse de agua potable, pues habían agotado la embarcada antes de iniciarse la expedición[8].

Triste y descorazonado, pero resuelto a rehacer su carrera de triunfos cuando tuviera ocasión para ello, fuera contra los berberiscos de África o contra cualquier enemigo que le señalara su señor, el rey de Aragón, Pedro Navarro ordenó levar anclas y buscar un mejor lugar donde poder llenar los toneles de las embarcaciones con agua potable. Pensó que los pozos de la isla de los Gelves, cuyo jeque le había enviado un correo solicitando un acuerdo de paz, sería el destino adecuado para poder paliar la sed que ya empezaban a sufrir sus hombres. El jeque, Abu Said, que con tanta saña le había combatido el verano anterior, se mostró generoso y amigable, permitiéndole que llenara los odres y las barricas con el agua de los codiciados pozos que le pertenecían.

Una vez abastecidos de tan preciado y necesario líquido, el conde de Oliveto, muy dolido en su fuero interno por las derrotas que había sufrido y con el enorme prestigio de militar invencible que se había ganado en Cefalonia, Nápoles, Vélez de la Gomera, Orán, Bugía y Trípoli muy dañado a causa de lo acontecido en los Gelves y los Querquenes, llegó a mediados del mes de marzo del año 1511 a la isla de Faviñana, en la costa oeste de Sicilia, para descansar y preparar una nueva expedición aquel mismo verano en el litoral africano.

Pero estando en ese apacible lugar le llegó una carta del rey don Fernando el Católico, en la que le decía que se dirigiera a la isla de Capri con lo que le quedaba de la flota y del ejército: veintitrés velas y cuatro mil hombres, y que allí esperase las nuevas órdenes que, a no mucho tardar, le daría.

---

8   El 28 de septiembre del año 1611 la armada española volvió a atacar las islas de los Querquenes con treinta y cuatro galeras, diecinueve de la escuadra de Nápoles y Sicilia, diez de Génova y cinco de Malta, logrando conquistarlas.

XIX
LA LIGA SANTÍSIMA

La estancia de Pedro Navarro en Capri no fue todo lo placentera y reconfortante para el roncalés como, de tan ameno y apacible lugar, se hubiera podido esperar. Primero, porque seguía muy dolido por los recientes reveses militares sufridos y, segundo, porque temía que el rey don Fernando, azuzado por algunos personajes de la Corte que le querían mal, le retirara la confianza que hasta entonces le había dispensado y que había sido el motivo por el que él, un militar sin linaje reconocido del que poder enorgullecerse y sin vinculación alguna con la poderosa e influyente nobleza española, hubiera llegado a tan altas cotas como, con su esfuerzo e inteligencia, había logrado alcanzar. Y no era cosa baladí ni extraordinaria en la historia de las naciones —pensaba— que personajes encumbrados y famosos cayeran, de la noche a la mañana, en el descrédito y el olvido por la maledicencia o las insidias de perversos y envidiosos cortesanos.

Por eso desde Capri, a mediados del mes de mayo, escribió una larga y sentida carta al monarca aragonés en la que, entre otras cosas, además de narrarle con todo pormenor lo acontecido en Bugía y Trípoli, le decía que se dolía de las derrotas que el Altísimo le había puesto en su camino, pero que se habían debido, sobre todo, a las asperezas y lo desconocido del territorio, a los fenómenos naturales adversos de los que nadie puede salir victorioso y a la inexperiencia de ciertos mandos arrogantes y presuntuosos, pero que continuaba teniendo la firme disposición de continuar haciendo la guerra a los moros africanos, a los que en tantas ocasiones había vencido y con cuyas derrotas España había ganado en seguridad y había anexionado ciudades portuarias que antes eran nidos de peligrosos piratas.

También le decía que, a pesar de los eximentes que alegaba en su defensa, asumía humildemente los errores cometidos en los Gelves y los Querquenes al tomar decisiones equivocadas y dejarse arrastrar por los consejos de personajes de alta alcurnia y nobles apellidos, pero de probada insolvencia militar e inexperiencia en la guerra contra los moros —como los hechos habían demostrado—. Que solicitaba de su indulgencia, generosidad y paternal afecto —del que reconocía que siempre había gozado— que le concediera su gracia y le renovara la confianza para que pudiera emprender nuevas expediciones que, seguro estaba, serían victoriosas, fueran estas contra el reino de Túnez o contra los enemigos de España en Navarra o Italia.

El rey don Fernando le contestó por medio de una breve pero cariñosa misiva firmada el día 2 de agosto del aquel año de 1511, en la que afirmaba que seguía confiando en él como capitán general de la infantería y leal vasallo que había demostrado ser, por el mucho aprecio que le tenía y el amor que, con el paso del tiempo y con sus relevantes acciones militares, había ido prendiendo en su corazón. Que los reveses sufridos de ninguna manera iban a empañar sus éxitos y las grandes conquistas que le había proporcionado en los años pasados en Italia y África. Además de estas alentadoras palabras, el monarca le decía que «de las cosas que me decís, no era razón que os justificarais ni que me dierais razón de ellas, porque yo estoy muy satisfecho con vuestra manera de proceder y no habéis de pensar que pudiera dar crédito a ninguna información maliciosa en vuestra contra, en especial cuando no hay causa para ello. Por eso os digo que os agradezco el relato que me habéis enviado de los sucesos de Bugía y Trípoli y os digo que, después de lo acontecido en África este año, no ha sido necesario hacer examen de vuestra vida ni de las decisiones que habéis tenido que tomar, antes debéis de tener por cierto que gozáis de mi voluntad y confianza, aunque el galardón a vuestros desvelos, más que en este mundo, lo habéis de esperar en el otro del Altísimo, que es quien todo lo puede y todo lo ve, y sabe de la pureza o malignidad que se encierran en los corazones de los hombres. A la espera de que os encomiende una nueva empresa como capitán general de mi infantería, que será pronto, si Dios quiere, recibid mis mejores deseos. Yo, el rey».

El conde de Oliveto quedó muy satisfecho después de leer la carta del monarca aragonés, porque contenía el dulce bálsamo que él necesitaba, después de la amarga experiencia de aquel año aciago, para calmar la desazón que lo embargaba y los temores que le afligían, pues no ignoraba las arteras maniobras que algunos encopetados señores, cercanos a la casa del rey, tramaban para perderle. Pero las palabras de don Fernando, recogidas en aquella misiva, eran claras y contundentes: no había perdido la fe y la confianza en aquel fiel vasallo que tantas victorias le había proporcionado y esperaba que en el futuro le seguiría proporcionando.

Pedro Navarro continuó descansando con sus hombres en Capri, en cuyas playas de blanca arena permaneció todo aquel mes de agosto.

A finales del citado mes, como no llegaban las esperadas órdenes del monarca, decidió viajar a la península y dirigirse a sus posesiones de Oliveto, que no visitaba desde hacía dos años, y conocer, de boca de quien gobernaba el condado en su ausencia, mosén Pietro Carducho, la situación en la que se hallaba la economía del lugar y cómo discurría la vida de sus vasallos italianos y las relaciones con los aparceros a quienes tenía arrendadas las tierras de secano, el molino y el lagar.

En la cumbre de una colina, situada en las afueras del pequeño pueblo de Oliveto, rodeada de viñedos y de algunos manchones de olivos, poseía una buena mansión que hasta ese verano había sido habitada solo en muy contadas ocasiones. Y en ella pasó a residir el roncalés que había pasado de humilde labriego a respetado conde con tierras, villa, vasallos y mansión nobiliaria, situación que nadie hubiera pensado, en su sano juicio, que aquel tosco pastor y aventurero del valle de Roncal pudiera alcanzar algún día.

Pero, mientras el prestigioso militar navarro, al servicio del rey de España, se solazaba en su casa de Oliveto esperando recibir la carta de don Fernando que le permitiera retornar a la acción, las relaciones internacionales entraban en una etapa de convulsiones y conflictos que abocaba a las más poderosas naciones de Europa a una nueva e inevitable guerra.

El rey de Francia, Luis XII, olvidando los reveses sufridos por sus antecesores y reverdecidas las aspiraciones galas por la posesión de Nápoles, que era considerado un territorio usurpado por el rey de Aragón, puso sus ojos en Italia. En alianza con el duque Alfonso de Ferrara, la Señoría de Florencia y los cardenales cismáticos reunidos en Pisa, que propugnaban la deposición del papa —entre ellos el español don Bernardino de Carvajal, que aspiraba a ocupar el solio pontificio—, invadió Milán y Génova.

El 21 de mayo de 1511 el duque de Ferrara, con la ayuda del ejército francés, se apoderó de Bolonia, ciudad perteneciente al patrimonio de la Iglesia, poniendo la ciudad en manos de la familia Bentivoglio. El impetuoso y temperamental Julio II reaccionó excomulgando al duque y al rey francés. No contento con aquella medida que en el pasado hubiera hecho temblar a los monarcas excomulgados, pero que en los tiempos del humanismo y la reforma luterana que ya se auguraba no representaba un castigo temible ni lo suficientemente severo, inició los movimientos diplomáticos para formar una coalición contra la agresora Francia.

El 5 de octubre de aquel año se estableció en Roma la denominada Liga Santísima, destinada a hacer frente a los franceses. En ella participaron el papa Julio II, la República de Venecia y el rey don Fernando de Aragón. Meses más tarde se unieron a esta alianza el rey Enrique VIII de Inglaterra y el emperador Maximiliano del Sacro Imperio que, de ayudar en un principio a Luis XII, anunció su neutralidad y, luego, su decidido apoyo a los coaligados.

De nuevo Italia se convertía en el campo de batalla en el que Francia, España y el papado —que aspiraba a la supremacía militar sobre las restantes repúblicas y ciudades-Estado italianas— iban a dirimir sus diferencias a costa de sembrar de muerte y desolación los campos de la sufrida península. Y en ese convulso escenario de guerra volvería a ocupar un lugar destacado y protagonista nuestro capitán general de la infantería de España: Pedro Navarro, conde de Oliveto, aunque en unas condiciones que en nada se parecerían a las que disfrutó durante las campañas dirigidas por el Gran Capitán o las grandes expediciones norteafricanas.

Pero antes de que la Liga Santísima fuera acordada y firmada en la capital de la cristiandad y cada una de las partes se comprometiera a enviar sus respectivos ejércitos y mandos para pelear contra las fuerzas del rey francés y sus aliados italianos, el conde de Oliveto recibió una inesperada y sorprendente visita en su mansión que, al mismo tiempo que le traía noticias sobre su posible participación en aquella guerra que aparecía en el horizonte, le provocaría una profunda inquietud y tristeza y un desapego hacia el rey de Aragón que el paso de los días, las semanas y los meses no haría más que agrandar.

Atardecía el día 15 de septiembre del año 1511 cuando uno de sus criados le anunció la llegada a la casa-palacio de un extraño personaje, grande y fuerte como un toro y de voz templada y recia —decía— que se presentaba como el caballero español Sansón García.

—Señor don Pedro, no creo que sea ese su verdadero nombre —apostilló el criado, algo azorado, de pie delante de la mesa en la que Pedro Navarro hojeaba unos pliegos que le había dejado Pietro Carducho—, pero a resultas de mi interés por saber de quién se trataba, me ha dicho que no necesita otra mejor carta de presentación para que lo recibáis, que le recuerde la toma de Cefalonia.

Transcurrieron unos segundos sin que el roncalés se atreviera a identificar al personaje que se ocultaba tras aquel bíblico nombre y que deseaba verle, al parecer imperiosamente y con mucha insistencia. Pero al cabo de ese tiempo se hizo la luz en su cerebro, lanzó un grito de alegría y se dirigió raudo a la antesala donde le dijo el criado que esperaba el recién llegado.

—¡Sansón García! Muchacho, no puede ser otro que Diego García de Paredes, el Sansón Extremeño, el héroe de Cefalonia y el terror de otomanos y franceses —manifestó sin poder ocultar el gozo que sentía, al tiempo que, dando grandes zancadas, recorría la sala y cruzaba el pasillo que conducía al vestíbulo, dejando boquiabierto al sorprendido criado.

Cuando accedió al vestíbulo, allí estaba Diego García de Paredes. Algo avejentado —aunque era ocho años más joven que el de Garde—, quizás por la mala vida que había llevado desde que se le condenó injustamente al ostracismo, quizás porque tan valiente y osado caballero sufría más que ninguna otra persona el desprecio y la humillación recibidos del rey al que con tanta lealtad y peligro de su vida había servido durante la mayor parte de su existencia.

—¡Diego, Diego García de Paredes! —exclamó el navarro mientras abrazaba efusivamente al que había sido capitán destacado de su ejército—. Nada sabía de ti desde que el rey, por malos consejos de sus envidiosos cortesanos, te despojó de tus tierras y de tus títulos y te envió al exilio.

—Ese fue, amigo mío, el pago cruel que recibí por mis años de servicio a los reyes de España —reconoció con amargura el extremeño—. Pero no he de guardar rencor a los que tanto mal me hicieron, ni abrigar deseos de venganza, pues no me han faltado amigos ni protectores en estos años, ni han escaseado las aventuras y las riquezas, que de todo tuve en exceso desde que abandoné Castilla.

—Pues no se hable más. Entra en esta que es mi casa por generosidad del soberano que a ti te despojó de las tuyas. Mi criado te acompañará hasta el que ha de ser tu aposento el tiempo que decidas ser mi huésped. Ocasión tendrás de relatarme las aventuras que dices haber vivido.

Aquella noche, durante la cena, Diego García de Paredes, el Sansón Extremeño, relató a Pedro Navarro con todo pormenor y sin olvidar ni un solo detalle los lances y mil aventuras que, como corsario y pirata, asaltando embarcaciones francesas y berberiscas, cobrando elevados rescates en plata y oro, lo habían convertido en un hombre rico y respetado, aunque despojado de linaje y del reconocimiento de su querida patria castellana.

Resumiendo la agitada vida del caballero extremeño se ha de referir que, después de recalar en Italia, ejerció como soldado de fortuna al servicio del papa Alejandro VI, llegando a ocupar el cargo de capitán de su guardia personal antes de enrolarse en las huestes del Gran Capitán, que fue cuando coincidió con Pedro Navarro en la campaña de Cefalonia y en la guerra de Nápoles. Al término de esta guerra, en la que destacó por su bravura, descomunal fuerza y osadía, no rehuyendo el combate contra cuatro, cinco o más adversarios al mismo tiempo, retornó a España, siendo recibido como un héroe por sus paisanos de Extremadura y por la Corte itinerante de los Reyes Católicos. Pero la envidia, que es pecado que, como la peste, emponzoña y corroe los corazones de tantos españoles, y la desmesurada veneración que mostraba por el Gran Capitán le hicieron ganarse muchos y poderosos enemigos. Hasta tal extremo llegó su defensa de don Gonzalo Fernández de Córdoba que, delante del rey don Fernando, retó en duelo y se batió en dos ocasiones con sendos caballeros que habían osado acusar al Gran Capitán de cobarde, ambicioso y felón, sacándole a uno de ellos un ojo con su espada y al otro dejándolo malherido.

Pero sus enemigos, finalmente, lograron sus propósitos, que no eran otros que socavar con insidias sus grandes méritos y arrojarlo del pedestal de la gloria que con tanto esfuerzo y pundonor había alcanzado. El rey don Fernando, dejándose convencer por los que le acusaban injustamente de traición y enriquecimiento ilícito, lo despojó de sus propiedades y títulos y le obligó a exiliarse de Castilla, su tierra natal, para siempre jamás. Su nombre quedó proscrito en la Corte de España y su rastro se perdió durante los años siguientes. Decían algunos que se había alistado en la Armada inglesa y otros que ejercía el lucrativo oficio de pirata en las aguas del Mediterráneo oriental. Lo cierto era que Pedro Navarro nada supo de tan arrojado y querido compañero de armas hasta que lo recibió, aquel mes de septiembre de 1511, en su casa de Oliveto.

—¿Y qué ha sido de tu vida, Diego, en estos años en los que nada hemos sabido de ti? —le demandó el navarro cuando, acabada la cena, departían plácidamente en la terraza de la mansión.

—Cuando el ingrato aragonés me despojó de mis posesiones y me condenó al ostracismo —comenzó diciendo el Sansón Extremeño— me dirigí a Roma donde, como sabes, había ostentado el cargo de capitán de la guardia personal del papa Alejandro. Pero aquella Roma de Julio II no era la misma. Fui recibido con indiferencia por los eclesiásticos y los militares, probablemente porque el papa de la Rovere temía las represalias del rey de Aragón si me ofrecía su ayuda. Entonces decidí viajar hasta Venecia, donde tenía algunos amigos desde los tiempos del asedio a Cefalonia. Carlo Pesaro, sobrino del general Benedicto, me recibió con cordialidad y respeto y me ofreció la capitanía de uno de sus bergantines con los que recorría los mares de Oriente como corsario.

—Un recurso nada desdeñable, amigo mío, si era hacerte rico lo que pretendías. Te lo digo porque yo también probé, en cierta etapa de mi vida, de ese seductor elixir —dijo el conde de Oliveto esbozando una amplia sonrisa.

—No puedo quejarme del cambio de oficio —reconoció Diego García de Paredes—. Me instalé, con Pesaro, en la isla de Corfú, base de su flota corsaria, y allí edifiqué una buena casa servida por criados griegos y cautivos otomanos. No, no me puedo quejar de mi nueva vida. He ganado más plata en estos años de corsario que en toda mi anterior existencia al servicio del rey de Aragón. Pero no creas que todo ha sido parabienes y bondades. Se ha puesto precio a mi cabeza acusándome de pirata, aunque nunca he asaltado navíos de España sino franceses y turcos.

—Me alegra saber que las cosas te van bien y que el destierro, que a tantos desdichados ha conducido a la perdición, a ti te ha servido para alcanzar el bienestar y la riqueza que tu patria injustamente te negó. Pero intuyo que tu presencia en mi casa de Oliveto no se debe solo a tu deseo de abrazar a un viejo compañero de armas, ¿no es cierto?

El Sansón Extremeño, convertido en temible y rico corsario, movió la cabeza afirmativamente.

—Cuando supe que estabas con la escuadra en Capri, pensé dirigirme a esa isla para conversar contigo de cierto asunto del que Carlo Pesaro, por su cercanía y privanza con el dogo, me había hablado. Pero cuando preparaba el bergantín para hacerme a la mar, me llegó la noticia de que te hallabas en Oliveto. Entonces decidí viajar por tierra hasta el condado que te otorgó el rey de Aragón por tus grandes victorias.

—Sin embargo, no permaneceré mucho tiempo en este apacible lugar, querido amigo —dijo el conde—. Debo estar en Capri cuando el rey don Fernando reclame mi presencia para una nueva expedición que piensa emprender en la costa africana.

Diego García de Paredes, que se hallaba sentado en un banco de repujado respaldo, tomó con afecto el brazo de su amigo y, con cierta solemnidad no exenta de ternura, le dijo:

—Cierto es que el rey de Aragón va a reclamarte para que participes en una nueva guerra, Pedro Navarro, pero no será en África como crees, sino en Italia. Al menos eso es lo que se comenta en la corte veneciana.

El conde de Oliveto puso cara de asombro.

—¿Cómo un corsario español, condenado al ostracismo, que navega por los lejanos mares de Oriente, sabe lo que se cuece en las grandes cancillerías de Europa? —exclamó el navarro.

Diego García de Paredes le lanzó una mirada de complicidad.

—Carlo Pesaro, amigo mío. Gracias a su apellido, tiene privanza con el dogo, como te he referido. Asegura que, en estos días, se hallan reunidos en Roma el embajador español en la Santa Sede, el representante de Venecia y el mismo Julio II para acordar una gran alianza y hacer la guerra a Luis XII, que tiene usurpados territorios de la Iglesia, ha conquistado Milán y amenaza el reino de Nápoles.

—¿Y en qué me afectan a mí esos acuerdos? Mi cometido como capitán general de la infantería es estar al servicio del rey y pelear allí donde él tenga a bien enviarme.

—En eso tienes razón —reconoció el extremeño—. Pero no te quepa duda de que, en este caso, sí te afectan. Sé que el rey don Fernando te quiere poner al frente de la coalición para que dirijas la guerra contra Francia, pero los Colonna, que mandan las tropas napolitanas y los presuntuosos generales pontificios, se oponen a recibir órdenes de un militar de tan escaso linaje como el tuyo, por muchas victorias que hayas conseguido en el pasado. Por eso te he querido avisar. Si el mando del ejército cae en manos de gente sin experiencia en las cosas de la milicia —se habla del joven e inexperto virrey de Nápoles, don Ramón de Cardona, como comandante general de la coalición— la derrota está asegurada, Pedro. Marcha raudo a Capri y escribe al rey de Aragón. Defiende tus derechos ganados en el campo de batalla y procura que te deje mandar las tropas de la Liga. Esto era cuanto te quería decir, viejo amigo. No deseo que caiga sobre ti el baldón de una humillante derrota ante el enemigo francés al que en tantas ocasiones vencimos.

Estaba la noche muy avanzada cuando el conde de Oliveto y su amigo y ocasional confidente Diego García de Paredes se retiraron a descansar.

Cuando Pedro Navarro volvió a Capri, acababa de llegar un correo con una carta del rey don Fernando en la que le ordenaba abandonar la isla y dirigirse, con la escuadra y los mil quinientos hombres que permanecían a su lado, al puerto de Gaeta para que se uniera a las tropas que, al mando de don Alonso de Carvajal, habían arribado a Nápoles desde Málaga.

Carvajal, que había congregado en el puerto andaluz un ejército de tres mil soldados, entre ellos trescientos jinetes ligeros, otros tantos pesados y dos mil hombres de a pie bajo las órdenes del coronel Cristóbal Zamudio, debía navegar hasta Trípoli para reunirse con las fuerzas de Pedro Navarro y continuar la conquista del reino de Túnez, cuando recibió la orden del monarca aragonés de cambiar de destino y dirigirse a Italia. El rey don Fernando, queriendo dar legitimidad a su participación en la guerra que iba a comenzar y a sabiendas de que el rey de Francia no cedería a sus exigencias, le remitió una carta a través del embajador de España en la corte francesa para que, sin tardanza, restituyera la ciudad de Bolonia a su legítimo dueño, el papa Julio II, a lo que Luis XII no solo se negó, sino que procedió a enviar a Bolonia algunas tropas para que resistieran el posible asedio de los españoles.

El 4 de octubre quedó establecida —como se ha referido— la Liga Santísima, comenzando una nueva y cruenta guerra en Italia en la que el rey de Aragón sería su principal protagonista.

El ejército de la Liga estaba constituido por los contingentes españoles de Zamudio, Navarro y las unidades que estaban destinadas en Nápoles; por las tropas pontificias mandadas por el príncipe de Urbino, Francisco María de la Rovere, sobrino del papa Julio II, y por las fuerzas del virrey de Nápoles, don Ramón de Cardona, al que el rey de Aragón había nombrado comandante general del ejército coaligado. Como su lugarteniente había sido designado Fabricio Colonna, altivo condotiero que, con su primo Próspero, había estado en numerosas ocasiones al servicio de los españoles, aunque tampoco despreciaban pelear al lado del rey francés o del papa si la soldada era más sustanciosa. Otros mandos destacados de la Liga eran Marco Antonio Colonna, los marqueses de Pescara y Padula y los coroneles Alonso de Carvajal y Antonio de Leiva.

Pero, ¿cuál iba a ser el lugar que ocuparía el conde de Oliveto, sin duda alguna el más experimentado de todos ellos en asuntos militares, en la estructura de mando de la Liga?

Como le había anunciado Diego García de Paredes, el navarro fue relegado a un puesto secundario en aquel poderoso ejército que debía enfrentarse a las bien organizadas y numerosas tropas del rey Luis XII. Su cometido quedaba circunscrito al de capitán general de la infantería, por debajo del virrey Cardona y de Fabricio Colonna. Este, para agraviar aún más al sufrido conde de Oliveto, logró que el virrey de Nápoles le diera el cargo de lugarteniente y gobernador general del ejército del rey. Además, solicitó encarecidamente que su voto prevaleciera en los consejos de guerra por encima del voto del capitán general de la infantería, aunque don Ramón de Cardona, dando muestras de mesura e inteligencia, no se lo concedió; decisión muy acertada, como luego se verá.

No había errado el Sansón Extremeño cuando le fue a poner sobre aviso de los planes del Rey Católico de darle un destino destacado, pero secundario, cediendo a las exigencias de Fabricio Colonna y del príncipe de la Rovere, cuyo rancio abolengo y nobilísimos orígenes les impedían —sin sufrir desprestigio y menoscabo— recibir órdenes de un general de tan escasa nobleza como el roncalés. La posición prevalente del joven virrey de Nápoles, a pesar de sus escasos conocimientos militares, estaba motivada, según los coroneles y capitanes que apoyaban a Pedro Navarro, por el parentesco de don Ramón de Cardona con el rey Fernando el Católico, del que, se decía, era su hijo natural.

De la lealtad y ciega obediencia de los españoles hacia el conde de Oliveto no había ninguna duda, pero se recelaba en los entornos cortesanos de don Fernando y del papa de que, cuando estuvieran los ejércitos en campaña, los encopetados nobles italianos se negarían a obedecer al navarro o a secundar fielmente sus órdenes. Por ese motivo —se comentaba entre las coronelías— el rey había decidido ceder a las exigencias de sus aliados y dejar a su prestigioso capitán general solo a cargo de la supervisión de la infantería, función que por derecho le correspondía.

Una vez confirmada su nueva situación, nada honrosa a la luz de los grandes méritos contraídos a lo largo de su carrera militar, ¿cómo fue recibida la noticia por aquel que, hasta ese día, había gozado del favor y la plena confianza de su soberano? ¿Saldría a relucir el orgullo y el ímpetu que siempre le habían caracterizado, o asumiría su nuevo destino en aquella guerra con la mansedumbre que exigía su juramento de fidelidad al rey de Aragón? Como no podía ser de otra manera, Pedro Navarro soportó dócilmente la humillación de verse relegado en el mando, pensando, quizás, que el rey había actuado forzado por los acontecimientos, pero que, tarde o temprano, se impondría su experiencia y capacidad militar cuando la guerra hiciera prevalecer su inexorable ley y quedaran en evidencia las carencias del virrey y del príncipe de Urbino para hacer frente a los franceses.

Sin embargo, la actitud del rey don Fernando, por quien en tantas ocasiones había expuesto el roncalés su vida y a quien tantas y tan sonadas victorias había proporcionado, dejó una herida en su alma que el paso del tiempo no logró cicatrizar. Muy al contrario. Graves acontecimientos se sucederían en el futuro que no harían sino ensanchar dicha herida y crear un abismo insalvable entre el ingrato monarca aragonés y su fiel capitán general.

Pero, a pesar de su enojo y del sentimiento de frustración que le embargó durante los meses que duró aquella contienda, nadie pudo alegar en mengua de su honor que surgiera de sus labios ningún reproche, ni la menor queja hacia el rey don Fernando. El conde de Oliveto, haciendo gala de su aprecio al monarca y de la fidelidad debida al mismo, asumió con responsabilidad el cargo de capitán general de la infantería, sometiéndose, sin oposición ni desgana, a la autoridad del virrey de Nápoles y de Fabricio Colonna, proporcionando con total lealtad sus acertados consejos cuando don Ramón de Cardona se los requería.

En los primeros días de noviembre emprendió el ejército la marcha hacia el interior de la península italiana.

No habían aún abandonado el territorio napolitano cuando el conde de Oliveto tuvo que reprimir un intento de insumisión de los coroneles Luis Tineo y Antonio Camporredondo. Ambos fueron enviados a presencia del virrey, el cual los mandó encerrar en el Castel Nuovo de

Nápoles. Como consecuencia de estos actos de rebeldía y para evitar nuevos conatos de insumisión, se deshicieron las coronelías de los dos amotinados y las de Sancho Velázquez, Juanes y Diego Pacheco, repartiéndose la gente entre las demás que constituían las fuerzas españolas. Estos intentos de amotinamiento revelan que las tropas españolas, caracterizadas por su férrea disciplina y perfecta organización, carecían de la cohesión que habían tenido en las pasadas campañas africanas y que tantos éxitos le habían proporcionado al roncalés.

Otra de las disensiones entre los mandos del ejército de la Liga surgió enfrentando al príncipe de Urbino con el virrey Cardona. Francisco María de la Rovere, instigado por el impulsivo Julio II, exigía que primero se pusiera cerco a Bolonia, ciudad que el pontífice deseaba recuperar cuanto antes, en tanto que el virrey, alegando las dificultades con que se iban a encontrar por la dureza del cercano invierno, pensaba que era mejor postergar el asedio hasta la llegada de la primavera. Que creía más conveniente y seguro marchar sobre Florencia y apoderarse de aquella ciudad en la que se refugiaban los cardenales cismáticos y pasar en ella el resto de la estación invernal. Sin embargo, prevaleció la opinión del príncipe y de su tío el papa y el ejército tomó la dirección de Bolonia.

Para acometer aquella empresa impuesta por el papa fue necesario que el ejército, mandado por don Ramón de Cardona, que contaba entre sus filas con los contingentes españoles de Navarro, Carvajal, Zamudio, Alvarado y Leiva, más las unidades napolitanas del virrey y las aportadas por los condes de Pescara y Padula, atravesara los Apeninos en lo más crudo de aquel invierno, lo que provocó las primeras bajas entre las tropas de la coalición.

En la vanguardia marchaba el conde de Oliveto con sus infantes, seguido de las coronelías de Zamudio, Carvajal y Leiva, con la misión, encomendada por don Ramón de Cardona, de tomar las fortalezas ocupadas por los franceses que se encontraran en el camino. Una de las primeras plazas fuertes con que se topó Pedro Navarro y que no se sometió a las fuerzas españolas fue Bastia de Genivolo, erigida por el duque de Ferrara a orillas del río Po, que estaba defendida por doscientos cincuenta soldados, contaba con numerosa artillería y se hallaba circundada por un foso profundo.

El conde de Oliveto, queriendo recuperar el prestigio perdido expugnando aquel castillo, ordenó batirlo con los tres cañones que llevaba consigo; pero, fuera porque eran insuficientes para demoler los muros o porque la guarnición tenía el firme convencimiento de que sería socorrida por los franceses, los defensores resistieron sin dar muestras de cansancio ni señales de estar inclinados a capitular. Viendo la inutilidad de aquel recurso, mandó el roncalés construir dos puentes de madera con los que salvar el foso y acceder hasta el pie de la muralla. Varias horas estuvieron los hombres del conde y de Zamudio intentando tomar la fortaleza por escalo sin conseguirlo. Entonces Pedro Navarro recurrió al artificio que tan buenos resultados le había dado en ocasiones anteriores, excavando una mina por debajo de la muralla y colmándola con barriles de pólvora. Diez días después mandaba hacer estallar la mina, lo que provocó el derrumbe de un tramo del muro y abrió una brecha de algo más de cincuenta metros. Una vez tomada Bastia, la plaza fue guarnicionada con doscientos soldados del papa puestos bajo el mando de los capitanes Saxo, que era italiano, y el español Faronda, aunque el duque de Ferrara no tardaría en recuperar el enclave después de un breve asedio.

A principios del mes de enero del año 1512 el ejército de la Liga se hallaba acampado a unos setenta y cinco kilómetros al sur de la amurallada ciudad de Bolonia, que estaba bien defendida por gente del duque de Ferrara y por las fuerzas que había enviado el virrey francés de Milán, Gastón de Foix, duque de Nemours. Don Ramón de Cardona y los otros dirigentes de las fuerzas antifrancesas celebraron un consejo de guerra para decidir si acometían el asedio de Bolonia o esperaban la llegada del buen tiempo para iniciar las hostilidades. Pero, para desasosiego e irritación de Pedro Navarro y de otros experimentados coroneles y capitanes españoles, la indecisión y la duda eran las opiniones predominantes que impedían tomar una pronta resolución.

Sin embargo, la decisión final que tomarían los mandos de la Liga no tardaría en producirse para desgracia de los aliados y del capitán general de la infantería española.

XX
LA BATALLA DE RÁVENA

Pedro Navarro, a pesar de ostentar un puesto secundario en aquel ejército, había vuelto a dar muestras de su innegable capacidad militar y de su ingenio en cuanto se le había presentado la ocasión, tomando la fortaleza de Bastia al duque de Ferrara. Sin embargo, tanto él como los veteranos coroneles y capitanes que lo acompañaban, la mayor parte de ellos viejos compañeros de armas con los que compartió en el pasado resonantes victorias en Italia y en la costa norteafricana, dudaban de las posibilidades de éxito que tenía aquella poderosa y heterogénea coalición, mandada por gente poco experimentada en las cosas de la guerra y preocupada más por su propio prestigio personal que por alcanzar los grandes objetivos que habían llevado a aunar los esfuerzos económicos y militares de la Santa Sede, la República de Venecia y el reino de España.

La disparidad de opiniones y la falta de un mando único —aunque hubiera sido nombrado generalísimo del ejército el virrey de Nápoles— restaban eficacia a las decisiones que se habían de tomar, a las estrategias que seguir y a las tácticas que emplear cuando se hallaran frente al enemigo francés y a sus aliados italianos. Aquella compleja situación le recordaba al roncalés los días de tensión y enfrentamiento que protagonizaron él y el cardenal Cisneros cuando fueron a la conquista de Orán.

—El virrey es joven y poco diestro en asuntos militares, pero bien intencionado y nada lerdo —reconoció el conde de Oliveto una tormentosa noche que departía en su tienda con los coroneles Zamudio, Leiva y Carvajal—. Deja opinar a sus subordinados, cuyos consejos, en ocasiones, atiende. Pero temo la perniciosa influencia de Fabricio Colonna y del príncipe de Urbino en el ánimo de don Ramón de Cardona.

—Don Ramón sabe que para ganar las batallas debe apoyarse en nosotros los españoles —manifestó Zamudio—. Cuando nos reúna en consejo de guerra no ha de encontrar fisuras en nuestras opiniones. Esa será la manera de impedir que prevalezca la voluntad del condotiero o de Francisco María de la Rovere.

—No obstante, Fabricio tiene un enorme predicamento entre los italianos. No, no será fácil conducir esta guerra y menos lograr la victoria que el papa y nuestro soberano esperan conseguir sobre las numerosas y bien adiestradas tropas del rey Luis XII, amigos míos —sentenció el conde antes de que la lluvia y el viento arreciaran, se oyera en la lejanía el quejumbroso toque de corneta que ordenaba silencio y todos los reunidos se retiraran a descansar a sus respectivas tiendas de campaña.

Al día siguiente, don Ramón de Cardona reunió el consejo de guerra para decidir qué hacer una vez tomadas las fortalezas de Bastia y de la Pieve. Fabricio Colonna y sus capitanes proponían al virrey que se situara el campamento entre esta última población y Castelfranco para, desde esa posición, poder correr los campos de Bolonia a la espera de que, con la llegada del buen tiempo, se pusiera sitio a la ciudad. En cambio Pedro Navarro y los suyos opinaban que lo más acertado sería continuar la marcha e ir directamente contra la ciudad usurpada por el duque de Ferrara para establecer el sitio antes de que le entraran los refuerzos que, personalmente, traía el duque de Nemours desde Milán.

El conde de Oliveto argumentaba, para reforzar su opinión, que, aunque el invierno estaba en lo más crudo, el frío, la lluvia y la nieve —que no entienden de bandos— afectarían por igual a los soldados de la Liga y a las tropas del duque, y que, si obraban con diligencia, podrían tomar la ciudad sin mucho esfuerzo empleando las minas como en la fortaleza de Bastia y aprovechando el estado de desánimo en el que, sin duda, estarían sumidos los sitiados.

—Nos encontramos a unas cuarenta y cinco millas de Bolonia —manifestó el roncalés— y es seguro que tanto daño recibirán nuestros hombres caminando por la nevada senda que conduce a esa ciudad, que permaneciendo indolentes, sufriendo frío y escasez en este campamento mientras transcurre el invierno. Si tomamos Bolonia tendrán un lugar seco y caliente donde poder establecerse mientras transcurre la estación invernal.

Don Ramón de Cardona hizo oídos sordos a las palabras de Fabricio Colonna, que aseguraba que era una temeridad sitiar Bolonia con el mal tiempo que hacía, y siguió los consejos de Pedro Navarro, pensando, no sin razón, que si establecían el cerco antes de que el duque de Nemours tuviera tiempo de acudir con sus tropas en auxilio de la ciudad, esta se rendiría.

Siguiendo las órdenes de don Ramón de Cardona, la artillería se puso en camino, por delante de las tropas de infantería y de la caballería que, por caminos embarrados y sorteando enormes dificultades, cruzaron las montañas para llegar, el día 16, a una serie de oteros situados a unos diecinueve kilómetros de Bolonia. El ejército acampó en aquellas colinas, alejado de las vegas y vaguadas para evitar los caudalosos arroyos y los humedales alimentados por las constantes lluvias y las esporádicas nevadas, y a la vista de la ciudad.

Al día siguiente, don Ramón de Cardona convocó el consejo de guerra para decidir dónde establecer el campamento y cómo emprender las acciones de asedio. Fabricio Colonna y el conde de Oliveto estuvieron de acuerdo en elegir un lugar llamado Belpoggio, situado a un kilómetro y medio de las murallas, que pertenecía a la familia Bentivoglio, que gobernaba la ciudad en nombre del duque de Ferrara desde que este, con la colaboración de los franceses, se la quitó al papa.

El condotiero, con la vanguardia compuesta por setecientos hombres de armas, quinientos jinetes ligeros y cinco mil infantes, entre lanceros, rodeleros y arcabuceros, se posicionó en las cercanías de la ciudad, entre el viejo puente que salvaba el cauce del río Reno y la puerta de San Félix, ubicada en el ángulo este de la muralla, con el propósito de interponerse entre los sitiados y los franceses que venían de Milán e impedir que el duque de Nemours pudiera meter socorros a los boloñeses.

La ciudad de Bolonia, estratégicamente situada al nordeste de los Apeninos y en los comienzos de una extensa y rica llanura que iba a morir en la ribera del mar Adriático, al margen de su pujanza económica y la relevancia de su universidad, era una encrucijada en la que convergían los principales caminos que enlazaban el norte y el centro de Italia y las ciudades litorales del Adriático, con las que se hallaban en los entornos del mar Jónico. Para el papa Julio II tenía, además, el valor simbólico de ser una de las más sobresalientes urbes de los Estados de la Iglesia, usurpada ignominiosamente por el duque de Ferrara.

Se hallaba rodeada de poderosas murallas de piedra, de fábrica muy antigua, aunque remozada por los papas, sus dueños, en tiempos recientes. Cuando el ejército de la Liga puso sitio a la ciudad, su recinto estaba rematado con almenas y merlones en toda su longitud, defendido por un profundo foso y reforzado con torres de planta cuadrada y gran altura cada cierto trecho. En el seno de algunas de ellas, que ejercían la función de fortines, se abrían las puertas que permitían el acceso a la ciudad desde el sur, el oeste, el norte y el este.

Desde las colinas que rodeaban la urbe pontificia se podía divisar la zona intramuros en la que destacaban las altísimas torres-mansiones erigidas en el pasado por los ricos comerciantes de Bolonia para defensa de sus posesiones urbanas y, también, para residencia de los numerosos estudiantes que acudían desde los más alejados rincones de Italia a su renombrada universidad para seguir los prestigiosos estudios de derecho que se impartían en sus aulas.

Dos días estuvieron los carros transportando, por los empinados caminos que conducían al monasterio de San Miguel —edificado en la cima de una colina desde la que se podía contemplar la muralla como a vista de pájaro—, la artillería pesada con la que pensaba Pedro Navarro batir las murallas y los principales edificios que se hallaban intramuros, pero cercanos al recinto. Pero, a pesar del despliegue de las tropas de Fabricio Colonna entre el río Reno y la puerta de San Félix, no pudieron impedir que en el transcurso de la noche entraran en Bolonia doscientos lanceros franceses y dos mil alemanes que venían mandados por Ivo d'Allegre. No obstante, aun contando con estos refuerzos, no disponían los boloñeses de hombres suficientes para poder defender todo el perímetro de muralla que rodeaba la ciudad. Mas el inicial desánimo y decaimiento de los asediados se tornó en un sentimiento de confianza y de entusiasmo con la llegada de las tropas francesas y alemanas y, sobre todo, al comprobar que corrían los días y el ejército sitiador no se decidía a emprender acciones ofensivas contra los muros de Bolonia.

El conde de Oliveto, aunque, como era su costumbre, mostraba una inquebrantable lealtad a quien el rey don Fernando había nombrado general en jefe del ejército de la Liga, no dejaba de expresar su pesar y su inquietud ante sus más allegados capitanes, viendo que el enemigo cada día se hacía más fuerte y que, en el bando de la coalición, todo se reducía a discusiones vanas sobre dónde situar la artillería, en qué lugar asentar a la tropa o cómo impedir —sin éxito— la entrada en la ciudad de nuevos contingentes enemigos.

—Lo que hoy se aprueba en consejo de guerra —se lamentaba Pedro Navarro cuando tenía ocasión de entablar conversación privada con sus capitanes— mañana se desaprueba; lo que una tarde parece firmemente decidido, al cabo de dos horas se diluye como el humo de una hoguera.

—Mal empieza esta guerra —sentenció Zamudio, que había acudido a la tienda de campaña del conde para recibir las órdenes del día—. No arribará a buen puerto, sino que zozobrará sin remedio el navío que está gobernado por más de un capitán.

—Y peor navegará ese navío, amigo mío, si esos capitanes se ocupan solo de sus propios intereses, olvidando los elevados objetivos que los mantienen en el campo de batalla.

Este era el sentimiento que imperaba entre las fuerzas sitiadoras, sobre todo entre los españoles, experimentados en la guerra contra los franceses, a los que habían vencido en numerosas ocasiones, y recelosos de la lealtad de los veleidosos nobles italianos y de la capacidad militar del propio virrey. Este había acudido a la contienda vestido lujosamente y acompañado de un nutrido séquito constituido por criados, palafreneros, mozos de espada, escuderos y cocineros, como si de un festivo e inocente torneo se tratara.

Transcurrieron varios días sin que las operaciones de sitio avanzaran. Cada jornada más desasosegados e inquietos estaban los españoles y más animosos y confiados los sitiados. El día 25 de enero se supo que el duque de Nemours se hallaba acampado a treinta kilómetros de la ciudad con ochocientos lanceros, mil jinetes ligeros y tres mil infantes, a los que se iban a unir dos mil gascones y algunos jinetes que enviaba el duque de Ferrara. Los espías de la Liga habían anunciado a don Ramón de Cardona que venían con el firme propósito de obligar al ejército coaligado a levantar el sitio de Bolonia.

El día 26 se comenzó a combatir la ciudad desde la altura del monasterio de San Miguel, donde se habían situado dos sacres y dos culebrinas grandes[9]. Toda la jornada estuvieron los cuatro cañones batiendo la muralla y una de las puertas de la ciudad, aunque recibiendo los disparos de los defensores, que los dirigían con tanto acierto que mataron al coronel Salgado y a mosén Juan de Bovedilla, que se hallaban en las cercanías de los sacres.

Como nada conseguían con el intenso cañoneo, el conde de Oliveto aconsejó al virrey que mandase mudar el ejército al otro lado de la ciudad, donde parecía que las defensas eran más débiles, dejando en San Miguel solo una guardia para la custodia del lugar. Con esa maniobra —aseguraba— se podría vencer con más facilidad la resistencia de los sitiados y obligarles a la rendición aplicando las minas, por él inventadas, al mismo tiempo que se impedía la entrada de más refuerzos llegados desde el campamento del duque de Nemours.

Sin embargo, conocida la propuesta del roncalés por Fabricio Colonna y sus partidarios, estos se opusieron abiertamente a ella, alegando que de trasladarse las tropas a aquella nueva posición no podrían recibir las necesarias vituallas desde la región de la Romaña. De esa misma opinión era también el legado papal, Juan de Médici, que no deseaba otra cosa que se tomara la ciudad cuanto antes, sin dilaciones, para poder enviar la feliz noticia de su conquista a Julio II.

---

9   Las culebrinas eran piezas de artillería que se distinguían por su calibre, según el cual había culebrinas, medias culebrinas, cuartos de culebrinas —conocidas como sacres— y octavos de culebrinas, denominados falconetes. Todas, menos los falconetes, tenían una longitud de entre 30 y 32 veces el diámetro de la boca.

Después de larga deliberación, don Ramón de Cardona tomó una decisión salomónica: mandó que se trasladara el ejército, como había aconsejado el conde de Oliveto, pero que se situara la artillería cerca de la puerta de San Esteban, en el camino de Florencia, para que batiera dicha puerta y el muro que iba hasta la puerta de Castiglione.

Una vez establecidas las nuevas posiciones, Pedro Navarro ordenó a sus zapadores que empezaran la excavación de una mina cerca del muro que se localizaba junto a la citada puerta de Castiglione, sobre el que se veía la espadaña de una ermita o capilla. Como había referido en el consejo de guerra previo, el objetivo que quería alcanzar era que, una vez derribado un tramo de la muralla, se atacara la ciudad por dos frentes, sabedor de que los sitiados carecían de gente suficiente para defender todo el recinto amurallado. Mientras se realizaba la mina, mandó construir un puente móvil de madera para salvar el foso y que los soldados pudieran acceder a la brecha que dejara la explosión de la mina.

Las labores de excavación continuaron sin descanso durante varios días, sufriendo los zapadores el intenso frío y la ventisca de aguanieve que no cesaba de caer sobre la región de Bolonia, aunque no pudieron impedir las tropas de Fabricio Colonna que, durante la noche, volvieran a entrar nuevos destacamentos de enemigos en la ciudad.

El día 1 de febrero, una vez acabada la mina y colocados veinte toneles de pólvora en su interior, Pedro Navarro dio la orden de que se hiciera estallar. La explosión fue descomunal: tembló la tierra como si un intenso seísmo hubiera sacudido la zona. Sin embargo, la deflagración no obtuvo los resultados esperados por los sitiadores. Cuando se hubo disipado el humo y la polvareda ocasionada por el estallido de la pólvora, se pudo comprobar que, aunque había saltado por los aires un tramo de unos ochenta metros del muro, incluyendo la capilla, este volvió a caer sobre sus cimientos cerrando la brecha abierta, lo que fue interpretado por los boloñeses como un milagro de Nuestra Señora, que era la titular de la capilla erigida sobre el adarve de la muralla.

El disgusto que sintieron los sitiadores por el fracasado intento de demolición de la muralla se correspondió, en el interior de la ciudad sitiada, con manifestaciones de alegría y con una reafirmación de su voluntad de resistencia. Aunque ese era el sentimiento predominante entre los soldados franceses e italianos, no participaban del mismo los ricos mercaderes y comerciantes de Bolonia, que temían que, en un nuevo intento, la ciudad fuera tomada por asalto y sus habitantes sometidos a robos y violaciones por los españoles, como era la costumbre.

Por ese motivo, una representación de los comerciantes se dirigió al gobernador Bentivoglio para rogarle que, estando aún lejos de Bolonia el duque de Nemours con su ejército y los de la Liga tan decididos a asaltar la ciudad, capitulara a cambio de que se respetaran la vida y la hacienda de los boloñeses. Pero el gobernador les dijo que tuvieran paciencia, que por un emisario de Gastón de Foix, que había entrado en la ciudad durante la noche, el duque les aseguraba que no tardaría en acudir en persona con todo su ejército.

En esta ocasión los deseos de los sitiados se cumplieron y el duque de Nemours, al frente de las tropas francesas y de las de sus aliados, se desplazó hasta Bolonia con el propósito de meter sus soldados en la ciudad y obligar a don Ramón de Cardona a levantar el sitio. En la noche del 5 de febrero, amparados por la oscuridad, pues era luna nueva, y protegidos por una incesante nevada y la ventisca que soplaba desde las cercanas montañas, Gastón de Foix, con todos sus escuadrones de infantería y caballería, logró entrar en la ciudad sitiada sin que fuera percibida su presencia por los centinelas de Fabricio Colonna.

Dos días después se celebró un tumultuoso consejo de guerra en el transcurso del cual el engreído italiano acusó al conde de Oliveto de ser el principal responsable del fracaso del asedio. Acaloradamente lo culpó de haber retrasado el asalto a la ciudad a la espera de que los zapadores acabaran de excavar la mina y se demoliese un tramo del muro, suceso que no llegó a producirse. Los españoles, por su parte, acusaron al veleidoso condotiero de haber permitido la entrada en Bolonia del duque de Nemours y de su ejército por su ineptitud en las labores de vigilancia y la incapacidad de sus espías.

Oídas las quejas y acusaciones de unos y otros y entendiendo que el mal ocasionado era ya irreparable y que Bolonia no podría ser tomada por las fuerzas de la Liga en aquella ocasión, el virrey ordenó levantar el sitito y que Pedro Navarro, como capitán general de la infantería, organizara la retirada del ejército con tanto sigilo como el caso requería. Él mismo, con parte de las tropas, se dirigiría al castillo de San Pedro, donde establecería el campamento, mientras que el conde de Oliveto, con la infantería española, se desplazaba, primero hasta la población de Viminiano y, luego, con cinco mil infantes y algunas piezas de artillería, a Cento y a Piebe.

Con tanta discreción y orden organizó Pedro Navarro la retirada del ejército de la Liga a lo largo de aquella noche que, a la mañana siguiente, los centinelas que hacían guardia en el adarve y en las torres no daban crédito a lo que veían, pues no quedaba rastro alguno de la presencia de los sitiadores en los asentamientos que habían ocupado la víspera.

Como se ha dicho, los italianos intentaron hacer recaer el fracaso del sitio de Bolonia en el conde de Oliveto, exculpando a los principales culpables, que no eran otros que el pusilánime virrey de Nápoles, por sus escasas dotes de mando, y Fabricio Colonna que, con su prepotencia y su incapacidad para aceptar las propuestas de un general tan experimentado, aunque de tan escasa nobleza —aseguraba— como era Pedro Navarro, retrasaba adrede la toma de decisiones y provocaba la discordia y la descoordinación entre los mandos del ejército.

Sin embargo, es necesario reconocer que don Ramón de Cardona, aunque adolecía de falta de autoridad, no dejaba de mostrar, cuando tenía ocasión, su respeto y consideración hacia el roncalés, hacia los experimentados capitanes Alvarado, Zamudio, Leiva y Gaspar de Pomar y hacia el marqués de Padula. El virrey, en descargo del leal conde de Oliveto, expresó públicamente su convencimiento de que las operaciones de asedio realizadas por Pedro Navarro habían sido acertadas y nada influyeron en la decisión que había tomado de levantar el insostenible sitio de Bolonia. En cambio, había que agradecerle la premura y sagacidad que demostró en la organización de la retirada del ejército de la Liga. Y de esta manera quedó a salvo, al menos ante el virrey y los coroneles y capitanes españoles, que el conde de Oliveto había ejercido de capitán general de la infantería con lealtad al rey y tomando las decisiones más acertadas en cada momento. No obstante, el rey don Fernando el Católico, cuando tuvo noticias del fracasado sitio de Bolonia, mostró su enojo culpando de la retirada del ejército, como no podía ser de otra manera, a las desavenencias, disputas y personales enfrentamientos habidos entre italianos y españoles.

Estando la ciudad de Bolonia libre del asedio de la Liga y las tropas de don Ramón de Cardona acantonadas en varios puntos distintos a la espera de las órdenes que le llegaran de España, el duque de Nemours, después de haber dejado en Bolonia una guarnición de trescientos lanceros y cuatro mil infantes, se dirigió con el resto del ejército a Brescia, que estaba defendida por los venecianos, la atacó y la tomó sin mucho esfuerzo.

Para poner orden y avenencia entre los dirigentes de la Liga, el rey don Fernando envió a Italia a don Hernando Valdés, que era capitán de su guardia y persona de su máxima confianza. Valdés portaba el mandato real de amonestar en nombre del monarca a los mandos del ejército que habían sido incapaces de tomar Bolonia a los franceses y de hacer que cesasen las perniciosas disidencias que estaban provocando el descrédito de las prestigiosas tropas españolas.

Don Hernando Valdés llegó al campamento de don Ramón de Cardona, que se hallaba situado junto al castillo de San Pedro, el día 29 de marzo, procediendo a entregarle una carta del Rey Católico al tiempo que le exponía de viva voz el pensamiento del monarca aragonés sobre el curso de aquella guerra y su disgusto al entender que, siendo más experimentadas y estando mejor preparadas las tropas españolas que las francesas —aunque estas fueran más numerosas—, parecía que los galos, gascones y alemanes los superaban con creces en belicosidad y eficacia. Después de la entrevista entre el enviado del monarca y el virrey, las aguas volvieron a su cauce e italianos y españoles abandonaron sus diferencias y se juramentaron para no discutir las órdenes del general en jefe del ejército, don Ramón de Cardona.

Mientras que esto acontecía en el campamento de la Liga Santísima, los franceses se habían movido de sus posiciones iniciales y ambos ejércitos se hallaban ya a la vista sin atreverse, ninguno de ellos, a presentar batalla campal, temerosos el duque de Nemours y el virrey de Nápoles de cosechar una derrota que podría ser decisiva y con la que se decantaría, sin duda, el resultado final de la guerra.

Por medio de sus espías, supo don Ramón de Cardona que los planes de los franceses eran desplazarse hasta Rávena, situada a unos ochenta kilómetros al este de Bolonia, cerca del mar Adriático, y poner sitio a esa ciudad, que era un enclave de enorme importancia estratégica para el ejército de la Liga, pues desde allí le llegaban los víveres y el armamento que se guardaban en sus almacenes y los refuerzos que, por mar, pudieran recibir.

El virrey de Nápoles convocó con urgencia un consejo de guerra, al que asistió don Hernando Valdés, en el transcurso del cual se debatió la necesidad de que marchara el ejército, con toda la celeridad que el tiempo meteorológico y la orografía lo permitieran, hasta las cercanías de Rávena, meter varios escuadrones de infantería en la ciudad e impedir, a toda costa, que el enemigo se apoderara de tan relevante enclave. Para evitar lo que podría convertirse en un revés de incalculables consecuencias para las tropas aliadas hispano-italianas, y de acuerdo con el legado papal, con Fabricio Colonna, el conde de Oliveto y el embajador del rey de Aragón, se decidió enviar a Marco Antonio Colonna, sobrino de Fabricio, con los cien lanceros de su compañía y quinientos infantes españoles para que, marchando de noche, se dirigiera a Rávena antes de que los franceses tuvieran tiempo de asediarla. Que una vez dentro de sus murallas se unieran a los soldados de Pedro de Castro y del napolitano Luis Dentici, que les habían precedido unas semanas antes, para reforzar la defensa de la amenazada ciudad.

El 8 de abril, después de una agotadora marcha y de haber burlado en varias ocasiones a los destacamentos avanzados del duque de Nemours, entró en Rávena Marco Antonio Colonna al frente de sus hombres, casi al mismo tiempo que la vanguardia francesa comenzaba a combatir la ciudad por otro de sus flancos con la artillería pesada.

Sin embargo, aunque el número y la potencia del ejército francés y de sus aliados italianos, gascones y alemanes eran considerablemente superiores a los de la Liga, estando los hombres de Gastón de Foix desplegados frente a las murallas de Rávena y teniendo a sus espaldas el ejército mandado por el virrey de Nápoles —que se encontraba a unos ocho kilómetros y se desplazaba con los escuadrones formados con la intención de combatir a los sitiadores—, el duque de Nemours se vio obligado a levantar el sitio y alejarse de la ciudad por miedo a verse cogido entre dos fuegos. Entretanto, al medio día del 9 de abril, los escuadrones italianos de Fabricio Colonna y los españoles de Pedro Navarro, que marchaban en la vanguardia, se habían situado en un paraje conocido como Molinaccio, a unos cinco kilómetros de Rávena, con el propósito de cruzar el cauce del río Ronco, que debido a las últimas lluvias discurría muy crecido, por un vado que se hallaba al suroeste de la ciudad, aunque la cercanía de los franceses les hizo desistir de llevar a cabo esa arriesgada operación.

Como el campamento del duque de Nemours ocupaba una mejor posición cerca de Rávena, entre los ríos Montone y Ronco, y disponía de la artillería del duque de Ferrara además de los cañones que traía él desde Milán —en total cincuenta piezas de distinto calibre frente a los veinticuatro de la Liga—, pensó Gastón de Foix que aquella sería una ocasión propicia para entablar la batalla decisiva que se había estado dilatando en el tiempo desde que las tropas de don Ramón de Cardona pusieran sitio a Bolonia.

Durante la noche del día 10 de abril los escuadrones franceses y de sus aliados, así como la artillería gala y la del duque de Ferrara, comenzaron a cruzar el río Ronco por un puente de madera que habían construido el día anterior y, al amanecer del 11, Domingo de Resurrección, una parte del ejército, formada mayoritariamente por alemanes, se hallaba posicionada al otro lado del río, al norte de la extensa llanura pantanosa que rodeaba Rávena y a un kilómetro y medio de donde estaba asentado el ejército de la Liga, entre Molinaccio, la orilla derecha del Ronco y el camino de Cesena.

En la mañana del día 10, don Ramón de Cardona había convocado a los capitanes de las fuerzas coaligadas en su tienda de campaña, que hacía el oficio de improvisada sala de mando, para celebrar el consejo de guerra en el que se habría de decidir la disposición que, sobre el terreno, iban a presentar las fuerzas de la Liga y las misiones que cada escuadrón tendrían en el transcurso de la batalla. El virrey de Nápoles, consciente de que Pedro Navarro era el más experimentado de los militares con que contaba, no dudó en encargar al conde de Oliveto la organización de las tropas sobre el terreno y la elección de las tácticas que iban a seguir.

En los días previos, el roncalés había mandado a sus infantes que excavaran dos largos fosos o trincheras, con parapetos de tierra y troncos en la escarpa, a ambos lados de la calzada que conducía de Rávena a Cesena. Esta trinchera, que separaba el campo español y pontificio del francés y del duque de Ferrara, mostraba a las claras que Pedro Navarro basaba su estrategia en ofrecer una actitud defensiva frente al enemigo, al menos en los prolegómenos de la batalla. Una vez que don Ramón de Cardona hubo anunciado que sobre el conde recaía la responsabilidad de organizar las tropas en el terreno que ocupaban entre la orilla derecha del río Ronco y la calzada antedicha, este tomó la palabra:

—Hemos de contrarrestar, caballeros, la debilidad de nuestra caballería pesada con la potencia y versatilidad de nuestra infantería. Obligando al duque de Nemours a penetrar en nuestro campo por la brecha que dejan los dos fosos a ambos lados de la calzada de Cesena, su caballería carecerá del ímpetu que proporcionan los espacios abiertos y nuestros rodeleros y piqueros, al introducirse entre sus caballos, podrán hacerles suficiente daño para permitir a la caballería ligera del marqués de Pescara pasar a la ofensiva y desarbolar su formación. Una vez iniciada la ofensiva, serán la caballería pesada de Colonna y mi escuadrón de infantes los que, si todo discurre según lo planeado, y apoyados por los escuadrones del virrey y del marqués de Padula, acabarán el trabajo derrotando a un enemigo sorprendido por la rapidez con que nuestras fuerzas abandonan la actitud defensiva y pasan a ofenderlos en su propio terreno.

—Esas previsiones son las que todos queremos ver cumplidas, conde —manifestó Fabricio Colonna que, como en ocasiones anteriores, ponía una vez más y sutilmente en duda los planteamientos de Pedro Navarro.

El conde de Oliveto paseó la mirada por los rostros expectantes del virrey, del legado papal, de don Hernando Valdés y de los coroneles y capitanes italianos y españoles que asistían al consejo de guerra.

—Para alcanzar los objetivos expuestos —proclamó el capitán general de la infantería— será necesario que cada uno de nosotros cumpla fielmente lo acordado en este consejo, abandonando cualquier tentación de obrar por su cuenta. En vanguardia, detrás de la trinchera situada junto al río, se situarán los ochocientos jinetes pesados de Fabricio Colonna, Piero Cunio, Jerónimo Lores, Antonio de Leiva y Alvarado; a su lado se dispondrán los escuadrones con los seis mil infantes italianos y españoles. Detrás y en paralelo al río, estarán el cuerpo principal del ejército con seiscientos lanceros y un escuadrón constituido por cuatro mil infantes españoles mandados por el virrey Cardona, Troilo Pignatello, Malatesta Baino y el marqués de Padula. En retaguardia se ubicará Alonso de Carvajal, señor de Jódar, Diego Velasco, Pedro Zabaleta y Diego Hurtado con cuatrocientos jinetes y cuatro mil infantes y, a su derecha, el marqués de Pescara, Pedro de Paz y el conde Romeo de Pepoli con la caballería ligera. Por delante de la vanguardia, frente a la caballería pesada francesa, se habrán colocado las veinticuatro piezas de artillería con que contamos. Yo, al frente de mi escuadrón de quinientos infantes escogidos entre los más experimentados, no tendré un lugar fijo en este ordenamiento, sino que me desplazaré entre la vanguardia y el centro del ejército para acudir allí donde, en el transcurso de la lucha, se haga necesaria mi presencia. Solo resta decidir dónde colocar los treinta carros armados con artillería menuda que he mandado montar y que deberán introducirse entre las filas enemigas para provocar la confusión y hacer el mayor daño posible cuando pasemos a la ofensiva.

Este era el plan de batalla diseñado por el roncalés y aceptado por la mayoría de los miembros del consejo de guerra, incluido el virrey de Nápoles y el enviado del rey don Fernando, que no por Fabricio Colonna y algunos de los capitanes y nobles italianos, que pensaban que sería mejor opción pasar inmediatamente a la ofensiva sin esperar el ataque de los franceses. Teniendo en cuenta la inferioridad numérica de las tropas de la Liga y la superioridad de la caballería pesada gala, el planteamiento del conde de Oliveto era el que podría proporcionar el triunfo a los coaligados, de eso estaban seguros, al menos, los mandos españoles y el virrey de Nápoles.

Enfrente de los escuadrones de la Liga, al otro lado de las trincheras, el ejército del duque de Nemours, que superaba los veintiocho mil soldados entre infantes, hombres de armas y jinetes ligeros, superando en casi diez mil a las fuerzas del virrey Cardona, se había desplegado formando cinco grandes formaciones dispuestas en línea apoyadas por la artillería, que hostigaba a los escuadrones del virrey Cardona y de Fabricio Colonna.

Antes de iniciarse el combate, el duque de Nemours, joven e impetuoso pero no carente de inteligencia y espíritu militar, conocedor del arrojo y la capacidad de sacrificio de los soldados españoles, para infundirles ánimo y valor arengó a sus tropas proclamando con toda solemnidad lo siguiente:

—No son, hijos míos, estos españoles que tenéis frente a vosotros los temibles veteranos que pelearon contra Francia en las guerras de Nápoles, sino soldados nuevos e inexpertos o viejos cansados de combatir que en nada recuerdan su pasada gloria, pues solo han luchado contra los arcos, las flechas y las despuntadas lanzas de los moros en África. Estos hombres, flacos de cuerpo, tímidos de ánimo, descarnados e ignorantes del arte militar, faltos de disciplina y pundonor, han sido vencidos, no hace más de un año, en los Gelves por los desarrapados habitantes de aquellas islas, de las que huyeron despavoridos y derrotados, incluyendo a su general Pedro Navarro, que tantos triunfos dicen que había cosechado en pasadas campañas. Todos se plegaron a la belicosidad y valentía de los moros en aquella, para ellos, funesta jornada. Han de infundir lástima que no pavor quienes se dejaron ganar la partida por gente cuyas armas no eran otras que primitivas azagayas y endebles arcos. Esos son los soldados con los que hoy habréis de combatir y de los que, seguro estoy, sabréis salir vencedores.

En el campo español, el legado papal, el cardenal Juan de Médici —que luego ocuparía el solio pontificio con el nombre de León X—, bendijo a los soldados de la Liga, exhortándoles a que defendieran con ardor la causa de la santa Iglesia católica y concediéndoles indulgencia plenaria para que el día que el Altísimo tuviera a bien llamarlos a su lado —les dijo— acudieran a Él limpios de corazón y preparados para entrar sin mácula en el paraíso.

Dos horas transcurrieron desde que ambos ejércitos estuvieron desplegados, el uno frente al otro, sin decidirse a iniciar las hostilidades, cañoneándose y esperando atisbar el punto más flaco de las líneas de su oponente para concentrar en ese lugar el ataque de la caballería y la infantería. En ese prematuro intercambio de disparos, los franceses se llevaron la peor parte por hallarse sus cañones al descubierto, en tanto que la artillería de la Liga, desenfilada y a resguardo de los tiros detrás de la trinchera y la empalizada, recibía escaso daño. Las tropas francesas, desplegadas en línea al otro lado de las trincheras, presentaban la caballería pesada mandada por el duque de Nemours, La Palisse y los duques de Borbón y de Ferrara en el ala izquierda; la infantería —constituida por galos, gascones y alemanes—, con Molard, Jacobo Empser, el barón de Grandiment y monseñor de Bonivent en el centro y la caballería ligera, al frente de la cual se hallaba Juan Bernardino Caracciolo, en el ala izquierda.

Pedro Navarro esperaba que la actitud defensiva que presentaban sus tropas incitara al duque de Nemours a tomar la iniciativa y a atacar por el estrecho espacio comprendido entre las dos zanjas, a ambos lados de la calzada de Cesena y, cuando hubieran estado mermadas y debilitadas sus fuerzas, pasar a la ofensiva por ese lugar entrando con los carros armados —por él ideados— y la infantería española en el campo francés. Este plan de batalla hubiera dado los resultados previstos sin que adversas y desgraciadas circunstancias —que a continuación se expondrán— no hubieran hecho fracasar los planteamientos del conde de Oliveto.

El duque de Ferrara, observando que el fuego de su artillería no causaba excesivos estragos entre los infantes y la caballería de la Liga, con la anuencia de Gastón de Foix, que compartía su misma opinión, decidió cambiar la posición de sus cañones, trasladándolos a un altozano que se divisaba al otro lado del camino de Cesena, desde el que —pensaba— podría batir de costado a los escuadrones situados en el flanco derecho, que estaban mandados por el virrey de Nápoles y el marqués de Pescara, entre otros. Sin embargo, muy escaso fue el fruto obtenido con el cambio de posición, porque el nuevo asentamiento artillero se hallaba a una distancia superior a un kilómetro y medio de los españoles e italianos y los tiros de las culebrinas y los morteros quedaban, con frecuencia, muy cortos.

No obstante, siendo la más afectada por los disparos de los cañones franceses —que habían permanecido en la posición primitiva por delante de los escuadrones que mandaba el propio Nemours— la caballería pesada de Fabricio Colonna y no queriendo el intrépido condotiero continuar bajo el incesante fuego enemigo sin mover a su gente, tomó una arriesgada resolución que iba a tener desastrosas consecuencias para la Liga. Cuando los jinetes pesados franceses —de acuerdo con las previsiones del conde de Oliveto— se preparaban para penetrar en el campo español, Colonna dio la orden a sus jinetes de avanzar, atravesar las trincheras y atacar a la poderosa caballería francesa, imprudente movimiento que contravenía lo pactado en el consejo de guerra y que fue seguido, sin encomendarse a Dios ni al diablo, por los escuadrones del marqués de Padula y los jinetes ligeros del marqués de Pescara, acción ofensiva que provocó el enojo de Pedro Navarro, que observaba impotente el movimiento de las tropas desde el ala derecha.

Lo primero que sucedió fue que, al desplazarse en dirección al paso abierto entre las dos trincheras los escuadrones de Colonna, Padula y Pescara, sus hombres quedaban expuestos al fuego artillero del duque de Ferrara; y lo segundo, que la caballería pesada de Fabricio Colonna fue a chocar de frente contra la de Gastón de Foix, todavía casi intacta y que, como se ha dicho, era más numerosa y estaba mejor equipada y montada que la del italiano.

Las consecuencias no tardaron en hacerse evidentes: arrollados los jinetes italianos por la potente caballería constituida por lo más selecto de la nobleza francesa, en menos de media hora fueron vencidos los de Fabricio, no sin antes haber dejado sobre el terreno más de dos centenares de jinetes muertos o moribundos y cayendo prisionero el resto de los escuadrones, incluyendo el condotiero Fabricio Colonna y los marqueses de Pescara y de Padula, que lo habían seguido en tan imprudente ataque. Solo logró retornar al campo español medio centenar de jinetes, la mayor parte de ellos heridos o desarmados.

A pesar de esta derrota parcial sufrida, que no se había debido a la errónea disposición de las tropas de la Liga sobre el terreno, sino a la temeraria e imprudente maniobra del condotiero italiano, que había contravenido lo acordado en el consejo de guerra, Pedro Navarro, curtido en mil contiendas y victorioso en más de una estando en inferioridad frente al enemigo, no dio por perdida la batalla, pues conservaba íntegros sus escuadrones de bravos y leales españoles, las tropas del virrey y las de reserva de Alonso de Carvajal.

—¡Hijos míos! —exclamó con recia y firme voz dirigiéndose a sus soldados que, confusos, habían vuelto la mirada hacia su respetado capitán—. Aún no estamos vencidos. Que si los italianos han claudicado ante el enemigo, quedamos los españoles para vengar su derrota y hacer pagar con sangre la vida de los caídos. Abandonad las lanzas y los arcabuces y tomad las rodelas y las espadas, que con ellas pelearemos más desembarazadamente y venceremos a los escuadrones de caballería del duque de Nemours y a los rodeleros tudescos y gascones.

Precedida por los carros armados tirados, cada uno por sendos mulos, la infantería española penetró, rodelas y espadas en mano, en el campo francés y comenzó a batirse con tanto denuedo, bravura y desprecio por la propia vida, a pesar de la superioridad numérica del enemigo, que los sorprendidos escuadrones franceses abandonaron la formación y muchos de ellos cayeron de sus caballos atravesados por las espadas españolas o acuchillados por las dagas de tres o cuatro soldados que, rodeándolos, los descabalgaban a viva fuerza. No obstante, los carros armados fueron inutilizados por los franceses a poco de entrar en combate, pues los infantes cortaban los tendones de los mulos y volcaban los carruajes con su artillería.

Con tanta furia peleaban y tantas eran las bajas que ocasionaban entre los nobles jinetes de Francia, que la caballería gala quedó pronto desbaratada y entró en acción la infantería alemana y la gascona que, aunque triplicaba en número a los españoles de Pedro Navarro, nada podía hacer para detener a aquellos aguerridos y audaces soldados. Sin embargo, en el ardor de la lucha, el conde de Oliveto que, enarbolando la vieja espada magiar como una maza, se batía como uno más de sus infantes, no percibió que se hallaban aislados y rodeados por el enemigo.

Si en ese momento crucial de la batalla el virrey Cardona, que ocupaba aún el centro del campo español con sus fuerzas casi enteras, y Alonso de Carvajal que, estando en la retaguardia, no había tenido ocasión de entrar en combate, hubieran avanzado sus líneas y entrado en el campo francés en ayuda del conde y de sus valientes soldados, la victoria se hubiera decantado con total seguridad hacia el bando español y del papado. Pero el pusilánime Cardona y el indeciso Carvajal, viendo retirarse en desorden lo que quedaba de los escuadrones de Fabricio Colonna y de los marqueses de Pescara y Padula, creyeron que la batalla estaba irremisiblemente perdida y, para desgracia de Pedro Navarro y de sus hombres, optaron por emprender una vergonzosa huida, dejando desasistidos a los heroicos soldados que, convencidos de poder alcanzar el triunfo, continuaban peleando en medio de un enjambre de furiosos enemigos.

El cronista Andrés Bernáldez narra los hechos acaecidos aquel aciago día, Domingo de Resurrección del año 1512, con estas desgarradoras y acusadoras palabras: «El conde Navarro y los otros capitanes, que eran muchos y muy honrados y esforzados caballeros, y de linaje, así españoles como italianos (...), con el primer y segundo escuadrón pelearon y cumplieron con su deber, salvo el capitán Carvajal, señor de Jódar, y otros dos o tres capitanes cobardes que volvieron las espaldas y huyeron, y no pararon hasta llegar a Roma».

Cuando el conde de Oliveto y sus valerosos hombres se vieron abandonados por sus compañeros de armas y acosados por los aguerridos escuadrones franceses y alemanes y los soldados del duque de Ferrara, lejos de desmayar y rendirse, decidieron continuar luchado y abrirse paso peleando cuerpo a cuerpo con la muchedumbre que los asediaba. Como se ha referido, los infantes españoles, piqueros y arcabuceros, habían arrojado las picas y los arcabuces al suelo y desenvainado sus espadas para luchar sin impedimento alguno haciendo retroceder a la turbamulta de franceses, tudescos e italianos, sorprendidos por la animosidad y bravura de aquellos hombres que creían desmoralizados y próximos a la rendición.

Despejando el camino a cuchilladas y lanzando gritos de ánimo, los españoles lograron romper el cerco, dejando tras de sí un reguero de enemigos muertos o malheridos, sobre un terreno encharcado por la sangre de los que agonizaban en medio de desgarradores lamentos y súplicas. Sin romper la formación pudieron, al fin, salir del círculo mortal de enemigos y emprender la retirada ordenadamente, bajo el mando de Pedro Navarro, que a todos daba confianza y buen ánimo, dirigiéndose a Forli, fortaleza situada a unos veinticinco kilómetros al suroeste de Rávena, por una calzada flanqueada de pronunciados terraplenes que favorecían la retirada, aunque eran atosigados sin descanso por la caballería y la infantería francesa y alemana.

Los supervivientes de los escuadrones de infantería del conde de Oliveto, que superaban los cuatro mil hombres, sin perder la formación, caminaban por la calzada con la intención de alejarse de un enemigo que ansiaba vengar en los españoles los estragos que Pedro Navarro había causado en sus selectos escuadrones de caballería. Para favorecer el ordenado repliegue y cubrir a los hombres en retirada —muchos de ellos heridos— el conde de Oliveto, con un grupo escogido de veteranos, se posicionó en la retaguardia, entre sus tropas y las avanzadillas de la caballería francesa. Pero el enemigo era muy numeroso y no pudo impedir que, en varias ocasiones, los jinetes galos alcanzaran al grueso de los escuadrones y les causaran numerosas bajas. En uno de esos ataques, Pedro Navarro, que peleaba sin descanso empujado por un pundonor del que había hecho gala durante toda su carrera militar, enarbolando su espada y enfrentado a ocho o diez enemigos al mismo tiempo, no pudo evitar quedar rezagado y verse rodeado por un centenar de franceses de a caballo y de a pie. Se batió durante media hora con desprecio de su vida hasta que un arcabucero lo derribó de un culatazo en la cabeza. Cayó el bravo capitán español por el terraplén hasta un lodazal donde quedó sin sentido y como muerto, estado en el que fue hecho prisionero.

El valiente roncalés aún no había cumplido cincuenta y dos años.

Descabezadas las tropas españolas y preso su principal guía, temido a la vez que respetado por sus enemigos, los franceses se dieron por satisfechos y cesaron momentáneamente de acosar a los soldados que se replegaban en dirección a Forli, ocasión que aprovecharon los capitanes que quedaban al mando de las diezmadas tropas españolas —mandadas, una vez hecho prisionero el conde, por el coronel Samaniego— para alejarse de sus perseguidores.

Pero el impulsivo Gastón de Foix, que deseaba desquitarse de las enormes bajas que le había ocasionado la infantería española aquel día, se puso al frente de un destacamento de unos setecientos jinetes y se lanzó en persecución de los hombres que constituían la retaguardia hispana, con tan mala fortuna que varios arcabuceros le dispararon casi a quemarropa y cayó del caballo, malherido. Una vez exánime y tendido sobre la calzada, un infante le alzó la visera de su armadura y, al reconocerlo, le dio una tremenda cuchillada en el rostro que le arrancó media cara sin atender a las desesperadas súplicas del duque de Nemours, que prometía un elevado rescate si le perdonaban la vida y lo dejaban en libertad. Pero los infantes españoles, furiosos por la pérdida de su capitán general, le dieron muerte allí mismo, abandonando así la vida el general en jefe del victorioso ejército francés.

De esta manera acabó la disputada y sangrienta batalla de Rávena, en la que, aun saliendo derrotadas las tropas de la Liga, los españoles, por su valentía, bravura y capacidad de sacrificio, alcanzaron una fama y una gloria que fue reconocida incluso por sus propios enemigos. El rey de Francia, Luis XII, desolado al conocer el elevado número de bajas sufridas y la alta alcurnia de muchos de los caballeros franceses que perecieron en el campo de batalla, exclamó apesadumbrado: «Dios me guarde de alcanzar nunca más victorias semejantes».

XXI
PRISIONERO EN LOCHES

Fue la batalla de Rávena la primera gran derrota que sufriera el conde de Oliveto en tierras italianas como capitán general combatiendo contra los franceses. Algunos nobles italianos, como Fabricio Colonna y el marqués de Pescara —una vez pagado el rescate exigido por sus captores y puestos en libertad—, así como el virrey de Nápoles y varios capitanes españoles que habían rehuido la pelea y abandonado el campo de batalla, dejando desasistidos a su capitán general y a sus escuadrones, se ensañaron con el desdichado roncalés y le culparon del desastre.

El italiano Juan Jacobo Trivulcio, que había luchado en el bando francés, casado con una tía del joven marqués de Pescara, intercedió por este ante el rey Luis XII, logrando que lo pusieran en libertad una vez pagados los seis mil ducados del rescate a los hombres de armas que lo habían capturado. Colonna y los capitanes españoles que, cobardemente, habían abandonado el campo de batalla, difundieron la interesada y errónea versión de que fueron la mala disposición de las tropas sobre el terreno realizada por el capitán general de la infantería y su negativa a acometer a los franceses en vez de tomar una actitud defensiva las causas de la debacle de la Liga; todo ello con el ruin propósito de ocultar los verdaderos motivos que hicieron de una segura victoria —en opinión del coronel Samaniego y del legado papal, Juan de Médici— una humillante derrota, siendo el principal de ellos su cobarde comportamiento y su falta de combatividad en los momentos cruciales de la batalla.

El conde de Oliveto nada pudo alegar en su defensa, pues, por desgracia, se hallaba prisionero de los franceses lejos de la Corte de Fernando el Católico —donde tan poderosos enemigos tenía—. Sin embargo, hubo compañeros de armas y prelados de la Iglesia que fueron testigos de su heroico comportamiento cuando, aislado y sin ayuda, logró sacar a sus cuatro mil hombres del cerco francés, no sin causar al enemigo cuantiosas bajas, que declararon en su favor. Estos expusieron la verdad de cuanto aconteció en aquella triste jornada, como Juan de Médici, el coronel Samaniego, Hernando de Alarcón y, sobre todo, Diego de Valladolid, que en descargo del capitán general manifestó que fue el ataque precipitado de Fabricio Colonna y de los escuadrones de Pescara y Padula, así como la vergonzosa actitud de don Ramón de Cardona, Alonso de Carvajal y Hernando Valdés, que renunciaron a auxiliar al navarro, los principales motivos de la derrota. No siendo unas causas menores —aseguraron— la superioridad numérica del ejército de Gastón de Foix, la mejor preparación y potencia de la caballería pesada gala y el mayor número de piezas de artillería con que contaba el enemigo.

Pero el prestigio de los Colonna, Pescara y Padula y el testimonio sesgado de Alonso de Carvajal se sobrepusieron a las atemperadas voces que clamaban contra la injusta versión de aquellos que culpaban, cuando no podía defenderse, al valiente conde de Oliveto. La creencia de que fueron las erróneas decisiones del capitán general de la infantería lo que causó la sonada —aunque no decisiva, pues los franceses, sin la guía del duque de Nemours, acabaron por abandonar Italia— derrota de Rávena se vio confirmada cuando acontecieron los hechos en la vida del roncalés que se expondrán a continuación y que lo convirtieron en un proscrito.

Una vez retirados del campo de batalla los cuerpos de los caídos, se pudo dar una cifra aproximada de los fallecidos habidos tras algo más de las cinco horas que duraron los combates. Entre ambos bandos los muertos habían sido más de dieciséis mil, lo que representaba un tercio de todos los combatientes que habían tomado parte en el enfrentamiento armado. En el lado francés perecieron numerosos caballeros de las más nobles casas de Francia. Además de Gastón de Foix, duque de Nemours, fallecieron Ivo d'Allegre y su hijo primogénito; el jefe de los lansquenetes alemanes, Jacobo Empser, y los capitanes de la caballería pesada La Cropte y Molart. En el lado de la Liga las pérdidas no fueron de tanta consideración, teniendo en cuenta que más de la mitad del ejército no llegó a entrar en combate, aunque perdieron la vida el prior de Mesina, don Jerónimo Loriz, Diego de Quiñones, el coronel Zamudio y el veterano Pedro de Paz. Los prisioneros de los franceses fueron muy numerosos, destacando entre los más preclaros el conde de Oliveto, el legado papal, Juan de Médici, Fabricio Colonna y los marqueses de Pescara y Padula.

El conde de Oliveto y el legado papal, el cardenal Juan de Médici, fueron conducidos a la ciudad de Bolonia. Cuando la comitiva hizo su entrada por la puerta de Rávena, pudieron contemplar el enorme gentío que se agolpaba en calles y plazas para recibirlos, saludar y vitorear a los vencedores y denostar a los prisioneros que llevaban consigo. Los más exaltados insultaban a los ilustres cautivos y les arrojaban toda clase de objetos que ellos, con una actitud digna y el rostro impasible, como se esperaba de personajes de tan alto rango, recibían en silencio mientras marchaban rodeados de la nutrida guardia francesa. Solo la familia Bentivoglio, antiguos amigos del cardenal, los trató con cortesía y benevolencia.

Una semana permanecieron el conde y el cardenal encerrados en una mazmorra en el palacio comunal, hasta que el cortejo fúnebre, con el cuerpo sin vida de Gastón de Foix, abandonó la ciudad para dirigirse a Milán, en cuya catedral se celebrarían las exequias por el alma del joven héroe de Francia. El 16 de mayo de 1512 la comitiva fúnebre entró en la ciudad cabecera de los dominios franceses en Italia y se dirigió al *duomo*, donde esperaban el arzobispo de la ciudad y los demás eclesiásticos que concelebrarían con él los funerales. Como si de trofeos de guerra se tratara, al modo de la antigua Roma, los franceses hicieron desfilar a todos los prisioneros y los estandartes militares capturados en Rávena en cabeza de la comitiva, situando a Pedro Navarro y al cardenal Juan de Médici al frente del cortejo, detrás del féretro que, cubierto con un manto de seda azul con las armas del fallecido bordadas en oro y carmesí, iba escoltado por doscientos lanceros y similar número de infantes escogidos entre los que mejor se batieron en la anterior batalla. Sin embargo, la población milanesa no mostró animadversión ni desprecio, como la gente de Bolonia, hacia los prisioneros, sino un profundo respeto, llegando incluso muchos de los espectadores que contemplaban el paso de la procesión fúnebre a arrojarse a los pies del cardenal para suplicarle, con lágrimas en los ojos, que la Iglesia levantara la excomunión que pesaba sobre ellos.

Fue el fastuoso funeral celebrado en memoria del difunto duque de Nemours en la catedral uno de los últimos actos organizados por los franceses en Milán. Unos meses más tarde, un ejército suizo mandado por el cardenal de Sion, legado papal en el país de los cantones, entró en Italia, obligó a las tropas de Luis XII a abandonar la ciudad de Milán y entronizó en el ducado a Maximiliano Sforza.

Parece que la mala fortuna acompañó en aquellos tristes días a Pedro Navarro. Su compañero de cautiverio, el cardenal Juan de Médici —con el que mantuvo, a partir de entonces, una estrecha amistad cimentada, sin duda, en las apreturas y calamidades sufridas por ambos durante su cautiverio— logró escapar de sus captores sin haber pagado rescate alguno, retornando a Roma sin mucha laceración. El marqués de Pescara fue puesto en libertad —como se ha referido— después de abonar la cantidad exigida por su rescate, que ascendía a seis mil ducados. Una cifra considerada muy modesta para todo un marqués que se justificaba —según se decía— por tratarse de «un soldado mozo y sin barba que participaba por primera vez en una batalla».

Pensó el conde de Oliveto que tan moderada cantidad de dinero no sería un obstáculo para que el rey don Fernando el Católico, al que con absoluta lealtad y entrega había servido durante más de doce años, pagara su rescate y lo liberase. Pero lo que ignoraba el leal roncalés era que su persona tenía para los franceses un alto valor simbólico, pues a él se atribuían las acciones más resolutivas y dañinas para las tropas francesas de cuantas se llevaron a cabo en el transcurso de la batalla de Rávena, sin menospreciar las numerosas derrotas sufridas en las anteriores guerras por el dominio de Nápoles. A pesar de su origen humilde, su fama de gran y temible militar —cuyas victoriosas acciones habían sufrido con frecuencia las tropas francesas destinadas en Italia— hacía del conde de Oliveto una figura destacada y temida, en la que el rey Luis XII había decidido vengar la dolorosa muerte de su sobrino Gastón de Foix y de tantos otros nobles franceses que perecieron por la audaz intervención del capitán general de la infantería española durante el repliegue de sus escuadrones.

A Pedro Navarro, carente del esplendor de un noble linaje, y con escasa riqueza, no se le trató con la misma generosidad que a Pescara, Padula o Colonna, quedando bajo la jurisdicción directa del vengativo rey de Francia.

Una pragmática otorgada por Luis XII ordenaba que ningún oficial, capitán o soldado de su ejército liberara a prisioneros de renombre sin antes haberlo consultado con él, para que, conocida su identidad y pagando al oficial o capitán que lo hubiese tomado preso cierta cantidad, quedase el preso bajo la tutela real. Este documento ponía el futuro de Pedro Navarro en manos del rey francés y de sus ansias insatisfechas de venganza y de resarcir, castigando al bravo capitán español, las pérdidas sufridas por su ejército en los campos de Rávena.

Para dificultar el rescate del desdichado roncalés, el rey exigió, como compensación para que pudiera recobrar la libertad, la cantidad de veinte mil ducados. Después de toda una vida combatiendo en nombre del rey de España y en defensa de la cristiandad, Pedro Navarro no poseía más que el exiguo condado italiano, puesto que había perdido sus propiedades y los caudales invertidos en las salinas de Crotona cuando el rey aragonés expropió todo su patrimonio al marqués de Cotrón, su protector.

Luis XII ordenó que el prisionero fuera trasladado al castillo de Loches, en el valle del Loira, construido hacía cuatro siglos junto al río Indre, no lejos de la población de Tours, prisión estatal destinada al encarcelamiento de altos personajes de la corte. En sus lóbregas y famosas mazmorras debía permanecer encerrado Pedro Navarro hasta que alguien pagara el elevado rescate que el resentido monarca francés había impuesto a cambio de su libertad.

A finales de junio del año 1512, al atardecer de un día que había sido extremadamente caluroso, entraba Pedro Navarro, metido en una jaula de hierro arrastrada por cuatro mulas, para mayor humillación y escarnio, en el patio de armas de la ciudadela de Loches por la llamada puerta real, la principal y más transitada, que estaba precedida por un puente levadizo.

*   *   *

El castillo de Loches había sido, en otro tiempo, una de las residencias favoritas del rey Carlos VII y de su hijo Luis XI, hasta que este monarca se trasladó con la corte al castillo de Amboise y la fortaleza de Loches se transformó en prisión del Estado. En tiempos de Luis XII y del desdichado Pedro Navarro, el castillo donde iba a sufrir condena el capitán general de la infantería española, que se caracterizaba por sus elevados muros que daban al río, reforzados con torres de planta semicircular y por una enorme torre del homenaje que se alzaba en uno de sus flancos, gozaba de triste fama por poseer unas mazmorras construidas a modo de jaulas por el cardenal Jean de la Balue, que había sido ministro y consejero de Luis XI y que fue el primero en sufrir cárcel en una de ellas. Otros ilustres personajes que habían padecido prisión en aquel desangelado lugar fueron Felipe Commine, embajador de Francia caído en desgracia, y Ludovico Sforza, duque de Milán, que estuvo encerrado en Loches por orden de Luis XII desde 1500 hasta su muerte, el 27 de mayo de 1508.

En el húmedo y oscuro calabozo que más parecía zahúrda o muladar por el insoportable hedor que invadía el lugar, situado debajo de la torre del homenaje en una angosta galería subterránea en la que se habían construido las jaulas-celdas, pasó las primeras semanas el conde de Oliveto, sumido en oscuros pensamientos y sin poder comprender cuáles eran los motivos por los que estaba siendo tratado no como un respetable caballero y un militar de alto rango, sino como un vulgar malhechor salido del hampa más despreciable.

Sin embargo, con el paso de los meses y según se alejaba de los franceses el recuerdo de la batalla de Rávena y de la valerosa actuación del navarro, que tanto daño les había causado, la vida del famoso preso fue mejorando hasta recibir el trato que un general enemigo cautivo se merecía. Se diversificó su dieta alimenticia —antes consistente en mendrugos de pan y una jarra diaria de agua con unas gotas de aceite y vinagre—, podía recibir cada día la visita de su capellán, el dominico fray Alonso de Aguilar, que había estado a su lado durante las campañas africanas, y le permitían salir al patio de armas del castillo una hora al día acompañado de dos guardianes. Pero le estaba vedado cualquier contacto con el exterior al margen de sus charlas con fray Alonso. Careciendo de los medios económicos para satisfacer tan elevada suma de dinero que le permitiera volver a gozar de la ansiada libertad, el roncalés puso todas sus esperanzas de liberación en la persona de su rey, al que con tanta lealtad había servido en la guerra y en la paz y en defensa de cuya causa había sido hecho prisionero.

Pero los meses pasaban sin que el rey regente, aquel que le remitiera afectuosas misivas en las que lo llamaba «mi capitán general de la infantería», pareciera ocuparse del cruel destino que padecía su fiel vasallo. Solo la visita de su capellán y confesor le proporcionaba el dulce bálsamo de la amistad y el reconfortante apoyo de la religión. Pero los días transcurrían sin que ninguna noticia llegara desde España ni de la corte francesa, aunque él, que había gozado de la cercanía y el respeto del Rey Católico, no perdía la esperanza de que el capitán de la guardia le comunicara una mañana la buena nueva de que Luis XII había decretado su liberación una vez que hubiera sido abonado el monto de su rescate por su rey y señor.

Lo que ignoraba el sufrido conde de Oliveto era que don Fernando el Católico, apesadumbrado por su suerte, pero al mismo tiempo influido por los informes contrarios a su persona que le habían remitido el virrey Cardona y Alonso de Carvajal —para exonerarse a sí mismo de culpa—, se había desentendido en un principio de su suerte, dando pábulo a las infundadas e injustas acusaciones vertidas contra él, acusaciones que, por desgracia, no podía el roncalés refutar recluido y aislado como estaba en la lejana Francia.

Una mañana de finales de julio del año 1512, después de que fray Alonso hubiera celebrado misa en la celda del conde y este hubiera confesado y comulgado con mucha devoción, se sentaron ambos en el jergón que servía de camastro al ilustre preso. Pedro Navarro inició la conversación:

—¿Qué noticias hay de España? —preguntó, como hacía en cada ocasión en que los guardianes les permitían disfrutar de algunos momentos de intimidad.

El dominico movió negativamente la cabeza.

—Ninguna, señor conde. Pero no por ello debéis afligiros. El rey no dejará de atenderos, de eso podéis estar seguro. Tened paciencia.

Pedro Navarro permaneció en silencio.

—Don Fernando se halla en conversaciones de paz con el rey de Francia. Entre los acuerdos que han de tomar se hallará, sin duda, la puesta en libertad de los prisioneros de Rávena —continuó diciendo el sacerdote.

—Querréis decir el único de los prisioneros que aún permanece en las cárceles de Francia. Todos los demás gozan ya de la libertad. ¿Por qué, querido fraile, sigo en prisión? ¿Acaso no merezco el mismo trato que los otros nobles caballeros del ejército de la Liga Santísima que tuvieron la desgracia de ser apresados por el enemigo?

—Vuestra espada es muy temida. No es comparable el daño que pueden hacer a Francia el veleidoso Fabricio Colonna o los pusilánimes marqueses de Pescara y Padula, que hoy están al servicio del papa y mañana del rey francés, que el capitán general de la poderosa infantería española, diez veces vencedora de sus ejércitos. Se os teme, señor conde. Luis XII no desea veros de nuevo al frente de las tropas del rey don Fernando.

—¿Qué se sabe de Navarra? —se interesó el conde que, por anteriores confidencias de su capellán, sabía que había ido invadida por las tropas enviadas por don Fernando el Católico.

—Los beamonteses han logrado su propósito. El duque de Alba ha tomado Pamplona y la rendición del reino es ya una realidad. Navarra se incorpora al reino de Castilla y Luis XII vuelve a perder la partida ante nuestro soberano.

—Esa guerra no facilitará mi puesta en libertad —reconoció el conde.

—No será la guerra lo que impida vuestra excarcelación, señor, sino la tozudez y el insatisfecho deseo de venganza de Luis XII —manifestó el dominico.

—Quizás no debí rechazar los seis mil ducados de oro que me ofreció el rey de Portugal por la ayuda que le presté en Arcila —susurró sin mucho convencimiento el navarro—, ni la parte que me correspondía del oro y la plata que conseguimos en Orán y en Trípoli.

Pedro Navarro había renunciado a su parte del botín cuando conquistaron ambas ciudades en beneficio de sus capitanes y de sus soldados.

—Habéis sido un militar de honor y muy generoso, conde de Oliveto —señaló fray Alonso—, que siempre combatisteis por la causa de la cristiandad y la expansión del reino de España sin pretender enriqueceros. Otra sería ahora vuestra situación si hubierais tomado la parte de la presa que legalmente os correspondía en las tomas de Trípoli, Bugía y Orán. Pero os quedasteis solo con la honra, dejando a vuestros soldados el saqueo y el pillaje, que a más de uno enriqueció.

—Bien decís, fray Alonso. Que si hubiera actuado de otra manera, ahora tendría los veinte mil ducados con que pagar mi rescate o habría prestamistas judíos o alemanes dispuestos a adelantarme esa suma. Pero Dios escribe en el alma de cada hombre cómo ha de conducirse en la vida y a mí me otorgó el valor inestimable de la honradez y el desprendimiento. Y, sin embargo, no puedo quejarme, porque ahora, en la adversidad, estoy en paz con el Altísimo y reconciliado con aquellos a los que maté, no por quitarles lo suyo, sino por mejoría de España y engrandecimiento de la santa madre Iglesia. No, buen fraile, no me puedo quejar, aunque me halle abandonado por todos y recluido en esta abominable prisión francesa.

No había terminado el roncalés de pronunciar esta última frase cuando el guardián encargado de la vigilancia del prisionero se acercó a la reja para anunciarles que la visita del religioso dominico había acabado. Fray Alonso de Aguilar se despidió afectuosamente de Pedro Navarro y este le besó con veneración el dorso de la mano. A continuación el mazmorrero descorrió el cerrojo y el sacerdote abandonó la celda, dejando en soledad al compungido soldado de España.

Un año transcurrió desde que fuera encerrado en aquella prisión el conde de Oliveto hasta que el rey don Fernando, no se sabría decir si por compasión y ansias de justicia o por otros motivos, inició las diligencias tendentes a procurar la liberación de su desdichado capitán general de la infantería. La petición de liberar a Pedro Navarro debía incluirse, como una cláusula más, en las negociaciones de paz que se iban a desarrollar entre el rey español y Luis XII y que fueron encargadas al embajador español en Francia, don Pedro de Quintana, y al capellán real Gabriel de Ortí.

El 21 de mayo de 1513 acudieron a la corte francesa con una serie de proposiciones, no siendo la menos importante acordar la boda entre madama Leonora, nieta del rey don Fernando, con el rey de Francia y la del infante don Fernando, hermano del futuro Carlos V, con Renata, hija segunda de Luis XII. En una carta enviada por Fernando el Católico a su embajador, aquel le daba instrucciones para que, entre las estipulaciones de la paz, se incluyera la libertad, sin haber pagado cantidad alguna, de los prisioneros de las guerras pasadas, en especial del conde Pedro Navarro, único preso de Rávena que quedaba por rescatar y que —se decía en la carta— «era tan buen cristiano».

En una misiva posterior del Rey Católico, dirigida al obispo de Trinópoli y al capellán Gabriel de Ortí, el monarca aragonés volvía a incidir sobre el asunto y les ordenaba que, en caso de que no pudieran lograr que el rey francés pusiera en libertad a Pedro Navarro, que no dejaran, por ello, de concluir el tratado de paz y los dos casamientos acordados, que eran cuestiones de alta política. De lo que se infiere que, habiendo sido avisado por sus embajadores de la oposición de Luis XII a tratar sobre el rescate del conde de Oliveto, el rey don Fernando se plegó a los elevados intereses del reino, olvidando la causa menor que era la reclusión y el sufrimiento de su capitán general de la infantería.

Luego se supo que el apartado de las conversaciones de paz relativo a la liberación de prisioneros ni siquiera se planteó en el transcurso de las negociaciones, porque el rey de Francia no lo consideraba de interés para la consecución de la paz.

Y, mientras estas secretas conversaciones tenían lugar en la corte francesa, Pedro Navarro, encarcelado en Loches desde hacía más de un año y viendo cómo pasaban los meses sin recibir noticias de su posible rescate, pues su confidente, fray Alonso de Aguilar —que a diario lo visitaba y le daba ánimo y auxilio espiritual—, ignoraba todo lo concerniente a las negociaciones, se hallaba cerca de perder toda esperanza y aceptar que, como el anterior inquilino de aquellas celdas, Ludovico Sforza, acabaría sus días encerrado en la oscura mazmorra de aquel castillo sin alcanzar la ansiada libertad.

En las largas y frías noches de invierno, sufriendo de insomnio y temblores, era asaltado por extrañas visiones en las que se veía rodeado de sus enemigos y despreciado por el rey al que con tanta lealtad había servido. Aunque a la mañana siguiente comprobaba aliviado que todo había sido un mal sueño, no podía alejar de su atormentado espíritu la idea obsesiva de que si don Fernando lo había olvidado, era a causa de las intrigas y perversas maquinaciones pergeñadas por los muchos y poderosos enemigos que tenía en la corte de España. Lo odiaban —se decía a sí mismo— por el amor y el respeto que siempre le había mostrado el rey y la fama y la gloria que, merced a sus grandes hazañas militares, se había ganado a lo largo de su vida.

Las conversaciones de paz entre Fernando el Católico y Luis XII se alargaban en el tiempo sin que se llegara a un acuerdo definitivo, fracasando los proyectos de enlaces matrimoniales entre las dos casas reales. La causa del conde de Oliveto quedó en el olvido durante meses, quizás porque el rencoroso rey de Francia no deseaba ver en libertad a un enemigo tan temible, que no pertenecía a ninguna de las grandes casas nobiliarias de España y que tanto daño le había hecho, o porque el rey don Fernando, ocupado en otros relevantes asuntos de Estado, no hiciera lo humanamente posible por traer a su vasallo de vuelta a España. Lo cierto era que los acontecimientos políticos y militares acaecidos aquel mismo verano en Francia vinieron a poner nuevos obstáculos a los probables acuerdos entre los dos reinos y a dificultar aún más la puesta en libertad del sufrido capitán general de la infantería española.

El 26 de agosto de 1513 un ejército inglés mandado por el rey Enrique VIII, que había invadido el territorio francés, derrotó a las tropas de Luis XII, a cuyo frente se hallaba el mariscal Jacques de La Palice, en la segunda batalla de Guinegate. En el transcurso de los combates cayó prisionero del rey inglés Luis de Orleans, marqués de Rothelin, por cuyo rescate exigía Enrique VIII la fabulosa cantidad de cien mil ducados.

Para ayudar a la esposa del marqués a reunir esta suma de dinero, Luis XII le cedió los derechos que le correspondían sobre el conde de Oliveto, tasados en la quinta parte del monto total, para que sirviera de aval ante el monarca de los ingleses. Aunque Luis de Orleans logró alcanzar la libertad sin haber tenido que pagar el rescate, gracias al matrimonio de la joven hermana de Enrique VIII con el achacoso Luis XII, y haberse rebajado el precio de Pedro Navarro a diez mil ducados, cuando en marzo de 1514 el rey don Fernando escribió a su embajador, Pedro de Quintana, dándole nuevas instrucciones, reconocía las dificultades que existían para poner en libertad al roncalés: «Pues lo tiene dado [el rey Luis XII] a la mujer del duque de Longueville, aunque sería una vergüenza —le dice en la misiva— hacer la paz sin haber soltado al único preso que queda de Rávena».

Cuando en agosto del mismo año se discutían nuevos acuerdos de paz y el rey don Fernando volvió a interesarse por la libertad de su capitán general, el redomado rey de Francia hizo oídos sordos a su petición, puesto que su amistad con el rey de Inglaterra —su yerno— le permitía cultivar una nueva alianza con los ingleses sin tener que ceder ante su viejo enemigo aragonés.

Viendo Pedro Navarro que su cautividad se prolongaba indefinidamente sin que tuviera noticias de que el rey don Fernando hubiera abonado los ducados que exigían los franceses para ponerlo en libertad, ni su confesor, fray Alonso de Aguilar, le trajera buenas nuevas de la corte francesa, al margen de sus confidencias sobre la situación política de España y las lecturas de la Biblia que le recomendaba para hacer más llevadera la reclusión, decidió acudir a Juan de Médici, con el que tan íntima amistad había mantenido en los meses que compartieron prisión en Bolonia y Milán y que, desde el 11 de marzo de 1513, era pontífice de la santa Iglesia católica con el nombre de León X.

Una mañana de principios de agosto, después de asistir con gran recogimiento a la santa misa celebrada en la celda por el fraile dominico, el conde de Oliveto, sentado sobre el jergón, le dijo con lágrimas en los ojos:

—Fray Alonso, tome esta carta que he escrito para el Santo Padre de la Iglesia católica. Llévela en secreto a Roma y entréguesela al pontífice de parte de quien compartió con él el amargo acíbar de Rávena, los ultrajes de los boloñeses y la prisión en la cárcel de Milán. Solo en Dios confío y en su vicario en la tierra, del que espero que, por su intercesión, me liberen estos franceses que me tienen aherrojado desde hace más de dos años.

El capellán tomó la carta, que había sido escrita con la tinta y sobre el papel proporcionados por un guardián bondadoso que se apiadó de él, contraviniendo las severas ordenanzas de la cárcel de Loches.

—Pierda cuidado, señor conde —dijo el fraile cogiendo la misiva y guardándola con disimulo en su zurrón—. Hoy mismo partiré para Roma. No habrá transcurrido un mes sin que esta misiva esté en manos de su destinatario.

En la carta que Pedro Navarro remitía al papa, el roncalés le decía: «Santidad: no crea que recurro a su egregia persona por haber perdido la fe en mi señor rey, que seguro estoy se duele de mis padecimientos y hace cuanto puede para obtener mi liberación. Tampoco le escribo por despecho de los hombres que han olvidado la ayuda y protección que les otorgué cuando estaban necesitados de ellas, ni por desconfiar de la bondad del Altísimo, que nunca obra gratuitamente y sin razón, sino porque, habiendo transcurrido más de dos años de estar preso en esta cárcel de Loches y siendo el único de los prisioneros de Rávena que aún no ha alcanzado la libertad, no me queda otro recurso que acudir a quien (aun estando en lo más alto) conoce las desdichas del cautiverio, sabe de mi profundo amor a Dios y a la Iglesia, por cuyo engrandecimiento tantas veces combatí, y puede ser oído, como representante que es de Cristo, por reyes y emperadores. Os ruego, por tanto, que si lo tenéis a bien y os doléis de las desgracias de un soldado cristiano que hoy padece reclusión en las mazmorras del rey Luis XII de Francia, intercedáis por mí, pues tengo la esperanza de que a vos os atenderá y procurará satisfaceros y acceder a vuestra petición, que no ha de ser otra que me deje libre y pueda retornar a España. En el castillo de Loches, a 3 de agosto del año del nacimiento de nuestro salvador Jesucristo de 1514. Pedro Navarro, conde de Oliveto».

No se dilató en el tiempo la respuesta del papa. Un ventoso día de finales del mes de octubre, después de una ausencia de casi dos meses, se presentó en la celda del roncalés fray Alonso de Aguilar, portando en el interior de su zurrón un cartapacio de cuero con la esperada contestación del papa.

—Señor conde —dijo el dominico después de abrazar con grandes muestras de afecto al prisionero—, el Santo Padre me ha encargado que le entregue esta carta que él personalmente ha escrito en respuesta a la vuestra.

Y diciendo estas palabras, sacó del cartapacio la misiva y se la dio a Pedro Navarro que, visiblemente emocionado, la tomó y la desplegó para poder leer su contenido a la tenue luz del candil que colgaba del techo de la mazmorra.

El bondadoso e ilustrado Juan de Médici, entronizado en la cátedra de San Pedro con el nombre de León X —que, como pudo comprobar el conde de Oliveto por las cariñosas palabras que se incluían en aquella carta, redactada y firmada el 20 de septiembre, le tenía en gran estima y se dolía de su deplorable situación, lamentando que el rey don Fernando no hubiera logrado su liberación—, entre otras cosas menos relevantes le comunicaba que, aquel mismo día, había escrito al monarca francés, rogándole encarecidamente que, como rey cristianísimo que era, lo pusiera en libertad por la amistad que le unía a él y por ser un buen católico que en tantas ocasiones había defendido la causa de la Iglesia y de los papas. Al mismo tiempo exhortaba al roncalés a que, mientras lograba que Luis XII cambiara de actitud y le otorgara la libertad, no perdiera la esperanza ni la confianza en el Altísimo y tuviera buen ánimo, en la seguridad de que nada de cuanto concerniera a su salud y libertad sería ajeno a su persona.

Acabada la lectura de la carta, Pedro Navarro no pudo evitar que gruesas lágrimas brotaran de sus ojos y resbalaran por su barbudo rostro.

Más expeditiva era la carta que el pontífice envió al rey de Francia, en la que, entre algunos obligados halagos y otras consideraciones, le decía al monarca galo: «Luis, soberano de los franceses. Rey cristianísimo. Os escribo para solicitar de vuestra generosidad que atendáis mi súplica en favor del cántabro Pedro Navarro, al que aprecio y respeto profundamente, tan sobresaliente en las cosas de la guerra y en estos días tu prisionero; cuyas valerosas y esclarecidas acciones en pro de la cristiandad, así como su inquebrantable fe y reverencia para conmigo juzgo que te serán bien conocidas. Hasta tal extremo alcanza mi veneración hacia su persona que su salud y bienestar han llegado a ser una de mis mayores preocupaciones. Ruégote, por lo tanto, que atiendas mi petición y, con toda la amistad y benevolencia que puedo, te suplico que llegue algún día que quieras ponerle en libertad».

Para reforzar su requerimiento al rey francés, el día 24 de octubre está fechada otra carta que León X le envió a su legado ante Luis XII, Ludovico de Canosa, obispo de Tricarico, para que este se interesase por el asunto de la liberación del conde de Oliveto. Entre otras cosas le comunicaba que «había escrito al rey de Francia en favor y recomendación del cántabro Pedro Navarro y que, puesto que no se le ocultaba el gran amor que le profesaba, deseaba que el rey, en atención a haber transcurrido casi tres años que lo tenía en su poder, le restituyera la libertad. Has de procurar y trabajar con el mayor empeño y diligencia —le decía en la misiva— para conseguirlo, si es que quieres prestarme un servicio tan de mi agrado, bien entendido que debes emplear la suavidad y la discreción que siempre acostumbras a utilizar en tus conversaciones».

Pero, a pesar de la encarecida petición del papa —que expresaba ante el monarca francés el fraternal afecto y el respeto que le tenía a su prisionero—, quizás porque el obispo de Tricarico no puso el énfasis y el interés que León X le solicitaba en la defensa de la causa de la libertad del roncalés, o porque Luis XII había decidido que su odiado enemigo debía morir en la cárcel de Loches como seis años atrás había muerto el derrocado duque de Milán, Ludovico Sforza, lo cierto es que ninguna de las gestiones que el pontífice hizo ante el intransigente rey de Francia logró el efecto deseado, y el conde de Oliveto continuó penando una injusta privación de libertad que, en otros casos, hubiera acabado felizmente en poco tiempo mediante el pago del rescate o en el transcurso de las habituales conversaciones de paz.

Pero los acontecimientos dieron un giro sorprendente a partir del día 1 de enero del año 1515, fecha en la que murió el rey de Francia, Luis XII, y fue entronizado su yerno, el duque de Angulema, que asumió la corona a los veinte años de edad con el nombre de Francisco I.

Este instruido monarca, deslumbrado por el arte y las corrientes humanistas italianas, pero de espíritu belicoso, aspiraba a restaurar el prestigio de Francia en Italia recuperando el ducado de Milán y, en Navarra, situando en el trono a Juan III de Albret y a su esposa Catalina de Foix, con el propósito de hacer retornar ese reino a la órbita francesa.

Para Pedro Navarro, sumido en la desesperanza después de casi tres años de cautiverio, se presentaba un oscuro panorama de guerras y conflictos diplomáticos que, seguro estaba, provocaría el definitivo olvido de su causa, sometidos los reinos de Francia y España a nuevos y poderosos desafíos políticos y militares.

Estaba convencido de que sería aquella desapacible y fría mazmorra francesa el lugar en el que, olvidado, envejecido y desmoralizado, más temprano que tarde vendría a visitarlo la inexorable muerte.

XXII
AL SERVICIO DE FRANCISCO
I DE FRANCIA

El conde de Oliveto, sometido a escarnio en las calles de Bolonia, exhibido como un vulgar trofeo de guerra en Milán y sufriendo larga e injusta prisión en el castillo de Loches, donde tan renombrados personajes habían penado sus delitos o sus desavenencias con el poder encerrados en las célebres jaulas habilitadas en el sótano de la torre del homenaje, ignorando las secretas gestiones que el rey don Fernando realizaba ante el monarca francés para lograr su liberación y solo alentado por las amables palabras de su confesor y la diaria asistencia religiosa que este le proporcionaba, soportó en los primeros meses de reclusión, con espíritu animoso y confianza plena en sus mentores, la hostilidad de sus enemigos y las duras condiciones de la vida carcelaria.

Acostumbrado a la dureza de la carrera militar, el roncalés asumió aquel estado de privaciones y sufrimientos como una etapa transitoria de desdichas que a todo soldado, alguna vez, le toca vivir. Pero cuando los meses y los años fueron pasando sin que se vislumbrara el final de sus cuitas, cuando fray Alonso de Aguilar seguía sin traerle noticias de España, cuando se intensificaban los padecimientos físicos —en 1514 rondaba los cincuenta y cuatro años de edad— y continuaba recibiendo las frecuentes burlas de sus guardianes, que intentaban minar su moral anunciándole los peores males, su resistencia ante tantas adversidades se fue debilitando, no solo por el tormento psicológico al que estaba sometido, sino, también, por el escaso alimento que le proporcionaban y los achaques físicos que la prisión ocasiona a todos los convictos que sufren largas condenas.

No eran ajenas a su desconsuelo y decaimiento físico y moral las noticias que a través de fray Alonso le llegaban sobre los obstáculos que encontraba su puesta en libertad desde la misma España, que el bueno del dominico achacaba, con la sana intención de exonerar de culpa al Rey Católico, a la mala influencia que sobre el monarca regente ejercían los numerosos enemigos que tenía Pedro Navarro entre la nobleza castellana.

Las falsas acusaciones sobre su supuesta cobardía y la mala conducta que le achacaban en Rávena, sin que él se pudiera defender ni pudiera hacer llegar sus alegaciones exculpatorias a su respetado señor rey, le hacían más daño que las privaciones sufridas en la prisión. Sin olvidar la gran decepción que le produjo el estrepitoso fracaso del que era el señor más poderoso y respetado de Occidente, el papa de Roma, su amigo Juan de Médici, a quien había acudido con la esperanza de que, por medio de su intercesión, lograría la ansiada libertad.

No era, por lo tanto, extraño a la conducta humana que, soportando tantas ingratitudes de quienes habían sido beneficiarios de sus grandes éxitos militares: la Corona y la nobleza de Castilla, sintiéndose abandonado y arrojado a un destino fatal e injusto, cuando la esperanza de la liberación se hubo desvanecido por completo, naciera en su alma el justificado desapego hacia su rey y el resentimiento. Desaparecido el inicial espíritu de resistencia ante la adversidad y la creencia de que aquella terrible situación no sería más que un mal recuerdo con el paso de los meses, conocedor de que todos los prisioneros de Rávena gozaban ya de la libertad menos él, abatido por la soledad y el aislamiento —quien había vivido siempre en los mares sin fronteras y en los abiertos campos de Italia—, comprobando cómo se marchitaba su existencia y que inexorablemente avanzaba la decrepitud física, su férrea voluntad se fue consumiendo y su fuerte personalidad, que hasta entonces no había sufrido merma alguna, se derrumbó, prendiendo en su alma el corrosivo rencor y el justificado deseo de revancha.

En esas terribles circunstancias, debilitado su espíritu combativo y su vigor físico y sintiéndose solo y abandonado en medio de una nación extranjera, hizo oídos a las voces que, entre halagos, le prometían lo que ansiaba alcanzar desde que arribó a aquella fría prisión hacía casi tres años: la libertad.

Corría el mes de febrero del año 1515. Una mañana lluviosa y gris el jefe de la guardia le comunicó que había llegado de París un noble caballero enviado por el rey Francisco I que deseaba entrevistarse con él.

A la primera reacción de sorpresa e incredulidad siguió una sensación de ansiedad y, al mismo tiempo, de contenida euforia por tratarse de un emisario del poderoso monarca que tenía en sus manos la potestad de mantenerlo en la cárcel de Loches hasta su muerte o concederle la gracia de la libertad.

—Sería descortés negarme a recibir a un alto dignatario del soberano de Francia —dijo, sin mostrar la inquietud que lo invadía—. Aunque el rey Francisco, que es dueño de mi vida, no necesita mi permiso para que su emisario acceda a esta celda que es de su propiedad.

El jefe de la guardia se retiró y apareció, al poco, acompañado de un encopetado personaje escoltado por dos caballeros armados con escudos y espadas, que, por las elegantes y ricas vestiduras que portaba, dedujo el conde de Oliveto que debía de tratarse de un destacado miembro de la alta nobleza de Francia. El recién llegado penetró en la celda, una vez que el guardián hubo descorrido el cerrojo de la enrejada puerta y alejado del lugar, no sin antes hacer una respetuosa reverencia delante del enviado del rey francés.

—Soy Odet de Foix, señor de Lautrec y mariscal de Francia —dijo a modo de presentación—. Quizás me conozcáis. En Rávena combatimos, aunque en campos contrarios. Yo mandaba la caballería pesada del rey Luis, vos la infantería española que tanto daño nos hizo.

—Os conozco, señor de Lautrec, aunque nunca tuvimos ocasión de conversar en tiempos de paz. Pero sabía de vuestra pericia como militar y de que mandabais la caballería enemiga en Rávena —argumentó Pedro Navarro, al tiempo que ofrecía la raída banqueta donde se aposentaba para leer y escribir al noble francés—. En Milán se decía que habíais muerto a consecuencia de las heridas recibidas en el transcurso de los combates.

—Escapé milagrosamente de la muerte, conde —reconoció el de Foix, mientras se sentaba en el taburete y se llevaba un pañuelo perfumado a la nariz para atenuar el mal olor que invadía la estancia. Los soldados de la escolta esperaban en la galería, en el exterior de la reducida celda—. Uno de vuestros arcabuceros me hirió de gravedad en la cabeza. Perdí la conciencia y quedé tendido en el lodazal mientras los combates continuaban. Por fortuna pude recuperarme y salvar la vida. Pero no es a hablar de mis desdichas a lo que he venido hasta este apartado lugar soportando el inclemente viento y la lluvia pertinaz, sino de vuestra cautividad.

—No he de negarme a escuchar las palabras de un enviado del rey de Francia, a quien debo respeto y de quien espero una actitud benevolente —respondió el roncalés, no sin un cierto tono irónico—. Hablad, pues.

—He sido comisionado por el rey para haceros un ofrecimiento que espero aceptéis —dijo el mariscal de Francia—. Nuestro soberano, asesorado por algunos de sus consejeros, entre los que me incluyo, ha considerado que no es de justicia que tan noble y experimentado soldado se consuma en esta prisión. Que si daño ocasionasteis a los franceses con vuestra osadía e ingenio militar, con creces lo habéis pagado con estos años de reclusión en Loches. Cree el rey Francisco, en su generosidad, que si con lealtad servisteis al rey don Fernando, combatiendo y triunfando en su nombre en Italia y África, con la misma lealtad podéis servir al rey de Francia. Nuestro señor me ha encomendado que os diga que está dispuesto a daros la libertad a cambio de que le sirváis y a concederos el título de mariscal o general de la infantería, con una renta de seis mil libras, si aceptáis incorporaros al ejército francés.

Pedro Navarro quedó conmocionado y sin habla al oír la sorprendente propuesta de Odet de Foix: ¡el rey de Francia le ofrecía la libertad y poner fin a su penosa condición de presidiario si aceptaba pasarse a sus filas! Después de casi tres años de reclusión tenía la oportunidad de volver a gozar de la deseada libertad, pero

¿a qué precio? ¿Y a cambio de qué? ¿De romper los lazos de amistad y vasallaje con el rey don Fernando, a quien, como decía el señor de Lautrec, había servido con total lealtad durante la mayor parte de su vida militar? ¿Qué decisión debía tomar? Por el momento, tendría que pensar sosegadamente la repuesta que debía dar al rey francés por medio de su emisario sin parecer descortés, sopesar las consecuencias de tan importante determinación y posponer la contestación que exigía el enviado del monarca galo.

—El rey está decidido a pagar vuestro rescate al duque de Longueville y que volváis a su jurisdicción —añadió el mariscal francés con la intención de doblegar la resistencia del roncalés—. Si aceptáis su generosa proposición, será necesario que viajéis conmigo hasta París para presentaros ante su cristianísima majestad en el castillo de Vincennes y que allí se estipulen las cláusulas del acuerdo.

El conde de Oliveto nadaba en un mar de dudas. Su corazón palpitaba como el de un soldado novel en medio del combate y su mente era incapaz de ordenar el aluvión de ideas contradictorias que le asediaban y le impedían razonar. Las palabras de Odet de Foix lo habían desarmado, pues estaba anímicamente preparado para enfrentarse a la terquedad de Luis XII y al odio de sus enemigos, pero no para responder con templanza a una oferta tan seductora y generosa, pero que tan trascendentales consecuencias podría acarrearle en su vida futura.

Sin embargo, su cuerpo, aún sano y fuerte, había iniciado el declive natural que conduce inexcusablemente a la senectud. No pasarían muchos meses —pensaba— sin que la perniciosa enfermedad o la locura hicieran su aparición y, llegado ese momento, ¿quién iba a ocuparse de sus cuitas?, ¿quién recordaría que, por defender la causa del rey don Fernando el Católico y de la santa madre Iglesia, Pedro Navarro se hallaba abatido, enfermo y en trance de morir en una fría mazmorra de la lejana Francia? Acabaría olvidado por todos, consumido en aquella celda de Loches. De eso estaba seguro.

—Agradezco el generoso ofrecimiento del rey de Francia, que no puede venir más que de un corazón limpio y misericordioso —dijo el conde de Oliveto volviendo a la realidad—. Pero debéis comprender que tan sincera e inesperada proposición exige una respuesta prudente y bien meditada. Os ruego, señor de Lautrec, que me concedáis unos días de reflexión. Luego os responderé a lo que me solicitáis.

Odet de Foix, que esperaba esa respuesta del prisionero español, se alzó del asiento con el propósito de abandonar la celda, pero antes se dirigió al azorado Pedro Navarro haciendo un gesto que quería ser de comprensión.

—Permaneceré en Loches tres días —dijo—. Luego volveré para oír lo que tengáis que decirme, señor conde.

Odet de Foix salió de la mazmorra y caminó con paso firme por la galería que conducía al patio de armas del castillo acompañado de los dos escoltas que traía consigo. En la celda quedó flotando el penetrante perfume exhalado por su pañuelo de seda. El conde de Oliveto, turbado por lo que acababa de oír, se sentó en el taburete que había ocupado el mariscal de Francisco I y permaneció largo rato en aquella postura, evocando las palabras pronunciadas por el señor de Lautrec.

A la mañana siguiente fue a visitarlo, como era costumbre, su confesor, al que Pedro Navarro recibió con el semblante cansado, por las largas horas de insomnio, y con señales de abatimiento. Sentado el roncalés en el jergón y fray Alonso en el tosco escaño, aquel le relató la conversación mantenida con Odet de Foix y la sorprendente proposición que este le hizo de parte del rey de Francia. El dominico escuchó con atención el relato del atribulado cautivo. Luego quedó pensativo durante un rato, porque sabía el aprecio que le tenía el conde y que su sincera opinión iba a ser tenida en cuenta por este a la hora de tomar una u otra decisión. Transcurrido casi medio minuto de embarazoso silencio, el fraile pronunció las siguientes sentidas palabras:

—Va para tres años que penáis injusta reclusión en esta mazmorra de Loches y, aunque he obrado con la dulzura que los santos evangelios mandan y las bienaventuranzas dictadas por nuestro señor Jesucristo recomiendan cuando se ha de asistir a los mansos y a los perseguidos por causa de la justicia, no he logrado apaciguar, al cabo de tanto tiempo, vuestro atormentado espíritu. Vuestro corazón sigue endurecido por el comprensible deseo de revancha y vuestra alma nublada por el resentimiento hacia aquellos que, habiendo podido intervenir en vuestra defensa, no han actuado con la presteza que la amistad y el agradecimiento obligan. Vuestro abatimiento es justificado y vuestra desconfianza hacia quien se decía amigo y señor es cosa natural cuando tanto le habéis dado de vuestra vida y tan poco habéis recibido. En cuanto a lo que os propone el señor de Lautrec, habéis de saber que no me corresponde a mí aconsejaros sobre tan delicado asunto, sino que es vuestra dolida alma y vuestra inteligencia —de la que con tanto acierto habéis usado en el pasado— las que deben elegir la senda que os proporcione bienestar y sosiego, pero que no vaya contra la ley de Dios ni contra los sagrados principios del honor, la gratitud y la justicia.

El conde de Oliveto, que había escuchado, en medio de un respetuoso silencio, el breve discurso de su confesor, replicó en los siguientes términos:

—No deseo, fray Alonso, que os impliquéis en un asunto que a mí solo concierne, aunque agradezco vuestro consejo, que no caerá en saco roto. Sin embargo, como sabéis, no soy súbdito natural del rey don Fernando. En todo caso, mi señor natural es Juan III de Albret, rey de Navarra, que es el lugar donde nací y crecí. Si prometí fidelidad al rey de Aragón y combatí bajo su bandera y este me premió otorgándome el condado de Oliveto por los servicios prestados, fue por un interés mutuo; pues si yo le juré fidelidad y puse a su disposición mi espada, él, como mi señor, asumió la obligación de protegerme y ayudarme en los malos trances. Como buen vasallo, nunca falté a mi juramento de fidelidad, pero el rey don Fernando no ha cumplido con sus obligaciones pagando el rescate que me hubiera dado la libertad o tratando de sacarme de prisión mediante el acostumbrado canje de prisioneros.

—Razón tenéis, señor conde —intervino fray Alonso—, pero desconocemos las causas que obligaron a nuestro señor rey a olvidar los sagrados vínculos del vasallaje y a dejaros abandonado en esta prisión.

—En tres años, tiempo ha tenido el rey don Fernando de corregir un error o subsanar un olvido —argumentó el roncalés—. No, fray Alonso, el rey de Aragón me abandonó a sabiendas, aunque en su descargo he de atribuir gran parte de la culpa a los pérfidos consejeros, mis enemigos y sus aduladores, que siempre me odiaron.

El bondadoso dominico, que amaba al roncalés como a un hijo, sufría viendo cómo el alma del conde de Oliveto se debatía entre el amor y la lealtad debida a su rey, aunque este lo hubiera decepcionado, y la tentadora oferta del rey de Francia que, a los ojos de sus tradicionales enemigos, lo podría convertir en un traidor.

—Si aceptáis el ofrecimiento del rey de Francia, aquellos que os quieren mal en la corte de España serán los que con mayor saña e inquina os repudien y acusen de felón —manifestó el fraile con el propósito de que el capitán general de la infantería advirtiera cuáles podían ser las graves consecuencias de tomar tan arriesgada decisión, como era ponerse al servicio del rey Francisco I.

—¿Acaso no perdonan a los Colonna, condotieros sin patria ni rey, que guerrean por la soldada ora al lado de España, ora al lado de Francia, ora al lado del papa? ¿Acaso no son considerados héroes respetables el príncipe de Urbino o el duque de Ferrara, que se inclinan hacia un señor o hacia otro según les conviene? —replicó el conde—. ¿No perdonarán a este soldado, que nunca mudó de señor, que combatió con lealtad por su rey y por la santa Iglesia católica sin exigir nada a cambio hasta sufrir dolorosa y larga prisión por su causa?

Fray Alonso no quiso responder a las preguntas retóricas del roncalés para no herir su amor propio y su dignidad. Los Colonna o los Ferrara eran miembros de nobles, ricas y poderosas familias —pensaba para sus adentros el buen fraile—. Él era un simple campesino descendiente de un hidalgo arruinado. No, a él no le perdonarían que mudase de señor y se pasara al servicio del enemigo.

—El generoso ofrecimiento del rey de Francia me abre las puertas de esta prisión —añadió Pedro Navarro—. Negarme sería como ofenderlo. El resto de mi existencia estaría ligada a esta fría y solitaria mazmorra. ¿Quién iba a agradecerme este nuevo sacrificio? ¿Aquellos que durante tres años olvidaron que penaba un injusto encierro en esta cárcel de Francia? Aceptaré, mi querido confesor, la propuesta de Odet de Foix. Solo pondré una condición: que no me envíe el rey Francisco a combatir contra España ni a entrar en guerra contra el rey que me otorgó tantas mercedes.

Y así fue como el conde de Oliveto, resentido contra su señor, abatido por tantos años de reclusión y convencido de que si dejaba pasar aquella oportunidad de alcanzar la ansiada libertad, moriría sin remedio en el castillo de Loches, tomó la decisión de aceptar el ofrecimiento del rey Francisco I y ponerse a su servicio con el rango de general de la infantería gala. Y, aunque pensaba poner la condición de no pelear contra su antiguo señor, sabía que era una condición de difícil cumplimiento, porque el principal enemigo del rey de Francia era el rey de España.

Pero, antes de comunicar a Odet de Foix la resolución que había tomado y cabalgar, acompañado del señor de Lautrec, hasta París, donde lo esperaba el soberano de los franceses, el conde de Oliveto, que no quería que la ruptura con don Fernando el Católico representara un acto de rebeldía o de alta traición, escribió una larga carta dirigida al rey regente que entregó a fray Alonso de Aguilar para que este, sin dilación, la llevara a España y se la diera en mano al que había sido su señor hasta ese día. El tenor de dicha carta era el siguiente:

«Muy alto y muy poderoso católico príncipe, rey y señor: como vuestra real alteza sabe, estando combatiendo en defensa de la santa Iglesia católica y mejoría del reino de España en la desafortunada batalla de Rávena, rodeado de una muchedumbre de enemigos franceses y tudescos, tanto de infantería como de caballería, me vi obligado a emprender la retirada al frente de cuatro mil de mis soldados, a los cuales, después de sufrir grandes penalidades, aunque escasas pérdidas, el coronel Samaniego logró poner a salvo. No obstante, para mi desgracia, cuando peleaba en la retaguardia haciendo la cobertura de los que se replegaban, fui herido y, luego, hecho prisionero por la gente del duque de Nemours.

»Casi tres años he permanecido recluido en una de las celdas del castillo de Loches, que es del rey de Francia, desde aquella triste jornada, y en ese tiempo solo he recibido la diaria visita de mi bondadoso confesor, fray Alonso de Aguilar, que hoy me sirve de mensajero, sin saber qué pesquisas y diligencias hacía mi rey para obtener mi liberación ni cuál era la postura del rey de Francia en lo tocante a mi rescate que, según fray Alonso, ascendía, en un principio, a veinte mil ducados.

»Sintiéndome abandonado por vuestra real alteza y habiendo sido infructuosas las reiteradas peticiones del Santo Padre, León X, ante el rey Luis XII para que me dejara en libertad, he recibido el generoso ofrecimiento del nuevo soberano de Francia para que, a cambio de pagar al duque de Longueville el monto de mi rescate y poder gozar de la libertad que me tienen arrebatada, me ponga a su servicio como general de la infantería de Francia con el real compromiso de atender a mi sostenimiento como buen y leal vasallo.

»He tomado la libre decisión de aceptar el ofrecimiento del rey de los franceses, aunque con dolor de mi corazón y en contra de mi voluntad, que no es otra que la de continuar al servicio de vuestra real alteza, de quien tantas mercedes he recibido. Pero la tristeza de la soledad, el olvido de mi señor rey, la natural decrepitud del cuerpo y el temor a morir en esta cárcel abandonado por todos han sido los motivos que me han empujado a romper mis vínculos de vasallaje con el soberano de España, de Sicilia y de Nápoles y jurar obediencia al rey de Francia.

»Por medio de esta carta, con humildad expongo a vuestra real alteza que, habiendo roto los lazos que me unían a su persona, renuncio a cuantas mercedes y privilegios me otorgasteis y al honroso título de conde de Oliveto, que por los servicios que os presté en Italia me concedisteis y que ahora en justicia os devuelvo; al mismo tiempo os ruego que me liberéis del juramento de fidelidad que solemnemente os hice al tomar posesión del condado.

»Quiera Dios en su misericordia perdonarme por esta obligada mudanza y a vuestra real alteza por la indigencia y abandono en que me dejasteis durante estos largos años. Hecha en el castillo de Loches, primer día del mes de marzo del año del Señor de 1515».

Cuando el rey don Fernando leyó la carta que le había entregado fray Alonso de Aguilar dicen que no mostró ante los presentes ningún signo de indignación o repulsa, sino de pena y dolor al conocer la sorprendente e inesperada noticia del desarraigo del conde y de la mudanza de quien había sido capitán general de su infantería. Cuando el rey hubo terminado la lectura de la misiva, se lamentó, ante el confesor del roncalés, de no haber sido más diligente en las conversaciones con el rey de Francia para lograr la liberación del conde de Oliveto ni haber comunicado las pesquisas realizadas al prisionero para hacer más llevadera su reclusión. Había deducido, por el contenido de la carta, que el ilustre preso ignoraba las diligencias y las órdenes dadas a sus embajadores para que Luis XII procediera a liberarlo, aunque todas ellas hubieran acabado en fracaso. Quizás, para enmendar tardíamente su error y el daño que había causado a Pedro Navarro con tan nefastas consecuencias, aquel mismo día le dictó una carta de respuesta a fray Alonso para que este la llevara a Francia y se la leyera al que había sido su fiel vasallo. La parte más reveladora de la misiva del Rey Católico decía lo siguiente:

«Diréis de mi parte al conde Pedro Navarro que vi el memorial que me trajisteis y no me puedo creer que estuviera en libertad cuando escribió lo que escribió, ni que gozara de su plena voluntad, porque teniendo él en tanta estima su honra, no es de creer que le haya hecho tanto daño al negar a su señor que le ha tenido y tiene tanto amor y que ha procurado su libertad hasta donde las humanas fuerzas lo permitían, aunque con escasos resultados como es notorio. Y que si otra cosa le han dicho es falsedad, que lo deben haber dicho para indignarle y ponerlo en su contra; y aunque quiera caer en tan gran yerro como es servir al rey de Francia dejando a su rey y señor natural, por el amor que le tengo y porque deseo mantener su honra, no daré mi autorización ni lo desligaré de la fidelidad que me debe; ni he recibido ni quiero recibir la renuncia del condado de Oliveto que me ha enviado a decir; antes bien, quiero abonar los veinte mil ducados que el rey de Francia dice haber pagado por su rescate y que se venga luego conmigo y yo le daré otras mercedes si me sirve con lealtad. Y decidle también que si no le he escrito en los tres años que ha estado en prisión ha sido porque el rey de Francia fallecido nunca quiso dar lugar a ello ni que le enviase a nadie para que lo visitase en el castillo de Loches».

Cuando Pedro Navarro, que había renunciado por propia voluntad al título de conde de Oliveto, recibió a fray Alonso de Aguilar en París —donde se hallaba hospedado en uno de los castillos del rey Francisco I desde el 20 de marzo— y este le entregó la carta del rey don Fernando el Católico y le narró las palabras del soberano de Aragón, los acontecimientos habían llegado demasiado lejos y ya nada se podía hacer para reconducir la situación.

Unos días después de llegar a la capital del reino, en el castillo de Vincennes, el roncalés había jurado fidelidad a su nuevo señor y este le había hecho entrega del documento por el que lo nombraba general de la infantería francesa con todos los derechos, franquicias, exenciones y emolumentos que por tan relevante cargo le correspondían. Pero, aunque la misiva del rey regente hubiera llegado a tiempo, no hubiera hecho cambiar la firme decisión del militar español. Su contenido no hizo más que reforzar la postura tomada por el antiguo conde cuando comprobó que no existía ni un ápice de arrepentimiento en el alma del rey don Fernando, ni de reconocimiento de haber obrado erróneamente, sino que le mentía con descaro —pensaba— cuando aseguraba que «había procurado su libertad hasta donde las humanas fuerzas lo permitían».

Enojado y dolido por la despreciativa y engañosa respuesta del rey don Fernando a su carta, en la que le exponía las razones por las que rescindía los vínculos que lo unían a él y renunciaba a cuantas mercedes hubiera recibido, incluyendo el título de conde de Oliveto, le dictó a fray Alonso de Aguilar la siguiente resolutiva amonestación para que este la llevara a España en su nombre:

«Al rey nuestro señor. El conde Navarro me dijo en París, estando en libertad, con lágrimas en los ojos: id a Castilla y decid al rey, nuestro señor, que Dios le perdone el que no quisiera avisarme de las diligencias realizadas en mi favor ni hacer memoria de mí en todo el tiempo que he estado preso. Porque si su real alteza me hubiera avisado de que tenía voluntad de ayudarme y procuraba mi libertad, pero que existían imponderables que impedían que llegara a mí la noticia, yo nunca hubiera salido de la cárcel ni hubiera servido al rey de Francia. Mas, viendo la poca cuenta que su real alteza tenía hacía de mí, me vi forzado a hacer lo que he hecho. Y con tristeza reconozco que, aunque ahora gozo del inestimable don de la libertad, me parece que estoy más preso y cautivo que antes».

Y de esta manera fue como se consumó la ruptura del famoso capitán general de la infantería española, Pedro Navarro, conde de Oliveto, con su señor el rey de España, Sicilia y Nápoles, al que tantos servicios militares y diplomáticos había prestado en Italia y África, y su paso al vecino reino de Francia para rendir pleito homenaje al soberano de los franceses, Francisco I, tradicional enemigo de los monarcas españoles.

XXIII
NOVARA, MILÁN Y BRESCIA

El 2 de abril de 1515 Pedro Navarro, investido con el rango de general, acudió al castillo de Vincennes para asistir a un consejo de guerra que había convocado el rey Francisco I, en el que también estuvieron presentes Juan de Albret, rey de Navarra depuesto por Fernando el Católico, el mariscal Odet de Foix, Bartolomeo d'Alviano y el veterano Luis de la Trémoille.

El soberano de los franceses los recibió en una estancia amplia, situada en la segunda planta de la gran torre del homenaje que, separada por un ancho foso del resto del edificio, dominaba la fortaleza. Dos ventanales con forma de ojiva, que daban al patio de armas, servían para iluminar la habitación, que estaba decorada con algunas tablas flamencas de temas amables y varios lienzos italianos, tan del gusto del joven monarca.

Fue con ocasión de este consejo cuando Pedro Navarro conoció a Juan de Albret, que iba vestido con un traje negro, muy del gusto español, y camisa blanca con gorguera rizada. Aunque no era viejo, pues aún no había cumplido los cuarenta y seis años, aparentaba algunos más por estar aquejado de una enfermedad que pocos meses después lo llevaría a la tumba. El mariscal Odet de Foix, que gozaba de enorme prestigio en la Corte, no alcanzaba los treinta años. Había trabado una buena amistad con el roncalés, al que respetaba por sus hazañas militares, desde el encuentro de ambos en el castillo de Loches. Con el comedido Francisco I, que aún no había cumplido los veintiún años, constituían la cabeza del moderno ejército francés en el que el roncalés, por su edad y su participación en tantas batallas, representaba la experiencia y el genio militar.

Francisco I tomó la palabra, en primer lugar para presentar a Pedro Navarro al depuesto rey de Navarra y a los otros nobles que no lo conocían y, a continuación, para exponer ante tan relevantes personajes los planes que tenía previsto ejecutar para recuperar los territorios que aseguraba pertenecían a Francia por el derecho, el linaje y la tradición y que, por diversas circunstancias, su reino había perdido.

—Caballeros —comenzó diciendo después de las presentaciones y salutaciones acostumbradas—, ha de ser objetivo prioritario de mi reinado restituir los Estados que en el pasado pertenecieron a Francia y que en guerras contra el rey de Aragón y el papa nos fueron arrebatados. Recuperar el ducado de Milán y devolver el reino de Navarra a sus legítimos dueños serán, señores, las empresas a las que debéis dedicar vuestros esfuerzos y emplear con inteligencia los medios militares con los que cuenta el reino.

—Nuestro ejército está preparado para emprender las acciones que su majestad ordene —manifestó Odet de Foix—, pero, antes de movilizar a las tropas, hemos de conocer vuestros planes y prioridades. Italia está lejos y trasladar un gran ejército hasta las proximidades de Milán será costoso y lento; Navarra se encuentra más cerca, pero invadirla provocará inexorablemente la guerra con el rey don Fernando el Católico.

—¿Qué opináis vos, general Pedro Navarro? —le demandó el monarca—. Conocéis bien al rey de Aragón, habéis formado parte de su ejército y os habéis movido por Italia como si fuera vuestra propia tierra. ¿Qué debemos hacer?

El roncalés se alzó de la silla en la que estaba aposentado y, señalando el mapa que se hallaba desplegado sobre la mesa que presidía el consejo, dijo:

—Intuyo por vuestras palabras, señor, que aunque Navarra ya no es un reino amigo de Francia desde que la ocuparon las tropas del duque de Alba, y que deseáis que don Juan de Albret y su esposa Catalina de Foix vuelvan a ocupar el trono que el rey don Fernando les ha arrebatado, es el ducado de Milán el territorio que ansiáis recuperar para restablecer el honor y el prestigio de Francia en Italia.

Francisco I esbozó una leve sonrisa que Odet y los demás miembros del consejo interpretaron como una señal de real satisfacción. No cabía duda de que había obrado acertadamente —pensaba el monarca galo— atrayendo a su lado a aquel prestigioso militar español.

—Habéis interpretado con sorprendente exactitud mis pensamientos, señor Navarro. Desde que accedí al trono de Francia no ha sido otra mi aspiración que volver a ocupar el ducado de Milán. Pero continuad con vuestra disertación, pues deseo conocer vuestro parecer como el experimentado militar que sois.

Pedro Navarro señaló sobre el mapa una zona situada al norte de Italia y al oeste del ducado de Milán.

—Habrá que trasladar un gran ejército hasta la frontera del ducado de los Sforza por Pavía y Novara. Si logramos acceder a la primera de esas ciudades sin ser descubiertos, nos pondremos a las puertas de Milán sin mucho esfuerzo y con pocas pérdidas.

—Parece una acción arriesgada —intervino Odet de Foix—. Por mar el traslado de las tropas será lento y dificultoso. Las fuerzas del papa estarán apercibidas y sus generales tendrán tiempo de reforzar las ciudades que dominan; por tierra es una operación imposible. Nadie ha cruzado los Alpes con un ejército desde que lo hizo Aníbal, el cartaginés, hace más de mil seiscientos años.

—Es a través de los Alpes por donde propongo que entremos en Italia, señor de Lautrec —terció el navarro—. Próspero Colonna y los generales españoles estarán desprevenidos. Además, en los dos meses previos al ataque habremos de movilizar tropas en la frontera con Navarra. El rey de Aragón debe creer que la intención de nuestro soberano es invadir ese reino y no dudará en trasladar soldados desde Italia para defender Navarra.

—La invasión de Italia atravesando los Alpes es, como refiere el mariscal, una operación militar arriesgada, señor Navarro —dijo el rey—, pero no me parece descabellada la idea de concentrar tropas en la frontera con Navarra para engañar al rey de Aragón. Sin embargo, aunque el ejército cruce las montañas durante los meses de verano, hay peligrosos desfiladeros y angostos pasos difícilmente franqueables por tropas tan numerosas, con abundante impedimenta y artillería pesada.

—Señor, es probable que tengamos entre nuestros oficiales a alguien que nos pueda guiar por los escabrosos senderos de los Alpes —argumentó Luis de la Trémoille—: un veterano capitán italiano llamado Juan Jacobo Trivulcio conoce como las calles de su ciudad natal los pasos de montaña que unen Italia con Francia: no en vano fue en su juventud guía de los mercaderes que, cada verano, comercian entre las ciudades del sur y del norte de las montañas.

—¿Es eso posible? —preguntó el rey.

—Si cada verano atraviesan los Alpes cien o doscientas recuas de mulas sufriendo muy escasos percances, ¿por qué no van a cruzar esas montañas las tropas del rey de Francia? —respondió el señor de la Trémoille con la intención de apoyar la propuesta del general Navarro—. Ese Trivulcio conoce el camino que permitirá a nuestro ejército atravesar los Alpes sin que el enemigo perciba su presencia hasta que estemos sobre ellos.

—Comenzad, pues, la movilización de las tropas —ordenó entusiasmado Francisco I—. Vos, Pedro Navarro, viajaréis al Bearne con Juan de Albret. Reclutaréis los mejores soldados y los organizaréis en escuadrones, haciendo el mayor ruido posible para que los españoles crean que preparamos la invasión de Navarra. Una vez iniciada esta primera parte de la operación, marcharéis con el señor de Lautrec, ese tal Trivulcio y el grueso del ejército al sur para cruzar los Alpes y atacar a Colonna y a los españoles en Pavía y Novara y a los suizos que apoyan al duque Sforza en Milán.

De esta manera quedaron concertadas, en el consejo de guerra celebrado en el mes de abril del año 1515 en Vincennes, las maniobras militares que habrían de conducir al poderoso ejército de Francisco I, mandado por Pedro Navarro y el mariscal Odet de Foix, a Italia con el firme propósito de derrocar al duque Maximiliano Sforza y hacer efectivo el título de duque de Milán que portaba el monarca galo junto al de rey de Francia, conde de Angulema y duque de Valois.

Pero, mientras que en Francia Pedro Navarro se desplazaba al Bearne para reclutar las fuerzas que habrían de juntarse a las que estaban reuniendo en otras regiones del reino el señor de Lautrec, Bartolomeo d'Alviano y Luis de la Trémoille para emprender la invasión de Milán, en España el rey Fernando el Católico, que no había desistido de su intención de atraerse al roncalés, aunque todo hacía presagiar que su decisión de servir al rey de Francia era ya irrevocable, dio instrucciones para que, a través del capitán Juanicote, amigo de Pedro Navarro, que mantenía correspondencia con él, se concertara una entrevista con persona de la confianza del rey para que aquel reconsiderara su decisión. Algunas de estas instrucciones, dadas por escrito, se redactaron el 21 de mayo. Como también fracasaron estos intentos de avenencia entre el antiguo capitán general de la infantería y el rey de Aragón, se llegó, incluso, a preparar una emboscada con el propósito de apresarlo usando medios repudiables.

Furioso por el nuevo fracaso obtenido, aunque sin reconocer que solo a él se había de atribuir que tan sobresaliente militar se hallara ahora en las filas de su enemigo, el 22 de diciembre de 1515, abandonados definitivamente los intentos de concordia, el rey procedió a otorgar el condado de Oliveto al pusilánime y voluble don Ramón de Cardona mediante privilegio dado en la ciudad de Plasencia, en el que se hacía constar que se concedía el título de conde de Oliveto al virrey de Nápoles como retribución a sus muchos méritos y «a causa de la rebelión y la infidelidad de Pedro Navarro».

Diez días tardaron las tropas de Francisco I, mandadas por el propio rey con la ayuda del mariscal Odet de Foix, del general Pedro Navarro y de Luis de la Trémoille y guiadas por Juan Jacobo Trivulcio, en atravesar los Alpes por un sendero, hasta ese día desconocido, luego llamado del Col d'Argentire, que el italiano iba señalando. Para llevar a cabo este penoso traslado de hombres, impedimenta y artillería, Pedro Navarro, haciendo una vez más alarde de sus sobresalientes conocimientos de ingeniería militar, diseñó unos puentes móviles elaborados con gruesas sogas, tiras de cuero y tablazones que posibilitaban salvar las angosturas difíciles y los profundos desfiladeros; también mandó construir unas balsas de cuero llenas de aire para que los soldados y las bestias pudieran cruzar los ríos.

Con la ayuda de estas invenciones pudo el ejército francés atravesar los Alpes sin grandes contratiempos y muy escasas bajas y caer sobre las sorprendidas avanzadillas del papa, constituidas por la caballería de Próspero Colonna, el 15 de agosto en las cercanías de Villafranca. Tras un breve combate, los italianos fueron vencidos por la caballería acorazada de Jacques de la Palice, que hizo numerosos prisioneros, entre ellos al propio condotiero italiano. Unos días más tarde, el rey de Francia ponía sitio a Pavía, que fue tomada casi sin lucha, y enviaba al roncalés con parte del ejército para que conquistara la ciudad de Novara.

Aquella población, situada a cincuenta kilómetros al oeste de Milán, estaba rodeada por una muralla de gran antigüedad y defendida por tropas mercenarias suizas y soldados de Maximiliano Sforza. Navarro contaba con ochocientos jinetes pesados, nueve mil infantes y veinte piezas de artillería. Establecido el sitio, el general español al servicio de Francia, que en guerras anteriores había logrado rendir fortalezas mejor defendidas que Novara, optó por batir sus murallas con la artillería pesada, pensando que los sitiados, acosados por las destructivas balas de los cañones, capitularían sin tener que exponer sus hombres a un ataque directo contra la ciudad. No se equivocó el general Navarro. A las cinco horas de iniciarse el bombardeo, los de Novara solicitaron la rendición, que les fue concedida, permitiendo el roncalés que los moradores de la ciudad que quisieran abandonarla lo quisieran hacer con todo lo que pudieran llevar consigo.

Tomadas por los franceses Pavía y Novara, el camino hacia Milán estaba expedito. Francisco I dio la orden de ponerse en marcha con el propósito de poner cerco a la capital del ducado, pero no fue necesario establecer el sitio, porque los treinta mil mercenarios suizos y los hombres del duque Maximiliano, sin esperar a que les llegaran los refuerzos prometidos por los españoles, se enfrentaron a las tropas francesas en campo abierto, en el sitio conocido como Marignano, a unos veintitrés kilómetros al sudeste de Milán.

La cruenta batalla comenzó el día 13 de septiembre del año 1515, al mediodía, y los combates se prolongaron hasta el atardecer del día siguiente. La infantería francesa, eficazmente mandada por Pedro Navarro y constituida por una docena de escuadrones, varios de ellos de arcabuceros, logró desbaratar a los compactos escuadrones de lanceros suizos. El ingenioso general español puso en práctica, en aquella ocasión, otra de sus invenciones —además de la construcción de fosos y de disponer parapetos para sus soldados— que, con el paso del tiempo, sería adoptada por las infanterías de toda Europa. Consistía en distribuir a los arcabuceros en unidades separadas para que hicieran fuego alternativamente sobre el enemigo. Mientras que unas unidades disparaban sus armas, otras procedían a cargar sus arcabuces.

Los habitantes de Milán, reconociendo el poderío del ejército francés y convencidos de que nada podían hacer frente a los soldados de Francisco I una vez derrotados los mercenarios suizos, solicitaron pactar la rendición, a lo que accedió el rey de los franceses. Sin embargo, Maximiliano Sforza, con sus hombres de armas, se negó a claudicar y se refugió en la ciudadela con el propósito de resistir indefinidamente en aquella fortaleza que jamás había sido tomada por ningún ejército. Como el castillo era muy fuerte y debía de estar bien abastecido de víveres y municiones, un asedio podía prolongarse durante meses. Por ese motivo Francisco I solicitó la opinión de Pedro Navarro y este, después de inspeccionar el recinto de la inexpugnable fortaleza, le aseguró que podría rendir la ciudadela de los Sforza antes de un mes.

El rey, que conocía la eficacia de los métodos utilizados por el roncalés en la expugnación de castillos y ciudades, lo puso al frente de las tropas de asedio con total libertad de acción. No transcurrieron veinte días sin que el duque de Milán solicitara capitular después de que Pedro Navarro, con la artillería pesada y el empleo de las minas, abriera varias brechas en la muralla, por donde amenazaba con entrar a saco, aunque el osado general de la infantería no salió ileso de aquella operación militar, pues acabó herido de gravedad en la cabeza.

La toma de la ciudadela de los Sforza hizo que, de nuevo, su fama de conquistador se extendiera por Francia y por toda Italia. El 8 de octubre el duque Maximiliano abdicó y, tres días más tarde, Francisco I, al frente de los generales y oficiales que habían participado en la batalla de Marignano y la toma de Milán, entre ellos Pedro Navarro, entró solemnemente en la ciudad y asumió el título efectivo de duque, al que alegaba tener pleno derecho.

No estuvo Pedro Navarro ocioso mucho tiempo después del éxito obtenido en aquella campaña. Franceses y venecianos estaban empeñados en la conquista de Brescia, importante ciudad situada a unos noventa kilómetros al este de Milán, que estaba defendida por el catalán Luis de Icart, auxiliado por los capitanes Ortiz, Morejón y Guzmán y un destacamento de unos setecientos españoles. El general veneciano solicitó al rey de Francia que le enviara urgentes refuerzos antes de que los españoles pudieran acudir en defensa de Brescia y que, si fuera posible, que esas tropas estuvieran mandadas por su prestigioso general de la infantería. Francisco I, respondiendo a la petición veneciana, envió a Pedro Navarro al frente de unos cinco mil hombres para que se unieran a las tropas que asediaban la ciudad.

El bravo roncalés había jurado fidelidad al rey de Francia y expresado su firme compromiso de pelear contra sus enemigos, pero hasta entonces no se había visto obligado a combatir contra sus antiguos compañeros de armas y contra el rey al que había servido durante gran parte de su vida militar. En Brescia debía enfrentarse a los que defendían la ciudad, que eran, muchos de ellos, viejos conocidos mandados por un joven capitán, Luis de Icart, al que, pasados los años, volvería a encontrar el navarro en el Castel Nuovo de Nápoles en unas circunstancias muy diferentes.

Los sentimientos del veterano militar, que aún mantenía en lo profundo de su alma el oculto deseo de servir a la monarquía española, con la que tantos triunfos había alcanzado, eran contradictorios y dolorosos. Por una parte estaba obligado a mantener la palabra dada y tomar Brescia a los españoles; por otra, temía entrar en la ciudad y contemplar el rostro de los muertos, hombres que le fueron fieles en el pasado y que ahora, como enemigos, yacerían sin vida sobre la tierra por él conquistada. Pero debía cumplir con su compromiso: servir al rey de Francia y expugnar Brescia sin tener en cuenta las consecuencias de su acción.

Cuando hubo llegado a la línea de cerco e inspeccionado los entornos de la ciudad, pudo comprobar que las murallas se hallaban muy deterioradas por el cañoneo que habían soportado en las últimas semanas, aunque aún no creía oportuno asaltarlas, pues desconocía el número de defensores con que contaba el capitán Icart y la capacidad de respuesta de los numerosos cañones que ocupaban el adarve de los muros y las terrazas de las torres. Recurrió, entonces, a los métodos que tantos triunfos le habían proporcionado en los asedios a fortalezas en tiempos pasados, que eran la construcción de puentes móviles para salvar el foso y la excavación de minas con las que derribar tramos de la muralla. Sin embargo, en esta ocasión tenía enfrente a capitanes y soldados veteranos de las anteriores guerras de Italia que conocían a la perfección sus tretas y sus tácticas de asedio. Aunque ordenó a los zapadores que cavaran en absoluto silencio, no pudo impedir que los españoles percibieran, en el transcurso de la noche, los golpes de las azadas y, por ellos, localizaran el lugar por donde Pedro Navarro estaba horadando el terreno para minar el muro y abrir una brecha.

Comenzaron a excavar desde el interior de la ciudad una contramina que, al cabo de varios días, cuando los sitiadores se hallaban a unos diez metros de la muralla, se topó con la galería de los franceses. Se peleó en el subsuelo salvajemente a espada y a cuchillo, y murieron una docena de zapadores y tres o cuatro españoles. Entre los muertos franceses se hallaba el maestro de obras, que los sitiados confundieron con Pedro Navarro. A continuación, los españoles obstruyeron la mina con piedras y tierra, inutilizándola y haciendo fracasar la operación del roncalés.

En los días que siguieron, habiendo abandonado la idea de minar la muralla, el general de la infantería francesa ordenó que se colocaran los puentes de madera que había mandado construir sobre el foso y que se procediera al asalto de la muralla por varios tramos en los que esta estaba desmochada y podía ser tomada con las escalas sin muchas pérdidas. Pero, después de varios intentos, los venecianos y franceses tuvieron que desistir y retirarse repelidos por la furia de los españoles y los disparos de los arcabuceros, no sin haber dejado un centenar de muertos al pie de la muralla y en el interior del foso.

A pesar de que las fuerzas sitiadoras eran diez veces superiores en número a las que defendían Brescia y estaban mejor armadas, la ciudad resistió seis meses de asedio sin capitular. Finalmente se rindieron, debilitados los defensores y los habitantes de Brescia por el hambre y las enfermedades.

A los soldados españoles se les permitió salir de la población con honor y en formación, con las banderas desplegadas al viento y con todo su armamento, bagajes y banda de música, de la misma honrosa manera que Pedro Navarro había abandonado Canosa catorce años antes.

Los franceses y los venecianos no podían ocultar su admiración al ver a aquel puñado de españoles que desfilaban orgullosos delante de ellos y que, siendo tan pocos, habían logrado mantener la ciudad a salvo durante más de medio año.

Para Pedro Navarro aquel triunfo de las armas franco-venecianas representó una frustración personal. Había fracasado en lo que le había hecho famoso como ingeniero militar: el empleo de las minas explosivas, una invención suya que en tantas ocasiones le había permitido rendir fortalezas consideradas inexpugnables. A pesar de haberlo intentado en varias ocasiones y por diferentes puntos de una muralla semiderruida, no pudo tomar la plaza sitiada por asalto.

El roncalés era consciente de que se enfrentaba a la mejor infantería de la época y que sus artificios e invenciones, que tan eficaces habían resultado contra franceses, italianos y berberiscos, no tenían la misma efectividad cuando enfrente se hallaban sus bravos y viejos compañeros de armas. ¿Habría llegado la hora —pensaba en los momentos de desánimo y abatimiento— de replantearse su azarosa vida y buscar la manera de retornar a la obediencia del rey de España? Pero estaba ligado a Francisco I por un contrato de mutua ayuda y, no podía negar, también de sincero agradecimiento a quien lo había sacado de la terrible prisión de Loches y le había dado la oportunidad de enrolarse de nuevo en la milicia.

El 24 de mayo de 1516 los ejércitos de Francia y Venecia, después de rendir Brescia, se dirigieron a Verona, que fue tomada en pocos días.

En los meses siguientes reinó una tensa tranquilidad en las disputadas tierras de Italia, hasta que en agosto se firmó la conocida como paz de Noyon entre el rey Francisco I de Francia y el nuevo soberano español, nieto del rey don Fernando el Católico, Carlos I. Siete meses antes, el 23 de enero de 1516, había muerto en el perdido poblachón extremeño de Madrigalejo el rey de Aragón, Sicilia y Nápoles y regente del reino de España. Decía la gente que a causa de unas fiebres malignas producidas por su afición a ingerir turmas o criadillas de toro, un poderoso y al mismo tiempo nocivo afrodisíaco reconstituyente que tomaba con el propósito de reforzar su virilidad y lograr que su joven esposa, Germana de Foix, quedara embarazada.

La noticia de la muerte del rey don Fernando, al que tan ligado había estado Pedro Navarro en el pasado y del que tanto daño moral y físico había recibido cuando lo dejó desamparado en la cárcel de Loches, fue recibida por el roncalés con una extraña sensación de dolor y una enorme pena, pues siempre pensó que, antes de morir, el rey reconocería sus yerros y volverían a gozar de su antigua alianza y amistad. Pero, como ya nada podía hacer, pues el trono de España estaba ocupado por un joven flamenco que a duras penas comprendía las costumbres y la lengua de Castilla, su ilusión era que el nuevo monarca no adoleciera de la enconada tozudez y la arrogancia de su desaparecido abuelo.

En el otoño de 1516 cumplió Pedro Navarro cincuenta y seis años, edad con la que sus compañeros de armas o habían fallecido o se hallaban retirados y consumidos por los achaques de la vejez. Pero el rudo, fuerte y terco roncalés, que parecía estar dotado de una salud de hierro y un vigor físico impropio de un hombre casi sexagenario, no estaba dispuesto a abandonar el oficio que, con tanto acierto, había desempeñado durante toda su vida y, en acabando de firmarse la paz de Noyon, solicitó al rey de Francia un nuevo destino en el que pudiera serle útil al tiempo que satisfacía sus nunca perdidas ansias guerreras.

En el mes de septiembre se hallaba en Amboise, donde el rey de Francia le presentó a un tal Leonardo, pintor, músico, arquitecto e ingeniero natural de la población italiana de Vinci, situada en la Toscana, que estaba al servicio del rey Francisco I. Este, que conocía los trabajos realizados por el italiano en Milán y Roma, quería que pintara algunas obras para sus palacios y, de paso, que le construyera artilugios militares para la guerra. El navarro se entrevistó en varias ocasiones con el toscano, que se interesó vivamente por el artificio de las minas explosivas. Y, aunque se emplazaron a hablar sobre el asunto más ampliamente en otra ocasión, no pudo celebrarse dicho encuentro por tener que partir Pedro Navarro hacia Marsella por orden del monarca francés.

A mediados de octubre se hallaba instalado en dicha ciudad, en un palacete situado en el barrio portuario.

Con el beneplácito de Francisco I estaba reuniendo en aquel puerto una escuadra de dieciséis galeras que, en un principio, se habría de dirigir a la costa africana para combatir a los berberiscos. Sin embargo, su número, el temor reverencial que inspiraba su almirante entre los españoles y la cercanía de Marsella a las costas de Sicilia suscitaron los recelos del regente del reino de Castilla, el octogenario cardenal Cisneros. Este, para conocer los verdaderos propósitos del roncalés, envió a Marsella, de manera muy secreta, al capitán Mendoza, que había sido compañero de Pedro Navarro en Italia, para que se entrevistara con él.

El encuentro, que se celebró en la abadía de San Víctor, fue en extremo amable, no solo porque Mendoza sentía una profunda admiración y un sincero cariño por el navarro, sino también porque el capitán emisario portaba instrucciones muy precisas de Cisneros en el sentido de mostrarse conciliador y afable con el famoso militar, ahora al servicio de Francisco I, pues «de poca utilidad sería enojar a quien, en el futuro, podría estar otra vez del lado de nuestro rey», le había dicho el cardenal antes de partir para Marsella.

Sentados en uno de los bancos de la iglesia abacial, en una de las desiertas naves laterales, Mendoza inició la conversación después de abrazar con gran emoción a su antiguo compañero de armas.

—El arzobispo de Toledo me ha encomendado que te transmita sus mejores deseos —manifestó el enviado de Cisneros cuando estuvieron acomodados y seguros de hallarse en soledad en aquel rincón de la desangelada iglesia—. Lamenta que estés por los franceses y no defendiendo las banderas de España. Pero reconoce que no tuviste otra salida que aceptar el ofrecimiento del rey de Francia.

—Agradécele sus palabras, que tanto me reconfortan —respondió Pedro Navarro sin querer poner en evidencia la emoción que le embargaba—, pero ha de saber que siento yo tanto el estar en esta tierra extraña como él el no tenerme junto a su rey. Pero dime, Mendoza, ¿cuál es el motivo de esta entrevista?

El capitán Mendoza carraspeó antes de exponer el comprometido mensaje que portaba del cardenal regente del reino de España.

—Cisneros, amigo Navarro, teme que el destino de la flota que has reunido en este puerto no sea la costa africana, sino el reino de Nápoles, y que tu misión consista en apoyar a los rebeldes de ese reino. Y si no es Nápoles, podría ser Sicilia el objetivo de tus galeras, pues se recela en España que el rey de Francia quiera favorecer la revuelta que una parte de los sicilianos protagoniza contra el virrey Hugo de Moncada, cuya autoridad no reconocen.

Pedro Navarro esbozó una sonrisa que quería ser de comprensión y, al mismo tiempo, de satisfacción y orgullo por el desasosiego que aún provocaba su persona en tan destacado prelado que antes fue su aliado y ahora era su enemigo.

—Dile a tu cardenal que nada debe temer, que tiene la palabra de quien ha servido al rey don Fernando, que Dios tenga en su santa gloria, con lealtad y entrega hasta que este lo abandonó —manifestó el navarro—. No son el reino de Nápoles ni la isla de Sicilia los destinos de la escuadra que el rey de Francia me ha ordenado reunir en este puerto, sino la costa de África, donde he de someter a los corsarios que, de un tiempo a esta parte, asaltan y roban embarcaciones de honrados y pacíficos comerciantes franceses.

—Transmitiré tus palabras al cardenal —dijo Mendoza, aliviado al saber que Pedro Navarro confirmaba algunos rumores que circulaban por los puertos de Cataluña y Valencia de que era para combatir a los mahometanos la escuadra que reunía y no para dañar los intereses españoles—. Yo estaba seguro de que tu destino no era Nápoles ni Sicilia, pero, como sabes, tienes muchos enemigos en la Corte que te quieren mal y no dejan pasar ocasión para malmeter y zaherirte, sobre todo desde que estás al servicio del enemigo francés.

—Dile también al cardenal, para que esté sosegado y confíe en mi palabra, que he solicitado la ayuda y colaboración del papa, mi buen amigo Juan de Médici, para que participe en esta santa empresa enviando dinero y navíos, y que juntos podamos limpiar de piratas el mar africano.

—Se lo comunicaré de tu parte al cardenal regente —dijo el capitán Mendoza, satisfecho por el resultado de la entrevista mantenida con su viejo compañero de armas.

Y de este modo concluyó aquel extraño y breve encuentro, celebrado en secreto en un apartado rincón de la abadía de San Víctor para no despertar las sospechas y los recelos de los franceses que, a pesar del juramento de fidelidad a su rey otorgado voluntariamente por el navarro, desconfiaban de él y pensaban que, quien tanto había dado por la mejoría de España, bien podría intentar retornar a la obediencia del monarca hispano-flamenco que regía los destinos de la poderosa monarquía española.

La petición de colaboración al papa León X no se concretó con el envío de ayuda económica ni de navíos, como esperaba Pedro Navarro, sino que el Santo Padre contestó a la carta del roncalés con palabras muy cariñosas y fraternales, pero con evasivas, diciéndole que no era momento oportuno para emprender aquella cruzada, pero que enviara sus galeras a Italia y que, junto con la flota pontificia, podían acometer al Gran Turco que amenazaba las costas y mares de la cristiandad.

XXIV
PEDRO NAVARRO, PRISIONERO DE LOS ESPAÑOLES

El roncalés, abandonado el proyecto africano y sin autorización del rey de Francia para unirse a la flota pontificia y atacar a los turcos, navegó durante varios meses por aguas del Mediterráneo central, haciendo escala en diversos puertos, algunos de ellos pertenecientes al rey de España, como Mesina, lugar en el que se abasteció de víveres y estuvo atracado un mes para dar descanso a la tripulación sin que el virrey, Hugo de Moncada, expresara ningún temor por la presencia en Sicilia del militar español al servicio de Francia.

A principios del año 1518, con la escuadra aumentada a veinte galeras y una tripulación de cuatro mil hombres, se puso a las órdenes del papa por mandato de Francisco I, que buscaba el apoyo pontificio en sus aspiraciones a ser elegido emperador del Sacro Imperio. Coaligado con el papado, Pedro Navarro navegó por los mares que frecuentaban los turcos y los berberiscos, combatiéndolos cuando había ocasión, hundiéndoles algunas galeras y tomando prisioneros.

Sin embargo, transcurridos dos años, por motivos que Pedro Navarro ignoraba, el soberano francés nombró como almirante de la flota a un joven e inexperto noble, hermano de una de sus amantes. Sintiéndose relegado por el rey y subordinado de un bisoño marinero que no conocía otras aguas que las del Sena —pensaba el roncalés— mostró públicamente su descontento y, despechado, se dirigió a la ciudad de Roma para solicitar audiencia al papa León X, su viejo amigo, y solicitarle sus consejos.

León X lo recibió en sus estancias privadas con grandes muestras de afecto y amistad, no en vano ambos habían sufrido cárcel y escarnio en los días negros de la derrota de Rávena. Pedro Navarro, de rodillas, besó la mano diestra del pontífice y el anillo del pescador que portaba en su dedo anular con devoción.

—Santo Padre, aquí me tenéis como buen cristiano y siervo obediente postrado ante vos —dijo sin alzar el rostro—. Acudo a vuestra presencia para que me otorguéis vuestra bendición y me aconsejéis en esta amarga etapa de mi vida en la que no soy súbdito de ningún soberano: del rey de España porque, voluntariamente, rompí los lazos que me unían a su abuelo, y del monarca francés, porque no ha cumplido los sagrados deberes que tiene todo señor con su vasallo.

—Dime, hijo mío, cuáles son tus cuitas y qué te atormenta —manifestó el papa, instándole a que se irguiera y tomara asiento en un sillón que tenía a su lado.

El pontífice, que ya conocía las desavenencias que habían surgido entre el general de la infantería francesa y su señor, el rey Francisco I, y su deseo de liberarse del juramento que un día le hizo, intentó facilitar la confesión de su amigo.

—Sé que estás confuso y que sientes añoranza de tu pasado, cuando combatías a las órdenes del Gran Capitán por la causa del rey don Fernando o navegabas victorioso por la costa de África —repuso León X—. Intuyo que estás resentido y triste. Mas, ¿qué puedo hacer yo para mitigar tu pesar?

Pedro Navarro respiró profundamente y fijó la mirada inquisitiva de sus ojos grandes y negros en el rostro apacible de Juan de Médici.

—Le pido encarecidamente, Santo Padre, que intercedáis por mí y que me encomendéis a quien pueda hacer llegar al rey don Carlos mi deseo de retornar a la obediencia de España.

El papa, que esperaba aquella comprometida y sincera petición del roncalés, guardó silencio durante unos segundos. Luego, apoyó su mano en el brazo derecho del bravo militar y, con voz mesurada, dijo:

—Tu alma sufre, hijo mío, porque tuviste que elegir aquello que tu inteligencia te dictaba pero tu corazón repudiaba. Y ahora deseas reconciliarte con tu pasado y con aquellos que una vez te amaron y luego te dieron la espalda. No puedo sino ayudar a un buen cristiano que, afligido, desea hallar la paz. Vuelve a Francia, que yo haré las pesquisas acerca de quién pueda llevar este delicado asunto secretamente hasta el rey don Carlos.

Como el papa le había aconsejado, Pedro Navarro retornó a Marsella a la espera de que las gestiones de León X fructificaran y el rey de España aceptara su petición y reclamara su presencia. Pero no discurrió el asunto como el navarro y el papa deseaban. Por un lado, porque las cosas de palacio andan siempre muy despacio; por otro, porque el joven rey Carlos ni conocía las relevantes hazañas que habían dado fama a Pedro Navarro, ni tenía el necesario sosiego para que alguno de sus consejeros de más edad se las relatara, ocupado como estaba con la rebelión de las Comunidades en Castilla y el malestar de la Corte por la preeminencia de sus consejeros flamencos.

No obstante, el pontífice se entrevistó, en el mes de julio del año 1520, con don Juan Manuel de Villena, señor de Belmonte, noble castellano que desempeñaba el cargo de embajador de España en Roma. A este personaje, que sería su intermediario con el monarca, le expuso los deseos vehementes del navarro de abandonar la obediencia del rey francés y las circunstancias que le habían llevado a tomar tan drástica decisión y solicitar el ingreso en el ejército español.

Don Juan Manuel, el 22 de agosto de 1520, remitió una carta muy secreta al rey don Carlos, nombrado a mediados del año anterior emperador del Sacro Imperio, redactada en clave para que su contenido no pudiera ser leído en caso de que cayera en manos francesas, y cuyo texto era el siguiente: «Muy alto y muy magnífico señor: su santidad el papa me ha dicho que el conde Pedro Navarro le ha suplicado encarecidamente que yo lo recomiende a vuestra majestad. Me asegura que el citado conde ha mostrado muy buena y sincera voluntad de serviros. Le parece al pontífice de la Iglesia católica que conviene que lo tenga vuestra majestad como servidor, pues dice que está malcontento con los franceses, y así quitaréis a nuestros enemigos un reputado militar y lo ganaremos para nuestra monarquía. Creo yo que es oportunidad que no debéis desaprovechar. Si todo discurre como su santidad y yo deseamos y pensamos, en breve podremos contar en nuestras filas con el general Pedro Navarro que, en el pasado, tan grandes victorias dio a vuestro abuelo, el rey don Fernando, a quien Dios tenga en santa gloria».

La misiva no obtuvo la respuesta que el embajador y el papa esperaban, quizás porque otros graves asuntos acontecidos en Castilla ocupaban la mente del nieto de los Reyes Católicos o porque los enemigos del navarro habían tejido una impenetrable y perversa maraña en torno al rey don Carlos que impedía que este reconociera los méritos de Pedro Navarro y aceptara su ofrecimiento de volver al servicio de España. Sin embargo, don Juan Manuel, que a requerimiento del papa había recibido en varias ocasiones en secreto al roncalés en su palacio romano, no cesó en su intento de que el rey don Carlos aceptara recibir al prestigioso general de la infantería de Francisco I como uno más de sus servidores.

Pedro Navarro, como no apreciaba que la voluntad del rey de España estuviera inclinada a aceptar su petición y que la respuesta del monarca se demoraba en exceso, triste y decepcionado embarcó para Marsella a principios del mes de octubre en compañía de don Francisco de Urrea, bastardo del conde de Aranda, sin que nadie supiera con qué intenciones mantenía relaciones con este noble aragonés, aunque en Roma se aseguraba que ambos iban a fletar una escuadra de galeras para hacer el corso por aguas del Mediterráneo musulmán que, en realidad, nunca se hizo a la mar.

El 1 de octubre del año 1520 tuvo lugar una reunión secreta en el palacio pontificio entre el obstinado embajador de España y el papa. En el transcurso de la misma, don Juan Manuel expuso con todo detalle a León X el plan que urdía para que la ciudad de Génova, que se hallaba dominada por la familia de los Fregoso, proclives a Francia, pasara a los Adorno, tradicionales aliados de España.

—Santidad —comenzó diciendo el embajador—, para alcanzar el objetivo de poner en el ducado de Génova a uno de los Adorno, se hace necesario contar con la colaboración de Pedro Navarro. Los soldados licenciados por Hugo de Moncada, después de la victoriosa campaña de los Gelves, están deseosos de servir a las órdenes del antiguo general de la infantería española. Él debe participar en el derrocamiento de Octaviano Fregoso y los soldados veteranos del virrey serán su arma secreta.

León X movió negativamente la cabeza para mostrar su incredulidad.

—¿Conocéis, en verdad, a Pedro Navarro, señor embajador? —le espetó al español.

—Lo que sé de su personalidad lo debo a su santidad y a las dos entrevistas que he mantenido con él —respondió don Juan Manuel.

—Escaso bagaje para poder acceder a la compleja alma de ese tozudo navarro —manifestó el papa—. No os engañéis, señor embajador. No será fácil convencerle para que traicione al rey de Francia.

—No será traición, santidad. El general Navarro me ha referido sin tapujos que se siente desligado del juramento que un día hizo al rey Francisco I y ha expresado con firmeza su intención de regresar al servicio de España. Mejor ocasión para demostrar su deseo de romper sus vínculos con el francés y servir a nuestro rey no va a encontrar.

—Intentadlo, don Juan Manuel —replicó el pontífice—. Si lográis que acceda a secundar vuestros planes, será en beneficio no solo de España, sino también del papado. Mantenedme informado.

Y tendiendo la mano al español para que este le besara el anillo del pescador, dio por terminada la breve entrevista.

Don Juan Manuel de Villena envió una carta cifrada al rey de España el 4 de octubre en la que le exponía sus planes para derrocar a los Fregoso y poner en su lugar a uno de los Adorno, proyecto al que no era ajeno el rey don Carlos, pues, un año antes, se había reunido en secreto con el papa para tratar el mismo asunto. Al mismo tiempo, le comunicaba que estaba emprendiendo las diligencias necesarias para que Pedro Navarro participara en la sublevación, demostrando, de esa manera, su firme voluntad de servirle.

Sin embargo, el ambicioso plan del rey y de su embajador se fue posponiendo sin que se pudiera llevar a cabo en aquel año de 1520, dificultado por la rebelión de algunas ciudades de Castilla contra el monarca y la nueva guerra que estalló entre Francia y España por el dominio de Navarra y el Milanesado. En Italia, Odet de Foix, señor de Lautrec, combatía en inferioridad de condiciones contra los españoles y las tropas pontificias.

Temiendo sufrir una derrota, el de Foix se vio obligado a abandonar Milán, lo que llenó de felicidad a León X, aunque este, incondicional amigo de España, no pudo disfrutar de esta victoria, pues murió el 2 de diciembre de 1521. Aseguraba el embajador español en Roma y los aliados italianos de Carlos I que había sido envenenado por personal de su palacio al servicio de Francisco I.

Pedro Navarro, al frente de varios escuadrones de infantería, tuvo que acudir en auxilio de Odet de Foix, que se hallaba acosado por los españoles, los soldados del papa y los lansquenetes de Jorge de Frundsberg.

Entre los días 27 y 29 de abril se dio la decisiva batalla de la Bicocca entre ambos ejércitos, en contra de la opinión del roncalés, que había aconsejado al mariscal de Foix que eludiera el encuentro directo con los españoles y sus aliados y buscara entablar batalla en condiciones más favorables. Las tropas francesas sufrieron una severa y rápida derrota que los obligó a replegarse y, semanas después, a abandonar Italia. No pudieron conservar más que media docena de fortalezas bien abastecidas y guarnicionadas, algunas irrelevantes estratégicamente.

Derrotados los franceses en Italia, los españoles creyeron que había llegado la hora de intervenir en Génova y poner a la cabeza del ducado a uno de los Adorno. Fue entonces, con dos años de retraso, cuando se puso en práctica el plan de don Juan Manuel de Villena, aunque la participación —creía el embajador que decisiva— de Pedro Navarro no tomó los derroteros que él había previsto.

El 20 de mayo de 1522 un poderoso ejército, constituido por veinte mil veteranos españoles, italianos y alemanes, mandados por el marqués de Pescara, Próspero Colonna y Jorge de Frundsberg, a los que se unió Jerónimo Adorno con sus partidarios, puso sitio a la ciudad de Génova. Después de diez días de incesante fuego artillero dirigido por el marqués del Vasto sobre la ciudad y su puerto, que obligó a las naves de Andrea Doria a abandonar la dársena y hacerse a la mar, las murallas se hallaban tan arruinadas en varios tramos que los sitiados temían que las tropas de la Liga tomaran la ciudad por asalto y la saquearan.

El 29 de mayo el marqués de Pescara envió un mensajero a Génova para exigir a su gobernador que se rindiera sin condiciones, bajo la amenaza de que si no se entregaban, tomarían la ciudad por asalto, quedando expuesta la población a despiadado saqueo por sus soldados. El 30 de mayo el Consejo de la Señoría mandó a Tomás Cattaneo y a Pablo Bulgari para tratar las condiciones de la capitulación. Pero, al mismo tiempo, envió una comisión para que solicitara urgente ayuda al rey Francisco I si no quería que los españoles y los hombres del papa tomaran Génova.

El rey de Francia prometió enviar un ejército a través de los Alpes para descercar la ciudad, pero, entretanto, mandaba al general Pedro Navarro con tres galeras y una nave al frente de mil infantes franceses y gascones para que la defendieran. No obstante, el daño causado en las murallas era tan considerable que Octaviano Fregoso, al atardecer de ese mismo día, creyendo que la única salida que tenía, si quería librar Génova de la furia de los sitiadores, era solicitar la rendición al responsable del ejército aliado, envió nuevos parlamentarios al campo español para acordar con el marqués de Pescara las condiciones de la capitulación.

Las conversaciones se prolongaron durante tres días y, al cuarto, cuando se había decidido por los sitiados abrir las puertas de la ciudad a cambio de que los vencedores respetaran la vida y la hacienda de los genoveses, aconteció un hecho que hizo que el dux reconsiderase la decisión de rendirse. Al amanecer, vieron los sitiados aparecer por la bocana del puerto las cuatro embarcaciones que traía Pedro Navarro con la avanzadilla del ejército que el rey de Francia había prometido enviar.

Un rayo de esperanza recorrió el corazón de los genoveses seguidores de los Fregoso y del dux que, lleno de gozo, envió una pequeña comitiva de recepción al puerto.

—Señor, se aproxima un esquife —anunció a Pedro Navarro un suboficial desde la cubierta principal de la nave capitana. El roncalés observaba atentamente las fuerzas sitiadoras desplegadas en torno a la ciudad y los desperfectos que la artillería del marqués del Vasto había provocado en las murallas y las torres.

—Lanzad una escala y que suban a bordo los ocupantes del lanchón —ordenó.

El que se dirigía al encuentro de Pedro Navarro era el hermano del dux, arzobispo de Salerno y gobernador de la ciudad.

—Sed bienvenido, señor Navarro —dijo, a modo de saludo, el arzobispo, sin poder ocultar la alegría que sentía—. Mi hermano el dux me encarga que os comunique que, aunque había decidido capitular para evitar el saqueo de Génova, al veros aparecer por la bocana del puerto ha ordenado que se suspendan las negociaciones con el marqués de Pescara.

—El rey de Francia me envía con mil soldados —repuso el navarro—. Antes de quince días se encontrará a las puertas de la ciudad con el ejército que está reuniendo al otro lado de los Alpes.

—¿Quince días? —se alarmó el gobernador de Génova.

—Quince días si sigue la senda que nos descubrió Juan Jacobo Trivulcio, veinticinco si toma los caminos antiguos.

El hermano del dux lanzó una mirada sombría hacia las columnas de humo que se distinguían al otro lado de las murallas y que señalaban el campamento de las fuerzas coaligadas.

—No llegarán a tiempo, señor Navarro —sentenció.

El roncalés no respondió. Se apoyó en la balaustrada de madera del puente de mando y, dirigiéndose a sus subordinados, les ordenó que acometieran las maniobras de atraque y que se prepararan los soldados para el desembarco. Aunque procuró no exteriorizar sus negros pensamientos, compartía el pesimismo del arzobispo de Salerno: sus soldados no serían suficientes para contener el ataque de aquel gran ejército que rodeaba la ciudad.

A lo largo de la mañana, los infantes franceses y gascones que habían arribado al puerto en las embarcaciones de Pedro Navarro fueron ocupando los lugares de la muralla que carecían de defensa y reforzando los entornos de las puertas, que eran los objetivos que la artillería española y pontificia batía con mayor saña. Sin embargo, los sitiados, faltos de alimentos, escasos de municiones y desmoralizados, al saber que el ejército francés no llegaría a Génova antes de quince días, estaban inclinados a volver a solicitar la rendición.

Pero los españoles, italianos y tudescos, escarmentados y sintiéndose engañados por los genoveses, que no respetaron los anteriores acuerdos, optaron por asaltar las murallas y, una mañana, todos los escuadrones de infantería española y papal y los lansquenetes alemanes, una vez sometida la ciudad a un último e intenso bombardeo, se lanzaron, dando desaforados y aterradores gritos, a través de las brechas abiertas en el muro y las destrozadas puertas, con mayor ahínco en la llamada puerta del Arco. Sobre este ingreso de la ciudad concentró su ataque Próspero Colonna, entrando los sitiadores en la atemorizada Génova por varios flancos, robando, violando y saqueando las casas y los palacios de los ricos comerciantes y los nobles.

No había transcurrido media hora del asalto, cuando los generales de los tres ejércitos: Colonna, Pescara, Francisco Sforza, Frundsberg y Jerónimo Adorno se hallaban reunidos en la plaza mayor, delante del palacio ducal, para celebrar consejo y decidir las acciones que habían de llevar a cabo para dominar totalmente Génova y entronizar a alguno de los Adorno. Se acordó que el marqués de Pescara, como general en jefe de la Liga, entrara en el palacio ducal y tomara preso a Octaviano Fregoso. Luego se reunió el Consejo de la ciudad y, siguiendo la vieja máxima de «a rey muerto, rey puesto», eligió como nuevo dux a Antoniotto Adorno.

¿Pero qué le sucedió al general Pedro Navarro que, aun a sabiendas de que su presencia y la de sus hombres no evitarían que la ciudad sucumbiera al ataque de la Liga, había desembarcado en el puerto y ocupado los lugares más peligrosos de la cercana muralla para ayudar a los Fregoso?

Cuando se inició el asalto final de los sitiadores, Pedro Navarro y el gobernador de la ciudad, el arzobispo de Salerno, al frente de unos quinientos hombres, se posicionaron en la explanada que había junto al muelle con la intención de repeler el ataque de los lansquenetes, que llegaban en tropel desde el palacio de San Jorge después de haberlo desvalijado. Viéndose perdidos, el hermano del dux se dirigió a unos faluchos que estaban atracados junto al pretil del muelle y embarcó, con algunos compañeros, en varios de ellos para poder alcanzar las galeras de Andrea Doria, que permanecían fondeadas como a una milla de la ciudad.

Así fue como, cobardemente, el arzobispo y una docena de genoveses lograron escapar de la furia de los españoles y buscar el amparo que les proporcionaba la flota de Doria. Sin embargo, el valiente general de la infantería, no queriendo abandonar a sus hombres a su suerte, permaneció en el muelle combatiendo hasta que un destacamento español, que había acudido en apoyo de los lansquenetes, mandado por el capitán de infantería Juan de Urbina, que había estado a las órdenes del navarro como soldado raso, lo desarmó y le obligó a rendirse.

—¿Sois vos el general Pedro Navarro? —le interrogó el capitán español cuando el bravo roncalés le hizo entrega de la espada que le había regalado en Milán el mariscal Odet de Foix, y que había sido testigo de sus victorias en Novara, Brescia y en la capital del ducado de los Sforza.

—¿No me reconocéis? Aunque algo cambiado por el paso de los años, yo soy. Una presa inesperada la que acabáis de hacer, capitán —le espetó con voz grave el general del ejército francés.

—No creáis que me enorgullezco de haberos tomado preso, señor Pedro Navarro —manifestó el joven soldado de la Liga con emoción—. Hubiera dado uno de mis brazos porque os hallarais combatiendo a nuestro lado y no con los enemigos de España. Pero he de cumplir con mi deber y llevaros preso.

Uno de los soldados intentó atar las manos del roncalés a su espalda, pero Juan de Urbina lo detuvo bruscamente.

—No se ha de amarrar como a un vulgar malhechor, soldado, a quien tanta gloria ha dado a las armas de España —le increpó, al tiempo que ayudaba al general a alzarse del pétreo y húmedo suelo del muelle.

Cuando estuvieron reducidos los soldados franceses que habían quedado con vida, el capitán español dio la orden de encaminarse hacia el palacio ducal, donde sabía que se hallaban reunidos los generales de la Liga.

—Acompañadme, señor Navarro, para que podáis saludar al marqués de Pescara, al que sé que conocéis bien por haber peleado juntos en pasadas guerras.

Y ambos, escoltados por los soldados españoles, se dirigieron a los entornos del palacio ducal, donde Juan de Urbina encontró al general en jefe del ejército de la Liga, el marqués de Pescara.

El marqués no pudo evitar lanzar una exclamación de asombro al contemplar al avejentado general al que no veía desde hacía una década y que, a sus sesenta y dos años de edad, se mostraba altivo y todavía orgulloso, rodeado de una docena de soldados españoles que lo miraban con admiración y respeto.

—¡Conde de Oliveto! —proclamó, llamando a su viejo camarada por el título nobiliario del que ya carecía—. Creí que habíais logrado embarcar en una de las galeras de Andrea Doria.

—¿Acaso no me conocéis? —respondió el roncalés—. No es Pedro Navarro un general que eluda el combate y, menos, que abandone a sus soldados en plena batalla, marqués. El capitán Juan de Urbina puede dar fe de que me batí con valentía y que no entregué mi espada hasta que estuvimos rodeados por un centenar de sus rodeleros y arcabuceros.

El marqués de Pescara se acercó al navarro y, observando que presentaba una herida en un brazo, lo acompañó solícito hasta las gradas de acceso al palacio ducal, donde un cirujano atendía a soldados alemanes y españoles lesionados durante el asalto a la ciudad. En el trayecto le dijo al viejo soldado:

—Me apena veros en este estado, conde, cautivado por quienes tanto os aprecian y os respetan. Pero son los avatares de la guerra: hoy sales victorioso y mañana sufres la más humillante de las derrotas. Hoy estás con los vencedores y mañana con los vencidos.

El cirujano le cauterizó la herida y le vendó el brazo sin que el rostro del navarro se inmutara ni sus ojos dejaran traslucir el dolor que el galeno le producía con el cauterio.

—Tomándome prisionero no hacéis sino cumplir con vuestro deber —manifestó el general cautivo—, pues lucháis por el rey de España y el papa de Roma y a ellos habéis de rendir cuentas. Sin embargo, os pido encarecidamente que me tengáis bajo vuestra jurisdicción y no me entreguéis al rey don Carlos.

—Eso es algo a lo que no me puedo comprometer, conde —respondió el de Pescara—. Los generales españoles os temen y aborrecen tanto como os aprecian los soldados veteranos de los tercios. No renunciará el rey y los muchos enemigos que tenéis en la Corte a tomar la venganza que sus resentidos corazones ansían.

Y con aquellas resolutivas y desesperanzadoras palabras, el marqués de Pescara, profundamente conmovido, dio por acababa la conversación con su antiguo compañero de armas reclamando la presencia del capitán Urbina, al que ordenó que Pedro Navarro y Octaviano Fregoso —que había estado recluido en los sótanos del palacio ducal— fueran conducidos al castillo de Pavía hasta que se decidiera qué hacer con tan relevantes prisioneros.

Cinco jornadas estuvo en el camino la comitiva de Juan de Urbina conduciendo a los dos personajes, que habían sido apresados en la toma de Génova, hasta la ciudad de Pavía, que se encontraba a ciento veinte kilómetros al norte de aquel puerto de la Liguria. Al atardecer del quinto día de marcha se toparon con el río Tesino y el puente cubierto que lo cruzaba para acceder a la ciudad amurallada por la puerta que decían de Génova. Atravesaron la población por calles estrechas y sombrías hasta que fueron a dar con una explanada que precedía al castillo de Pavía, edificado hacía unos ciento cincuenta años por Galeazzo II Visconti como residencia familiar fortificada, que iba a ser provisional encierro del navarro y del destacado miembro de la familia Fregoso caído en desgracia.

El castillo de los Visconti estaba formado por tres crujías de tres plantas cada una y numerosas ventanas ajimezadas de arcos apuntados abiertas en sus muros de piedra. En la parte trasera se localizaba un espacioso y elegante patio de armas rodeado de galerías góticas y, en su lado norte, unos hermosos jardines que se prolongaban más de media milla hasta perderse en el bosque cercano. Dos enormes torres cuadradas situadas a ambos lados de la fachada principal le daban el aspecto de una inexpugnable fortaleza, inexpugnabilidad que era solo ilusoria, pues el gran número de elegantes ventanas, que aportaban luz al interior del edificio, le restaba capacidad defensiva. En sendas mazmorras ubicadas en el sótano del castillo fueron encerrados el general de la infantería francesa y el destronado dux de Génova.

En la soledad de aquella oscura celda se dolió el roncalés de su mala fortuna, pues de haber querido oír el rey don Carlos sus reiteradas peticiones de pasar desde Francia a su servicio, otra sería su situación y más leve la postración y tristeza en la que se encontraba. Pero, como los acontecimientos que condicionan las vidas de los hombres —pensaba en su abatimiento Pedro Navarro— se suceden siempre por azar o por designio del Altísimo y nunca por la voluntad del interesado, nada pueden hacer los humildes mortales para enderezarlos, eludirlos o cambiarlos. Así, se ganan o pierden batallas, se contagian o curan enfermedades, se es corsario o palafrenero, general o reo, labriego o conde sin que se sepa quién decide, en última instancia, el camino a seguir ni qué es lo que hallará al final del sendero.

Fue breve la estancia de Pedro Navarro y de Octaviano Fregoso en el castillo de Pavía. El día 1 de julio del año 1522 fueron trasladados a Génova, acompañados de don Fernando Marín, abad de Nájera, comisario imperial en el ejército español en Lombardía. Allí embarcaron en una galera sutil que los condujo a Nápoles por orden del rey Carlos I.

El temor que angustiaba al roncalés se cumplió y ambos reos pasaron de la jurisdicción atemperada del marqués de Pescara —como no podía ser de otra manera por parte de quien había compartido las alegrías y los sinsabores de la milicia con el navarro— a la del virrey napolitano, que era, a la postre, la del rey de España.

El derrocado dux fue recluido en la isla napolitana de Isquia, en la que murió de pena y privaciones en el año 1525.

A Pedro Navarro lo encarcelaron en prisión perpetua, sin posibilidad de redención, en el Castel Nuovo de Nápoles, la inexpugnable fortaleza que él mismo había conquistado a los franceses empleando las minas explosivas de su invención hacía veintidós años.

XXV
HUÉSPED DE PAULO JOVIO

No fue la reclusión en el Castel Nuovo tan perniciosa e insoportable para el navarro como a primera vista pudiera parecer en un soldado sexagenario, sin expectativa de poder obtener la libertad, sin fiadores de alcurnia y en la indigencia y la penuria económica, pues las únicas pertenencias que portaba le fueron confiscadas tras su apresamiento en el muelle de Génova.

Pero no era Pedro Navarro, curtido por los reveses de la vida, acostumbrado a los sinsabores de la milicia, al dolor producido por las heridas de guerra, a las crueles insidias de sus enemigos y a soportar las penalidades de la prisión, hombre que se doblegara ante las adversidades. Como viejo y experimentado militar se sobreponía con facilidad a las derrotas sufridas en las batallas, al desánimo y a los padecimientos del cuerpo, al hambre y a la sed. Era —escribiría años más tarde su amigo y confidente Paulo Jovio— como el junco que el viento huracanado cimbrea e inclina, pero que al acabar la tempestad vuelve a erguirse y mantenerse erecto mientras que los árboles más recios que lo rodeaban aparecen quebrados y muertos.

Estando convencido de que sería la muerte la llave que, más temprano que tarde, abriría la puerta de su celda poniendo fin a aquella reclusión, se afanó, a las pocas semanas de estar preso, en redactar sus memorias para dejar testimonio escrito de las numerosas hazañas, gestas y victoriosas campañas que había protagonizado a lo largo de su vida y de sus relevantes invenciones militares. Deseaba que las futuras generaciones supieran de su azarosa existencia y de su sobresaliente y sorprendente carrera militar por las tierras de Italia y los mares de África. Y en esa ardua labor, facilitada por los útiles de escritura que le proporcionaron sus carceleros, estuvo atareado el anciano militar con la esperanza de que la insobornable parca le concediera el tiempo suficiente para que pudiera acabar el relato de su vida.

Entretanto, en Roma, el embajador de España, don Juan Manuel de Villena, cuando tuvo noticias del apresamiento de Pedro Navarro, procedió a enviar una emotiva carta al rey don Carlos en la que, en primer lugar, le exponía los motivos que le movían a interceder por aquel militar con el que había mantenido tan buenas relaciones de amistad. Le decía que había llegado a apreciarlo por su prestigio ganado en el campo de batalla como general de la infantería y por sus valores como persona sincera y de fiar, siempre dispuesta a servir a España, aunque los avatares de la vida le habían impedido que acabara su carrera militar en las filas del ejército español.

Luego, le decía al rey de España y emperador de Alemania en dicha misiva que, con el debido respeto y por el amor que profesaba al que había ostentado con honra el título de conde de Oliveto, le recomendaba que, por interés suyo y en beneficio del reino, debía ordenar que dejaran en libertad a Pedro Navarro y que le diera el mando de unas carracas o un escuadrón de infantería, a sabiendas de que le serviría con lealtad, puesto que ese era el deseo de tan prestigioso militar, ya que no era un secreto que el rey de Francia no pagaría rescate alguno por él y que ningún potentado de Castilla o de Aragón alzaría la voz ni movería un dedo en defensa de un anciano sin linaje ni riquezas que se consumía en un castillo del reino de Nápoles.

Para expresar ante el rey su apoyo incondicional y su estima por Pedro Navarro, el embajador de España, al final de su sincera, valiente y extensa misiva, le decía que no habiéndolo rescatado el rey don Fernando, su abuelo, cuando estaba encerrado injustamente en Loches, se vio en la humana necesidad de servir al rey de Francia, no por desamor a su tierra y a su rey, sino para escapar de una reclusión cruel e innecesaria. «De más justicia será —le exponía, al final de la carta, a don Carlos— que sirva a vuestra majestad antes de que los sufrimientos de la prisión y los achaques de la vejez lo conduzcan inexorablemente a la muerte».

No obstante, las cordiales palabras del embajador, expuestas con tanta vehemencia como osadía en la carta que envió al rey solicitando la libertad del roncalés y su readmisión en el ejército del emperador, no fueron oídas por el joven e inexperto soberano, ocupado en otros graves asuntos y rodeado de una cohorte de consejeros ambiciosos y aduladores que no miraban más que por sus propios intereses.

Pero no solo el embajador de España en Roma elevó al rey don Carlos peticiones de libertad para Pedro Navarro, sino que otros relevantes personajes de la Iglesia y de la milicia solicitaron al emperador la liberación del anciano general que sufría reclusión perpetua en la cárcel napolitana. Entre ellos destacó, por la alta dignidad y el poder que ostentaba, Felipe Villiers, gran maestre de la Orden de los Caballeros de San Juan, que envió a uno de sus comendadores a Alemania —donde se hallaba el rey don Carlos— con una carta que decía lo siguiente: «Muy alto y magnífico señor don Carlos, emperador del Sacro Imperio Romano-Germánico y rey de romanos. Os escribo esta carta desde la isla de Rodas, que desde hace tres meses está siendo asediada por los perversos turcos, enemigos de la cristiandad, con todo su poder naval y terrestre, para solicitar de vuestra egregia persona socorro urgente en hombres y vituallas con que pueda yo y los caballeros de la orden mantener esta tierra del lado de la verdadera fe y que no sea hollada por la perfidia de los heréticos mahometanos. Si vuestra majestad tiene a bien acceder a mi petición y enviar la ayuda solicitada, se podrá descercar la fortaleza y salvar a los esforzados caballeros de la orden de una muerte cierta. Os pido encarecidamente que me enviéis socorro de galeras y hombres bajo el mando del general Pedro Navarro, que ahora tenéis en prisión en la ciudad de Nápoles, en la creencia de que, con su pericia en los asaltos y conquistas de fortalezas y sus resonantes victorias alcanzadas en el mar y en tierra, logre descercar Rodas y vencer a los mahometanos que la tienen cercada como el collar rodea el cuello virgen de una dama. Es merced que espero obtener de vuestra majestad. Dada en la isla de Rodas a 23 de septiembre del año del Señor de 1522. Felipe

Villiers de l'Isle-Adam, gran maestre de la Orden de los Caballeros de San Juan de Jerusalén».

La ayuda del emperador no llegaría nunca a Rodas y la petición del gran maestre de poder contar con la colaboración de Pedro Navarro para vencer a los turcos no se hizo realidad para desgracia del roncalés, que hubiera podido volver con honor a la vida militar.

El 1 de enero del año 1523, superados los sitiados por el poderío otomano, Felipe Villiers abandonaba en secreto Rodas, dejando la isla en manos de Solimán el Magnífico. En las cancillerías europeas se culpaba al rey de Francia, Francisco I, de la pérdida de Rodas y de la hegemonía marítima alcanzada por los turcos, por apoyar rebeliones y guerras allí donde podía dañar los intereses del emperador don Carlos, impidiendo la eficaz defensa de la cristiandad frente a su verdadero enemigo, que era el islam.

Los años fueron transcurriendo sin que las peticiones que llegaban al rey de España hicieran mella en la recia y tozuda personalidad del monarca flamenco, que parecía querer vengar en Pedro Navarro un deshonor que solo en su pensamiento y en los que le rodeaban existía. Si el cautiverio sufrido en Loches había sido lacerante por el injusto olvido de su rey, la reclusión en el Castel Nuovo de Nápoles, el reino que él había ayudado a ganar a los franceses, era más dolorosa y triste porque, a sus sesenta y dos años, pensaba que sería aquella su última morada en este mundo.

Cierto era que en el castillo francés nunca perdió la esperanza de que alguien pagara los veinte mil ducados de su rescate o que la diplomacia interviniera para poder negociar y obtener su libertad. Sin embargo, en el castillo de Nápoles, pobre, olvidado por todos, despreciado por españoles y franceses y condenado a prisión perpetua, nada existía en su vida de recluso que le proporcionara el más leve atisbo de esperanza.

En Loches estuvo Pedro Navarro recluido casi tres años, hasta que tomó la resolución de ponerse al servicio del rey de Francia. En el Castel Nuovo permanecería algo menos de cuatro, hasta enero de 1526, hundido, sin esperanza, sufriendo los primeros embates de la temida vejez, solo reconfortado por la redacción de sus memorias, que le proporcionaban una libertad ficticia, pero gozosa cuando, en la soledad de su celda, rememoraba las aventuras vividas en los mares de Vizcaya, las minas excavadas en las fortalezas enemigas que luego se derrumbaban como endebles castillos de naipes, las victorias alcanzadas en África e Italia y los grandes personajes con los que intimó, como el rey don Fernando, el Gran Capitán, el cardenal Cisneros, el desdichado duque de Alba, el papa León X, el bondadoso cardenal Juan de Aragón, el marqués de Cotrón y su amable esposa y tantos otros que le ofrecieron su amistad y le mostraron su respeto.

Pero cuando ya había perdido toda esperanza de ver alguna vez la luz fuera de los muros ciclópeos de aquel castillo que un día logró demoler y conquistar, un acontecimiento inesperado vino a cambiar de un golpe el rumbo de su negro porvenir, renaciendo en su alma el deseo de vivir y de iniciar una nueva etapa de su existencia vinculada al viejo oficio de las armas.

Una fría mañana del mes de febrero, el capitán de la guardia de Castel Nuovo, acompañado de dos carceleros, se desplazó a la celda, donde penaba su encierro sin esperanza de redención Pedro Navarro, portando en sus manos un documento del que pendía una cinta blanca con algunos restos del lacre que había servido para sellarlo. Con gesto displicente descorrió el enmohecido cerrojo de la mazmorra y, después de entrar en la oscura estancia, dijo en un tono que quería ser amable:

—Pedro Navarro, condenado por su majestad el rey a reclusión perpetua en esta fortaleza de Castel Nuovo, cuya gobernación me ha sido confiada. En el día de ayer recibí esta real provisión dirigida a todos los alcaides de los castillos, que son prisión de la monarquía, de los reinos de Aragón, Castilla, Sicilia y Nápoles, cuyo contenido procedo a leer por atañer a vuestra condición de recluso: «A todos los alcaides y gobernadores de los castillos y fortalezas de mis reinos de Castilla, Aragón, Sicilia y Nápoles. Salud y gracia. Sepan que con fecha del 14 de enero del presente año de 1526 ha sido concordada paz y avenencia entre estos reinos y el reino de Francia, cuyas negociaciones han concluido en Madrid, villa en la que se ha firmado el tratado de paz que ha de regir en adelante las relaciones entre ambos reinos, una de cuyas cláusulas estipula que todos los prisioneros que se hallen en cualquiera de estos reinos por causas de las guerras, capturados en el mar o en la tierra, serán liberados dentro de los quince ·días primeros del mes de febrero del presente año sin pagar rescate alguno, con la única condición de que han de volver al servicio del señor al que servían en el momento de su apresamiento. Dada en la villa de Madrid a 14 días del mes de enero del año 1526. Yo, el rey».

El roncalés, que se hallaba sentado sobre el ajado jergón, estaba confuso y sin dar crédito a lo que oía. Lo uno, porque después de soportar penosa reclusión durante tres años y ocho meses, pensaba, con razón, que no saldría con vida del interior de aquellos muros; lo otro, porque no había señor en este mundo que lo reclamara y lo recibiera como su servidor.

—Capitán —balbuceó el viejo y avezado militar—; ciertamente es una noticia inesperada y gozosa la que me traéis, pero habréis de reconocer que tardía, porque ¿quién va a tomar como servidor a un anciano sin patria ni rey, olvidado por aquellos que una vez fueron sus compañeros de armas, perseguido y odiado por los españoles e ignorado y despreciado por los franceses?

El capitán de la guardia no pudo ocultar la pena que le producía el justificado lamento de aquel anciano, que él creía que se hallaba cerca de la muerte por lo desmejorado y decaído que se encontraba.

—Lo que hagáis con vuestra vida a partir de ahora, señor Navarro —manifestó el gobernador de Castel Nuovo—, es cosa vuestra que solo a vos compete. Yo cumplo con mi deber abriendo las puertas de vuestra celda por orden del rey y dándoos la libertad que os teníamos arrebatada.

Era mediodía del 11 de febrero del año 1526 cuando Pedro Navarro, con la barba desordenada, el pelo largo y adornado con mechones grisáceos, una extrema delgadez —producto de la insuficiente alimentación recibida y los sufrimientos padecidos—, vestido con los deslucidos ropajes que el capellán de la prisión le había proporcionado, sin un real en la faltriquera y llevando colgado al hombro un viejo zurrón en el que guardaba el manuscrito con la parte de sus memorias que había logrado redactar, abandonó Castel Nuovo por la puerta triunfal que edificara el escultor dálmata Francesco Laurana.

Cuando el roncalés franqueó la historiada y monumental puerta y comenzó a deambular sin rumbo por las calles de Nápoles, se encontró con una ciudad desconocida. Los edificios, las calles y plazas eran los mismos que contemplara veintitrés años atrás, cuando las recorrió a caballo como conquistador indiscutible y admirado por todos, pero la gente que caminaba por ellas eran diferentes; los mercados al aire libre más bulliciosos y mejor surtidos de productos y las lonjas e iglesias más frecuentadas por ricos comerciantes y mercaderes lujosamente vestidos que parloteaban y gesticulaban sin comedimiento, con la seguridad que da el tener las arcas repletas de ducados.

En cambio, el humilde barrio portuario y sus pobladores no habían sufrido cambios significativos en sus años de ausencia: se veían los mismos truhanes frecuentando los bodegones y los lupanares, la misma caterva de soldados licenciados emborrachándose en las cantinas a la espera de que algún condotiero los contratara, los mismos pobres de solemnidad mendigando la sopa boba en las puertas de los conventos.

Como carecía de ropa de abrigo y de dinero y no podía recurrir a ningún conocido después de más de dos décadas de ausencia, pensó que, dada su precaria situación, sería un buen lugar para recalar, antes de que cayera la noche sobre Nápoles, alguno de los conventos de la ciudad.

Al atardecer se encaminó al convento de Santo Domingo, que se encontraba en una de las zonas más populosas de Nápoles, con la idea de que los frailes se apiadaran de él, le dieran hospedaje y le proporcionaran un plato de comida caliente. Golpeó la campanilla que colgaba de una de las jambas de la puerta y esperó a que apareciera alguno de los monjes al que poder revelar quién era aquel mísero personaje que acudía a su casa conventual a deshora y con qué propósito.

—¿Qué deseas, pordiosero? —le espetó el hermano portero que, a duras penas, había podido correr el cerrojo y abrir un postigo en una de las grandes hojas de la puerta.

—Aunque por mi apariencia os parezca un mendigo —respondió el navarro—, debéis saber que soy persona de fama que una vez se enseñoreó de esta ciudad.

El portero, un joven novicio que aún no había nacido cuando el roncalés expugnó Castel Nuovo a los franceses, puso cara de asombro y una indescriptible expresión de incredulidad.

—Mi nombre es Pedro Navarro —continuó diciendo— y, aunque no lo creáis, he sido general del ejército español y también almirante y conde.

El portero debió de creer que se hallaba ante un indigente que había perdido la razón y pensó que lo mejor sería expulsarlo del convento antes de que protagonizara algún altercado. Pedro Navarro, viendo que el novicio se disponía a sacarlo del edificio sin atender a sus razones, lo detuvo diciendo:

—Aguardad, hermano. No es mi intención iniciar una controversia sobre mi pasado, sino que me oigáis y me deis asilo. Decidle al prior que le estaría muy agradecido si me recibiera y atendiera las súplicas de este buen cristiano que está en gran necesidad.

El joven aprendiz de fraile dudó durante unos instantes. Luego desapareció por una puerta que daba al claustro de la iglesia conventual, dejando a Pedro Navarro en el zaguán del monasterio, en una de cuyas paredes se podía ver un óleo, de no muy buena factura, de santo Domingo de Guzmán de tamaño mayor que el natural. Al cabo de un rato apareció el novicio con la misma expresión de incredulidad reflejada en su imberbe rostro. No le cupo duda al sexagenario militar de que, para aquel jovenzuelo napolitano, el tal Pedro Navarro era tan desconocido y extraño como el general en jefe de los jenízaros de la Sublime Puerta. Sobreponiéndose al temor de estar introduciendo en el convento a un indigente enajenado, pero obedeciendo fielmente las órdenes del superior del monasterio, le permitió acceder al interior del edificio.

—Pasad, señor Navarro. El prior os espera —dijo, sin estar convencido de que hacía lo correcto.

El prior del convento de los dominicos de Nápoles era un calabrés tan viejo como Pedro Navarro que había sido testigo privilegiado de los sucesos acaecidos en la ciudad en los últimos cuarenta años, incluida la toma de la misma por los españoles entre la primavera y el verano de 1503. Su nombre era Doménico de Cosenza. Recibió al roncalés en un despacho repleto de libros, en la planta baja del edificio conventual.

—¡Pedro Navarro! ¡Pedro Navarro! —exclamó, ajustándose las lentes que cabalgaban sobre su nariz aguileña para ver mejor al avejentado personaje que tenía delante, al tiempo que le ofrecía un asiento que tenía para recibir a las visitas—. ¡Válgame Dios si no sois el famoso capitán general de la infantería que expulsó a los franceses de Nápoles y que penaba larga reclusión en el Castel Nuovo! Mi nombre es Doménico de Cosenza —continuó diciendo— y os conozco desde que, en la toma de Nápoles, asistí en el hospital que improvisamos en el claustro del convento a vuestros soldados heridos en los combates.

—Soy el que decís, hermano prior —manifestó el anciano soldado—. Aquel bravo capitán que un día fue aclamado por los napolitanos como libertador cuando desmoronó los muros de Castel Nuovo y de Castel dell'Ovo, aunque más viejo y achacoso por las penalidades sufridas en reclusión.

—Verdad es que nadie reconocería en vuestra lacerada figura al indómito y recio soldado que una vez recorrió estas calles. Pero dejad correr los días, señor Navarro, y pronto recuperaréis las fuerzas y las ganas de vivir.

—No creáis, fray Doménico, que la prisión ha vencido a este viejo militar —proclamó—. No han de pasar muchos meses sin que vuelva a empuñar la espada y a mandar los aguerridos escuadrones de infantería. Para ese oficio nací y en esa labor pienso morir.

El dominico sonrió creyendo que aquellas palabras eran producto de la mente senil de un anciano que añoraba sus pasados días de gloria, pero que ya se hallaba en la pendiente final de su existencia. No podía imaginar que, al cabo de medio año, aquel testarudo anciano estaría al mando de una flota de galeras surcando los mares.

—Intuyo que acabáis de abandonar la prisión y que volvéis a gozar de la libertad que hace años os quitaron, aunque aún estáis aturdido y sin saber qué camino tomar —le espetó el prior—. ¿Acaso pensáis que en este convento hallaréis la paz que vuestra alma ansía encontrar?

—No es la vida monacal, buen prior, lo que el alma de este viejo cristiano, que no ha dejado de cumplir los mandamientos de Dios y los sagrados preceptos de la santa madre Iglesia ni en los momentos de mayor soledad y padecimiento, desea, sino incorporarse a la vida militar, bien sea al servicio de España, de Francia o del papa. Pero, como bien habéis dicho, he de esperar que la naturaleza haga su trabajo y pueda recuperar las fuerzas que me faltan. El propósito de mi visita es pediros que me deis hospedaje, cama y comida hasta que pueda viajar a Roma, donde aún tengo buenos e incondicionales amigos que me socorrerán.

—Es petición a la que, como hijo de Dios y benefactor de esta ciudad, no me puedo negar —respondió con dulzura fray Doménico—. Si con esplendidez damos hospedaje y proveemos de alimentos a los indigentes de Nápoles, con más razón habremos de acoger, por amor de Dios, a quien tanto hizo por la cristiandad, aunque ahora se encuentre en lo más bajo y sin blanca. Podéis albergaros en este convento y comer de la humilde pitanza que cada día nos ofrece el hermano cocinero el tiempo que deseéis. En cuanto a lo de viajar a Roma, estáis de suerte, Pedro Navarro: pasados veinte días se celebra el capítulo general de la orden en la Ciudad Santa y a ella debo dirigirme en compañía de unos mercaderes y del prior del convento de Salerno. En mi carroza podréis viajar, pues si hay sitio para dos dominicos, también lo puede haber para un tercer cristiano.

El 2 de marzo del año 1526, acompañando al padre prior y a otro superior dominico del cercano convento de Salerno, partió Pedro Navarro en un carruaje tirado por cuatro caballos, tan pobre y desvalido como el día que abandonó Castel Nuovo, pero reconfortado y satisfecho con el trato amable y generoso que le habían dispensado los dominicos y con la esperanza de encontrar un alma caritativa que le ayudara a superar su miserable estado de indigencia.

El propósito del perseverante roncalés era acogerse a la hospitalidad de Paulo Jovio, sacerdote, médico y literato de renombre al que conoció en 1520 por mediación de su amigo Juan de Médici —papa, como se ha dicho, con el nombre de León X—, residente en Roma, en cuya universidad ostentaba las cátedras de filosofía moral y natural, con el que había intimado y mantenido una frecuente y fraternal correspondencia. El bondadoso sacerdote no solo lo amaba y respetaba por su fidelidad a la religión y defensa de los valores cristianos, sino porque estaba escribiendo una magna obra sobre los personajes más relevantes de la Italia de su tiempo y Pedro Navarro, conquistador de fortalezas italianas y de presidios africanos, inventor de las minas explosivas, corsario famoso y vencedor de turcos y franceses, no podía faltar en tan prestigioso elenco de personalidades. Pensaba el navarro que no se negaría Paulo Jovio a darle hospitalidad por caridad cristiana en su casa romana, a sabiendas de que lo compensaría suficientemente con el relato veraz de sus gestas y la entrega de las memorias que ya tenía redactadas en parte.

Y, mientras conversaban el sobresaliente militar y el ingenioso literato de los hechos más destacados de su vida, él se recuperaría de las flaquezas del cuerpo y de los estragos que la prolongada reclusión había ocasionado a su alma y se preparaba para emprender una nueva etapa de su carrera en el oficio de las armas.

El 12 de marzo, con el crepúsculo, diez días después de haber salido de Nápoles, avistaban el río Tíber, las murallas de Roma y el soberbio castillo de Sant'Angelo. Pernoctaron los mercaderes y los frailes en un llano, como a media milla de la puerta de la antigua vía Apia, que permanecía cerrada desde el anochecer hasta el alba para impedir el paso de gente pendenciera o enemigos del papa que aprovechaban la oscuridad de la noche. Con las primeras luces del día entraron en Roma y, una vez que hubieron llegado al Campo de Marte, el roncalés se despidió de los dos frailes, agradeciendo a fray Doménico las atenciones que había recibido de los caritativos frailes dominicos del convento napolitano.

No fue una tarea dificultosa para Pedro Navarro hallar la casa-palacio de Paulo Jovio. No tuvo más que proclamar su nombre y su empleo en el Palacio Pontificio en uno de los bulliciosos mercados de la ciudad para que un joven estudiante lo condujera hasta la mansión del sacerdote-cirujano, pues, además de desempeñar las cátedras de filosofía en la universidad romana, era médico personal del papa Clemente VII.

Paulo Jovio no se hallaba en su casa, según le informó un criado que acudió a abrir la puerta de la mansión. Se encontraba en la universidad impartiendo una de sus clases magistrales. El navarro pasó el resto de la mañana en las afueras de Roma buscando un cuartel donde le dijeron que mandaba uno de los Colonna, pero cuando accedió al campamento militar supo que Próspero Colonna se hallaba en Bolonia con el ejército pontificio y que no se esperaba su regreso hasta los primeros días de abril.

Era mediodía cuando el navarro se encontró con su amigo, el erudito y prestigioso sacerdote.

—¿Eres tú, Pedro Navarro? ¡Cuánto has cambiado! ¡Casi no te reconozco! —exclamó el filósofo cuando se apeó del carruaje que lo había trasladado desde la universidad hasta su mansión después de mirar detenidamente al roncalés—. Sabía de tu excarcelación, pero no pensaba encontrarte en Roma y, menos, tan ajado.

El roncalés abrazó a su amigo con emoción, derramando unas lágrimas y, a continuación, este lo tomó del brazo y lo condujo al interior de la casa.

—Es cierto que estoy muy ajado, amigo mío, pero la vejez no ha sido capaz de mermar mi fuerza y mis ganas de vivir —manifestó el roncalés—. Cuando abandoné Castel Nuovo me acogí a la hospitalidad de los frailes dominicos de Nápoles. En su convento y por su generosidad me hospedé hasta que he podido viajar a la ciudad de los papas y encontrarte. En una ocasión me dijiste que si la rueda de la fortuna me era alguna vez adversa, podría contar con tu ayuda. Ese momento ha llegado, buen Paulo Jovio, eximio filósofo y escritor. Estoy en la indigencia y sin poder acogerme a ninguno de mis antiguos señores. ¿Me darás cobijo en esta casa hasta que pueda volver a ejercer la carrera militar?

Paulo Jovio y el navarro accedieron a una sala amplia que parecía, y era, el gabinete privado de un filósofo. En sus paredes se veían varios óleos de estilo italiano, un tapiz que debía de ser otomano y, en un rincón, junto a una lujosa librería, una estatua de mármol blanco que representaba a la diosa Diana cazadora. Una gran ventana, flanqueada por dos columnas con capiteles compuestos, comunicaba la sala con el jardín del palacio, en cuyo centro tintineaba el agua de una fuente.

—Pedro Navarro —dijo con afabilidad el clérigo—: es mi deber como padre de la Iglesia el auxiliarte, pero si no fuera por caridad cristiana, sería por amistad y para beneficio de mi alma el dejarte vivir en mi casa, porque más porción del paraíso gana quien ayuda a un menesteroso que quien reza cien padrenuestros. Puedes vivir entre estas cuatro paredes, tomar las viandas que yo tomo, dormir en la habitación que tengo reservada para los invitados, entrar y salir sin reparo ninguno del edificio y conversar conmigo, si te place, hasta que el Altísimo lo tenga concertado y puedas incorporarte al servicio de algún señor, condotiero o general que requiera la colaboración de quien tantos conocimientos militares atesora.

Pedro Navarro se hospedó, durante los siguientes cuatro meses, en el domicilio de Paulo Jovio. Con el descanso, los frecuentes paseos por el Campo de Marte y el Quirinal, la buena pitanza, algunos ejercicios de esgrima con un joven criado que esperaba llegar a capitán de rodeleros, y la tranquilidad de saber que el futuro se presentaba menos aciago que cuando salió de la prisión, la salud y el vigor del roncalés mejoraban y su ánimo se recuperaba de la amargura y la tristeza producidas por los años de reclusión.

En las cálidas tardes de primavera, el navarro y su anfitrión se sentaban en un banco que había en el jardín, debajo de una pérgola que sostenía un rosal trepador, y entablaban acaloradas conversiones en las que el roncalés se interesaba por los acontecimientos que acaecían en España, Francia, Milán y el papado, con la esperanza de que el delicado equilibrio existente entre los distintos reinos y el Imperio se rompiera algún día y propiciara el enfrentamiento bélico que le permitiera a él volver a ejercer el ansiado ejercicio de las armas. En cambio, al literato Jovio le interesaba que la charla tomara derroteros que llevaran a su huésped a relatarle las mil aventuras y las gestas increíbles que había protagonizado en los mares y las tierras de África y en los castigados campos de Italia.

En una de aquellas intensas y variadas conversaciones, que tuvo lugar a principios del mes de mayo, Paulo Jovio le dijo, mientras bebían un excelente vino del valle del Po:

—Querido amigo: aunque veo que tu cuerpo está cada día más fuerte y tus miembros han recuperado parte de la agilidad y la forta-leza que tuvieron antaño, percibo un aire de tristeza en tu semblante que no sabría a qué atribuir. ¿Acaso no estás satisfecho con el trato que te dispenso, o es algún mal del espíritu el que te tiene afligido?

—No padezco ninguna dolencia del espíritu —respondió el roncalés—, sino que es la holganza una ocupación que aborrezco y mi alma lo expresa con la melancolía y la tristeza. Y en cuanto a tu generoso trato, no puedo sino reconocer que a él debo la mejoría de mi salud. Pero si algo me causa desazón es que pueda yo abandonar este mundo sin que quede constancia de mis hazañas y permanezca para siempre en el olvido el hecho de que una vez existió un navarro que alcanzó tanta fama y tanta gloria.

—No ha de suceder lo que temes, Pedro Navarro —terció el médico-filósofo esbozando una sonrisa—. Hace varios años que hago pesquisas de los sucesos relevantes que han protagonizado algunos caballeros que descollaron en las tierras italianas: arquitectos, pintores o filósofos. Pero son los hombres de armas los que, por haber modelado con su esfuerzo los reinos y los imperios, más atraen mi atención y, entre ellos, no se puede negar que ocupas un lugar privilegiado.

—Me honras con tan obsequiosas palabras —reconoció el navarro—. Pero si es conocer mis gestas y aventuras lo que deseas para ponerlas por escrito y que los tiempos futuros sepan de ellas, en mi zurrón traje una parte de mis memorias escritas en la cárcel por la liberalidad de mis carceleros. Te las entregaré para que, así, tengas menos que rebuscar y puedas escribir con verdad y sin ocultaciones ni fraudes los hechos que este soldado sin patria ni rey ha protagonizado.

—¡Haré buen uso de ellas, no te quepa duda, amigo mío! —exclamó el sacerdote—. Las futuras generaciones no podrán alegar ignorancia sobre las empresas que emprendiste y las victorias que alcanzaste, pues estarán todas ellas redactadas en la lengua de la Toscana y publicadas, si Dios quiere.

—Sin embargo, has de saber que no acaban los hechos memorables de Pedro Navarro con las noticias que hallarás en estos pliegos. Reserva algunos capítulos para lo que aún me queda por vivir que, intuyo, será tan rico en aventuras como lo vivido hasta ahora.

Convertido en biógrafo de Pedro Navarro a petición del roncalés, este sobresaliente literato, médico, filósofo e historiador fue nombrado, dos años más tarde, por el papa Clemente VII, obispo de Nocera, población situada en la región napolitana.

A la semana siguiente, mientras degustaban unas viandas en el comedor del palacio, Pedro Navarro expuso a Paulo Jovio su deseo de que este diseñara y pasara al papel un emblema, y la divisa que lo habría de enmarcar, que expresara gráficamente lo que había representado su vida en la historia de las armas.

—Querido Paulo Jovio —manifestó el roncalés mientras trinchaba un muslo de oca que la cocinera había preparado con miel y dátiles—, como conde de Oliveto que fui, aunque ya no lo soy porque me quitó el título el rey don Fernando de Aragón, a quien Dios haya perdonado, tuve escudo de armas. Ahora te pido que elabores un emblema que exprese y simbolice lo que he sido en la vida y una divisa que, en una frase, condense mis hazañas.

Paulo Jovio, aunque no quedó totalmente satisfecho de los acontecimientos en los que había participado en el pasado que le proporcionó su amigo y huésped —especialmente de su oscura etapa como pirata—, estuvo trabajando varios días en el diseño de aquel atípico escudo de armas, al cabo de los cuales le presentó un dibujo en un pergamino con un emblema que consistía en dos avestruces empollando sus huevos con unos rayos salidos de sus ojos y un mote por encima de las dos aves en latín que decía: *Diversa ab aliis virtute valemus*, que en la lengua de Castilla significa: «Nos servimos de un poder diferente al de los demás».

—Este emblema quiere representar —le dijo su diseñador a Pedro Navarro— que tu inteligencia se fecundó a sí misma, desarrollando la capacidad de gestar invenciones, como las minas explosivas y los puentes para salvar los fosos de las fortalezas, sin tener que recurrir a influencias de otros, y de plantear las batallas de manera novedosa. Los huevos significan las minas explosivas. Como los pollos salen de ellos de dentro afuera, destrozando con sus picos la cáscara, los artificios explosivos que inventaste emergen con su poder destructivo del interior de la tierra para demoler los muros de los castillos. Además, he dibujado dos avestruces empollando los huevos, porque son aves africanas, lugar en el que tú alcanzaste grandes victorias.

Pedro Navarro tomó el pergamino con el dibujo del emblema y expresó su satisfacción con una amplia sonrisa.

—Paulo Jovio, amigo mío —dijo, sin apartar la mirada del par de avestruces coloreadas y sus huevos en fecundación—, no podías haber expresado con más acierto lo que ha representado mi azarosa vida militar.

La plácida existencia del navarro, como privilegiado huésped de uno de los más destacados servidores del pontífice, se prolongó durante varios meses en el lujoso palacio romano de su hospitalario amigo, recuperando las perdidas fuerzas y conversando, cuando tenían ocasión, con su amable anfitrión. Hasta que el 21 de mayo del año 1526 el rey Francisco I, el papa y los duques de Milán y Venecia tomaron una trascendental resolución que iba a trastocar la vida atemperada y palaciega del anciano recluso de Castel Nuovo en la mansión de Paulo Jovio.

XXVI
EL BLOQUEO DE GÉNOVA Y LA NUEVA GUERRA EN ITALIA

El tratado de Madrid, que parecía iba a proporcionar a la mortificada Europa un largo período de paz, quedó pronto en agua de borrajas.

Los vientos de guerra soplaron de nuevo, con inusitada fuerza, en los campos y mares de Italia, Francia y España. Francisco I, que había sido hecho prisionero por el emperador en la famosa batalla de Pavía en el mes de febrero de 1525 y sufrido humillante prisión en el alcázar de los Austrias de Madrid, una vez en libertad y con el propósito de poner freno al enorme poder que estaba adquiriendo el rey Carlos I de España y V de Alemania, movió los hilos de la diplomacia azuzado por su orgullo herido y el deseo de venganza. El 21 de mayo de 1526, en la ciudad de Cognac, acordó la creación de una nueva Liga contra el emperador en coalición con el papa Clemente VII, el duque de Milán y el dogo de Venecia.

Como se ha referido, el sexagenario Pedro Navarro, recuperadas las fuerzas físicas y reafirmada su voluntad de incorporarse a la carrera militar, creyó que no podía desaprovechar una oportunidad como aquella para reverdecer los laureles de la gloria pasada y, por intercesión de su amigo Paulo Jovio, tan cercano al pontífice por su condición de ser su médico personal, y el propio papa, declaradamente contrario a España y a los intereses del emperador, fue reclamado por el soberano francés para que se presentara en París y se uniera a los ejércitos de aquella Liga.

No se puede olvidar, para entender los hechos que el roncalés iba a protagonizar en los dos años siguientes al servicio de Francisco I, que el filósofo y médico, que tan bondadosamente lo había tratado, era cronista a sueldo del rey de Francia, autor de obras laudatorias sobre su persona, y que, como tal, gozaba de la consideración y la amistad del soberano galo. Pero fuera por las influencias de Paulo Jovio, por la intervención de Clemente VII o por la valía personal del navarro, lo cierto es que en el mes de junio de 1526 Francisco I nombró almirante de la escuadra a Pedro Navarro, probablemente desoyendo a personajes principales de la Corte, que no entendían que su rey nombrara almirante —uno de los más destacados cargos militares del reino— a un anciano de dudosa lealtad, que acababa de abandonar una larga y penosa reclusión, habiendo tantos preclaros nobles franceses de alta cuna que estarían dispuestos, con más méritos y juventud, a dirigir por mar la guerra contra el emperador.

Numerosos eran sus viejos compañeros de armas que no alcanzaban su avanzada edad que habían fallecido o se hallaban retirados en conventos o casas de asistencia, quebrantados por los achaques de la vejez y olvidados por todos —pensaba el obstinado roncalés—, pero él, gozando aún de buena salud y fuerza física, no dudaba en ponerse a sus sesenta y seis años al frente de un gran ejército para hacer la guerra al más poderoso señor que hubiera pisado nunca los campos de Europa y que lo había mantenido en prisión más de tres años.

Como almirante, el rey de Francia le dio el mando de una escuadra constituida por diecisiete galeras que habían de unirse a las catorce venecianas y seis pontificias mandadas por el prestigioso almirante Andrea Doria, que debían navegar hasta el mar de Liguria para bloquear el puerto de Génova y, si se presentaba la ocasión, combatir con la flota española. El mando de la escuadra aliada recaía sobre él como almirante de las embarcaciones de Francia, más numerosas y mejor dotadas de hombres y de artillería que las venecianas y papales.

A mediados de agosto zarpó la escuadra francesa del puerto de Marsella con destino al golfo de Génova, ciudad que, gobernada por los Adorno desde que la conquistaron los españoles hacía cuatro años, era uno de los objetivos militares de aquella guerra. La escuadra de la Liga, llamada Santísima y, también, Sagrada, debía impedir que entraran víveres y armas en la ciudad por mar y obligar al dux a capitular.

Lo primero que hizo la flota de Pedro Navarro fue tomar la ciudad portuaria de Savona, situada en el litoral, al oeste de Génova, y fortificarla para convertirla en base de las operaciones navales que la escuadra de la Liga debía realizar en los entornos de la ciudad de los Adorno y los Fregoso.

Unos días más tarde de que Pedro Navarro hubiera tomado Savona y reforzado sus murallas, llegaron las galeras venecianas y pontificias. Se celebró un consejo de guerra a bordo de la galera capitana de la escuadra francesa, en el que se tomó el acuerdo de bloquear la capital ligur para que no pudiera ser abastecida.

Mientras que se acometía el despliegue de los navíos frente al puerto —los de Andrea Doria a la derecha de la formación, los de Pedro Navarro en el centro y los del almirante de Venecia a la izquierda—, por la mente del roncalés cruzó fugazmente la escena que tantas veces le había atormentado en los años de reclusión: el muelle de Génova colmado de cuerpos ensangrentados, sus soldados acosados por escuadrones de lansquenetes y él abatido y prisionero de Juan de Urbina.

Ahora se le presentaba la oportunidad de desquitarse de aquella derrota y triunfar donde cuatro años antes había fracasado —pensó, mientras observaba las maniobras de los marineros en la cubierta de su galera—. Entrar en Génova, derrocar a Antoniotto Adorno y poner en su lugar como dux a uno de los Fregoso amigos de Francia era la relevante misión que debía realizar para agradecer a Francisco I su nombramiento como almirante.

Sin embargo, como no era lerdo, sino un experimentado militar que conocía todos los secretos de la guerra y la capacidad ofensiva de los ejércitos, sabía que la Liga tenía muy pocas posibilidades de salir vencedora en aquel conflicto, pues se enfrentaban a un rey poderoso que había logrado reunir bajo su cetro a media Europa y convocar ejércitos inagotables en hombres y medios. Debía, por tanto, conformarse con colaborar en la conquista de Génova para entronizar en la ciudad a uno de los Fregosos o, quizás, enfrentarse a la escuadra que, según sus espías, estaba reuniendo el emperador en Cartagena para acudir en ayuda de los genoveses sin esperar combatir en batallas campales ni lograr relevantes y decisivas victorias.

Buen conocedor de las veleidades de aquel mar y de los grandes temporales que, en otoño e invierno, se producían en el Mediterráneo central, el roncalés ordenó que la escuadra se dispersara y buscara refugio en puertos seguros. Los venecianos y pontificios se dirigieron a Portofino y los navíos franceses buscaron amparo en la rada de Savona a la espera de que asomara por el horizonte la flota imperial que se estaba reuniendo en Cartagena para acudir en ayuda de Génova. Aquella, sin duda, poderosa escuadra —pensaba el roncalés— estaba mandada por el flamenco Carlos de Lannoy, virrey de Nápoles, al que el navarro guardaba un profundo rencor por haber sido, como representante del emperador, el responsable de la severa reclusión sufrida durante casi cuatro años en Nápoles.

La escuadra de Lannoy se hizo a la mar a mediados del mes de noviembre de 1526. Como Pedro Navarro había augurado, al llegar a la altura de la isla de Córcega un violento temporal se abatió sobre los barcos españoles, hundió dos de ellos y provocó la dispersión del resto de la flota, que no pudo volver a reunirse hasta que estuvieron los navíos cerca del golfo de Génova.

El almirante navarro al servicio de Francia tuvo noticias de las dificultades por las que pasaba la escuadra imperial y creyó que era una ocasión inmejorable para presentarle batalla. Con los navíos de Andrea Doria y de los venecianos en las alas y él ocupando el centro de la formación se enfrentaron a la flota de Lannoy que, en un principio, navegaba con el viento a favor, mientras que los barcos de la Liga tenían que bogar de bolina y escorados, quedando desenfiladas las embarcaciones españolas de sus cañones. Pero, inesperadamente, el viento roló al nordeste, favoreciendo a las galeras y naves de Pedro Navarro y de Andrea Doria y descomponiendo la cerrada formación de la escuadra española.

Con el viento soplando de popa, las galeras francesas, pontificias y venecianas se acercaron a los navíos españoles, que recibieron varias andanadas de artillería; las arboladuras de varios de ellos quedaron destrozadas y acabaron en el fondo del mar dos galeras y otras dos a la deriva. Aunque los barcos de Lannoy recuperaron la formación, no pudieron evitar que otras dos galeras fueran abordadas y apresadas, teniendo que ordenar el almirante flamenco la retirada hacia mar abierto.

Los de la Liga capturaron varias galeras enemigas, entre ellas la del capitán Sayavedra. Perecieron doscientos hombres de la flota imperial por sesenta de la Liga. Fueron hechos prisioneros otros doscientos españoles y alemanes, entre los que se hallaba el citado capitán. Desde ese día, replegados los españoles a puertos de Nápoles y Sicilia y apostado Pedro Navarro con sus galeras en la rada de Savona, quedó el mar de Liguria bajo el dominio de la Liga que, sin la amenaza de los barcos del emperador Carlos, pudo estrechar el cerco marítimo en torno a Génova para impedir que le entraran por mar vituallas y armas.

El dux barajaba la idea de entregar la ciudad a los franceses para evitar el saqueo y las muertes que provocó la férrea e insensata resistencia de los Fregoso unos años antes.

Transcurrió el resto del año 1526 y el siguiente hasta el mes de junio sin que los navíos del emperador hicieran acto de presencia con la intención de desbloquear Génova. Pedro Navarro y sus galeras eran los dueños absolutos del mar de Liguria desde los enclaves portuarios de Savona y Portofino.

En el mes de mayo de 1527 las galeras del navarro tuvieron que escoltar al hijo del duque de Lorena desde Marsella, donde había embarcado, hasta Civitavecchia, en un viaje que lo conduciría a Roma para contraer matrimonio con la sobrina del papa, la hija de Lorenzo de Médici.

Mientras que sus galeras navegaban desde Marsella a Civitavecchia, para impedir que arribaran navíos a los muelles de Génova, ordenó que se vigilara la entrada a ese puerto y, aunque no era la gobernación de ciudades y fortalezas la labor que más le satisfacía, se dedicó con denodado esfuerzo a ampliar y mejorar las fortificaciones de Savona, reforzar sus defensas portuarias y engrandecer el barrio cercano al muelle atrayendo a pobladores, sobre todo a comerciantes y mercaderes.

En la inquieta y resolutiva mente del viejo roncalés germinó la idea de convertir Savona en una ciudad dotada de poderosas fortificaciones, puerto de comercio por donde exportar los productos de la región que, antes de empezar el bloqueo, se embarcaban en la vecina Génova. Este ambicioso proyecto, que tenía los parabienes del rey de Francia, alarmó al Consejo y a los ricos comerciantes genoveses, que temían que Savona sustituyera a su ciudad como emporio del comercio mediterráneo. Con la finalidad de paralizar los planes de Pedro Navarro, el Consejo de la ciudad envió una embajada a Milán para que ofreciera a Antonio de Leiva, gobernador del ducado, veinte mil escudos si acudía con un ejército y le arrebataba Savona al roncalés.

Aunque tan atractiva y lucrativa empresa estuvo cerca de acometerse y Leiva llegó a preparar un ejército compuesto por cuatro mil soldados españoles, alemanes e italianos y ocho cañones, tuvo que suspenderse a causa de los movimientos diplomáticos y militares que acaecieron en Europa en aquellos meses. Del temor que las obras que Pedro Navarro realizaba en Savona despertaba en los genoveses dio cuenta al emperador su comisario general del ejército, Lope de Soria —hombre de confianza de Carlos I que estaba al mando de las tropas españolas acantonadas dentro de la ciudad sitiada—, por medio de una carta remitida el 9 de mayo de 1527, en la que le decía que «el conde Pedro Navarro está establecido en Savona como su dueño y señor. La fortifica cada día y mejora las condiciones de su puerto de manera que lo que hoy se ve escaso y endeble, mañana lo ha reforzado y engrandecido. Pienso —le decía el militar español— que, con la colaboración de este Pedro Navarro, el rey de Francia tiene la intención de edificar allí otra Génova, despojando a esta ciudad de todo su comercio...».

Quizás el suceso más relevante ocurrido en aquellos meses fue el llamado «saco de Roma» cometido por las tropas imperiales en la segunda semana del mes de mayo del año 1527. Los acontecimientos que acabaron con el apresamiento y reclusión del papa Clemente VII se desarrollaron del siguiente modo: el día 6 del citado mes, un ejército formado por españoles y alemanes, mandados por el duque de Borbón, un noble francés que había roto los lazos de fidelidad con su rey y servía al emperador, atacó Roma con tan mala fortuna que en el primer asalto, que acabó rechazado por las tropas que defendían la ciudad, resultó muerto de un disparo de arcabuz el propio duque. Los soldados, clamando venganza, asaltaron las murallas con reforzado ímpetu y lograron entrar a sangre y fuego en la ciudad de los papas. Enardecidos por el fácil triunfo y sin mostrar piedad, emprendieron el saqueo de las casas y los palacios, violando a las mujeres, degollando a los que ofrecían alguna resistencia y robando todo lo que encontraban de valor. Aterrados, el papa y los cardenales se refugiaron en el castillo de Sant'Angelo pensando ingenuamente que los soldados se contentarían con robar y matar en la ciudad, pero respetarían el palacio pontificio, a los príncipes de la Iglesia y al vicario de Cristo en la tierra.

Siete días con sus noches estuvieron los soldados imperiales saqueando Roma. Solo en el primer día fueron asesinados a cuchillo siete mil romanos. Al acabar aquella terrible semana habían robado e incendiado cientos de mansiones, entre ellas las casas de los más influyentes cardenales y de los patricios de la ciudad. Los soldados no respetaron ni iglesias ni conventos, que fueron despojados de los vasos sagrados y los ricos ornamentos. Filiberto de Chalôns, príncipe de Orange, que había asumido el mando de las tropas imperiales tras la muerte del duque de Borbón, cercó y asaltó el castillo de Sant'Angelo y tomó preso al papa Clemente VII.

El apresamiento del papa convulsionó las cortes de toda Europa y escandalizó a los cristianos de España, Italia y Alemania, que no comprendían cómo el nieto de los Reyes Católicos había podido permitir a sus tropas ejecutar aquella brutal represión en la Ciudad Santa y, sobre todo, que hubiera apresado y encarcelado al pontífice de la Iglesia católica.

En cuanto tuvo noticias del saqueo cometido por los imperiales, Francisco I se entrevistó en Amiens con el rey Enrique VIII de Inglaterra y con los representantes del papado, Venecia y Milán para acordar las estipulaciones de un nuevo acuerdo para hacer frente al emperador Carlos, con el principal objetivo de liberar a Clemente VII.

Venecia y Milán aportarían diez mil soldados italianos y otros diez mil suizos —que los pagaría el rey de Inglaterra—. Francisco I enviaría otros diez mil hombres bajo el mando de Pedro Navarro, que abandonaría sus funciones de almirante para retomar las de capitán general de la infantería. Odet de Foix, señor de Lautrec, con el que el navarro mantenía una cordial relación de amistad desde que lo visitara en la cárcel de Loches para transmitirle la proposición del rey de Francia, asumiría el cargo de general en jefe de la coalición.

A mediados de junio, el roncalés salió de Savona al frente de seis mil gascones y navarros para atacar a las fuerzas imperiales apostadas en Alessandria, ciudad situada al norte de Génova, y en sus alrededores, pero el conde Bautista de Lodrón con sus hombres le obligó a retirarse y establecerse en Asti a la espera de recibir refuerzos. En julio se le unió el mariscal Odet de Foix con el resto de las tropas y ambos se dirigieron a Génova, que sabían que se hallaba desabastecida debido al bloqueo que continuaban ejerciendo sobre su puerto las galeras del almirante Andrea Doria.

Los capitanes y los soldados bajo su mando estaban sorprendidos por la agilidad mental, la capacidad de movimiento, la inagotable energía y el entusiasmo que derrochaba el navarro, un anciano de sesenta y siete años, pero que aún era capaz de cabalgar por terrenos escabrosos como si de un joven jinete se tratara y de resistir largas jornadas de marcha sin la menor queja ni desmayo.

Principiaba diciembre cuando, agotados y desabastecidos los genoveses, el Consejo de la ciudad decidió dar fin a los sufrimientos de su gente y se rindió. Los Adorno fueron sustituidos por los Fregoso, que volvieron a gobernar el ducado bajo la tutela de Francia, aunque en esta ocasión se pudo evitar el saqueo de la ciudad por las tropas francesas. Pedro Navarro, cuando entró victorioso en Génova, sintió una enorme satisfacción al atravesar la puerta por la que, unos años antes, había salido vencido y humillado. Él y el mariscal de Foix fueron acogidos por los genoveses partidarios de los Fregoso como libertadores. La gente, ocupando calles y plazas, los recibía vitoreándolos y arrojándoles pétalos de rosa y ramas de olivo al paso de la comitiva.

El general Navarro, que hubiera podido permanecer en aquella ciudad recién conquistada ocupando algún cargo relevante o en la gobernación de algunas de las otras ciudades que estaban bajo el dominio de Francia, atesorando riquezas, gozando —en la vejez—

de la gloria del triunfo y de la fama y preparando un digno retiro después de tantos años de carrera militar, olvidando que por su altruismo, desinterés y generosidad perdió cuanto tenía y sufrió la indigencia y la pobreza, optó por continuar combatiendo al frente de sus hombres, expugnando fortalezas e incrementando su fama de general imbatible y temido.

De acuerdo con el señor de Lautrec, pocos días después de haber entrado en Génova partieron al frente de sus tropas en dirección a Alessandria, ciudad cuya conquista unos meses antes había tenido que abandonar. Este importante enclave, situado en el camino de Milán, estaba defendido por dos mil soldados bajo el mando del capitán Alberto Belgioioso. El asedio no se prolongó por mucho tiempo; primero, porque la eficaz y potente artillería veneciana desmochó buena parte de las murallas e inutilizó los cañones de los sitiados; segundo, porque una vez más el roncalés puso en práctica su invención de las minas explosivas y, excavando sus zapadores dos galerías, provocó el derrumbe de un tramo del recinto defensivo.

El 15 de diciembre de 1527 Alessandria se rindió a las fuerzas de Lautrec y de Navarro.

En opinión del roncalés, expresada ante el mariscal de Francia, estos éxitos de las armas francesas, sin que las tropas imperiales hicieran acto de presencia, significaban que el ejército formado por españoles y alemanes que había saqueado Roma se hallaba disfrutando de los despojos sacados de los palacios y los conventos, ebrios, enclaustrados en las cantinas y casas de lenocinio e indisciplinados, reacios a salir de la ciudad e integrarse de nuevo en los escuadrones que debían partir para combatir a las fuerzas enemigas.

Una tarde, estando acampados cerca de Alessandria, Pedro Navarro se dirigió a la tienda de campaña del mariscal de Francia para acordar las acciones que convenía realizar en las semanas siguientes. Odet de Foix se hallaba sentado en una silla de campaña, junto a una mesa donde había desplegados varios mapas de la región norte de Italia.

—General Navarro —comenzó diciendo el de Foix—: las tropas de Antonio de Leiva se hallan inmovilizadas en Milán y el ejército imperial sigue en Roma disfrutando de su despreciable triunfo. No creo que puedan reagruparse y ponerse en marcha antes de veinte días. ¿Cuál es vuestra opinión, general? ¿Marcharíais sobre Milán o atacaríais Roma?

Pedro Navarro, que había colocado su capote mojado —pues fuera llovía con intensidad— sobre la silla que Lautrec había dispuesto para él, manifestó con la autoridad que da la experiencia:

—Señor de Lautrec: atacar Milán, donde están encastillados Antonio de Leiva y sus hombres, sería la acción que todo militar aconsejaría. Pero el rey quiere que liberemos al papa y el papa no está en Milán. Sin embargo, si marchamos sobre esa ciudad y la cercamos, daremos tiempo al ejército del príncipe de Orange a reorganizarse y salir de Roma. Con Leiva y Orange unidos, las fuerzas imperiales serían difíciles de vencer.

—Entonces, ¿qué me aconsejáis que haga?

—Deberíamos marchar en dirección a Milán —respondió Pedro Navarro— para que Antonio de Leiva crea que nos proponemos poner cerco a la capital del ducado. Luego habremos de cruzar el río Po y tomar el camino de Roma, buscar el combate con las desorganizadas tropas del príncipe de Orange, entrar en la Ciudad Santa y liberar al papa.

Odet de Foix se tocó pensativo la barbilla.

—¿Creéis, general, que Leiva se dejará engañar con el artificio que decís?

—No, mariscal, pero espero que estemos cerca de Roma cuando ese zorro español perciba que no es Milán el destino de nuestro ejército.

Al día siguiente, el mariscal de Foix dio la orden de marcha y que los pífanos y los atabales lanzaran al viento sus sones siguiendo el camino que conducía a Milán para que los espías de Leiva creyeran que era aquella ciudad el destino del ejército francés. Pero como recelaba el navarro, el astuto Antonio de Leiva, viejo y experimentado militar, no se dejó engañar y cuando tuvo noticias de que los franceses habían cruzado el Po y tomaban decididamente la ruta de Roma, salió de Milán con todos los hombres disponibles, se dirigió a los territorios que Odet de Foix y Pedro Navarro habían dejado desguarnecidos y atacó y tomó la población de Biagrassa.

Enterado el mariscal de Foix de las acciones emprendidas por los españoles, dispuso que Pedro Navarro volviera sobre sus pasos con una parte de las tropas y se dirigiera al encuentro de Leiva, aunque este, que contaba con un menor número de soldados y peor pertrechados, rehuyó el combate, abandonó las tierras conquistadas —incluyendo Biagrassa— y retornó a la capital de los Sforza. Los habitantes de Biagrassa abrieron las puertas de la ciudad para que entrara el ejército francés y recibieron al navarro como su libertador.

Después de que Antonio de Leiva y su gente se hubieran retirado y encerrado tras los muros en Milán, Navarro y Odet de Foix se encontraron de nuevo para continuar la marcha en dirección a Roma y ejecutar la orden de Francisco I de liberar al papa. Pero cuando se hallaban a cinco jornadas de marcha de la capital del pontificado, les llegó la noticia de que Clemente VII había logrado huir y que se hallaba en lugar seguro. Lo que había sucedido era que cuando el príncipe de Orange fue informado de que el señor de Lautrec y Navarro marchaban al frente del ejército francés contra Roma, aceleró las negociaciones con los representantes del papa exigiendo el pago del rescate y pensó en trasladar al ilustre prisionero a alguna fortaleza cercana a Roma donde mejor pudieran resistir el ataque de los franceses. Sin embargo, no hubo ocasión para ello, pues aprovechando un descuido de sus carceleros o, según se comentaba en las filas francesas, sobornándolos, Clemente VII pudo escapar de Roma y buscar refugio en Orvieto, ciudad a la que llegó el 27 de diciembre de 1527.

Libre Clemente VII, no había razón alguna para que el poderoso ejército francés continuara su marcha hacia Roma cuando tenía otros objetivos militares más importantes y atractivos que alcanzar, como era la conquista de Nápoles.

Pero antes, Odet de Foix y Pedro Navarro condujeron a sus hombres hasta Bolonia para darles descanso y acamparon en las proximidades de aquella ciudad hasta que el mal tiempo reinante cesara y, a continuación, emprender la larga marcha que los habría de llevar hasta la capital napolitana.

Francisco I que, como sus antecesores, alegaba tener ciertos derechos históricos sobre el reino de Nápoles desde que perteneció a la Casa de Anjou, ansiaba apoderarse de aquel territorio, que era del emperador Carlos al haberlos heredado este de su abuelo Fernando el Católico.

El descanso de las tropas en Bolonia fue breve.

El 9 de enero del año 1528 el ejército del señor de Lautrec, Odet de Foix, cuya vanguardia estaba mandada por Pedro Navarro, abandonaba la ciudad para acometer la empresa más ambiciosa de cuantas habían de emprender los franceses en Italia en aquella guerra: el sitio y la conquista de Nápoles, aunque los resultados de la campaña serían decepcionantes para Francisco I y funestos para el anciano general de la infantería, que acabaría sus días en aquella tierra en la que tantos triunfos había logrado alcanzar como lugarteniente del Gran Capitán.

El papa Clemente VII y los florentinos intentaron lograr que el mariscal de Francia atendiera su petición y que cambiara sus planes de conquista del reino de Nápoles. El pontífice, desde Orvieto, exigía a los franceses, más que pedía, que se dirigieran a Siena y, de allí, que fueran a liberar Roma de los españoles para que él pudiera retornar a la capital de la cristiandad. Por otra parte, los florentinos le rogaban al señor de Foix que impidiera que los imperiales entraran en la región de la Toscana y la saquearan. Pero la decisión del mariscal de Francia estaba tomada y nada le haría variar su proyecto de sitiar y tomar la capital donde se hallaba el virrey Hugo de Moncada.

El ejército que mandaba Odet de Foix, en el que el roncalés se hallaba al frente de la vanguardia de gascones y navarros, estaba formado por treinta mil hombres, un tercio de ellos de caballería y el resto de infantería: rodeleros, piqueros, hacheros, arcabuceros y zapadores. Además contaba con un nutrido tren de artillería, que era trasladado en cien carros tirados por mulas, constituido por sesenta cañones de gran y mediano calibre.

El 10 de febrero había alcanzado las fronteras del reino napolitano y comenzado la conquista de aquel territorio casi sin oposición, como un paseo militar, lo que hizo crecer la moral de la tropa y el optimismo de los mandos, que no podían imaginar, en aquellos momentos iniciales de la campaña, las penalidades que sufrirían en los meses siguientes.

En L'Aquila encontraron alguna resistencia, no siendo un obstáculo para el navarro, que la tomó en dos días, rindiéndose a continuación toda la región del Abruzo.

Cuando el príncipe de Orange fue informado de la entrada de los franceses en el reino de Nápoles, hizo salir a sus soldados de Roma después de diez meses de robos y excesos, habiendo fallecido muchos de ellos por las pendencias surgidas a causa del reparto del botín y estando otros inútiles para el servicio por padecer el mal francés, producido por la desmedida afición de la soldadesca a las mujeres de los lupanares. Una vez reunidos en las afueras de la ciudad, les hizo atravesar los Apeninos a marchas forzadas y dirigirse al reino napolitano con el propósito de entorpecer el avance de los franceses, aunque sus mermadas fuerzas eran sensiblemente inferiores a las del señor de Lautrec y Pedro Navarro.

El roncalés, que conocía el territorio napolitano como la palma de su mano —no en vano lo había recorrido cien veces formando parte del ejército del Gran Capitán—, asaltaba un castillo y luego otro, en ocasiones con la complicidad de sus defensores, que le abrían las puertas por temor a sufrir un violento asalto y el posterior saqueo. Así conquistó Lucera, Foggia y otras fortalezas menores, actuando con una celeridad y precisión que asombraban a franceses e italianos, pues no acababa de abandonar el enemigo un castillo cuando ya estaba Pedro Navarro sitiando el siguiente.

En uno de estos ataques supo, por un desertor, que el ejército imperial se hallaba en Troia y así lo comunicó al mariscal de Foix, que decidió dirigirse a aquella localidad con la intención de entablar la batalla decisiva con las tropas del emperador. Pero Orange eludía el enfrentamiento definitivo, limitándose a hostigar a los franceses con pequeños destacamentos de caballería ligera para luego retirarse.

El 19 de marzo, el ejército de Carlos I de España y V de Alemania, para evitar entablar una batalla campal de la que podría salir derrotado, se retiró de Troia amparado por la oscuridad de la noche y una densa niebla que no se levantó hasta el amanecer del día siguiente. Cuando Odet de Foix tuvo noticias de la retirada de las tropas imperiales, convocó un consejo de guerra en su tienda de campaña en el que participaron, entre otros militares destacados, el conde Guido Rangon, Luis de Lorena, conde de Valdemonte, y el duque de Urbino, además de Pedro Navarro.

Odet de Foix solicitó la opinión de los reunidos sobre lo que debían hacer una vez confirmado el repliegue del ejército imperial. El belicoso e impulsivo duque de Urbino fue el primero en tomar la palabra.

—Mariscal de Foix —comenzó diciendo—, la huida de los imperiales y su negativa a entablar batalla campal es prueba evidente de su inferioridad militar. Se trata de un ejército diezmado por las enfermedades y los vicios, justo castigo a los excesos cometidos en Roma. Propongo que levantemos el campamento y emprendamos su persecución. Si logramos darle alcance podremos vencerlo con facilidad y apoderarnos del enorme botín en oro, plata y otras riquezas que sacaron de los palacios y las iglesias romanas.

—Me uno a la opinión expresada por el duque —afirmó Guido Rangon—. Si ahora desbaratamos el ejército imperial, los napolitanos no tendrán más remedio que solicitar la rendición cuando los sitiemos al perder toda esperanza de ser socorridos por Orange.

Odet de Foix guardaba silencio, pues quería escuchar a todos los jefes de su ejército antes de tomar una decisión. El siguiente en intervenir fue Luis de Lorena.

—Caballeros, aunque es obvio que nuestro objetivo es tomar la ciudad de Nápoles y restituir los derechos de nuestro soberano sobre ese disputado reino —manifestó el conde de Valdemonte—, no sería descabellado hacer lo que ha propuesto el duque de Urbino. Solo retrasaríamos las operaciones de acoso a los napolitanos una semana, como mucho. Valdría la pena, teniendo en cuenta los tesoros que deben de portar los españoles en sus bagajes.

El mariscal y jefe del ejército francés en Italia clavó su mirada en Pedro Navarro a la espera de oír su opinión, pues conocía y apreciaba la solvencia en asuntos militares del viejo general.

—¿Cuál es vuestra opinión, señor Navarro? —preguntó el de Foix a su general de la infantería.

—No dudo, señores, de que si damos alcance al ejército imperial y lo combatimos, la victoria estará asegurada y con ella la obtención de un rico botín —expuso el roncalés, pareciendo que iba a sumarse a la propuesta del duque de Urbino—. Pero no nos deben cegar los laureles de una victoria fácil ni el reflejo engañoso de los dorados metales. Si entramos en territorio del enemigo con las escasas vituallas que tenemos en los almacenes, nos veremos obligados a expoliar las propiedades de gente inocente que nos odiarán por ello, añadiendo, sin proponerlo, más partidarios a la causa de don Hugo de Moncada.

—En toda guerra hay expolios y rapiñas, general Navarro —terció el duque de Urbino—. Siempre que unos ganan, otros han de perder. No nos ha de retener el miedo a ganarnos más enemigos, sino animarnos las ansias de someterlos por la fuerza de las armas y hacerlos súbditos obedientes del rey de Francia.

—Es cierto, señor duque de Urbino, que en toda guerra se saquea y se expolia —continuó diciendo Pedro Navarro—, pero en esta lo más recomendable es obrar con justicia y prudencia y hacer amigos entre los italianos. No los atraeremos a nuestra causa robando sus propiedades y destrozando sus hogares. Además, si penetramos en territorio del enemigo precipitadamente y dejando en retaguardia reductos sin conquistar, ¿quién nos asegura que, de acuerdo con el príncipe de Orange, no nos ataquen por la espalda cogiéndonos entre dos fuegos? No, mariscal —y dijo estas palabras dirigiéndose a Odet de Foix—, no creo que sea buena idea seguir los pasos del ejército imperial. Mejor sería continuar pacificando esta región y tomar Melfi y Venosa, que son fortalezas importantes que nos permitirán llegar a Nápoles sin dejar detrás ninguna fuerza enemiga que nos pueda inquietar.

Odet de Foix se inclinó por la propuesta de Pedro Navarro, diciendo que no emprenderían la persecución del ejército imperial sin antes haber conquistado las fortalezas que dejaban a sus espaldas.

—Después buscaremos el combate —aseguró— con las tropas del príncipe de Orange.

El enclave fortificado de Melfi estaba defendido por el príncipe Sergiano Caracciolo al mando de unos dos mil hombres, dos tercios españoles y el resto italianos. Según lo acordado en el consejo de guerra, Pedro Navarro, con cinco escuadrones de infantería y quince cañones, marcharía contra Melfi para ponerle sitio. El roncalés, después de inspeccionar el perímetro de las murallas, ordenó que la artillería batiera un tramo del recinto que parecía ser el más débil. Antes de acabar el día había logrado abrir una brecha de cinco metros de anchura en la muralla, no lejos de una de las puertas de la ciudad, por donde los soldados se lanzaron al asalto. Aunque fueron rechazados por el nutrido fuego de arcabucería de los defensores, no sin antes haber dejado una decena de muertos y heridos en el intento.

En un segundo asalto, los hombres de Pedro Navarro lograron entrar en la ciudad, abrir la puerta situada a la izquierda de la brecha y pasar a cuchillo a la mayor parte de los defensores. El príncipe Caracciolo, aunque se refugió en el alcázar, fue hecho prisionero y llevado al campamento del mariscal de Foix.

El 8 de marzo de 1528 cayó Melfi en poder de los franceses.

No cesó el navarro en sus correrías por la región, dando muestras de una energía y un tesón impropios de un hombre de su edad. Dos días después de haber tomado Melfi se dirigió a Venosa, fortaleza situada al oeste de esa ciudad. El recinto urbano adolecía de ciertas debilidades defensivas, pero el castillo era de una gran consistencia. Estaba defendido por doscientos cincuenta españoles y circundado por un antemuro abaluartado en talud y un foso ancho y profundo. No obstante, conocedores los sitiados de la efectividad de las minas explosivas que temían que empleara Pedro Navarro y de lo que les había sucedido a los de Melfi por su obstinada e inútil resistencia, decidieron capitular sin condiciones. El roncalés los trató con generosidad y respeto, dejando en libertad a todos los soldados y apresando únicamente a sus capitanes.

Estas contundentes victorias tuvieron la virtud de que muchas ciudades y castillos se entregaran sin oponer resistencia y sometiéndose a las nuevas autoridades impuestas por Odet de Foix.

Estando pacificada la mayor parte de las comarcas de la Apulia y la Basilicata, el belicoso Pedro Navarro dio por finalizadas sus incursiones y conquistas y se incorporó al ejército del mariscal de Foix, al que comunicó los triunfos alcanzados y entregó los prisioneros que traía consigo.

De común acuerdo, los mandos de las tropas francesas decidieron salir en persecución del príncipe de Orange y entablar la batalla que llevaban varios meses esperando. Sin embargo, en el bando de los imperiales habían surgido desavenencias y enfrentamientos entre los jefes, sobre todo entre Orange, Luis Gonzaga y el marqués del Vasto, que era el que mandaba los escuadrones españoles. Estos últimos no compartían la decisión del príncipe de hacer frente en campo abierto a los franceses, convencidos de su superioridad militar, por lo que propusieron que se replegaran en dirección a Nápoles y que metieran las tropas en la ciudad para reforzar a los soldados del virrey Hugo de Moncada que la defendían y así poder resistir en mejores condiciones el asedio de los franceses.

Después de larga discusión en el consejo de guerra convocado por el príncipe de Orange, se tomó la determinación de eludir el encuentro con las tropas de Odet de Foix y sumarse a los defensores de Nápoles.

Una semana más tarde se hallaban los soldados de Orange tras las murallas de la ciudad, un día antes de que, el 9 de abril de 1528, el ejército francés, eufóricos sus mandos por la parcial victoria alcanzada con el repliegue de los imperiales, llegaba a la vista de Nápoles y emprendía las labores de sitio.

XXVII
TERCERA PRISIÓN Y MUERTE
DE PEDRO NAVARRO

El mariscal, Pedro Navarro, el conde Rangon y el duque de Urbino recorrieron a caballo los entornos de la ciudad de Nápoles para contemplar de cerca las murallas y reconocer los puntos más débiles de las mismas, llegando a la conclusión de que no había zonas flacas o desmochadas y que su flanco marítimo era una puerta abierta para que los sitiados pudieran abastecerse con la arribada de algunos navíos españoles durante la noche.

Odet de Foix dio la orden de que se remitiera a Andrea Doria, que con sus galeras bloqueaba el puerto, el mensaje de que no cesara en la vigilancia del litoral napolitano, tanto de día como de noche. A Pedro Navarro le encomendó que se encargara de construir las empalizadas y fortificaciones del campamento francés.

El roncalés, cuya pericia en las labores de construcciones defensivas de los asentamientos militares era bien conocida, procedió a excavar trincheras y fosos y elevar parapetos y torres de madera cada cierto trecho, guarnicionadas con arcabuceros, para impedir el acercamiento de destacamentos de caballería de los sitiados. Estas defensas, que circundaban a la redonda el inmenso campamento de los franceses, llegaban hasta la orilla del mar, donde se estableció un puesto de guardia que tenía la misión de mantener continua comunicación con las galeras de Andrea Doria.

Para suprimir el abastecimiento de agua potable a los napolitanos, Pedro Navarro mandó demoler varios arcos de dos acueductos que la traían desde unos manantiales situados en las montañas cercanas, aunque esta medida, necesaria para desabastecer de tan preciado líquido a los sitiados, se volvería en contra de los sitiadores en los meses siguientes. Cuando las conducciones de agua fueron cercenadas, el caudal se vertió sin control por la llanura próxima al campamento francés, provocando su inundación y la aparición de un extenso e insalubre pantano.

Pedro Navarro le expresó a Odet de Foix, en la visita que este hizo a las obras de fortificación que el roncalés llevaba a cabo en los entornos del campamento, la preocupación que le asaltaba y el temor de que, si se prolongaba en exceso el sitio, la inicial superioridad del ejército francés se podría transformar en debilidad.

—Mariscal, las trincheras y los parapetos que se han erigido en torno a nuestro campamento lo defienden en caso de acoso de la caballería española —dijo, señalando con su dedo índice las trincheras, los paveses y los parapetos de troncos que sus hombres labraban al otro lado de las líneas—, pero no será suficiente para vencer la resistencia de los napolitanos. Es necesario que no cesemos en los ataques a la ciudad. Los soldados sitiados han de estar sobre las armas día y noche, sin tiempo para descansar, del mismo modo que Andrea Doria intensifica la vigilancia en la costa para que no entren barcas ni bateles con víveres para los defensores.

—He solicitado el envío de galeras al rey para reforzar la flota de Doria —manifestó el de Foix.

—La ayuda de Francia no llegará a Nápoles antes de dos meses, señor de Lautrec. Si el sitio se prolonga y sufrimos escasez de víveres y de munición, el hambre y las enfermedades diezmarán a nuestros hombres y nos veremos obligados a levantar el sitio y volver a Milán.

Las palabras premonitorias del roncalés expresaban un temor que hubiera parecido injustificado a cualquiera de los soldados franceses apostados frente a los muros de Nápoles, que contemplaban orgullosos el enorme poder de su Armada y el miedo de los napolitanos encerrados tras sus murallas. Pero el navarro sabía, por propia experiencia, que en los asedios lo que hoy es optimismo y confianza, mañana se puede tornar en decepción y desánimo.

En el interior de la ciudad pronto la situación se fue haciendo insostenible. A las privaciones ocasionadas por el bloqueo marítimo en la población civil, venían a sumarse los abusos, robos y violaciones realizadas por los soldados faltos de disciplina, sobre todo de los lansquenetes alemanes. A mediados del mes de junio comenzó a escasear el pan y la carne, teniéndose que sacrificar los caballos y los mulos del ejército. El suministro de agua potable no representaba un grave problema, pues se extraía, aunque de mala calidad, de pozos que había en los patios de algunos palacios y en las casas de los ricos comerciantes. Sin embargo, cuando más agobiados estaban los napolitanos, una noche arribaron varias barcas cargadas de pan que habían burlado la vigilancia de las galeras mandadas por el sobrino de Andrea Doria. En varias ocasiones les entraron víveres por tierra traídos durante la noche por un célebre bandido, llamado Verticelo, que, en una de sus arriesgadas incursiones nocturnas, logró meter en la ciudad cien bueyes.

Pero, a principios de julio, ya no quedaba pan en las paneras, ni manteca, ni miel, ni carne de las que, exponiendo su vida, había podido meter en Nápoles el osado bandido que esperaba, con estas valientes acciones, que el virrey le perdonara los crímenes que había cometido con anterioridad. Viendo la necesidad en la que se hallaban, Hugo de Moncada y los principales mandos del ejército español, entre ellos el marqués del Vasto y el capitán Francisco de Icart, decidieron embarcar en las galeras que tenían atracadas en el puerto, a resguardo del espigón que partía de Castel Nuovo, y salir a mar abierto para intentar romper el cerco de Doria. El resultado fue que los barcos napolitanos fueron hundidos o apresados, logrando retornar al puerto solo dos galeotas sanas y otra casi desarbolada. En la batalla naval que se organizó perdieron la vida Hugo de Moncada y varios bravos capitanes españoles, siendo hechos prisioneros por los Doria el marqués del Vasto, el condestable Ascanio Colonna y Francisco de Icart.

Pero el júbilo que produjo en las tropas francesas la derrota de la flotilla napolitana se transformaría pronto en pesar y en llanto.

Sin embargo, antes de que se abatiera sobre el ejército de Odet de Foix una de las desgracias naturales que, a lo largo de la historia, han hecho fracasar grandes sitios a ciudades y acabar derrotados ejércitos poderosos, todavía tuvieron los hombres de Pedro Navarro que emprender algunas acciones como respuesta a la osadía de los jinetes españoles que, amparándose en la oscuridad de la noche, salían por la puerta de San Genaro y atacaban los puestos avanzados de los sitiadores. En una ocasión incluso intentaron robar los caballos del mariscal de Francia, que se hallaban encerrados en unas cuadras situadas en el centro del campamento. Para evitar esas incursiones de los sitiados, el roncalés tuvo que construir nuevas empalizadas con troncos sacados del bosque cercano, ahondar los fosos y clausurar algunas puertas que, para la comunicación con la zona extramuros de la ciudad, había habilitado entre las trincheras y los parapetos.

Pero, a mediados del mes de julio, cuando con más intensidad castigaba la estación estival a los sitiadores, comenzó a extenderse entre los acampados una enfermedad que, en un principio, afectaba a los hombres que estaban apostados en los puestos avanzados, en el borde de la zona pantanosa, pero que luego se convirtió en una epidemia que atacaba a soldados ubicados en puestos alejados de la marisma.

—¡La peste! ¡Es la peste! —gritaban aterrados los soldados libres aún de la enfermedad al ver postrados, temblorosos, hinchados y cerca de la muerte a sus compañeros de armas.

Algunos cirujanos aseguraban que el morbo era causado por los miasmas que pululaban en el aire corrompido y que sería necesario disparar salvas de pólvora para dispersarlos. Otros, que era el agua que bebían, emponzoñada por los destacamentos enemigos que accedían a los depósitos en medio de la noche. Hubo quien culpaba a las frutas que ingerían los soldados, anormalmente maduradas por el intenso calor, o a los vapores que ascendían desde el pantano, que inoculaban en los hombres la fiebre y la hinchazón de algunas partes del cuerpo. Lo cierto es que en algo acertaban estos galenos. No era culpa de las frutas maduras la aparición del mal, pero sí de los vapores perniciosos que se elevaban de la llanura convertida en un pantano por la ruptura de los acueductos y el agua y la vegetación podridas y calentadas por los ardientes rayos del sol.

Paulo Jovio, que había viajado hasta las proximidades de Nápoles y se hallaba establecido en la isla de Isquia para seguir de cerca el curso de los acontecimientos y plasmarlos en sus crónicas, observó, cuando pudo desembarcar en el campamento y contemplar a los soldados agonizantes, que, en efecto, eran las aguas pantanosas las causantes de la epidemia, cuyos síntomas describe, en uno de sus escritos, con las siguientes palabras: «A los enfermos se les hinchaba el vientre y las piernas y enflaquecían de tal manera que la cara era como calavera y la tez se les volvía amarilla. Tanto mudaban los infelices, que los soldados que eran amigos y compañeros apenas se reconocían entre ellos».

Al alborear el día 5 de agosto, cuando el inclemente sol hizo su aparición por detrás de las montañas, aquel poderoso ejército de casi treinta mil hombres, quizás el más disciplinado y bien pertrechado de Europa, había sufrido tan terrible merma, a causa de la epidemia, que solo disponía de algo más de cuatro mil soldados en condiciones de tomar las armas y combatir. Tumbados sobre los parapetos, tendidos sin fuerza bajo el amparo de endebles chamizos y encharcados en sus propios vómitos, se veían centenares de dolientes, cuyos desgarradores lamentos llegaban hasta los defensores que hacían guardia en el adarve de las murallas de Nápoles.

Algunos capitanes, acobardados y sin moral de lucha al contemplar la devastación que los rodeaba, ante el temor de acabar sus días en aquella tierra extraña, habían solicitado permiso para abandonar el cerco y partieron cuando aún no habían contraído la enfermedad; pero otros muchos valientes permanecieron en sus puestos y perecieron víctimas de aquel morbo implacable. Sus tumbas anónimas jalonaban la parte de la llanura no ocupada por las pantanosas aguas.

El conde de Valdemonte falleció el 6 de agosto; el día 7 fue Pedro Navarro el que comenzó a sentir los síntomas del mal y a sufrir desfallecimientos, y al día siguiente, como si una maldición hubiera caído sobre los mandos del ejército francés, cayó enfermo el mariscal Odet de Foix. A mediados de agosto había perecido o se hallaba imposibilitado un tercio de las fuerzas que sitiaban la ciudad.

Para mayor desolación de los sitiadores y júbilo de los sitiados, la población de Nápoles permanecía libre de la epidemia, que solo afectaba a los franceses que estaban en el campamento, aunque no a los marineros y soldados embarcados en las galeras de Doria, lo que fue interpretado por los más devotos napolitanos como un milagro de san Genaro que, de esa manera, castigaba a los descreídos galos por los desmanes que estaban cometiendo en Italia.

Pero, como Jovio luego escribió, era el agua empantanada y putrefacta por el intenso calor que había en los entornos del campamento de Odet de Foix lo que había provocado, aquel caluroso verano, la cruel enfermedad que estaba matando a los desdichados que se hallaban acampados frente a las murallas de Nápoles.

Como el mariscal de Foix empeoraba, la fiebre no cesaba y no podía sostenerse en pie y jadeaba como un potro cansado, el conde Guido Rangon, el marqués de Saluzio y el duque de Urbino, que se habían desplazado a la tienda donde se hallaba el señor de Lautrec tumbado sobre su camastro y atendido por su médico, le aconsejaron que abandonara el cerco si quería salvar la vida, a lo que el general en jefe del ejército francés se negó diciendo que solo la muerte le haría levantar el sitio de la ciudad que tanto deseaba poseer su rey.

Pero, como las desgracias se encadenan para desdicha de los que sufren algún infortunio y se ceban con aquellos que están más lacerados y débiles, el 10 de agosto aconteció un suceso que desencadenó la rabia y la tristeza de los capitanes del ejército francés. Al amanecer observaron con sorpresa que las galeras de Andrea Doria, que hasta ese día bloqueaban el puerto de Nápoles, habían cambiado de posición y se hallaban atracadas en el muelle de la ciudad, al pie de Castel Nuovo. Lo que había sucedido era que el voluble Andrea Doria había abandonado el bando francés y pasado a los imperiales, convirtiéndose de sitiador en libertador de los napolitanos, los cuales podían ser ya abastecidos desde el mar sin ningún obstáculo. Luego se supo que el almirante genovés alegaba, para justificar su inoportuna mudanza, que estaba muy ofendido con el rey Francisco I, porque este había pretendido que le entregara los prisioneros tomados en el combate con las galeras de Nápoles, con los que pensaba obtener sustanciosas cantidades por su rescate.

Por incapacidad física y mental del general en jefe de las tropas francesas, el mariscal de Francia, que se debatía entre la vida y la muerte en su tienda de campaña, asumieron el mando conjunto del ejército Pedro Navarro, el marqués de Saluzio, el conde Rangon y el duque de Urbino.

Los españoles, observando desde las murallas de la ciudad las dificultades por las que pasaban los sitiadores, se tornaron de agredidos en agresores y, al caer la noche, salían por la puerta de San Genaro destacamentos de jinetes armados con arcabuces que atacaban los puestos avanzados disparando sobre los soldados que, rendidos por el sueño, se afanaban inútilmente en tomar sus armas, hiriendo a muchos y matando a los enfermos que, acurrucados debajo de los parapetos, no podían defenderse. En ocasiones llegaban grupos de jinetes de las poblaciones vecinas, que obligaban a los franceses a refugiarse en lo más alejado de las trincheras, aumentando el hacinamiento y las posibilidades de contagio.

La noticia de estos sorpresivos y eficaces ataques nocturnos de los españoles, que mostraban la debilidad de las fuerzas sitiadoras, se procuraba ocultar al mariscal Odet de Foix; en primer lugar, por mandato de su médico; y en segundo, porque los capitanes, viendo que a veces deliraba, temían que al recibir tan malas nuevas mandara ahorcar a quien se las daba. Pero el astuto mariscal, aunque a veces perdía el sentido de la realidad a causa de las fiebres, se percataba de lo que acontecía en el campamento cuando algún paje indiscreto le decía la verdad. Entonces sufría un ataque de cólera y pretendía abandonar por la fuerza el camastro donde yacía para montar en su caballo y participar en un inexistente combate.

Su salud se deterioró cuando los cirujanos le abrieron las venas en dos ocasiones para provocarle una sangría que —decían— podría salvarle la vida, pero lo cierto fue que aceleró su muerte. Odet de Foix, señor de Lautrec y mariscal de Francia, entregó su alma en la noche del 12 de agosto del año 1528, a los cuarenta y tres años de edad, sin haber alcanzado la gloria a la que aspiraba todo general de perecer en el campo de batalla. Fue enterrado, al día siguiente, en una duna de arena que había no lejos de las murallas napolitanas, aunque sus restos fueron trasladados, después de muchas vicisitudes, a la iglesia de Santa María la Nueva de Nápoles.

El 28 de agosto se celebró un consejo de guerra, el último de aquel infortunado cerco, para analizar la grave situación en la que se encontraban y decidir lo que habían de hacer. Todos pensaban que lo más razonable sería emprender la retirada una vez asumida la derrota frente a un enemigo inferior en número y con escasos medios, que los había vencido sin tener que combatir, en alianza con la fortuna y con la participación de una inesperada enfermedad. Asistieron los capitanes supervivientes: el conde Guido Rangon, el duque de Urbino, el marqués de Saluzio, el duque de Gravina y el general Pedro Navarro, que asistió transportado por dos de sus hombres en una litera.

Todos, excepto el marqués de Saluzio, que aún tenía la esperanza de que llegara de Francia una escuadra de socorro con hombres y vituallas, estuvieron de acuerdo en levantar el sitio y replegarse hacia las ciudades de Aversa y Nola. El duque de Urbino fue el primero en tomar la palabra en aquella descorazonadora reunión.

—Si no tenéis, nobles señores, nada que objetar, iré a parlamentar con los españoles que defienden la ciudad —manifestó—. Son soldados como nosotros y gente de honor. Nos otorgarán una tregua que nos permitirá replegarnos sin ser acosados. Ellos han logrado salvar su ciudad. Nosotros queremos salvar la vida de nuestros soldados que aún la conservan.

Pedro Navarro, afectado de calenturas, con la barba larga y descuidada y los ojos circundados por profundas y oscuras ojeras, parecía haber envejecido de golpe diez años. Después de oír la proposición del duque se incorporó en su litera y tosió ruidosamente antes de emitir su opinión.

—No os engañéis, duque —dijo con la voz quebrada—. No nos darán tregua ni nos tratarán con generosidad. ¿Creéis que podrán perdonar la matanza de Melfi, la conquista de Venosa, las bajas que han sufrido con el hundimiento de sus galeras y la muerte de su virrey Moncada? No tendrán piedad de nosotros.

—Entonces no nos queda otra salida que preparar el repliegue de este maltrecho ejército hasta Aversa sigilosamente —propuso el conde Rangon—. ¿Pero cómo hemos de hacerlo para evitar que los sitiados lo descubran y salgan en nuestra persecución?

El duque de Urbino, belicoso y excelente guerrero, pero que carecía del afecto y la lealtad de los soldados que estos mostraban hacia su general Pedro Navarro, dijo con la intención de que acabase pronto aquel desagradable cónclave:

—General Navarro, de conservar aún la vida el llorado mariscal Odet de Foix, no cabe duda de que en vuestra persona hubiera depositado la responsabilidad de organizar el repliegue de las tropas. Debéis encargaros de hacer los preparativos de la retirada hacia la ciudad de Aversa, donde hallaremos refugio y ayuda para nuestros soldados enfermos. Disponed lo que creáis más conveniente.

El roncalés permaneció unos instantes pensativo, no tanto porque dudara de lo que había que hacer, sino para recuperar el aliento que, por causa de la enfermedad, le faltaba.

—Dividiremos las tropas en tres secciones —dijo, intentando dar un tono de seguridad a sus palabras—. Esta noche saldrá la caballería para Nola y mañana, cuando oscurezca, partirá el resto del ejército dividido en dos hacia Aversa: en la vanguardia marcharán los hombres de Urbino, Rangon, Gravina y Oria con los enfermos y en la retaguardia la infantería gascona y navarra conmigo y los hombres de Saluzio, Gaetano y Venafro. Recemos, caballeros, para que los españoles no salgan en nuestra persecución o que el Altísimo nos ampare si su caballería ligera da con nosotros en medio de la oscuridad.

De la manera que había dispuesto Pedro Navarro se procedió y, dos horas después de haber anochecido, partió lo que quedaba de la poderosa caballería francesa hacia Nola con la esperanza de que los centinelas que estaban apostados en el adarve de la muralla y los escuchas, que se hallaban distribuidos en el campo exterior, no percibieran los movimientos de los jinetes en su huida. Pasaron cinco horas desde que hubieron abandonado el campamento francés y pensaba el general Navarro que habían logrado escapar y se hallaban ya cerca de Nola, cuando se oyó un tropel de jinetes y relinchos de caballos en las inmediaciones de las trincheras. Eran los restos de la caballería francesa que había logrado escapar de la matanza perpetrada por los españoles. Uno de sus capitanes relató a Pedro Navarro cómo a unas dos leguas de Nápoles les sorprendió la caballería ligera española montados los caballos por arcabuceros que, en poco más de media hora, habían destrozado a los lentos y desmoralizados jinetes de su ejército.

—Los que cabalgábamos en la vanguardia pudimos escapar refugiándonos en la maleza que cubría algunos oteros y, amparándonos en la oscuridad, volver grupas y llegar al campamento.

—¿Y el resto de la caballería? —demandó el navarro.

—Todos muertos o hechos prisioneros.

Aquella noche, que fue la del 29 al 30 de agosto de 1528, con el sigilo que la ocasión requería se preparó el repliegue de la infantería. Las piezas de artillería tuvieron que ser inutilizadas y abandonadas y la munición arrojada al mar para que no cayera en manos del enemigo. Pedro Navarro, asaltado por frecuentes episodios de fiebre, montó en una mula enjaezada con una jamuga para poder desplazarse con mayor comodidad. Para contento de los franceses, a lo largo del día el cielo se fue cubriendo de densas nubes negras que presagiaban una tormenta o, al menos, un fuerte aguacero que podría facilitar la retirada de los soldados de Francia. Al anochecer comenzó a soplar un fuerte viento del oeste y a caer una lluvia espesa y constante que apenas dejaba ver a cinco brazas de distancia.

—El cielo se ha puesto de nuestro lado —manifestó aliviado Pedro Navarro, oteando el horizonte del mar donde se estaban formando enormes torbellinos de nubes que amenazaban con descargar el diluvio sobre Nápoles y sus entornos.

A medianoche, a cubierto de las miradas de los centinelas por la espesa cortina de agua que caía sobre el campamento y de los escuchas, que nada percibirían de los relinchos de los caballos y acémilas, apagados por el sonido de la lluvia, Pedro Navarro dio la orden de marcha. Rodeados por la protectora precipitación emprendieron una penosa caminata que, si la fortuna los acompañaba, acabaría felizmente al mediodía siguiente en la ciudad de Aversa.

Los soldados libres de la enfermedad, que iban en vanguardia, portaban en parihuelas e improvisadas literas hechas con ramas y cuerdas los cuerpos de los dolientes, lo que les había obligado a aban-

donar las picas y rodelas y a desplazarse con gran lentitud. En la retaguardia formaban los mermados escuadrones de rodeleros y arcabuceros gascones y navarros con el roncalés a la cabeza.

Parecía que aquel ejército en retirada iba a conseguir su objetivo,
que era encontrar la seguridad y la salvación tras las murallas de
Aversa, cuando, inesperadamente, al mismo tiempo que amanecía
y se abría un claro en las nubes por donde penetraban los primeros rayos del sol, apareció a sus espaldas un escuadrón de caballería
ligera que se abalanzó sobre los desdichados que, exhaustos y febri-
les, descansaban tendidos sobre el talud de una colina cubierta de
retorcidos viñedos, sin fuerzas para sacar sus espadas ni sostener en
sus manos las pesadas picas. Los soldados no atinaban a defenderse,
sino que se dejaban matar buscando en las espadas y las balas enemigas el final a tantos sufrimientos.

Los españoles y un destacamento de griegos y albaneses que servían al difunto virrey —que podían haber acabado con todos los
franceses en retirada en aquella triste jornada— no tuvieron piedad
con aquellos que opusieron alguna resistencia, pero perdonaron la
vida a los enfermos y a los soldados sanos que, arrojando las armas,
se entregaban sin luchar.

Pedro Navarro, sostenido a duras penas sobre la acémila, temblo-
roso y sin fuerzas, azuzó a su cabalgadura y la dirigió por una estrecha vereda que se internaba en un bosquecillo de árboles frutales
con la intención de ocultarse de sus enemigos, con tan mala fortuna
que fue a dar en un claro donde lo esperaba un grupo de jinetes que,
alzando sus arcabuces, le exigieron que se entregara.

—¿Sois acaso general? —le demandó con brusquedad el que parecía mandar aquel destacamento de caballería al observar las vestiduras militares y la coraza repujada que portaba el navarro.

—General soy. Y no dudéis que de fama. Seguro que os darán una
buena recompensa por mí —respondió el roncalés, acercándose al
capitán de caballería para entregarle la espada.

—¿Cuál es vuestro nombre, si se puede saber?

—Pedro Navarro.

—¿Pedro Navarro? —balbuceó el militar napolitano—. ¿El que ha
sido dos veces traidor?

—El general que venció a los franceses, a los turcos, a los moros de África y, después, a los españoles hasta que se quebró su suerte frente a los muros de Nápoles —repuso el navarro, haciendo caso omiso de la acusación de felonía que le acababa de hacer su captor—. ¿Y cuál es el nombre de aquel que, para su fortuna, me ha tomado preso?

—Mi nombre es Nuredín Sacallo. Soy albanés, aunque ahora estoy con los napolitanos. Pero dejemos la plática para otro momento y cabalgad con nosotros, que deseoso estoy de retornar a Nápoles y presentaros al marqués de Alarcón para que se sepa a qué gran personaje he logrado apresar.

El tal Nuredín Sacallo, capitán de la caballería napolitana, era en efecto un modesto militar nacido en Nápoles, aunque de familia albanesa, que hacía cinco años que estaba al servicio del virrey. El apresamiento de Pedro Navarro le dio una fama que nunca hubiera alcanzado con sus irrelevantes hazañas militares. El rey Carlos I, para recompensarlo por el servicio que había prestado a la Corona con la captura del roncalés, le concedió la propiedad de un castillo y de tierras en Otranto.

Al mediodía del 30 de agosto, con un cielo despejado, libre de las nubes que habían descargado el diluvio la noche anterior y soplando una suave brisa de poniente, entró Pedro Navarro en Nápoles por la puerta de Capua escoltado por el capitán Sacallo y sus jinetes. Este lo encerró en un oscuro chamizo de su propiedad que tenía cerca del puerto.

Al día siguiente, la noticia del cautiverio del general Navarro se había extendido como un reguero de pólvora por toda la ciudad. Hubo quienes se alegraron de su desgracia, diciendo que por fin estaba preso el general traidor a su rey. Otros se compadecían de él por su avanzada edad y porque conocían las grandes gestas del roncalés y las proezas imposibles que realizó en aquella ciudad cuando logró tomar los inexpugnables castillos napolitanos con sus minas explosivas.

No transcurrirían muchos días sin que fuera a visitarlo don Hernando de Alarcón, marqués de Valle Siciliana, que, aunque estaba aquejado de una enfermedad y padecía fuertes dolores, en contra de la opinión de sus médicos, que le previnieron de los peligros de acercarse a un enfermo de la epidemia, se presentó en la choza donde Sacallo lo tenía preso por el respeto que le merecía tan relevante militar —le dijo a sus galenos— y la obligación que tiene todo buen cristiano de asistir a un enfermo.

Cuando don Hernando entró en el chamizo halló al sufrido roncalés adormecido, muy flaco, con la barba y el pelo largo y enmarañado, la tez amarillenta, tendido sobre un lecho de paja y aquejado de calentura y fuertes temblores.

—General Navarro —susurró el marqués, acercando sus labios al oído del enfermo para sacarlo del sopor y la pérdida de conciencia que padecía—. ¿Me oís?

El prisionero abrió los ojos, pareció despertar de un profundo letargo y esbozó una leve sonrisa al reconocerle.

Hernando de Alarcón, seis años más joven que el roncalés, había participado, junto con Pedro Navarro, en la conquista de Cefalonia, las batallas de Seminara y Garellano, las tomas de Bugía y Orán y la batalla de Rávena, en la que resultó herido. Tantas empresas militares compartidas habían creado unos fuertes vínculos de amistad y compañerismo que solo el voluntario alejamiento del navarro del ejército español enturbió. Sin embargo, el encuentro de ambos en aquella humilde choza napolitana reverdeció los viejos lazos que les unieron en el pasado.

—Os oigo, marqués, viejo amigo, pero me temo que por poco tiempo, pues me siento morir —respondió Pedro Navarro con un hilo de voz.

—Estáis muy enfermo y no dudo que moriréis sin remedio si continuáis en este infecto lugar —le aseguró el español.

El doliente intentó incorporarse para atender a tan relevante visita, pero no pudo alzarse del humilde lecho.

—No temo a la muerte. Lo que lamento es no haberla encontrado de manera gloriosa en el campo de batalla.

El marqués sonrió rememorando las veces que estuvieron ambos en trance de morir a manos del enemigo.

—No moriréis, general Navarro, al menos ahora y de este deshonroso modo.

—Más deshonroso, señor marqués, sería continuar viviendo cuando tantos bravos soldados bajo mi mando han perecido sin que yo haya podido hacer nada para salvar sus vidas —reconoció el navarro.

—La suerte de vuestros soldados estaba en manos de Dios. Ha sido por su voluntad que murieran en las tierras de Nápoles. Pero vos debéis vivir.

El roncalés cerró los ojos, agotado por el esfuerzo realizado, y, alargando su mano diestra, asió con emoción la del marqués en señal de agradecimiento y respeto a su persona.

—Os sacaré de este chamizo maloliente, general —manifestó el marqués—, y os trasladaré a mi casa, donde podréis descansar en una estancia limpia y soleada. Allí os podrá tratar mi médico de los males que padecéis.

En la casa del marqués de Villa Siciliana fue el roncalés recuperando la perdida salud gracias a los variados y nutritivos alimentos que ingería y a los cuidados de Samuel Leví, el galeno judío del marqués que, mediante friegas, cataplasmas y la toma de infusiones medicinales logró que, transcurrida una semana, volviera el color bronceado a su rostro y pudiera deambular por la habitación libre de calenturas y temblores.

Otros personajes principales contagiados con el morbo en el campamento francés no tuvieron la suerte del navarro y murieron en los primeros días de septiembre sin que los cuidados y las curas que les aplicaron los médicos napolitanos pudieran salvarles la vida. Entre ellos se encontraba el marqués de Saluzio, que entregó su alma el día 9, y el señor de Albret, hermano del que fuera rey de Navarra, que falleció de inanición y flaqueza al negarse a comer y beber.

El 18 de septiembre, Pedro Navarro, que permanecía recluido en la casa del marqués de Alarcón como prisionero de guerra que era del rey Carlos I, recibió la visita de su generoso protector.

—General, observo con satisfacción que los cuidados de mi médico y el buen yantar os han devuelto a la vida —le dijo el noble español.

—A él debo, sin duda, el haber recuperado la salud —reconoció el preso—. No puedo sino agradeceros vuestros desvelos por mi persona, aunque no pueda yo devolveros el favor estando en esta triste situación.

—Nada tenéis que agradecerme, pues seguro estoy de que haríais lo mismo por mí si me encontrara en tan apurado trance.

El marqués se sentó en una silla con asiento y respaldo de cordobán que había junto a la cama del militar convaleciente. Este permanecía de pie, con la mirada perdida en el mar azul que se divisaba a través del enrejado ventanal.

—Tengo el pálpito, amigo mío, de que será en esta ciudad, en la que tantos halagos y vítores recibí, donde habré de encontrarme con mi Creador —repuso el roncalés—. Mi vida dedicada a la milicia ha terminado.

—No sé si la sorprendente vida militar de Pedro Navarro ha terminado con este apresamiento —aseguró don Hernando—. Pero sí os he de comunicar que vuestra estancia en mi casa, por desgracia, ha llegado a su fin. He recibido una imperativa misiva del virrey, cargo que ahora ostenta el príncipe de Orange. En ella se ordena que todos los prisioneros franceses que estén en Nápoles y no hayan sido reclamados por una autoridad superior ocupen una celda en alguno de los dos castillos de la ciudad y pasen a estar bajo la jurisdicción real. Manda que Pedro Navarro, por su reincidente rebeldía, sea encerrado en una de las mazmorras del Castel Nuovo, en la que debe permanecer aislado, sin permiso de visitas ni correspondencia alguna, hasta nueva orden.

El navarro no se inmutó. Sabía que la atemperada reclusión en la casa de su amigo el marqués no podía durar. Sin embargo, más que el sufrimiento en aquella prisión del Castel Nuovo que ya conocía, le dolía que el rey don Carlos quisiera vengar, en un anciano e inofensivo militar preso, sus frustraciones políticas y las victorias logradas por él al lado de Francia en los campos de Italia.

A la mañana siguiente era trasladado Pedro Navarro, gozando de salud corporal pero angustiada su alma por negros pensamientos, al Castel Nuovo de Nápoles. El cielo matutino estaba cubierto por unas nubes rojizas que, quizás, presagiaban el terrible destino que esperaba al bravo roncalés tras aquellos muros que serían su última morada. Antes de franquear la monumental puerta que conmemoraba la entrada de Alfonso V, se dirigió al marqués de Alarcón que, como un último gesto de amistad, lo había acompañado hasta el que sería su encierro definitivo.

—Desde estos fuertes muros, amigo Alarcón —musitó entre sollozos— no sé si me miran los ojos llenos de admiración de los soldados que conduje a la victoria o los ojos de triste mirada y ávidos de justicia de los cientos de hombres que murieron aplastados por mis terribles invenciones explosivas. Sin embargo, si a los primeros les pido respeto por mi persona y que proclamen la verdad de mis hazañas, a los segundos les suplico encarecidamente que perdonen a este cristiano que quiere presentarse ante su Creador libre de pecados y de remordimientos.

Los soldados del rey recibieron al prisionero de la escolta del marqués, que lo había conducido hasta la puerta de Castel Nuovo, y lo introdujeron en el patio de armas para, a continuación, encerrarlo en una de las mazmorras, aunque el alcaide ordenó que se le sacara de aquella oscura celda y se le recluyera en una de las estancias de la planta segunda de la torre del homenaje, menos húmeda y mejor ventilada que los calabozos subterráneos. La deferencia se la debía el navarro a Luis de Icart, otro de sus compañeros de armas, que se dolía de los sufrimientos del roncalés y que tenía por el emperador Carlos la alcaidía de aquella fortaleza.

La entrevista entre Luis de Icart y Pedro Navarro, que tuvo lugar en la habitación ocupada por este aquella misma tarde, fue el emotivo y fraternal encuentro entre dos viejos compañeros de armas. Se abrazaron cordialmente, porque, aunque habían luchado en la última guerra en campos contrarios —Luis de Icart estaba al frente de las tropas españolas en Brescia cuando fue tomada por Pedro Navarro—, no podían olvidar las aventuras vividas y las penalidades que habían soportado defendiendo las banderas del rey don Fernando el Católico. Luis de Icart fue de los pocos españoles que elevaron una petición al emperador para que pusiera en libertad al roncalés cuando estuvo preso entre 1522 y 1526, alegando en su favor los muchos méritos contraídos por el navarro combatiendo por la causa de su abuelo y de la cristiandad en Italia y África y la avanzada edad y decrepitud del prisionero.

—Viejo amigo —le dijo el alcaide después de la salutación y el abrazo—, no hay labor más ingrata que la que a mí toca por mi condición de alcaide de esta fortaleza. Por mandato del rey, nuestro señor, debo someteros a reclusión y aislamiento, cuando mi corazón proclama que es la libertad y no la cárcel lo que merecéis. Pero he de cumplir con mi obligación, manteneros preso e impedir que recibáis visitas ni correspondencia.

—No os aflijáis, que también yo tuve que tomar en más de una ocasión decisiones que mi corazón repudiaba. Pero la lealtad y la disciplina debida nos obligan a obrar a veces en contra de nuestros sentimientos. No obstante, os agradezco vuestras sinceras palabras y solo espero que don Carlos decida pronto cuál ha de ser mi futuro. Aunque los sufrimientos de la prisión harán inexorablemente su trabajo y quizás os liberen de la responsabilidad que asumís con mi cautiverio.

Luis de Icart se entristeció al ver el estado lamentable en el que se hallaba aquel que conoció tan fiero y combativo frente al enemigo. No podía darle la libertad, pero haría cuanto estuviera en su mano para hacer más llevadera la reclusión de quien había sido su respetable y admirado capitán.

—Procuraré haceros lo menos onerosa posible la estancia en esta prisión —dijo—. Hoy mismo he mandado a los alarifes que construyan una chimenea en esta estancia para que podáis calentaros en los fríos días de invierno.

El 10 de octubre recibió Luis de Icart una orden escrita del virrey que hacía mención a una carta enviada por el rey don Carlos, fechada quince días antes, en la que ordenaba al príncipe de Orange que, sin dilación, ni el obligado juicio, mandara ejecutar en la plaza mayor de Nápoles, para que sirviera de general escarmiento, a todos los prisioneros franceses que hubieran participado en la pasada guerra rebelándose contra la autoridad imperial, que no hubiesen pagado rescate y que estuvieran presos en las cárceles de la ciudad.

Entre los días 15 y 17 del citado mes fueron ejecutados en la plaza mayor los duques de Boyano y Venafro y Federico Gaetano, además de un destacado personaje de Aversa llamado Altomar. El día 20 se les cortó la cabeza a los comisarios florentinos Marco de Nero y

Juan Bautista Soderini, declarados parciales de Francia. El duque de Gravina y el marqués de Oria salvaron en última instancia sus vidas al abonar sus deudos las cantidades exigidas por su rescate.

Para las ejecuciones, se había construido con tablazones un cadalso en el centro de la plaza y, frente a él, una tribuna con bancos corridos resguardada del sol por un toldo o dosel de tela roja. En ella tomaban asiento las autoridades civiles, militares y religiosas de la ciudad: Filiberto de Chalôns, príncipe de Orange, el marqués de Alarcón, el obispo de Nápoles y Luis de Icart, entre otros. En torno al patíbulo se congregaba una multitud de napolitanos vociferante que insultaba a los reos que accedían a la plaza transportados en carros desde Castel Nuovo o Castel dell'Ovo.

Cuando el verdugo hacía descender el hacha sobre el cuello de alguno de aquellos desdichados y, una vez cercenada la cabeza, la tomaba por los cabellos y la izaba para que todos pudieran contemplar la testa chorreante de sangre del ajusticiado, el griterío se intensificaba, quizás con el propósito de que los representantes del emperador que asistían a tan infamante espectáculo comprobaran con satisfacción la incondicional lealtad de los napolitanos a la persona y la causa de don Carlos.

El 27 de octubre, antes del amanecer, se presentó Luis de Icart en la habitación que servía de celda al navarro con la expresión severa. Por la ventana penetraba la luz difusa del sol naciente que, aunque aún no había surgido por detrás de las montañas, iluminaba con un resplandor violáceo el cielo de Nápoles.

—Amigo Pedro Navarro —comenzó diciendo—, hoy me trae a vuestro aposento un asunto doloroso pero ineludible. Sois el único prisionero que queda en Nápoles de la pasada guerra y, aunque me he resistido a cumplir el expeditivo mandato del rey don Carlos retrasando vuestra ejecución sin motivo justificado, ha llegado la hora de que se cumpla la sentencia del emperador y la orden del virrey y seáis ajusticiado.

—Hace días que espero la llegada de la escolta que me ha de conducir al patíbulo —manifestó el roncalés sin inmutarse—. Solo os pido que, antes de que el verdugo me separe la cabeza del cuerpo, me asista un sacerdote para que pueda emprender el último viaje arrepentido y reconciliado con Dios todopoderoso.

—Esta tarde os visitará el capellán del castillo para que os confeséis —repuso el alcaide—. Pero, si habéis de morir, no será con deshonor, humillado por la plebe y escarnecido por aquellos que un día os aclamaron como su libertador. Pedro Navarro no morirá ejecutado en la plaza pública, para vergüenza de quienes fuimos sus compañeros de armas y desdoro de quien ha ordenado su injusta muerte.

—¿Y qué pensáis hacer, Luis de Icart?

—No debéis salir vivo de esta habitación, noble capitán general de la infantería —dijo el alcaide con una seguridad que demostraba la firme decisión que ya había tomado—. Si perecéis en el castillo os libro de la pública ignominia y los insultos de la gente olvidadiza y cruel y, de paso, salvo al emperador de la responsabilidad y el baldón de vuestra muerte que solo a él se ha de imputar.

—¿Y cómo he de morir, alcaide Icart, cuando he burlado a la naturaleza escapando de la perniciosa enfermedad y gozo de buena salud?

Luis de Icart se acercó al preso que se hallaba sentado sobre el borde de la cama, sin expresar la menor señal de preocupación o miedo. Su voz se quebró al tiempo que dos gruesas lágrimas rodaban por sus mejillas.

—He de daros muerte, viejo amigo, en soledad, para que nadie sepa la verdadera causa de vuestro óbito. Os pondré vuestra almohada sobre el rostro y esperaré a que el desfallecimiento y la asfixia os lleguen. El médico de la cárcel certificará que habéis fallecido de muerte natural a causa de vuestra avanzada edad y de las graves secuelas que os dejó el morbo.

—Hágase como decís —dijo el reo con resignación.

Aquella tarde lo visitó el sacerdote capellán del castillo. Pedro Navarro, de rodillas con un crucifijo de madera que le había proporcionado el cura entre las manos, confesó sus pecados arrepintiéndose sinceramente de las malas acciones que hubiera podido cometer a lo largo de su vida, reconociendo que muchas de ellas las hizo en defensa de la cristiandad y de su rey y nunca por soberbia, odio o ansias de enriquecimiento. Luego recibió la absolución y, llorando desconsoladamente como señal de contrición, para cumplir la penitencia impuesta, estuvo rezando con devoción hasta bien entrada la noche.

Amanecía un día gris y lluvioso, el 28 de octubre del año 1528, que sería el último en que vería la luz el esforzado soldado navarro, cuando Luis de Icart entró en la habitación del reo, que se hallaba tumbado boca arriba en la cama con el crucifijo asido entre los dedos, los ojos cerrados y rezando con devoción. El alcaide tomó la almohada que el preso había dejado intencionadamente a los pies del camastro, la llevó hasta el rostro de su respetado amigo y le cubrió con ella la boca y la nariz, presionando con fuerza para impedir que pudiera respirar. Mientras que el desdichado roncalés se debatía entre la vida y la muerte, cabeceaba queriendo tomar una imposible bocanada de aire que le llevara la salvación a los pulmones y se convulsionaba a causa del ahogamiento que sufría, el militar que, cumpliendo la orden de su emperador y del virrey, estaba procediendo a ejecutar a su admirado compañero de armas, lloraba y se dolía de su muerte.

A mediodía acudió a la que había sido la última morada de Pedro Navarro el médico de la guarnición, que certificó el fallecimiento del roncalés producido por causas naturales, debido a los achaques de la vejez y a las secuelas que dejó en su ajado cuerpo la pasada epidemia.

El día 28 de octubre del año de gracia de 1528, Pedro Bereterra, luego conocido como Pedro de Roncal y Pedro el Cántabro, también como Roncal el Salteador y, más tarde, como Pedro Navarro, dilecto capitán general de la infantería española, honrado con el título de conde de Oliveto y, finalmente, elevado a general y almirante de Francia, cuando apenas había amanecido, a los sesenta y ocho años de edad, dejó esta vida y entregó su alma, quien tan agitada y rica existencia había tenido, en la ciudad de Nápoles, donde tanta gloria y fama, en el pasado, había alcanzado.

Al sepelio de Pedro Navarro solo asistió Luis de Icart y el bondadoso don Hernando de Alarcón, marqués de Valle Siciliana. Muchos antiguos compañeros de armas del roncalés que estaban en Nápoles hubieran querido acudir a su entierro, pero la taxativa orden de ejecución dada por el emperador y el miedo a sufrir alguna represalia del virrey por mostrar su afecto y amistad por quien era considerado por algunos como un rebelde traidor enemigo de don Carlos, les había aconsejado no presentarse en la exigua ceremonia fúnebre celebrada en la iglesia de Santa María la Nueva, construida por los franciscanos y reedificada por Carlos de Anjou en el año 1268.

A Paulo Jovio, que había solicitado al duque de Orange autorización para poder visitar al reo en su encierro de Castel Nuovo, no se le permitió el acceso a la ciudad de Nápoles por los lazos de amistad y servidumbre —alegaron los encargados de negarle el salvoconducto— que lo unían al rey de Francia.

Casi en secreto, sus restos mortales fueron sepultados en una de las capillas de la citada iglesia, que había sido construida por Gonzalo Fernández de Córdoba cuando se enseñoreaba de Italia y era gobernador general de Nápoles. Una pequeña lápida de mármol señalaba el lugar del enterramiento grabada con el siguiente breve epitafio: «Aquí yace Pedro Navarro. Ilustre capitán español muerto al servicio de los franceses en 1528».

Odet de Foix, cuyos restos estuvieron perdidos durante varios años, robados por un soldado infame, pudo al fin reposar en la misma iglesia en la que habían sido depositados los huesos del roncalés. Aquellos dos bravos soldados, que tantas gestas protagonizaron juntos en vida, hallaron la paz, uno cerca del otro, en la capilla de San Jaime de la Marca de la iglesia napolitana.

Transcurridos veinte años, visitó la iglesia de Santa María y las olvidadas tumbas de los dos ilustres personajes Gonzalo Fernández de Córdoba, duque de Sesa, nieto del Gran Capitán. Conmovido al contemplar las sepulturas de aquellos dos grandes soldados muertos en defensa de Francia y sorprendido por la sencillez de sus sepulturas, entendió, con la alteza de miras de quien era descendiente de uno de los más sobresalientes militares que ha dado España, que aquellos humildes sepulcros no hacían justicia a la grandeza de los héroes que yacían en ellos, por lo que mandó construir a sus expensas dos monumentos funerarios que enaltecieran ambas figuras desaparecidas, pero cuya memoria no debía perderse con el paso de los años. Los mandó erigir uno en el lado del evangelio de la nave principal de la iglesia, el otro en el de la epístola, dotándolos de sendas capellanías y misa perpetua, que se habría de celebrar cada día por sus almas. La obra escultórica fue realizada por Annibale Caccavello.

Una vez acabados de construir los dos mausoleos, hizo colocar en ellos sendas lápidas con epitafios que hacían referencia a la vida de los personajes que estaban allí enterrados. El del mariscal de Francia, escrito en latín, decía que aquel mausoleo se había erigido para honrar la memoria de un valiente caudillo de Francia, a pesar de ser los huesos de un enemigo. El epitafio de Pedro Navarro, grabado también en el idioma de los antiguos romanos, dice en la lengua de Castilla: «A las cenizas y a la memoria del cántabro Pedro Navarro, muy esclarecido en el ingenioso arte de expugnar ciudades. Gonzalo Fernández, hijo de Luis, nieto del gran Gonzalo, príncipe de Sesa, honró con el piadoso obsequio de un sepulcro al caudillo que siguió el partido de los franceses, teniendo en cuenta que el valor preclaro hasta en el enemigo deber ser admirado. Murió el 28 de agosto del año 1528»[10].

---

10   Las fechas que aparecen en ambas inscripciones están erradas. La lápida del mariscal de Francia está datada el 15 de agosto de 1528, cuando su muerte acaeció el día 12 de dicho mes, y en la de Pedro Navarro dice que falleció el 28 de agosto de 1528, cuando debería decir el 28 de octubre de 1528.

XXVIII
EPÍLOGO. PEDRO NAVARRO: ¿HÉROE O VILLANO?

La figura histórica de este controvertido personaje no ha estado exenta —incluso en el siglo XXI— de polémica y apasionadas y contrapuestas interpretaciones. En su tiempo, y en los tres siglos siguientes, fue considerado «dos veces traidor» a España, rebelde contumaz y, también, pirata y expoliador de los vencidos. Militar de fama que por resentimiento, ambición y desmedido deseo de alcanzar la gloria, abandonó a su señor natural, el rey don Fernando el Católico, al que había jurado fidelidad, y se puso al servicio del rey de Francia, enemigo de los españoles, combatiendo tenazmente a sus antiguos compañeros de armas con todo su ingenio y su extraordinaria capacidad militar por mar y tierra.

Pero, en descargo y exculpación del personaje que Gonzalo Fernández, duque de Sesa, para hacer justicia y dejar constancia de su nombre y de sus relevantes acciones, había honrado con la erección de un mausoleo en una iglesia de Nápoles, es necesario decir que, en la mentalidad de la época en la que vivió el roncalés, el concepto de «patria» o de pertenencia a una entidad política conocida con el nombre de «nación» —que hoy, como producto cultural de las revoluciones liberales-burguesas del siglo XIX, se tiene— no existía.

No eran términos ni conceptos utilizados en el Antiguo Régimen y, menos aún, en los siglos XV y XVI, período de la historia, a caballo entre el medievo y la modernidad, pero tiempos todavía profundamente imbuidos por la mentalidad caballeresca, en la que la entrega personal de un vasallo a un señor mediante un contrato a cambio de recibir un feudo (tierras, castillo, título, regalía o cargo civil o militar) representaba la única soberanía reconocida.

Antes de que el humanismo, con todo lo que representó de enaltecimiento de la libertad individual y de los valores del hombre como ciudadano, impusiera un nuevo concepto de la vinculación entre los individuos, las relaciones vasalláticas, el sentimiento de dependencia de un señor y de protección de este hacia su vasallo, la veneración y el respeto casi religioso a la fidelidad y la lealtad debidas aún presidían las relaciones entre los individuos y los cerrados estamentos o grupos sociales.

En el caso de Pedro Navarro, su desvinculación sentimental y territorial de los reinos de Castilla y Aragón era una realidad difícilmente reconocible por los historiadores del siglo XIX, que enjuiciaron la trayectoria vital del roncalés según esquemas basados en la existencia de la «nación española», concepto que no se podía aplicar, en el sentido que hoy tiene, a la España del siglo XVI.

Pedro Navarro no era súbdito del rey de Aragón ni natural del reino de Castilla. Había nacido y crecido en Navarra cuando todavía ese reino no había sido anexionado por Castilla, hecho que aconteció en el año 1512. Incluso después de la anexión, una parte de los navarros continuaba siendo fiel al depuesto monarca Juan III de Albret, al que consideraban soberano legítimo.

Probablemente, Pedro Navarro seguía sintiéndose súbdito de este monarca, sobre todo desde que se encontró con él en Francia en 1515. La vinculación del roncalés con el rey de Aragón debió de ser una relación feudo-vasallática al estilo medieval: el rey le había otorgado el condado de Oliveto, sin duda a cambio de un juramento de fidelidad. Aquella vinculación —que no debería resultar extraña en la sociedad de la época— habría sido libremente aceptada por ambas partes. Como tal, según la tradición y las antiguas costumbres, podía romperse cuando una de las partes creyera que el contrato había sido transgredido por la otra.

Pedro Navarro había desarrollado la mayor parte de su vida militar en Italia, actuando como un verdadero «condotiero», combatiendo por la soldada: estuvo al servicio del capitán florentino Pedro Montano, del cardenal napolitano Juan de Aragón, del marqués de Cotrón, de Fernando el Católico y, después, de Francisco I de Francia. Se puede considerar, por tanto, como un soldado de fortuna que se ponía al servicio de uno u otro señor según las circunstancias, según soplaran los vientos de la política o se le ofrecieran las mejores oportunidades de ascenso en la milicia o en la escala social.

Sin embargo, hay un aspecto de la vida de este polifacético personaje que no se corresponde con los esquemas clásicos que definen a los «condotieros»: su escaso apego a la riqueza y al botín. Después de toda una vida dedicada a la guerra, de haber expugnado ciudades en Italia y conquistado a los berberiscos enclaves comerciales de gran valor estratégico como Bugía, Oran y Trípoli, lugares en los que muchos de los soldados bajo su mando se hicieron ricos con el botín obtenido, él llegará al final de sus días tan pobre como cuando empezó su andadura en la Italia de su juventud.

¿Cuál es el motivo por el que Andrea Doria, el príncipe de Orange, el duque de Borbón, Fabricio y Próspero Colonna han pasado a la historia universal como grandes héroes encumbrados por sus triunfos y honrados por sus conciudadanos, sin hacerse referencia a su condición de «traidores», puesto que todos ellos estuvieron al servicio de España, Francia, Venecia o el papado, según sus intereses personales y las circunstancias de cada momento?

Estos encumbrados personajes no dudaban en pasarse de uno a otro bando para servir en las filas de quien había sido un enemigo irreconciliable la víspera. ¿Por qué no se han tratado con el mismo rasero, liberalidad e indulgencia las acciones del roncalés a pesar de tenerse constancia documental de sus numerosos intentos de retornar a la obediencia del rey de España?

La respuesta puede hallarse en un rasgo de la personalidad y de la condición social del navarro: su no pertenencia al estamento nobiliario. Su progenitor era un humilde hidalgo arruinado dedicado a labores agrícolas en las montañas pirenaicas. En una sociedad y una época en las que para acceder a cargos importantes de la administración civil o militar era necesario pertenecer a la nobleza, que un soldado de bajo y desconocido origen —un pastor de ovejas— ascendiera por méritos propios, por su ingenio, tesón e inteligencia, en la exclusiva y elitista carrera de las armas hasta llegar a ser llamado por el rey de España «mi capitán general de la infantería» y que recibiera de él un título nobiliario —conde de Oliveto—, no podía ser asumido sin repulsa y declarada hostilidad por unos nobles encopetados que veían en el prestigio alcanzado por aquel «don nadie» una injerencia en sus exclusivos derechos estamentales, conculcados por un advenedizo.

Otro de los motivos de la parcialidad con que ha sido tratada tradicionalmente la figura de Pedro Navarro habría sido que, al haber aceptado destacados cargos en el ejército francés, primero el de capitán general de la infantería y, después, el de almirante de la Armada, y haber combatido —cuando se lo ordenaba Francisco I— a su antiguo señor ayudando al más encarnizado enemigo de España, se le cerraban las puertas para poder retornar al servicio del rey don Carlos y se ganaba el repudio de buena parte de la nobleza, que no de los hombres de armas que lo conocían y respetaban, como Hernando de Alarcón, Juan de Urbina y Luis de Icart.

La saña con que lo trató el nieto de Fernando el Católico solo se explica por la repulsa que había generado en este monarca y, sobre todo, en su camarilla de aduladores consejeros, las grandes victorias alcanzadas por el roncalés en Italia frente a los españoles y al deseo de venganza hacia aquel navarro que había osado pasarse al enemigo y desafiar el inmenso poder de un emperador dueño de media Europa.

Ignoran los que reprueban la mudable conducta del roncalés —de felón y doblemente traidor, lo tildaban— que en la historia de España ha habido casos similares al de Pedro Navarro que, como los «condotieros» italianos, no desaprovechaban la oportunidad para «desnaturarse» del reino, es decir, para desligarse del vasallaje de su rey y pasar al servicio de otro señor con el propósito de emprender una nueva carrera militar y, en algunos casos, enriquecerse combatiendo en las filas del enemigo. Ese es el caso de Rodrigo Díaz de Vivar, el Cid Campeador, que se «desnaturó» de Castilla y de su señor el rey Alfonso VI y se exilió a Zaragoza, donde estuvo cinco años al servicio del emir taifa Yusuf al-Mutamán comandando sus tropas; o de Alonso Pérez de Guzmán el Bueno que, enemistado con Alfonso X el

Sabio, pasó a Marruecos y se puso al servicio del sultán de Fez, Abu Yusuf, en cuyas filas combatió durante quince años, y que volvió a Castilla inmensamente rico, dando inicio a la encumbrada Casa de Medina Sidonia.

Ambos personajes no solo no han sido acusados de felonía e ingratitud hacia su patria, sino que la historiografía española los ha elevado a la condición de héroes nacionales, cuyos valores humanos, su desprendimiento, generosidad y valentía como soldados han de ser considerados y puestos como ejemplos en los que la sociedad debe mirarse.

No se puede ignorar, a la hora de enjuiciar la personalidad de Pedro Navarro y sus mudanzas, la cicatera actitud del rey don Fernando el Católico hacia su famoso capitán general de la infantería una vez que este fue apresado por los franceses en la batalla de Rávena y encarcelado en el castillo de Loches. Lo acostumbrado era que los reyes pagaran el rescate exigido por la libertad de sus generales y altos mandos del ejército que hubieran sido hechos prisioneros en el curso de alguna batalla, cuando no eran los familiares y amigos de los cautivos los que abonaban el monto de dichos rescates. Y si no se pagaba el rescate se lograba, generalmente, la redención del prisionero por medio del canje o intercambio de presos o de las conversaciones de paz y las negociaciones que formaban parte de ellas.

Es evidente que el rey don Fernando el Católico no actuó con la celeridad y la insistencia necesaria en el caso del navarro, que permaneció casi tres años en prisión sin que tuviera alentadoras noticias de su señor, por cuya causa había combatido y había sido hecho prisionero. Tampoco que hiciera las gestiones diplomáticas al uso para lograr su libertad mediante el canje de prisioneros o pagando el elevado rescate que el rey Luis XII exigía por él.

En estas circunstancias, desmoralizado y sintiéndose abandonado en la cárcel de Loches, sufriendo los rigores de una larga e injusta reclusión, no debe extrañar que el roncalés se acogiera ilusionado a la promesa de liberarlo y de otorgarle un elevado puesto en el ejército que le hizo el rey Francisco I por medio de su embajador, el mariscal Odet de Foix.

Todavía en nuestros días, cuando los libros de historia dedican densos y prolijos capítulos a la narración de las grandes empresas norteafricanas de Fernando el Católico y del cardenal Cisneros, el nombre de Pedro Navarro, el verdadero artífice de aquellas conquistas que permitieron a España dominar la costa meridional del Mediterráneo librándola de los piratas berberiscos, en algunos enclaves, hasta el siglo XVIII, ha sido intencionadamente borrado del relato histórico en un intento de *damnatio memoriae* exitoso, dado el desconocimiento del personaje que tienen las actuales generaciones.

Esta novela, como las excavaciones que sacaron a la luz la existencia y la personalidad, enterradas intencionadamente por sus contemporáneos, del faraón hereje Akenatón —enemigo de la poderosa clase sacerdotal—, pretende devolver a la gran historia de España la vida y las obras de uno de los personajes más sobresalientes del estamento militar de la monarquía, capitán general de la infantería, maestro insigne en la fabricación de artificios para asediar y rendir ciudades, inventor de las minas explosivas y de los carros artillados, libertador de Nápoles, conquistador de Vélez de la Gomera, Bugía, Orán y Trípoli, marino ilustre y famoso corsario.

GLOSARIO

Abarloar: Aproximar una embarcación hasta situarla de forma que su costado esté junto al costado de otro navío. En la guerra naval se utilizaba esta maniobra para acercar un barco a otro enemigo con la intención de abordarlo.

Adarga: Escudo de cuero con forma, generalmente, ovalada o acorazonada utilizado por los guerreros musulmanes medievales.

Adobar: Término antiguo utilizado por los calafates y carpinteros de ribera con el que se referían a la reparación y mejora de un navío, dejándolo preparado para que pudiera hacerse de nuevo a la mar.

Aduar: Campamento de nómadas beduinos constituido por tiendas de campaña. Podían ser temporales o, en ocasiones, permanentes.

Alabarda: Lanza de unos dos metros de longitud que porta, en su extremo, una punta de acero aguzada y, a su lado, una cuchilla a modo de hacha.

Alabardero: Soldado de infantería que portaba como arma ofensiva una alabarda.

Alambor: Desnivel de tierra o talud que, situado en la base de algunas murallas, recorría todo su perímetro para dificultar la colocación de escalas y la aproximación de máquinas de asalto.

Alamud: Barra de hierro de sección cuadrada que servía de pasador para cerrar una puerta. Generalmente se aplicaba ese nombre a la que se utilizaba para bloquear la puerta de un castillo o recinto fortificado.

Albarrada: Muro erigido a la piedra seca, sin argamasa, para separar el propio campo del enemigo o defender un punto considerado estratégico.

Alcuza (de un cañón): Recámara de un cañón en la que se depositaba la carga de pólvora que debía impulsar la bala una vez inflamada.

Alhóndiga: Edificio e institución de origen musulmán donde se almacenaban las mercancías, se realizaban los contratos de compraventa y se hospedaban los mercaderes.

Alumbre: Sal de alúmina y potasa muy usada y solicitada en el pasado para aclarar la turbiedad del agua. También como mordiente en tintorería y, en ocasiones, con fines medicinales.

Amán: En árabe el significado de este término es el de «protección». Con carácter general, en la sociedad islámica medieval se aplicaba al perdón concedido a un enemigo que capitulaba y se sometía a su conquistador.

Ampolleta: En navegación, antiguo instrumento que era usado para medir el tiempo a modo de reloj de arena. Solía emplearse una ampolleta de treinta minutos que, junto con la corredera, servía para medir la velocidad del barco en nudos.

Angevino: Relativo o perteneciente a la Casa de Anjou.

Arcabucero: Soldado de infantería que portaba, como arma, un arcabuz. Destacaron en el ejército español en las guerras mantenidas con Francia en el siglo XVI.

Arroba: Unidad de peso antigua que en Castilla equivalía a 11 kilogramos y medio.

Atambor: Instrumento de percusión, precedente del actual tambor, de origen musulmán. Era muy utilizado en las paradas militares.

Atarazana: Término derivado del árabe (*dar al Sina'a*) referido a un arsenal o astillero naval.

Babor: Costado situado a la izquierda de una embarcación mirando desde la parte de atrás, o popa, hacia la de delante, o proa.

Bacinete: Casco de hierro que, en un principio, era semiesférico, aunque más tarde se diseñó puntiagudo. Cubría las orejas y el cuello y podía disponer de una visera. Se usó en la Edad Media, desde finales del siglo XIII hasta el primer tercio del siglo XV.

Baluarte: Obra de fortificación que, en forma de ángulo, sobresalía en una esquina donde se encontraban dos lienzos de la muralla. Se construyeron en las fortificaciones edificadas «a la moderna», con frecuencia para poder instalar en él una o más piezas de artillería.

Bao: Los baos son las vigas superiores de la cuaderna, sobre las cuales se hallan colocadas y descansan las tablazones que constituyen la cubierta de un barco.

Basilisco: Antigua pieza de artillería (cañón) de bronce, muy pesada, de gran calibre y longitud.

Batel: Embarcación medieval a remo con una eslora no mayor de siete metros que servía como bote auxiliar de los grandes navíos.

Bauprés: Palo horizontal, o algo inclinado, situado en la proa de un buque. Algunas de sus funciones eran atar y asegurar los estayes del trinquete y sostener la vela cebadera cuando esta era izada.

Bergantín: Embarcación de dos palos, el mayor y el trinquete, con bauprés y velas cuadradas. Se utilizaba como navío de guerra y para el transporte de tropas y mercancías. Se caracterizaba por su gran velocidad, agilidad de maniobra y superioridad frente a las flotas enemigas compuestas por galeras, galeotas, carabelas y galeones.

Birreta: Casquete con cuatro picos, rojo para los cardenales y morado para los obispos, que les entregaba el papa al ser nombrados.

Bogar de bolina: O navegar de ceñida, consistía en la acción de navegar contra la dirección del viento, es decir, recibiendo el viento desde proa con el menor ángulo posible.

Bóveda vaída o de pañuelo: Consiste en una cúpula semiesférica o de media naranja que está cortada por cuatro planos verticales, posibilitando el paso de una cubierta semiesférica a una plano cuadrado.

Braza: Unidad de medida náutica usada para medir la profundidad del agua. Recibe el nombre de braza porque equivale a la longitud de un par de brazos extendidos, aproximadamente dos metros.

Bulárcama: Cada una de las ligazones o cintones que se colocan sobre el forro interior del buque o sobre las cuadernas en el exterior, sirviendo de refuerzo a estas para librar la obra muerta de daños producidos por el roce con otras embarcaciones o con los muelles.

Búzano: Pieza de artillería (cañón) de poco calibre muy utilizada en el siglo XVI.

Capa pluvial: Capa muy ornamentada que, de ordinario, lleva bordado un escudo en el dorso, con que se cubren los sacerdotes cuando asisten a algunos actos litúrgicos.

Capelo cardenalicio: Sombrero de ala ancha usado por los cardenales con cordones terminados en borlas que colgaban sobre el pecho. Se utilizó en la heráldica eclesiástica desde el siglo XIV.

Carabela: Embarcación muy marinera y manejable, con una sola cubierta, espolón a proa, tres palos con velas latinas, cofa solamente en el mayor y vergas en el mayor y en el de proa, que fue sustituida, a partir de finales del siglo XVI, por el galeón.

Cárabo: Embarcación de vela y remo usada en la Edad Media, sobre todo en el norte de África, para el transporte de caballos, impedimenta y tropas.

Caravasar: Institución que surgió en la antigua Ruta de la Seda constituida por edificaciones erigidas cada cierto número de kilómetros que daban albergue a los mercaderes de las caravanas en sus largos desplazamientos. Contaba con cocina, comedor, habitaciones para pernoctar, cuadras para los animales de carga y almacenes para guardar las mercancías.

Cardenales cismáticos: Cardenales seguidores de la doctrina conciliarista, que llegó a considerarse herética, y defensores de la causa de los Borgia, que estaban en contra del papa Julio II.

Carraca: Embarcación de vela redonda, alto bordo y dos puentes, uno a popa y otro a proa, dedicada al transporte de mercancías en travesías largas. Se usó sobre todo en los mares del norte, siendo poco utilizada en el Mediterráneo hasta que su uso se extendió por este mar a principios del siglo XIV. Fueron los mayores buques europeos del medievo.

Cebadera: En los barcos de vela de aparejo cuadrado, la cebadera era una vela cuadra que iba colgada de una verga debajo del bauprés en la parte delantera de la embarcación.

Celada: Casco militar usado desde principios del siglo XV que consistía en una modificación del antiguo bacinete. Algunos tenían una visera abatible y otros eran de una pieza completa, con una ranura para posibilitar la visión.

Cerbatana: Antigua pieza artillera de hierro forjado y pequeño calibre, más pequeña que las culebrinas, muy usada en el siglo XV.

Cimborrio: Cuerpo cilíndrico o de sección octogonal que sirve de base a la cúpula de una iglesia y que suele descansar sobre los llamados arcos torales.

Cintón: Listón recio y ancho de madera que se coloca en la parte exterior de un navío y en toda su longitud, desde la proa a la popa, para servirle de refuerzo y defensa cuando puede rozar con otro barco o con un muelle.

Coca: Embarcación de casco redondo y borda alta muy utilizada en los mares del norte. Disponía de un solo palo y una vela cuadra. Se dedicaba al comercio por su gran capacidad de carga. Fueron las primeras embarcaciones en incorporar un timón fijo en la popa (timón de codaste) y un segundo palo con vela latina.

Codo: Unidad de longitud que, en España, equivalía a 0,4179 metros.

Cogulla: Túnica utilizada por algunas órdenes religiosas. Se trata de un hábito muy ancho con unas grandes mangas, dotado de una capucha que podía mantenerse sobre la espalda o cubrirse con ella la cabeza.

Cómitre: Capitán que mandaba un buque de guerra o mercante, aunque, sobre todo, se daba este nombre en la Edad Media y Alta Edad Moderna a los capitanes que dirigían las maniobras de las galeras de guerra.

Conciliarismo: Doctrina que surgió en la Edad Media dentro de la Iglesia católica, que consideraba a los cardenales, reunidos en el concilio, como la suprema autoridad de la Iglesia, por encima del papa.

Condotiero: Soldado mercenario que ofrecía sus servicios y luchaba a favor de una u otra ciudad-Estado italiana o de cualquier gobernante que lo contratara, poniéndose siempre del lado del mejor postor y de quien le ofreciera mejores beneficios económicos o posibilidades de ascenso social.

Consejo de los Diez: Órgano superior del gobierno de la Serenísima República de Venecia constituido por diez relevantes personalidades de la ciudad. Este Consejo era elegido y renovado cada año. Estuvo vigente desde el año 1310 hasta el final del siglo XVIII.

Contraescarpa: En un foso defensivo, es la cara o plano que se halla más cerca de la zona extramuros; por oposición al otro plano, que recibe el nombre de escarpa, y que está más próximo a la barrera o la muralla.

Coronelía: Formación militar ideada por Gonzalo Fernández de Córdoba cuando acometió la reforma del ejército a finales del siglo XV, durante las guerras de Italia contra los franceses. Las creó para poder contar con unas unidades más potentes y mejor coordinadas que las compañías. Cierto número de compañías se agrupaban en una coronelía a las órdenes de un coronel, constituyendo un mando intermedio entre los capitanes de las compañías y el capitán general del ejército.

Corredera: Aparato usado para conocer la velocidad de una embarcación. Consistía en una tablilla de madera que tenía forma de una barca lastrada con plomo en su parte inferior para que flotase sobre la superficie del mar. Iba atada a un hilo que se enrollaba en un carrete. Un grumete lanzaba la barquilla al agua en la proa y otro medía el tiempo que tardaba en llegar a la popa con la ampolleta (reloj de arena). Luego se contaban los nudos que se habían desenrollado. De esa manera nació la medición de la velocidad de una embarcación en nudos.

Coselete: Coraza ligera hecha con cuero de vaca curtido que portaban algunos soldados de infantería. Por extensión se denominaba con ese término a los soldados que portaban esa clase de coraza y formaban parte de las compañías de arcabuceros utilizando, como armas ofensivas, picas o alabardas.

Culebrina: Pieza de artillería que se distinguía por su calibre, según el cual había culebrinas, medias culebrinas, cuartos de culebrinas —conocidas como sacres— y octavos de culebrinas, estas denominadas falconetes. Todas, menos los falconetes, tenían una longitud de entre 30 y 32 veces el diámetro de la boca.

Driza: Es el cabo o maroma con el que se izan o arrían las velas y las vergas en una embarcación de vela.

Escarpa: (Véase la definición de Contraescarpa).

Eslora: Es la longitud que tiene una embarcación desde el codaste del timón (en la popa) hasta el extremo de la proa.

Espingardero: Soldado de infantería o caballería armado con una de las primeras armas de fuego de avancarga denominada espingarda, que se utilizó durante la segunda mitad del siglo XV y los primeros años del XVI.

Esquife: Embarcación de pequeñas dimensiones, sin cubierta ni velamen, que porta un barco como bote auxiliar para comunicarse con tierra o realizar otros servicios.

Estribor: Lado derecho de una embarcación mirando desde la popa hacia la proa.

Falconete: Antigua pieza de artillería ligera, de retrocarga, de gran longitud, cuyo calibre oscilaba entre los cinco y los siete centímetros. Comenzó a usarse en el siglo XIV. Su peso no superaba los cuatrocientos kilos y su alcance máximo era de unos mil metros.

Falsabraga: Antemuro bajo, barrera o segundo recinto, de menor altura que la muralla principal, de una plaza fortificada, destinado a defender dicha muralla del ataque de un enemigo.

Fanega de tierra: Medida agraria de superficie cuya extensión, dependiendo de la región de España de la que se tratara, era de unos ochocientos treinta metros cuadrados.

Fusta: Antigua embarcación de remo y una vela latina, parecida a la galera, aunque de menor tamaño, que arbolaba uno o dos palos. Fue muy utilizada en el mar Mediterráneo por los corsarios berberiscos debido a su velocidad y maniobrabilidad.

Fusta bastarda: Se aplicaba este adjetivo a las embarcaciones (generalmente fustas) usadas por las Armadas cristianas, pero que antes habían pertenecido a los corsarios musulmanes, a los que se las habían capturado.

Galeaza: Era un navío similar a la galera, pero un tercio más larga y más ancha. En cada remo se necesitaba utilizar a siete hombres. Arbolaba un trinquete, un palo mayor y el de mesana, todos con vela latina. Sus costados eran mucho más altos que los de una galera, semejantes a los de una nao.

Galeota: Era un barco de remos y vela, rápido y veloz. Sus dimensiones eran la mitad de las de una galera, disponiendo, también, de la mitad de armamento, dotación y aparejo. Podían tener de quince a veinte bancos por banda, con un remo por banco y dos remeros por remo. Su aparejo solía ser de un solo palo con una vela latina, aunque las había con dos palos y otras tantas velas.

Galeote: Nombre que recibía el remero de una galera condenado a estar al remo de esa clase de embarcación de guerra por el tiempo que hubiera sido condenado o por haber sido capturado en acción de guerra al enemigo. La vida de un galeote era tan dura que pocos de ellos superaban los dos años de condena, si no morían antes cuando un barco enemigo hundía con su espolón la embarcación en la que iban sujetos a los bancos por medio de cadenas.

Gavia: Se aplica ese nombre a la vela grande que se sitúa en el mastelero mayor y, por extensión, a cada una de las velas grandes colocadas en los otros masteleros.

Gerifalte: Pieza de artillería parecida a la culebrina, aunque de mayor calibre y longitud.

Gibelino: Partidario, en la Italia medieval, del predominio del poder temporal, encarnado en los emperadores del Sacro Imperio Germánico, sobre el del papado, defendido por los denominados güelfos.

Gomeres: Confederación de tribus del norte de Marruecos establecidas en las costas, que tuvieron que ser sometidas por los castellano-aragoneses para conquistar los llamados presidios norteafricanos.

Gorguera o gola: Pieza de la armadura que formaba parte del yelmo y que se ponía sobre el peto para cubrir y defender la parte anterior de la garganta. También servía para sostener y reafirmar el yelmo sobre los hombros. Apareció en el siglo XIV.

Greba: Pieza de las armaduras antiguas que cubría la pierna desde la rodilla hasta la base del pie.

Gualdrapa: Cobertura larga y amplia de seda o de lana, que cubría y adornaba las ancas del caballo. En la gualdrapa de los rocines de las personas nobles se bordaba, con frecuencia, el escudo de armas de su propietario.

Güelfo: Partidario, en la Italia medieval, del predominio del poder temporal encarnado por el papa, sobre el de los emperadores del Sacro Imperio Romano Germánico, defendido por los denominados gibelinos.

Gules: En heráldica, el color rojo.

Hafsí: Perteneciente a la dinastía bereber de los hafsíes que, entre los años 1229 y 1574, gobernaron en Ifriquía (la actual Túnez). En el momento de mayor expansión, su territorio se extendía por el nordeste de la actual Argelia, Túnez y una parte del noroeste de Libia.

Jaima: Tienda de campaña muy amplia y resistente propia de los beduinos nómadas del desierto. Se cubren con lona u otros tejidos muy recios sostenidos por un conjunto de postes o pies de madera.

Jenízaro: Soldado de infantería del ejército otomano, especialmente perteneciente a la guardia imperial. Los jenízaros eran reclutados, muy frecuentemente, entre jóvenes hijos de cristianos.

Jeque: Jefe o gobernador de un territorio, una provincia o una tribu. En el contexto de la novela se refiere a la máxima autoridad que gobierna algunas de las tribus o ciudades norteafricanas habitadas por los gomeres y berberiscos.

Jineta (montar a la): Modo de montar a caballo propio de los guerreros musulmanes andalusíes. Consistía en llevar los estribos cortos y las piernas, por tanto, flexionadas y ajustadas a la silla. El jinete portaba defensas corporales sencillas, generalmente cota de malla o de cuero. Esta manera de montar era muy diferente a la que usaban los jinetes cristianos transpirenaicos, con estribos largos y pesadas armaduras.

Legua: Unidad itineraria antigua que tenía, aproximadamente, una longitud de cinco kilómetros y medio.

Lombarda o bombarda: Consistía en una primitiva arma de artillería que se componía de dos partes independientes: la caña y la recámara, que se unían una vez cargada la recámara con la pólvora. Lanzaban proyectiles esféricos de piedra o bolaños, que luego se sustituyeron por balas de hierro colado. Comenzaron a utilizarse en la segunda mitad del siglo XIV.

Manga: Es la medida de una embarcación en sentido transversal, de una banda a la otra.

Mastelero: Se da este nombre a cada uno de los palos menores que van situados sobre los principales (mayor, trinquete y mesana) en las embarcaciones de vela redonda y que sirven para sostener las gavias, los juanetes y otras velas secundarias.

Matacán: Es una construcción, generalmente cubierta y volada, con la que se corona determinadas partes de una muralla situadas sobre una zona débil de la misma, como una puerta, y que permite arrojar proyectiles o materiales incendiarios sobre el enemigo cuando este intenta incendiarla o abatirla.

Merlón: Cada uno de los elementos salientes verticales y rectangulares situados a intervalos regulares coronando las murallas perimetrales de castillos, torres de flanqueo o recintos defensivos urbanos. Eran característicos de la arquitectura militar medieval.

Milla: Unidad itineraria antigua que tenía una longitud aproximada de mil seiscientos metros.

Mina: En el contexto de la novela, este término se refiere a la excavación que los soldados que asedian un castillo o ciudad fortificada realizan para llegar a los cimientos de la muralla, colocar barriles de pólvora y hacerlos estallar con el propósito de derribar un tramo del muro que permita acceder al interior del recinto defensivo a los invasores.

Mitra: Tocado o bonete alto y puntiagudo con que se cubren la cabeza los obispos durante la celebración de los actos litúrgicos. Está forrado de telas nobles y, a veces, con bordados de oro o plata. De la parte posterior cuelgan dos cintas anchas llamadas ínfulas.

Monje cisterciense: Integrante de la orden benedictina del Císter, fundada en Francia por san Roberto de Molesmes en 1098 y reformada por san Bernardo de Claraval en el siglo XII. La restauración de la regla benedictina inspirada en la reforma gregoriana acometida por la orden cisterciense, que promovía el ascetismo, la oración, el rigor litúrgico y el trabajo manual, hizo que esta alcanzara un gran desarrollo y una justa fama.

Mortero: Pieza de artillería de gran calibre y de tiro curvo que podía lanzar proyectiles muy pesados de piedra (pedrero) o de hierro fundido. Fueron muy utilizados, a partir del siglo XV, en el asedio a castillos y ciudades.

Morrión: Casco militar que apareció en la corona de Castilla, a principios del siglo XVI, a imitación del capacete francés. Presentaba una forma cónica y disponía de una cresta muy aguzada. También tenía ala ancha, levantada y abarquillada, que terminaba en punta por delante y por detrás. Era utilizado, generalmente, por la infantería, aunque podían llevarlo los jinetes y los personajes notables a causa de ser más ligero que el yelmo y dejar el rostro descubierto para poder respirar más fácilmente.

Nao: Embarcación de vela, sin remos, que se caracterizaba por tener una amplia cubierta, borda alta, tres mástiles dotados de velas cuadras y castillo a proa y a popa. En la segunda mitad del siglo XVI los galeones y las urcas reemplazaron a las naos y carracas.

Navegación de cabotaje: Se aplica el término cabotaje a la navegación de un barco entre distintos puertos costeando desde el puerto de origen hasta el de destino, evitando seguir una ruta alejada del litoral o por alta mar.

Obenque: Cabo o cable grueso que sujeta el extremo de un palo o de un mastelero a los costados de una embarcación.

Odre: Piel curtida, cosida y pegada para formar un recipiente o bota con la función de contener o guardar líquidos, bien sea agua, vino o aceite.

Palafrenero: Criado que trabaja en una caballeriza y que tiene el cometido de llevar y conducir el caballo del señor (palafrén) cogido del freno.

Palo mayor: En un barco de vela de tres palos, es el principal, el que se localiza en el centro del navío.

Palo de mesana: En una embarcación de vela de tres palos, el que se encuentra más próximo a la popa.

Palo trinquete: En una embarcación de vela de tres palos, el que se encuentra más próximo a la proa.

Pasar por la quilla: Castigo que consistía en atar a un hombre acusado de algún delito grave a un cabo y arrojarlo por la borda en un costado del navío para sacarlo por el otro costado pasándolo por debajo de la quilla. Si los marineros que jalaban del condenado lo hacían lentamente, el riesgo de que se ahogara era muy alto.

Pasavolante: Pieza de artillería similar a la culebrina, aunque de menor calibre y tamaño. Se componía de dos partes independientes que se juntaban a la hora de ser disparada. Fue muy utilizada en la guerra de Granada, a finales del siglo XV.

Pavés: Escudo grande que cubría todo el cuerpo del soldado. A veces se colocaban sobre la amura de una embarcación o en el puente para defender a los soldados de los disparos de un enemigo embarcado.

Pescante: Dispositivo que posee un navío, parecido a una grúa, para izar o arriar los botes o embarcaciones auxiliares, piezas de artillería u otros objetos pesados que se hallen a bordo.

Pífano: Flauta travesera de tono muy agudo usada en las bandas militares. Por extensión, se da ese nombre a la persona que toca dicho instrumento.

Piqueros: Soldados de infantería que iban armados solo con una lanza larga o pica. Adquirieron mucha fama cuando formaron parte de los tercios españoles. Actuaban con gran eficacia frente a la carga de la caballería pesada enemiga, pues con sus picas, colocadas sobre el terreno en ángulo de cuarenta y cinco grados, podían atravesar las armaduras de los caballos a distancia suficiente para no ser alcanzados por sus jinetes.

Portulanos: Mapas usados por los navegantes medievales en los que aparecían dibujadas las costas, cabos, golfos, desembocaduras de los ríos e islas litorales y señalados los puertos, así como las distancias que los separaban. Los más exactos y usados fueron los elaborados por los cartógrafos de la isla de Mallorca.

Quintal: Antigua unidad de masa española que equivalía a cien libras castellanas, es decir, a unos cuarenta y seis kilos.

Rabera: Varilla de hierro o bronce situada en la parte trasera del falconete que se empleaba para mover el arma haciéndola girar en sentido lateral y facilitar, de esa manera, su puntería.

Recámara de alcuza: Pieza del falconete constituida por un receptáculo con forma de alcuza, provisto de un asa para facilitar su manejo, en el que se depositaba la pólvora que, una vez inflamada, debía impulsar el proyectil.

Revellín: Obra de fortificación que comenzó a utilizarse cuando quedaron obsoletas las murallas medievales defendidas por torres de flanqueo, que podían ser abatidas con facilidad por la artillería. Para reforzarlas se les añadieron baluartes de planta poligonal. El lienzo de muralla que quedaba entre dos baluartes se hallaba mal defendido. Fue cuando se ideó el revellín, que era un antemuro, de menor altura que la muralla, de forma triangular, cuyo extremo agudo enfilaba a los posibles asaltantes.

Ribadoquín: Cañón múltiple compuesto por varios cañones de pequeño calibre montados en paralelo sobre una plataforma. Comenzaron a emplearse a principios del siglo XV, continuando su uso hasta mediados del siglo XVI.

Rodela: Escudo redondo de mediano tamaño usado para protegerse el pecho en la lucha con espadas. En los ejércitos de los siglos XV y XVI los soldados que portaban estos escudos se denominaban rodeleros.

Rodelero: Soldado de infantería que formaba parte de una sección constituida por aquellos que portaban rodela y espada.

Sentina: Espacio inferior de un barco, situado debajo de la bodega y sobre la quilla, donde se acumula el agua del mar procedente de filtraciones. Desde allí era expulsada por medio de bombas.

Sacre: Nombre que se daba a las piezas de artillería de poco calibre, también conocidas como cuarto de culebrina.

Sublime Puerta: Términos utilizados por las crónicas cristianas y la diplomacia de la época para referirse al gobierno del Imperio otomano y, por extensión, a dicho Imperio.

Tafurca: Embarcación chata, ancha y sin quilla, que se utilizaba para embarcar y desembarcar caballos, piezas de artillería y bagajes.

Tahalí: Tirante de lona o cuero que cruzaba el pecho y la espalda del soldado o del caballero desde el hombro hasta el lado opuesto de la cintura y que servía para sostener la vaina y la espada.

Tapial: Muro elaborado con tierra húmeda apisonada que se construye utilizando unas tablas a modo de encofrado. Cuando una sección del muro ha quedado consolidada, se retiran las tablas y se continúa el muro en altura. Fue una técnica muy usada en la Edad Media, sobre todo en el islam de tradición norteafricana.

Tresbolillo: Palabra que se utiliza para referirse a la forma de colocar unos objetos en filas paralelas, de manera que cada uno quede frente a un hueco situado entre dos objetos de la fila siguiente.

Tudesco: Alemán. Originario de Alemania.

Urca: Tipo de embarcación de vela de gran anchura en su centro y de unos cuarenta metros de eslora, que podía ser utilizada para el transporte de mercancías o gente de armas. Fue usada por las Armadas europeas hasta el siglo XVIII.

Vela latina: Es una vela de cuchillo o triangular, diseñada para aprovechar la fuerza del viento cuando lo recibe de ceñida y las velas cuadras pierden efectividad. Es una vela característica del mar Mediterráneo adoptada por las embarcaciones musulmanas y, luego, por las cristianas medievales.

Vergas: En las embarcaciones a vela, son las perchas perpendiculares a los mástiles en las que se fijan y aseguran las velas. Son, por tanto, los palos redondos de madera que se sitúan perpendiculares a los mástiles y sirven para sostener el velamen de la embarcación.

Viratón de ballesta: Dardo de poca longitud, dotado de una punta de hierro aguzada y utilizado por los ballesteros.

Yelmo: Casco. Parte de la armadura que protegía la cabeza y la cara, compuesta por el morrión, la visera y la babera.

Zabra: Embarcación de poco tonelaje y calado propulsada por velas, ideada para transportar mercancías.

Zalea: Cuero de oveja o carnero curtido, pero conservando la lana para ser utilizado como colcha o cobertor.

Zapador: Soldado de infantería que se dedicaba a la construcción de puentes, abrir trincheras, fosos o minas y edificar empalizadas o muros provisionales frente al enemigo. Su misión principal era facilitar el movimiento y la defensa de los ejércitos propios y dificultar los de los enemigos.

BIBLIOGRAFÍA

ÁLABA Y VIAMOT, D. de, *El perfecto capitán instruido en la disciplina militar y nueva ciencia de la artillería*, Madrid, 1590.

ANÓNIMO, «Relación de los sucesos de las armas de España en Italia en los años 1511 y 1512 con la jornada de Rávena», *Colección de Documentos Inéditos para la Historia de España*, tomo LXXIX.

ARÁNTEGUI Y SANZ, J., *Apuntes históricos sobre la artillería española en los siglos XIV y XV*, Real Academia de la Historia, Madrid, 1887.

BRAVO NIETO, A., «Melilla en la política africana de los Reyes Católicos», en *El Gran Capitán y la España de los Reyes Católicos*, catálogo de la exposición, Melilla, 2004.

CAMPO, L. del, *Pedro Navarro. Conde de Oliveto (1460-1528)*, Editorial Gómez, Pamplona, 1962.

—, *Pedro Navarro. Conde de Oliveto*, Navarra, Temas de Cultura Popular, n. 34, Diputación Foral de Navarra, Pamplona, 1969.

CARRILLO DE ALBORNOZ Y GALBEÑO, J., «Historia de los ingenieros militares desde finales del siglo XV a finales del XVIII», en *Memorial del Arma de Ingenieros*, n. 86, Ministerio de Defensa, Madrid, 2011.

CRESPO-FRANCÉS Y VALERO, J. A., «Pedro Navarro, primer ingeniero militar español», *El Espía Digital* (marzo de 2014).

DOUSSINAGUE, J. M., *La política internacional de Fernando el Católico*, Espasa Calpe, Madrid, 1944.

—, «Fernando el Católico y la prisión de Pedro Navarro», *Revista Príncipe de Viana*, n. 31 (1948).

FERNÁNDEZ DE OVIEDO, G., *Las quincuagenas de la nobleza de España*, Real Academia de la Historia, Madrid, 1880.

FERNÁNDEZ DURO, C., *La Armada Española desde la unión de los reinos de Castilla y de Aragón*, Tomos I y II, Instituto de Historia y Cultura Naval.

FUENTES, J., *La batalla de Rávena (11 de abril de 1512)*, Madrid, 1912.

GARCÍA MERCADAL, J., *Cisneros 1436-1517*, Ediciones Luz, Zaragoza, 1939.

GÁRRIZ AYANT, J., *La Villa de Garde en el Valle del Roncal*, Pamplona, 1923.

GONZÁLEZ CASTRILLO, R., *El arte militar en la España del siglo XVI*, Madrid, 2000.

GONZÁLEZ DE LA VEGA, G., *Mar brava. Historias de corsarios, piratas y negreros españoles* (capítulo III: «Roncal el Salteador»), Miraguano Ediciones, Madrid, 2013.

GUEVARA, J. R., «El corso en el País Vasco en el siglo XVI», *Itsas. Memoria. Revista de Estudios Marítimos del País Vasco*, n. 5, Museo Naval de San Sebastián, 2006 (245-278).

GUTIÉRREZ CRUZ, R., *Los presidios españoles del norte de África en tiempos de los Reyes Católicos*, Melilla, 1992.

HEROS, M. de los, *Historia del conde Pedro Navarro, general de infantería, marina e ingenieros en los reinados de Fernando e Isabel y de doña Juana y su hijo don Carlos*, Colección de Documentos Inéditos para la Historia de España, tomos XXV y XXVI, Madrid, 1854.

JOSEF QUINTANA, M., *Vidas de españoles célebres (El Gran Capitán)*, París, 1845.

JOVIO, P., *Segunda parte de la historia general de todas las cosas sucedidas en el mundo en estos cincuenta años de nuestro siglo*, traducida por el licenciado Gaspar de Baeza, Salamanca, 1563.

LABORDA BARCELÓ, J., «Las campañas africanas de la Monarquía hispánica en la primera mitad del siglo XVI. Vélez de la Gomera. Un nuevo tipo de guerra», *Guerra y sociedad en la Monarquía hispánica. Política, estrategias y cultura en la Edad Moderna (1500-1700)*, tomo I, Madrid, 2006.

LOJENDIO, L. M. de, *Gonzalo de Córdoba. El Gran Capitán*, Madrid, 1942.

MARTÍN GÓMEZ, A. L., *El Gran Capitán. Las campañas del duque de Terranova y Santángelo*, Edit. Almena, Madrid, 2000.

MARTÍNEZ LAÍNEZ, F., *El ocaso de los héroes. I. Aceros rotos*, Edaf, Madrid, 2013.

MORENO, M., *El conde Pedro Navarro*, Madrid, 1864.

MORLA, T. de, *Tratado de artillería para uso de la academia de caballeros cadetes*, tomo II, Segovia, 1816.

MURUZÁBAL DEL SOLAR, J. M., «La escultura pública en Navarra como imagen plástica de nuestra memoria colectiva», *Actas del VI Congreso de Historia de Navarra*, Sociedad de Estudios Históricos de Navarra, Pamplona, 2006.

OVEJERO BUSTAMANTE, A., *Isabel I y la política africanista española*, CSIC, Instituto de Estudios Africanos, Madrid, 1951.

PÉREZ, J., *Isabel la Católica, África y América*, conferencia leída en el XVI Coloquio de Historia Canario-Americana (octubre de 2004).

PERRERO, D., «Pedro Navarro o la invención de las minas», *Museo Científico, Literario y Artístico*, año 5, Turín, 1843.

PRIEGO LÓPEZ, J., *Pedro Navarro y sus empresas africanas*, Instituto de Estudios Africanos, CSIC, Madrid, 1953.

PRIETO Y LLOVERA, P., *Política aragonesa en África hasta la muerte de Fernando el Católico*, CSIC, Madrid, 1951.

Retrato de españoles ilustres con un epítome de sus vidas. Pedro Navarro, Imprenta Real de Madrid, 1791.

RÍOS, V., de los, *Discurso sobre los ilustres autores e inventores de artillería que han florecido en España desde los Reyes Católicos hasta el presente*, Imprenta de Joachín Ibarra, Madrid, 1767 y Memorias de la Real Academia de la Historia, tomo IV, Madrid, 1805.

ROCCO, G., *Il convento e la chiesa di Santa Maria la Nova di Napoli nella storia e nell'arte*, Tipografía Pontificia, Nápoles, 1928.

RODRÍGUEZ VILLA, A., *Crónicas del Gran Capitán*, Nueva Biblioteca de Autores Españoles, n. 10, Madrid, 1903.

ROSSEL, C., *La expedición de Orán y el proyecto de conquista de África concebido por el cardenal Jiménez de Cisneros*, Real Academia de la Historia, Madrid, 1858.

Ruiz Oliva, J. A., *El inventor de las minas militares. El capitán don Pedro Navarro*, Ceuta, 1996 (inédito).

Saleta y Cruxent, H. de, *Glorias cívico-militares del Cuerpo de Ingenieros del Ejército para la lectura y enseñanza de las clases y soldados de los regimientos del arma*, Madrid, 1890.

Sánchez Ramos, V., «El infante don Fernando de Bujía, vasallo del emperador», *Chronica Nova*, n. 34 (2008).

Sojo y Lomba, F., «Origen de las minas militares de pólvora», en *Memorial de Ingenieros del Ejército*, Madrid, 1929.

Torre, L. de la, «Pedro Navarro», *Boletín de la Comisión de Monumentos Históricos y Artísticos de Navarra*, Pamplona, 1913.

—, «La Academia del Gran Capitán. Pedro Navarro», *Revista de Archivos, Bibliotecas y Museos*, tomo XXII, Madrid, 1910.

Varela y Lluviá, *Biografía de Pedro Navarro*, Madrid, 1864.

Vargas Ponce, J. de, *El conde Pedro Navarro*, 1808.

Vicens Vives, J., *La vida y la obra del Rey Católico*, Instituto Fernando el Católico, CSIC, Diputación Provincial de Zaragoza, Zaragoza, 1952.

Vigón, J., *Historia de la artillería española*, CSIC, Instituto Jerónimo Zurita, Madrid, 1947.

—, *El Gran Capitán*, Ediciones Atlas, Madrid, 1944.

—, *Curso de conferencias sobre política africana de los Reyes Católicos organizado por el Instituto de Estudios Africanos*, tomo II, año 1951.

Zurita, J., *Historia del rey don Fernando el Católico. De las empresas y ligas de Italia*, Zaragoza, 1580. Edición electrónica de José Javier Iso (coord.), Pilar Rivero y Julián Pelegrín.

Este libro se terminó de imprimir, en su primera edición, por encargo de la editorial Almuzara el 6 de septiembre de 2024. Tal día del 1620, desde Plymouth (Inglaterra) un grupo de peregrinos parten en el barco *Mayflower* para asentarse en Norteamérica.